Ein Holländer in New York

Von Annette und Martin Meyers im ECON Taschenbuch Verlag:

Das Todeswasser von New York (TB 25101)
Das Kingsbridge-Komplott (TB 25105)

Pieter Tonneman ist im Jahre 1664 als »Schout« der holländischen Kolonie Neu-Amsterdam für die kleinen Vergehen seiner Landsleute zuständig. Nach dem Tod seiner Frau scheint er jedoch dem Alkohol verfallen zu sein. Erst als eine Welle von mysteriösen Morden die Kolonie erschüttert, reißt er sich aus seiner Lethargie. Das Haus einer jüdischen Einwandererfamilie geht in Flammen auf, und der Kneipenwirt Hendrik Smitt wird erhängt aufgefunden. Pieter Tonneman mag nicht an einen Freitod seines lebensfrohen Freundes glauben. Er macht sich an die Ermittlungen.

Annette Meyers hat mit ihrem Ehemann Martin drei erfolgreiche historische Romane geschrieben. Darüber hinaus ist sie als Krimiautorin bekannt geworden: Wall Street Blues (TB 25000)/Ruhe sanft (TB 25001)/Tödliche Option (TB 25002)/Blut fließt auf der Wallstreet (TB 25020)/Mörderisches Musical (TB 25981)

Annette und Martin Meyers

Ein Holländer in New York

Ein Kriminalroman aus dem 17. Jahrhundert

ECON Taschenbuch Verlag

Veröffentlicht im ECON Taschenbuch Verlag, 1997

Der ECON Taschenbuch Verlag
ist ein Unternehmen der ECON & List Verlagsgesellschaft

Neuausgabe 1997

First published in the United States of America
Titel des amerikanischen Originals: The Dutchman
Aus dem Amerikanischen übersetzt von: Wolf-Dietrich Müller
Umschlaggestaltung: Init GmbH, Bielefeld
Titelabbildung: AKG, Berlin
Gesetzt aus der Bodoni
Druck und Bindearbeiten: Ebner Ulm
Printed in Germany
ISBN 3-612-27604-2

Herzlichen Dank dem Bowne House in Flushing, N.Y., dem Tea Council der USA, dem Brooklyn Botanic Garden, der New York Public Library, dem wunderbaren Personal der Bibliothek der New York Historical Society und Kevin Jennings. Und ein besonderes Dankeschön an Kate Miciak, die alles ermöglicht hat.

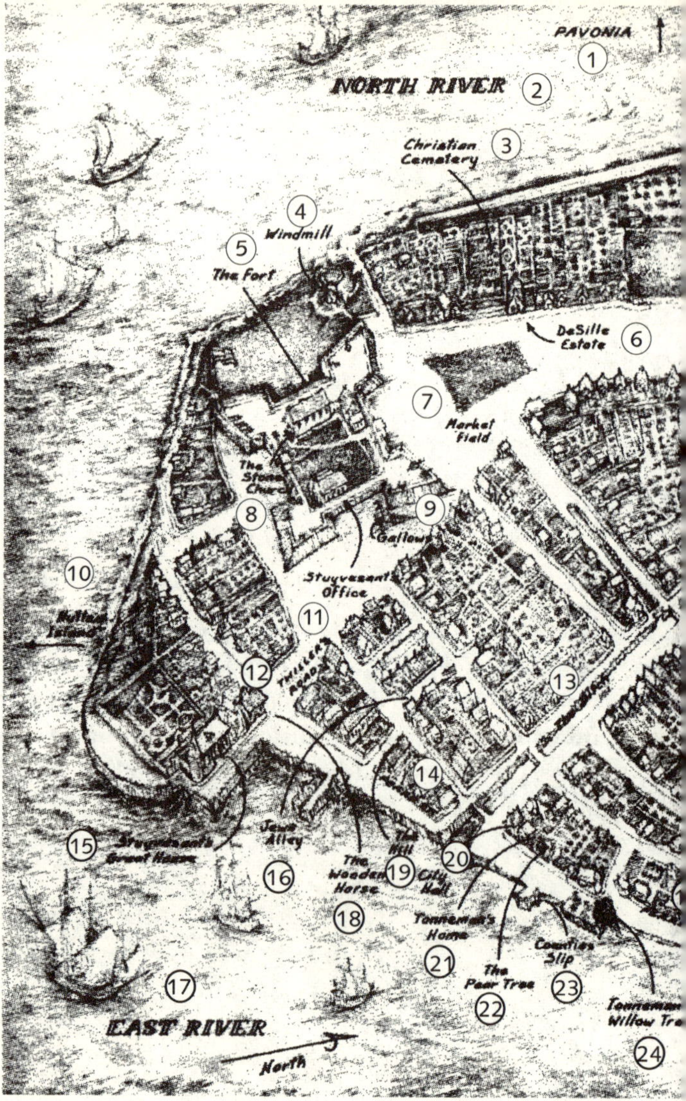

Legende

1 – Pavonia (heute: New Jersey)
2 – Noordt Rivier
3 – christlicher Friedhof
4 – Windmühle
5 – Fort
6 – Desilles Anwesen
7 – Marktplatz
8 – Sint-Niklaes
9 – Galgen
10 – Nutten Island (heute: Govenors Island)
11 – Stuyvesants Amtssitz
12 – Twillerstraat
13 – Heere Gracht
14 – Parelstraat
15 – Stuyvesants großes Haus
16 – Jodensteeg
17 – Oost Rivier
18 – Schenke »Zum Holzpferd«
19 – die Mühle
20 – Rathaus
21 – Tonnemanns Haus

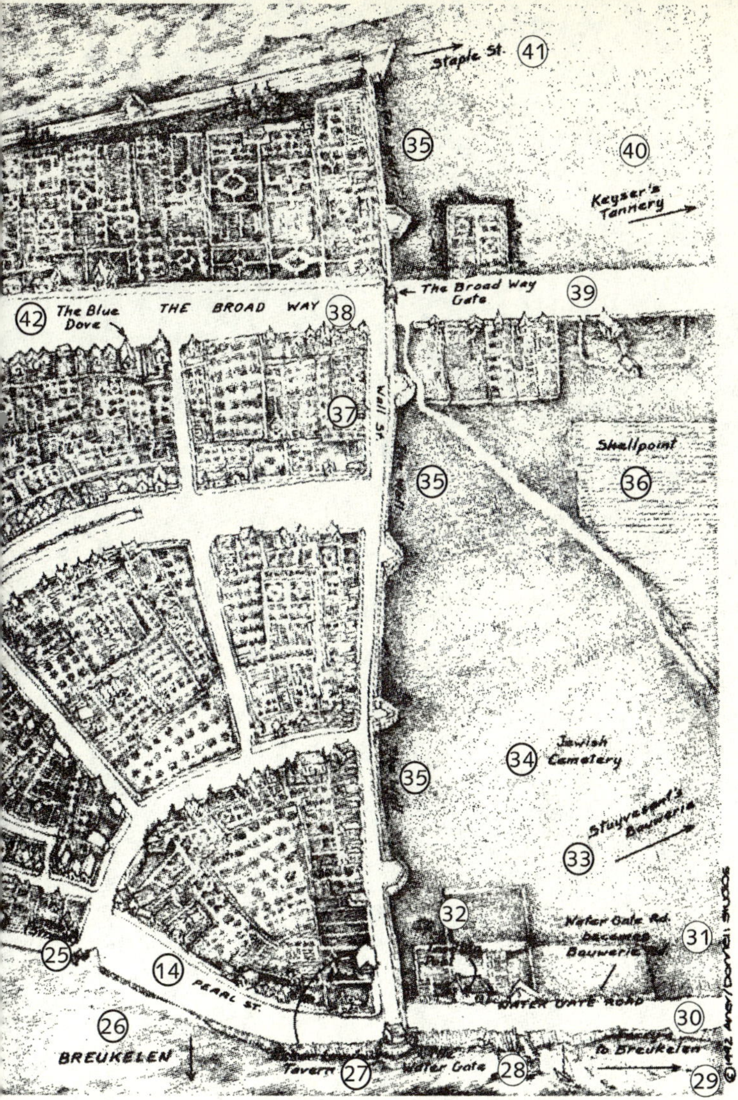

22 – Schenke »Zum Birnbaum«
23 – Coenties Slip
24 – Tonnemanns Weidenbaum
25 – Strand
26 – Breukelen (heute: Brooklyn)
27 – Asser Levys Schenke
28 – Stadttor
29 – Fähre nach Brooklyn
30 – Waterpoortstraat
31 – die Waterpoortstraat wird zur Bouwerie Road
32 – Handelsposten
33 – Stuyvesants Bouwerie
34 – Jüdischer Friedhof
35 – Wall
36 – Kalchhook
37 – Het Cingle
38 – De Breede Wegh
39 – Stadttor
40 – Keysers Gerberei
41 – Stapelstraat
42 – Schenke »Zur Blauen Taube«

Buch I

Die Holländer

Prolog

MONTAG,
30. DEZEMBER.
NACHT.

Smitt zog den Kragen des Biberpelzmantels fester um den Hals, um sich gegen das Schneegestöber zu schützen. Der eisige Wind, der über den Oost Rivier fegte, brannte ihm in den Augen. Der Mond schien nur schwach, doch Smitt fand den Weg auch im Dunkeln und betrunken. Die Kälte kroch in ihm hoch und ließ seine Finger steif werden. Er hatte die Handschuhe verloren. Stumm lief der gelbe Hund voraus, wälzte sich im Schnee und kam zurück. Das Tier schnappte nach den beiden Hasen, die Smitt über der Schulter hängen hatte.

Mit einem Ruck riß er dem Hund die Hasen vor der Schnauze weg und zog mit starren, ungeschickten Fingern eine kleine Flasche Branntwein aus der Manteltasche. Hinter ihm verwehte der Schnee seine Fußabdrücke, als wäre er den Weg nicht gegangen. Smitt leerte die flache Flasche mit einem langen Zug und hielt sie dann dem Hund hin; der Vierbeiner leckte daran. Smitt schleuderte die Flasche weg, und der gelbe Hund jagte ihr nach.

Gerade wollte Smitt den Hund zurückrufen, als er innehielt. Vor ihm bewegte sich etwas im Mondlicht, ganz nah am Fluß. Zwei Gestalten. Sie standen erst zusammen, trennten sich, hielten einander dann wieder fest, als tanzten sie am Flußufer. Einer riß sich los. Der andere verfolgte ihn, griff nach ihm, erwischte nur den Mantel des Opfers. Wütend warf der Jäger den Mantel beiseite.

Ein silbergrauer Meeresvogel, der am vereisten Flußufer Futter suchte, kreischte aufgeregt, schlug mit den Flügeln und floh vor den Störenfrieden, dann ließ er sich in einiger Entfernung auf einem der schneebedeckten Pfähle nieder.

Smitt wischte sich den Schnee vom Gesicht. Er dachte daran, näher hinzugehen, fürchtete aber, man könnte ihn sehen.

Der Vogel ergriff mit wütendem Flügelschlagen wieder die Flucht. Eine Flügelspitze streifte den Hut der einen Gestalt und gab ihm einen kräftigen Schubs, so daß er in die Dunkelheit über den Fluß trudelte.

Im Mondlicht, vom Schneetreiben getrübt, sah Smitt, wie eine Hand einen Knüppel hochriß, einen Augenblick innehielt, dann zuschlug. Und hoch. Und nieder.

Ein Schrei, so schwach, daß ihn nur der Schläger, Smitt, der gelbe Hund und der Meeresvogel hörten, wisperte über den zugefrorenen Hafen. Dann wurde etwas auf die Holzbohlen des Piers gezerrt, genau auf die Stelle zu, die der Meeresvogel als Zuflucht gewählt hatte.

Empört kreischend stieß der Vogel noch einmal auf den Mann herab. Der Mann schlug wütend mit dem Knüppel nach dem Tier, dann schob er die Last an die Kante des

Piers. Er hielt einen Augenblick inne, als dächte er nach, dann beförderte er den leblosen Körper mit einem Tritt hinunter. Ein leises Klatschen folgte; der Mann wog den Knüppel in der Hand und warf ihn dem Körper hinterher ins eiskalte Wasser.

Der gelbe Hund bellte und kehrte zu Smitt zurück, der das Tier an der Schnauze packte und sich auf den Boden fallen ließ.

Von dem Laut aufgeschreckt, schaute der Mann sich in der dunklen Nacht um. Die eisigen weißen Atemstöße verschmolzen mit den Schneeflocken im Mondlicht. Er kniete sich hin und spähte ins Wasser. Dann wischte er sich die Hände ab, rieb sie gegen die schneidende Kälte aneinander und hob etwas vom Boden auf.

Der Schnee fiel nun dichter, und die Gestalt verschwand plötzlich in die Dunkelheit und überließ die Winternacht wieder den Meeresvögeln, dem gelben Hund und Hendrik Jansen Smitt.

MITTWOCH, 16. JULI.
MORGEN.

Der Tau war an diesem Sommermorgen naß wie Regen, und im Ort waren die ersten Geräusche der erwachenden Bewohner zu hören. Ein Hund begann zu heulen. Das Heulen wollte nicht nachlassen, und es klang so jämmerlich und unheimlich, daß die Leute schlaftrunken aus den Häusern eilten, um das Tier zu suchen.

Sie fanden den gelben Hund mit schlaffen Ohren und hängendem Schwanz vor der Schenke *Zum Birnbaum*, neben dem Baum, der dem Wirtshaus den Namen gab.

An einem niedrigen Ast hing mit einem Strick um den

Hals der Herr des Tieres und Mitbesitzer der Schenke, Hendrik Jansen Smitt. Auf der Erde unter der Leiche lag ein umgekippter Holzklotz. Das amtliche Urteil des Gemeinderates lautete auf Selbstmord.

Im vergangenen Winter war Smitt beschuldigt worden, das Sonntagsgesetz verletzt zu haben, indem er Schnaps verkauft hatte. Im April warf man ihm dasselbe Vergehen vor. Einen Monat später wurde er wieder vor den Rat zitiert. Dieses Mal, weil er nach der Sperrstunde verkauft und damit ausgelassenes Singen angestiftet und Ruhestörung verursacht hatte.

Er wurde zu einer Strafe von zwanzig Gulden verurteilt und gerügt.

Tonneman, der Schout der Stadt, war betrunken, als Joost Zoelan, Smitts Teilhaber im *Birnbaum*, ihm an jenem Julimorgen von Smitts Tod berichtete. Der Schout und Smitt waren eng befreundet gewesen. Als er die Neuigkeit erfuhr, stürzte Tonneman aus seinem Haus, das neben dem *Birnbaum* stand, und bahnte sich einen Weg durch die kleine Menschenansammlung um den Baum. »Du einfältiger Tölpel«, wetterte er gegen den toten Mann.

Auf dem umgekippten Klotz stehend, verlangte Tonneman, man solle Smitt als abschreckende Lektion für andere auf dem Holzpferd durch den Ort ziehen. »Dann soll er zu diesem verfluchten Birnbaum zurückgebracht und ohne Zeremonie vergraben werden, und ich will eigenhändig einen Pfahl hier aufstellen, um an seine schändliche, feige Tat zu erinnern.«

»Das ist ein wenig streng«, sagte Joost Zoelan, als er Tonneman ins Bett brachte, damit er seinen Rausch ausschlief. »Außerdem wäre es nicht gut fürs Geschäft.«

Tonneman hatte im letzten Winter seine Frau verloren

und trauerte noch um sie. Joost Zoelan wußte, daß Tonneman auch von Smitts Tod schwer getroffen war.

Die städtischen Amtsträger und viele Freunde Smitts zeigten sich gegenüber dem Selbstmord toleranter. Es wurde verfügt, daß der Schankwirt ein anständiges Begräbnis auf dem städtischen Friedhof erhalten sollte.

Alle nahmen an, daß Smitt sich wegen seiner Probleme mit dem Gesetz getötet hatte.

1

MONTAG, 25. AUGUST.
DIENSTAG, 26. AUGUST.
NACHT,
FRÜHER MORGEN.

Es war lange nach dem 9-Uhr-Läuten, eine heiße, stickige Nacht. Nur die obere Hälfte der waagerecht geteilten Tür zum *Birnbaum* stand offen. Tonneman stieß mit dem Knie die untere Hälfte auf, und die Kerzen auf der Theke flackerten im Luftzug, als er hineintorkelte. Die schummrige Stube war vernebelt vom Rauch, die Luft drinnen so feucht wie draußen. Der Schout ging zu der zerkratzten, wachsbespritzten Theke und legte seinen zwei Fuß langen Eichenknüppel darauf.

Der gelbe Jagdhund, der einst Hendrik Smitt gehört hatte, schlief ausgestreckt neben der Sandkiste zwischen den Fässern, die den Schanktisch trugen. Das Tier öffnete die Augen, erkannte Tonneman und schloß sie wieder.

Tonneman achtete kaum auf den Gerber Jan Keyser, der besinnungslos wie gewohnt mit heraushängender Zunge über einem der langen Holztische hing. Allerdings nahm der Schout den Juden Mendoza mit seiner schwarzen Seidenkappe zur Kenntnis, der am anderen Ende der Theke stand und mit dem Engländer Woods redete. Unwahrscheinlich, daß die beiden Geschäfte miteinander machten, dachte Tonneman flüchtig.

Joost Zoelan, der hochgewachsene sehnige Mann mit rötlichblondem Haar hinter dem Schanktisch, spülte ein großes Glas in dem Eimer voll abgestandenen Wassers aus und schenkte Tonneman ein reichliches Maß Branntwein ein. In den acht Monaten seit dem Tod seiner Frau war Tonneman ein nächtlicher Stammgast geworden.

Der Kerzenschein funkelte auf den blauen Facetten des Branntweinglases; gegen seinen Willen dachte Tonneman an Marias blaue Augen. Er machte eine wegwerfende Bewegung und lehnte sich schwer auf die Theke. Die Holzplatte ächzte, und er zog sich zurück; sein Degen, der in der Scheide an dem schmucklosen braunen Gehenk hing, schlug gegen seinen Schenkel.

»Nein!« Mendozas Stimme war scharf vor Zorn.

Joost spitzte die Lippen. »Juden«, bemerkte der Wirt verächtlich.

Tonneman wischte sich mit dem Ärmel den Schweiß von der Stirn. »Herrgott, Joost, diese Hitze ist ... unerträglich«, schloß er lahm. Er war ein massiger, starker Mann von zweiundvierzig Jahren mit langen Armen und breiten Schultern. Und er war müde, war so vieler Dinge überdrüssig.

»Eine elende Nacht«, stimmte Joost zu. »Aber es gibt Orte, wo die Hitze noch schlimmer ist.« Der Wirt zapfte ein Bier aus dem Fäßchen auf der Theke.

Tonneman setzte seinen schwarzen Hut ab und legte ihn neben den Knüppel. »Und wenn ich dort ankomme, reserviere ich dir einen Platz am Feuer.«

Joost hob seinen Humpen. »Zur Hölle mit dir und zur Hölle mit mir. Und Gott segne abwesende Freunde.« Er trank sein Bier mit einem langen Schluck und rülpste.

»Gott segne abwesende Freunde«, sagte Tonneman widerwillig. »Hendrik Smitt.« Tonneman war seinem Freund immer noch böse, weil er sich das Leben genommen hatte. Er trank sein Glas mit dem scharf schmeckenden Branntwein aus und schob es Joost zum Nachfüllen hin.

In der gegenüberliegenden Ecke der Stube saß ein Mann mit stark pomadisiertem schwarzen Haar. Er hatte schlaue Augen und machte einen irreführend ängstlichen Eindruck. Dies war Rat Nicasius de Sille, ein anderer alter Freund Tonnemans und sein Vorgänger als Schout. De Sille leckte an den Fingern und drückte den Docht der Kerze auf seinem Tisch aus, so daß er und seine Kumpane im Dunkeln saßen.

»Was macht Ihr da?« fragte einer laut.

»Verdammt, Bridge, still«, sagte Nick de Sille und schlug Bridge auf den Arm.

»Nennt mich nicht Bridge«, brauste Bridge in dem unreinen Holländisch eines Fremden auf. »Mein Name ist van Brugge.«

Der dritte Mann, Thomas Atkins, für diesen Landstrich zu elegant gekleidet in Seide und Spitzen, rückte seine achteckige Brille zurecht, äußerte sich jedoch nicht.

»Warum die Heimlichkeit?« fragte van Brugge eindringlich in einem rauhen Flüsterton.

»Unser Freund hier in seinem modischen Putz sticht ab wie ein Indianer in der Kirche. Besser, wenn Tonneman uns nicht sieht ...«

»Welchen Schaden kann der Säufer ...«

» ... oder hört.«

De Sille hätte sich nicht sorgen müssen, denn zu dieser späten Stunde war Tonneman über den Punkt hinaus, an dem er sich um etwas anderes als den Inhalt seines Glases kümmerte.

»Wie geht die Arbeit an den Befestigungen voran?« Joost schenkte Tonneman noch einen Branntwein ein.

»Du hast die Frechheit zu fragen? Die Trommel hat heute um fünf laut und deutlich geschlagen. Da du nicht erschienen bist, um mit den anderen die Schaufel zu rühren, wirst du hiermit zu einer Strafe von sechs Gulden verurteilt.«

Joost legte ruhig sechs Goldstücke vor Tonneman auf die Theke und reckte das Kinn als stumme Wiederholung seiner Frage.

»Langsam«, antwortete Tonneman. »Obwohl all die Sklaven helfen, die mit der *Gideon* gekommen sind. An die dreihundert, aber ohne Regen ist der Grund wie Stein, schwer zu graben und schwer zu tragen.« Er fuchtelte mit seinem Glas herum. »Du wirst die Anordnung gehört haben. Wegen der Getreideknappheit dürfen die Brauer in den nächsten acht – na ja, einer ist schon vorbei –, sieben Tagen kein Malz bereiten.«

Joost grinste. »Unter der Hand kann ich vielleicht von den Johnnies etwas zusätzlich bekommen. Zum entsprechenden Preis. Und wenn das nicht klappt, muß ich eben lernen, dem Fusel, den du trinkst, auf den Geschmack zu kommen.«

Tonneman nahm einen kräftigen Schluck Branntwein. Er war kein glücklicher Mann. Er arbeitete für die Kompanie, wie früher auch Joost, und er ärgerte sich über die Einschränkungen. Er durfte nicht selbständig Handel treiben; er durfte nicht am Reichtum teilhaben, den die Kaufleute erzielten. Er durfte nicht einmal Land bebauen, ohne daß die Kompanie ihm ein Stück wegnahm.

»Du hast recht daran getan, daß du dich davon befreit hast«, sagte er Joost. Er klopfte seinem Freund mit einer schwieligen Hand auf die Schulter. »Ich bin an die Kompanie gebunden.«

»Das Leben ist schwer. Man muß sich entscheiden.« Joost schenkte Tonneman Branntwein nach und füllte den eigenen Humpen.

Tonneman trank und nickte. Er fühlte sich jetzt beschwipst. Er hätte schlafen können, aber der Morgen graute schon. Mit dem Zeigefinger stopfte er den Tabak in seiner langen Tonpfeife und zündete die Pfeife mit einer Kerze auf der Theke an, wobei Talg in die Schale und auf seine Hand tropfte. »Du lieber Gott«, sagte er.

»Zu dickköpfig, um einen Anzünder zu benutzen?« Joost Zoelan lachte und deutete auf den kleinen Stoß getrockneter und gewachster hohlstieliger Binsen auf der Theke, die eigens für diesen Zweck bereitlagen.

»Ich bin ein alter Hund«, murmelte Tonneman paffend.

Sie drehten sich bei dem dumpfen Schlag um. Ein magerer Mann stolperte aus der Dunkelheit herein. Es war der Algonkin, Stummelnase, so genannt wegen der häßlichen, klaffenden Wunde, die er während Kommandant William Kiefts Überfall auf sein Volk drüben in Pavonia im Februar 43 erhalten hatte. Nahezu jeder Mann, jede Frau und jedes Kind seines Stammes waren von den Männern des Kommandanten niedergemetzelt worden, und Stummelnase war für tot liegengeblieben.

Die Siedler sahen in Stummelnase den grausamen, wilden, gefährlichen Krieger; die Indianer kannten ihn als einen, der nur so tat.

Er war nichts weiter als ein Säufer, und die Narbe ließ ihn wilder erscheinen, als er war. Er nutzte sie erfolgreich, um Frauen und Kinder zu erschrecken, und als Freibrief, um in den Schenken aufdringlich zu reden und Getränke zu schnorren. Er war ungefähr so groß wie Zoelan, aber halb nackt, denn er trug nur einen alten, staubigen schwarzen Holländerhut, schmutzige Reithosen aus Wapitileder und zerschlissene Mokassins. In seinem Gürtel steckten ein Biberzahnmesser und ein irokesischer Tomahawk, aus einem einzigen, zwei Fuß langen Stück Hartholz geschnitzt und mit einer Kugel am einen Ende. Ein scharfer Stein ragte aus der Kugel vor.

»Gib mir einen aus, Tonneman.« Stummelnases verunstaltetes Gesicht erschien Tonneman nicht mehr fremd wie vor zwanzig Jahren, als er den Algonkin zum erstenmal gesehen hatte, in dem Jahr, in dem er seine junge Frau in diese Neue Welt gebracht hatte.

Jetzt mischten sich Stummelnase und die Männer seines Stammes, deren Köpfe kahlgezupft waren bis auf einen hochstehenden Mittelstreifen von der Stirn zum Nacken, fast selbstverständlich unter die Dorfbewohner.

Die Frauen beschwerten sich natürlich, doch meist waren die Wilden friedfertig, außer wenn sie starke Getränke im Bauch hatten. Die Kompanie und der Boß hatten verfügt, daß kein Bier und kein Branntwein an sie verkauft werden durften, aber das Gesetz ließ sich nicht leicht durchsetzen.

»Ich habe dir geheißen, nicht hier hereinzukommen, Mann«, sagte Tonneman zu dem Indianer. Seine Stimme war leise und sein Ton gelassen, obwohl ihm der Branntwein die Zunge schwer machte.

»Ein Glas und ich gehe.«

»*Kein* Glas, und du gehst.«

Der Algonkin blickte ihn feindselig an und zeigte seine schwarzen Zähne. Schon schwer betrunken und nicht mehr fest auf den Beinen, griff er nach Tonnemans Kehle.

Der Schout verpaßte ihm mühelos einen Schlag mit dem Handrücken, so daß er zu Boden ging. Ohne die Augen zu öffnen, schnüffelte der Hund an den stinkenden Mokassins direkt vor seiner Nase und wandte seinen Kopf ab.

Tonneman drehte sich zu Joost um: »Ich dachte, ich hätte dir gesagt, ihm nichts mehr auszuschenken.«

Der Wirt langte hinter die Theke nach dem Spundhammer, der gerade für solche Fälle nützlich war. Als der Algonkin mit dem Tomahawk in der Hand aufsprang, gab Joost ihm mit dem schweren Holzschaft eins über den Schädel, daß Stummelnase das Bewußtsein verlor. Ungehalten über die Störung knurrte der Jagdhund im Schlaf. Joost klopfte mit seinem Spundhammer auf Tonnemans Knüppel. »Der hilft dir nicht, wenn du ihn nicht benutzt.«

Tonneman betrachtete kurz den Körper des Indianers, dann wandte er sich wieder an Joost. Er spuckte in die Sandkiste. Beleidigt stand der Hund auf, ging an die Haustür und legte sich über die Schwelle. »Danke, mein Freund«, sagte Tonneman förmlich und deutete eine Verneigung an.

»Das war ich ihm schuldig«, sagte Joost. »Als er das letztemal hier war, hat mir der Halunke falschen Zaster angedreht.«

»Du hättest ihn beinahe totgeschlagen. Ich möchte dich ungern hängen lassen, aber dieser Galgen im Fort wartet geradezu darauf, benutzt zu werden.«

»Du würdest mich doch nicht wegen eines wildgewordenen Indianers hängen, Tonneman.«

»Warum nicht? Bedaure den armen Galgen, der immer noch jungfräulich ist. Er wartet auf dich oder einen wie dich.«

Joost lachte. »Nicht auf mich. Ich bin zu hübsch zum Hängen.«

»Ja, das bist du.« Tonneman beugte sich über die Theke und kniff Joost in die Wange. Dann betrachtete er seine Hand und schüttelte traurig den Kopf. »Ich werde schwach wie ein Kind. Die Zeiten sind vorbei, daß Männer am Boden blieben, wenn ich sie schlug.« Er leerte sein Glas und steckte die Pfeife in den Mund. »Schaff den gottlosen Säufer fort, und schenk ihm nichts mehr aus.«

Joost antwortete nicht. Er bediente jeden, der zahlen konnte, und Tonneman wußte das.

»Ich meine es todernst, Joost. Nur wenn du vorsichtig bist, kann ich dir Ärger vom Hals halten.« Tonneman zündete die Pfeife wieder an. »Als der Boß heute zurückkam, tat er so, als wäre ich für all seine Probleme verantwortlich. Es ist nicht meine Schuld, daß er in Fort Oranje krank wurde. Ich habe die Engländer nicht kommen lassen. Wenn er hört, daß es hier bei dir Ärger gibt, werde ich dein Haus schließen müssen.« Der Schout stülpte sich den schwarzen Hut auf.

»Der Boß hat keine Zeit für Kleinigkeiten, Tonneman.« Joosts Mund zuckte. »Er hat zu viele Sorgen wegen der Engländer.«

»Tu, was ich dir sage«, warnte Tonneman. Er strich die sechs Gulden in seine Wildlederbörse, warf ein paar Stuiver auf die Theke und nahm seinen Knüppel.

»Ich verstehe«, erwiderte Joost hastig und kam um die

Theke herum nach vorn. Tonnemans Zorn konnte gefährlich werden. Joost legte den Tomahawk auf die Brust des Indianers, packte in das Büschel Haare und zog den Algonkin an dem dunklen Tisch vorbei, an dem sehr still drei Männer saßen. Er öffnete die Hintertür, zerrte den reglosen Körper des Indianers in die Dunkelheit hinaus und warf ihm seine Waffe hinterher.

»Und paß auf, daß es nicht zu laut wird«, rief Tonneman über die Schulter, als er nicht gerade sicher über den Hund stieg und durch die Haustür ging. »Ich will versuchen zu schlafen.«

2

DIENSTAG, 26. AUGUST. NACHT, FRÜHER MORGEN.

Hatte er geschlafen? Tonneman hätte es nicht mit Sicherheit sagen können. Da er nicht mehr einschlafen konnte, schwang er die Beine aus dem Bett und richtete seine große Gestalt langsam und vorsichtig auf, um den Kopf nicht an der niedrigen Decke zu stoßen. Diese dünne Maisstrohmatratze war nicht so bequem wie das wunderbar weiche Daunenbett, das er und seine Maria über so viele Jahre geteilt hatten, aber allein konnte er darin nicht schlafen. Er hatte es seiner Tochter und ihrem Mann geschenkt.

Ein Krug und eine Schüssel standen auf der Kommode neben dem Bett. Tonneman trank einen großen Schluck Wasser aus dem Krug. Das Wasser war leicht salzig und warm. Er stopfte seine Pfeife mit dem grobgeschnittenen Tabak.

Er schwitzte stark. Der Fluß war zwar ganz in der Nähe, doch die leichte Brise kühlte die Luft kaum. Er fuhr sich mit den Fingern durch das kurzgeschnittene sandfarbene Haar und stieg in die braune Kniebundhose, zog den breiten Ledergürtel fest und fühlte automatisch nach, ob sein Stahlmesser in der Scheide steckte. Das Messer hatte einen geschnitzten Fischbeingriff und gehörte in eine andere Zeit, vor seiner Heirat, als er das Leben eines Seemanns geführt hatte.

Tonnemans Füße waren von der Hitze so geschwollen, daß sie nicht in die Lederstiefel paßten. Also zog er die Holzschuhe an, nahm seine Pfeife und die Talglampe und ging nach draußen. Er wäre lieber barfuß geblieben, doch die unzähligen Scherben von Austernschalen auf der Pavelstraat schreckten davon ab. Austern gab es im Überfluß überall am *Strand*, ebenso Muscheln, die nur darauf warteten, aufgelesen zu werden. Die leichte Brise vom Fluß strich über seine nackte Brust.

Der *Birnbaum* nebenan war leidlich still. Eine Wohltat.

Noch eine Wohltat: Die Gendarmen, die als Nachtwächter Dienst taten, machten nicht den üblichen Radau auf den Stufen des Rathauses nebenan, wo die Coenties Alley in die Pavelstraat mündete. Tonneman schüttelte den Kopf. Sie waren ein rücksichtsloser Haufen; wie Trinker überall in der Welt, ließen sie Wasser, wo sie mußten. Und sie mußten oft, wenn sie auf den Stufen des Rathauses saßen.

In manchen Nächten bekam Tonneman zwischen Joosts Kunden und den Gendarmen kaum ein Auge zu.

Das Mondlicht warf lange Schatten auf die dunkle Straße, und das unaufhörliche Zirpen der Grillen beherrschte die Nacht. Ein Hund bellte, und ein anderer antwortete.

Heiße Augusttage, an denen selbst die schrillen Stimmen

der Kinder gedämpft schienen, gingen nahtlos in heiße Augustnächte über, die bleischwer auf allen lasteten.

Tonnemans Holzschuhe knackten auf dem Austernschalenpflaster, während er vor sich hin wankte. Er spürte den Alkohol in seinen Adern, der ihn betäubte, aber er war wach.

»Zwei Uhr und alles still.« Die Stimme von einem der Gendarmen, der seine Runde machte, drang durch die reglose Luft von irgendwo im Ort herüber.

Die einhundertfünfzig Soldaten, die in Fort Amsterdam Dienst taten, waren in drei Gruppen eingeteilt, von denen eine Gruppe nachts den Wall und die Tore bewachte und zusammen mit den Gendarmen durch die Stadt patrouillierte. Die zweite Gruppe erfüllte die gleiche Aufgabe tagsüber. Die dritte lag in Garnison im Fort, wo sie einem strengen Exerzierplan unterworfen war, um sich auf einen Zusammenstoß mit dem Feind vorzubereiten. Wenn sie genügend ausgebildet waren, würden sie, wie Tonneman wußte, eine der anderen Gruppen ablösen. Der Boß wollte in Hinblick auf die Engländer kein Risiko eingehen.

Auf der Pavelstraat grüßten ihn lauthals drei Matrosen, die wie Ranken ineinander verschlungen waren und dabei betrunken mit Armen und Beinen fuchtelten. Fünfzig Soldaten, Gott steh uns bei, und war jetzt ein einziger hier? Und wo steckten die Wächter, deren Aufgabe es war, dieses Gesindel nachts von den Straßen fernzuhalten?

Tonneman warf seine Talglampe nach ihnen. »Ihr Saufbrüder. Ihr habt Glück, daß ich es bin und kein Soldat. Wenn einer von denen euch sieht, schiebt er euch eine Hellebarde hinten rein. Verschwindet aus den Straßen. Ihr weckt die Stadt und erschreckt alle. Ihr kennt meine Vorschriften. Noch mehr Lärm, und ich lege euch in Eisen und werfe euch in die Bucht.«

Die Matrosen sabbelten ihn an und machten dabei obszöne Gesten. »*No comprendo, no comprendo*«, sagte einer durch sein Gesabbel, obwohl er allem Anschein nach Niederländer war.

»Genug.« Tonneman ballte eine Faust. »Falls ihr es nicht wißt, ich bin Tonneman, der Schout hier. Geht auf euer Schiff, sonst heißt es Gefängnis für euch, und euer Kapitän wird eine gesalzene Strafe zahlen müssen, um euch rauszuholen. Es würde euch nicht gefallen, mein Gefängnis; dort sind die Asseln so groß wie Ratten. Und ihre Lieblingsnahrung sind Matrosen.«

Er lachte, als seine Worte bei den Seeleuten Wirkung zeigten und sie durch die Stadt auf das andere Hafengebiet am Noordt Rivier zu flüchteten. Sie mußten zu dem holländischen Handelsschiff *St. Joseph* gehören, das gerade mit Waren aus dem Vaterland eingetroffen war.

»*No comprendo?*« murmelte er. »Der Herr schütze uns.« Er war jetzt hellwach. Er ging durch das Dunkel zur Rückseite seines Hauses und erinnerte sich, wie er und Maria und ihre Freunde es gebaut hatten, sah wieder Marias feines gelbes Haar unter der weißen Haube vor sich, ihre Haut wie Alabaster, über die Zeichnung gebeugt, die ihrem Elternhaus in Beverwijk ähnlich war.

Es sollte eine zusätzliche Stube geben, hatte sie ihm erklärt, völlig abgesondert von den Kindern, damit sie Zeit ganz für sich allein haben würden. Sie hatte die zusätzliche Stube bekommen, aber nur ihr erstes Kind, Anna, überlebte das Säuglingsalter. Vier weitere Mädchen und ein prächtiger Junge waren auf dem Friedhof am Breede Wegh begraben. Und jetzt lag ihre Mutter bei ihnen.

Sein Schmerz war dumpf und tief. Als er hinter sein Haus kam, rüttelte ihn ein Laut wach. Ihr Lachen, wie ein klingelndes Glöckchen, traf ihn wie ein Stich. Er ließ sich gegen die Hauswand fallen und hielt den Atem an. Lauschte. Nichts mehr.

Im Stall standen schlafend Annas Brauner und Johans Fuchs. Tonnemans Pferd Venus starrte ihn gleichmütig an. Er tätschelte die graubraune Stute. Ungerührt wühlte sie in dem Hafersack, der an einem Nagel hing. »Ich weiß, altes Mädchen. Die Hitze.« Mit der Heugabel warf er ihr etwas Salzheu vom Heuboden darüber vor. »So, kannst du mir verraten, wo meine Angelrute ist?«

Da er keine Antwort erhielt, ging er wieder hinaus und fand die Rute da, wo er sie Anfang der Woche gelassen hatte, nämlich an die Hintertür gelehnt. Er verbrachte so wenig Zeit wie möglich im Haus; es war jetzt mehr Annas und Johan Bikkers Haus. An diesem Morgen jedoch wollten seine Tochter und sein Schwiegersohn aus der Stadt auf den Hof in Neu-Haarlem umziehen, näher zu Johans Leuten, und dann würde Tonneman praktisch allein sein.

Als er stehenblieb, um seine Pfeife an der Lampe anzuzünden, wurde er von Paulus Cuyter, einem der Gendarmen der Stadt, gegrüßt. Mit den krummen Beinen und der gebeugten Gestalt sah er aus wie einer jener Trolle, von denen die schwedischen Matrosen erzählten. »Was von den Engländern gehört, Tonneman? Kommen sie?«

»Es sieht so aus.«

»Wir sind bereit«, sagte der Troll und schwang drohend die Hellebarde, die alle Mitglieder der Nachtschicht bei ihrem Dienst trugen.

»Gott schütze uns«, erwiderte Tonneman, der darüber nachdachte, wie schnell die Engländer sie vernichten würden. Zwei oder drei Schiffe mit schweren Geschützen würden genügen. Die holländische Flotte war anderweitig beschäftigt; sie hatte keine Zeit für diesen abgelegenen Ort. Die Gendarmen und ihre rostigen Spieße würden wenig oder gar nichts ausrichten.

»Gott schütze uns«, stimmte Paulus Cuyter zu, als er sich verabschiedete. »Und Gott verfluche die Engländer.« Er warf einen Blick auf die Sanduhr, die er trug, schüttelte die letzten Körnchen durch, drehte sie um und rief: »Halb drei und alles still!«

Tonneman verstaute die Angelrute unter dem Arm und die Pfeife im Hosenbund, trat von der Straße herunter und pflückte eine Birne von dem Baum vorm Wirtshaus. Er hatte seinen Frieden mit dem Baum gemacht nach Smitts Tod im vergangenen Monat. Im Wirtshaus brannte noch Licht, und er konnte gedämpften Lärm hören, doch Joost und seine Kunden benahmen sich ordentlich. Solange Joosts späte Kundschaft niemanden, namentlich Tonneman, störte und solange der Boß es nicht herausbekam, war Tonneman bereit, Joost gewähren zu lassen.

Er biß in die süße Frucht und spuckte die kleinen Kerne durch die Zähne aus, während er den *Strand*, wie die Pavelstraat oft genannt wurde, zum Wasser hin überquerte. Zum Glück war der Wall, der die Stadt umschließen sollte, nie bis zu diesem Teil der Pavelstraat erweitert worden, so daß er freien Blick und Zugang zum Oost Rivier hatte.

Tonneman ging den leicht abfallenden Weg zum Anfang der Coenties Alley hinunter, die zum Coenties Slip führte. Coenties war eine Verkleinerung der Vornamen von Tonnemans Freunden, den ten Eycks, Conraet und Antje, die dort mit ihrem kleinen Sohn, dem neunjährigen Conraet, am Wasser lebten.

Er holte mit dem Arm aus und schleuderte das Kerngehäuse der Birne in die Dunkelheit. Durch das unablässige

Klatschen des Oost Rivier gegen den Pier und die Felsen hörte er nicht, wie das Gehäuse auf das Wasser traf, doch das stetige Ächzen von Tauen und das Quietschen von Holz von den zwei Handelsschiffen, die im Hafen vor Anker lagen, konnte der Fluß nicht übertönen. Hier und da schimmerte Licht auf den Schiffen, eine Stimme schrie im Schlaf auf.

Tonneman sah einen Schatten von der Wache auf dem naheliegenden Schiff, der Barke *Donna Isabella*. Bald würde es am *Strand* von Händlern und Kaufleuten wimmeln, und ein neuer Tag würde anbrechen.

Er wandte sich nach links, vom Hafen weg, zu einer Stelle, wo das Ufer etwas erhöht war und er auf einem grasbewachsenen Vorsprung sitzen und seine Leine auswerfen konnte.

Eine Weide senkte anmutig einen Ast über das Ufer. Mit den Jahren hatte er den Baum als sein Eigentum in Anspruch genommen. Er saß jetzt an ihrem Fuß, wo sein Hintern mit der Zeit einen Fleck für ihn eingedrückt hatte. Seinen Sinnierplatz, hatte sie ihn genannt.

Ein Frosch quakte, und Grillen zirpten. Tonneman lauschte dem Plätschern der Strömung, schwapp, Stille, schwapp. Ein leichter Wind schüttelte das Gras, streichelte ihn. Hier herrschte ein Frieden, den er sonst nirgendwo fand.

Er grub die Erde auf, bis er einen Regenwurm fand, dann löste er die Schnur von der Angelrute, machte den Wurm am Haken fest und warf die Schnur in das strömende Wasser hinunter. Der Ruck an der Schnur gleich darauf überraschte ihn, aber als er sie einholte, war nur der Wurm weg. Der Fisch hatte ihn wieder überlistet.

Er rückte einen Stein von der Größe eines Menschenkopfes von der Stelle, wo er im Boden steckte und zog das Rohlederpäckchen mit verdorbenem Fleisch heraus, das er dort aufbewahrte. Dann zog er sein Messer, schnitt Fleisch ab, spießte es als Köder an den Haken und steckte sein Messer in die Erde. Jetzt ließ er die Schnur wieder ins Wasser fallen und zog an einer anderen Schnur in der Nähe.

An dieser Schnur hing etwas: eine Flasche Rheinwein. Er zog das Messer aus dem trockenen Grasboden und bohrte schnell den Korken heraus, ohne auf die Stücke zu achten, die in die Flasche gestoßen wurden. Mit zurückgeneigtem Kopf trank er einen gewaltigen Schluck von dem hellen trockenen Wein. Er zündete seine Pfeife wieder an der Talglampe an und nahm noch einen Zug, während er den silbrigen Mond betrachtete, der zwischen den Sternen an dem dunklen, samtigen Himmel hing.

Seine Augen wurden schwer, das Messer entglitt seinen Händen und blieb auf dem plattgetretenen Gras neben ihm liegen. Er leerte die Flasche und stellte sie auf die Seite. Die Frösche quakten friedlich.

Irgend etwas weckte Tonneman, vielleicht ein seltsames Geräusch, vielleicht das Fehlen von Geräuschen. Als er aufwachte, herrschte eine gespenstische Stille, und er wußte nicht, wo er war.

An einem Ast über ihm baumelnd sah er den dunklen Umriß eines erhängten Mannes, schaukelnd. Tonneman sprang auf und griff nach dem Schatten, der sich in viele, viele Weidenblätter auflöste. Er wischte sich mit den Händen über die Augen und erinnerte sich.

Wieder einmal waren beide betrunken. Er und Smitt hatten am Ufer gestanden, den Rücken zum Oost Rivier und zur untergehenden Sonne.

»Es gibt da etwas, was ich dir erzählen muß«, begann Smitt.

»Aha. Heraus damit.«

Smitt drehte seine Flasche auf den Kopf. Sie war leer. »Erst brauche ich einen Schluck.«

»Dann ruft uns also der *Birnbaum*.« Tonneman verlagerte sein Gewicht. »Geh mit mir beim Rathaus vorbei, um ...«

»Nein.« Smitt schüttelte den Kopf, wobei er fast die Balance verlor. »Nicht zum *Birnbaum*. Zum *Holzpferd*.«

»Nein«, antwortete Tonneman mit der Dickköpfigkeit des Trinkers. »Ich bin schon nach dort unterwegs.«

Er sah Smitt nicht mehr lebend wieder.

Der Mond war hinter einer Wolke verschwunden, und der Wind hatte die Talglampe ausgeblasen. Die dichte Dunkelheit schien plötzlich übernatürlich. Tonneman setzte sich schwerfällig auf und lehnte sich an die Weide. Er schloß die Augen.

»Du hast es dem Juden verkauft«, flüsterte eine vertraute Stimme.

Smitt? Tonneman war außer sich vor Freude. Smitt war nicht tot. Tonneman machte Anstalten aufzustehen, doch eine zweite Stimme sprach: »Du bist verrückt!«

»Es gehört mir, und ich will es wiederhaben.« Geräusche von einem Handgemenge, dann: »Woher hast du dieses Gold?«

»Ich will es teilen ...«

»Sag es mir.«

Tonneman konnte die Antwort nicht hören. Vorsichtig kroch er auf die Stimmen zu. Er hörte jemanden lachen, dann ging das Lachen in Husten über. Es knackte im Gestrüpp, dann taumelte ein Mann in Tonnemans Blickfeld.

Tonneman griff instinktiv zum Messer. Die Scheide war leer. Er hob die Hände. Er brauchte es nicht. Der Störenfried streckte eine Hand nach Tonneman aus, drehte sich um sich selbst und fiel auf den Rücken.

Der Mond brach hinter der Wolke vor und tauchte das Flußufer in fahles Licht.

Kaum fähig, sich auf den Beinen zu halten, beugte sich Tonneman über den gestürzten Mann. Blut quoll über die Lippen des Mannes, als er zu sprechen versuchte. Tonneman beugte sich tiefer und legte sein Ohr an den blutigen Mund des Mannes.

Der Mund des Mannes bewegte sich an Tonnemans Ohr, doch er verstand nichts. »Was? Was?«

»Pap«, stieß der Mann durch noch mehr Blutblasen aus.

Tonneman hob seine Hände hoch und wich zurück, als ein Blutstrahl aus dem Mund des Mannes schoß, gefolgt von dem rasselnden Atem des Sterbenden. In dieser Welt würde er nicht mehr sprechen.

3

DIENSTAG, 26. AUGUST. IN DEN FRÜHEN MORGENSTUNDEN.

Heiliger Jesus«, flüsterte Tonneman heiser. Seine Hände waren blutverschmiert.

Ein Stich in die Brust hatte einen Lungenflügel durchbohrt. Ob die Wunde von einem Schwert oder einem Messer herrührte, konnte Tonneman nicht sagen. Der Tote war klein und schmächtig, jünger als er und in die feinen blauen, roten und goldenen Satinkleider eines vornehmen Herrn vom europäischen Festland gekleidet, weiße Spitzen als Ärmelstulpen und Kragen sowie Bandschleifen an den Knien und Schuhen. Auf der Erde lag ein roter Samthut mit einer blauen Feder. Ein Spanier vielleicht. Nein. Ein Franzose, das war es. Es roch widerlich nach Lavendelparfüm. Nur ein Franzmann würde so ein billiges Parfüm benutzen. Nun ja, das war besser als der Geruch, den er bei dieser Hitze in einigen Stunden verströmen würde.

Der Mann trug eine achteckige Brille, und die Waffe an seiner Seite, die an einem goldenen Gehenk hing, war ein kunstvolles Rapier mit verschnörkelten Verzierungen am Stichblatt. Tonneman zog an der Waffe. Die drei Fuß lange, zweischneidige, spitz zulaufende Klinge glitt leicht aus der Scheide und machte dabei ein Geräusch, das fast wie Musik klang.

Warum hatte der Tote sie nicht gezogen? Anscheinend, weil er den Mörder für einen Freund gehalten hatte. In diesem Augenblick verschwand der Mond hinter einer Wolke, so daß Tonneman völlig im Dunkeln stand. Der Mörder war vielleicht noch hier draußen. Mit dem Degen des Toten in der ausgestreckten Hand blinzelte er in die Dunkelheit.

Auf den Knien tastete Tonneman mit der freien Hand nach der Lampe. Die Kerze war heruntergebrannt. Seine blutige Hand fand die Weinflasche, und er hob sie an die Lippen. Leer. Ein Heer von Stechmücken fiel über sein Gesicht, die nackten Arme und die Brust her. Er achtete nicht darauf und lauschte.

Ein leises Geräusch, das Knacken eines Zweiges, brach die Stille.

Der Schlag traf Tonneman mit ungeheurer Wucht auf den Rücken, so daß es ihm den Atem raubte. Er krümmte sich zusammen, schnappte nach Luft, versuchte, den Degen in die Dunkelheit zu stoßen, doch der fiel aus seinem matten Griff.

Ein weiterer Hieb über den Rücken schleuderte ihn in den Fluß unter ihm.

Er würde sterben, dessen war er sich sicher. Gut. Ohne Maria, warum nicht sterben?

Er dachte an Anna. Sie würde ihn vermissen, doch sie hatte jetzt ihre eigene Familie. Das Wasser war überraschend kalt.

Seine Gedanken wanderten, zuerst in seine Jugendzeit an der Universität mit Dinck, dann zu den Jahren auf See, als das Leben wirklich frei war.

Maria. Als er mit ihr in die Neue Welt gekommen war. Als sie das Haus bauten. Wie wunderbar das Leben vor ihnen gelegen hatte.

Als Anna geboren wurde.

Die anderen. Wie eins nach dem anderen geboren wurde. Und starb. So klein. Säuglinge noch.

Erinnerung auf Erinnerung. Trauer auf Trauer.

Er hätte heute nacht nicht in den *Birnbaum* gehen sollen. Wenn er es nicht getan hätte, läge er jetzt vielleicht sicher im Bett.

Doch er war in den *Birnbaum* gegangen.

So also, dachte er, endete das Leben. Tonneman findet ein schimpfliches Ende, den Tod eines Säufers, der in den Fluß purzelt und ertrinkt. Nicht mit einer Erinnerung an Maria, sondern mit der Erinnerung an einen dummen Krach mit einem schmutzigen Indianer in einer Wirtschaft.

Der überraschende Sturz in das kalte Wasser hatte Tonnemans Glieder gelähmt, und er fühlte sich von der starken Gezeitenströmung des Oost Rivier fortgerissen. Der schreckliche Lärm des Wassers dröhnte in seinen Ohren. Machtlos gegen den Sog, wehrte er sich, kämpfte gegen das Gewicht der durchnäßten Hosen.

Nein. Er würde nicht sterben. Nicht jetzt. Nicht auf diese Weise.

Laut fluchend kam er hoch und bekam den Mund voll Salzwasser für seine Mühe. Doch das kalte Wasser schärfte seine Sinne. »Nein«, schrie er, als er spürte, wie er in einen schwarzen Strudel gesogen wurde, herumwirbelte, sank. Als er sich wieder an die Oberfläche kämpfte, grinste ihn ein Totenkopf auf einem menschlichen Körper höhnisch aus den Tiefen des wirbelnden Wassers an.

Tonneman kämpfte mit den Armen schlagend gegen die kräftige Strömung, bis sein Körper auf einen aufrechten Stamm prallte und sich darumwickelte; keuchend klammerte er sich fest. Der Stamm gehörte zum Pier am Coenties Slip. Als er dieses Mal an die Oberfläche kam, heulte er wie ein Wolf in den nächtlichen Himmel.

Eine gespenstische unförmige Gestalt schleppte sich die Straße entlang, langsam, gewissenhaft, still. Schließlich hielt sie inne. Und teilte sich. Die Gestalt stieg vom Pferd, hob den Gegenstand herunter, der über dem Widerrist des Tieres lag, und trug ihn zu dem kleinen Nebengebäude. Einmal mit dem Feuerstein über Stahl gekratzt, und bald brannte ein Feuer.

Antje ten Eyck, eine unscheinbare blonde Frau und dicker, als ihr gefiel, war im achten Monat schwanger und hatte wie so oft wegen der Hitze nicht schlafen können. Die ersten Laibe lagen schon im Backofen, und sie knetete fleißig noch mehr Brotteig, als sie das Brüllen vom Fluß hörte. Sie eilte ins Haus, um mit mehligen Händen ihren Mann wachzurütteln.

»Wieder so ein betrunkener Matrose«, murrte er verschlafen. »Lass' mich in Ruhe, Frau.«

Der Laut drang sogar durch die Glasfenster, die trotz der Hitze gegen das Gift der Nachtluft fest geschlossen waren. Die Flamme an Antjes Kerze brannte schwach. »Und wenn es die Engländer sind, Mann?«

Conraet ten Eyck wurde schnell wach, sofort war der Schlaf aus seinen Augen gewichen. Er war groß und breit und sah so gut aus, wie Antje reizlos war. Und er liebte seine Frau sehr.

»Andererseits, falls es die Engländer sind, warum hätte er dann deinen Namen gerufen?« fragte seine Frau, außerordentlich zufrieden über ihre Klugheit.

Ten Eyck ließ sich wieder auf das Bett fallen, zog seine blaue Nachtmütze über die Augen und verbarg sein rotbackiges Gesicht unter dem großen Federkissen.

Seine Frau ließ nicht locker. »Bist du ein Mann, ten Eyck?« Er stöhnte und zog das Kissen fester. »Tu was, bevor er den Jungen weckt.« Ten Eyck hörte die Tür aufgehen und zum erstenmal die Stimme eines Mannes, der deutlich seinen Namen rief. Die Tür ging zu.

»Tonneman«, sagte ten Eyck plötzlich, während er unter dem Kissen vorkam. Seine Frau war fort. Noch im Nachthemd und mit der Mütze zog er die Kniehosen und Stiefel an und rannte den kurzen Weg zur Anlegestelle, wo Antje sich ungeschickt über die Planken beugte, während die Brise ihren schwarzen Baumwollrock aufblähte.

Zwei Möwen mischten sich kreischend in den Lärm und die Hektik ein. Jemand schrie.

»Tonneman, betrunkener Dummkopf«, sagte Antje. »Maria, Gott sei ihr gnädig, weint sich im Himmel die Augen über Euch aus.«

»Still, Frau«, sagte ihr Mann, der hinter ihr auftauchte. »Hilf mir hier.«

Mit vereinten Kräften zogen sie einen erschöpften und wütenden Tonneman auf den Steg. Er lag da auf dem Rükken wie ein riesiger Fisch, keuchend, beinahe ertrunken. Conraet ten Eyck drehte ihn herum und drückte auf seinen Rücken. Tonneman hustete und spie Salzwasser aus.

»Wenn ich nicht tot bin, habe ich es nicht ihm zu verdanken.« Tonneman setzte sich auf und klopfte sich ganze Bäche von den durchnäßten Hosen. Er war barfuß, seine Holzschuhe hatte er in dem verfluchten Fluß verloren. »Er wollte meinen Tod.«

»Wer?« fragte ten Eyck. »Was redest du da?«

Antje ten Eyck wischte sich die Hände an der Schürze ab. »Kommt, es reicht. Ich habe gleich frisches Brot. Und Tee.« Sie warf mißbilligend den Kopf in den Nacken und schlurfte zu dem kleinen Haus zurück.

Tonneman schüttelte sich das Wasser aus dem Haar und starrte ihr nach. »Was hat die Frau?«

»Tonneman, du trinkst zuviel und wärst beinahe ertrunken, und da stellst du so eine Frage?«

»Ich wurde mit einem Prügel geschlagen und in den Fluß geworfen. Ich bin nicht betrunken. Immerhin kann es ein englischer Soldat gewesen sein.«

»Wer?« fragte ten Eyck zweifelnd.

»Der Mann, der den Fremden ermordet hat.« Tonneman stand auf. Er hatte sich fast von der Tortur erholt, aber sein Rücken war steif und schmerzte.

Ten Eyck schüttelte den Kopf. »Du redest dummes Zeug. Komm. Du kannst meine alten Stiefel haben.«

»Ein aufgeputzter Bursche liegt tot unter meinem Baum«, erklärte Tonneman. »Direkt vor meiner Nase ermordet.«

»Ich sehe keine Engländer, ich höre keine Engländer. Ein Branntweintraum, mein Freund.«

»Nein. Ich habe ihn gesehen. Sein Blut war an meinen Händen.«

»An deinen Händen ist kein Blut, du Dummkopf.«

»Das Wasser hat es ... jemand hat mich mit einem Prügel geschlagen und in den Fluß gestoßen.«

»Komm.« Ten Eyck wandte sich zum Gehen.

Als sie in die Waschküche traten, hielt Antje eine Kerze an Tonnemans breiten Rücken. Zwei breite Striemen, die bereits blau wurden, liefen quer darüber.

»Und?« Tonneman war streitlustig.

»Was soll ich dazu sagen?« meinte ten Eyck. »Eine böse Prellung. Du hast schon schlimmere in deinem Leben gehabt, und du wirst noch schlimmere haben. Das ist das Los des Trinkers. Wenn man trinkt, fällt man hin; wenn man hinfällt, bekommt man Schrammen.«

Tonneman schnaubte entrüstet.

Antje schüttelte traurig den Kopf und ging hinein, um den Eichentisch mit der Kiefernplatte zu schrubben, auf dem sie den Brotteig geknetet hatte und nun das Frühstück anrichten wollte. Ihr Mann ging auf die Schlafstube zu. »Wollt Ihr mit uns essen? Ich habe Schinken und ein paar Taubeneier.«

»Keine Zeit«, antwortete Tonneman und ging an ten Eyck vorbei in die Schlafstube.

Ten Eyck blieb stehen. »Ich sehe mir den ermordeten Mann an, den Tonneman gefunden hat.« Dann glitzerte es in seinen Augen. »Komm doch mit.«

»Ha!« Antje lief geschäftig hin und her. »Ihr zwei habt vor, euch um den Verstand zu trinken, und da meinst du, ich soll mitkommen.« Sie stellte einen Kessel aufs Feuer. »Geht. Sucht eure Leiche. Falls es eine gibt.«

»Stiefel?« fragte Tonneman.

Ten Eyck gab ihm ein abgetragenes, aber noch brauchbares Paar und zog sich dann schnell an, wobei er ständig den Kopf schüttelte.

Der kleine Conraet stand in der guten Stube, als sie herauskamen, rieb sich gähnend die Augen und trank Buttermilch. »Ihr habt mich geweckt«, sagte er. Er war ein robuster Junge von neun Jahren mit gefälligen Gesichtszügen, obwohl er seiner Mutter sehr ähnelte.

»Ich schulde dir einen Angeltag«, sagte Tonneman, während er das helle gelbe Haar des Jungen zerzauste.

»Sagt mir, wann«, rief ihm der Junge nach.

»Antje ist eine tüchtige Frau«, bemerkte Tonneman, als sie auf das Ufer zugingen, wo Tonnemans Weide stand, deren hängende Äste sich über dem Boden wölbten wie ein Indianerwigwam.

Tonnemans Blick zeigte sich der im Mondlicht glänzende Fluß beinahe friedlich, vielleicht mit sich selbst zufrieden, weil er ihn zum Narren gehalten hatte.

»Wo ist dein Toter?« wollte ten Eyck wissen, während er die Laterne hochhielt.

»Hier.« Tonneman drückte die hängenden silberblättrigen Weidenzweige auseinander.

Der Tote war verschwunden.

4

DIENSTAG, 26. AUGUST. VOR TAGESANBRUCH.

In einer Holzeinfriedung an dem Jodensteeg stand Nick de Sille mit dem Mann, der als Charles Bridge und auch als Carel van Brugge bekannt war. Abgesehen vom Mondlicht und dem Flackern eines kleinen Feuers in der Nachbarschaft der Molenstraat war die Nacht dunkel.

Dürres Gras raschelte, ein Zweig knackte, und ihr Partner tauchte auf.

Van Brugge kratzte sich nervös am Kopf. »Du hast den Brief?«

»Nein, aber ich weiß, wo er ist.« Der Partner zog ein Fläschchen Branntwein aus der Manteltasche, nahm rasch einen Schluck, ohne davon anzubieten, dann holte er seine glimmende Pfeife aus einer anderen Tasche.

»Man wird uns sehen«, protestierte van Brugge ängstlich.

»Meinetwegen.« Der Partner paffte an der langen Pfeife. Rauch stieg im Mondlicht aus dem weißen Tonkopf auf.

»Atkins?« fragte de Sille.

Ein Schluck Branntwein und ein einziges Wort. »Erledigt.«

»Als nächstes«, sagte de Sille, »nehmen wir uns den Juden vor.«

»Ich glaube nicht, daß noch ein Mord nötig ist«, wandte van Brugge ein.

»Aber ich«, sagte ihr Partner, »und damit basta.«

»Einverstanden«, erklärte de Sille und strich sein glänzendes schwarzes Haar glatt.

Ihr Partner zog nachdenklich an seiner Pfeife. Die Nachtluft war schwer vom Duft nach Lavendel.

»Also, wo ist dein Toter?« fragte ten Eyck noch einmal, diesmal mit einem verächtlichen Schnauben, dann einem leisen Lachen. Er hob die Laterne höher und schwenkte sie mit übertriebenen Bewegungen hin und her, um die Stelle abzuleuchten. Der Schein fiel auf Tonnemans leere Weinflasche. Ten Eyck deutete auf die Flasche und brüllte: »Eine Leiche, bei Maria Magdalenas Hurenarsch!«

»Nicht zu glauben ... hier war eine Leiche ... ein Mann in geckenhafter Kleidung, mit Brille ... und einem vornehmen Degen ...« Tonnemans stockende Erklärung und ten Eycks Gelächter wurden von einem schrillen Schrei unterbrochen, der vom Ort zu kommen schien, aber an dieser vom Wasser umgebenen Stelle, an der sie standen, konnte man der Richtung von Geräuschen nie trauen.

Tonneman und ten Eyck, beide jetzt auf der Hut, schoben die Blättervorhänge der Trauerweide beiseite und gingen schnell auf die Pavelstraat zu, während das Schreien anhielt und lauter wurde.

Aus dem *Birnbaum* drang kein Licht, aber in den Fenstern um das Rathaus leuchteten Kerzen hierhin und dorthin, begleitet von einem unharmonischen Chor aus dem Geschnatter von Männern, Frauen, Kindern und Tieren.

»Hallo«, rief Tonneman, als er und ten Eyck um die Rathausecke bogen. »Was geht hier vor?«

»Wer ist das?« Die Stimme gehörte Carl Visscher, einem der Nachtwächter.

»Herr, schütze uns«, sagte ten Eyck, dessen Laterne flakkerte. »Es sind die Engländer. Sie sind hier. Vielleicht hattest du doch recht, Tonneman.«

»Nein.« Tonneman blickte über das vom Vollmond beleuchtete Ende der Insel hinaus auf die Bucht, wo die Wasser des Oost Rivier und des Noordt Rivier sich auf ihrem Weg zum Meer vereinten. »Mit der Leiche hatte ich recht. Aber die Engländer scheinen nicht hier draußen zu sein. Noch nicht.«

Visschers hohe Stimme war jetzt noch höher. »Feuer! Alarm!«

Laute Schreie antworteten, während die Leute den Schlaf abschüttelten. Feuer! Ein einziger kleiner Brand konnte alles vernichten.

Als Tonneman, auf den Fersen gefolgt von ten Eyck, den kleinen Hügel erklomm, sah er den grellen Schein im westlichen Teil des Ortes, in der Nähe der Molenstraat.

Visscher richtete seine flackernde Kerze auf Tonneman. »Kommt, schnell, Schout. Es brennt im Jodensteeg. Wir brauchen eine Leiter und noch mehr Eimer.«

»Um Gottes willen«, rief Tonneman. »Ich kann es sehen.«

Die drei rissen die Türen des Rathauses auf und suchten

hastig die notwendige Ausrüstung zusammen. Im Laufschritt schrie Tonneman: »Ahoi, ihr in der Wirtschaft! Kommt und helft das Feuer löschen. Joost, du Säufer, komm heraus und pack an!«

Ten Eyck und Visscher fielen in sein Rufen ein, aber aus der Wirtschaft kam keine Antwort.

»Feuer!« kreischte Carl Visscher wieder. »Alarm!«

Tonneman gab den anderen Zeichen, sich zu beeilen. Visscher, der mit seiner Kerze und fünf Eimern kämpfte, übernahm die Führung. Tonneman und ten Eyck folgten dicht hinter ihm mit der Laterne, einer Leiter und zwei Haken sowie acht weiteren Eimern.

Sie schafften den kurzen Weg über die Brücke der Heere Gracht zum Jodensteeg in wenigen Minuten. Die Gracht war ein zehn Fuß breiter Seitenarm des Oost Rivier. Allgemein als »Graben« bezeichnet, reichte er über die halbe Strecke zum Wall. Jodensteeg, ein Abschnitt der Molenstraat, lag gleich auf der anderen Seite.

Frauenstimmen gellten, Kinder rannten an den Fußstegen, die den Graben überspannten, hin und her. »Aelbert«, rief eine Frau immer wieder. »Aelbert.«

Unter die schreckliche Angst, die Flammen würden auf alle Häuser übergreifen, mischte sich eine makabre Fröhlichkeit. Ein Kind piepste: »Mama, ich möchte Wasser tragen.« Eine Kette aus Nachbarn, Christen wie Juden, hatte sich bereits am Graben gebildet, Eimer wurden gefüllt und durch die Kette zum Jodensteeg weitergereicht.

Die knisternden Flammen züngelten und wälzten sich und tauchten die Welt in ein unheimliches Licht. Jeder Gesichtszug wurde durch den Feuerschein sonderbar vergrößert: Nasen wurden länger, Backen schwollen, Augen traten hervor. Unter den Stimmen war immer noch »Aelbert, Aelbert« zu hören.

»Louisa, wo bist du?« rief ein Junge.

Die Arbeit am Graben leitete der Führer der Nachtwache, Hauptmann Lodowyck Pos, ein gedrungener Mann mit breiter Brust, der stark wie ein Ochse war und dessen angenehmes Gesicht ein gepflegter tiefschwarzer Bart zierte. Alle zehn Mann der Nachtwache, auch jene, die nicht im Dienst waren, arbeiteten neben Soldaten und eilends geweckten Bürgern. Sobald sie Wasser aus dem Graben geschöpft hatten, reichten sie es weiter zu den Feuerwehrmännern und zu Brandmeister Claes van der Werff, der an dem in hellen Flammen stehenden Haus postiert war, wo Abraham Mendoza, sein Sohn und seine Schwiegertochter wohnten.

»Bitte, bitte«, rief eine ängstliche Frau, »bringt Wasser hierher, sonst springt das Feuer auf unser Haus über.«

Die Stadt lebte in ständiger Angst vor Feuer. Bei den Stroh- und Schindeldächern und hölzernen Schornsteinen konnte jederzeit ein Brand entstehen. Jeder Haushaltsvorstand zahlte eine Steuer für die numerierten Ledereimer mit dem Stadtsiegel, einem Kranz um einen Biber, und für die Leitern und Haken, die an verschiedenen Stellen in der Stadt bereitstanden. Warum hatte Visscher also zum Rathaus gehen müssen, um mehr Geräte zu holen? Tonneman war davon überzeugt, daß irgendein Halunke die Ledereimer von den festgelegten Plätzen gestohlen hatte.

»Wenn diese Funken hierhergeblasen werden, zünden sie ein neues Feuer an.«

»Aelbert. Aelbert.«

Tonneman wußte, daß die Juden Mendozas Haus für Gottesdienste benutzten. Während er das in sich zusammenfallende Feuer beobachtete, fragte er sich, ob sie einen ihrer geheimen Riten vollzogen hatten, irgendeine heidnische Feuerzeremonie. Hatte das den Brand verursacht?

»Wo ist meine Mama? Ich will zu meiner Mama.«

Ein herübergewehtes Stückchen Glut traf Tonnemans nackte Schulter. Er schüttelte den leichten Schmerz ab, und er dachte an Beverwijk. Maria und er hätten in Holland bleiben sollen. Drüben hätten sie jetzt ein schönes Klinkerhaus mit all ihren Kindern. Das Leben wäre viel einfacher und sicherer mit einem Klinkerhaus. Es gab einige in Neu-Amsterdam, aber seines gehörte nicht dazu. In Neuengland bauten die gescheiten Johnnies mit Stein.

Meister van der Werff, ein großer, ungepflegter Mann mit breiter Stirn und gewaltiger Stimme, rief Befehle, als die Kette der Wasserträger wankte. »Weitermachen«, brüllte er.

»Weitermachen«, wiederholte Hauptmann Pos. »Hört jetzt nicht auf.« Pos beobachtete Visscher und ten Eyck, die den Feuerwehrmännern die mitgebrachte Ausrüstung übergaben. Als sie zu der Eimerkette eilten, fiel sein Blick auf Tonneman. Er kam herüber und stellte sich neben den Schout.

»Berichte«, sagte Tonneman, während er versuchte, sich einen Überblick zu verschaffen.

Bevor Pos antworten konnte, eilte ein aufgeregter grauhaariger Riese von Mann auf ihn zu. Der alte Mann legte sich den Mantel reiner Güte und Redlichkeit um; ob man es für die Wahrheit hielt oder nicht, hing vom Betrachter ab: Johannes Megapolensis, Pfarrer der Reformierten Protestantischen Holländischen Kollegiatkirche in Neu-Amsterdam, der Sint Niklaas-Kirche, der Steinkirche im Fort. »Ich habe es gerade erst gehört«, donnerte er. »Wessen Haus brennt?«

»Des Juden Mendoza.«

»Nun, auch sie sind Gottes Geschöpfe«, bemerkte Megapolensis, obwohl er sich der dauerhaften Ansiedlung der

Juden eisern widersetzte, und das seit ihrer Ankunft vor zehn Jahren, als er sie als »gottlose Schurken« bezeichnet hatte. »Ist jemand verletzt? Wie kann ich helfen?«

»Wir haben alles unter Kontrolle. Ihr könnt wieder zu Bett gehen.«

»Wir haben dich am Sonntag in der Kirche vermißt, Hauptmann. Mit besonderen Gebeten haben wir den Herrn um genügend Regen angefleht.«

»Nicht jetzt, Prediger.«

Der Pfarrer holte Luft. »Ich möchte gern helfen.«

Pos nickte erschöpft.

»Dann reiht Euch in die Kette ein und helft die Eimer weiterreichen«, rief Meister van der Werff, als er vorbeirannte.

»Danke, danke.« Als der Prediger zum Dienst eilte, stieß er mit Tonneman zusammen. »Guten Morgen, Heer Schout.« Er blickte zum Himmel, bat um Gottes Segen und reihte sich ein.

Pos schüttelte den Kopf, dann wandte er sich wieder an Tonneman. »Das Feuer brach im Schuppen hinter dem Haus aus, dann sprang es auf den Zaun und in Mendozas Haus über. Zum Glück hat sich der Wind gelegt.«

»Alle draußen?«

»So hat man mir berichtet.«

»Wo ist der Boß?« Tonneman runzelte die Stirn. Nach dem äußeren Schaden zu urteilen, würde Mendoza von Grund auf neu bauen müssen.

»Noch nicht hier«, sagte der Hauptmann der Wache.

»Er kommt aber.«

»Das weiß ich auch.«

»Tonneman«, dröhnte eine tiefe Stimme.

»Wenn man vom Teufel spricht«, sagte Pos, ein kaum merkliches Lächeln auf dem geschwärzten Gesicht.

»Mijnheer?« erwiderte Tonneman.

Der Mann mit dem silberbeschlagenen Eichenholzbein stapfte auf sie zu. Er war sehr robust trotz seiner vierundfünfzig Jahre, und der Verlust des rechten Beines in einer Schlacht gegen die Spanier vor zwanzig Jahren hatte ihn nie aufgehalten, geschweige denn kürzer treten lassen.

Der junge afrikanische Fackelträger Ditmar folgte flink, so daß sein Herr immer im Licht war.

Sein braunes Haar war schulterlang, doch unter dem schwarzen Hut war der Kopf kahl. Er war ein übellauniger kalvinistischer Moralist von mürrischer Veranlagung und gemeinem Wesen. Mit finsterem, cholerischem Blick betrachtete er jetzt Tonnemans nackte Brust. »Ich halte es bei einem Mann Euren hohen Amtes nicht für schicklich, nicht in voller Tracht aus dem Haus zu gehen.«

»Ja, Mijnheer.«

»Wenn das Feuer sich bis zu meinem Haus ausbreitet, lasse ich Euch aufs Holzpferd binden und lasse Euch dort, bis der Winter kommt und geht. Verstanden?«

»Ja, Mijnheer.«

»Die Gefahr besteht nicht«, warf Pos ein. »Das große Haus ist sicher. Van der Werff sagt, es ist weit genug weg.«

»Ach wirklich, Hauptmann?« Der Mann drehte sich auf dem Eichenholzbein herum. »Ich kann mein Haus von hier sehen, gerade jenseits der Browersstraat. Kannst du es sehen?«

Pos blickte auf das zweistöckige Gebäude mit der gekalkten Steinfront und den zwei kleinen Treppen zur Haustür. »Ja, Mijnheer.«

»Tonneman?«

Pflichtbewußt schaute auch der Schout hin. Das Haus des Generaldirektors machte auf ihn den Eindruck, als wäre es aus dem alten Land durch Zauberkraft nach Neu-Amsterdam transportiert worden. »Ja, Mijnheer.«

»Wenn wir es sehen können, kann der Wind es bestimmt finden. Und wenn ein einziger Funke vom Haus dieses elenden Juden vom Wind zu meinem Haus getragen wird, Pos, und eine einzige Schindel versengt, wirst du mitsamt dem Brandmeister Schout Tonneman auf dem Holzpferd Gesellschaft leisten. Verstanden?«

Pos richtete den Blick geradeaus. »Ja, Mijnheer. Verstanden.«

»Dein Werk?« flüsterte de Sille, der mit seinem Partner hinter einer Gruppe Kastanien kauerte.

»Ja«, antwortete sein Partner. »Alles nach Plan.«

Nick de Sille lächelte. »Und wenn unser Plan glückt, können wir hier wie Könige leben und Patria vergessen.«

Sein Partner nickte.

»Schönes Gefühl«, bemerkte de Sille. »Das Feuer, meine ich.«

Van der Werff und seine Männer schienen das Feuer eingedämmt zu haben. Andere holten Wasser von dem Brunnen hinter dem Haus, der jetzt zugänglich war.

Der Lärm des einstürzenden Holzes und das laute Muhen einer Kuh machten es schwierig, weiterzusprechen. Eine jüdische Frau, die von dem Brandherd herkam, sang leise zu dem leidenden Tier, dessen Euter aufgebläht war, um es von der Stelle wegzulocken. Sie warteten, bis sie den Vierbeiner an ihnen vorbeigeführt hatte.

Tonneman blickte zum Feuer.

Die schroffe Stimme redete weiter. »Ist es bestimmt unter Kontrolle?«

»Ja, Mijnheer«, sagte Pos.

»Gut.« Der rauhe Ton wurde weicher, aber nur ein wenig. »Es würde mir um die armen Seelen im Armenhaus an der Beverstraat leid tun, wenn es abbrennen würde ...« Seine Stimme wurde wieder schroff. »Aber ich wäre überhaupt nicht unglücklich, wenn die Juden und ihr Haus des Beelzebub bis auf den Grund abbrennen würden. Gott verfluche sie, wenn die seelenlosen Engländer dort draußen auf eine Gelegenheit zum Angriff warten, gibt ihnen dieses lodernde Feuer bestimmt ein deutliches Ziel.«

»Hauptmann.« Brandmeister Claes van der Werff rannte auf sie zu. »Der Wind vom Fluß frischt auf und trägt die Flammen weiter.«

Tonneman beobachtete eine Weile das Haus Mendozas. Das Gebäude stand erneut in hellen Flammen. Er spürte einen Anfall von Hunger. Wann hatte er zum letztenmal etwas gegessen?

Das Geplapper der Leute in der Wasserkette wurde lauter, als sie die Ängste des Brandmeisters wiederholten. »Es breitet sich aus, es breitet sich aus.« Einige rannten mit überschwappenden Eimern zu den eigenen Häusern. »Mein Haus. Laßt es nicht auf mein Haus übergreifen.«

»Die Mendozas sind noch drinnen«, jammerte eine Frau.

»Wir dachten, alle wären draußen«, stotterte van der Werff. Sofort liefen Tonneman und Hauptmann Pos auf das Haus zu. Der Mann mit dem silberbeschlagenen Eichenholzbein blickte ihnen finster hinterher.

5

DIENSTAG, 26. AUGUST. MORGENDÄMMERUNG.

Calebs scharfes Gebell weckte Racqel Mendoza aus tiefem Schlaf. Sie rang nach Luft und war in Schweiß gebadet. Draußen vor dem Haus konnte sie Stimmen hören ... doch es war noch Nacht. Stimmte etwas nicht? Waren es die Engländer?

Unter lautem Husten schwang sie die Füße auf den Boden und tastete in der Dunkelheit nach der Zunderbüchse. Endlich fand sie sie. Sie kratzte den Feuerstein über Stahl, der Zunder brannte mit schwacher blauer Flamme, der fettige Docht der Kerze zischte und leuchtete schließlich auf.

Bathseba sprang mit klingelndem Halsglöckchen auf Racqels Schoß und zerkratzte ihren Arm. Die hellgelben Augen der Katze leuchteten im zuckenden Licht, aber um das Bett herum herrschte tiefe Dunkelheit. Racqel konnte nicht atmen.

Das brausende Geräusch war wie der furchtbare Sturm auf See, den sie als Kind erlebt hatte. Durch das Tosen hörte sie Geschrei.

»Racqel! Feuer! Feuer! Hilfe!«

Die Kerze erlosch. Racqel hob Bathsheba auf und rannte zur Tür. Ihre Kehle war wund, als wäre das Feuer in ihr. Keuchend und hustend trat sie mit bloßen Füßen gegen die Tür. Sie wollte nicht aufgehen.

Plötzlich kam ein Donnerschlag, und sie wurde von einem feurigen Wind zurückgeworfen, doch sie stürzte nicht. Hinfallen würde den Tod bedeuten, dachte sie.

Durch den schwarzgrauen Nebel spürte sie mehr, als daß sie es sah, daß die Tür nicht mehr da war. Die Treppe war durch den Rauch nicht zu sehen. Ihre Augen brannten, und sie klammerte die sich wehrende Katze an sich, als sie die schmale Treppe durch den Rauch hinuntersprang.

»Racqel!« Es war ihr Schwiegervater. Wo war er bloß? Seine Stimme schien von draußen zu kommen. »Tochter!« Da war sie wieder. Jetzt schien sie hinter ihr zu sein. Sie konnte das Knacken der Flammen hören; ihre Kehle krampfte sich zusammen. Zur Tür war es doch nur ein ganz kurzes Stück.

Ein neuer Schwall heißer Luft warf sie zu Boden, als sie die offene Tür erreichte. Sie versuchte mit aller Kraft aufzustehen. Wenn sie liegen bliebe, würde sie mit Sicherheit sterben. Die sengende Hitze verursachte Blasen auf ihren Armen, ihren nackten Füßen. Die verängstigte Katze klammerte sich an ihre Schultern und schlug die Krallen in ihre Haut. Und dann riß sich Bathsheba mit einem angstvollen Kreischen aus ihrem Griff los. Racqel hob die Hände im Gebet zum Gesicht. Gott steh mir bei, dachte sie. Ich bin tot.

Arme hoben sie hoch, trugen sie in die Nacht. Mit rauhen kratzigen Stößen begann sie wieder zu atmen. Die Stimmen der Nachbarn, zuerst nur ein einziges lautes Gemurmel, drangen allmählich deutlich zu ihr. Weiter unten an der Molenstraat hörte sie John Woods verängstigte Pferde in Panik wiehern.

Calebs Gebell hatte sie geweckt, fiel ihr ein. »Vater Abraham, David, Caleb, Bathsheba.«

»Was? Sind noch andere drinnen?«

»Nur die zwei Männer und die Frau«, sagte einer. »Der alte Mann ist ihr Schwiegervater, Abraham Mendoza, der andere ist sein Sohn David. Sie sind in Sicherheit. Sie scheint die Bibel herzusagen.«

Racqel bekam mühsam die Augen auf. Die Luft, schon von der Hitzewelle drückend, war jetzt unerträglich durch die zusätzliche Hitze von dem Feuer. Ihre Augen brannten und tränten. »Vater, Bruder«, krächzte sie. Sie konnte nicht klar sprechen.

»Sie sind am Leben.«

»Und Caleb? Bathsheba?«

»Waren noch andere da?«

Das Flackern der Kerzen und Fackeln machte es ihr noch schwerer, zu sehen. »Mein Hund. Meine Katze.«

Ein herzhaftes Lachen brach aus dem Mann, der sie hielt. Eines Holländers Lachen, denn sie schienen das Leben immer vergnügt zu nehmen. Dann erst erkannte sie den Schout, Tonneman. Sie wandte ihm den Kopf zu. Seine Brust war bloß, eine breite Fläche aus Haut und Muskeln, bedeckt mit krausem, weißblondem Haar, das ein wenig nach einem gesengten Huhn roch.

Tonneman begann wieder zu lachen und stellte sie auf die Beine. »Der arme Köter sitzt beim alten Mendoza. Und die Katze, das verrückte Tier, raste aus dem Haus, als ich durch die Tür kam. Sie wird wiederkommen, wenn sie merkt, daß ihr hier nichts passiert. Denkt an mich.«

Da erst wurden Racqel die Rufe bewußt, die Hektik, die Männer, die mit Eimern hin und her liefen und Wasser auf das Feuer schütteten. Der heller werdende Himmel war voll von fliegenden Funken und Rauch.

»Danke, daß Ihr mich gerettet habt«, sagte sie zu dem großen Holländer, der mit den Daumen im Hosenbund dastand und die Brandszene beobachtete.

»War mir eine Ehre und ein Vergnügen«, bemerkte Tonneman.

Die Worte schienen spöttisch, aber als sie aus nächster Nähe zu ihm aufblickte, sah sie nur ein breites, freundliches Lächeln.

»Du hast uns bis auf den Grund abgebrannt, und jetzt stehst du unverhüllt vor aller Welt da.« Die weinerliche, anklagende Stimme gehörte David Mendoza, Racqels Schwager. »Bedecke dich anstandshalber.« Er warf eine Decke über sie.

Racqel schlug sie vom Gesicht zurück und zog sie wie ein Kopftuch um sich. Die Decke war heiß und roch nach Rauch. Das brachte nur David fertig, in einem solchen Augenblick so lächerlich zu sein und sich um ihre Sittsamkeit und ihren Ruf zu sorgen. Wäre es ihm lieber gewesen, wenn sie umgekommen wäre, anstatt in ihrem Nachthemd zu erscheinen?

»Ihr seid der Ehemann?« fragte Tonneman.

»Er ist mein Schwager. Ich habe keinen Mann mehr«, erwiderte Racqel, die die Bitterkeit in ihrer Stimme nicht unterdrücken konnte.

Sie spürte Tonnemans Blick auf sich und bereute den bitteren Ton. »Wir Juden waschen unsere schmutzige Wäsche nicht vor den Gojim«, hatte ihr Schwiegervater gesagt, nachdem Benjamin sie verlassen hatte.

»Racqel, die Decke«, drängte David.

»Laßt sie in Ruhe, mein Sohn«, sagte Tonneman nachsichtig. »Sie wäre um ein Haar lebendigen Leibes geröstet worden.«

Racqel blickte auf und sah, daß der Schout ihren Schwager mit mehr Aufmerksamkeit, als er verdiente, betrachtete. Sie versuchte sich vorzustellen, was er dabei dachte, als er David so angespannt anstarrte. Und dann bemerkte sie im ersten Licht der Dämmerung auf dem Oost Rivier, daß David völlig angezogen und seine Kleidung sauber und nicht zerknittert war. Er war in dieser Nacht nicht zu Bett gegangen.

6

DIENSTAG, 26. AUGUST. MORGENDÄMMERUNG.

Ein gewaltiger Schmerzensschrei erschallte über dem Gelände. Racqel wandte den Blick von ihrem Schwager. Sie erkannte die Stimme Abraham Mendozas. Er lag flach am Boden, nicht weit von ihr, wahllos gekleidet, jedoch mit Gebetsmantel und Seidenkäppchen, und schlug mit den Fäusten vor Angst und Schmerz auf die Erde. »Die Thora«, schrie er. »Die Thora.«

Ohne zu zögern sprang David Mendoza zurück in das schwelende Gebäude, an Meister van der Werff und seinen Feuerwehrmännern vorbei, die mit Haken an dem Gerippe herumstocherten, um alle Balken, die noch rauchten oder glimmten, zum Einsturz zu bringen, damit sich der Brand nicht noch mehr ausbreiten konnte. »Wartet! Nein«, kreischte eine Frau in der Eimerkette, dann fielen andere Stimmen mit ihr ein.

»Halt«, schrie Hauptmann Pos, während er David nachlief. »Halt, du Narr.«

»Du bleibst, Hauptmann«, befahl Tonneman, indem er Pos am Arm festhielt. »Nicht nötig, daß ihr beide umkommt.«

Pos nickte und gab Tonneman recht. Er blieb stehen, rief und gab der Menschenkette Zeichen: »Nur weiter mit dem Wasser, Nachbarn.«

Dann, nach wenigen Augenblicken, tauchte David Mendoza wieder auf, der dunkle Bart, das Haar und die schwarze Seidenkappe angesengt und qualmend. In den geschwärzten Händen, hoch über dem Kopf, trug er den Thoraschrein. Der kunstvoll geschnitzte hölzerne Kasten schwelte noch. Racqel konnte gelbe und rote Funken im Holz sehen. Von Freude überwältigt, richtete sich Abraham mühsam auf. »Gesegnet sei der Name des Herrn«, rief er.

»Amen«, sagte David.

»Amen«, sagten andere.

So behutsam, wie es unter diesen Umständen möglich war, setzte David den Schrein auf den Boden. Er schlug nach den Funken, ohne Angst, sich zu verbrennen. Abraham tat das gleiche.

Neugierig sahen Tonneman und Pos zu, wie andere Juden sich um den Kasten versammelten.

Abraham öffnete den Schrein.

»Es ist der Schrein, der unseren Bund mit Gott enthält«, murmelte Racqel. Sie stand dicht neben Tonneman, außerhalb des Kreises.

Wortreich betend hob Abraham die drei Rollen in ihren jetzt versengten blauen Samthüllen hoch und küßte sie inbrünstig. Er untersuchte jede Rolle sorgfältig, indem er mit den Händen die Stäbe, an denen das Pergament befestigt war, und die kleinen silbernen Kronen abtastete. »Gott meint es gut mit uns«, sagte Abraham, während er den Ruß von einer Krone abrieb, bis der Löwe, der darauf saß, glänzte.

Die jüdischen Familien riefen Halleluja und klopften David Mendoza auf den Rücken, und ein junger Mann sprengte Wasser auf seinen Kopf und Bart.

Racqel verstand die Inbrunst ihres Schwiegervaters. Die Thora war das Heiligste in ihrem Leben. Wären diese Rollen vom Feuer beschädigt worden, hätte man sie mit der ganzen Heiligkeit einer Beisetzung begraben. Durch Generationen hatten die Mendozas die heiligen Rollen in dem geschnitzten Schrein von Spanien nach Portugal, dann nach Holland und von dort nach Neu-Amsterdam ins Exil mitgeführt. Abraham sagte oft, ohne die Thora, ohne das Wort Gottes, seien die Juden nichts.

»Es tut mir leid, Vater«, sagte David, dessen kurzer stämmiger Körper unter dem Mißerfolg zu schrumpfen schien. »Ich mußte die Sabbatleuchter stehenlassen.«

Abraham seufzte tief, dann streichelte er dem Sohn das Gesicht und wischte ihm den Ruß vom Bart. Daß sie Vater und Sohn waren, sah man deutlich an der gleichen dunklen Haut, den hohen Nasenrücken, dunklen Augen und untersetzten, kräftigen Körpern. »Wir werden es überstehen. Du hast getan, was am wichtigsten war. Du hast Gott gedient. Du hast die Thora gerettet.« Er küßte die heiligen Rollen und nickte mit gesenktem Kopf. »Gott sei Dank.«

»Amen«, sagte David.

»Verrückte Leute, diese Juden«, flüsterte Hauptmann Pos Tonneman zu. »Ich wette, daß sie, wenn sie erst einmal Jesus anerkannt haben, bessere Christen als die meisten Christen werden.«

»Sie sind ein frommes Volk«, sagte Tonneman, während er die Mendoza beobachtete. Ihm gefiel, wie sie ihr Kinn über der Decke, die sie um sich hielt, trotzig vorgereckt hatte. War sie erst vor kurzem verwitwet wie er? Tonneman erinnerte sich an den bitteren Klang ihrer Stimme, als sie sagte, ihr Mann sei fort. Es war eine Bitterkeit, die Tonneman verstehen konnte.

Eine schmutzige, versengte schwarze Katze tauchte aus dem Nichts auf und rieb sich an Racqels Decke, wobei ihr Glöckchen klingelte. Racqel schaute nach unten, und trotz der Rußschicht leuchtete ihr Gesicht auf. »Bathseba.« Sie kniete neben der Katze nieder, streichelte sie liebevoll und drückte ihr Gesicht an das zerzauste Fell des Tiers.

Tonneman sah bezaubert zu. Ihr dichtes schwarzes Haar wirkte, obwohl es von den Flammen gezeichnet war, so lebendig, daß er den Wunsch verspürte, es zu berühren. Er ballte die Hände zu Fäusten.

Racqel sah auf und begegnete ganz kurz Tonnemans Blick. Was für ein netter Mensch, dachte sie. So sanft für einen Mann, so freundlich. Wie schade, daß er Christ ist. Ihr Körper fühlte sich verbrannt und geschunden an. Sie war sicher, daß sie Blasen hatte. Das war nicht wichtig, es würde heilen. Sie lebten, und die Thora war gerettet. Und was niedergebrannt war, konnte wieder aufgebaut werden. Dann hörte sie die unverkennbare donnernde Stimme des Generaldirektors.

»Der Wind ist aufgefrischt, Meister van der Werff. Sorgt für die Sicherheit meines Hauses.«

Alle wandten sich in seine Richtung, auch die Leute in der Eimerkette.

»Hört mich, Israeliten«, rief Pieter Stuyvesant. »Wenn meinem Haus oder meiner Familie irgendein Leid geschieht wegen dieses Feuers, das durch eure gotteslästerliche Religion verursacht wurde, wird es auf euch zurückfallen. Bei allem, was heilig ist, der Himmel wird die verdammten Juden verfluchen.« Er spuckte auf die Erde.

»Schande«, rief jemand. »Schämt Euch.«

»Verflucht die Engländer«, schrie ein anderer. »Sie sind unsere Feinde.«

Racqels Gesicht wurde zur Maske. Die Juden rückten wie zum Schutz enger zusammen. Wieder einmal war es geschehen. Racqel stand mit der Katze in den Armen auf.

»Tonneman.« Stuyvesant sprach mit verhaltenem Zorn.

»Ja, Mijnheer.«

»Morgen früh. Im Fort.«

»Ja, Mijnheer.«

»Pos, van der Werff und der Pfarrer auch.«

»Ja, Mijnheer.«

Plötzlich wehte ein kräftiger heißer Windstoß vom Norden her und blies einen Funkenwirbel in die Luft und auf sein Haus zu. »Da, seid verflucht! Brennt in der Hölle, gottloses Ungeziefer«, tobte Stuyvesant. »Ihr Antichristen.« Er schüttelte seine Faust nach den Juden und schritt in seinem schwankenden Gang auf sein Haus zu.

7

DIENSTAG, 26. AUGUST. MORGENDÄMMERUNG.

Der Wind schlug um und fegte vom Oost Rivier herein. Ein tückischer Wirbelwind wehte rotglühende Asche in alle Richtungen. Die Ledereimer wurden schneller gefüllt.

Das tiefe Grollen des Donners, das langsam über den taubengrauen Himmel rollte, klang wie das faule Knurren eines Hundes. Ten Eyck und Joost, die in der Eimerkette arbeiteten, hörten die Warnung und blickten gerade auf, als ein gezackter weißer Blitz einschlug; einen Augenblick später öffnete sich der Himmel, und der Regen, erst in scharfen, einzelnen Tropfen, dann schwer und dicht, dann wie Sturzfluten, sausend und brausend, durchnäßte alle und alles; das Feuer und die Gefahr waren überstanden.

»Gelobt sei Gott«, sagte Pfarrer Johannes Megapolensis.

»Gelobt sei Gott«, sagte hundert Fuß weiter weg Abraham Mendoza.

Von den Leuten in der Runde, Christen wie Juden, kam ein tiefempfundenes Amen.

»Ein wenig zu spät«, bemerkte Pos sarkastisch.

Tonneman lächelte. Pos war ein witziger Bursche.

Froh über den Regen, der das Feuer gelöscht hatte, konnten sie nun in ihre Häuser zurückkehren und den Tag mit nur einer Sorge beginnen – die Engländer.

Tonneman legte den Kopf in den Nacken und ließ sich von dem süß riechenden Regen den Ruß des Feuers vom Gesicht waschen.

Pos besichtigte die Brandstätte mit Meister van der Werff und kam zurück, um bekanntzugeben, daß das Feuer aus war.

Im Regen machten sich die Männer, Frauen und Kinder von Neu-Amsterdam gemächlich auf den Heimweg. Brandmeister van der Werff rief ihnen nach: »Die Eimer müssen an die vorgesehenen Plätze zurückgebracht werden. Niemand nimmt einen Eimer mit nach Hause.« Die erschöpften Leute achteten nicht auf ihn. Es war mühsam genug, sich durch die Molenstraat zu kämpfen, die ein Morast aus Asche und Schlamm war.

»Danke. Dank euch für die Hilfe.« Ohne auf den Regen zu achten, ging der ältere Mendoza von Mann zu Mann. Sein angegrauter Bart war naß und verfilzt, sein Gesicht abgespannt, doch seine Augen brannten wie glühende Kohlen; er sah aus wie ein Verrückter.

Der Regen trübte Tonnemans Blick, aber er schmeckte frisch und süß auf seinen Lippen und kühlte seine nackte Haut. Die Mendoza. Wo war sie? Als er sie nicht entdeckte, verspürte er einen eigenartigen Stich der Enttäuschung.

Plötzlich wurde ihm leichter ums Herz. Da stand sie, hinter Abraham.

»Habt Ihr einen Platz zum Schlafen für die Nacht?« fragte Tonneman den Alten.

»Ja, danke für die Frage, Schout.« Er rief laut: »David, decke die Thora gut zu. Wir müssen heute nacht aufmerksam wachen.«

»Und wie sieht es mit Essen aus?« fragte Tonneman, der wußte, daß die Frage überflüssig war. Aber er wollte noch bleiben, um vielleicht noch einmal mit der dunkelhaarigen Frau reden zu können.

Abraham lächelte bitter. »Noch einmal, danke für die Nachfrage. Wir nehmen weder Speise noch Trank zu uns. Wir sind Zeugen der Entweihung der Thora gewesen und müssen zur Buße fasten. Am Morgen bringen wir die Thora in Asser Levys Haus am Wall und halten dort Gottesdienste ab.« Der alte Jude verneigte sich vor Tonneman und zog sich zurück. Die dunkelhaarige Frau ging mit ihm. Sie sah Tonneman nicht an.

Tonneman wollte plötzlich nur noch zu Hause sein. Schlafen vielleicht. Er setzte sich in Bewegung. Als er ten Eyck und Joost naß und schmutzig vor sich auf der Straße sah, ging er schneller. Pos holte sie ein, das Gesicht mit Ruß verschmiert und streifig vom Regen. »Ein Bier, meine Freunde.« Pos schlug Tonneman auf den nackten Rücken. »Der *Birnbaum*? Ich bin sicher, daß Joost für uns aufmacht.«

»Ich könnte mich überreden lassen«, sagte Joost mit einem Blick auf Tonneman.

Der Regen fegte knisternd über die Pavelstraat und hinterließ kaum eine Spur auf der trockenen Muschelfläche.

»Ich nicht«, meinte ten Eyck. »Das Silber schmiedet sich nicht von allein. Und ich habe eine zornige Frau, die auf mich wartet.«

»Quatsch«, sagte der Hauptmann. Wasser ergoß sich in einem Bach über die Krempe seines großen Hutes. »Diese Frau ist noch keinen Tag im Leben zornig gewesen. Ihr seid ein glücklicher Mann. Tonneman?«

»Für mich heißt es nach Hause. Meine Tochter und ihr Mann brechen heute morgen nach Neu-Haarlem auf. Sie werden Bauern in der Nähe seiner Familie.«

»Und was ist mit den Engländern?«

»Was soll mit ihnen sein? Sie brauchen sich keine Sorgen wegen der Engländer machen. Ich tu es jedenfalls nicht. Wenn die Engländer kommen, setzen wir uns mit ihnen auseinander. Bis dahin geht das Leben weiter.«

»Dann werdet Ihr also allein sein?«

Tonneman zuckte die Achseln. »Vielleicht verkaufe ich das Haus und ziehe ins Rathaus.«

Trotz des Regens blieb Joost abrupt stehen. »Das ist doch nicht dein Ernst.«

»Zu viele Erinnerungen«, erwiderte Tonneman, ohne stehenzubleiben. »Ich muß ein neues Leben anfangen.«

Joost schüttelte sich wie ein Hund und setzte sich wieder in Bewegung.

»Heiratet wieder«, riet Pos. »Das ist die Antwort. Es gibt junge Mädchen hier, die nur zu gern heiraten würden. Manche sogar mit reichen Vätern.« Während der Regen anhielt, wurde ihr Pfad entlang der Pavelstraat glitschig.

»Junge Mädchen?« rief Tonneman aus, als sie auf einen Haufen von ledernen Wassereimern nahe dem Graben stießen, wo die Leute sie liegengelassen hatten. »Was sollte ich zu einem jungen Mädchen sagen?«

»Es geht nicht um das, was Ihr sagt, Mann, sondern um das, was Ihr tut.« Pos lachte wiehernd. Zwei Möwen antworteten, als sie den eigenartigen Laut hörten, und flogen in schwungvollen Kurven weiter.

Jetzt lachte Tonneman, während er wieder das Gesicht in den Regen hielt.

»Ein Mann ist ein Mann«, fuhr Pos fort. »Gewiß, wenn ein junges unschuldiges Mädchen Euch nicht reizt, gibt es auch noch die Witwen. Reiche Witwen. Van Tienhovens Alte zum Beispiel. Ihr gehört das große Haus am Pier, nicht weit von Euch.«

Tonneman runzelte die Stirn. Die dicke, scharfzüngige Witwe van Tienhoven fand er wenig anziehend.

Der Regen ließ nach und ging in ein feines Nieseln über. Die Luft war feucht und dunstig und roch nach der See jenseits der Bucht, doch sie vertrieb nicht den beißenden Rauchgeruch, der in ihren Kleidern hing. Rötliches Licht äderte den Himmel, und die Brise vom Oost Rivier war kühl.

Und dann erschien wie durch Magie die Sonne, und irgendwo krähte ein Hahn und bellte ein Hund. Ein anderer Hahn antwortete, als auch er den neuen Tag begrüßte.

»Die Sonne«, rief ten Eyck überflüssigerweise aus.

Tonneman dachte wieder an die dunkelhaarige Jüdin. »Ja«, sagte er mit einem halben Lächeln. Sie standen jetzt vor seinem Haus. »Es gibt auch noch die Witwen.«

8

DIENSTAG, 26. AUGUST. MORGEN.

Als es aufgehört hatte zu regnen, stand Racqel neben ihrem Schwager und starrte auf die nassen Ruinen ihres Hauses, während der Hund Caleb wie besessen in der aufgeweichten Erde grub. Racqel und David hatten sich leichte Verbrennungen zugezogen, sie an den Füßen und er an den Händen und im Gesicht. Von ihrem Vater hatte Racqel gelernt, was zu tun war. Sie bereitete einen Sud aus Vogelmiere, um die Verbrennungen zu baden und den Schmerz zu lindern, und eine Heilsalbe aus Holunderbeeren.

Sie hatten sich erfrischt und gesäubert und trugen geliehene Kleidung von jüdischen Freunden, die in der Nähe wohnten. Ihre christlichen Nachbarn hatten großzügig das gleiche angeboten, denn anders als der Generaldirektor hegten die meisten keine Rachegefühle gegen die Kinder

Israels. Genaugenommen hielten sich die Holländer für die neuen Kinder Israels und glaubten, daß auch sie auserwählt waren.

»Das Feuer muß im Schuppen ausgebrochen sein«, sagte Racqel, während sie an ihren nicht richtig passenden Rökken zog. Sie zeigte auf den Kaminbereich, der noch unversehrt war. Von der offenen Feuerstelle vor der Wand schien der Brand, der ihr Haus zerstört hatte, nicht ausgegangen zu sein; die schwere Gußeisenplatte vor der Wand war unbeschädigt. »Sieh doch, meiner Kochstelle ist nichts geschehen.« Der Anblick nahm ihr das Schuldgefühl, das sie gehabt hatte, nicht jedoch den Zorn. Davids Beschuldigung, sie sei achtlos mit dem Feuer umgegangen, hatte sie tief verletzt. Sie war stolz auf die Umsicht, mit der sie den Haushalt führte.

Bathsheba hatte irgendwo einen Tannenzapfen gefunden und schob ihn munter unter Racqels Füße. Racqel mußte über die verspielte Katze lachen, froh über die vorübergehende Ablenkung.

Die Mendozas hatten das Haus von Asser Levy gepachtet.

Der obere Stock war einst ein Dachboden gewesen, wo David und Benjamin auf Strohsäcken geschlafen hatten. Nach Racqels und Benjamins Heirat hatte Benjamin auf dem Dachboden eine Trennwand eingezogen und in die Seitenwand eine Bettstelle eingebaut.

Im unteren Stock war die gute Stube, in der auch Abrahams Bett stand.

Die große Feuerstelle diente zum Kochen und Heizen, und Racqels Kochtöpfe und Pfannen waren in einer Vorratskammer daneben verstaut.

Sie seufzte. Die Kuh war verloren. Weggelaufen. Und alle Hühner waren fort. Verbrannt oder fortgelaufen. Sie brauchten eine neue Kuh und neue Hühner. Sie schüttelte den Kopf. Sie mußten erst wieder aufbauen. Und Asser Levy und Abraham würden sich lange bereden, wer es bezahlen würde und wieviel. Die ganze gute Stube, obgleich am geringsten vom Feuer betroffen, roch zu stark nach Rauch, um jemals wieder angenehm zu duften. Nicht einmal Kräuter würden etwas ausrichten. Sie seufzte noch einmal und setzte ihren Gang durch die versengten Reste des Hauses fort, das in den vergangenen sechs Jahren ihr Heim gewesen war. Gott hatte den Wolkenbruch gerade noch rechtzeitig geschickt.

Obwohl die Sprossenfenster vorn durch die Hitze geborsten waren, schien die Rückseite des Hauses am meisten Schaden genommen zu haben. Racqel kam heraus und sagte es David, der anscheinend weder Traurigkeit noch Zuneigung beim Anblick ihres früheren Hauses empfand.

Sie brauchte die Röcke von Rebecca da Costas Kleid nicht hochzuheben, als sie über die Schwelle schritt; das Kleid war ihr zu groß, aber auch zu kurz. Rebecca war mehr als fünfzehn Pfund schwerer und um einiges kleiner. Deshalb enthüllte der Saum des geliehenen Kleides mehr Fesseln als gewöhnlich.

»Du wirst holländischer als die Holländer, Schwester«, fuhr David sie an und zeigte dabei auf ihre Beine.

»Was meinst du, was ich tun soll, nackt herumlaufen?« Ihre Antwort war scharf. Sie bereute es sofort und verstummte.

David schüttelte den Kopf und schnalzte mit der Zunge. »Mein Bruder hat dir zuviel Selbständigkeit gewährt.«

»Ihm blieb nichts anderes übrig. Ich mag seine Frau gewesen sein, aber ich bin die Tochter meines Vaters.«

»Dein Vater ist tot. Und mein Bruder auch.«

»Von Benjamin wissen wir es nicht.«

»Eines Tages werden wir es wissen. Und an jenem Tag wirst du mich heiraten. So ist das Gesetz.«

»Ich werde dich nie heiraten, David Mendoza. Und solange es keinen Beweis für Benjamins Tod gibt, bin ich nicht frei, überhaupt jemanden zu heiraten.« Sie sprach das letzte triumphierend, während sie in das ruinierte Haus zurückging, obgleich sie sich durchaus nicht sicher fühlte.

Sie dachte daran, wie ihre Jugend verlaufen war.

Ein Jude durfte nicht in einer Stadt leben, in der es keinen Arzt gab. Da keiner unter den Juden Neu-Amsterdams war, hatte die kleine Gemeinde ein Ersuchen in die Niederlande geschickt. Racqels Vater, Moses Pereira, nahm das Angebot an, und er, seine schwangere Frau und ihre Tochter Racqel brachen in die Neue Welt auf.

Abraham Mendoza, Händler und Freund von Moses Pereira, kam zu dem Schluß, Neu-Amsterdam sei der Ort, wo er sein Glück machen würde, und so machten er und seine zwei Söhne Benjamin und David die Seereise mit ihnen.

Das war 1655, ein Jahr, nachdem die ersten dreiundzwanzig Männer, Frauen und Kinder nach Neu-Amsterdam gekommen waren, freilich nicht aus freien Stücken.

Neun Monate zuvor hatten die Holländer Brasilien an portugiesische Soldaten unter General Francisco Berreto abgetreten. Berreto hatte den mehr als sechshundert Juden in Brasilien versichert, es werde keine Inquisition geben. Er sagte, sie könnten bleiben, wenn sie ein Treuegelöbnis auf Portugal leisteten, oder das Land verlassen, und für diesen Fall werde ihnen eine Frist von drei Monaten gewährt.

Ungeachtet des gewaltigen Verlustes, der mit dem überstürzten Verkauf von Besitz unter dem Marktwert verbunden war, beschlossen viele Holländer, die sich in Brasilien niedergelassen hatten, Juden ebenso wie Christen, in die Niederlande zurückzukehren.

General Berreto stellte Transportmittel zur Verfügung: sechzehn holländische und portugiesische Schiffe. Fünfzehn kamen sicher in Holland an. Ein Schiff, das eine, auf dem sich die dreiundzwanzig befanden, kam vom Kurs ab. Sie trieben noch im Südatlantik, als sie von spanischen Piraten aufgebracht wurden, die sie als Sklaven verkaufen wollten. Gerettet wurden sie von der kleinen, mit fünf Geschützen bestückten Fregatte *St. Charles* unter dem Kommando von Jacques de la Motthe, einem Freibeuter, der ein gutes Geschäft erkannte, wenn er es sah.

De la Motthe schloß sofort einen Vertrag mit den Holländern, sie nach Neu-Amsterdam zu bringen, was ohnehin sein Ziel war. Es war nicht bekannt, was er den Christen berechnete; die dreiundzwanzig Juden mußten 2500 Gulden zahlen. Da sie nur 933 Gulden Bargeld mitführten, machte der Kapitän sie alle für die Restschuld verantwortlich.

In der ersten Septemberwoche 1654, unmittelbar nach der Landung in Neu-Amsterdam, klagte de la Motthe die 1567 Gulden ein. Die Juden besaßen kein Geld, und der Kapitän und die städtischen Beamten hatten keine Lust, ihnen Zeit zu lassen, es von Freunden und Verwandten in Amsterdam zu besorgen. Ihr gesamtes Eigentum wurde als Sicherheit genommen, und sie bekamen vier Tage, um das Geld aufzubringen. Anderenfalls sollte ihre Habe versteigert werden, angefangen bei Abraham Israel und Judicq de Mereda, die am meisten besaßen.

Vier Tage später wurde die Auktion abgehalten und jeder Fetzen verkauft, und am Ende schuldeten die dreiundzwanzig dem Kapitän immer noch 495 Gulden. De la Motthe ging wiederum vor Gericht und verlangte, David Israel und Moses Ambroisius für die Restsumme in Arrest zu nehmen.

Inzwischen bemühte sich der Generaldirektor der Siedlung der Niederländischen Westindischen Kompanie in Neu-Amsterdam, Pieter Stuyvesant, die dreiundzwanzig Angehörigen »der ränkevollen Rasse« zu deportieren.

Die dreiundzwanzig behaupteten sich dank der Unterstützung von Freunden in Holland, von denen einige Anteilseigner in der Westindischen Kompanie waren, der die Stadt Neu-Amsterdam gehörte. Diese Freunde suchten Hilfe bei der wichtigen Amsterdamer Kammer, deren Mitglieder die mächtige Westindische Kompanie mehr oder weniger leiteten.

Die Kammer teilte dem Generaldirektor mit, sie habe den Juden erlaubt, nach Neu-Niederland zu reisen und dort Handel zu treiben und zu leben, vorausgesetzt, die Armen unter ihnen würden nicht zur Last für die Kompanie oder die Gemeinde. Die Kammer sagte, ihr bleibe keine andere Wahl angesichts des beträchtlichen Verlusts, den die Juden bei der Übernahme Brasiliens durch die Portugiesen erlitten und auch wegen der hohen Summe, die die Juden in die Westindische Kompanie investiert hatten.

Die dreiundzwanzig lebten in gemieteten Wohnungen, denn trotz ihrer einflußreichen Freunde war ihnen kein Grundbesitz erlaubt. Erst in jüngster Zeit war dieses Verbot aufgehoben worden.

Weitere Juden kamen Anfang des Jahres 1655, unter ihnen Racqel und ihre Familie und Benjamin mit seiner. Racqels Mutter, die schwanger war, erlitt während eines starken Sturms auf See eine Frühgeburt; Mutter und Kind starben und wurden dem Meer übergeben.

Nachdem Racqels Vater 1658 am Eingeweidebrand gestorben war, schickte die Gemeinde nach einem neuen Arzt in die Niederlande und bat erneut um einen Rabbi. Der Arzt, Luis da Silva, traf mit dem nächsten Schiff ein. Doch wieder kein Rabbi. Und bis zu diesem Tag gab es keinen Rabbi in Neu-Amsterdam. Racqel, die gründlich die Heilmethoden ihres Vaters studiert hatte, hoffte immer insgeheim, daß sie die neue Ärztin werden könnte. Aber die Welt, in der sie lebte, sah diese Möglichkeit nicht vor.

Sie schob die Erinnerungen und Enttäuschungen beiseite und wandte sich wieder dem ausgebrannten Haus zu. Sie hörte David an der Rückseite in der Nähe des Schuppens herumtrampeln. Sie sah sich genau in der Stube um und machte im Geiste eine Bestandsaufnahme von den Dingen, die gerettet werden konnten.

Ihr Ehevertrag, die Ketubba, die Racqel bei der Heirat übergeben worden war, hatte das Feuer auf wunderbare Weise überstanden. Sie befand sich in einem schönen geschnitzten Holzrahmen mit einem verschlungenen Muster und einem geschnitzten Löwen. Der Rahmen, der einst in glänzendem Rot und Blau leuchtete, war jetzt geschwärzt und angesengt. »Löwe von Juda«, sagte Racqel leise, während sie das geschnitzte Tier befühlte. Sie nahm den Rahmen von der Wand, wo er eine saubere Stelle hinterließ, und drückte ihn an sich.

Die Truhe mit dem Majolikageschirr, das ihre Mutter zu Passah benutzte und in Neu-Amsterdam zu benutzen gehofft hatte, war rußverschmiert, aber nicht gesprungen.

Die Rückseite des Hauses und der Dachboden, wo ihr Bett gestanden hatte, waren völlig vernichtet, was bedeutete, daß sie ihre persönlichen Erinnerungen an zwei Leben verloren hatte – an ihre Kindheit und an die sechs Jahre als Frau von Benjamin Mendoza, abzüglich der beinahe acht

Monate seit seinem seltsamen und plötzlichen Verschwinden.

Sie hatten sich fürchterlich gestritten. Sie hörte immer noch das Echo ihrer zornigen Worte. Dennoch konnte ihr Mann sie trotz seines Zorns nicht einfach verlassen haben. Wie konnte sie das denken? Er hatte ein Leben hier. Familie.

Es hatte noch einen Streit gegeben, früher am selben Tag. Nicht zwischen ihr und Benjamin, sondern zwischen Benjamin und David. Die Wut in ihren Stimmen hatte sie erschreckt, obwohl sie die Worte nicht verstanden hatte. Doch sie waren Brüder, und Brüder haben seit Kain und Abel gestritten. Eine Eiseskälte ergriff ihr Herz. Wohin leiteten sie ihre Gedanken?

Es bestand immer noch die Hoffnung, daß Benjamin die Fallensteller aufgesucht hatte, um Biberpelze den Noordt Rivier herunterzubringen, und von Indianern gefangen worden war.

Wenn er nicht tot war, wäre er zurückgekommen. Das wußte sie. Benjamin Mendoza war ein schwieriger Mensch, doch er liebte sie. Ganz plötzlich, hier in der heißen Sonne, fröstelte es Racqel, als ihr mit Schrecken klar wurde, daß sie ihn nicht liebte, daß sie ihn nie geliebt hatte.

Es war der letzte Wunsch ihres Vaters gewesen, daß Racqel den Erstgeborenen seines Freundes Abraham Mendoza heiraten möge, und sie hatte ihn erfüllt. Sie übernahm schnell die Pflichten der Ehefrau des ältesten Sohnes und der Hausfrau, denn es gab keine Frau im Haus der Mendozas, da Sara Mendoza lange vor der Überfahrt in die Neue Welt in Amsterdam an der Schwindsucht gestorben war.

Ein Sonnenstrahl fiel durch das offene Balkenwerk des Hauses auf etwas am Boden. Racqel berührte den harten

Gegenstand mit dem Fuß, dann bückte sie sich und hielt Sara Mendozas silberne Kerzenleuchter in den Händen.

Ihr schauderte. Auch sie hätte zu so einem kläglichen Rest verbrennen können. Mit den Fingerspitzen fuhr sie über die zerkratzten Kerzenleuchter. Wenn man sie polierte und etwas zurechtbog, würden sie beinahe wie vorher aussehen.

Ein Schiff aus den Niederlanden war tags zuvor mit Tuch und Porzellan eingetroffen, das Abraham Mendoza im Tausch gegen Biberpelze erhalten hatte. Sie würde neue Kleider nähen lassen, und sie würden das Haus wieder aufbauen ...

David huschte mit einem Leinensack an ihr vorbei und begann, ihn mit Abfall zu füllen. »Warum stehst du hier herum? Pack ein, was noch etwas wert ist, und bring es nach draußen.«

Sie nahm zwei von den Majolikatellern, ihren Ehevertrag und die silbernen Kerzenleuchter mit nach draußen zu den Frauen, die auf sie warteten.

Die Nachbarinnen hatten Wassereimer mitgebracht. Esther Diaz nahm Racqel die Sachen aus der Hand und murmelte beruhigende Worte.

Racqel lächelte sie dankbar an und ging zum Haus zurück. David erschien mit einem neunarmigen Leuchter, rußig und verbeult, doch nicht zerbrochen. Er war nun besser gelaunt. Sie berichtete ihm von dem Geschirr.

Er schüttelte den Kopf. »Das nennst du eine gute Nachricht. Wunder über Wunder, ich habe meine Gebetsriemen, ein paar Gebetsbücher und den Chanukkaleuchter gefunden. Das ist eine gute Nachricht. Frauen! Kein Gefühl, was wichtig ist.«

»Wo ist Vater?« fragte sie, um das Thema zu wechseln.

»Wacht über der Bundeslade in da Costas Haus und betet. Er fastet heute, wie ich auch. Du pflegst nicht auf meine Vorschläge zu hören, aber da es mit der Thora zu tun hat …«

»Ich werde auch fasten.«

»Wir bringen die Bundeslade zu Asser Levy. Zwei Afrikaner werden Bauholz liefern. Ich habe sie heute morgen angeheuert. Wenn alles sauber und bereit ist, fangen wir heute nachmittag an aufzubauen.«

Racqel hielt einen verkohlten Besenstiel hoch und lachte. »Hier ist nichts mehr.«

»Sieh nach, ob der Rechen im Schuppen ist«, befahl David, indem er ihr den Besenstiel abnahm und auf das geschwärzte Gerippe der Treppe warf.

»Dort wird nichts mehr ganz sein. Das Feuer begann …« Sie spähte durch ein klaffendes Loch in der Rückwand des Hauses zum Schuppen hinüber.

»Geh und sieh nach.«

Sie ging hinaus. Die Frauen am Tisch hatten Fortschritte gemacht. Racqels Geschirr, das in der Morgensonne auf dem Leinentischtuch trocknete, glänzte wie neu.

Caleb lief ihr fröhlich bellend voraus. David folgte mit einem vollen Sack Abfall. Mariana da Costa stand neben ihrer Mutter und tauchte Geschirr in einen Eimer. Racqel sah Mariana lächeln und erröten und bemerkte mit einem kleinen Schrecken, daß aus dem Kind eine Frau geworden war. Und die Frau, ganze fünfzehn, hatte Augen für David. Zufrieden summte Racqel vor sich hin, während sie zu dem hinteren Ende des Grundstücks ging. Asche und Ruß bedeckten dick den Boden, der unter ihren Füßen in den geliehenen Schnürstiefeln weich nachgab.

Der Schuppen war eine schwarze Masse, aber er stand

noch. Die Tür fiel zusammen, als sie sie berührte, ein Haufen weicher, leichter Holzkohle. Ein sonderbarer Geruch hing über dem Gelände. Caleb steckte die Schnauze hinein und wich dann winselnd zurück. »Caleb, was hast du?« Racqel spähte in das Durcheinander von dunklem verbranntem Holz, von dem Hund gewarnt. Ein verbrannter Gegenstand ragte aufrecht aus dem Trümmerhaufen.

»Träume nicht wie ein Kind vor dich hin«, rief David gereizt hinter ihr. »Wir haben eine Menge Arbeit. Was stehst du da herum?«

Er schob sich an Racqel vorbei in den Schuppen. Mit starrem Blick griff er nach dem Ding, das aus einer verbrannten Erhebung ragte. Es war ein Messer. Ein widerlicher Gestank lag in der Luft. David schauderte, und er schrie wie vor Schmerz auf. Er hatte die Klinge halb herausgezogen. Abrupt ließ er los. »Gesegnet seist du, der wahre Richter«, schrie er, während er zurückwich und aus den Trümmern ihres Schuppens taumelte.

»Amen«, antwortete Racqel unwillkürlich, dann fragte sie: »Was ist los? Ist es noch heiß?« Sie drängte sich vor.

»Nein!« brüllte David. »Die Toten sind unrein. Nur am selben Ort mit dieser Leiche zu sein macht uns unrein.« Er zerrte an ihr, zog sie zurück. »Er wurde mit diesem Messer getötet.«

»Wer? Lass' mich sehen.«

»Nein.«

»Bist du sicher, daß er tot ist?«

David starrte sie wütend an.

»Sollten wir nicht ...? Haben wir nicht eine Verantwortung ...?«

»Versuche nicht, mich über das Gesetz zu belehren«, fuhr David sie an. »Unsres oder das der Gojim. Wenn ich für den

Mann betete, als ob er Jude wäre und er in Wirklichkeit Christ ist, wäre das nicht passend.«

»Du kannst ihn nicht ohne ein einziges Wort im Stich lassen.«

Er nickte abrupt und murmelte über der Leiche: »Staub bist du, und zu Staub sollst du werden.« Zu Racqel sagte er: »Es ist nicht genug, aber es wird nicht schaden.«

Racqel drehte sich alles. Der Tote könnte mehr als ein Jude sein. Er könnte ihr Mann sein. »Benjamin«, schrie sie. »Es ist Benjamin.«

»Das kann nicht sein.« David starrte sie entsetzt an. Dennoch ging er auf die Leiche zu, obwohl deutlich zu sehen war, daß seine Instinkte ihm rieten, sich fernzuhalten.

»Sieh nur. Du mußt ihn ansehen.«

Es gab eine sichere Möglichkeit festzustellen, ob der Mann Jude war oder nicht, doch David konnte sich nicht überwinden, den unreinen Klumpen anzurühren. »Ich kann nicht. Mein ganzes Wesen verlangt, daß ich mich fernhalte.« Mit einem entschiedenen Schwenken des Arms winkte er Racqel ab. »Gelobt seist du, Gott«, sagte er fest und ging weg.

Sie betrat den Schuppen.

Der Anblick ließ Racqel erstarren, so daß sie weder Davids Schritt hörte noch den Griff seiner Hand an ihrem Arm spürte.

Auf der Erde lag der verbrannte Körper eines Mannes, das Gesicht zum Totenschädel zerstört.

9

DIENSTAG, 26. AUGUST. MORGEN.

Tonneman tätschelte seiner Tochter die Wange. »Mach dir keine Sorgen. Ich bin ein erwachsener Mann. Ich kann selbst auf mich aufpassen.« Er lachte über ihre Sorgen und half ihr auf den Karren.

Anna war schwerfällig geworden und hatte ihren alten Schwung verloren. Die Schwangerschaft erschöpfte sie mehr, als sie zugeben wollte. »Ja, Vater.« Sie saß da, schnell blinzelnd, damit keine Tränen herunterfielen.

Johan Bikker schnürte alles fest: die Vorräte, Tuche, Eßgeschirr, Töpfe und Pfannen und den mit einem fröhlichen blauen und gelben Blumenmuster bemalten Wäscheschrank, der Maria gehört hatte.

Die Pferde traten schon unruhig auf der Stelle. Annas Brauner war für sich allein fromm, aber zusammen mit Johans rotbrauner Stute war er schwierig zu lenken.

Tonneman gab Johan einen Klaps auf die Schulter. Er war ein starker, ordentlicher junger Mann von gutem friesischem Stamm, robust wie das Vieh, das sie dort züchteten. »Pass' gut auf meine Tochter auf«, sagte Tonneman. »Und auf meinen Enkelsohn.«

»Es könnte ein Mädchen werden, Vater«, sagte Anna lachend. Gut. So sollte sie immer lachen.

Die Männer schüttelten sich die Hände. »Ich passe auf sie auf«, versprach Johan.

»Und auf dich«, fügte Tonneman hinzu.

»Katrina Root kommt jeden Tag, um sauberzumachen und dein Abendessen zu kochen«, sagte Anna.

»Du hast es mir gesagt.«

»Sie besorgt auch deine Wäsche. Vier Stuiver am Tag.«

»Ich weiß.«

»Du kommst uns besuchen.«

»Im Herbst, ich verspreche es.«

»Und wenn die Engländer kommen?«

»Sie werden kommen, darauf kannst du dich verlassen. Wir sind ein ruppiger Menschenschlag, aber wir sind keine Dummköpfe. Wir werden mit ihnen verhandeln, und wenn der Boß einen klaren Kopf behält, kommen wir gut heraus.«

Johans Blick begegnete Tonnemans. Beide wußten sie, daß der Generaldirektor ein Hitzkopf war. Die Siedler in Neu-Haarlem, meist Bauern, hatten nicht viel übrig für den russischen Großfürsten, wie sie den Generaldirektor nannten. Oder für die Westindische Kompanie, obgleich Neu-Haarlem wie Neu-Amsterdam eine Stadt der Kompanie war.

»Was sein wird, wird sein«, sagte Anna. »Gottes Wille geschehe.«

Tonneman sah dem schwerbeladenen Wagen nach, der

die Pavelstraat hinaufholperte und durch die Waterpoort verschwand. Im Grunde war er erleichtert, sie abreisen zu sehen. Wenn es zu Kämpfen mit den Engländern käme, würde es zuerst in Neu-Amsterdam losgehen.

Der Schout atmete tief durch. Die Luft roch noch nach Rauch von dem Brand bei den Mendozas. Er ging in sein Haus. Es war so still, daß er die Einsamkeit wie eine Last auf seinen Schultern spürte. Wenn Maria noch lebte ... Er schob das Brot, den Käse und die Buttermilch, die Anna für ihn hingestellt hatte, beiseite und schenkte sich den Rest aus dem Bierkrug ein. Es war abgestanden, doch würzig. Er trank und dachte dabei über seine nächtlichen Abenteuer nach. Er war davon überzeugt, daß der Tote in den feinen Kleidern kein von Branntwein und Wein verursachter Traum gewesen war. Nach dem Treffen mit Stuyvesant im Fort würde er noch einmal zur Weide gehen und das Gelände nach irgendeinem Beweis für den Mord absuchen.

In seiner Stube fand er weitere Spuren der Fürsorge seiner Tochter. Sie hatte den Krug mit frischem Wasser gefüllt. Er goß es in die Schüssel, legte seine Kleidung ab und wusch sich den Rauch und Ruß vom Leib.

Dann zog er frische, saubere Kleider an und sattelte Venus. Es war nicht so weit zum Fort, aber er ließ die braune Stute gern jeden Tag heraus, wenn er konnte. Das Zusammentreffen würde langweilig werden und wahrscheinlich weitere schlechte Neuigkeiten bringen. Tonneman bestieg lustlos die Stute und ritt langsam über die Pavelstraat, an der Twillerstraat und mehreren Lagerhäusern vorbei.

An Stuyvesants Haus, das weiß leuchtend in der Morgensonne stand, wandte sich Tonneman zum Breede Wegh, fiel in einen langsamen Schritt und warf einen Blick in die Molenstraat, wo er hoffte, die Witwe Mendoza über die geringe

Entfernung zu sehen. Ihre dunklen Augen hatten sein Blut in Wallung gebracht und ihm zum erstenmal seit Marias Tod das Gefühl gegeben, daß er lebendig war.

Vor dem ausgebrannten Haus bewegten sich Frauen hin und her. Eine von ihnen hätte sie sein können. Reite hinüber und sage guten Morgen, du Dummkopf, sagte er sich. Fast zornig trat er Venus mit beiden Absätzen. Die Stute machte einen Satz nach vorn. Er streichelte ihre Mähne. »Entschuldige, altes Mädchen.«

Die Straße vor ihm war leer bis auf ein paar von van Ettings Schweinen, störrischen rosa Tieren, die nicht auf dem Hof bleiben wollten. Es war in Ordnung, wenn sie hinter Ungeziefer oder Feldmäusen her waren, aber damit gaben sie sich nicht zufrieden. Wie die anderen streunenden Schweine, die die Stadt plagten, durchwühlten sie immer wieder die Abfälle anderer Leute und verursachten ein stinkendes Durcheinander. Er würde mit van Etting reden müssen, damit er seine Tiere in Pferchen hielt. Obwohl es vermutlich doch nicht viel nutzen würde.

Trotz der Engländer würden sich morgen auf dem Marktplatz Bauern aus Breukelen, Amersfoort, Staten Eylandt, Esopus, Rensselaerswyck und Jonkheers Land drängen. Aus Neu-Haarlem natürlich auch. Und Indianer und Matrosen, alle begierig darauf, zu kaufen und zu tauschen. Maria hatte die Markttage geliebt.

»Aufgepaßt, Tonneman«, schrien zwei patrouillierende Soldaten in staubigen blauen Uniformen, als ein Gespann von zwei Grauschimmeln, die einen Wagen mit einer Ladung Holz zogen, an ihm vorbeipreschte.

»Was?« Tonneman wendete sein Pferd und jagte hinter dem Wagen her. Zwei Afrikaner, Freie, soweit er sich erinnerte, saßen in dem Wagen. Der eine hielt die zwei alten keuchenden und schnaufenden Schimmel an, die feuchten Dampf durch die Nüstern ausstießen. »Verflucht! Wißt ihr eigentlich, was ihr tut?«

»Holz fahren, Heer Schout«, sagte der Wagenlenker.

»Ihr kennt das Gesetz. Niemand fährt Wagen außer auf dem Breede Wegh, und selbst dort nur langsam. Überall sonst in der Stadt geht man zu Fuß und führt das Pferd. Verstanden?«

»Ja, Heer Schout«, sagte der Lenker.

»Ja, Heer Schout«, wiederholte der andere.

Der Wagen war mit frisch zugeschnittenem Holz so schwer beladen, daß die Räder Furchen in die trockene Erde der Twillerstraat gegraben hatten. Von dem Wolkenbruch der vergangenen Nacht gab es hier keine Spuren.

»Ihr habt Glück, daß ich in Eile bin, sonst würde ich euch mitnehmen und eine Geldstrafe verpassen. Und seht, wie ihr die zwei alten Zugpferde behandelt. Tränkt sie sofort, und dann geht ihr, hört ihr, geht und führt sie, wohin ihr gehen wollt. Verstanden?«

»Was ist mit den Pferdekappen?« rief einer der Soldaten.

»Ja«, brüllte der andere. »Ist das nicht Gesetz? Müssen die Pferde nicht Kappen tragen, um die Sonne von ihren lieben hübschen Gesichtern fernzuhalten?«

Die zwei Schwarzen wirkten verwirrt und besorgt.

»Hört nicht auf sie.« Tonneman winkte die Afrikaner fort. »Los, los.«

Die beiden stiegen vom Wagen und führten die Pferde weg. Tonneman schüttelte den Kopf und setzte seinen Weg fort.

Als er wieder auf der Höhe der Soldaten war, sagte einer: »Ihr solltet nicht mit geschlossenen Augen reiten, Tonneman«, und er und sein Kamerad lachten ausgelassen.

Gutmütig lächelte Tonneman und winkte.

Fort Amsterdam lag direkt vor ihm. Die Garnison war ein Rechteck mit einer dreieckigen Bastion an jeder Ecke und mit Stein verkleidet. Innen war sie in großen Teilen noch unfertig. Über dem Gebäude des Generaldirektors flatterten zwei Fahnen in verschiedenen Streifen und Farben.

Die Flagge der Niederlande hatte waagerechte Streifen in Rot, Weiß und Blau; der obere Streifen der Flagge der Westindischen Kompanie war orange statt rot, und in der weißen Mitte befand sich das Monogramm der Kompanie.

Eine dritte Fahne, sauberer als die anderen dank des Eifers des Pfarrers, wehte vom Kirchturm: ein einfaches orangefarbenes Feld und darauf, aus himmlischen Wolken auftauchend, ein schwertschwingender, gepanzerter Arm. Wie der Generaldirektor, vertrat Prediger Megapolensis die Ansicht, daß dies der rächende Arm Gottes sei, begierig, die gottlosen Feinde der Holländer zu vernichten.

Man rechnete nicht damit, daß das Fort wirklich den Angriff einer regulären Armee abwehren könnte. Seine Wälle waren nur acht bis zehn Fuß hoch und drei bis vier Fuß dick. Es war bescheiden bestückt mit vierundzwanzig Kanonen, eine Kanone an der Spitze jedes Dreiecks und der Rest in gleichmäßigen Abständen auf den Mauern verteilt. Das Magazin enthielt nicht einmal zweitausend Pfund Pulver. Ungeschützt durch einen äußeren Graben oder durch Palisaden, konnte Fort Amsterdam kaum imponieren.

Es war von Privathäusern umgeben, die zum Teil höher als die Mauern waren. Keller, in die man eindringen und durch die man Zugang gewinnen konnte, reichten von diesen Häusern bis auf fünf Schritt an das Fort heran.

Vor dem Fort befand sich der Galgen. Tonneman hielt ihn für einen Scherz, nur ein Symbol der Bestrafung. Die Bürger von Neu-Amsterdam waren eine mutwillige Gesellschaft, die das Trinken und Streiten liebte, aber schwere Verbrechen waren selten, und Mord war noch seltener. Bis jetzt.

10

DIENSTAG, 26. AUGUST. MORGEN.

Hinter dem Galgen vor dem Fort stand eine Korporalschaft aus zehn Mann im Karree, die Hellebarden bereit, das Axtblatt einer jeden geschliffen und in der Morgensonne blitzend. Ein Trommlerjunge schlug einen Wirbel, und ein Sergeant sah zu, wie ein Korporal die Männer exerzierte.

Andere Soldaten lümmelten sich in kleinen Gruppen an der Fortmauer herum, manche rauchend, redend. Weiter weg in einer Ecke konnte Tonneman mehrere auf den Knien sehen, während einer vor dem Sergeanten abschirmte, was sie taten. Tonneman grinste. Er war sicher, daß sie knobelten. Was für eine Streitmacht.

Er ritt unbehelligt durch das offene Tor, saß vor dem Gebäude des Generaldirektors ab und band Venus neben anderen Pferden an das Geländer. Verdammt, auch hier rannten Schweine frei herum. Und Hunde. Er hörte einen Laut und bekam eine Duftwolke unter die Nase. Auch Ziegen. »Noahs übermütige Arche«, sagte er. Gleichsam als Antwort auf seine Gedanken stiegen zwei Kühe durch ein klaffendes Loch in der Fortmauer. »Der Himmel steh uns bei.«

Fort Amsterdam glich einem kleinen Dorf. Über dem Lärm der Tiere lagen die üblichen Geräusche menschlicher Beschäftigungen. Der Schleifstein eines Messerschleifers kreischte durch den Scheunenhoflärm, begleitet von dem hellen Hämmern des Schmiedes.

Ein Viertel der Fortfläche nahm die große steinerne Kirche in der nordwestlichen Ecke ein. Über der massiven Tür stand in den Stein gehauen der richtige Name der Kirche, Sint-Niklaas. Links von der Tür befand sich ein Bleiglasfenster, in das in Kopfhöhe ein Segelschiff in einem Kreis eingesetzt war. Das Bleiglasfenster rechts, das im Vaterland in Auftrag gegeben worden war und von der Gemeinde sehr geschätzt wurde, stellte die Vertreibung Adams und Evas aus dem Garten Eden dar.

Das erste, was die in den Neu-Amsterdamer Hafen einlaufenden Schiffe hoch über den Mauern des Forts sahen, waren der mit Schindeln gedeckte Kirchturm, die orangefarbene Flagge und der kupferne Wetterhahn, das Symbol der dreimaligen Verleugnung Christi durch Petrus, ehe der Hahn krähte. Ein herrlicher Anblick.

Es gab nur ein Problem: Man hatte die Kirche so gestellt, daß sie die Mühle der Kompanie, unmittelbar hinter der Nordwestecke des Forts, gegen den benötigten Wind abschirmte.

Drüben bei Ernestus Beels' Laden hing ein frisch mit Blut beflecktes Tuch um den weißen Pfosten, der davor stand. Der Bader hatte vermutlich soeben jemanden zur Ader gelassen, der Fieber hatte oder vielleicht auch nicht, einen Soldaten vielleicht, der den Fehler begangen hatte, sich krank zu stellen und für diesen Fehler Beels' Messer zu spüren bekommen hatte. Der Bader liebte es, sein Messer zu schwingen, und nur die Ahnungslosen oder Einfältigen gaben ihm Gelegenheit, es an ihnen außer zum Rasieren anzuwenden.

Nun, wenn dieser törichte Kampf wirklich ausgefochten werden sollte, würde Beels früh genug anspruchsvollere Arbeit mit dem Messer ausführen müssen, dachte Tonneman. Und seinen Opfern bliebe keine andere Wahl. Er würde ihnen eine Bleikugel zum Beißen geben oder ihnen mit der Faust ins Gesicht schlagen, damit sie die Besinnung verlören, und wenn das nicht half, würde er Branntwein in schreiende Münder gießen. Wenn einer Glück hätte, bekäme er Laudanum, und die ganze Zeit würde Beels mit seinem Messer Fleisch und Muskeln schneiden und am Knochen herumsägen. Im Handumdrehen würden vom Schießpulver zerstörte Arme und Beine abgetrennt und in blutgetränkte Kisten mit Sägemehl fallen. Die Wunden würden mit kochendem Öl oder heißen Eisen ausgebrannt, was immer das nutzen mochte. Nicht viele hatten soviel Glück wie Pieter Stuyvesant, der eine Kanonenkugel und das Chirurgenmesser überlebt hatte. Der Pfarrer würde ebenso schwer arbeiten müssen, um alle Seelen darauf vorzubereiten, sich von den zertrennten Körpern zu lösen. Die meisten würden ziemlich bald sterben. Aber manche würden dahinsiechen, mit stinkenden Wunden, verfaulend zu brandigen Eiterherden, und bleich, nach Luft ringend, beinahe Leichen schon, würden sie schließlich an einer Infektion sterben oder verbluten. Und diejenigen, die überlebten, würden lange Zeit unter unerträglichen Schmerzen leiden.

Ein leises Lachen bildete sich in Tonnemans Kehle, überraschte ihn nach all den schwarzen Gedanken. Vielleicht war das blutige Handtuch ja nur die Folge davon, daß der Bader jemanden beim Rasieren geschnitten hatte.

Zu den verschiedenen anderen Bauten im Fort gehörten das Quartier des Generaldirektors, das er als Amtsstube benutzte, und die Kaserne, die zwischen sechzig und siebzig Soldaten Platz bot. Jetzt jedoch, wo die Gefahr einer englischen Invasion bestand, war die Truppe der Kompanie auf einhundertfünfzig angeschwollen, eine Mischung aus Pikenieren, Musketieren und sehr wenigen berittenen Kavalieren. Die überzähligen Personen waren im Gefängnis des Forts und in der steinernen Kirche einquartiert.

Es gab keinen Brunnen. Das Wasser kam ausschließlich aus den etwa zwanzig Fässern, die im Fort lagerten und, wenn nötig, nachgefüllt wurden.

Die Westindische Kompanie, der Fort Amsterdam mit allem Drum und Dran wie auch der größte Teil Neu-Amsterdams gehörte, beschäftigte gewöhnliche Soldaten, Zimmerleute, Küfer, Bäcker, Müller, Brauer, Krämer sowie den Schmied, den Messerschleifer und den Bader. Sie alle waren wie Tonneman mit der Aussicht auf Wohlstand und ein neues Leben auf die Insel Manhattan gelockt worden.

Die Kompanie beschäftigte auch Hilletjie Wilbruch, eine dicke gutmütige Witwe, eine Hebamme, die auch das Lazarett leitete. Da das Fort bereits überbelegt war, hatte man das Lazarett dicht daneben errichtet.

Die niederländische Flagge, die in einem Halter direkt vor der offenen Tür des Generaldirektors steckte, flatterte träge, als Tonneman in die Amtsstube eilte. »Allen einen schönen guten Morgen«, sagte er fröhlich.

»Ihr seid spät«, brüllte ihn der Generaldirektor an, der auf und ab schritt, den Körper vorgebeugt auf dem Holzbein.

»Wie geht es Euch heute, Boß?«

»Gereizt, wenn Ihr es unbedingt wissen wollt.« Stuyvesant nahm ein Glas mit einer trüben braunen Flüssigkeit von einem langen Eichentisch. »Würde ich nicht Gerstenwasser saufen, säße ich den ganzen Tag auf dem Abort.« Er zog ein Gesicht und trank.

Tonneman nickte Hauptmann Pos zu. Der Vizegeneraldirektor, die anderen acht Mitglieder des Rates, darunter Nick de Sille, die zwei Bürgermeister, die fünf Ratsherren und der Brandmeister van der Werff saßen an dem langen Tisch oder standen in der verrauchten Stube herum.

Ebenfalls anwesend waren Oloff Stevensen van Cortlandt, ein früherer Bürgermeister, verheiratet mit Goovert Lookermans Tochter und einer der reichsten und angesehensten Männer am Ort, Pfarrer Megapolensis, Hauptmann Stephanaus van Dillen, Anführer der Bürgerwehr, und Oberst Caspar van de Steen, Befehlshaber der regulären Soldaten. Der Oberst war im Feldanzug mit Brustharnisch und Helm.

Stuyvesant, sein Vizegeneraldirektor und der Rat repräsentierten die Verwaltung der Niederländischen Westindischen Kompanie, nicht der Generalstaaten der Niederlande. Die Bürgermeister, Ratsherren und Tonneman, Pos und der Brandmeister vertraten die Stadtverwaltung von Neu-Amsterdam. Die zwei Gruppen waren ständig uneins, die Rechte der Kompanie gegen die Rechte des Volkes.

Alle rauchten den mit Rosmarin gewürzten Tabak, den

P. S. bevorzugte und den er bei diesen Zusammenkünften immer in einer Silberdose anbot.

Tonneman haßte den Rosmarintabak. Doch er brauchte etwas zu rauchen, und er hatte die eigene Pfeife nicht dabei. Er sah sich nach den Gästepfeifen um, die der Boß immer bereitlegte. Es war keine zu sehen. Tonneman entschied, daß jetzt nicht der richtige Moment war zu fragen.

Er wählte einen Platz bei einem unterteilten Fenster aus geriffeltem Glas, das mit Bleiringen gefaßt war, und beobachtete eine Bremse, die um P. S.' Kopf summte. Der Generaldirektor blies Rauch nach dem Insekt, und es flog weg, nur um sofort zurückzukehren.

»Zunächst zur Lage«, begann Stuyvesant, während er die Bremse wieder verscheuchte. »Wir haben fünfzehnhundert Bürger, von denen ungefähr fünfhundert Männer sind. Sie sollen in drei Arbeitsgruppen eingeteilt werden, so daß täglich etwa einhundertfünfundsechzig Mann daran arbeiten können, die Mauern zu verstärken. Jedes Mitglied der Bürgerwehr bekommt ein und ein halbes Pfund Blei zugeteilt.«

Oberst van de Steen bellte ein kurzes Lachen. Er war groß und breit, mit kurzgeschorenem blonden Haar und einer schmucken Schwertnarbe auf der rechten Wange, die er gern streichelte.

Er sah vom Scheitel bis zur Sohle wie ein echter Soldat aus. »Sie werden es mit der Hand auf den Feind werfen müssen. Wir haben nur noch sechshundert Pfund Pulver, und das brauchen meine Leute.«

»Dazu habe ich etwas zu sagen.« Hauptmann van Dillen war breit und kräftig wie der Oberst, jedoch nicht so groß. Sein schwarzes Haar war strähnig. Er hatte zwar keine Narbe, dafür aber einen borstigen schwarzen Bart, den er ständig zwirbelte.

Stuyvesant fuhr fort, als hätte keiner gesprochen. »Die zweihundertneunzig Negersklaven, die sich auf der *Gideon* befanden, sollen bei den Arbeiten an den Befestigungen helfen.«

»Weniger zu essen für uns«, warf Nick de Sille ein.

Tonneman zog die Augenbrauen hoch. Als Antwort tat de Sille das gleiche.

Stuyvesant runzelte die Stirn und fuhr fort. »Die Brauer sollen acht Tage, ab gestern gerechnet, kein Malz bereiten.«

»Lächerlich«, sagte van Cortlandt. »Die Arbeit steht still in meiner Brauerei. Wenn die Amsterdamer Kammer mich fragt, was diesen Monat aus dem Gewinn geworden ist, werde ich ihnen sagen, sie sollen Euch fragen.«

Stuyvesants Gesicht lief rot an. »Droht mir nicht mit der Kammer. Wenn sie uns nicht mit Schwarzpulver oder Kanonen versorgen, warum soll ich mich dann um ihre Gewinne kümmern? Acht Tage lang kein Malz!«

»Na, wenn das keine schlechte Nachricht ist«, sagte Pos. »Ich meine das mit dem Malz.«

Tonneman legte einen Finger an die Lippen.

Wieder fuhr Stuyvesant fort, diesmal streitlustiger. »Ein Drittel unserer Truppe, fünfzig Mann, soll nachts die Tore bewachen und durch die Stadt patrouillieren. Die vier Nachtwächter sollen ebenfalls weiter ihre Runden gehen. Ein zweites Drittel der Soldaten soll die gleiche Aufgabe tagsüber erfüllen. Der Rest wird mit strengem Exerzieren beginnen. Ist das alles klar?«

Die anderen Männer im Raum drückten murmelnd ihre Zustimmung aus.

»Gut. Ich tu mein Bestes, damit wir mehr Kanonen bekommen.« Die Männer klopften leise mit den Fingerknöcheln auf den Eichentisch, um ihre Billigung zu zeigen. »Habe ich etwas ausgelassen?«

Willem Beekman räusperte sich. Er und der Generaldirektor waren damals, 1647, auf demselben Schiff herübergekommen, der *Great Crow*. Beekman hatte als Sekretär der Kompanie angefangen, war ein reicher Mann geworden und hatte wie van Cortlandt früher als Bürgermeister Dienst getan. »Ja, Petrus«, sagte Beekman, indem er die lateinische Form vom Vornamen des Generaldirektors benutzte, wie Verwandte und enge Freunde es taten. »Morgen ist Markttag. Sagen wir ihn ab?«

»Es würde nicht viel nützen. Sie würden dennoch alle kommen. Oberst, patrouilliert gewissenhaft auf dem Markt und sagt Euren Leuten, wachsam zu sein. Für den illustren Gouverneur von Connecticut, diese englische Schlange John Winthrop, wäre es lohnend, Spione einzuschleusen. Haltet die Augen nach Fremden offen.«

Der Tote unter der Weide war ein Fremder gewesen. Tonneman fragte sich, ob er vielleicht ein englischer Spion war, entschied aber, nichts davon zu sagen, bis er mit Stuyvesant allein war.

»Das tue ich sowieso«, sagte van de Steen.

»Wenn sie nicht schon hier sind«, bemerkte Tonneman trocken.

»Stimmt«, sagte Stuyvesant. »Ihr haltet am Markttag auch die Augen offen. Noch etwas?«

»Die Sperrstunde«, warf Pos ein.

»Trinken wie gehabt. Nach neun kein Ausschank. Und solange diese kritische Lage andauert, niemand ohne guten Grund nach zehn auf der Straße und alle Feuer gelöscht oder abgeschirmt. Sagt der Wache, es auszurufen. Noch etwas?«

»Löscheimer«, sagte Brandmeister van der Werff. »Ständig werden sie gestohlen.«

Der Generaldirektor sah Tonneman an.

Der Schout nickte. »Ich gehe der Sache nach.«

»Die Stechmücken«, bemerkte der Pfarrer.

»Ja, natürlich.« Stuyvesant sah Tonneman an und verdrehte die Augen. »Noch etwas?« Er wartete nicht auf eine Antwort. »An die Arbeit dann. Ich übertrage jedem die Verantwortung für einen Abschnitt der Stadt.«

Tonneman fragte sich, wie er abhanden gekommene Löscheimer finden, den Markt und seinen Abschnitt, wo immer der war, beobachten und dazu seine üblichen Pflichten wahrnehmen sollte. Er brauchte einen Stellvertreter, genau.

»Was ist mit den Stechmücken?« fragte der Pfarrer.

»Ich denke, Ihr seid die geeignetste Person, sich darum zu kümmern«, antwortete ihm Stuyvesant. »Ich schlage vor, Ihr richtet ein besonderes Gebet an Gott, uns vor den Engländern *und* den Mücken zu schützen. Ein besonderer Gottesdienst wäre angebracht.« Er wandte sich an die anderen. »Seit Jahren versuche ich, diese Gemeinde wieder in die Arme Jesu Christi zu führen. Vielleicht werden die Leute jetzt zuhören. Durch Beten können wir alle Hindernisse überwinden. Ich kann nicht zu eindringlich darauf hinweisen, wie wichtig das ist. Die Bürger müssen bereit sein, bis in den Tod für Neu-Amsterdam zu kämpfen.«

»Aber die Kompanie. Wie sieht es mit Verstärkung aus? Kommt sie nicht?«

»Und Blei und mehr Pulver.«

»Und mehr Kanonen.«

Stuyvesant stampfte mit dem Holzbein auf den Boden, sein Mund war eine harte Linie. »Ich habe Euch gesagt, ich will mein Möglichstes tun, um mehr Kanonen und Munition zu bekommen, aber wir können nicht mit weiterer Hilfe von der Kompanie rechnen.«

Pos und Tonneman tauschten Blicke. Es war in etwa das, was sie vermutet hatten.

»Warum nicht?« wollte Ratsherr Timotheus Gabrie wissen, ein kleiner Mann mit schmalem, strengem Gesicht.

»Seid doch vernünftig, Mann«, legte Stuyvesant los. »Jede Botschaft, die wir schicken, wäre in den Wind geschrieben. Um diese Jahreszeit braucht man sieben bis neun Wochen für die Überfahrt von hier nach Amsterdam. Glaubt Ihr ehrlich, irgendeine Anfrage oder Forderung meinerseits würde etwas bewirken?«

»Scheiße«, entfuhr es Hauptmann van Dillen.

»Amen«, sagte der Pfarrer, dann errötete er verlegen.

»Allerdings habe ich«, fuhr er fort, ohne ihnen Beachtung zu schenken, »nach Flatbush und Rensselaerswyck und zu unseren Leuten auf 't lange Eylandt geschickt, daß wir Männer und Pulver brauchen. Ich habe vorgeschlagen, daß sie ein Drittel ihrer Männer schicken.«

»Viel Glück«, bemerkte der Oberst boshaft.

»Wir werden nicht kämpfen ...« begann Pos.

»Im Namen der Bürgerwehr nehme ich das übel«, sagte van Dillen.

»Was meint Ihr?« brüllte Stuyvesant. »Nicht kämpfen? So sprechen Verräter.«

»Nein«, sagte der Oberst. »Er hat recht. Warum sollten sie kämpfen? Sie haben keinen guten Grund. Hier ist weder Ehre noch Patriotismus im Spiel. Es ist bloß eine Stadt der Kompanie. Meine Soldaten werden kämpfen; dafür werden sie ja bezahlt. Aber wie lange können einhundertundfünfzig einer größeren Streitmacht standhalten, und wir wissen nicht einmal, wie groß sie ist.«

»Wer sagt, es ist eine größere Streitmacht?« brauste Stuyvesant auf.

»Ich, Boß, und Ihr auch«, wagte Tonneman zu sagen. »Die Leute empfinden keine Loyalität gegenüber der Kompanie. Viele besitzen ihr Land direkt von den Indianern. Einige kommen nicht einmal aus dem Vaterland.«

»Es sind gute, gottesfürchtige Menschen. Sie wünschen Frieden ohne Blutvergießen und ohne Verlust ihres Besitzes«, äußerte Pfarrer Megapolensis.

Stuyvesants Augen funkelten. »Ich will keine billigen Erklärungen hören. Ihr werdet von der Kompanie bezahlt. Ihr werdet die Bürger wachrütteln.« Die Pferdebremse war wieder zurückkehrt und kreiste laut summend über Stuyvesants Kopf.

Tonnemans Mund war ausgedörrt. Er sehnte sich nach einem Bier. »Es wird nichts nutzen. Sie reden, reden, reden und tun nichts.«

»Ihr müßt sie heißen, stark zu sein und sich wie Männer zu benehmen«, verkündete Stuyvesant.

»Amen«, sagte der Prediger.

»Gibt es noch etwas?« fragte Stuyvesant.

Tonneman räusperte sich. Er erwog zu fragen, ob jemand etwas über den Mann mit der achteckigen Brille wußte oder ob sie Stummelnase gesehen hatten. Nein, nicht bevor er die Lage mit dem Boß besprochen hatte. Und es sah nicht danach aus, als ob das heute sein sollte. Es war der falsche Zeitpunkt, über den verschwundenen Toten zu sprechen. Er ließ den Augenblick verstreichen.

»Wie nah sind die Engländer?« fragte der Vizegeneraldirektor.

Stuyvesant schlug mit dem Hut nach der Bremse und zerquetschte sie auf dem Tisch. Er lächelte in die Runde über seinen Sieg und legte die Hand an seinen Degen. Sein Lächeln wurde trübe. »Vier englische Kriegsschiffe sind mit vollen Segeln vor der Küste von Connecticut gesichtet worden. Sie haben den Wind im Rücken.«

11

DIENSTAG, 26. AUGUST. SPÄTER MORGEN.

Was meint Ihr?« Pos' normalerweise fröhliches Gesicht wirkte finster. Tonneman und er hatten das Fort zusammen mit van der Werff zu Fuß verlassen. Tonneman führte Venus zwischen sich und Pos, und der Brandmeister folgte nach. Pos trat vor den Vierbeiner, um Tonneman besser zu sehen. »Er wird Blut fließen lassen, der halsstarrige alte Hund.«

Tonneman brummte und rieb die weichen Nüstern der Stute. Sie wandte den Kopf, zeigte ihre wunderbaren Zähne, schnaubte und stieß verspielt an seinen Hut.

Pos zielte mit dem Fuß nach dem fetten rosa Leib eines van Ettingschen Mastschweins, das ihnen gerade einen riesigen stinkenden Kothaufen in den Weg gesetzt hatte. Sie machten einen großen Bogen um den dampfenden Haufen.

Mit einer wegwerfenden Geste sagte Tonneman: »Wir

werden ihm hierin nicht seinen Willen lassen. Wir sind Holländer, bei Gott. Kein Haufen lumpiger Bauern, die springen, wenn die eleganten Aristokraten mit dem Finger schnippen.« Er wandte sich abrupt an Pos, als wäre ihm die Frage gerade eingefallen. »Würdest du für die bescheuerte Kompanie sterben?«

Pos antwortete, ohne zu überlegen. »Ich nicht. Du etwa?«

»Ich kam frischverheiratet vor zwanzig Jahren her, um ein neues Leben aufzubauen, und ich habe es geschafft. Das Vaterland ist eine verschwommene Erinnerung, und die Kompanie ist nichts als ein feiger Klüngel weicher, habgieriger Männer, die wie die Made im Speck auf ihren fetten Hintern sitzen, während sie den Gewinn aus unserer harten Arbeit einsacken.« Überrascht von der eigenen Heftigkeit, blieb er plötzlich stehen, um Pos anzusehen, der begeistert nickte.

»Ja, ja, du hast recht. Was meinst du, van der Werff?«

»Fragt mich nicht«, antwortete der Brandmeister. »Ich verstehe nichts von Politik.«

»Aber du hast eine Meinung«, hakte Tonneman nach.

Sie gingen einige Schritte weiter. »Ich nähe mein Segeltuch«, sagte van der Werff, der auch Segelmacher war. »Ich lebe mein Leben. Ich möchte einfach in Ruhe gelassen werden.«

»Sonst nichts?« fragte Pos.

»Sonst nichts.«

Pos zuckte die Achseln und grinste. Van der Werff zuckte die Achseln und grinste zurück.

Das Rätsel um den Toten machte Tonneman aufs neue zu schaffen. »Hat einer von euch Stummelnase gesehen?« fragte er.

Beide schüttelten den Kopf.

»Oder einen affigen Burschen mit achteckiger Brille?«

»Ich kann dir nicht helfen«, sagte van der Werff.

Pos kratzte sich am Kopf. »Kommt mir bekannt vor, aber ich kann ihn nicht unterbringen.«

Van der Werff lachte. »Wenn du ihn gesehen hast, war es in einer Wirtschaft, und einer oder alle beide waren betrunken.«

»Wie kannst du das behaupten?« Pos tat beleidigt. »Ich trinke nicht mehr.«

»Aber du trinkst auch nicht weniger«, sagte Tonneman.

Alle drei lachten.

Sie blieben an der Molenstraat stehen, wo Pos und van der Werff sich verabschiedeten, um die Brandstätte noch einmal zu untersuchen. »Man kann nie wissen, ob nicht noch Funken unter einem Stapel verbrannten Holzes schlummern und nur auf die Gelegenheit warten, aufzuflackern«, erklärte van der Werff.

»Und danach«, sagte Pos und schlug ihm im Weggehen auf die Schulter, »genehmigen wir uns ein Bier.«

»Du trinkst ein Bier«, sagte der Brandmeister. »Ich habe noch eine Menge Arbeit vor mir.«

»Ein einziges Bier.«

»Also gut, vielleicht eines.«

Als Tonneman nach Hause kam, brachte er die Stute in den Stall, pflückte zwei Äpfel von dem Baum beim Scheunentor und tätschelte dem Pferd die Flanke, während er ihm einen davon zu fressen gab.

Im Hof stolperte er über seinen Knüppel, wo er ihn vermutlich in der vergangenen Nacht fallengelassen hatte. Er hob das zwei Fuß lange Stück Holz auf und klemmte es unter den Arm. Er biß in den zweiten Apfel, genoß den süßsauren Geschmack und trat auf den *Strand* hinaus, um zum Wasser zu gehen.

Der *Birnbaum* nebenan hatte geöffnet, und das Geschäft florierte. Männer hingen über der unteren Hälfte der Doppeltür. Direkt über dem Eingang befand sich die einfache Darstellung eines Birnbaums, den Maria gemalt hatte. Es gab so viele Dinge, die ihn an Maria erinnerten, aber er konnte jetzt wenigstens ohne diesen schrecklichen quälenden Schmerz an sie denken.

Tonneman betrat das rauchige Wirtshaus. Laute klagende und zankende Stimmen füllten den Raum; er wurde sofort von mehreren Städtern freudig begrüßt. Er zwängte sich zur Theke durch. Der gelbe Hund unter der Theke, durch seine Ankunft geweckt, bellte aufgeregt, und sein wedelnder Schwanz schlug die danebenstehenden Männer weich an die Beine.

»Was gibt's Neues, Tonneman?«

»Was macht ihr alle hier am hellen Tag?«

»Das könnten wir auch Euch fragen, Schout.«

Er lächelte breit. Das Fruchtfleisch des Apfels schmeckte noch süß im Mund. »Ja, wißt ihr nicht, daß es meine Aufgabe ist, hier zu sein?«

Jemand rülpste laut, dann fragte einer, was sie alle wissen wollten: »Was ist mit den Engländern?«

»Die Sonne scheint strahlend. Ihr solltet alle arbeiten.«

»Sagt uns, was mit den Engländern ist.«

»Hat jemand einen Feiertag ausgerufen?«

»Die Engländer.«

»Also gut. Vier englische Fregatten sind in voller Fahrt vor der Küste von Connecticut gesichtet worden.«

»Oh, verflucht!« Ein Humpen krachte auf einen Tisch.

In der Stube war plötzlich der Teufel los. Der aufgeregte Hund bellte in einer höheren Lage.

Tonneman übertönte mit fester Stimme den Lärm. »Das ist keine Überraschung.«

»Stuyvesant brennt auf einen Kampf.«

»Langer Matthew, bist du bereit, in den Krieg zu ziehen?«

Der freie Afrikaner, der in Breukelen wohnte, aber in Manhattan in den Docks am Noordt Rivier als Frachtgutaufseher für Asser Levy arbeitete, trank sein Bier, ohne sich aus der Ruhe bringen zu lassen. Der lange Matthew war ein sehr starker Mann, größer und schlanker, als man jemals einen gesehen hatte. Größer noch als Zuckermund, die Frau mit den fahrenden Huren. Sogar in seiner Heimat war er größer und schlanker als die meisten gewesen.

»Was weiß er vom Kämpfen? Er ist bloß ein schwarzer Heide. Ist doch richtig, Junge?«

Der lange Matthew lächelte. In Akkra, wo er aufgewachsen war, bis ihn die Sklavenhändler aufgriffen, hatte es Krieger gegeben; hier gab es bloß Schwätzer. Er berührte behutsam seine Schläfen, erst die linke, dann die rechte. Die Stammesnarben dort und auf der Brust waren alles, was ihm von seiner Heimat geblieben war. Und seine Erinnerungen. Die guten Erinnerungen an das Zuhause und den warmen Geruch des Meeres. Die schlechten Erinnerungen an das Brandeisen, das ihm das Zeichen der Niederländischen Westindischen Kompanie einbrannte, und daran, wie er dann in den übelriechenden Bauch des Schiffes, das ihn in dieses Land trug, geworfen wurde, wo er zwischen den Beinen eines anderen Mannes saß wie eine Frau, während ein anderer auf ihm saß und sie sich gegenseitig mit stinkendem Urin und Kot beschmutzten. Für wie lange? Er wußte es nicht. Und die bösen Erinnerungen an die Zeit danach. In diesem fremden, ärmlichen und kalten Land zu sein. Wäre er in seinem Heimatland in Frieden gelassen worden, hätte er ein großer Krieger werden können, sogar ein großer Häuptling, denn er stammte von Priestern ab. So hätte es kommen können, wenn das Schicksal freundlich gewesen wäre. Aber es war nicht freundlich gewesen, und nun war er hier, und darüber nachzudenken würde überhaupt nichts ändern. Der lange Matthew trank sein Bier und ließ sie reden.

»Wir haben kaum genug Pulver, um uns zu verteidigen, wenn ein Dutzend Indianer angreift. Vier Fregatten! Allmächtiger!«

»Meint Ihr, es wird tatsächlich zum Kampf kommen?« John Woods, der Engländer, der mit seiner Familie schon seit einigen Jahren in Neu-Amsterdam lebte, hörte sich besorgt an. Woods, ein Müller, sprach fast ohne englischen Akzent. Er war kräftig gebaut, kahl, hatte eine gerade Nase und ein sachliches Auftreten, und obwohl er einen steifen linken Arm hatte, der nutzlos an der Seite hing, war er immer noch ernst zu nehmen. Die Ärmel des Müllers waren heute aufgerollt, und sein linker Arm sah ganz normal aus, doch er war so wenig zu gebrauchen wie seit dem Tag vor Jahren, als er von seinem Dachboden gestürzt war.

»Was kümmert das Euch?« fragte der Gerber Jan Keyser in seinem wehleidigen Ton. »Verdammter Engländer. Ich wette, Ihr habt keine Mühe, Getreide für Eure Mühle zu bekommen. Wir wissen alle über euren Bruder auf Englisch-Long Island Bescheid. Jahrelang habt Ihr mich betrogen, um meine Lohe zu mahlen. Schlimm genug, daß ich Geschäfte mich Euch machen muß und schlimm genug, daß ich mit Euch in derselben Stadt leben muß. Aber ich brauche nicht mit Euch zu trinken. Verschwindet.« Keyser stieß den Engländer mit braunfleckigen Wurstfingern in die Brust. Seine dicken eingerissenen Nägel waren klebrig vor Schmutz.

»Das werde ich nicht tun«, sagte der stämmige Müller, indem er mühelos mit seiner gesunden rechten Hand den Arm des kleineren Mannes wegschob.

Keyser stieß ihn noch einmal. »Raus«, schrie er.

Woods holte verzweifelt Luft und schlug Keyser ins Gesicht, daß der kleine Mann taumelte.

Der Hund jaulte mehrmals auf und schnappte nach den zwei Männern.

»Dann zwinge ich Euch.« Keyser zog das scharf geschliffene Gerbermesser aus der Scheide am Gürtel.

»Probiert es doch«, rief Woods, indem er die Faust seiner gesunden Hand ballte.

In der überfüllten Stube war es plötzlich totenstill. Sogar der Hund hörte auf zu jaulen, zog den Schwanz ein und fand einen Grund, sich in die hinterste Ecke des Wirtshauses zurückzuziehen.

Langsam legte Tonneman die Reste des Apfels auf die Theke. Sein Knüppel steckte noch unter dem linken Arm. Lieber Jesus, dachte er. Hilf mir. Gib mir die Kraft, dem kleinen Einfaltspinsel nicht den Kopf abzuschlagen. »Steck das weg, Keyser«, sagte er, während er ganz still stand und keine Anstalten machte, zum Knüppel zu greifen. »Wir sind nicht im alten Land. Zwölf Gulden oder sechs Wochen. Zieh hier ein Messer, und es sind hundert Gulden Strafe oder sechs Monate Schwerarbeit bei Brot und Wasser.«

»Wo wollt Ihr Brot herbekommen?« schrie der Gerber, der nun Angst bekommen hatte. »Uns geht das Getreide aus.«

Ein einziger lauter verächtlicher Lacher war die Antwort.

Tonneman hörte nicht auf zu sprechen, während er vorsichtig auf Keyser zuging. »Wenn du ihn verletzt, sind es dreihundert Gulden oder achtzehn Monate. Du kannst dir weder das eine noch das andere leisten. Steck das Messer weg, und ich vergesse, daß es jemals passiert ist.«

Der Gerber achtete nicht auf Tonneman, sondern rückte auf Woods zu. Der starke Müller machte sich bereit.

»Keyser!« befahl Tonneman.

Mit störrischer Wut stieß Keyser das Messer in die Theke, dann machte er, als wäre er plötzlich wahnsinnig geworden, einen stampfenden Tanzschritt vor Woods. Keysers Holzschuhe klangen schwer auf dem unebenen Fußboden. Verblüfft blickte Woods nach unten auf die Füße des Gerbers. Da gab ihm Keyser einen Kinnhaken. Für Woods war es nicht mehr als ein Mückenstich.

Entnervt boxte Keyser Woods in den Magen. Wieder vergebens. Woods, der mit seltsamer Geduld dagestanden hatte, hämmerte Keyser schließlich mit der gesunden Faust auf den Schädel, und der kleine Mann brach auf dem Boden zusammen. Der Hund kam vor und leckte sein Gesicht.

»Das hier hat nie stattgefunden.« Tonnemans Blick huschte durch die Stube.

»Einverstanden«, sagte Joost Zoelan. »Ein Glas für jeden.«

»Eure Runde?« fragte einer.

»Und jeder zahlt die Zeche«, rief der Wirt lachend.

»Das dachte ich mir. Tonneman, was ist mit den Engländern?«

»Bis jetzt ist nichts passiert. Wir haben die Soldaten. Der Boß hat nach Flatbush und Rensselaerswyck und zu unseren Leuten auf 't lange Eylandt um Unterstützung geschickt.«

»Und wer paßt auf ihre Familien auf? Sie wären schön dumm, wenn sie kämen.«

Tonneman nickte beifällig. »Wir werden sehen. Gebt in der Zwischenzeit die Nachricht weiter. Wir müssen bereit sein.« Er legte seinen Knüppel auf die Theke und nahm den Humpen Bier von Zoelan. »Auf den Vorteil, den es für uns haben wird«, flüsterte er, so daß es nur Joost hören konnte. Der Blumenduft, der immer mit dem Genuß von gutem Bier einherging, füllte seine Nase. Das gehörte zum Vergnügen. Er schnupperte und trank, ohne abzusetzen.

»Wenn es sich zu lange hinzieht«, sagte Joost aus dem Mundwinkel, als er um die Theke kam, um Keyser aufzuheben, »gehen mir die Vorräte aus.«

»Ich würde mir keine Sorgen machen«, sagte der Schout mit normaler Stimme.

»Aha, aber *ich* mache mir welche.«

Tonneman spuckte in die Sandkiste und grinste schief. »Du bist ein selbstsüchtiges Schwein.«

»Nicht für mich, für die Leute. Sie haben schon in aller Frühe an meine Tür gehämmert, Tonneman. In solchen Zeiten sind die Leute schnell am Verdursten.«

Der Schout mußte lachen, denn er hatte selbst einen unbändigen Durst.

Joost zog mit Mühe das Messer aus der Theke und hielt es ins Licht. »Das ist eine schöne Klinge, Gerber, ich gebe dir fünf Bier dafür.«

Tonneman zog ein Gesicht. »Es ist bloß ein Messer.«

»Hm, aber du weißt, wie gern ich Geschäfte mache. Gerber?«

»Wie wäre es mit einem Bier umsonst«, murrte der kleine Mann, während er das Messer schnappte und es wieder in die Scheide steckte.

»Wie gewünscht«, sagte Joost und gab Keyser und Woods ein frisches Bier. »Haltet euch ran, Männer.« Der gelbe

Hund stand unter dem Bierfaß und wartete mit hängender Zunge auf Tropfen aus dem Zapfhahn.

Tonneman winkte den Wirt zu sich. »Hast du zufällig letzte Nacht hier so einen modischen, bunten Affen gesehen? Achteckige Brille. Goldenes Degengehenk. Protziger Degen. Könnte ein Franzmann gewesen sein.«

Joost kratzte sich am Kopf; er antwortete langsam und vorsichtig. »Nein, kann nicht sagen, daß ich so einen gesehen habe.«

»Nachdem ich letzte Nacht gegangen war, ist da was passiert hier drinnen?«

»Das gleiche wie in jeder anderen Nacht.«

»Und Stummelnase? Ist er wiedergekommen?«

»Nein.«

»Behalte das für dich, aber ich habe letzte Nacht bei meiner Weide eine Leiche gefunden.«

Joosts Augen wurden groß. »Wer war es?«

»Der affige Kerl mit der Brille. Er ist erstochen worden.«

»Du glaubst, es war Stummelnase?«

»Möglich wäre es. Da ist noch etwas.«

»Was?«

»Jemand hat die Leiche gestohlen.«

»Die Leiche ge ... Du meinst, du hast sie *verloren*, du alter Muskopf.« Joost brach in so lautes Lachen aus, daß sich alle Männer im Wirtshaus nach ihm umdrehten. Der gelbe Hund bellte.

»Ist das deine Art, etwas für dich zu behalten?« sagte Tonneman in barschem Flüsterton.

»Tut mir leid«, flüsterte Joost zurück. »Ich hätte nie gedacht, daß ich es einmal über dich sagen würde, aber ich schätze, du hast diesmal wirklich zuviel getrunken. Wir werden alle älter, alter Freund.«

Tonneman erwiderte nichts, sondern sah ihn nur mürrisch an.

»Na, da die Leiche verschwunden ist, hast du auch kein Problem damit.« Zoelan mußte sich anstrengen, nicht noch einmal laut loszulachen.

»Nein, ich habe zwei Probleme. Den Toten und den Mörder. Wo kann ich Stummelnase finden?«

»Wie soll ich wissen, was dieser Heide tut? Wahrscheinlich irgendwo im Wald seinen schweren Kopf ausschlafen.«

»Du bist mir eine große Hilfe gewesen, Joost.«

»Bin immer gern zu Diensten.«

Tonneman sah den halbgegessenen Apfel auf der Theke liegen und aß ihn auf. Dann leerte er den Humpen, zog seine Geldbörse aus der Jackentasche und knallte zwei Stuiver hin.

»Das brauchst du nicht zu tun«, sagte Joost.

»Doch, ich tu es.«

»In diesem Fall schuldest du mir noch drei Stuiver. Der Preis ist gestiegen.«

Tonneman warf drei weitere Münzen auf die Theke. »Halsabschneider.«

»Ich brauche das Geld. Du weißt, daß mich allein die Schankerlaubnis vierundzwanzig Gulden im Jahr kostet.«

»Ich weine mit dir. Das bekommst du zurück, wenn du einem Indianer ein einziges Glas für einen Biberpelz verkaufst.«

»Steht Biber jetzt so hoch? Du meine Güte, was die Teuerung bringt. Ich bin im falschen Geschäft. Trink noch ein Bier. Diesmal auf meine Rechnung.«

Der Schout ließ das Kerngehäuse in die Sandkiste fallen und dachte über ein zweites Bier nach. Das erste war bei weitem nicht genug gewesen.

Nachdem der gelbe Hund an dem Apfelrest geschnuppert hatte, trank er aus Joosts Abwascheimer, ging einmal im Kreis herum, legte sich auf seinen Platz unter der Theke und schlief ein.

»Was kann ein einziges Bier schaden?« sprach Joost ihm zu.

Tonneman war in Versuchung. »Nein.« Er stopfte seine Börse in die Tasche. Dann nahm er den Knüppel und ging hinaus. Der gelbe Hund folgte ihm und schnappte verspielt nach Tonnemans Fersen. Als er nicht weiter auf ihn achtete, begann der Hund die Erde unter dem Birnbaum abzuschnüffeln und zu kratzen. Plötzlich kläffte der Hund einmal und lief in Richtung Breede Wegh los, als hätte er eine wichtige Verabredung.

Tonneman lächelte über die Launen des Tiers und ging auf den Fluß zu.

12

DIENSTAG, 26. AUGUST. SPÄTERER MORGEN.

Racqel trommelte auf Davids Arme, die sie wie ein Schraubstock festhielten, während er sie aus dem schrecklichen Schuppen ins helle Sonnenlicht zog. »Es ist Benjamin. Ich weiß, daß es Benjamin ist.«

»Es ist nicht Benjamin«, sagte er, als er sie endlich losließ.

Sie sah ihren Schwager an. Er preßte den Mund fest zusammen. »Wie kannst du so sicher sein?«

David wandte sich ab, und Racqel hatte das plötzliche, erschreckende Gefühl, daß er etwas verbarg. »Wir wollen unsere Nachbarn nicht beunruhigen«, sagte er, wobei er immer noch ihrem Blick auswich. »Kein Wort davon zu den Frauen dort. Verstehst du?«

»Ich verstehe.« Sie konnte die murmelnden Stimmen der Frauen und ihr leises Lachen hören, während sie Geheimnisse austauschten.

»Vater und ich bringen die Lade zu Asser Levy. Erst muß ich mir die Hände waschen.«

»Aber der Tote ...«

»Unsere erste Pflicht gilt der Thora; aber jemand muß es dem Schout mitteilen.« Er schloß kurz die Augen, dann schlug er sie auf. »Wenn die erste Wagenladung Holz ankommt, sagst du den Arbeitern, sie sollen keine Hand an den Schuppen legen. Sie sollen Holz bringen und Dielen schneiden. Lass' sie ihre Arbeit tun, und suche den Schout im Rathaus auf. Frederick Philipse kommt mit ein paar Männern, um mit dem Wiederaufbau unseres Hauses zu beginnen.«

Als er fort war, ging Racqel in den Schuppen zurück und starrte die Leiche an. Davids Ermahnungen, daß die Toten unrein und befleckt seien, bedeuteten ihr nichts; sie hatte schon viele Tote gesehen. Racqel hatte ihrem Vater bereits als junges Mädchen assistiert. Sie empfand jetzt nichts als Kummer, daß das Feuer auf ihrem Grundstück jemanden getötet hatte.

Aber es war nicht das Feuer gewesen. Der Mann war erstochen worden. Wirklich? Sie ging näher an die Leiche heran. Es schien, als sei das Messer mehrmals hineingestoßen und herausgezogen worden, aber weil der Körper teilweise verbrannt war, konnte sie nicht sagen, ob die Wunden geblutet hatten. Wenn nicht, würde das bedeuten, daß das Messer hineingestoßen wurde, nachdem der Mann gestorben war.

Sie wunderte sich über die unverkennbare Wut der Messerstiche, und ganz plötzlich kam ihr der Gedanke, daß der Mann in der Tat schon vor dem Feuer tot gewesen sein könnte und das Feuer dann vielleicht gelegt worden war, um den Mord zu vertuschen.

Als sie Calebs Gebell und das Rumpeln eines sich nähernden Wagens hörte, wandte sie sich um und ging aus dem Schuppen. Zwei kräftige Afrikaner hatten schon begonnen, das Holz abzuladen. Sie ging auf sie zu. »Still, Caleb.« Ausgelassen tänzelte der Hund weg. »Mein Bruder sagte, ihr sollt nur die Stämme bringen und Bretter schneiden; er kommt so schnell wie möglich zurück. Ihr braucht nicht ins Haus oder in den Schuppen zu gehen.«

»In Ordnung«, sagte der größere.

»Wir sind keine Sklaven, Vrouw Mendoza«, sagte der andere stolz. »Wir sind Freigelassene.« Sie arbeiteten weiter.

»Wie heißt Ihr?«

»Man nennt mich Goliath«, antwortete der große.

»Und dich?«

»Ich bin David«, sagte der andere.

Racqel lächelte und kehrte zu der kleinen Gruppe von Frauen zurück, die mit dem Saubermachen aufgehört hatten und sich angeregt unterhielten. Esther Diaz und Miriam Isaacs hatten sich zu Rebecca und ihrer Tochter gesellt.

»Ist irgendwas nicht in Ordnung?« fragte Mariana da Costa.

»Nein, nur die Männer mit dem Holz.«

»Ich meine, davor. Wir haben deinen Schwager und dich gehört, ob wir wollten oder nicht.«

»Ach, das war nichts. Ich habe mich über das Feuer aufgeregt. Geht nicht in den Schuppen. Er ist ... schmutzig.«

»Ich bestimmt nicht«, antwortete die junge Frau und sah Racqel dabei neugierig an. »Gott sei Dank wurde niemand verletzt.« Dann mit großer Begeisterung: »Habt ihr gehört? Hauptmann Pos hat uns gerade gesagt, daß vier englische Kriegsschiffe kommen.« Sie sah aufgeregt aus, doch sie war jung, jünger als die anderen Frauen, denen beklommen zumute war.

»Es wird zu Kämpfen kommen«, meinte Esther Diaz. Sie hatte Grund, sich zu sorgen; sie hatte vier erwachsene Söhne, von denen man erwarten würde, daß sie kämpften. Nun war sie zur großen Freude ihres Mannes in ihrem hohen Alter wieder schwanger, wie die neunzigjährige biblische Sara. »Wir haben sehr viel zu verlieren.«

Racqel betrachtete Esthers schwellenden Bauch voller Neid. Warum sie und nicht ich? dachte sie.

»Du brauchst keine Angst zu haben«, sagte Rebecca da Costa scharf. »Juden sind vom Dienst in der Bürgerwehr ausgenommen.«

Esther Diaz war bitter. »Wenn die Engländer landen, glaube ich, werden Hauptmann van Dillen und seine Bürgerwehr das Verbot von Juden in ihren Reihen lockern. Es wird genug Kampf für alle und vielleicht Tod geben. Selbst der Generaldirektor wird dann Juden zum Kämpfen willkommen heißen.«

Rebecca stimmte zu, und Miriam Isaacs nickte. Nach einer Weile nickte auch Mariana da Costa. Miriam, deren neue Schwangerschaft gerade erst zu sehen war, schaukelte die Wiege ihres Sohnes Micah mit dem Fuß. Racqel bemühte sich, sie nicht anzustarren.

Alle Frauen fragten sich, ob sie wieder einmal weiterziehen müßten. In welches Land würden sie diesmal reisen müssen? Wieder einmal als Ausgestoßene.

»Mein Schwiegervater sagt, die Engländer werden die Juden in Ruhe lassen«, faßte Racqel ihre größte Sorge in Worte. »Daß unser Volk in Rhode Island nicht verfolgt wird.«

»Ich würde mich nicht auf die Engländer verlassen«, bemerkte Esther Diaz schroff. »Besser der holländische Teufel, den wir kennen, als der englische Teufel, den wir nicht kennen.«

Die Frauen schienen nur ungern gehen zu wollen, nachdem sie mit dem Saubermachen fertig waren. Aber sie mußten sich um die eigenen Haushalte kümmern, und so verabschiedeten sie sich von Racqel und ließen sie zwischen den kleinen Stücken ihres Lebens, die gerettet und gereinigt worden waren, allein: ihr Geschirr, ihr Silber und die kleinen Stoffsäckchen mit Kräutern, das einzige, was von ihrem hübschen Garten geblieben war. Sie faltete ein sauberes Tuch auseinander und breitete es über das Geschirr und Silber. Die heiße Sonne stach herunter, und der aufgeweichte Boden trocknete. Bald würde sich Staub auf alles legen.

Ihr Fuß stieß gegen etwas unter dem Tisch. Der Medizinkasten ihres Vaters. Tränen stiegen ihr in die Augen; sie vermißte ihren Vater so sehr. Seit seinem Tod ... Racqel unterdrückte die Tränen und stellte den geschnitzten Holzkasten wieder unter den Tisch.

Sie hatte gelernt, ihren Eingebungen zu vertrauen, und ihre Eingebung sagte ihr jetzt, daß David recht hatte. Der Tote war nicht ihr vermißter Mann.

Sie konnte es nicht länger aufschieben. Es war höchste Zeit, den Schout zu finden und ihm von der Leiche im Schuppen zu berichten.

13

DIENSTAG,
26. AUGUST.
SPÄTER MORGEN.

Ein leichter Wind fuhr durch die Eichen und Kastanien an der Pavelstraat und ließ sie rascheln wie Taft. Die weiß gestrichenen Zäune um jedes Haus, die Hunde und Vieh einpferchten, wirkten gelb im Sonnenlicht.

Der Himmel darüber zeigte sich in einem harten, tiefen Blau. Die Peyser-Zwillinge, niedliche kleine Mädchen, spielten mit den drei kleinen Töchtern der van Nordens Seilspringen, die Stimmen laut vor Aufgeregtheit, die gelben Zöpfe auf und ab hüpfend. Racqel sah ihnen eine Weile zu und fragte sich dabei, wie es wäre, wenn eines der Kinder ihr eigenes wäre.

Auf der Rathaustreppe standen zwei Soldaten, vermutlich im Dienst, dicht beieinander in einer Ecke und schnippten Stuivers auf dem Handrücken. Jeder lachte gackernd auf, wenn er gewann und klagte laut, wenn er verlor. Sie rochen nach Bier.

Vier weitere Soldaten und vier afrikanische Sklaven kamen aus der Tür und an Racqel vorbei die Treppe herunter. Sie marschierten über die Pavelstraat auf Stuyvesants Haus zu. Der Sprache nach waren diese vier Soldaten keine Holländer. Norweger vielleicht.

»Ich suche Schout Tonneman«, wandte sich Racqel an sie.

»Hauptmann Pos!« rief ein junger Soldat mit überschnappender Stimme.

Pos kam und blieb im schattigen Rathauseingang stehen.

Racqel ging auf ihn zu und lächelte. »Danke für Eure Hilfe letzte Nacht.«

»War nur meine Pflicht.«

»Dann vielen Dank, daß Ihr Eure Pflicht so gut erfüllt habt.«

Pos lächelte beinahe. Er trat verlegen von einem Fuß auf den anderen und legte grüßend die Hand an den Hut.

Die Tür zum Rathaus ging auf, und Hugo Evertsen, Schreiber des Bürgermeisters, streckte seinen kahlen, sommersprossigen Kopf heraus. »Pos, habt Ihr Bürgermeister van Cortlandt gesehen?«

»Er wird noch im Fort beim Boß sein, Hugo.«

»Ach so«, sagte Evertsen mit besorgtem Gesicht. Er nickte Racqel zu. »Vrouw Mendoza.«

»Heer Evertsen«, antwortete sie höflich.

Evertsen verschwand nach drinnen und schloß die Tür.

»Ist Heer Tonneman hier?« fragte Racqel.

Pos schüttelte den Kopf. »Entschuldigt.« Er wandte sich an die spielenden Soldaten. »Ihr zwei, solltet ihr nicht eure Runden machen?«

»Wir stehen nicht unter deinem Befehl«, murrte der eine leise. »Wir sind Soldaten.«

Unglücklicherweise hörte ihn Pos. »Eins von zwei Dingen kann geschehen. Ihr könnt eure Runden gehen, oder ich kann euch den Schädel einschlagen. Verstanden?«

»Ja, Mijnheer.«

Sein Gesicht wurde starr, aber die Stimme wurde nicht lauter. »Dann bewegt euch.«

Die zwei schlurften die Treppe hinunter und eilten über die Straße, die diesseits am Graben entlanglief. Ihre Schritte erzeugten einen seltsamen Klang, da sie mal auf der unbefestigten Straße gingen, mal über die gepflasterten Wege, die zu den stabilen dreistöckigen Häusern führten.

Der Hauptmann der Wache wandte sich wieder an Racqel. »So, kann ich etwas für Euch tun?«

»Nein. Ich muß sofort mit Schout Tonneman sprechen.«

»Ich weiß nicht, wo er ist. Ihr könnt es im Wirtshaus versuchen.« Als sie die Stirn runzelte, hob er die Hand und ging zum *Birnbaum* hinüber, wo ein paar Männer sich über den unteren Teil der Tür nach draußen lehnten. »Tonneman? Bist du hier?«

»Nein«, schrien drinnen viele Stimmen. »Er war vorhin da«, sagte einer der Männer, die über der Halbtür lehnten.

Pos kam zu ihr zurück. »Anscheinend nicht.« Er grinste. »Versucht es an seinem Ruheplatz.«

»Vielen Dank.« Racqel ging auf Tonnemans Haus zu. Sie war erst wenige Schritte gegangen, als der Hauptmann ihr nachrief:

»Nicht dort.« Er rieb sich die müden Augen. »Unter der größten Weide. Dort drüben.« Er deutete über den *Strand.* »Am Ufer. Von hier genau geradeaus. Geht nicht durch die Gasse. Haltet Euch links. Es sind gut dreißig Schritt.«

Die Schnürstiefel knirschten auf den Austernschalen, als Racqel zum Ufer hinuntereilte. Sie spürte Pos' Blick im Rücken.

Überall schienen jetzt Soldaten zu sein. Seltsamerweise waren keine Seeleute zu sehen. Der allgegenwärtige Teergeruch erfüllte die Luft. Ruheplatz? Am hellen Tag? Sie schüttelte den Kopf. Diese Gojim. Es war schwierig, sie zu verstehen. Ob der Schout sinnlos betrunken im Schutze seines Weidenbaums lag? Die Holländer liebten ihr Bier und trieben das Trinken manchmal zu weit. Aber er machte so einen netten Eindruck. Sie war selbst überrascht, daß sie hoffte, er sei anders.

Der Pfad am Fluß entlang wurde schmaler und grasig. Möwen tauchten nach Fischen und schrien einander triumphierend zu. Dank der kühleren Brise vom Fluß fühlte sie sich, als wäre ihr ein Gewicht von den Schultern genommen, als wäre es eine andere Zeit, als sie noch einen Ehemann hatte und sich darauf freute, Mutter zu werden. In der plötzlichen süßen Einsamkeit des Augenblicks riß Racqel sich die weiße Rüschenhaube vom Kopf, zog aus purem Übermut die Nadeln aus dem dunklen Haar und ließ es sich vom Wind um das Gesicht wehen.

Es war wunderbar. Sie fühlte sich so frei. Ein kleines Boot legte von einem der Schiffe nicht weit von ihr ab. Sie konnten sie zwar nicht sehen, aber Racqel steckte geschwind ihr Haar auf, setzte die Haube wieder auf, schob vorwitzige schwarze Strähnen darunter und nahm ihren Weg zu Tonnemans Weidenbaum wieder auf.

14

DIENSTAG, 26. AUGUST. SPÄTER MORGEN.

Nachdem Tonneman den *Birnbaum* verlassen hatte, schlenderte er zum Coenties Slip hinunter und blieb vor dem Backsteinhaus der ten Eycks stehen. Er öffnete die Haustür und rief: »Hallo.«

Sechs frische Brotlaibe lagen auf der Tischplatte aus Kiefernholz, ein Messer daneben. Tonneman schnitt einen Laib in der Mitte durch und hielt eine Hälfte unter die Nase. Er liebte den Duft von frischem Brot. Maria hatte immer …

Antje ten Eyck antwortete ihm von hinter dem Haus. Er nahm das Brot mit und ging durch die gute Stube zum Hof.

In der makellos weißen Stube stand ein mächtiger bemalter Birkenholzschrank. Holländische Majolika, Kerzenhalter aus Messing und Stövchen waren liebevoll ausgestellt. Ein kleiner Spiegel in einem Schildpattrahmen hing an der Wand neben einem Ölgemälde auf Holz: Daniel in der Löwengrube. In der Nähe hingen zwei weitere Gemälde: Jesus, der Wasser in Wein verwandelt, und eine Seeschlacht, Tonnemans Lieblingsbild. Zwei Ausziehtische aus Eiche, einer mit einem bunten türkischen Läufer bedeckt, und acht Ahornstühle, Sitze und Lehnen mit rotem Samt bezogen, standen in der Stube.

Die bei weitem bemerkenswertesten Dinge in der Stube waren jedoch die Silberstücke, die meisten von ten Eyck selbst angefertigt. Er stellte sie in der Werkstatt neben dem Haus her. Auf dem gedeckten Tisch stand ein geätzter Silberbecher. Zweifellos eine von Conraets neuesten Arbeiten. Ein wunderschönes Stück, zart geschwungen und ausgewogen. Der Mann war ein wahrer Künstler.

Tonneman stieß die Tür zum Hof auf, der zum Fluß hin lag, wo Antje gerade Bettwäsche zum Bleichen in der Mittagssonne über den Zaun hängte.

Sie hielt inne, die Hände auf den Hüften, und lächelte, als Tonneman in das frische Brot biß. »Eßt, eßt. Bald haben wir überhaupt kein Korn mehr, und die Engländer nehmen Neu-Amsterdam ein. Unser Volk kann nicht ohne Brot und Bier leben.« Sie lachte. »Besonders Bier. Wir werden womöglich spanischen Sherry trinken müssen, Gott bewahre.«

»Ich trinke Wein.«

»Ihr trinkt alles.«

»Aha, Ihr habt von den Engländern gehört?« Er biß noch ein Stück vom Brot ab.

»Ja. Ten Eyck war hier. Er ist weggegangen, um mit den Kapitänen der Schiffe zu sprechen.«

Tonneman nickte. »Wo ist der kleine Conraet?«

»Bei seinem Vater. Und er freut sich wie ein Schneekönig darüber.«

»Dann gehe ich gleich weiter.«

»Kommt zurück und eßt später mit uns. Es ist reichlich da. Kalte Pflaumensuppe, Eintopf und eine schöne fette Ente. Und ich habe Krapfen gebacken. Das könnte Eure letzte Gelegenheit für eine gute Mahlzeit sein. Wenn die Engländer kommen, müssen wir Sauerteigfladen essen.«

»Ich könnte Gefallen daran finden.«

»Euch wäre das zuzutrauen. Kommt Ihr?«

»Vielleicht.« Er ging ein paar Schritte aufs Wasser zu, dann blieb er stehen. »Übrigens, Antje, kennt Ihr die Witwe Mendoza?«

»Nein. Warum?«

»Kein bestimmter Grund. Nur eine Frage.«

Dann schwiegen beide lange.

»Tonneman, Ihr trinkt Euch noch zu Tode.«

Er wischte sich die Krümel vom Mund und sagte: »Das ist mir lieber als der Strick. Um die Wahrheit zu sagen, ich hätte nie gedacht, daß Hendrik zum Strick greifen würde.«

»Ich auch nicht.«

»Ich habe letzte Nacht von ihm geträumt. Kurz bevor ich den Toten sah.«

»Vielleicht habt Ihr das Ganze geträumt.«

»Nein, der Tote war wirklich. Ich hatte sein Blut an den Händen.« Tonneman blickte auf seine Hände, dann auf Antje. »Ich habe auch Hendriks Blut an meinen Händen.«

»Was plappert Ihr für ein Zeug daher? Hendrik Smitt ist lange tot.«

»Gott schütze mich, ich erinnerte mich letzte Nacht daran, daß er mit mir reden wollte. Irgend etwas lag ihm auf der Seele. Ich war zu betrunken. Wir waren beide zu betrunken, fielen auf der Straße hin. Ich lief von ihm weg. Dann war er tot.« Tonneman rieb sich die Augen und sah wieder Smitts Leiche vor sich.

»Wenn er so betrunken war, wie konnte er dann eine Schlinge knoten und über den Baum werfen?«

Tonneman riß die Augen auf. »Was? Was sagt Ihr? Meint Ihr, jemand hat ihm geholfen?«

Antje prustete vor Lachen. »Vielleicht war irgendein Freund so nett, ihm den Strick um den Hals zu legen, ihn an den Baum zu binden und Hendrik einen freundlichen Tritt in die Hölle zu geben.«

Kein Selbstmord, dachte Tonneman, indem er nach dem Gedanken griff. Kein Selbstmord. Mord. Er glaubte zu ersticken. »Jesus Christus im Himmel«, brüllte er, die großen Hände zu Fäusten geballt. »Hendrik wurde ermordet, und ich habe ihn wegen eines Selbstmordes verflucht.«

Antje ließ ihre Wäsche liegen und ging zu ihm. »Hsch, lieber Freund, hsch.« Sie streichelte seine Faust, bis er seine Hand für sie öffnete. »Kommt mit.« Sie führte ihn in die Küche und goß ihm eine Tasse Buttermilch ein.

Tonneman starrte wütend in die Tasse. »Warum sollte irgend jemand Hendrik töten wollen? Er hat versucht, mir etwas mitzuteilen, Antje, aber ich wollte nicht zuhören. Was für ein dummer Narr ich bin.«

»Genug«, sagte Antje. »Trinkt.«

Er schnitt ihr ein Gesicht und trank die Buttermilch, während er sich nach Branntwein sehnte. Er spürte eine brennende Wut im Bauch, als er am Flußufer entlang auf seine Weide zuging. Dann niederdrückende Gewissensbisse. Smitt hatte ihm etwas mitzuteilen gehabt. War er deshalb getötet worden? War Smitt letzte Nacht zurückgekommen, um es ihm zu sagen? So viele Jahre und keine Morde in Neu-Amsterdam. Jetzt vielleicht zwei? Smitt und letzte Nacht Brille. Hatten die beiden Todesfälle etwas miteinander zu tun?

Der Himmel zeigte sich im klarsten Blau mit nur wenigen weißen Wolkenflecken. Die Luft war heiß und trocken. Der Fluß zu seiner Rechten eilte tief und grün dahin, voll schneller Strömungen. War die Leiche letzte Nacht nach ihm in den Fluß geworfen worden? Als er die hängenden Zweige der Weide teilte und unter ihren Schutz trat, ließ er den Knüppel auf den Boden fallen, ging auf Hände und Knie hinab und betastete das Gras, wo die Leiche gelegen hatte. Er bewegte sich langsam nach außen, die Nase auf dem Boden, die Hände ausgebreitet. Aus diesem Blickwinkel sah er eine kleine dunkle Stelle, und als er den Fleck berührte, merkte er, daß er fest war. Er roch daran. Blut. Ohne aufzusehen, war ihm klar, daß die Stelle durch die dichten Weidenzweige und Blätter geschützt war, sonst hätte der starke Regen am Morgen alles abgewaschen. Nun, wenn schon keinem anderen, so hatte er sich selbst bewiesen, daß hier in der vergangenen Nacht Blut vergossen worden war.

An den äußeren Rändern der Fläche, die von den Zweigen beschattet wurde, fand er noch so einen Fleck, ein wenig größer und ungleichmäßig. War das auch von der Leiche? Jemand hatte sie geschleift, bevor er sie fortgetragen hatte. Er würde sich nach Radspuren umsehen, obwohl er wegen des Regens nicht damit rechnete, welche zu finden.

Trotz des Schattens schwitzte Tonneman stark. Er legte den schwarzen Hut und die Wildlederjacke ab und wischte sich mit dem Ärmel übers Gesicht. Dann, den Hintern hochgereckt, die Nase auf der Erde, bewegte er sich wieder mit suchenden Fingern rückwärts nach außen.

Seine Finger schlossen sich um einen kleinen metallenen Gegenstand.

15

DIENSTAG, 26. AUGUST. MITTAG.

Racqel hatte halb erwartet, Tonneman betrunken schlafend unter dem Baum zu finden. Sie widerstand dem Drang zu lachen, als sie ihn mit der Nase auf dem Boden wie Caleb auf der Fährte sah. »Schout?«

Tonnemans Hand schloß sich schnell um den metallenen Gegenstand, als er das schöne Gesicht und die anmutige Gestalt der Witwe Mendoza in dem verschwommenen Sonnenlicht sah, während sie die Zweige des Weidenbaums teilte.

»Mevrouw.« Er stand mühsam auf, ein wenig verlegen wegen der Rückansicht, die er geboten hatte. Dann hob er seine Jacke auf und zog sie an, wobei er den metallenen Gegenstand in die Tasche steckte.

»Habt Ihr etwas verloren?« fragte sie und ließ den Blättervorhang hinter sich fallen.

»Würdet Ihr bitte die Zweige noch einmal zur Seite halten, damit ich mehr Licht bekomme?«

Es gefiel ihm, daß sie keine Fragen stellte, sondern sofort zurücktrat und genau das tat, worum er gebeten hatte. Darauf ließ er sich wieder auf die Knie fallen und suchte dieselbe Fläche noch einmal ab.

»Was glänzt denn dort drüben?« Racqel deutete auf etwas Glitzerndes, gerade als er den Gegenstand in dem niedrigen Gras fand. Es war eine Glasscherbe von der Größe seines Daumennagels und, zu seinem großen Ärger, sehr scharf. »Barmherziger Gott«, schrie er auf und dann: »Ich bitte um Entschuldigung.« Er starrte auf die kleine Scherbe, die beinahe vom Gras verdeckt war. Ein roter Tropfen sickerte aus seiner Handfläche. Er dachte an die blutigen Blasen aus dem Mund des Toten letzte Nacht.

Sie ließ die Zweige los, zog ein leinenes Taschentuch aus dem Ärmel, kniete neben ihm nieder und nahm seine Hand.

Mit seiner anderen Hand hob Tonneman die gezackte Scherbe auf und steckte sie zu dem Metallstück in die Tasche.

Racqel entfernte inzwischen mit vollendeter Zartheit einen winzigen Glassplitter aus seiner Handfläche und tupfte das Blut mit dem Taschentuch auf. Als sie fertig war, zog sie seine Hand an ihr Gesicht, um die Verletzung genauer zu untersuchen. »Da sind noch mehr Splitter drin, aber ich kann sie mit den Fingern nicht fassen. Sie müssen heraus.«

Er lachte. In seinen Jahren als Matrose, als Bauer und sogar als Schout hatte er viel Schlimmeres erlebt. Er hatte nie etwas anderes getan, als ein wenig Spucke genommen und darübergewischt. Auch jetzt hätte er das tun können, aber er genoß ihre Aufmerksamkeit, und so überließ er sich ihren Händen.

Vorsichtig wie eine gute kleine Mutter umwickelte sie seine Hand mit dem Taschentuch. Ihre Gesichter waren einander sehr nahe, und er konnte ihr zart gerundetes Ohr, ihre vollen Lippen genau betrachten. Er hätte gerne seine Finger, seine Lippen darauf gedrückt. Sie blickte ihn strahlend an. Im plötzlichen Bewußtsein, daß sie die gleiche Luft atmeten, erhob sie sich.

Er seufzte leise, streckte sich ganz auf dem Ufer aus und ließ die verletzte Hand in das kalte Flußwasser hängen, um das Blut abzuwaschen. »Nur ein Ritz«, sagte er, während er sich aufrichtete, das Tuch ausdrückte und die Hand trocken wedelte. Als er sich nach der Witwe umdrehte, war sie verschwunden. Überrascht schob er die Zweige beiseite und trat in das Sonnenlicht hinaus. Sie wartete auf ihn.

»Heer Schout«, sagte sie schroff, »im Schuppen hinter unserem Haus liegt ein Toter.«

Noch eine Leiche? Was ging in dem stillen, friedlichen Neu-Amsterdam vor? Nun, er wurde dafür bezahlt, das herauszufinden.

Er hob seinen Hut und den Knüppel auf, und sie machten sich über den Pfad auf den Weg zur Pearl Street. »Wißt Ihr, wer dieser Tote ist?«

»Nein. Mein Bruder und ich haben ihn entdeckt. Das Gesicht ist stark verbrannt.«

Unmittelbar vor dem Pier beim Coenties Slip sahen drei Soldaten zu, wie zwei schwarze Sklaven ein schweres Faß in einen flachen Graben rollten.

Die Lookermans-Buben standen hinter den Soldaten und Sklaven und taten so, als wären sie auch Soldaten. Der neunjährige Christoffel zeigte mit seinem Stock zum Horizont und schrie etwas über die Engländer. Gerrit, zwei Jahre jünger, wiederholte mit hoher Stimme die Befehle der

Soldaten an die Afrikaner und hielt dabei einen Reifen über den Kopf, den er kreisen ließ.

Tonneman schritt zielstrebig den Strand hinunter, während Racqel Mendoza sich anstrengen mußte, nachzukommen.

Vor dem *Birnbaum* trieben sich immer noch ein paar Müßiggänger herum, aber anscheinend waren die meisten wieder an die Arbeit gegangen, wenigstens bis Sonnenuntergang.

Am Rathaus rief Tonneman einen Soldaten zu sich, der auf der Treppe herumlungerte. »Hallo. Wo ist Hauptmann Pos?«

»Der schläft.«

Tonneman nickte. Er war neugierig darauf, warum Pos die Leiche nicht entdeckt hatte, als er die Brandstätte besichtigte. Wahrscheinlich hatte er nicht in den Schuppen geschaut. Er nicht und van der Werff auch nicht.

Ein Pferdekarren fuhr polternd an ihnen vorbei. »Führt Euer Pferd«, rief Tonneman. In diesem Augenblick rollte der Reifen auf die Straße, und die zwei kleinen Jungen liefen hinterher. Tonneman warf seinen Knüppel weg und packte die Kinder beim Kragen, gerade als das Pferd auf den Reifen trat und ihn zerbrach.

»Spielt nicht auf der Straße«, sagte Tonneman freundlich und gab ihnen einen leichten Klaps hintendrauf.

Gerrit heulte. »Mein Reifen! Ich will meinen Reifen haben.«

»Sei still. Dein Vater besorgt dir einen neuen.« Wie immer, waren die Lookermans-Buben im Gesicht mit Kirschsaft bekleckert; ihr Vater besaß einen Kirschgarten draußen vor dem Wall.

Der Karrenlenker, Crispijn Peyser, war an den Straßenrand gefahren. »Ist alles in Ordnung?« fragte er ängstlich. Er konnte keine Scherereien mit einem reichen Mann wie Lookermans gebrauchen.

»Bestens«, sagte Tonneman. »Nicht einmal erschrocken sind sie. Keinen Dank an Euch. Aber es hätte schlimmer kommen können. Haltet Euch an das Gesetz, Peyser. Dafür ist es da.«

»Tut mir leid, Tonneman, ich tu's nicht wieder. Peyser stieg ab, führte sein Pferd zu seinem Haus auf der anderen Seite des *Birnbaums* und band es an den Zaunpfahl.

Racqel sprach mit den Kindern und schickte sie los. Dann hob sie den Knüppel auf und ging zu Tonneman. »Sie hätten umkommen können. Ich wollte sie nach Hause bringen, aber sie haben nein gesagt. Sie versuchen, kleine Männer zu sein.«

Etwas, ein Stocken der Stimme, ließ ihn aufhorchen. Er blickte sie an. Ihr dunkles Haar quoll unter der weißen gerüschten Haube vor. Er fragte sich, wie es unbedeckt aussähe. Über ein Kissen gebreitet.

Tonneman zeigte auf die Straße, und sie setzten sich wieder in Bewegung. »Ihr habt keine Kinder?«

Sie schlug für einen langen Augenblick die Augen nieder, dann sah sie ihn offen an. »Nein.« Das Wort kam schroff heraus, vielleicht lauter, als sie beabsichtigt hatte.

»Das tut mir leid«, sagte er freundlich, während er ihr den Knüppel abnahm. »Es ist traurig, verwitwet zu sein und ohne Kinder. Ich habe eine verheiratete Tochter und bald ein Enkelkind.« Sie waren beinahe am Haus der Mendozas angekommen. Die Frau schien aufgeregt. Sie rang die Hände mit einer seltsamen Bewegung. »Was ist? Was habe ich gesagt?«

Ihre Antwort war so leise, daß er den Kopf neigen mußte,

um sie zu verstehen. »Ich weiß nicht, ob ich Witwe bin. Mein Mann, Benjamin, ist vor fast acht Monaten fortgegangen. Etwas Schreckliches muß ihm widerfahren sein. Er ist tot, sonst käme er zurück.«

Das letzte sagte sie mit so großem Schmerz, daß sogar Tonneman ihren Kummer spürte. »Acht Monate. Er muß tot sein. Kein Mann würde eine wie Euch so lange allein lassen, wenn er nicht tot wäre.« Er berührte behutsam ihren Arm und spürte die Zartheit unter ihrem Baumwollkleid. »Ihr werdet wieder heiraten und Kinder haben.«

Sie sah mit einem halben Lächeln zu ihm auf. »Ihr versteht nicht. Das Gesetz, unser Gesetz, besagt, daß er für lebend und als mein Ehemann betrachtet wird, ganz gleich, wie lange er vermißt wird. Es ist mir für immer verwehrt, wieder zu heiraten, bis die Leiche meines Mannes gefunden wird, und wenn es noch so lange dauert, selbst bis zum Jüngsten Gericht. Was für eine Rolle spielt es?« fügte sie bitter hinzu. »Ich bin unfruchtbar. Deshalb hat er mich verlassen.« Du lieber Gott, was erzähle ich diesem Fremden, diesem fremden Goi, meine innersten Ängste? »Bitte vergeßt, was ich Euch gerade gesagt habe.« Ihre Augen flehten ihn an.

»Schon vergessen«, sagte er rasch und richtete seine Aufmerksamkeit auf die vor ihm liegende Aufgabe, doch was sie gesagt hatte, ging ihm nicht aus dem Kopf.

»Habt Ihr meinen Mann überhaupt gekannt?« fragte sie flüsternd.

»Nein.«

Der Boden vor dem Haus der Mendozas war mit Sägemehl bedeckt. Auf der einen Seite ein Haufen Stämme, auf der anderen frisch geschnittene Bretter, ordentlich gestapelt. Der Geruch nach frischem Bauholz hatte den scharfen

Rauchgeruch verdrängt. Die Arbeit wurde von David und Goliath schnell und akkurat erledigt.

Die Mendozas, Vater und Sohn, waren nirgends zu sehen. Da es ein Tag wie jeder andere war, vermutete Tonneman, daß sie in der Stapelstraat waren und ihrer einträglichen Beschäftigung als Kaufleute nachgingen. Er ging auf den Schuppen zu.

»Wartet bitte.« Racqel Mendoza legte ihre Hand auf seinen Arm. Sie blieb an einem langen Tisch stehen, auf dem ein Tischtuch sperrige Gegenstände bedeckte, bückte sich, zog eine abgestoßene Holzkiste mit schöner Patina unter dem Tisch vor und öffnete sie. Aus der Kiste nahm sie eine Pinzette und ein Fläschchen, dann stand sie auf und machte eine Fläche auf dem Tisch frei. »Mein Vater war Arzt. Darf ich Eure Hand sehen?«

»Es ist nicht wichtig.« Er winkte ab und wollte auf den Schuppen zugehen, der sich als dunkles Gerippe von dem strahlenden Sommerhimmel abhob.

»Bitte. Bevor Ihr den Toten anrührt.«

Etwas in ihrer Stimme, vielleicht ein Wissen, über das sie verfügte, ließ ihn innehalten. Er ging zurück und hielt ihr die Hand hin.

Sie öffnete das Fläschchen. »Es tut weh.«

»Tut Euer Schlimmstes.« Er wahrte ein ernstes Gesicht, damit es zu ihrem paßte.

Racqel spürte, daß er sich über sie lustig machte, doch sie hielt nicht inne.

Die Flüssigkeit tat ein wenig weh. Er roch am Fläschchen. »Verschwendung von gutem Branntwein, wenn Ihr mich fragt.«

Sie nahm eine in Holz gerahmte Glasscheibe aus der Arztkiste und hielt sie über seine Handfläche. Sie ließ den

Schnitt größer erscheinen. Als er durch die Scheibe sah, konnte er winzige Glasstücke erkennen. Mit der Pinzette zog sie einen Glassplitter aus der Wunde, dann noch einen. »So, ich habe es Euch gesagt«, rief sie triumphierend.

Tonneman lachte laut heraus, ein offenes, ungezwungenes Lachen. Diese Frau war nicht aufzuhalten, wenn sie sich etwas in den Kopf gesetzt hatte. Und wenn es sich als richtig erwies, hatte sie keine Angst, es zu sagen. Genauso war Maria gewesen. Er lächelte. »Ich stehe in Eurer Schuld.«

»Nein. Ihr habt mein Leben gerettet. Ich bin es, die in Eurer Schuld steht.« Als sie merkte, daß sie immer noch seine Hand hielt, ließ sie los.

Nach einer Weile fragte er: »Das Instrument, das Ihr benutzt habt. Das ist ein Vergrößerungsglas, ja?«

»Ja.«

»Ich weiß Bescheid. Es ist dasselbe Prinzip wie beim Fernrohr.« Er nahm es ihr aus der Hand. »Darf ich?« Er klemmte den Knüppel unter den Arm, holte die Scherbe aus der Tasche, legte sie auf den Tisch und betrachtete sie durch das Glas, während sie zuschaute.

Er wurde enttäuscht; er sah nichts als ein Stück Glas. Einem Impuls folgend, hielt er die Scherbe an sein Auge und betrachtete Racqels Gesicht, überlebensgroß. Dann das Vergrößerungsglas. Wieder erschien Racqel größer. Noch einmal die Scherbe. Dieselbe Wirkung noch einmal. Die Scherbe war wie das Vergrößerungsglas.

Er wollte gerade den metallenen Gegenstand aus der Tasche holen, um ihn unter dem Vergrößerungsglas zu betrachten, als Pos auf sie zugelaufen kam.

16

DIENSTAG, 26. AUGUST. MITTAG.

Ob ich das ausleihen darf?« fragte Tonneman, indem er auf das Vergrößerungsglas zeigte.

»Bitte, selbstverständlich.«

Sie beobachteten beide, wie Pos mit federnden Schritten schwer atmend auf sie zukam. »Ein Soldat hat mir gesagt, daß Ihr mich sucht.«

»Stimmt. Du glaubst, daß das Feuer im Schuppen ausbrach?« fragte Tonneman ernst. »Ich meine, als du mit van der Werff den Schuppen untersucht hast. Du hast den Schuppen doch untersucht?«

»Selbstverständlich.«

»Was war darin?«

»Nichts Besonderes. Ein ausgebrannter Schuppen.«

»Wirf jetzt einen Blick hinein.«

Argwöhnisch ging Pos auf das verbrannte Nebengebäude

zu. Er ließ seine Hand auf dem versengten Türrahmen ruhen und trat hinein. Tonneman sah Pos' Knöchel weiß werden, als er den Türrahmen fester umklammerte. Gleich darauf kam Pos rückwärts heraus. Über dem Bart war sein Gesicht puterrot. Er rieb sich den Schlaf aus den Augenwinkeln. »Gib van der Werff nicht die Schuld. Er hat das Haus untersucht. Der Schuppen war meine Aufgabe. Ich habe es nicht getan.«

»Lass' nur, vergiß es, Mann.« Tonneman gab Pos einen Klaps auf den Rücken. »Ist kein Unglück. Aber ich konnte mir einen kleinen Spaß auf deine Kosten nicht verkneifen.«

Racqel, die die Arztkiste ihres Vaters zusammengepackt und an ihren provisorischen Platz zurückgestellt hatte, folgte den zwei Männern zum Schuppen.

Ringsum hörten sie die hämmernden und kreischenden Geräusche von Äxten und Sägen auf Holz. Der süßliche Geruch des frisch geschnittenen Holzes war nicht stark genug, um den Geruch um den Schuppen oder die Aura von etwas Finsterem, die über dem geschwärzten blasigen Gebälk hing, zu überdecken.

»Ich glaube nicht, daß Ihr da hineingehen möchtet«, sagte Pos zu ihr. Racqel lächelte, als sie sich an ihm vorbeischob.

»Mevrouw«, sagte Pos mit förmlicher Bestimmtheit im Ton. »Das ist kein Ort für eine Frau.«

»Sie ist die Tochter eines Arztes«, erklärte Tonneman mit ernstem Gesicht. »Sie ist nicht zimperlich.«

Racqel sah Tonneman fragend an. Machte er sich wieder über sie lustig? Sie trat beiseite.

»Jesus, Maria.« Wie gelähmt starrte Tonneman auf die Leiche. Die Kleidung war zum größten Teil zu Asche zerfallen; der Mann lag da, ein obszönes verbranntes Etwas, mit

Tonnemans Fischbeinmesser wie eine Kampfansage in der Brust. Aber eine Kampfansage von wem?

Hinter ihm murmelte Pos: »Es schickt sich nicht für eine Frau, hier zu sein.«

Tonneman achtete nicht auf Pos. Der Zorn in ihm war überwältigend. Jemand versuchte, ihm etwas unterzuschieben. Er mußte seine Wut unterdrücken und sich zwingen, klar zu denken.

Er reichte Racqel seinen Knüppel und hockte sich neben die sterblichen Überreste. Die Leiche war so stark verbrannt, daß sie nicht zu sehr stank, aber sie befand sich in Anbetracht des Feuers in bemerkenswert gutem Zustand.

Die Sonne, die durch die geschwärzten Wände sickerte, zeichnete seltsame Muster auf die Gesichter. Schatten nahmen die Sicht weg, wenn sich ein Kopf bewegte, einer die Haltung veränderte.

Wortlos richtete sich Tonneman auf und zog das Messer aus der Leiche. Pos schob seinen Hut in den Nacken, betrachtete Tonneman, dann das Messer und kratzte sich am Kopf.

Tonneman wollte gerade die scharfe Stahlklinge in die Erde stoßen, um sie zu säubern, als Racqel seinen Arm berührte. »Laßt mich bitte das Messer sehen.« Sie drehte es einmal in der Hand um. Dann ließ sie es los.

Tonneman säuberte die Waffe und steckte sie in seinen Gürtel. Er hob mehrere angesengte Bretter auf und gab eines an Pos weiter. »Drehen wir ihn um.«

Pos nahm den unteren Teil, Tonneman den oberen. Der Körper, so steif wie die Bretter, mit dem sie ihn umgedreht hatten, fiel mit einem unheimlichen klatschenden Geräusch auf die andere Seite. Zu ihrem Entsetzen hatte der Kopf sich nicht mit dem Rest des Körpers gedreht. Er lag noch wie vorher, mit dem Gesicht nach oben.

»Schön, was?« sagte Tonneman.

»Das Schönste, was ich je gesehen habe. Warte.« Der Hauptmann der Wache zog sein Messer und kniete neben dem grausigen Kopf nieder.

»Was ist?« fragte Tonneman.

»Ein Gedanke«, sagte Pos. Er wandte sich an Racqel. »Ich sage es noch einmal, Mevrouw, das ist kein Ort für Euch.«

»Glaubt mir, Mijnheer, ich bin bei meinem Vater in die Lehre gegangen. Wenn er noch lebte, wäre ich heute Ärztin neben ihm.«

Tonneman mußte über Pos' Unbehagen grinsen. Er selbst hatte sich inzwischen an die seltsame Witwe gewöhnt. Nein, nicht Witwe. Noch nicht. Erst, wenn es erwiesen war. Er würde in der Sache etwas unternehmen müssen. Doch jetzt konnte er wenigstens sicher sein, daß sie nicht einen aus ihrem Volk heiraten würde. »Was für ein Gedanke?« fragte er Pos.

Pos kratzte vorsichtig mit dem Messer an dem, was vom Gesicht des Mannes übrig war. »Aha.«

»Was?«

Als Antwort zeigte Pos mit der Messerspitze auf den versengten Haaransatz der Leiche. »Dieser arme Teufel wurde skalpiert. Entschuldigung, Mevrouw.«

»Vor oder nach seinem Tod?« fragte Racqel.

Pos schaute überrascht drein. »Ich weiß nicht.«

»So«, meinte Tonneman. »Ein Indianer hat es getan. Oder jemand möchte, daß wir glauben, es war ein Indianer.« Er gab dem Kopf einen kleinen Stoß mit einem Brett, und er rollte ein wenig herum, so daß ein unverbrannter, blutiger Hinterkopf zum Vorschein kam. Ein dünnes gebogenes Stück Metalldraht kam an der Stelle zum Vorschein, wo der gehäutete Kopf gelegen hatte.

Tonneman hob den Metalldraht auf und hielt ihn zwischen Daumen und Zeigefinger. Das war einmal eine Brille gewesen. Ein gezacktes Glasstück saß noch in einer der achteckigen Fassungen. Tonneman sah seinen Verdacht bestätigt. Diese Leiche war dieselbe Leiche, die er letzte Nacht am Flußufer entdeckt hatte. Nur war jener Tote nicht skalpiert gewesen, auch war sein Degen nicht in der Scheide gewesen, und Tonnemans Messer hatte nicht in seiner Brust gesteckt.

»Was hast du da?« fragte Pos, der den seltsamen Gegenstand in Tonnemans Hand betrachtete.

Tonneman reichte ihn Pos über die Leiche.

»Eine Brille, würde ich sagen«, meinte Pos, indem er sie zurückgab. »Natürlich. Der Mann, nach dem du ge ...«

Tonneman schüttelte kaum merklich den Kopf. Pos hielt inne.

Racqel bemerkte den Wink, ging aber nicht darauf ein. Sie hatte selbst etwas beobachtet. »Seht Ihr die Erde, wo der Kopf des armen Mannes gelegen hat?«

Beide Männer blickten erst auf sie, dann auf die Stelle, auf die sie deutete.

»So gut wie kein Blut«, sagte sie auf ihre triumphierende Weise, die Tonneman nun schon kannte. »Und es war kaum Blut an dem Messer, was beweist, daß er an einem anderen Ort getötet oder zumindest skalpiert wurde. Ich würde sogar behaupten, daß dieses Messer ihn nicht getötet hat.«

»Mag sein«, gab Pos widerstrebend zu. Der Hauptmann starrte Tonneman an und wartete auf eine Erklärung, was das Fischbeinmesser des Schouts in dem Toten zu suchen hatte.

Doch Tonneman behielt seine Meinung für sich. Er legte eine Hand auf Racqels Arm und führte sie mit einer bestimmten Absicht aus dem Schuppen, dann senkte er seine Stimme, damit Pos ihn nicht hören konnte. »Trug Euer Mann eine Brille?«

Im hellen Sonnenlicht blieb sie stehen und sah ihn an. »Dieser Mann ist nicht mein Mann.«

»Ich glaube es auch nicht, aber wie könnt Ihr so sicher sein?«

Sie antwortete ohne zu zögern. »Mein Mann war größer und breiter in den Schultern. Und das Haar dieses Mann ist zwar zum größten Teil weg, so oder so, aber das wenige, das übrig ist, ist hell. Mein Mann hatte schwarzes Haar und eine dunkle Haut, wie ich, wie alle Sephardim. Die Haut dieses Mannes war hell ... seine Hände ...« Sie hielt inne. »Einer unserer Männer könnte untersuchen ...«

»Das wird nicht nötig sein. Bleibt bitte hier. Kommt nicht in den Schuppen.« Er fügte hinzu: »Ich muß Euer Wort haben.«

Sie blickte ihn ernst an und nickte dann. »Ihr habt mein Wort.«

Er ging in den Schuppen zurück, wo Pos und die Leiche warteten. Jetzt bemerkte er auch, daß der Tote in die pulvrigen Reste der teuren blauen Kniebundhosen gekleidet war, eine weitere Bestätigung, daß es der Mann der vergangenen Nacht war. Schnell kniete Tonneman nieder, zog das Fischbeinmesser und schnitt die blauen Hosen auf. Der Tote war nicht beschnitten. Er war kein Jude. Tonneman deckte den Mann zu und erhob sich. »Ich muß den Boß benachrichtigen. Von jetzt an bist du außer Hauptmann der Wache mein Stellvertreter, Pos, bis ich herausbekomme, wer das getan hat. Das Klimpern von ein paar Gulden mehr in deinem Beutel sollte eigentlich ein Lächeln auf dein häßliches Gesicht zaubern.«

Pos strahlte, dann zupfte er an seinem Bart. »Wer ist er, und was, um Gottes willen, hat dein Messer in seiner Brust zu bedeuten?«

»Das sind nur zwei von den Fragen, die wir stellen müssen. Warum die Leiche verbrannt wurde, ist eine andere.«

»Ganz einfach. Um die Identität des Mannes zu verschleiern.«

»Einverstanden. Aber wer war er? Ein Dieb, der sich mit seinen Spießgesellen gestritten hatte? Ein englischer Spion? Warum wurde seine Leiche im Schuppen der Juden verbrannt?«

»Vielleicht hat jemand etwas gegen die Mendozas? Jemand, der Geschäfte mit ihnen gemacht hat?«

»Oder hat man es getan, um alle Juden in Schwierigkeiten zu bringen?«

»Oder«, meinte der Hauptmann, »die Juden sind in die Sache verwickelt.«

Tonneman fiel plötzlich ein, was er am Ufer mitgehört hatte, bevor der Mann gestorben war. *Du hast es dem Juden verkauft?* hatte die Stimme gesagt. Welchem Juden? Die Juden konnten durchaus in der Sache drinstecken. Er zuckte die Achseln.

»Was machen wir jetzt?« fragte Pos.

»Ich gehe zum Fort und berichte dem Boß. Du gehst zu Jan Keyser. Lass' ihn das Bündel von hier wegschaffen, bevor die Verwesung einsetzt und es bis nach Neu-Haarlem stinkt.« Er trat an einen verbrannten Balken und untersuchte die verkohlte Erde darunter. »Sag ihm, er soll die Leiche in Segeltuch wickeln und zum Friedhof bringen. Aber geh zuerst bei Frederick Philipse vorbei und bestelle einen billigen Sarg zum Friedhof. Sag ihm, er soll ihn der Stadt in Rechnung stellen. Ich sage Megapolensis Bescheid, damit er die Beerdigung durchführt. Wenn du bei Keyser warst, höre dich in den Wirtshäusern um, ob jemand Stummelnase gesehen hat. Lass' alle wissen, daß ich mit dem Indianer reden möchte. Und nimm den feinen Degen aus der Scheide. Frage, ob jemand die Waffe wiedererkennt oder ob ihnen ein Mann mit einer achteckigen Brille aufgefallen ist, der sie getragen hat.«

Ein teuflisches Funkeln erschien in Pos' Augen. »Und dein Messer?«

Tonneman antwortete nicht. Er ging hinaus in die Sonne. Pos folgte ihm. Racqel stand noch da, wo Tonneman sie verlassen hatte. Er ließ sich seinen Knüppel zurückgeben. »Der Tote ist kein Jude.«

Racqel wurde unwillkürlich rot.

Ihr Erröten gefiel Tonneman. Er mochte es, wenn eine Frau stark war, aber es gefiel ihm auch, wenn eine Frau wie eine Frau empfand. »Wann habt Ihr Euren Mann zum letztenmal gesehen?«

Ihr Gesicht drückte Sorge aus, Scham, einen Augenblick der Angst. Sie warf einen Blick auf Pos, der diskret auf die Straße zuging. »Er hatte Geschäfte mit einem Mann auf der anderen Seite des Flusses in Breukelen.«

»Mit welchem Mann? An welchem Tag? In welchem Monat?« Tonneman verlor plötzlich die Geduld. Sie schien etwas zurückzuhalten, während er allzusehr entschlossen war, zu beweisen, daß ihr Mann tot war. Er war aufgeregt und wütend. Jemand hatte sein Messer in den Toten gestoßen.

Die vielen Jahre ohne Morde. Und jetzt, nur einen Monat nach Smitts Tod im Juli, wieder einer.

Wenn Antje recht hatte und Smitt nicht von eigener Hand gestorben war, dann hatte Tonneman nicht nur seinen Freund im Stich gelassen, sondern auch als Schout versagt.

Er würde nicht noch einmal versagen.

Tonneman kehrte seinen Zorn gegen die Frau. »Sprecht.«

Ihre dunklen Augen funkelten ihn an. »Es war im vergangenen Dezember. Eine kalte Schneenacht. Der Mann, den Benjamin aufsuchen wollte, ist Abner Simon, der Aschkenasi.«

»Der was?« Er hörte nur mit halber Aufmerksamkeit zu, weil da etwas war, das sie ihm verschwieg, und er versuchte herauszuhören, was sie nicht sagte.

»Ein Jude, aber keiner von uns, keiner von den Sephardim. Er stammt aus Sachsen, glaube ich, ein Deutscher.«

Unvermittelt hob Tonneman den Hut zum Abschied und ging auf die Straße, wo Pos auf ihn wartete. Er war verwirrt. Was an ihrer Antwort war es bloß, was ihn störte? Stumm wiederholte er ihre Worte. Dezember. Kalt. Schnee. Nacht. Ein Mann hatte eine schöne Frau und ein gemütliches Haus in einer kalten Winternacht verlassen. Aus welchem Grund? Die ganze Geschichte stank schlimmer, als jene Leiche im Schuppen in wenigen Stunden stinken würde.

17

DIENSTAG, 26. AUGUST. FRÜHER NACHMITTAG.

Mit dem Knüppel in der Hand stand Tonneman schwitzend an der Einmündung der Jodensteeg in die Twillerstraat, während Pos sich zum anderen Ende der Stadt auf den Weg machte. Der Zorn über den gemeinen Mißbrauch seines Messers nagte an ihm.

Bevor er jedoch weitere Schritte unternahm, wollte sich Tonneman das Stück Metall genau ansehen. Er holte es und Racqels Vergrößerungsglas aus der Jackentasche und legte den metallenen Gegenstand unter das Glas. Es war ein Stück aus angelaufenem Silber, nicht größer als ein Gulden. Die eine Seite war leer; auf der anderen war ein Löwe eingraviert.

Tonneman hatte diesen Löwen schon einmal gesehen, vor kurzem erst. Aber wo? Er steckte die silberne Scheibe und das Glas wieder in die Tasche und nickte dabei, obwohl er nicht mehr wußte als zuvor.

Der Auftrag an Pos, den Gerber Keyser aufzusuchen, hatte Tonneman an John Woods erinnert, den Mann, den Keyser mit dem Messer bedroht hatte. Tonneman setzte den Hut ab, wischte sich mit dem Ärmel über die Stirn und beschloß, den Besuch beim Boß aufzuschieben und statt dessen mit Woods zu sprechen. Woods' Mühle lag nur ein kleines Stück weiter an der Molenstraat.

In einer so kleinen Stadt wie Neu-Amsterdam war es wohl am besten, mit jedem zu sprechen. Irgend jemand mußte wissen, wer Brille war. Vielleicht würde Brille zu Antworten auf Hendriks Tod führen. Tonneman war klar, daß er es sofort tun mußte. Die Leute vergaßen im allgemeinen schnell oder bauschten das Gewöhnliche auf.

Außerdem wäre es nicht günstig, wenn P. S. Klatsch über die Leiche hörte, bevor sein eigener Schout ihm davon berichtete.

Das Unternehmen des Engländers Woods, Alte Mühle genannt, bestand genaugenommen aus zwei Mühlen nebeneinander unter einem Dach, eine für Getreide, die andere für Rinde, mit einer festen Wand zwischen beiden, damit sich der Staub der einen nicht mit dem Staub der anderen vermischte. Die Wand half nicht immer. An gewissen Tagen hatte das Brot, das mit John Woods' Mehl gebacken wurde, einen leichten Holzgeschmack. Die Spaßvögel der Stadt machten ihre Wortspiele über das Sägemehl.

Das Gebäude an der Molensteeg hatte zwei Stockwerke und zwei große Lattentüren wie eine Scheune. Darüber war der Speicher, wo damals, 1626, die ersten Gottesdienste abgehalten worden waren. Erst 1642 war die Kirche im Fort errichtet worden.

Unter dem Speicher gingen gewöhnlich ein großer brauner Wallach für das Getreide und ein großer schwarzer Wallach für die Rinde im Kreis, und jeder bewegte einen riesigen Mühlstein, der an einem anderen Mühlstein rieb und Getreide oder Rinde zermahlte.

Die Mühlentore standen weit offen. Woods war draußen, rauchte Pfeife und beaufsichtigte seinen Lehrling. Eine sehr große gefleckte Katze saß in der Nähe und leckte träge ihre Pfoten. Der Boden unter ihnen war mit ausrangierten Mühlsteinen gepflastert. Im Augenblick stand die Getreidemühle still. Die Pferde trieben abwechselnd die Rindenmühle an. Ein Lehrling war damit beschäftigt, grobe Rinde einzufüllen und feine Rinde herauszunehmen. Der Braune, der gerade an der Reihe war, arbeitete allein. Er wußte, was er zu tun hatte, und tat es ohne Beaufsichtigung.

Ständig flog feiner Staub. Die reine, helle Stimme des Lehrlings, der einen Choral zum Lobe Jesu sang, um sich selbst Gesellschaft zu leisten, schwoll über dem stetigen Ächzen und Lärmen der Mühle an und ab.

»Neuigkeiten von den Engländern?« fragte Woods.

Das fragst ausgerechnet du, dachte Tonneman. Laut sagte er auf englisch: »Nichts. Ich bin auf dem Weg zu P. S.« Tonneman, der als Matrose etwas Englisch gelernt hatte, suchte ständig seine Kenntnisse zu vertiefen, indem er mit englischen Siedlern in Neu-Amsterdam sprach.

»Bitte«, sagte der normalerweise freundliche Woods laut und nachdrücklich auf holländisch, »nicht Englisch. Nicht in diesen Tagen.«

»Macht nichts«, fiel Tonneman ins Holländische zurück. »Vielleicht weiß der Boß mehr über Eure Leute zu sagen.«

Der Müller starrte Tonneman wütend an. »Ihr zweifelt an meiner Loyalität? Der Generaldirektor auch?« Die Glatze des Müllers war gerötet und dicht mit Sommersprossen übersät.

»Seid nicht albern, Woods. Wir sitzen alle im selben Boot. Über das Feuer letzte Nacht ...«

»Ja?« fragte Woods feindselig und voller Mißtrauen.

»Habt Ihr etwas bemerkt oder gehört?«

»Nein. Nachdem ich meine Pferde beruhigt hatte, ging ich hinüber, um beim Wasserschleppen zu helfen. Habt Ihr mich nicht gesehen?«

Tonneman hatte ihn nicht gesehen, ließ es aber durchgehen. »Wir fanden eine Leiche in Mendozas Schuppen. Allem Anschein nach ein Fremder, aber ich kann mir nicht sicher sein. Wißt Ihr, wo alle Eure Leute sind?«

Woods gestikulierte mit seiner Pfeife. »Meine Frau, zwei Jungen, mein kleines Mädchen, der Lehrling. Sie sind alle hier, alle in Sicherheit, vielen Dank.«

»Habt Ihr einen Fremden in der Gegend gesehen? Auffälliger Typ. Hübsche Kleidung. Hübscher Degen. Könnte Franzose sein.«

»Die Sorte findet man gewöhnlich bei den Docks, meistens am Noordt Rivier, Stapelstraat. Ich gebe mich nicht mit ihnen ab, sie kümmern sich nicht um mich.«

»Danke bestens.« Tonneman war im Begriff zu gehen, als er sich noch einmal umwandte. »Ach, übrigens. Ihr kennt den Indianer Stummelnase?«

»Ja. Ich habe ihn im *Birnbaum* gesehen.«

»Habt Ihr ihn heute gesehen?«

»Nein.«

Ein Wagen, den eine schöne weiße Stute zog, kam den Weg herunter auf sie zu. Gelenkt wurde er von einer kleinen griesgrämigen Schwarzen, die wie die Holländerinnen ein braunes Baumwollkleid und eine weiße Haube trug. Neben ihr unter einem dunkelroten seidenen Sonnenschirm saß Madame Geertruyd de Sille mit ihrem Mops auf dem Schoß.

Ihr raffiniertes europäisches Kleid hatte die gleiche lebhafte Farbe wie der Sonnenschirm und zeigte viel mehr Busen als die Kleider, die die anderen Frauen in Neu-Amsterdam trugen.

Tonneman brummte gereizt. Kein Mensch achtete das Gesetz gegen das Fahren von Wagen in der Stadt, und er wurde es allmählich müde, zu versuchen, es durchzusetzen.

»Dieses dumme scheußliche Wetter«, sagte Geertruyd de Sille anstelle eines Grußes, während die griesgrämige alte Frau das Pferd anhielt. Sie hatte eine helle Stimme und sprach mit einem leichten Lispeln, wie ein Kind.

Die meisten Menschen in Neu-Amsterdam waren mit brauner und schwarzer Kleidung aus grobem und preiswertem Baumwollstoff zufrieden, der in großen Mengen per Schiff aus den Niederlanden geliefert wurde. Keine Frau außer Madame de Sille oder den Huren würde davon träumen, das Rot zu tragen, das sie heute trug. Auf ihrer rechten Wange war eine Mouche, ein schwarzes Schönheitspflästerchen. Ein zweites befand sich auf ihrer rechten Brust. Neben ihr lag ein Fächer, ebenfalls in Rot. »Diese Hitze.« Sie hob den Fächer zum Gesicht und spähte darüber, während sie sich und dem Mops mit kleinen schnellen Bewegungen Luft zufächelte.

Woods' Katze stand auf, streckte sich, schnupperte, machte einen Buckel und fauchte feindselig; ein hohes Winseln kam aus dem offenen Maul. Der häßliche silber- und rehfarbene Mops gähnte geräuschvoll, schüttelte sich und machte es sich schließlich wieder auf Madame de Silles Schoß bequem. Im Schlaf gab er murmelnde Laute von sich. Das Band um seinen Hals paßte zu dem seiner Herrin.

Die Stute ließ Pferdeäpfel fallen, dann scharrte sie auf der Erde. Fliegen und Bienen sammelten sich um den dampfenden Haufen. Das Pferd schlug mit dem Schwanz, um die Insekten zu vertreiben, und tänzelte auf der Stelle, während es Tonneman beäugte. Die Afrikanerin döste wie der Mops.

»Guten Tag, Geertruyd«, sagte Tonneman liebenswürdig. »Ihr seid wohlauf, hoffe ich?«

Sie blickte ihn finster an, weil sie ihm übelnahm, daß er sie beim Vornamen anredete. »Wie wird es mir wohl gehen? Dieses Wetter. Die Engländer. Dieser unsägliche Ort.« Sie hatte einen klaren, makellosen Teint, eine durchscheinende Haut, die nur von Mustern blauer Äderchen dicht unter der Oberfläche beeinträchtigt wurde. Ihr goldenes Haar war unter dem spitzenbesetzten roten Häubchen fest gebunden. Ihre Hand zauste den Hund so sehr, daß das Tier die Augen aufmachte und sie anjaulte. »Tut mir leid, Häschen«, lispelte sie. Die Katze des Müllers ging wieder in Habachtstellung.

»Was führt Euch hierher?« fragte Tonneman.

»Mehl natürlich. Es ist kein Stäubchen mehr zu bekommen. Müller?«

»Hier auch nicht«, sagte Woods, wobei er Tonneman vorsichtig ansah. Er trat nach der fauchenden Katze, die sich ins Mühlenhaus zurückzog. »Ich habe alles verkauft, und es gibt kein Getreide mehr zu mahlen.«

»Pah«, erwiderte sie, während sie sich Luft zufächelte, »ich bin sicher, Ihr könnt noch ein bißchen für mich finden.«

»Bitte, Ihr wollt doch nicht, daß ich mit dem Schout oder dem Generaldirektor Ärger bekomme.«

»Um Himmels willen, nein, aber ich mußte doch fragen.«

Schmuggelte der Mann Getreide? fragte sich Tonneman. Und war Geertruyd gekommen, um die verbotene Ware zu kaufen? Normalerweise hätte er darüber geschmunzelt, doch in diesen letzten beiden Tagen schien alles, was passierte, aus dem Lot geraten. Ein Klima des Mißtrauens und der Angst durchdrang allmählich die Insel. War es Sorge wegen einer Invasion, oder war der Ort plötzlich von Schmugglern, Spionen und Mördern überschwemmt?

Woods kratzte seine sommersprossige Glatze mit dem Pfeifenstiel und wartete, daß jemand etwas sagte.

»Eigentlich bin ich wegen Rinde gekommen«, begann Geertruyd schließlich. »Ich brauche sie als Gartenmulch. Meine armen Veilchen gehen bei dieser schrecklichen Trockenheit ein.« Sie wandte sich um und lächelte Tonneman an.

»Wieviel?« fragte John Woods.

»Genügend für meinen Garten«, antwortete Geertruyd de Sille ungeduldig und zerrte nervös am Halsband des Hundes.

»Frans«, rief der Müller nach dem Lehrling. »Zwei Säcke zerkleinerte Rinde für Madame de Sille.«

»Und wie geht es Nick?« erkundigte sich Tonneman nach Nicasius de Sille, Geertruyds Mann.

Im Jahr 1660, als die Bürgermeister Stuyvesant und die Amsterdamer Kammer endlich davon überzeugt hatten, daß die Stadtverwaltung von der Kompanie getrennt sein sollte, war Tonneman der erste städtische Schout geworden und hatte damit de Sille von seinem Posten als Finanzschout der Kompanie verdrängt.

»Pah, Nick.« Sie hob den Fächer höher und senkte die Augen, um seinem Blick auszuweichen.

»Ich habe ihn in letzter Zeit nicht gesehen.« Während er das aussprach, bemerkte Tonneman, wie seltsam die Worte klangen. In Neu-Amsterdam sah jeder jeden beinahe täglich.

»Er ist beschäftigt gewesen.«

»Sagt ihm, daß ich nach ihm gefragt habe. Habt Ihr einen Fremden in der Stadt gesehen? Franzose vielleicht. Kleiner Mann, ganz mit blauem, rotem und goldenem Satin herausgeputzt. Überall Spitzen und Bänder. Roter Samthut mit blauer Feder.«

»Nein, aber oho, ich würde mich über so einen seltenen und angenehmen Anblick freuen.«

Der Lehrling Frans lud zwei Segeltuchsäcke hinten auf den Wagen, wodurch dieser nach vorn rutschte. Das weiße Pferd schnaubte und warf den Kopf hoch.

Madame de Sille klappte mit einem Knall ihren Fächer zusammen. »Schreibt es auf meine Rechnung, Müller. Annabella«, rief sie schrill. Die Schwarze wachte auf. »Nach Hause.«

Ohne ein Wort riß die Afrikanerin an den Zügeln und wendete den Wagen.

»Bringt die Säcke zurück«, rief Woods ihnen nach. »Sie wird es nicht tun«, vertraute er sich Tonneman an. »Diese Sorte tut es nie. Reiche kümmern sich nicht um andere Leute. Es auf ihre Rechnung setzen. Lumpige zehn Stuiver. Nicht für mich, aber für sie. Mehr Ärger, als es wert ist. Diese Säcke sehe ich nicht wieder, auch nicht die zehn Stuiver. Frans«, brüllte er. »Wo ist mein Geschäftsbuch?«

Es wäre der guten Geertruyd recht geschehen, dachte Tonneman, wenn er ihr eine Geldstrafe auferlegt hätte, weil sie ihr Pferd nicht führte. Das müßte man einmal sehen, Geetruyd de Sille, die wie das gewöhnliche Volk über die staubigen Straßen geht. Über diese Vorstellung mußte er lächeln.

Warum war sie so nervös gewesen? Hatte sie den Müller wegen einer anderen Sache als Rindenmulch aufgesucht?

Wenn sie nun nicht gekommen war, um Mehl schwarz zu kaufen? Vielleicht lag Keyser bei Woods richtig. Vielleicht war er ein englischer Spion. Und vielleicht Geertruyd de Sille ebenfalls. Tonneman runzelte die Stirn. Er mußte sich beherrschen. Diese Aufgeregtheit in der Luft befiel langsam auch ihn. Er witterte schon hinter jedem Busch und unter jedem Fels englische Spione.

18

DIENSTAG, 26. AUGUST. FRÜHER NACHMITTAG.

Racqel blickte Tonneman hinterher, als er von ihr wegging. Er schaute sich nicht um, und sie verließ der Mut. Sie spürte einen unerklärlichen Gram in der Brust. Sie hatte sagen wollen: *Findet meinen Mann, lebendig oder tot, und ich schulde Euch mein Leben noch einmal.*

Aber sie hatte nichts gesagt. Sie hatte es nicht über sich gebracht, die Wahrheit auszusprechen, daß sie und Benjamin in jener Nacht gestritten hatten, weil sie unfruchtbar war. Er hatte sie eine Hexe genannt und beschuldigt, Kräutertränke zu mischen, um zu verhindern, daß sie ein Kind gebären würde.

Benjamin war natürlich im Unrecht gewesen. Sie hatte erst begonnen, ihre Kräuter zu mischen, als sie begriffen hatte, daß es ohne Hilfe keine Kinder geben würde. Sie hatte gehofft, die Kräuter würden ihr helfen.

Das Eintreffen des Zimmermanns Frederick Philipse und seiner gemischten Mannschaft aus Weißen, freien Schwarzen und Sklaven unterbrach Racqels beunruhigende Erinnerungen. Philipse hatte ein Fäßchen Bier mitgebracht. Die Männer, die gekommen waren, um das Haus wiederaufzubauen, hatten es sofort angezapft und tranken tüchtig während der Arbeit. Racqel wußte nicht, wohin mit sich. Sie ärgerte sich über die verwesende Leiche im Schuppen, die widerlich zu stinken begann. Es gab keine Arbeit für sie, solange das Haus nicht fertig war, und ihr stand nicht der Sinn danach, ihre Nachbarn zu besuchen, um sich die endlosen beängstigenden Geschichten über die Engländer anzuhören.

Sie hatte das Gefühl, die anderen gäben ihr die Schuld an Benjamins Verschwinden, oder hatte sie ein so schlechtes Gewissen, daß sie sich das nur einbildete und sich selbst die Schuld gab? Jedenfalls hielt es sie davon ab, den anderen Frauen ihre Ängste zu offenbaren.

Racqel entfernte sich langsam vom Jodensteeg, machte einen müßigen Spaziergang. Bathsheba drückte sich mit klingelndem Halsglöckchen immer wieder an Racqels Fesseln, während Caleb nach ihren Füßen trat und sich an ihre Röcke heftete, doch ihre Gedanken waren anderswo, und sie achtete nicht auf die Tiere.

Sie schlenderte zur Pavelstraat und dann nach Osten, an Soldaten vorbei, von denen manche mit Hellebarden und andere mit Radschloßmusketen bewaffnet waren. Die Sonne brannte auf sie herunter, und sie tupfte mit einem Taschentuch den Schweiß vom Gesicht. Die schwarze Katze folgte ihr Schritt für Schritt, Caleb dagegen lief vor und zurück, betrachtete die Soldaten und hob sein Bein an verschiedenen Zäunen, schnüffelte, bellte und sah sich nach ihr um.

»Es ist spät. Wo gehst du hin?« hatte sie in jener Nacht gerufen, als Benjamin die Treppe hinuntereilte. Sie war ihm in ihrem Nachthemd gefolgt, ohne auf die Kälte zu achten. Hatte David sie wieder streiten gehört?

Benjamin griff nach seinem alten Gürtel, dem Erbstück der ältesten Söhne, das seit Generationen in der Familie war. Der Gürtel bestand aus vielen Silberstücken, jedes mit dem Bild eines Löwen darauf. Im Unterschied zu seinem Vater und Bruder war Benjamin groß und schlank. Mit dem seidigen schwarzen Bärtchen sah er aus wie ein antiker König aus Judäa oder Israel.

»Wohin gehst du?« hatte sie wiederholt, aber keine Antwort erhalten. Der Alte, Abraham, hatte sich nicht einmal im Bett gerührt.

Dann hatte er sie angespuckt, als wäre sie Schmutz unter seinen Füßen, und gesagt: »So weit wie möglich fort von dir, Frau.« Er nahm seinen Biberhut und den langen blauen Rock vom Haken bei der Tür und kramte eine Weile in den tiefen Taschen des Rocks, als suchte er nach etwas. Beruhigt trat er hinaus in die Winternacht. Sie sah ihn nie wieder.

Unwillkürlich stöhnte Racqel auf. Sie wischte sich die Augen, während die Windböen vom Fluß her sie erfrischten. Negersklaven luden große Fässer aus einem soeben angekommenen Schiff.

Das klare Blaugrün des Flusses wurde von kleinen unruhigen Wellen aufgerührt. Graue Möwen kreischten, während sie auf ein Stück Abfall oder etwas Lebendiges im Wasser herabstießen und sofort wieder aufflogen. Bathshebas Augen zuckten und glänzten. Sie reckte den Kopf und bewegte ihn hin und her, während sie die Vögel beobachtete.

Wohin war Caleb gelaufen? »Caleb!« Racqel ging am Rathaus vorbei und dachte kurz an Tonneman. Vom Ende des

Coentiessteeg hörte sie den Hund bellen und das helle Lachen eines Kindes, dann die scheltende Stimme einer Frau. Sie ging in die enge Gasse, die zur Rückseite eines Hauses am Fluß führte.

Die Hintertür ging auf, und Caleb purzelte wie ein schwarzweißes Knäuel heraus, gefolgt von einem kräftigen Jungen von acht oder neun Jahren mit einem gelben Haarschopf. Hinter dem Jungen erschien eine große, rotbackige, hochschwangere Frau von wenigstens dreißig Jahren, die Racqel zulächelte und winkte. »Verzeiht meinem Conraet. Er hat leider nur Unfug im Kopf.«

»Caleb spielt so gern. Er mag Kinder.«

»Ich bin Antje ten Eyck.«

Am anderen Ende des Hofes war ein Garten angelegt; auf dieser Seite war weißer Sand aufgeschüttet. Mitten in dem Sand erhob sich eine große, schön modellierte Sandburg. Caleb rannte auf den Sand zu und hob sein Bein an der Burg.

»Oh, nein!« rief der kleine Junge.

»Oh, nein!« sagte Racqel, verwirrt und belustigt zugleich.

»Macht nichts.« Die fröhliche Frau lachte. »Ein bißchen Wasser tut keinem weh.«

Der Junge bedeckte den zerstörten Teil seiner Burg mit frischem Sand.

Während er sie nachbaute, sprach Racqel mit ihm. »Das ist sehr schön.«

»Ja«, sagte er. »Wenn ich groß bin, werde ich Silberschmied wie mein Vater.«

»Und lernst du auch Lesen und Schreiben?«

»Ja, in der Lateinschule bei Heer Wouter Groenveld.«

»Conraet hat ein gutes Auge und geschickte Hände«, sagte Racqel wehmütig.

Antje ten Eyck war gerade dabei, Wäsche zu legen und in einen Korb zu stapeln, der wacklig auf einer weißen Holzbank stand. Auf dem Gartenzaun flatterte noch mehr Wäsche. »Ich hole einen Krug Bier. Möchtet Ihr auch etwas?«

Der Junge rannte jetzt in Kreisen um seine Mutter, und Caleb jagte bellend hinter ihm her. Die Frauen sahen lächelnd zu. Bathsheba schlich neben Racqels Beinen her und belauerte etwas. »Ich bin Racqel Mendoza. Vielen Dank, aber ich muß zurück, um zu sehen, wie weit die Zimmerleute mit unserem Haus sind.«

»Ach so, ja, natürlich.« Antje ten Eyck ging ins Haus, redete dabei aber weiter. »Das mit dem Feuer tut mir leid. Tonneman hat von Euch gesprochen.« Sie tauchte mit einem Glas Bier wieder auf, schob den Korb beiseite, ließ sich mit ihrem schweren Körper vorsichtig nieder und trank. »Ah, das tut gut. Und jetzt haben wir die Engländer vor der Tür stehen.« Sie lächelte.

Racqel erwiderte das Lächeln. Sie begriff diese freundliche Frau nicht ganz, nur soviel, daß sie sich offenbar gut mit Tonneman stand.

»Ihr wollt bestimmt kein Bier?«

»Nein, vielen Dank.«

Antje betrachtete Racqel mit unverhohlener Neugier. Das also war die Frau, nach der sich Tonneman erkundigt hatte. Sie sah eine große, dunkle, zu schlanke Frau in schlechtsitzenden Kleidern, das schwarze Haar unter einer Haube verborgen, die feiner gearbeitet war als die, die Antje trug. Ihre schwarzen Augen erwiderten Antjes offenen Blick.

Racqel Mendoza hatte nichts an sich, was an Maria erinnerte, doch Antje ten Eyck verstand Tonnemans Interesse an der Frau. Als Israelitin war sie anders, sogar geheimnisvoll. Eine solche Frau konnte einen Mann sich wieder jung fühlen lassen. Antje hätte gern mit Racqel über Tonneman gesprochen, aber sie kannte die Frau kaum, und vielleicht war es noch verfrüht. Statt dessen rief sie den Jungen, der aus dem Hof gelaufen war und am Fluß entlang rannte, indem er Haken um die Lastenträger schlug. Caleb folgte ihm aufgeregt bellend auf den Fersen. »Komm, Conraet, du kleiner Racker. Wir müssen Vrouw Mendoza jetzt mit ihrem Hund nach Hause gehen lassen.« Der Junge kam zurückgerannt, der Hund dicht hinter ihm.

Racqel drückte Caleb an sich. Er leckte ihr Gesicht ab. Ohne einen bestimmten Grund fühlte sie sich plötzlich sehr glücklich. »Vielen Dank«, sagte sie zu Antje.

»Wofür?« fragte Antje ten Eyck, während sie ihren Sohn einen Schluck von ihrem Bier trinken ließ.

Ein triumphierender Laut, und Bathsheba machte einen Satz. Sie hatte ihre Maus gefangen.

19

DIENSTAG, 26. AUGUST. FRÜHER NACHMITTAG.

Die Atmosphäre im Fort war gespannt. Ein Feldwebel bellte Befehle; mehrere Gruppen von Soldaten in blauen Uniformen und blanken Helmen und Brustharnischen übten mit ihren Radschloßmusketen Laden, Zielen und Feuern ohne Munition.

Die extreme Knappheit an Schießpulver erlaubte kein richtiges Feuern, was bedauerlich war, da viele kaum einmal eine Muskete abgefeuert und keine rechte Vorstellung vom Rückstoß der Waffe hatten. Tonneman lächelte, während er ihnen zusah, doch seine Augen waren ernst. Mehrere Männer benutzten Luntenschloßmusketen, und diese Waffen waren so alt und rostig, daß sie leicht explodieren und die Musketiere, die sie abfeuerten, töten konnten.

Eine andere Gruppe ruhte aus und ließ sich von zwei Jungen Wasser bringen, die Fetzen von Uniformen trugen –

einen Hut der eine, Wämser, die bis auf die Knie hingen. Die Wälle des Forts waren in aller Eile schlecht ausgebessert worden, und die Tiere, die gewöhnlich frei herumliefen, waren verbannt worden; dennoch wirkte das Fort eher öde und kärglich als verteidigungsbereit.

Das soll man eine Armee nennen, dachte Tonneman. Aber die Neu-Amsterdamer waren nun einmal Geschäftsleute, Handwerker, Arbeiter, keine Soldaten.

Kurze Zeit später wiederholte er seine Gedanken vor dem Generaldirektor. Stuyvesant saß hinter seinem Schreibtisch, das rechte Bein ausgestreckt, während er es unter dem Knie kratzte, wo das Eichenholzglied begann. Er stimmte zu. »Aber sie werden kämpfen. Sie müssen. Es läßt sich nicht ändern. Unsere Leute in Jonkheers Land und anderswo haben uns praktisch im Stich gelassen.« Er war in Feldkleidung, mit Brustpanzer und allem, und schwitzte stark in der Augusthitze.

»Was hattet Ihr erwartet?« Der metallische Klang des Schmiedehammers auf dem Amboß drang durchs offene Fenster herein.

»Ihr auch? Ihr seid wie alle andern, Tonneman. Denkt an Niederlage, bevor auch nur die erste Schlacht gekämpft ist.«

»Die erste Schlacht wird die letzte sein.«

»Dann gnade uns Gott. Wir leben in einer eigennützigen Zeit. Jeder Mann für sich, wie? Dieser englische Teufel Nicolls kann jetzt jeden Tag hier sein.« Er hob den Dolch hoch, der zwischen seinen Papieren lag, und hielt ihn wie ein Kreuz vor sich. »Wir müssen alle bereit sein. Ich bin es. Für die Kompanie, für das Vaterland. Aber denkt jemand außer Petrus Stuyvesant an die Gemeinschaft? Nein. Nur an sich selbst.«

»Ihr könnt ihnen keinen Vorwurf machen. Sie haben alle Familien, an die sie denken müssen.«

»An erster Stelle ist die Kompanie unsere Familie. Ich weiß, was sie hören wollen, der feige *mobile vulgus*. Wenn ich sage, was sie hören wollen, daß wir uns kampflos den Engländern ergeben, werden sie mich mit dem Lorbeerkranz krönen und auf den Schultern tragen. Aber ich habe eine Pflicht zu erfüllen, und nicht jeder wird mich dafür mögen.«

»Boß«, ergriff Tonneman die Gelegenheit. »Ich teile Euch sehr ungern die Nachricht mit, aber auch ich habe meine Pflicht ...«

»Dann tut sie.« Stuyvesant stieß seinen Stuhl zurück, stand auf und begann, im Zimmer auf und ab zu schreiten, wobei der dumpfe Aufschlag des Holzbeines mit dem Schlurfen des Stiefels an seinem gesunden linken Bein abwechselte. »Werdet Ihr nicht damit fertig?« brüllte er. »Ich habe jetzt zuviel im Kopf.«

Tonneman stemmte sich von seinem Stuhl hoch. Er hätte am liebsten seinen Knüppel genommen und dem Generaldirektor über den Kopf gezogen. »Ich komme damit klar, aber Ihr solltet Bescheid wissen. Ich fand einen Toten im Schuppen hinter dem Haus der Mendozas. Es sieht nach Mord aus. Ein Franzmann höchstwahrscheinlich nach der Kleidung.«

Der Generaldirektor hielt inne. »Wo kam er her?«

»Ich weiß es nicht.«

»In all den Jahren nichts derartiges. Jetzt zwei in zwei Monaten. Im letzten Monat Euer Freund Smitt, der sich erhängt, jetzt das.«

»Ich bin mir nicht mehr so sicher, daß Hendrik sich selbst getötet hat ...«

»Bah.«

»Ich glaube, er war viel zu betrunken, um das zu schaffen.«

»Ihr stellt Euch hin und erzählt mir, daß wir in meiner Stadt, unter meiner Obhut, zwei Morde haben? Und niemand ist bestraft worden? Das fällt in Eure Pflicht, Tonneman. Und Ihr habt sie vernachlässigt. Ihr habt mich und die Kompanie enttäuscht.«

Tonneman funkelte Stuyvesant an und schleuderte seinen Knüppel auf den Boden.

Der Generaldirektor starrte wütend zurück; keiner von beiden wankte. Dann sagte Stuyvesant: »Es muß etwas mit den Hebräern zu tun haben. Mit ihrer gottlosen Geschäftemacherei. Dieser Tote ist nicht in voller Größe aus dem Kopf des Zeus entsprungen.«

»Er kommt vermutlich von einem der Schiffe. Ich kann unmöglich herausbekommen, von welchem, wenn sie mir nichts sagen wollen. Was Hendrik angeht, so hat sein Mörder unter uns gelebt.«

Stuyvesant begann wieder auf und ab zu schreiten und unterstrich seine Bemerkungen mit ärgerlichen Gesten. »*Falls* er ermordet wurde. Und das bleibt noch zu sehen. Ich kann mich nicht mit ihm oder dem Tod irgendeines Franzmanns abgeben. Ich habe die verdammten Engländer am Hals.«

Wenn aber, dachte Tonneman, der Franzmann für die verdammten Engländer arbeitete? Und wenn Hendrik etwas gesehen oder mitgehört hatte, während er im *Birnbaum* Getränke servierte? Mit dem Bauch voll Bier sprachen die Leute immer offen. »Es ist eine schwere Bürde, Mijnheer.«

Noch einmal starrte Stuyvesant Tonneman wütend an, dieses Mal, um festzustellen, ob der Mann sich über ihn lustig machte. Der Generaldirektor pflanzte sich vor seinem Schout auf. »Ich kann diesen neuerlichen Wirrwarr, in den Ihr uns gebracht habt, nicht brauchen. Ihr kümmert Euch darum. Ich habe genug am Hals. Früher oder später werden die Engländer den Hafen blockieren, und wo stehen wir dann? Was wird aus unserem Nachschub? Darauf kann man sich bei den verfluchten Israeliten verlassen, daß sie in einer Zeit wie dieser Ärger machen. Ich ...«

Hartnäckiges Klopfen an der Tür unterbrach seine Tirade.

»Was ist?« brüllte Stuyvesant.

»Ein Bote von Oberst van de Steen«, rief Willem Avercamp, Schreiber des Generaldirektors, durch die Tür.

»Schick ihn herein.« Stuyvesant strich seinen weißen Kragen glatt und wischte sich mit einem Schnupftuch den Schweiß vom Gesicht. Er ging an seinen Schreibtisch zurück und setzte sich.

Ein Soldat klopfte, trat ein und salutierte. In der linken Hand hielt er einen Papierumschlag.

Stuyvesant erwiderte den Gruß ungeduldig und streckte seine Hand aus. »Gib es mir, Sohn, es fliegt nicht von allein her.« Er durchschnitt das rote Wachssiegel mit seinem Dolch und überflog die Nachricht. Ein triumphierender Blick erschien auf seinem Gesicht. Dieses Mal hielt er den Dolch, wie es sein sollte, mit der Spitze nach vorn. »Jetzt auf euch, ihr englischen Schweine. Wir sind bereit.« Dann wandte er sich mit leuchtenden Augen an seinen Schout. »Gott ist wahrlich auf unserer Seite, Mann. Die Kompanie hat uns nicht vergessen. Oberst van de Steen teilt uns mit, daß heute morgen eine Ladung Schwarzpulver mit der *Gustav* eingetroffen ist. Unsere Soldaten laden sie jetzt aus.« Er entließ den Boten mit einer herrischen Geste. »Sollen die Engländer machen, was sie wollen.«

»Hervorragende Neuigkeit, Boß.« Tonneman brannte darauf wegzugehen. »Ich habe Pos zu meinem Stellvertreter ernannt.«

»Wann soll er schlafen?«

»Er braucht nicht viel Schlaf.«

»In Ordnung, er ist Euer Stellvertreter. *Ihr* zahlt ihn.«

»Nein, das tu ich nicht ... Mijnheer.«

»Ihr seid wie alle andern. Ihr betet das Geld an. Du kannst nicht Gott und dem Mammon dienen.«

»Er ist ein guter Mann.«

»In Ordnung, aber nur für die Dauer dieser Notlage. Er darf deshalb nicht seine nächtlichen Patrouillen vernachlässigen, und ich möchte ihn lieber nicht schlafend im Bett erwischen. Vierzehn Stuiver am Tag.«

»Sonntag mitgezählt?«

»Nein. Keine Arbeit am Sonntag, keine Bezahlung am Sonntag. Drei Gulden die Woche. Basta.«

»Vier.«

»Dreieinhalb. Ihr schafft das Problem mit der Leiche aus der Welt. Erledigt es, bevor uns die Engländer im Nacken sitzen. Ihr seid der dritthöchste Offizier in Neu-Amsterdam, Tonneman. Handelt entsprechend.« Der Generaldirektor schrie so kräftig, daß sein Gesicht rot anlief und eine dicke Ader an seiner Stirn pulsierte. »Und jetzt hinaus.«

»Ja, Mijnheer, Boß«, schrie Tonneman zurück, doch er lächelte dabei.

20

DIENSTAG, 26. AUGUST. FRÜHER NACHMITTAG.

Bevor Tonneman das Fort verließ, schaute er in der steinernen Kirche vorbei, um Johannes Megapolensis von dem toten Mann zu berichten. Der Pfarrer schaute gequält drein, versprach aber, seinem Küster Kruseman Wolters zu sagen, er möge dafür sorgen, daß der unbekannte Mann ein anständiges christliches Begräbnis bekäme.

Tonneman blieb vor der Kirche stehen, um sich den Schweiß vom Gesicht zu wischen. Der Tag war drückend schwül, und das war die erste Gelegenheit, die er hatte, Luft zu holen. Die Worte der vergangenen Nacht kamen ihm wieder in den Sinn. Zuerst: *Du hast es dem Juden verkauft.* Dann: *Es gehört mir, und ich will es wiederhaben.* Und schließlich von dem Toten: *Pap*. Die zwei ersten waren einfach und ohne weiteres erklärlich. Aber was bedeutete das letzte? Papst? Papist? War Brille also Katholik? Nun, sie würden ihm ein anständiges holländisches protestantisches Begräbnis zukommen lassen.

Ein Lächeln lag auf seinem Gesicht, als Dirk Baalde, der Schmied, ihm zurief. Tonneman ging die wenigen Schritte von der Kirche zur Schmiede. Der Schmied war ein rothaariger Mann mit Armen und Beinen wie Baumstämme. Sein Bart glänzte fettig in der heißen Sonne, während er einen Fuchshengst beschlug.

Das temperamentvolle Tier warf den Kopf vor und zurück, als eine Biene über seinem Gesicht kreiste. Der Schmied schüttelte den Hammer nach dem Pferd. Als das nicht wirkte, verdrehte er den Fuß des Tieres. Der Hengst stieß ein schrilles Wiehern aus, dann beruhigte er sich.

»Eines Tages, Baalde, glaube ich, werde ich dir den Fuß so verdrehen.«

»Immer zu Späßen aufgelegt, hm, Tonneman?«

»Sei dir nicht so sicher.«

Der Schmied fuhr mit dem Beschlagen fort. »Ich höre, wir haben eine Schiffsladung Pulver bekommen.«

»Die Neuigkeit spricht sich schnell herum.«

Baalde lachte schallend. »Es wird vorbei sein, ehe es angefangen hat«, sagte der Schmied, indem er sich umschaute und die Stimme senkte, so daß nur Tonneman ihn hören konnte.

Was sollte das nun heißen? fragte sich Tonneman, als er das Fort verließ und über den Breede Wegh nach Osten ging.

Zu seiner Linken lag der Friedhof. Es war kein Ritual, doch heute zog es ihn hinein. Er ging durch das überdachte Friedhofstor.

Die Sonne schien heiß und klar auf die ordentlichen, gepflegten Gräber. Alle Steine standen aufrecht. So gefiel es ihm; ein Sinn für Ordnung sprach daraus.

und sprach nicht zu ihr. Er fuhr nur mit der rechten Hand über den glatten warmen Stein und dachte über die Vergangenheit nach. Nach einigen Augenblicken stand er auf und strich mit der Hand über die fünf Steine seines Sohnes und seiner Töchter. Er dachte daran, Hendrik Smitts Grab aufzusuchen, konnte sich aber nicht dazu überwinden. Er stand bei Hendrik tief in der Schuld, weil er ihm nicht zugehört hatte. »Ich schwöre, alter Freund«, sagte er laut, »daß ich diese Schuld tilgen werde, indem ich deinen Mörder finde.«

Hinter dem Friedhof lag de Silles Anwesen inmitten von Obstbäumen. Die Luft in diesem Abschnitt des Breede Wegh war schwer vom süßen Aroma der reifen Pfirsiche. Als er sein Haus auf diesem Stück Land baute, hatte Nick de Sille große Pläne für die Zukunft gehabt: In dieser Neuen Welt würde er reich werden. Es war genauso gekommen, wie er geplant hatte.

So hätte es auch mir gehen können, dachte Tonneman wehmütig.

Obwohl der Breede Wegh die breiteste Straße in Neu-Amsterdam war, herrschte immer Gedränge. Die Leute ritten und gingen in alle Richtungen, alle mit irgendeinem Ziel, um ihren Beschäftigungen nachzugehen, einzukaufen oder Handel zu treiben. So viele waren es, daß man meinte, alle fünfzehnhundert Bürger und die Soldaten, die Afrikaner und die Indianer, die Kaufleute und Matrosen von den Schiffen wären alle gleichzeitig hier und redeten so laut sie konnten. Nicht nur Menschen. Auch die Pferde, Kühe und Ziegen tummelten sich auf der Straße. Katzen, Hunde und Schweine bewegten sich frei und liefen einem überall vor die Füße.

»Guten Tag, Heer Schout«, riefen die Städter im Vorbeigehen, und Tonneman tippte geistesabwesend an seinen Hut.

Er hätte sich für ein anderes Leben entscheiden können, nicht bei der Kompanie, hätte vielleicht Kaufmann werden können. Gute Gelegenheiten gab es in dieser Neuen Welt genug. Und er hatte sie nie genutzt.

Hinter de Silles Besitz und über den unfertigen neuen Wall weg konnte Tonneman über den Noordt Rivier blicken. Das Land dort war hügelig und grün. Genauso sah es weiter nördlich zu beiden Seiten des Flusses aus: Hügel und tiefe Schluchten und Bäume, besonders Eichen, aus denen die Kompanie viel Geld herausholte. Einige geschäftstüchtige unabhängige Händler wurden ebenfalls mit Bauholz reich.

»Schon wieder?« tadelte er sich selbst, als er sich dabei ertappte, daß er über Geld und seinen Mangel nachdachte. Er sah einen Gulden genauso gern wie jeder andere, aber er wußte, daß er nicht geboren war, reich zu sein. Was konnte man mit dem ganzen Reichtum kaufen? Besitztümer. Aber alles Geld der Welt konnte ihm Maria nicht wiederbringen.

Tonneman bewegte seine Zunge im Mund und spie aus. Trotz des Regens am frühen Morgen war die Straße staubig und trocken, wie es im Sommer üblich war; für den Rest des Jahres war sie schlammig. Seine Kehle war ausgedörrt, und er sehnte sich nach einem Bier und hatte Lust auf gesalzenen Kabeljau. Danach noch ein Bier und eine Pfeife. Der Jude Asser Levy bot einen guten gesalzenen Kabeljau in seiner Wirtschaft drüben am Wall an.

»Hallo, Tonneman.«

»Guten Tag, langer Matthew. Hast du Stummelnase gesehen?«

»Nein, Mijnheer.«

Der Staub stieg in die Luft auf und brachte alle in der Nähe zum Husten, als eine Herde von gut zwanzig Schweinen von Osten her gerannt kam. Die Leute fluchten und sprangen beiseite. Der Staub wirbelte in Tonnemans Nase und Lungen, als die Schweine vorbeisausten. Durch die Staubwolke erkannte er Philip van Etting auf einem alten Apfelschimmel. »Anhalten, geschecktes Arschloch«, überschrie Tonneman seinen Husten und die quiekenden Schweine.

»Brrr«, rief der Reiter. Er war ein dicker Mann mit rosiger Haut, die sich wie eine Wursthaut spannte. Die Schweine wuselten quiekend und grunzend herum und wühlten mit ihren Rüsseln die Straße auf, während van Etting sein Pferd zügelte und um sie herumritt, um die Tiere in einem engen Kreis zusammenzutreiben. Er zog ein großes rotes Schnupftuch aus dem Ärmel und schneuzte seine rote Nase, dann wedelte er mit dem beschmutzten Tuch durch die Luft, um den Staub zu vertreiben. »Was ist los?« fragte er, indem er seine rosigen Lippen spitzte. »Sind die Engländer gelandet?«

Bei Gott, dachte Tonneman, der Mann sieht von Tag zu Tag seinen Schweinen ähnlicher. »Ich bin es leid, daß deine Mastschweine frei herumrennen und die Straßen vollscheißen.«

»Ich bin nicht der einzige, der Schweine hält.«

»Ich habe mehr als fünf heute morgen nahe der Twillerstraat gezählt. Pferche die Schweine ein, oder ich brumme dir eine Strafe auf.«

Van Etting stopfte sein Schnupftuch in den Ärmel und zerrte an den Zügeln. Der Wallach bäumte sich gegen Tonneman auf. »Guten Tag auch, Schout.«

»Halte den Klepper, du Dickkopf.« Tonneman sprang aus

dem Weg. »Was zum Teufel machst du überhaupt, treibst du Schweine vom Pferd aus?«

»Es ist zu heiß, und ich bin zu dick, um zu Fuß zu gehen.« Während er sprach, stieß der Wallach zum zweitenmal gegen Tonneman.

»Jetzt reicht es aber. Ich bestrafe dich auf der Stelle. Einen Gulden für jedes Schwein, das ich heute morgen frei herumlaufen gesehen habe. Fünf Gulden. Sofort.«

»Fünf Gulden?« Van Ettings kleine Augen verschwanden in den aufgedunsenen Backen. Er ließ die gespielte Ehrerbietung vor Tonnemans Amt fallen, riß seinen Hut herunter und schüttelte ihn nach dem Schout. Der Wallach bewegte sich unruhig unter seinem Gewicht. »Das könnt Ihr nicht machen«, übertönte er das Schweinegequieke.

»Macht *zwei* Gulden das Schwein, und wenn sie auf meinem Rückweg immer noch hier sind, werden es drei. Sie sind eine Gefahr für jeden, und du bist gewarnt.«

Van Etting schaute hierhin und dorthin. »Dort läuft ein Schwein frei und dort noch eins, und es sind nicht meine. Sie sind schwarz. Ich habe keine schwarzen Schweine. Ich sehe nicht, daß Ihr auch andere bestraft. Ich zahle nicht. Ich wende mich an den Rat. Brrr«, schrie er, indem er den Hut auf den Kopf schlug und den Wallach mit den Knien stieß. Das verschreckte Tier stolperte kopfüber zwischen die Schweine, die auseinanderliefen und quiekend den Breede Wegh hinunterrannten, wobei sie eine weitere gewaltige Staubwolke aufwirbelten.

»Und mach ihnen Ringe in die Nasen!« rief Tonneman van Etting nach. Als sich der Staub legte, lächelte Tonneman, zufrieden, daß er eine kleine Rache gehabt hatte. Der dicke Trottel hatte eine Stinkwut im Bauch gehabt. Tonneman wollte seine Aufmerksamkeit wieder dem langen Matthew zuwenden, um den Afrikaner zu fragen, ob er einem Mann mit achteckiger Brille begegnet war. Aber der lange Matthew war nirgendwo zu sehen.

»Guten Tag, Schout.« Der Gruß kam von dem kleinen Schulmeister, Wouter Groenveld.

»Keine Schule heute, Lehrer?« fragte er den krummbeinigen Mann.

»Fertig für heute.« Groenvelds Zähne standen beim Sprechen vor. Er tätschelte seine glattrasierte Wange mit einer zarten Hand. »Heiß, nicht wahr?«

»Es geht. Habt Ihr Stummelnase gesehen?«

»Wen?«

»Den Indianer ...« Groenveld hatte einen leeren Blick in den Augen. »Vielen Dank«, sagte Tonneman, während der Lehrer sich entfernte, wobei er sein längeres rechtes Bein nachzog. Der Schout schüttelte den Kopf, während er nachgrübelte, wie ein Mann in dieser kleinen Welt leben konnte, ohne jeden oder wenigstens die gefährlichen Zeitgenossen zu kennen.

Tonneman schlängelte sich vorbei an schwitzenden, drängelnden Leuten, heulenden Kindern und schreienden Tieren, zuerst nahe den Läden, dann auf der breiten staubigen Straße, um schneller voranzukommen. Weil er aber diesen Weg machte, um mit den Leuten zu reden, drängte er sich wieder auf den Gehweg und ging an den Häusern vorbei und in Lagerhallen und Geschäfte hinein: zum Schiffsbauer und Segelmacher oben auf dem Speicher, in andere Läden, Verköstigungsstände, Wirtshäuser und Schankstuben, die alle ihre eigenen besonderen Gerüche ausströmten.

Es gab mehr Schenken als sonst etwas in dieser Stadt. Er schaute in alle am Breede Wegh hinein, um zu fragen, ob jemand etwas über den Toten mit der achteckigen Brille wußte oder Stummelnase gesehen hatte. Es fiel ihm schwer, in jeder das angebotene Bier abzulehnen, doch nach dem zweiten Humpen tat er es. Bei Asser Levy würde er es sich eine Weile gemütlich machen.

Er verscheuchte eine summende Biene von seinem Gesicht und bewunderte einen gelb und braun gezeichneten Schmetterling, der in der Luft flatterte und schwebte. Zwischen den schlechten Gerüchen roch er gelegentlich den angenehmen Duft von Salbei, der aus den Gärten hinter den meisten Gebäuden kam.

Alle hatten Obstbäume, die gerade reife Pfirsiche, Birnen und Äpfel trugen. Manche pflanzten Karotten, Rote Bete und andere Gemüse; manche zogen Kräuter wie Salbei, um das Haus von schlechten Gerüchen zu reinigen, und viele andere als Gewürze oder Arzneien. Fast jeder pflanzte Blumen, die ihn an die Heimat erinnerten. Die meisten bauten Getreide an, um Schnaps zu brennen oder Bier zu brauen.

Maria hatte so einen Garten gehabt, und seine Tochter Anna hatte ihn in gutem Zustand hinterlassen, doch er hatte sich keine Gedanken darüber gemacht. Wie die »gute Geertruyd« streuten auch andere Rinde in ihren Garten, damit das wenige Wasser, das die Erde noch hatte, zurückgehalten wurde und die Wurzeln möglichst kühl blieben. Wenn keine starken Regenfälle kämen – und bei der strahlenden Sonne und dem klaren Himmel war das unwahrscheinlich -, würde er das gleiche tun müssen. Falls er jemals Zeit dazu fände.

Eine Fülle von Gärten, dachte er, aber nicht viele richtige Bauernhöfe, und wegen der wenigen Bauern hier mangelte es stets an Milch, Käse und Eiern. Die Bürger von Neu-Amsterdam mußten sich auf Bauern jenseits des Noordt Rivier oder auf 't lange Eylandt verlassen. Die meisten von ihnen waren Engländer. Wenn man Stuyvesants Nachrichten bedachte, stand der Stadt viel Ärger bevor.

Ihre Wirtschaft beruhte auf Handel: Neu-Amsterdam schickte Felle und Bauholz nach Europa und erhielt dafür Schuhe, Strümpfe, Segeltuch, Leinen, Zugriemen, Seile, Halfter, irdenes Geschirr, Möbel und heimische Lebensmittel.

In diesem Teil von Neu-Amsterdam ging es geschäftig zu. Die ganze Stadt war laut, verräuchert, trinkfreudig, rauflustig, grob, unordentlich, unverschämt und überfüllt, jeder schrie und stieß und schob, um Aufmerksamkeit wetteifernd, und alle versuchten, etwas zu kaufen oder zu verkaufen. Zerbrachen sie sich wegen der Engländer den Kopf? Man hatte nicht den Eindruck. Neu-Amsterdam entwickelte sich zu einem sehr wichtigen Handelszentrum.

Manche Offiziere von den Segelschiffen, die überall gewesen waren, hatte er sagen gehört, daß es die geschäftigste Stadt in der Neuen Welt war.

Tonneman machte einen langen Schritt über einen toten Hund und scheuchte dabei die Fliegen auf, die um ihn herumsummten. Es lag immer Unrat jeder Art auf dem Breede Wegh, tote Tiere, vor allem Tauben, Abfall, Asche. Das und der Kot von Hunden, Pferden, Schweinen, Kühen und Ziegen, dazu die menschlichen Exkremente von den Aborten und die sengende Sonne, das alles genügte, um einen erwachsenen Mann zum Weinen zu bringen. Doch normalerweise bemerkte Tonneman den Gestank kaum. Er liebte die Energie und die ungebrochene Zuversicht. Er liebte Neu-Amsterdam. Trotz des ganzen Schmutzes und Lärms war es seine Heimat.

Allerdings hatte er sich in letzter Zeit bei dem Gedanken

ertappt, wie schön es sein könnte, auf dem Land zu wohnen. Sich irgendwo ein neues Leben aufzubauen. Das Gesicht der dunkeläugigen Jüdin kam ihm in den Sinn. Vielleicht wäre es für ihn das beste, einfach immer weiterzugehen auf dieser Straße und über die kleine Steinbrücke, die nicht weit von hier den Bach überspannte, einen Bogen um Stuyvesants Farm zu machen und dann zu wandern, bis er nach Neu-Haarlem käme. Dann könnte er den Rest seiner Tage bei seiner Tochter und ihrer Familie verbringen, Bier trinkend, seine Pfeife rauchend und Enkelkinder auf dem Knie schaukelnd.

»Brauchst du den ganzen Gehweg für dich allein?«

Die Worte waren einwandfreies Gelehrtenholländisch, die Stimme die eines Redners. Der Sprecher war ein großer Mann von annähernd fünfzig Jahren, mit einem überhängenden Bierbauch und gewaltigen Hängebacken. Alles an ihm schien abstoßend geschwollen. Lubbertus van Dincklagen, der einzige Rechtsanwalt in Neu-Amsterdam und einstiger stellvertretender Generaldirektor unter Stuyvesant, war ein alter Kamerad von Tonneman. Sie hatten 1637 gemeinsam an der Universität zu Leiden studiert.

Im Jahr darauf hatte der Tulpenmarkt einen Tiefstand erreicht, und Tonnemans Vater, ein Spekulant, hatte sein ganzes Geld verloren. Tonneman mußte mit kaum sechzehn Jahren die Universität verlassen und zur See gehen.

»Wie geht es dir, Dinck?«

»Nicht gut. Die Hitze setzt mir zu. Und dazu kommt die Wassersucht, du weißt ja.« Seine Backen wackelten beim Sprechen. »Das Leben ist schwer.«

»Ich weiß. Bekommst du noch kostenlose Arznei von der Kompanie?«

»Man tut, was man kann.«

»Du bist doch gut gefahren.«

»Ich versuche es«, sagte Dinck bescheiden. »Ich sehe dich zu selten, seit Maria tot ist. Komm heute abend zu mir nach Hause. Ich habe eine frische Lieferung Leidener Käse. Das und ein paar Gläschen Bier würden doch gut zusammen passen. Wir können über unsere Schulzeit sprechen, als wir jung waren und ... schlank.« Er zeigte auf seinen aufgedunsenen Leib. Unter dem Arm trug er einen Ring Schweinswurst. Ein vorbeilaufender Hund schnappte danach. Dinck schlug mit der Wurst nach dem räudigen grauen Tier, so daß der Hund jaulend davonlief, dann hielt er die Wurst höher, in sicherer Entfernung.

»Eine verlockende Einladung, Dinck, aber wegen der Engländer und allem ...«

»Ach, die Engländer, aber ich verstehe. Es muß eine ziemlich schwere Prüfung sein, in Zeiten wie diesen für unseren Großfürsten zu arbeiten. Du bist jederzeit willkommen. Ich kann dir ja auch ein Rad Käse in dein Haus schicken. Hast du lieber Kümmel oder Zimt?«

»Kümmel wäre recht, aber es ist nicht nötig.«

»Ist schon abgemacht. Lass' dich von dem ekelhaften alten Wolf Stuyvesant nicht beißen, und tu nicht wie ein Fremder.« Er trat nach einem großen braunen Hund, der es auf die Wurst abgesehen hatte. »Bei Gott, ist das heiß. Ich denke, ich gehe nach Hause, nehme einen Eimer Wasser und gieße ihn mir über den Kopf.«

Tonneman lachte. »Tu das. Übrigens, Dinck, da du von Fremden sprichst, wir haben einen Toten am Hals. Er starb in dem Feuer gestern nacht und ist so schlimm verbrannt, daß schwer zu sagen ist, wie er aussah, aber nach der Kleidung könnte er ein vornehmer Herr oder reicher Kaufmann gewesen sein, Franzose vielleicht. Er trug eine achteckige Brille. Sagt dir das etwas?« Die Leute auf dem Gehweg drängelten und stießen sie an.

»Leider nein.«

»Kennst du den Indianer Stummelnase?«

»Leider ja. Das ist ein schlechter Indianer.«

»Hast du ihn gesehen?«

»Nein, in letzter Zeit nicht.« Van Dincklagen blinzelte mit wäßrigen Augen unter seinem großen Hut.

»Also, wenn dir etwas einfällt ...«

»Brauchst nicht weiterzureden. Kann ich noch auf andere Weise zu Diensten sein?«

»Ja, kanntest du den Juden Benjamin Mendoza?«

»Jude? Gibt es Juden in Neu-Amsterdam?« Dinck lachte herzhaft. »Ich dachte, der Erzengel Stuyvesant hätte bis auf des Herrn Lieblinge alle ferngehalten.«

Trotz Stuyvesants Meinung, der Kalvinismus sei der einzige wahre Weg zur Erlösung, hatte das Vaterland unerschütterlich an der Politik der religiösen Freiheit in den Niederlanden und in der Neuen Welt festgehalten. Neu-Amsterdam bot gar nicht so wenigen Katholiken, Mennoniten und Lutheranern eine Heimat, von dem einzelnen Quäker und den zwei Dutzend oder mehr Juden ganz zu schweigen.

Und trotz des religiösen Eifers Stuyvesants waren nur wenige Kalvinisten regelmäßige Kirchgänger. »Soviel ich weiß, hat Gottes Bote auf Erden vorgeschlagen, daß Weizen nur für die Hostie verwendet werde, und wenn du Brot wünschst, wirst du deswegen in die Kirche gehen müssen.«

»Dinck, bitte. Was ist mit Benjamin Mendoza?«

»Ja. Ehrlicher Mann, guter Händler. Gerissen, aber nicht habgierig. Du fragst, ob ich ihn *kannte*. Ist ihm etwas zugestoßen?«

»Ich bin mir nicht sicher. Seit Dezember ist Mendoza nicht mehr gesehen worden.«

»Da kann ich dir auch nicht helfen. Aber ich halte meine Ohren offen und frage herum.« Er lächelte breit. »Der Käse ist heute abend bei dir zu Hause.« Dinck wandte seinen massigen Körper um und entfernte sich mit beschwerlichen Schritten. Gleich darauf war er von der Menge verschluckt. Das Reden von Essen und Trinken hatte auf Tonnemans Magen gewirkt, der laut knurrte, während er weiterging. Er betrat Lichtmans Bäckerei und kaufte ein Stuiverbrötchen. »Warum so klein?« wollte er wissen.

»Fragt Euren Freund, den Generaldirektor«, antwortete Jan Lichtman und zeigte auf die kärgliche Auswahl auf dem Holzregal neben dem Backofen.

Tonneman biß in das Brötchen. »Schmeckt anders.«

»Es gibt keinen Weizen. Ich habe es aus Maismehl gemacht. Ich werde allmählich zu alt für diese Art Torheit. Wenn alles noch schlimmer wird, als es schon ist, muß ich von hier wegziehen. Was meint Ihr? Ist der Mais fein genug gemahlen?«

Tonneman zuckte die Achseln und ging hinaus, den Rest des Maismehlbrötchens im Mund. Es konnte sich nicht mit Lichtmans normaler Ware messen, aber was sollte er ohne Weizen anfangen? Dennoch, Maria war eine bessere Bäckerin gewesen. Morgens hatte sie ihm warme Brötchen und Bier vorgesetzt ... Er schüttelte den Gedanken ab und kaute gierig; das Brötchen hatte seinen Hunger gestillt, aber er hatte immer noch Appetit auf Fisch und Bier.

Drei Soldaten torkelten redend und lachend an ihm vorbei. Zwei gossen Bier aus großen Humpen in sich hinein. Als sie Tonneman sahen, reckten sie sich und versuchten, auf soldatischere Weise zu gehen. Tonneman dachte daran, die Kerle festzunehmen, das trockene Maismehlbrötchen mit ihrem Bier hinunterzuspülen und sie ihrem Oberst zu übergeben, aber wozu sollte das gut sein? Der Oberst würde sie nicht in sein schmutziges Gefängnis werfen, da ihnen die verdammten Engländer im Nacken saßen.

Überall um sich herum konnte er Klagen über die gestiegenen Preise hören. Eine Männerstimme übertönte die andern. »Die hohen Preise erledigen uns, bevor es die Engländer tun.«

Tonneman wandte sich nach dem Sprecher um und sah den Indianer Mann-der-wie-ein-Fuchs-geht auf sich zukommen. Die Weißen hatten seinen Namen zu Fuchsmann verkürzt. Fuchsmann war ein schlauer, verschlagener Irokese vom Stamm der Mohawk, ein Kannibale. Es war schwer zu sagen, wie alt der Mann war. Tonneman wußte nur, daß der Fuchsmann bei seiner Ankunft vor zwanzig Jahren schon dagewesen war, und damals hatte er genauso alt ausgesehen wie jetzt.

Die holländischen Händler bedienten sich der Irokesen als Mittelsmänner, um mit den Algonkin zu verhandeln. Irokesen kauften von den Algonkin für Waren oder Wampum Felle und verkauften sie an die Neu-Amsterdamer für Gewehre. Mann-der-wie-ein-Fuchs-geht war einer der besten von diesen Mittelsmännern. Doch bis auf die Mokassins an seinen Füßen kleidete er sich wie ein Weißer in der Stadt, trug Kniehosen aus kräftigem Baumwollstoff und ein Baumwollhemd. An seiner Hüfte hing ein in Europa hergestellter eiserner Tomahawk mit einer Axt am einen Ende und einer Pfeife am anderen.

Sein kahler Kopf war bis auf eine Skalplocke auf dem Scheitel glattrasiert wie ein Ei; er hatte keinen Mittelstreifen in der Art, wie Stummelnase ihn trug. Seine dunklen, schrägstehenden Augen verrieten nie, was der Indianer dachte. Tonneman respektierte den Mann als einen gefährlichen Feind, den er nicht mochte und dem er nicht über den Weg traute, aber schließlich traute Tonneman keiner Rothaut, sei sie noch so freundlich.

Der Schout hatte es nie beweisen können, doch war er davon überzeugt, daß Fuchsmann die gefälschten Wampume kontrollierte, die von 't lange Eylandt und aus dem Johnnyland im Norden kamen.

Stummelnase war bloß ein Bauer und Jäger, der von Kriegerruhm träumte. Während Stummelnase nur den Krieger vorgab, war Mann-der-wie-ein-Fuchs-geht ein echter Kämpfer. Was sie beide zu gefährlichen Indianern machte, doch auf unterschiedliche Weise.

»Fuchsmann.«

»Tonneman.« Der Indianer ging vorbei, der aufrechte schlanke Körper selbstsicher in der Kleidung des weißen Mannes.

»Hast du diesen Halunken Stummelnase gesehen?« rief Tonneman ihm nach.

Der Mohawk gab keine Antwort, sondern ging durch die Menge weiter, vermutlich auf dem Weg zur Stapelstraat und zum Hafen, wo sich die Pelzhändler trafen.

»He, Indianer«, rief Tonneman. »Ich rede mit dir.«

Mann-der-wie-ein-Fuchs-geht blieb nicht stehen. Er räusperte sich geräuschvoll, spie auf die Straße und ging weiter.

21

DIENSTAG, 26. AUGUST. FRÜHER NACHMITTAG.

Eine schlanke Frau, eine halbe Handbreit größer als Tonneman, kam aus der Richtung, in die Fuchsmann gegangen war, den Breede Wegh heruntergerauscht. Obwohl sie ein Leichtgewicht war, wußte man von ihr, daß sie einmal einen gesunden, nüchternen Mann mit einem einzigen Fausthieb zu Boden geschlagen hatte. Ihr offen wehendes Haar war strohgelb und ungekämmt. Sie trug ein goldenes Kleid mit einem tiefen Ausschnitt über der knochigen Brust. Durch die lange hagere Figur wirkte sie wie ein Mann in einem Frauenkleid; sie hatte nichts Verführerisches an sich. An den Füßen trug sie rote Stiefel. In der rechten Hand hielt sie eine goldene Netzbörse, und am rechten Handgelenk hing ein Fächer aus rosa Straußenfedern mit Elfenbeingriff; die andere Hand hielt eine lange goldene Boa, die im Staub schleifte.

Als sie näherkam, roch Tonneman den vertrauten Duft von Rosenwasser. Sie tränkte sich mit der Flüssigkeit. Ihre rechte Wange war von einer einzelnen großen Pockennarbe gezeichnet, und am Rücken hatte sie Peitschenspuren, wie Tonneman wußte. Am rechten Arm war eine Narbe, wo sie ein Brandmal, das sie wegen Hurerei bekommen hatte, weggebrannt hatte.

Wenn die Kupplerin hier war, konnte ihr Ehemann und Beschützer, der polnische Jude Isadore Korbonski, ein Geiger, nicht weit sein. Auch nicht ihre Truppe von reisenden Huren.

Sie blickte auf ihn hinab. »Ist das nicht Tonneman? Ich bin entzückt, Euch zu sehen, Schout.« Ihre Stimme war rauh, und sie sprach in kurzen, abgehackten Sätzen.

Er kannte die Engländerin nicht unter ihrem richtigen Namen, sondern nur beim Spitznamen. »Guten Tag, Zuckermund. Ich dachte, du wärst im Süden.«

»Waren wir, aber verdammt, ich habe Euch vermißt, mein Schatz.«

»Ich hätte mir denken können, daß das Kriegsgerede dich herlocken würde.«

»Selbstverständlich. Denkt an all die ausgehungerten Männer und Jungen, die sich nach Vergnügen sehnen.« Sie schwenkte die mageren Hüften und zwinkerte einer Gruppe von Matrosen zu, die in ihrem Gefolge aufgetaucht waren.

»Wo immer das Geld ist.«

»Richtig.«

»Gleich welches. Englisches oder holländisches.«

»Ist kein Unterschied. Ob Engländer oder Holländer, wenn der arme Teufel pißt, ist es Wasser, wenn er zahlt, ist es Geld. Für Euch ist natürlich alles umsonst, was Ihr wollt, mein Schatz. Ich oder eines von meinen Mädchen und Getränke, und vielleicht finden sogar einige Gulden den Weg in Euren Geldbeutel.«

Die Matrosen waren nähergekommen. Wie Bienen, die Honig wittern. »Ihr werdet mir langsam lästig, Männer«, erklärte Tonneman. »Habt ihr nichts Besseres zu tun, als euch hier herumzutreiben?« Die Matrosen, die nur ungern gehen wollten, murmelten jeder in der eigenen Sprache vor sich hin und wichen nur wenige Schritte zurück. „*Move along. Haut ab. Portare. Allez.*«

Mit einem Auge noch auf den Matrosen, sagte Tonneman: »Vielleicht kannst du ein paar Fragen beantworten. Hast du einen hübschen Burschen unter deinen Kunden gesehen, der eine achteckige Brille trug und vielleicht nach Lavendel roch?«

»Nein.« Sie trat näher an ihn heran und klimperte mit den Augendeckeln. Ihr Atem roch nach geröstetem Knoblauch. »Aber wenn ich ihn sehe, behalte ich ihn für mich.«

»Kennst du den Juden Benjamin Mendoza?«

»Wie sieht er aus?«

»Groß. Breite Schultern, schwarzes Haar. Dunkle Haut. Wie sie hier aussehen. Was sie Sephardim nennen. Wie ein Portugiese.«

»Nein, aber ich frage Izz.«

»Und Stummelnase? Hast du ihn gesehen?«

»Den Indianer mit der großen Gurke? Nein. Aber wir sind eben erst angekommen. Ich werde ihn bald sehen.« Zuckermund lächelte ihn affektiert an. »Ich sehe euch alle nach und nach.«

»Sag mir Bescheid, wenn du ihn siehst. Oder wenn du etwas von dem Juden oder dem Mann mit der Brille hörst.«

»Alles, was Ihr wollt, mein Schatz. Wir bauen ein Vergnügungszelt auf der anderen Seite der Stapelstraat auf, hinter dem Lagerhaus am Dock. Ein rotes.«

»Das ist wertvoller Platz zum Verschenken.«

»Nichts wird geschenkt. Wir zahlen einen netten Stuiver dafür. Und wartet, bis Ihr meine neue Herde kennengelernt habt. Drei Stück vom würzigsten Fleisch, das Ihr je zu sehen gehofft habt. Eine schwarz, eine weiß und eine indianisch.« Sie hatte die Stimme erhoben und sprach jetzt zur ganzen Gemeinde, um ihre Waren anzupreisen. Die Matrosen blieben gefesselt stehen. »Die weiße ist etwas ganz Besonderes, gerade aus Europa eingetroffen. Ihre Brüste sind so groß, daß ich staune, warum sie nicht hinfällt. Ansonsten ein kleines Ding, das Haar so gelb wie die Sonne. Ihr versäumt etwas, wenn ihr sie nicht probiert.« Zuckermund kicherte schrill. »Wenn sie euch je auf den Kopf trifft mit diesen Eutern, dann schlägt sie euch bis an die Knie in den Boden. Fragt nach Frederika. Frederika van der Leun, wenn ich bitten darf. Wenn ihr natürlich ein wilderes Vergnügen vorzieht, sind die zwei anderen da. Die Indianerin heißt Sperling, und die schwarze Suzie hat einen Goldzahn vorn.«

»Hört sich nach einer schönen Truppe an.«

»Ich biete gern jedem Geschmack etwas. Vergeßt nicht, was ich von einem Gläschen gesagt habe.« Sie trat noch näher zu ihm und griff ihm unter dem Schutz der Boa zwischen die Beine. »Oder alles andere, was Euer Herz begehrt, mein Schatz.«

Tonneman legte seine Hand auf ihre, um ihre Finger zu lösen. Er lächelte verkniffen und wich zurück, bis er aus ihrer Reichweite war. »Du kannst mir ein Glas spendieren. Mach nur keinen Aufruhr. Wenn der Boß davon Wind bekommt, muß ich deinen Laden dichtmachen.«

»Ha!« Es war ein Lachen ohne Fröhlichkeit. »Dann ziehe ich eben weiter.«

»Pass‘ auf, daß ich dich nicht als Spionin verhafte.«

»Du Aas. Was sollte ich schon ausspionieren, die Größe der holländischen Rüben? Das weiß doch jeder, was für kleine Frösche ihr Torfstecher habt. Ist das nicht die Wahrheit? Außer Euch natürlich, Schatz«, sagte sie, indem sie wieder nach ihm griff.

»Das reicht.«

»Ja, Heer Schout. Wenn Ihr das nächste Mal lüstern auf eine Frau seid und das Vergnügen begehrt, dann kommt meine Küken besuchen, sie sind mehr als ...«

Eine Frau schrie auf, dann krachte es. Tonneman drehte sich schnell um. Ein Schwein, das nach Abfällen wühlte, hatte einen Abort umgestoßen.

»Diese verdammten Schweine.«

»Gott steh Euch bei, mein Schatz.«

Tonneman trat nach dem Schwein und stach es mit dem Knüppel. Das Schwein wühlte weiter in den Abfällen und wollte nicht auf sein Fressen verzichten. Die Leute gingen um Tonneman, das Schwein und den umgekippten Abort herum, ohne darauf zu achten. Sie waren daran genauso gewöhnt wie an den Gestank des Abfalls und des Aborts.

»Fangt es, Schout, es ist bestimmt ein englisches Schwein.«

Alle ringsum lachten.

Tonneman überhörte die Zwischenrufer, und nach noch einigen Tritten und Stößen gab er auf. »Ich habe zuviel Arbeit, um meine Zeit über dieser Scheiße zu vergeuden«, murmelte er, während er sich mit dem Ärmel über die verschwitzte Stirn wischte und seinen Weg fortsetzte.

Doch das Schwein und der Abort waren noch nicht alles gewesen. Vor ihm hielt eine Menschenansammlung anscheinend einen Wettstreit ab, wer am lautesten schreien konnte.

»Das ist Quatsch, und ihr wißt es genau! Wir haben die verdammten Engländer schon früher geschlagen, wir können es wieder tun!«

»Wenn du so tapfer bist, dann melde dich doch zur Armee!«

»Der Kniff ist, bereit zu sein!«

»Wahrscheinlich wird unter den Engländern alles besser.«

»Ja, kein frommer Herzog Stuyvesant mehr, um uns zu gängeln.«

»Vielleicht bringen die verdammten Engländer mehr Bauern, und wir bekommen hier mehr Milch und Eier.«

»Wenn es mehr Bauern gibt, sollten es Holländer sein. Ich hätte vielleicht auch Lust auf einen Bauernhof.«

»Du bist seit zwanzig Jahren hier. Das einzige Pflügen, auf das du dich verstehst, ist, wenn die Huren in die Stadt kommen.«

»Drängel nicht.« Das war eine neue Stimme, und sie sprach Deutsch.

»Ich drängle, wann ich Lust habe.« Noch eine neue Stimme, die ebenfalls Deutsch sprach. Die zwei standen gleich rechts in der ersten Gruppe.

Tonneman drängte sich durch, wo die zwei Männer sich gegenüberstanden. Es waren keine Leute aus der Stadt. Matrosen auch sie. Der eine, ein großer Mann mit auseinanderstehenden schwarzen Augen und einem buschigen schwarzen Schnurrbart, hielt einen Dolch nach unten.

Sein Gegenüber war etwas kleiner mit zwergenhaften Gesichtszügen. Seine kleinen Knopfaugen saßen in einem runden Mondgesicht auf einem dicken Hals. Mit seiner ausgestreckten Hand hatte er ein Entermesser auf den anderen Mann gerichtet.

Tonneman suchte die Menge ab, ob Soldaten darunter waren, die ihm zur Hand gehen könnten. Nein. Sie waren nie da, wenn man sie brauchte, weder betrunken noch nüchtern. Er mußte allein damit fertigwerden.

Der Mann mit dem schwarzen Schnurrbart grinste und zeigte dabei eine Lücke, wo man die mittleren Schneidezähne erwartete. »Du hast die größere Klinge«, sagte er zu seinem Widersacher. »Benutze sie, bevor ich sie dir in den Arsch schiebe.«

»Wir werden sehen, wer wem was in den Arsch schiebt«, sagte der zweite Mann und rückte auf den anderen vor.

»Genug, Jungs«, sagte Tonneman auf deutsch, indem er den Knüppel hochhielt. Er hatte vor, den mit dem Entermesser zuerst auszuschalten. »Schluß jetzt.«

Beide Männer richteten ihre Waffen sofort auf Tonneman. »Wer sagt das?« stieß der mondgesichtige Mann hervor.

»Ich.«

Pos, dessen bärtiges Gesicht vor Schweiß triefte, hatte sich hinter den zwei Männern angeschlichen. Er hielt den Degen des Toten in der linken Hand und seinen eigenen in der rechten, und beide stachen in die Hinterteile der zwei Streithähne. »Laßt eure Waffen fallen oder ihr *beide* bekommt sie in den Arsch.«

22

DIENSTAG, 26. AUGUST. NACHMITTAG.

Das Hämmern und Sägen und die rauhe Sprache waren immerzu zu hören. Bis zum halben Nachmittag hatten die Zimmerleute die neuen Fußböden gelegt, und das Erdgeschoß war wieder einigermaßen bewohnbar. Die zwei Afrikaner halfen Racqel, die Habe der Mendozas hineinzutragen. Es würde ungemütlich sein, inmitten von Sägemehl in einem unfertigen Haus ohne Fensterglas zu wohnen, aber zum Glück war noch Sommer.

Sie brauchte neue türkische Teppiche und Vorratstruhen, Kacheln und Wandbehänge. Und Spiegel. Sie mußte Spiegel haben. Alles würde aus dem Lagerhaus der Mendozas kommen. Dann würde sie wieder ein Zuhause haben. Ein Zuhause, dachte sie grollend, für eine unfruchtbare Frau ohne Ehemann.

Dies mußte irgendwie entschieden werden. Sie konnte

nicht ewig so weiterleben, weder Witwe noch Ehefrau, im toten Winkel, wo sie eine alte Frau werden würde, eine Haushälterin, eine Aufpasserin für anderer Leute Kinder. Die Aussicht ließ ihre Seele verkümmern.

Philipses schwitzende Arbeiter legten die Werkzeuge hin, tranken Bier und hörten, wie Racqel ihnen mitteilte, daß sie in die Stapelstraat ginge, um ihren Schwager zu treffen.

Sie nahm sich noch die Zeit, frische Kräuter in ihrem neuen Haus zu streuen, um den ekelhaften Geruch aus dem Schuppen zu vertreiben und Insekten fernzuhalten. Ihre Haustiere blieben ständig in ihrer Nähe, und sie kam zu dem Schluß, daß sie sie nicht auf dem Hof so nahe bei dem Toten lassen konnte. Caleb schlich schon mit eingezogenem Schwanz und jaulend herum, und der neue Zaun war noch nicht aufgestellt. Sie würde Rebecca da Costa bitten, die Tiere in ihrem Hof zu halten.

Rebecca war auf den Knien und schrubbte ihre Waschküche. Sie sprachen wieder von den Engländern, jedoch nicht von Benjamin. Sie sah Mitleid in den freundlichen Augen der Frau. Kinder liefen hin und her, weil sie etwas zu essen wollten oder Wunden und Schrammen hatten; jedesmal hielt Rebecca inne, ermahnte sie und küßte sie dann voller Liebe und Stolz. Wie sehr Racqel sie beneidete.

Vom Hof der da Costas wanderte Racqel auf den Breede Wegh zu. Der Auftritt von Tonneman war ein winziger heller Funke in ihrem ansonsten leeren Dasein, und sie war beinahe glücklich über das Feuer, das ihn zu ihr führte. Er hatte ihr das Leben gerettet. Sie spürte in ihrem Innersten, daß er Benjamin finden würde. Und wenn er ihren Mann lebend entdeckte, vielleicht als Gefangenen der Indianer, und zurückbrächte, würde sie sich der Aufgabe widmen, Benjamin ein Kind zu schenken. Aber Abraham und David hatten

Benjamin schon bei den Indianern gesucht und hatten nichts gefunden.

Wenn Tonneman einen Beweis für den Tod ihres Mannes fände, würde sie frei sein, wieder zu heiraten. Aber wer würde sie nehmen wollen? Was für eine Aussteuer konnte sie mitbringen? Die Mitgift, die sie in die Ehe mit Benjamin gebracht hatte, gehörte jetzt den Mendozas.

Und wen gab es in dieser Gemeinde zu heiraten? Die Jungen zu jung, die Männer zu alt. Gewiß nicht Abraham. Und gewiß nicht David, ganz gleich, was er redete. Doch obwohl Abraham drängte, hatte David noch keine Braut unter den beflissenen jüngeren Mädchen gefunden. Erst an diesem Morgen hatte er ihr mit der Ehe gedroht; sie würde David niemals heiraten. Ein Mendoza war genug.

Tonneman war Witwer. Er hatte ein Kind, das erwachsen und verheiratet war. Racqel gebot sich Einhalt. Schweißperlen traten auf ihrer Oberlippe aus. Sie dachte verbotene Gedanken. Nein. Sie durfte sich nicht erlauben, an einen anderen Mann als Benjamin zu denken und schon gar nicht an einen Christen.

Die Nachmittagssonne brannte nicht mehr ganz so heiß herunter, aber die Luft war schwül und drückend. Oder empfand sie es nur so, weil sie die Begegnung mit David fürchtete? Was sie zu tun gedachte, schickte sich nicht. Doch sie mußte ihn zur Rede stellen. Das war kein Leben, was sie führte. Entschlossener denn je straffte sie die Schultern, schritt weiter aus und drängte sich durch die Menge auf dem Breede Wegh.

Ein Schwein wühlte in einem Abfallhaufen, der den Gehweg verschmutzte. Die Leute gingen unbekümmert vorbei und achteten kaum darauf. Racqel nahm eine kleine Lavendelkugel aus dem bestickten Beutel, der an ihrem Gürtel hing, und hielt sie unter die Nase. Die schmutzige unheilige Kreatur ekelte sie an.

Die Holländer waren angeblich so reinlich. Es war oft vorgeschlagen worden, die abscheulichen Schweine aus der Stadt zu verbannen, aber es hatte sich nichts getan. Wenn die Städter nicht alles liegenließen oder einen der fünf für Abfälle bestimmten Plätze benutzten und verhinderten, daß die Fäkalien von den Aborten auf die Straße flossen, gäbe es vielleicht nicht solche Schwierigkeiten mit den Schweinen.

Ihre Handflächen waren naß, und die Hände zitterten. Warum hatten David und Abraham die Behörden nicht alarmiert, als Benjamin damals verschwunden war? Was verheimlichten sie? Daß sie es als persönliche Angelegenheit bezeichneten, in die sie die Gojim nicht hineinziehen wollten, genügte nicht als Antwort.

Sie ging durch Breedeweghpoort und weiter zum Noordt Rivier und zur Stapelstraat. Alle Schiffe aus Europa legten hier irgendwann an, um zu kaufen oder zu verkaufen, zu betrügen oder zu stehlen. Und jetzt, um die Stadt zu besetzen?

Der Turm von Babel war nicht mit der Zeit verschwunden, hatte ihr Schwiegervater oft gesagt, er war hier in Neu-Amsterdam, dem Mittelpunkt der Verwirrung in der Neuen Welt. Indianische und afrikanische Laute mischten sich mit Europas Kakophonie. Französisch, Italienisch, Dänisch, Schwedisch, Norwegisch, Slawisch, Spanisch, Portugiesisch, selbst das Englische. Besonders die Engländer. Sie würden bald wieder hier sein. Für immer? Sie befürchtete es.

Gemäß der Satzung der Westindischen Kompanie mußten Schiffe einen Zoll auf ihre Fracht in Neu-Niederland zahlen oder ihre Waren zum Verkauf anbieten. Dadurch war Stapelstraat zu einem einzigartigen Marktplatz geworden. Wie an den meisten Tagen, hielten die Leute in der Stapelstraat unter den vielen Waren, die ausgestellt waren, Ausschau nach günstigen Angeboten.

Der einstöckige Fachwerkbau, der den Mendozas gehörte, war ein Warenkontor. Hier lagerten sie die Felle, die sie von den Fallenstellern und Indianern erhielten, ebenso wie die Waren, die aus Europa eintrafen.

Sie blieb am Eingang stehen, um sich ihre Worte zurechtzulegen. Sie fürchtete sich vor der Begegnung. Die Tür ging auf, und vor ihr stand der Indianer, der sich wie ein Weißer kleidete, Fuchsmann. Er verbeugte sich mit einer sinnlichen Bewegung wie ein französischer Höfling, so daß sie seinen fast glatten Kopf ganz im Blickfeld hatte. Er trug ein Halsband aus Wolfskrallen, das leise klirrte, wenn er sich bewegte. Als sein Kopf wieder hochkam, starrte er sie unverschämt an. Der Mann hatte einen bösen Blick. Ihre Mutter hätte gesagt, seine Seele sei von einem Dämon, einem bösen Geist, besessen. Ihr Vater hätte darüber gelacht.

»Was machst du hier, Racqel?« Davids Stimme brach den Bann. Er stand an der Tür, die eckige schwarze Seidenmütze, die er immer trug, wenn er zum Lagerhaus ging, hoch und überheblich auf dem Kopf wie eine Krone. Er blickte dem weggehenden Indianer hinterher. Als Fuchsmann nicht mehr zu sehen war, ging David rasch zur Rückseite des Lagerhauses, und Racqel folgte ihm.

Die Hitze drinnen war stickig, und die Häute stanken schlimmer als die verwesende Leiche im Schuppen. Der Raum roch nach getrocknetem Blut und wilden Tieren. Sie war für ihren Lavendelbeutel dankbar. In der heißen Luft surrten Fliegen. Noch schlimmer war, daß die Häute voller

Flöhe waren, wie Racqel wußte. Caleb war einmal so stark davon befallen, daß er beinahe verrückt geworden wäre. Sie hatte den Wundarzt vom Fort kommen lassen, um ihm die Haare zu scheren. »Wo ist dein Vater?«

»Am Pier. Die *Gustav* ist heute morgen mit einer sehr wichtigen Ladung gekommen: Schwarzpulver.«

»Schwarzpulver?«

»Für Gewehre. Vor Monaten, als Vater von der möglichen Invasion der Engländer erfuhr, sprach er mit unseren Amsterdamer Freunden in der Kompanie. Sie sorgten für eine Ladung Schwarzpulver, die jetzt eingetroffen ist. Vater ist in diesem Moment bei Oberst van de Steen. Der Oberst meinte, es sei ein sehr wichtiger Beitrag zur Verteidigung unserer Gemeinde.« David wandte sich von ihr ab und ging tiefer in den großen Raum, an Fellbündeln vorbei, die auf die Verladung warteten.

Im hintersten Teil des Raumes, vom übrigen Bereich abgetrennt, stand ein langer Schreibtisch mit je einem Stuhl an beiden Enden. Ein riesiges Geschäftsbuch lag aufgeschlagen da, eine Gänsekielfeder daneben. David setzte sich vor das Buch.

»Es tut mir leid, daß ich in dein Geschäft eindringe, David, aber ich muß deinen Vater sehen.«

Ihr Schwager war ungeduldig. »Hast du dich um den Toten gekümmert? Ist der Zimmermann gekommen?« Er nahm den Gänsekiel und suchte eine Weile, bis er unter dem Geschäftsbuch ein kleines Messer fand.

»Frederick Philipse ist an der Arbeit. Der Schout kam vorbei und untersuchte den Toten. Er schickt jemand, der ihn wegbringt.« Sie betrachtete Davids gesenkten Kopf. »Es ist nicht Benjamin.«

»Das wußte ich.« Sein Ton war herablassend, als wäre sie

ein dummes Ding. Sie haßte ihn plötzlich, auch Benjamin, alle Mendozas. Sie ärgerte sich über all diese Jahre ... aber besonders über die vergangenen acht Monate. Sie schluckte den Zorn hinunter und gab sich so unterwürfig, wie sie es gewohnt war.

Gewissenhaft schnitt David mehrere Streifen an beiden Seiten des Gänsekiels ab, tauchte dann die Feder in das Töpfchen mit blasser Tinte.

»Er ist auch kein Jude.« Als ihr Schwager darauf nicht reagierte, verlor Racqel die Geduld. »David, wo ist Benjamin?«

»Ich weiß es nicht.« Er begann, in das Geschäftsbuch zu schreiben. Die blasse Tinte würde beim Trocknen schwarz.

»Er hat Geschäfte mit dem Aschkenasi in Breukelen gemacht.«

»Abner?« David starrte sie an. Er legte den Gänsekiel hin.

Sie konnte nicht erkennen, ob er überrascht oder schuldbewußt war. »Weißt du davon?«

»Nein.« Er legte die Hände auf den Tisch und stand auf.

»Du verbirgst etwas. Du mußt wissen, was Benjamin machte, wohin er ging, doch du suchst nicht einmal nach ihm. Ich muß wissen, ob er lebt oder tot ist. Ich bin es leid, auf Antworten zu warten, die nicht kommen.«

David bestreute die Seite, die er beschrieben hatte, mit feinem Sand aus der Streubüchse neben der Schreibgarnitur, dann schüttelte er den Sand von dem Buch auf den Boden. »Wenn ich genau wüßte, daß er tot ist, wärst du schon lange meine Frau.«

Bittere Galle drohte sie zu ersticken. Ihn heiraten? Sie haßte ihn. Sie wollte schon erwidern, daß sie es niemals tun würde, doch sie hielt sich zurück. »Dann lass' uns nach Breukelen gehen und mit diesem Abner reden.«

»Nein«, erwiderte er zornig. »Er weiß nichts von Benjamin.«

»Woher weißt du das? Hast du mit ihm gesprochen?«

»Ja.«

»Wann?«

Davids schwarze Augen funkelten sie zornig an. »Misch dich nicht ein.« Mit einer plötzlichen Bewegung kam er um den Tisch herum, packte sie bei den Armen und schüttelte sie.

Racqel starrte ihn genauso zornig an. Sie versuchte, ihn abzuschütteln, aber sein Griff ließ nicht nach. »Dann gehe ich selbst nach Breukelen und rede mit diesem Abner. Dann weiß ich, woran ich bin.« Sie riß sich los und rannte durch das Lagerhaus, während sie seine bedächtigen Schritte hinter sich und immer wieder ihren Namen rufen hörte.

23

DIENSTAG, 26. AUGUST. NACHMITTAG.

Hallo, Tonneman«, sagte Pos, nachdem die zwei Matrosen entwaffnet waren und mit den Händen hinter dem Kopf auf dem Boden hockten.

»Wir haben eine Lieferung Schießpulver bekommen«, berichtete Tonneman statt eines Grußes.

»Also kämpfen wir.« Pos gab einen rüden Laut von sich. »Ahnungslose Narren.«

»Sieht ganz so aus. Hast du Keyser gesehen?«

»Ja. Er kümmert sich um die Leiche. Und noch was Besseres.« Pos' Augen glänzten. »Er behauptet, Stummelnase sei in Breukelen.«

»Woher weiß er das?«

Pos runzelte die Stirn. »Das habe ich nicht gefragt.«

»Ist auch egal. Bring die zwei hinter Gitter, dann klapperst du sämtliche Wirtschaften von hier bis zum Wall ab und prüfst nach, ob jemand Stummelnase gesehen hat, nur für den Fall, daß Keyser sich irrt.«

Ein breites Lächeln überzog sein frisches Gesicht. »Diese Art von Arbeit gefällt mir, mein Freund.«

»Vergiß nicht, daß du im Dienst bist, Stellvertreter. Trink nicht zuviel.«

»Soviel Bier gibt es gar nicht auf der Welt, daß ich zuviel trinken könnte.«

»Das glaube ich. Übrigens bekommst du jetzt drei und einen halben Gulden in der Woche.«

»Das gefällt mir auch.«

»Du kannst außerdem allen vom Pulver berichten. Das hebt die Stimmung. Das heißt, wenn sie es nicht schon wissen. Du solltest auch auf die Schiffe auf beiden Seiten der Insel gehen und fragen, ob sie einen Mann vermissen, auf den Brilles Beschreibung paßt.«

»Soll ich das lieber tun, bevor oder nachdem ich die Sonne auf ihrem Weg am Himmel angehalten habe?«

Tonneman mußte lachen. Pos hatte recht. Es war eine unmögliche Aufgabe für zwei Männer. Vielleicht könnte er ten Eyck um Hilfe bitten. »Zeige ein wenig Respekt. Und vielen Dank für die rechtzeitige Rettung.«

Pos salutierte mit den zwei Degen und dem Dolch, die er in den Händen hielt. »Deshalb bekomme ich die königliche Summe von drei Gulden und vierzehn Stuiver die Woche. Biergeld, wenn ich Glück habe, so wie die Preise steigen. Das sind zwanzig Bier, wenn der Schankwirt mir zwei Stuiver anschreibt.«

Tonneman lachte. »Ab mit dir.«

»Natürlich sind da auch noch die großzügigen vierundzwanzig Stuiver, die ich als Hauptmann der Nachtwache bekomme.«

»Fort.«

»Ganz zu schweigen vom Geld für Kerzen und Brennholz.«

»Fort. Und laß dich vom Boß nicht schlafend erwischen. Dann müßtest du mehr als die übliche Strafe von zehn Stuiver zahlen.«

Pos zwinkerte vielsagend. »Ich schlafe nie. So, ihr zwei Scheißkerle, rührt euch. Aufgestanden und los.«

Tonneman setzte seinen Weg bis zum Ende des Breede Wegh in der Stadt fort und blieb am Wall stehen. Die Frauen hatten wieder ihre Wäsche entlang dem Wall zum Trocknen aufgehängt, was beim Generaldirektor immer einen Wutanfall auslöste. Tonneman hoffte inbrünstig, die Wäsche am Wall möge ihre größte Sorge bleiben; die unberechenbare Anlage, die hier fünf Fuß hoch war, an manchen Stellen niedriger, an anderen höher, war einigermaßen massiv, aber konnte sie englischen Kanonen standhalten? Er bezweifelte es.

Vor vier Jahren, 1660, war der Wall verstärkt worden. Zusätzliche Wälle waren entlang den Ufern von Noordt und Oost Rivier errichtet worden. Sechs Bastionen, auf denen Bronzekanonen aufgestellt wurden, waren in regelmäßigen Abständen am östlichen Wall angeordnet. Außer am westlichen Ende der Stadt, das von den Kanonen des Forts Amsterdam beherrscht wurde, war also der größte Teil Neu-Amsterdams von einem Wall umgeben, das damit einer befestigten europäischen Stadt ähnelte. Aber konnten die Wälle die englische Infanterie aufhalten? Tonneman bezweifelte auch dies.

Es gab nur zwei Tore, die in den Wall eingebaut waren, eins am Oost Rivier, die Waterpoort, und eins hier am Breede Wegh. Die Wälle am Fluß waren größtenteils eine

Erweiterung der hölzernen Palisaden, die nach den Indianerüberfällen vor einigen Jahren errichtet worden waren, und es war zweifelhaft, ob sie auch nur einem indianischen Angriff standhalten würden, von einem englischen ganz zu schweigen. Diese teilweise neuen Wälle waren in beklagenswertem Zustand. Sie waren nie vollendet worden und wurden immer wieder baufällig. Sie wiesen mehr Lücken auf als sonst etwas. Nur gut, daß noch nicht Winter war. Jeder wußte, daß die Indianer Teile der Befestigung als Brennholz stahlen.

Asser Levys Schenke stand neben der Waterpoort. Es war genau der richtige Ort für Tonneman, um seinen Fisch zu essen, sein Bier zu trinken und über die Ereignisse der letzten beiden Tage nachzudenken. Doch vorher wollte er bei Jan Keysers Gerberei vorbeischauen.

An der Breedeweghpoort winkte ihn ein Soldat durch.

Weniger als eine Viertelmeile jenseits des Walls lag van Cortlandts Anwesen, das sich vom Breede Wegh bis zum Noordt Rivier erstreckte. Rechts vom Breede Wegh verlief ein Pfad, der Meisjespad genannt wurde, weil die jungen Mädchen der Stadt in dem Süßwasserbach, der hier floß, täglich Wäsche wuschen.

Das Haus der van Cortlandts stand weit zurück von der Straße. Auf dem Rasen davor, wo der ältere van Cortlandt samstags gern kegelte, warfen kleine Buben einen Rinderknochen nach einer Sammlung von anderen Rinderknochen; sie spielten Loggat. Die Szene erinnerte Tonneman wieder an seine Tochter Anna und ihr noch ungeborenes Kind.

Van Cortlandt hatte außerhalb des Walls gebaut, um dem Lärm und Gestank des Stadtlebens zu entfliehen. Er hatte nicht damit gerechnet, daß der Boß Keyser aufs Land verbannen würde. Selbst über diese Entfernung trug die heiße Brise den fauligen Gestank der Gerberei zu Tonneman.

Der Breede Wegh war das hohe Gelände, das sich vom Fort durch die ganze Insel bis zum Norden hinzog. Der Boß hatte einige Meilen weiter draußen einen Bauernhof. Diesseits seines Hofs ragte ein Hügel auf, von dem man die ganze Insel überblickte und der allmählich zum Kalchhook abfiel, einem tiefen klaren Süßwassersee mit einer Insel in der Mitte. Er war eines der vielen Becken, in denen sich das Wasser von den Hügeln in der Umgebung sammelte. In der Gegend des Kalchhook hatten auch einige freigelassene Afrikaner Land erhalten, um Häuser zu bauen.

Unvermittelt herrschte Ruhe. Nach dem Lärm und der Betriebsamkeit der Stadt war die Stille wohltuend. Eine Stechmücke surrte um sein Ohr und ließ sich auf seiner Backe nieder. Tonneman schlug danach und zog die Jacke aus.

Einer der Zuflüsse des Kalchhook war ein Bach, der von jenseits der Stapelstraat kam, aus einem ausgedehnten Sumpfland, flach und naß, ohne Bäume und dicht mit Gräsern, Seggen, Binsen, Schilf und hohen Rohrkolben bewachsen, wo Stechmücken, Frösche und Wasserschlangen heimisch waren. Gerade so wie im alten Land. Wenn ein Holländer ein Zuhause in der Neuen Welt finden wollte, mußte es hier sein. Holland bedeutete schließlich Sumpfland.

Diese wunderschöne Insel war mit sumpfigen Stellen durchsetzt, doch wie van Cortlandts Land, Lookermans' Kirschgarten und andere wohlhabende Bauernhöfe bewiesen, war der größte Teil Neu-Amsterdams fruchtbar, reich gesegnet mit wilden Früchten, Nüssen und Blumen, wenn man von diesem Jahr mit seiner schlimmen Dürreperiode einmal absah. Dennoch war es ein Paradies für Jäger und Fischer.

Weiter im Norden, wo die Fallensteller den Biber suchten, sah es ganz anders aus: nur Felsen und dichter Wald aus uralten Eichen, Hickory- und Ahornbäumen.

Als Tonneman am Ende des Kalchhook vorbeiging, traf ihn der Gerbereigeruch mit voller Wucht. Als »Höllengestank« hatte der Boß ihn bezeichnet. Deshalb hatte er Keyser nach draußen verbannt, wo es niemanden stören würde.

Keysers Gerberei lag auf einer Kuppe. Es war ein unfertiges einstöckiges Gebäude, nach vorne offen. Der größte Teil der Arbeit fand im Freien statt, was den Lärm und Gestank vermehrte, das Graben, Holzhacken und Töpfeklappern, die hin und her rollenden Karren und die verfluchten Katzen, alles störte den ländlichen Frieden. Im hinteren Teil des Anwesens gab es ein eineinhalbstöckiges Gebäude, wo Keyser, seine Frau, sein Sohn Adolphus und die Lehrlinge hausten.

Zu dem Gestank von der Gerberei kamen die vielen rauchigen Feuer, die Tag und Nacht unterhalten wurden, um die Stechmücken fernzuhalten. Irgendwo unter allem konnte man bei günstigem Wind den guten Geruch von Leder wahrnehmen.

Die Stechmücken schienen sich an den Feuern überhaupt nicht zu stören.

Vier Lehrlinge arbeiteten hier, alle noch Kinder. Sie und Adolphus hetzten sich ab wie jeden Tag, sechs Tage die Woche, von Sonnenaufgang bis Sonnenuntergang und länger.

Jeden Tag mußten sie die schwer beladenen Karren fahren, Wasser schleppen, zwei Eimer gleichzeitig an Schulterjochen, Holz hacken, verwesendes Fleisch von stinkenden Häuten schaben, Häute salzen und wässern, die Haare entfernen und Häute trocknen.

Die übrige Zeit wurde damit verbracht, Häute ein- und auszugraben, Feuer zu unterhalten, die Asche zu schaufeln und zu filtern, um sie für die Lauge auszuschwemmen, ätzende Farben herzustellen, Knochen zu kochen, Seife zu sieden und Kerzen zu ziehen. Es war ein hartes Leben und sehr gefährliche Arbeit. Sie konnten sich verbrennen oder vergiften und sogar ums Leben kommen.

Doch es war ein Weg aus der Armut, eine Möglichkeit, mit nichts anzufangen und am Ende ein Handwerk, eine Zukunft zu haben. Die Kammer in Amsterdam schickte nun schon seit zehn Jahren Jungen und Mädchen aus Armen- und Waisenhäusern als Lehrlinge nach Neu-Amsterdam. Sie wurden genährt und gekleidet, hatten ein Dach über dem Kopf und waren zu vier Jahren Dienst verpflichtet. Danach konnten sie weiter in derselben Stellung zu besseren Bedingungen Dienst tun, oder sie konnten versuchen, auf eigenen Füßen zu stehen und bekamen bis zu fünfzig Morgen Land zugeteilt. Es war eine anständige und großzügige Gelegenheit. Würden die Engländer solche Bedingungen achten?

»Na, sind die Engländer schon da?« Keyser, der den Schout entdeckt hatte, vernachlässigte nicht die Aufsicht über einen Lehrling, der Ätzlauge in einen Trog goß.

»Nein, aber wir haben mehr Schießpulver. Gerade ist eine Schiffsladung eingetroffen.«

»Gut.« Durch die Falten in seinem braunen Gesicht rann der Schweiß. »Nehme ich an.«

»Verdammt.« Tonneman schlug vergebens nach einer Stechmücke.

»Bleib eine Weile hier.« Der Gerber grinste boshaft. »Dann gewöhnst du dich an sie. Oder sie gewöhnen sich an dich.«

»Du kannst dich an sie gewöhnen. P. S. hat um Verstärkung geschickt.«

Keyser schnaubte laut, ein unanständiges Geräusch, wie von diesem herumtollenden Schwein bei dem Abort. »Da muß man den Atem anhalten.«

»Wenn ich meine Hände um deinen Hals lege, hast du keinen Atem mehr zum Anhalten.«

Der Gerber betrachtete Tonneman gründlich, unsicher, ob der Schout Spaß machte. Dampf stieg aus einem Kessel in der Nähe, den ein dicker Lehrling rührte. Keyser fuhr ihn an: »Nicht aufhören, Holzkopf, das ist Seife, keine Suppe.«

Dann wischte sich der Gerber die Hände an seiner Segeltuchschürze ab, nahm einen irdenen Krug vom Regal und kam aus dem offenen Gebäude auf Tonneman zu, indem er mit seinen Holzschuhen über den schlammigen Boden trampelte. Er nahm einen langen Zug aus dem Krug. »Gute Milch«, sagte er, während etwas Branntwein auf sein schmieriges Hirschlederhemd tropfte.

Tonneman spie in den Schmutz. Er hätte gern etwas getrunken, aber nicht aus dem Krug dieses Mannes. Eine Katze krabbelte über seine Füße.

»Was willst du noch von mir, Schout?« klagte Keyser. »Du bist nicht hergekommen, um mir diese Nachricht zu bringen. Ich habe Pos alles gesagt, was ich weiß.«

»Ich stellte fest, daß dein schmutziges Wasser auf der Vorderseite des Hanges abfließt. Es fließt direkt in den Kalchhook. Ich dachte, du solltest es auf der Rückseite ableiten, um den Teich nicht zu verderben.«

Das Gesicht des Gerbers zuckte streitlustig. »Was macht schon das bißchen Schmutzwasser?«

»Ich zum Beispiel trinke nicht gern Lauge. Bring es in

Ordnung. Wenn es nicht gerichtet ist, bis ich zum nächstenmal herkomme, schließe ich deine Werkstatt. Hast du verstanden?«

Keyser warf einen mißmutigen Blick auf Tonneman, beschloß aber offenbar, keinen Streit anzufangen. »Ja, Schout.«

Ein großer Fleischbrocken lag verwesend auf dem Boden und wimmelte vor weißen Maden. Drei Katzen stürzten sich darauf.

»Hast du dich um die Leiche gekümmert?«

»Ich komme noch dazu«, sagte Keyser, während er nach den Katzen trat und das verwesende Stück Fleisch aufhob. Er schleuderte es in den Wald. Die Katzen rasten hinterher und bekamen Gesellschaft von anderen, kreischend, spukkend und fauchend. »Es gibt hier noch andere Arbeit zu tun. Ich bin allein hier.« Er stöhnte. »Und ich fühle mich furchtbar elend im Kopf.« Er trank wieder aus seinem Krug.

Tonneman wich vor dem widerlichen Geruch des Fleisches und des Mannes zurück. »Mach schnell. Die Verwesung muß inzwischen weit fortgeschritten sein, und es ist zu nahe beim Haus des Bosses. Schau sie dir genau an. Lass' mich wissen, ob du den Mann schon einmal gesehen hast. Ich fand eine achteckige Brille unter seinem Körper.«

»Von Rechts wegen gehört sie mir«, sagte der Gerber. Habgier glitzerte in seinen Augen. »Das ist der Brauch für denjenigen, der die Leiche herrichtet. Es steht mir zu; ich sollte meine rechtmäßige Ernte einbringen.«

»Quatsch. Wenn da noch etwas ist, zeig es mir. Du kannst es haben, aber ich muß wissen, was es ist. Ich möchte nicht feststellen, daß du etwas vor mir zurückgehalten hast. Hörst du mir zu, du Schmierfink?«

»Zum jüdischen Friedhof?«

»Nein. Er war Christ. Hat Pos dir das nicht gesagt?«

»Wer hört schon hin?« sagte Keyser. Er schrie ins Haus: »Adolphus, bring das Pferd und den Wagen herum!«

»Noch eines«, sagte Tonneman. »Du hast Pos gesagt, daß Stummelnase in Breukelen war.«

»Das stimmt.«

»Von wem weißt du das?«

»Von niemand. Ich habe ihn heute morgen auf meinem Weg von der Mühle dieses Halunken Woods gesehen, wie er in einem Kanu auf Breukelen zu gepaddelt ist.«

Tonneman seufzte. Das war alles. Ein vergeblicher Gang an einem heißen Tag. Er hatte sein Bier und den Fisch für nichts aufgeschoben.

Als er sich zum Gehen wandte, blendete ihn die Sonne, und er sah Hendrik Smitt langsam hin und her schwingen. Gott, was er brauchte, war ein Bier. »Keyser, wer hat Smitts Leiche zum Friedhof gebracht?«

»Ich. Warum?«

»Was hatte er bei sich?«

»Nichts.« Der Gerber nahm sofort eine Abwehrhaltung ein.

»Verdammt, Keyser. Sprich ehrlich mit mir.«

»Nicht viel. Nur ein paar Gulden und eine Handvoll Stuiver. Was rechtmäßig mir gehört.«

»Deine Rechte sind mir scheißegal. Noch etwas?«

»Nein.«

»Dann mache ich mich auf den Weg.« Tonneman wischte sich mit dem Ärmel über die Stirn. »Und der Strick? Die Schlinge?«

»Was soll damit sein?«

»Was ist daraus geworden?«

»Wie soll ich das wissen?«

»Du meinst, du hast keinen Anspruch darauf erhoben, wie es dein Recht war?«

»Ich wollte. Er lag da auf dem Boden. Ich mußte nur noch den Knoten lösen ... Es war eigentlich keine Schlinge ... mehr ein Palstek ... und er wäre so gut wie neu gewesen. Aber als ich nach dem Strick suchte, nachdem ich Smitt in das Segeltuch gepackt hatte, war er verschwunden. Weißt du, daß der verdammte Engländer die Frechheit besitzt, den Preis für gemahlene Rinde zu erhöhen?«

»Wir haben alle unsere Probleme.« Tonneman betrachtete die Jacke in seiner Hand, legte sie über den Arm und machte sich auf den mühsamen Marsch in die Stadt, dann blieb er noch einmal stehen. Er rief Keyser zu: »Bist du sicher, daß es Stummelnase war, den du gesehen hast?«

Der Gerber blickte finster. »Na ja, beschwören würde ich es nicht. Für mich sehen alle Indianer ähnlich aus. Und er war schon ziemlich weit draußen, als ich ihn sah. Er sah wie Stummelnase aus, soviel kann ich sagen.«

Tonneman nickte. »Hast du ihn das Kanu anlegen gesehen?«

Adolphus, ein kleiner Bursche mit großem Kopf, das Ebenbild von Keyser, brachte ein Pferd und einen Karren um die Ecke der Gerberei.

»Nein. Ich habe ihn auf dem Wasser gesehen, sonst nichts.«

»Also kannst du nicht mit Sicherheit sagen, daß er nach Breukelen gefahren ist?«

»Wenn du es so ausdrückst, nein. Alles, was ich sagen kann, ist, daß ich ihn in einem Kanu auf dem Oost Rivier sah. Kann ich jetzt wieder an meine Arbeit gehen?«

Dieselbe Katze oder eine andere war wieder an Tonnemans Füßen; er schlug mit seiner Jacke nach ihr. Dutzende von fetten Katzen strichen ständig um die Gerberei herum und durch die Wälder in der Nachbarschaft und ernährten sich von dem verdorbenen Fleisch, das sie stibitzten, oder jagten die Mäuse und Ratten, die von dem verwesenden Fleisch angelockt wurden.

»Vergiß nicht, dich um das schmutzige Wasser zu kümmern.«

»Ich habe dich beim erstenmal verstanden«, rief Keyser.

»Und die Leiche.«

»Von mir aus kann sie bis zum Jüngsten Tag stinken.«

Tonneman lachte, als er den Hang zum Kalchhook hinunterging. Er wußte, daß Keyser nach der Leiche sehen würde. Er war sich nicht so sicher, was der Gerber mit seinem schmutzigen Wasser machen würde. Der Mistkerl hatte ihm nicht einmal ein Glas sauberes Wasser angeboten, und er hatte noch eine Dreiviertelmeile vor sich, bis er zu seinem Bier käme.

Heftig ließ er seinen Knüppel kreisen, ballte die linke Hand zur Faust und schlug sich auf den Schenkel. Sein Zorn richtete sich nicht gegen Keyser, auch nicht gegen Smitt. Alkohol hatte an jenem Julimorgen seine Sinne benebelt, sonst hätte er sofort gesehen, daß Smitt sich unmöglich selbst aufgehängt haben konnte, geschweige denn, einen komplizierten Knoten an der Schlinge gemacht haben konnte. Er fragte sich, was aus dem Strick geworden war.

Wieder Stille. Jetzt flüsterte der Wind durch Nadeln. Hohe Kiefern wuchsen hier um den Kalchhook. Unter seinen Füßen lag ein weicher, duftender Nadelteppich. Tonneman ließ seine Jacke fallen und legte sich flach aufs Ufer. Das Wasser schimmerte gelblichgrün von den Kiefernnadeln, die von den Bäumen hineingefallen waren. Tonneman machte sein Gesicht naß und trank.

Schnell setzte er sich wieder auf. Mit den Engländern im Anzug konnte er sich das Vergnügen, so zu trinken, nicht mehr leisten. Er würde so denken müssen, wie sie es damals gewohnt waren, als die Indianer noch auf dem Kriegspfad waren. Seine nun wachsamen Augen suchten den Wald ab, während er einen letzten Schluck aus der gewölbten Hand nahm. Das kühle Wasser, das nach Kiefern roch und schmeckte, wirkte belebend. Es war kein Bier, aber fürs erste genügte es. Erfrischt setzte er seinen Marsch in Richtung Waterpoort fort. Seine Stiefel machten leise knackende Geräusche auf den Nadeln.

Unter den Kiefern wuchsen weißstrahlige Gänseblümchen und leuchtend gelbe Butterblumen neben dem Pfad, und Brombeeren, die süß rochen, wucherten üppig. Große schwarze Schmetterlinge flatterten zwischen ihnen. Maria hatte Anna gelehrt, den schwarzen Schmetterlingen zu folgen, um Petersilie zu finden.

Die Wälder auf beiden Seiten waren reich an Wild. Eine Schildkröte, die sich auf einem Stein im Teich zu seiner Rechten sonnte, starrte ihn mit kleinen, glänzenden Augen an. Tonneman hatte schon ziemlich lange keine Schildkröte mehr verspeist.

Er brauchte sie nur schnell herumzudrehen, mit dem Knüppel zu erschlagen und den Kopf abzuschneiden, und schon hätte er eine leckere Mahlzeit. Als hätte sie seine Gedanken gelesen, glitt die Schildkröte platschend ins Wasser. Auch gut, es spielte keine Rolle, das Land bot alles im Überfluß. Es würden noch andere Tage und eine andere Schildkröte kommen.

Er bedauerte, daß er nicht geritten war und sein Radschloßgewehr mitgenommen hatte. Ein wilder Truthahn, ein Rebhuhn oder ein Kaninchen wäre ein schönes Abendessen gewesen. Doch Antje hatte ihn ja eingeladen, bei ihnen zu essen. Kalte Pflaumensuppe und Eintopf und Ente. Das wäre auch etwas Feines. Doch im Augenblick verlangte es ihn nach gesalzenem Fisch und Bier.

Als er auf die Waterpoortstraat stieß, die eine Verlängerung der Pavelstraat war, hatte er beinahe den Wall erreicht. Tonneman liebte die Wälder, aber er dachte auch, wieviel besser es für alle hier sein könnte, wenn es Bauernland wäre. Dann wären sie nicht mehr von Europa oder den Johnnies auf 't lange Eylandt und in Neuengland abhängig, um Getreide oder andere Produkte zu bekommen. Und wenn es entlang den Grenzen Bauernhöfe gäbe, würden sie eine erste Verteidigungslinie gegen den Feind darstellen.

Tonneman machte außerhalb des Walls halt. Linker Hand, auf Pfählen über dem Wasser des Oost Rivier ruhend, war Asser Levys Schlachthaus. Es stank fast genauso wie Keysers Gerberei. Levys Metzgerei und Wirtschaft befanden sich unmittelbar hinter dem Wall.

Gegenüber dem Außenwall unter einer ausladenden Lärche befand sich ein indianischer Handelsposten, den die Kompanie eingerichtet hatte. Sybout Huygens, der den Posten leitete, saß auf einem Baumstamm davor und schnitzte einen Zweig. Er war ein stiller Mann mit Flecken von trockenem braunem Haar und glänzender Haut auf dem Kopf, weil er als Kind in ein Feuer geraten war.

Kein Indianer war zu sehen, was höchst ungewöhnlich war. Wußten sie mehr als Tonneman? Hielten sie sich dem Krieg des weißen Mannes so fern wie möglich? Huygens gehörte der Bürgerwehr an. Seine Muskete lehnte an dem Handelsposten, der Lauf nach unten im Schmutz. »Hallo, Huygens. Ruhiger Tag?«

Sybout Huygens zuckte die Achseln und schnitzte weiter.

»Dein Gewehr wird schmutzig«, rief Tonneman, während er durch die Waterpoort in die Pavelstraat gelangte. »Hast du vor, Würmer zu jagen?«

Falls Huygens etwas erwiderte, hörte Tonneman es nicht.

An dieser Stelle, nur etwa fünfhundert Schritt von der Spitze der Insel, wo das Fort lag, war der Wall ein niedriger Holzzaun, der an den Hauptwall stieß. Der Zaun behinderte den Blick aufs Wasser, aber zu mehr taugte er nicht. Eine träge Brise vom Fluß strich wohltuend über sein Gesicht. Er zog die Jacke an und schritt schneller aus.

Rechter Hand lag Asser Levys Schenke, die keinen Namen hatte, nur ein Schild davor mit der Gestalt eines Löwen.

24

DIENSTAG,
26. AUGUST.
NACHMITTAG.

Tonneman betastete die Silberscheibe in seiner rechten Jackentasche, als er an die Theke trat und Bier und gesalzenen Kabeljau bestellte. Der Schankkellner war Asser Levys Schwiegersohn, ein junger Mann mit schütterem Bart, den Tonneman nur als Zedekiah kannte.

Zedekiah nieste. »Sofort.« Er nieste noch einmal, diesmal so heftig, daß die schwarze Seidenkappe von seinem krausen braunen Haar flog. Flink bückte er sich nach der Mütze und setzte sie schniefend wieder auf.

»Gesundheit«, sagte Tonneman lächelnd.

Der einzige andere Gast war ein knochiger, kräftig aussehender Mann. Die Haut spannte sich über sein abstoßendes Gesicht so fest wie eine zum Trocknen aufgezogene Haut des Gerbers. Neben seinen Füßen stand ein Geigenkasten. Er trank sein Bier, wischte sich mit einer überraschend zarten Geste den Mund ab und schüttelte etwas in der Hand. Er ließ die Würfel auf die Theke rollen und atmete nachdenklich aus. »Ein Bursche war hier, der hat mir das Spiel beigebracht. Wer eine Drei würfelt, gewinnt. Mir will es anscheinend nie gelingen.« Er sprach ein ungebildetes Holländisch mit deutschem Akzent. »Möchtet Ihr es versuchen?« Er bot Tonneman die Würfel an, ohne aufzublicken.

Der Mann schien unbeholfen mit den Würfeln umzugehen, obwohl er in Wirklichkeit äußerst geschickt war, wie Tonneman sehr wohl wußte. Ein guter Mann im Kampf, ein schlechter Mann, wenn man ihn zum Feind hatte.

»Wie geht es dir so, Korbonski?« fragte Tonneman Zuckermunds Ehemann. »Spielst immer noch dein altes Würfelspiel? Ich dachte, das hättest du aufgegeben und dich darauf beschränkt, Geige zu spielen und von den Talenten deiner Frau zu leben.«

»Tonneman. Wußte nicht, daß Ihr es seid. Sehe nie Gesichter an. Meistens betrachte ich die Hände. So kann ich sagen, was die Leute tun.«

»Zum Beispiel ein Messer ziehen.«

»Ihr wißt, daß ich ein friedfertiger Mensch bin. Ich habe gemeint, den Geldbeutel aus der Tasche ziehen und dem Geiger ein wenig Geld auf den Teller werfen.«

»Ach so.«

»Genau so, in der Tat.«

»Du scheinst viele Dinge zu wissen, Korbonski.«

»Dieses und jenes.«

»Das Zeichen draußen. Der Löwe. Ist es ein Wappen? Ist es etwas Jüdisches? Was bedeutet es?«

»Das ist eines von den Dingen, die ich nicht weiß, Schout. Warum?«

»Reine Neugier. So, wie ich deinetwegen neugierig bin. Woher kommst du, Korbonski?«

»Neuengland. Virginia. Wo immer ich gerade gewesen bin.«

Wieder nieste Zedekiah kräftig, als er einen Teller mit Fisch und einen Humpen Bier vor Tonneman stellte. »Zum Wohl«, sagte Tonneman und leerte den Humpen. »Zedekiah?«

»Heer Schout?« Der Schankkellner rieb sich die Nase, um dem nächsten Niesen vorzubeugen.

»Was stellt der Löwe auf dem Schild draußen dar?«

»Den Löwen von Juda.«

»Ein Götzenbild«, bemerkte Korbonski.

Zedekiah sah den Polen mürrisch an.

»Also ist es ein jüdisches Symbol«, sagte Tonneman.

»Ja, das würde ich sagen«, antwortete Zedekiah, während er im Gesicht des Schouts nach der versteckten Beleidigung suchte, die gewöhnlich mit solchen Fragen einherging. Zedekiah hatte für einen Juden seltsam helle Augen, fast grüne, die jetzt vom Niesen wäßrig waren.

»Noch ein Bier«, bestellte Tonneman. Zedekiah eilte hinter die Theke zurück. Tonneman aß rasch seinen Fisch; das Salz lag auf seiner Zunge. Er wartete ungeduldig auf das nächste Bier. »Ich meine, woher du in Europa stammst?« fragte er Korbonski mit vollem Mund.

»Sachsen.«

»Ich dachte, du wärst Pole.«

»Wir kommen viel herum.« Korbonski rollte die Würfel in den Händen. Seine Finger waren lang und schmal, beinahe weiblich.

»Du bist also, was man einen Aschkenasi nennt.«

Der Geiger grinste. »Schout, für einen Goi kennt Ihr Euch ziemlich gut aus.«

Zedekiah nieste schon wieder. »Gesundheit«, rief Tonneman aus. »Niest nicht in mein Bier.« Dann zum Geiger: »Kennst du einen Juden in Breukelen namens Abner Simon?«

»Nie von ihm gehört.«

»Auch ein Aschkenasi. Aus Sachsen.«

»So? Eines will ich Euch jedoch sagen.«

»Das wäre?«

»Merkt Euch, daß ich Euch half, als Ihr es brauchtet.«

»Laß mich erst hören, ob es mir hilft.«

»Das Feuer letzte Nacht.«

»Ja?«

Korbonski wußte über das Feuer Bescheid, obwohl er gerade erst in der Stadt eingetroffen war. Nun, warum nicht? Man konnte es noch in der Luft riechen, und die Neu-Amsterdamer klatschten gern. Korbonski vergewisserte sich, daß Zedekiah außer Hörweite war. »Es wurde gelegt, um unserem Wirt eins auszuwischen.«

»Wie könnte man Asser Levy eins auswischen, indem man das Haus der Mendozas abbrennt?«

»Er möchte den Besitz haben. Mendoza will nicht ausziehen.« Der Geiger verstummte, als Zedekiah Tonnemans Bier brachte.

Tonneman wartete, bis Zedekiah wieder seinen Platz hinter der Theke eingenommen hatte. Dann sagte er: »Das ergibt keinen Sinn. Das Feuer hat nichts daran geändert. Heute beginnt die Arbeit am neuen Haus.« Er trank einen kräftigen Schluck Bier, um das Salz wegzuspülen.

Korbonskis Finger schlossen sich um den Würfel. Er sah aus, als hätte er Schmerzen. »Na, gut. Vielleicht habe ich mich geirrt. Dann denkt über dies nach, Schout. Das Feuer wurde gelegt, um David Mendoza eins auszuwischen.«

»Das hört sich schon richtiger an. Wer würde so etwas tun?«

»Ein Konkurrent vielleicht. Vielleicht ein Indianer oder ein Händler, den Mendoza betrogen hat. Diesen Sephardim geht nichts über den Gewinn. Das könnt Ihr mir glauben.« Der Geiger trank sein Bier und sah Tonneman hoffnungsvoll an.

Der Schout schüttelte den Kopf. »Neu-Amsterdam ist so klein, daß ich Gerüchte gehört haben müßte, wenn die Indianer oder Händler mit einem unzufrieden wären.«

»Ich habe es«, sagte Korbonski. »Vielleicht hat es mit dem vermißten Bruder zu tun.« Er beugte sich zu Tonneman vor. »Das ist etwas, was Ihr *nicht* hören würdet. Diese Sephardim reden nicht. Sie streiten sich um die Frau. Die Frau des älteren Bruders.«

25

DIENSTAG, 26. AUGUST. SPÄTER NACHMITTAG.

Racqel kochte vor Zorn, als sie aus dem Lagerhaus der Mendozas rannte, ohne auf David zu achten, der laut ihren Namen rief. Sie war sich sicher, daß er ihr nicht folgen würde. An erster Stelle stand für ihn, was die Christen von ihm hielten. Wie würde der Jude Mendoza dastehen, wenn er schreiend hinter seiner Schwägerin ins Freie gerannt käme, selbst hier auf der Stapelstraat, abseits von den belebteren Straßen?

Racqel mußte bei dem Gedanken lachen, und das Lachen vertrieb die blinde Wut. Sie verlangsamte ihren Schritt und beschloß, zum Fährmann Dircksen zu gehen und sich nach Breukelen übersetzen zu lassen. Racqel war mit ihrem Vater schon einmal dort gewesen, als sie Kräuter für Arzneien gesucht hatten.

Sie blieb stehen und überlegte, wie sie gehen sollte.

Dircksens Bauernhof lag südlich, aber sie wollte nicht gesehen werden, wie sie allein durchs freie Feld wanderte, wollte ihre persönlichen Angelegenheiten nicht zum Anlaß von Klatsch werden lassen. Sie schlug den Weg zurück zum Wall ein. Zwei Soldaten lehnten an der verwitterten und schadhaften Schranke bei der Breedeweghpoort. Der Wall war so schlecht gebaut, daß sie nicht verstehen konnte, wie er jemanden fernhalten sollte.

Bei einer ordentlichen Mauer hätten Racqel und ihr Volk sich am Sabbat frei innerhalb der Stadt bewegen können. Nach jüdischem Recht war eine ummauerte Stadt wie ein privates Grundstück zu betrachten, und deshalb durfte ein frommer Jude am Sabbat darin überall hingehen und Dinge tragen. Aber es durfte keine Lücke in der Mauer sein. Und in Neu-Amsterdam hatte der Wall leider viele Lücken.

»Guten Tag, gnädige Frau«, rief einer der Soldaten, als sie näherkam. Er stieß seinen Kameraden mit dem Ellbogen an, und beide lachten. Die Art, wie er sie ansah, machte sie verlegen, doch sie lächelte höflich und ging durch das Tor.

Ein Pferd und ein Karren kamen in einer Staubwolke auf sie zu, viel zu schnell, so daß sie an den Straßenrand gedrängt wurde. Trotz des Regens lag der Staub von dem langen trockenen Sommer so dick auf der Straße, daß sie nicht einmal flüchtig sehen konnte, wer den Wagen lenkte. Der Staub senkte sich über sie wie eine Decke aus Schmutz. Sie mußte husten.

Vielleicht hatte es wieder Neuigkeiten über die Engländer gegeben, und der Wagenlenker hatte es eilig, nach Hause zu kommen. Racqel eilte durch Het Cingle, an den Soldaten vorbei, die die schimmernden Bronzekanonen warteten.

Sie lief sehr schnell an Asser Levys Metzgerei und an seinem Wirtshaus vorbei, um nicht erkannt zu werden. Dann ging sie durch das Tor, ohne von den Soldaten, die im Gras lagerten und ihre Waffen reinigten, oder von dem einen, der am Tor Dienst tat, Bemerkungen aufzuschnappen.

Gleich darauf bekam sie den Gestank vom Schlachthaus in die Nase, der sie zum Würgen reizte. Sie machte einen großen Schritt über einen Klumpen schmierigen weißen Tierfetts, als sie auf der anderen Seite des Wegs Sybout Huygens vor dem Handelsposten entdeckte. Er stand mit einer Flasche in der Hand vor der Tür und beobachtete sie. Sie blieb stehen, um Atem zu schöpfen.

»Sucht Ihr jemanden?« fragte er.

»Nein, danke. Ich bin auf dem Weg zu Dircksens Hof.«

»Es ist nicht ratsam für eine Frau, in diesen Zeiten allein vor den Wall zu gehen.«

»Das ist in Ordnung. Ich werde dort erwartet.«

Huygens lehnte sich an den Türrahmen, nahm geräuschvoll einen Schluck aus der Flasche und rülpste mehrmals laut.

Der leichte Wind vom Fluß war eine Erleichterung nach der Hitze und dem Staub der Straße, obwohl die Luft voller Fliegen und Stechmücken war. Sie kletterte über das grasbewachsene Ufer auf den Sandstreifen und tauchte ihr Taschentuch in das kühle Wasser. Dann setzte sie die Rüschenhaube ab und wischte sich den Staub vom Gesicht.

Bis auf die Vögel und das leise Summen der Insekten war es still, aber sie spürte, wie sich ihre Nackenhärchen sträubten. Eine Ahnung sagte ihr, daß sie nicht allein war. Als sie sich langsam umdrehte, schaute sie direkt in die ausdruckslosen Augen von Fuchsmann. Der Indianer hatte die Kleidung des weißen Mannes abgelegt und trug nichts als einen Lendenschurz und Mokassins. Er hatte sogar sein

Halsband aus Wolfskrallen ausgezogen. An seiner Taille hing der Tomahawk, den sie schon früher bei ihm gesehen hatte. Und ein Messer war mit einem Lederriemen an seine rechte Wade gebunden.

Racqel wich zurück und verlor das Gleichgewicht, so daß sie bis an die Knie in den Fluß taumelte. Der Indianer machte keine Anstalten, ihr zu helfen. Sie kletterte ungeschickt aufs Ufer. Ihre ledernen Schnürstiefel und Strümpfe waren durchnäßt, ebenso der Saum des geborgten Kleides und der Unterröcke.

Die Lippen des Irokesen verzogen sich zu einem dünnen Strich. »Ihr glaubt, Ihr könnt mich verfolgen, mir nachspionieren?«

Sie wandte den Blick von seiner Nacktheit ab. »Ich folge dir nicht. Ich bin auf dem Weg zum Fährmann.«

»Wollt Ihr nach Breukelen?«

Sie nickte. »Zu Abner Simon.« Die Angst brachte sie dazu, mehr zu sagen, als sie wollte. In der Hoffnung, es möge seine mörderische Hand aufhalten, fügte sie hinzu: »Er erwartet mich.«

Fuchsmanns zusammengekniffene Augen waren glitzernde Schlitze. »Ich bringe Euch zu Simon. Zahlt mich, nicht den Fährmann. Und ich bringe Euch schneller hin.« Er entblößte seine Zähne, und sie betete, daß dies ein Lächeln sein sollte.

Sie wich gedankenlos zurück und trat wieder ins Wasser. Der Mann machte ihr Angst. Versuchte er, freundlich zu sein? »Nein, das ist nicht nötig. Vielen Dank.« Ihre nassen, sandigen Sachen klebten unangenehm an ihr, doch sie rührte sich nicht.

»Der Fährmann ist zum Fort unterwegs. Holzbein hat eine Versammlung wegen der Engländer einberufen.«

Fuchsmann wandte ihr seinen nackten Rücken zu und schritt am Fluß entlang von ihr fort.

Racqel trat aus dem Wasser und folgte ihm, die nassen Röcke anhebend, zu einer kleinen Einbuchtung, wo er sein Kanu aus dem Versteck in den Sumpfgräsern zog. »Was ist mit den Engländern? Sind sie da?«

Der Indianer antwortete nicht. Sie beobachtete, wie er das Kanu ins Wasser schob, bezaubert von seiner Anmut, als er in das kleine Boot stieg und zu paddeln begann. »Warte«, rief sie winkend. »Nimm mich mit. Ich bezahle dich.« Unabsichtlich klopfte sie auf den kleinen Beutel an ihrer Hüfte.

Fuchsmanns Paddelbewegung änderte sich fast unmerklich. Plötzlich hatte er das Kanu zum Ufer gewendet. Er zeigte wieder seine Zähne.

26

DIENSTAG, 26. AUGUST. SPÄTER NACHMITTAG.

Tonneman aß den Fisch auf, trank sein Bier aus und verließ Asser Levys Schenke. Es war ein langer Tag gewesen, einer der längsten, seit er Schout der Stadt war, und er war in Versuchung, zum *Birnbaum* zu gehen, Branntwein zu trinken und mit Joost zu plaudern, bis er umfiele. Aber er konnte sich seiner Aufgabe nicht entziehen, er mußte nach Breukelen fahren.

Die glutrote Kugel der heißen Augustsonne sank im Westen, als er den Ort durch das Waterpoort verließ. Weniger als eine Meile jenseits des Walls gelangte er zu Dircksens Hof.

Das Land gehörte nicht Dircksen, sondern war von der Kompanie gepachtet. Ein schwieriges Stück von unfruchtbaren Felsen war es, beklagte er sich bei jedem, der ihm zuhören wollte.

Tonneman griff nach dem zerbeulten Ochsenhorn, das

an einem abgenutzten Lederriemen von einer Kastanie unmittelbar am Ufer hing, setzte das gelbe Mundstück an die Lippen und blies. Der brüllende Laut stieg auf und schwebte nach Norden über die hügelige Landschaft, von wo das Echo zurückgeworfen wurde.

Er setzte sich auf einen flachen grauen Felsbrocken neben dem Baum und wartete. War er auf dem Weg nach Breukelen, um Stummelnase zu finden und etwas mehr darüber zu erfahren, was in der Nacht, in der der Fremde getötet worden war, geschehen war, oder wollte er mit dem Juden Abner reden?

Wie eine lästige Hummel summte die beiläufige Bemerkung des Gerbers Keyser über den ausgefallenen Knoten in der Schlinge, die Smitt getötet hatte, um seinen Kopf. Tonneman wedelte mit seiner Hand, um das eingebildete Insekt zu verjagen und richtete seine Gedanken auf Maria, dann auf Anna und wie sie mit dem Neugeborenen aussehen würde. Sein Enkel. Er sollte nach Neu-Haarlem wandern. Doch nein, er mußte nach Breukelen, um Stummelnase zu finden.

Ha! Er fuhr nach Breukelen, um mit Abner dem Juden zu reden und herauszubekommen, was mit Benjamin Mendoza geschehen war.

Tonneman blies das Horn zum zweitenmal und hämmerte mit seinem Knüppel auf den flachen Stein. Wieder schwebten die Laute kurz, dann breiteten sie sich aus. Wenn das Echo über Dircksens Hof zurückkam, hallte es über den Fluß und nach Breukelen hinein.

»Ich komme ja schon, ich komme.« Ein vierschrötiger Mann mit Füßen wie Biberschwänze brach durch das Unterholz. »Ich muß mich auch um einen Hof kümmern.« Cornelis Dircksen der Jüngere, der wie sein Vater vor ihm die Fähre nach Breukelen betrieb, murrte und klagte unaufhörlich über die Unterbrechungen, freute sich aber über das zusätzliche Geld, das der Fährdienst ihm einbrachte.

»Setz mich über, Dircksen, das ist eine amtliche Sache.«

Dircksen rieb sich mit der dicken schwieligen Hand über das pockennarbige Gesicht und stieß eines der drei Ruderboote ins Wasser. »Fahren wir. Was gibt's von den Engländern?«

»Nimm ein anderes Boot in Schlepp, damit ich später nicht auf dich warten muß.«

»Das ist nicht nötig. Ich bin nicht taub.«

»Quatsch. Wenn der Wind falsch steht, könnte ich den ganzen Tag blasen und du würdest mich nicht über den Fluß hören.«

»Wie bitte?« Dircksen legte eine Hand hinters Ohr, grinste und spielte Taubheit vor. Seine Zähne waren tabakfleckige Stummel. Er band ein zweites Boot an das erste und reichte Tonneman ein zweites Paar Ruder, bevor er ins Boot stieg. »Wo wollt Ihr hin?« fragte er, während er das Boot ruhig hielt, damit Tonneman einsteigen konnte.

»Hinüber.« Der Fluß schimmerte blauschwarz im Licht des späten Nachmittags. Tonneman sah deutlich die felsigen Hügel von Breukelen, nachdem die Hitze des Tages endlich gewichen war.

»Wohin?« Der Fährmann, der die Ruder zum ersten Schlag ins Wasser tauchte, war davon überzeugt, daß Tonneman etwas über die Engländer und ihren Vormarsch wußte und war fest entschlossen, es aus ihm herauszulocken. Er hatte Frau und Kinder und einen einträglichen Bauernhof zu bedenken. Die Engländer konnten seine drei Kühe und sein Pferd beschlagnahmen, und was wurde dann aus ihm?

»Einfach hinüber«, antwortete Tonneman und half, gegen die starke Strömung anzurudern.

»Ihr gebt nicht viel preis, wie?«

»Ich suche nach einem Juden namens Abner Simon.«

»Warum sagt Ihr das nicht gleich? Er hat ein Haus am Wasser gegenüber dem Platz, wo Crispijn Peyser wohnt.«

Nach anstrengenden vierzig Minuten legten sie auf der Seite von Breukelen an. Cornelis Dircksen sprang hinaus und zog die Boote auf den Strand zwischen zwei große Felsblöcke. »Jetzt fehlt nur noch, daß meine Boote von diesen Felsen zertrümmert werden«, nörgelte er leise.

Der Fährmann rannte zu einer Gruppe von kümmerlichen Birken, hob ein altes Messinghorn aus einem Haufen trockener Blätter auf, schüttelte es aus und blies hinein. Er runzelte die Stirn bei dem häßlichen Ton, der aus dem Horn erklang, und hängte es mit der ausgefransten Schnur an einen Ast. Während er zu Tonneman zurückkam, betrachtete er den Himmel. »Sieht nach Regen aus.« Er drehte das zweite Boot um und schob die Ruder darunter.

»Das war nicht nötig«, beschwerte sich Tonneman.

»Es ist mein Boot«, erwiderte Dircksen, indem er mit dem kleinen Finger in seinem Ohr stocherte. »Sagt, Tonneman. Wenn Ihr selbst zurückrudern wollt, warum habe ich Euch dann überhaupt herrudern müssen?« Er trat gegen die stinkenden Reste eines toten Barschs.

»Rauche eine und warte auf mich.«

»Habe meine Pfeife nicht mitgenommen«, murmelte der Fährmann. Lauter sagte er: »Ich habe einen Hof zu besorgen. Gebt mir meine vier Stuiver, und ich verschwinde.«

»Ganz recht.« Tonneman lächelte. »Deshalb wollte ich das zweite Boot.«

»Hättet selbst rudern können«, murmelte Dircksen noch

einmal, während er seine schmutzige Hand aufhielt. Er war nicht der Mann, der einen Scherz verstand.

Aus diesem Grund konnte Tonneman sich das kleine Vergnügen nicht verkneifen. »Auftrag der Kompanie«, sagte er ernst. »Wende dich an sie.«

»Seid nicht so geizig, Tonneman. Vier Stuiver.«

»Ich hole dich noch auf der Rückfahrt ein.«

»Vier Stuiver.«

Eine Seeschwalbe ließ sich neben dem toten Fisch nieder und betrachtete ihn.

Tonneman gab dem Fährmann die Münzen und sah ihm beim Ablegen zu. Die Seeschwalbe kreischte ärgerlich und flog auf den Fluß hinaus. Tonneman ging nach Westen auf Abner Simons Haus zu.

Breukelen war dünner besiedelt als Manhattan, felsig, mit zerklüfteten kleinen Hügeln. Tonneman empfand eine unmittelbare Veränderung der Stimmung, einen ländlichen Frieden, einen beruhigenden Balsam gegenüber der Hetze und Betriebsamkeit in Neu-Amsterdam.

Ein wenig flußaufwärts am Ufer lag etwas unter einem schmutzigen, verwitterten Stück Segeltuch. Tonneman ging hin und hob das Segeltuch hoch. Ein Ruderboot.

Er blickte landeinwärts und nach oben. Etwas gewagt auf einem kleinen Hang, ungefähr an der Stelle, die Cornelis Dircksen ihm beschrieben hatte, stand ein Häuschen. Er stieg einen Pfad aus Steinen und plattgetretenem Sandgras hinauf.

Je näher Tonneman kam, desto genauer sah er, wie ärmlich die hölzerne Hütte gebaut war. Sie machte den Eindruck, als könnte ein starker Wind sie umwehen. Ein grauhaariger Mann ungewissen Alters saß auf dem Boden in der Nähe eines gewaltigen Findlings vor dem Haus und flocht einen Stuhlsitz. Die schwarze Klappe über dem linken Auge konnte die tiefe weiße Narbe, die darunter hervorkroch und über seine ansonsten braune Wange in einen schmutzigen graumelierten Bart lief, kaum verbergen. Das gesunde Auge des Mannes, schwarz unter einer buschigen grauen Braue, beobachtete Tonneman mißtrauisch, während seine Hände an dem Stuhl arbeiteten.

Eine starke kurzhaarige Bulldogge mit schwarzen Flekken im grauen Fell stand hinter dem Mann und spähte über seine Schulter. Ihr Aussehen bestätigte die Vorstellung, daß viele Menschen und ihre Hunde einander ähneln. Der Hund legte die Ohren an, als Tonneman näherkam. Wie sein Herr beobachtete er Tonneman mißtrauisch aus schwarzen Augen.

Überall um den Mann herum waren Streifen von Hickoryrinde verstreut. Eine Flasche, eine Holzschale mit Wasser und ein scharfes Messer lagen in bequemer Reichweite auf dem Boden. Ein Spatz pickte verstreute Brotkrumen auf. Als Tonneman näherkam, begann der Hund drohend zu knurren, und der Vogel flog weg. »Ihr seid Tonneman, nicht wahr?« sagte der Mann in bestem Holländisch von der Art, wie sein Freund Lubbertus van Dincklagen sprach und wie Tonneman es seit den Tagen an der Universität nicht mehr gehört hatte.

»Ja.« Er setzte sich auf den Findling. Erst da beruhigte sich der Hund. »Ihr seid Abner Simon.«

»Ja. Was kann ich für Euch tun?«

»Ich suche nach einem gefährlichen Indianer.«

Abners Nase zuckte. »Sie sind alle gefährlich. Und gemein.« Der fingerlange Streifen Hickoryrinde, den er flocht, ging zu Ende. Er schnitt eine Lasche heraus und verband ihn durch einen strammen Knoten mit einem anderen Streifen.

Während Tonneman dem Mann bei der Arbeit zuschaute, ging ihm plötzlich durch den Kopf, daß die zwei aschkenasischen Juden, Korbonski und Abner, beide solche geschickten Hände hatten. »Er heißt Stummelnase. Ein Algonkin.« Eine Brise wehte vom Fluß her und raschelte im Gras und Gestrüpp.

»Ich kenne ihn. Ich gab ihm heute morgen etwas zu essen. Er wollte ins Landesinnere gehen.«

»Mist«, sagte Tonneman. »Ich hätte ihn früher suchen sollen. Von wo aus landeinwärts? Manhattan oder Breukelen?«

»Von hier. Auf Schusters Rappen. Warum sucht Ihr ihn?« Die Frage wurde scheinbar ohne Neugier gestellt.

»Ein Fremder wurde tot im Schuppen der Mendozas gefunden, skalpiert.«

Weil Tonneman Abners geschickte Hände betrachtete, bemerkte er das kurze Stocken in ihrer Bewegung. »Ich glaube, er hat irgendwo ein Kanu versteckt«, sagte Abner Simon.

»Wie lange ist es her, daß er hier war?«

»Sonnenaufgang.«

Tonneman stand murrend von dem Felsbrocken auf. Die Bulldogge ging in Habachtstellung. Tonneman sah zum spätnachmittäglichen Himmel auf. Stummelnase hatte einen zu großen Vorsprung. Außerdem bezahlte ihn die Kompanie nicht dafür, daß er diesen verfluchten Indianer verfolgte; sie bezahlte ihn dafür, daß er sich um die Leute in Neu-Amsterdam kümmerte.

Tonneman schlug nach einer Mücke. Die Luft war schwarz von ihnen. Abner schien es nicht zu bemerken. Der Hund sah Tonneman unverwandt an.

»Gewiß«, meinte Abner, »nur weil er es sagte, muß er es nicht auch getan haben.«

»Ihr meint, er sei nicht fort?«

»Er könnte es mir gesagt haben, weil er wußte, daß Ihr ihn hier suchen würdet und daß ich ihn verraten würde. Er hat mir früher nie seine Geheimnisse mitgeteilt. Kein Indianer. Es ist nicht ihre Art.«

»Werdet Ihr mir eine Nachricht zukommen lassen, wenn Ihr ihn wiederseht?«

»Wißt Ihr, wie man sagt?« Der alte Mann tauchte seine Hand in die Wasserschüssel und setzte seine Arbeit fort. »Eine Hand wäscht die andere.«

Einer Eingebung folgend zog Tonneman das Stück Silber, daß er unter dem Weidenbaum gefunden hatte, aus der Jackentasche. »Wißt Ihr, was das ist?«

Abners gesundes Auge betrachtete flüchtig den silbernen Gegenstand, doch er antwortete nicht. Seine Hände flochten ohne Pause die Hickorystreifen an der Sitzfläche des Stuhls, zwei darüber, zwei darunter. Dann die nächste Reihe, einer darüber, einer darunter, zwei darüber, zwei darunter.

Tonneman versuchte es noch einmal. »Was stellt der Löwe dar?«

Der Jude wies mit dem Kopf auf die Flasche auf der Erde. »Das ist Rum. Mögt Ihr Rum?«

»Rum ist etwas Gutes.«

»Dann bedient Euch.«

Tonneman trank einen Schluck. Er war süß, aber gut. Er rückte näher zu Abner, um ihm die Flasche zu geben. Der Hund knurrte und zeigte gefährliche Zähne.

»Still, Schatzie.« Der einäugige Mann trank und stellte die Flasche auf seinen Schoß. »Wie ich schon sagte, Schout, Ihr helft mir, und ich helfe Euch.«

»Sprecht weiter.«

Der Jude gestikulierte mit der Flasche. »Trinken wir noch ein bißchen.«

»Wie können wir einander helfen?« fragte Tonneman, während er in seinen Taschen nach seiner Pfeife suchte.

»Ich traue einem Mann nicht, der nicht mit mir trinken will.«

Im Lauf der nächsten zwei Stunden tranken sie diese Flasche Rum und den größten Teil einer zweiten aus. Sie sprachen vom Jagen und Fischen, aber nicht von Abners Problem. Endlich begann Abner: »Vor nicht allzu langer Zeit zahlte ich einem Mann hundert Gulden für … etwas.«

»Etwas? Das ist eine hübsche Summe Kleingeld für … etwas.«

Abner winkte ab. »Ich mache mir nichts aus Geld.«

»Redet nur weiter, ich bin beeindruckt von einem Mann, der sich nichts aus hundert Gulden macht. Besonders, da die Kompanie mir nur sechzig Gulden im Monat zahlt. »Was war das … etwas, das Ihr gekauft habt?«

»Unbedeutend.«

»Wenn Ihr mir das nicht sagen wollt, woher soll ich dann wissen, daß ich Euch überhaupt irgend etwas glauben kann?«

»Nur ein Stück Papier. Wichtig für mich, aber für keinen sonst. Es gibt jemand in Eurem Gerichtsbezirk, der mich am liebsten tot sehen möchte. Ihr seid der Schout …« Abner brach ab, um zu trinken.

Ein Stück Papier … Papier … *Pap*. Brilles letztes Wort war *Pap* gewesen. Hatte der sterbende Mann also von einem Papier gesprochen und nicht von irgendeiner katholischen Verschwörung? War dieses Papier der Gegenstand, von dem der Mann in der Dunkelheit gesagt hatte, er sei an einen Juden verkauft worden? Wenn ja, dann war Abner Simon dieser Jude. »Wer möchte Euren Tod?«

Abner zuckte die Achseln. »Ein Geschäft, das schiefgegangen ist, nicht der Rede wert, aber es gibt viel Feindseligkeit.«

»Was erwartet Ihr von mir?«

»Sprecht mit ihm. Sagt ihm, daß es in seinem Interesse ist ... Ihr wißt, was ich meine. Werdet Ihr mir helfen?«

»Wenn ich weiß, um wen es sich handelt.«

»Ich kann Euch gut bezahlen.«

»Verdammt, Mann, wer ist es?«

Der Hund legte den Kopf schief, als lausche er auf etwas. Abner beobachtete das Tier eine Weile, dann schien er das Interesse an der Fortsetzung des Gesprächs mit dem Schout zu verlieren. Er flocht wieder fleißig an dem Stuhl weiter.

Tonneman hatte noch eine letzte Karte auszuspielen. Eine Karte aus einem anderen Spiel vielleicht, doch es war die einzige, die er hatte. »Lebt Benjamin Mendoza, oder ist er tot?«

Ein Signal aus dem Horn des Fährmanns unterbrach jedes Gespräch, doch Tonneman sah gerade noch, wie Abners Hände innehielten und dann die Arbeit wieder aufnahmen. Diesmal zuckte sein gesundes Auge. Das Horn wurde noch einmal geblasen. Er würde an diesem Tag nichts mehr von Abner Simon erfahren.

Widerstrebend ging Tonneman den steinigen Weg halb hinunter und spähte über den Fluß. Cornelis Dircksen ruderte wie besessen auf ihn zu. »Hallo, Tonneman!« schrie er.

»Was gibt es, Dircksen?« rief Tonneman, als der Fährmann das Boot aufs Ufer zog.

»Der Boß wünscht Euch. Sofort.«

Tonneman wandte sich nach Abner um. »Unser Geschäft ist noch nicht erledigt.«

»Wir sprechen uns wieder«, bemerkte Abner, »wenn jeder von uns etwas zu sagen hat.«

27

DIENSTAG, 26. AUGUST. DÄMMERUNG.

Das schmale Ulmenrindenkanu roch widerlich nach Bärenfett. Racqel kauerte hinter Fuchsmann auf einem Bündel dürrer Zweige. Es war nicht genügend Platz, um die Röcke zum Trocknen auszubreiten. Bald würde sie von den nassen Stiefeln Blasen an den Füßen bekommen.

Über die Schulter sah sie Manhattan kleiner werden, während die Sonne hinter der Insel versank. Ihr Vater hätte gesagt, die leuchtend rote Sonne verheiße einen weiteren heißen Tag. Der Teil von 't lange Eylandt, der den Namen Breukelen trug, lag nicht weit entfernt jenseits des Flusses, aber ihr war, als hätte sie sich auf eine große Reise begeben.

Sie starrte auf Fuchsmanns nackten Rücken und wurde sich plötzlich der Gefahr bewußt, die sie durch ihre Unbesonnenheit heraufbeschworen hatte. Niemand hatte sie mit dem Indianer wegfahren gesehen. Sie konnte genauso verschwinden wie Benjamin. Wie sollte sie wissen, ob er sie zu Abner bringen würde? Und selbst wenn Fuchsmann Wort hielte, würde Abner ihr überhaupt helfen können? Sie hatte keine Gewißheit, doch zumindest saß sie nicht hilflos und grübelnd zu Hause.

Sie mußte sich darauf verlassen, daß Fuchsmann ihr nichts antun würde. Schließlich machte er mit den Mendozas Geschäfte. Warum sollte er diese aufs Spiel setzen? Dummkopf, dachte sie, die Wilden haben nicht unsere Werte. Traue von jetzt an niemandem außer dir selbst.

Die milde Luft und die lautlose Bewegung des Kanus beruhigten sie. Sie ließ die Finger im kühlen Wasser treiben. Über ihr kreisten Möwen, als beobachteten sie ihre Überfahrt. Haarsträhnen fielen ihr über die Augen, und sie bemerkte entsetzt, daß sie ihre Haube verloren hatte, wahrscheinlich in dem Augenblick des Erschreckens, als Fuchsmann plötzlich hinter ihr aufgetaucht war.

Wie schlecht sie war, daß sie den Kopf entblößt hatte. Das jüdische Gesetz besagte, daß eine treue Ehefrau ihr Haar nicht zeigt, daß nur Dirnen das tun; das Haar einer Frau ist Nacktheit, die nur ihr Ehemann sehen darf. Doch auch die Christinnen bedeckten schamhaft das Haar.

Mit dem Wind im Haar fühlte sich Racqel, als hätte sie ihre Fesseln abgestreift und wäre auf einmal frei von allem, was sie gequält hatte, von David und seinem ständigen Gerede vom richtigen Benehmen. Sie hatte so wenig geschlafen. Ihre Augenlider wurden schwerer und schwerer.

Sie zuckte zusammen und war wieder hellwach. Aber in der tiefen Dämmerung wußte sie zunächst nicht, wo sie war, erinnerte sich nicht, wie sie hierhergekommen war. Als ihr Kopf klar wurde und die Augen sich an die Dunkelheit gewöhnten, sah sie, daß sie sich in einer felsigen kleinen Bucht befanden und Fuchsmann knietief im Wasser stand und das Kanu an spitzen Felsen vorbeilenkte.

Es herrschte Grabesstille. »Wo sind wir?« flüsterte sie, während er das Boot auf den Strand zog. »Ist Abner Simon in der Nähe?«

Der Indianer bedeutete ihr, aus dem Kanu zu steigen. Sie versuchte es, doch ohne seine Hilfe war es schwierig. Im grauen Zwielicht konnte sie ihn knien sehen, vollkommen reglos, das Ohr am Boden.

Sie stolperte, stieß mit dem Knöchel an einen Stein und schrie vor Schmerz auf. Fuchsmann war sofort neben ihr und preßte seine Hand auf ihren Mund, so daß sie kaum atmen konnte. Seine rauhen Hände rochen genauso fettig wie das Kanu. Er zerrte sie über den steinigen Strand und hinauf ins Unterholz, dann ließ er sie los und verschwand im Wald.

Wie betäubt lag sie da, den Körper flach auf den Boden gepreßt. Spitze Dornen zerkratzten ihr Gesicht. Die Erde bebte unter ihr, ein geräuschloses stetiges Zittern.

Fuchsmann trat aus der Dunkelheit heraus, geschmeidig wie eine große Katze, wie Bathsheba, wenn sie sich an einen Vogel anpirschte. Er hockte sich neben sie. Sein scharfer Geruch erinnerte ebenfalls an ein Tier. »Soldaten. Pferde. Viele. Sie kommen auf uns zu.«

Sie setzte sich auf. »Die Engländer?«

Seine Hand schoß vor. Sie zuckte zurück. Er riß ihr den Beutel vom Gürtel. Sie konnte seine Zähne in der Dunkelheit sehen. Er stand auf, entfernte sich von ihr, ging zum Strand zurück. Racqel lief ihm nach. »Das Geld interessiert mich nicht ... laß mich nicht hier zurück! Wo ist Abners Haus?«

Er blieb stehen und zeigte auf den Strand. »Lauft, bis Ihr den Pfad zum Haus hinauf findet«, sagte er leise und setzte seinen Weg zum Strand und zu seinem Kanu fort.

»Wie weit?«

»Geht.« Er trat lautlos ins Wasser und zog das Kanu hinter sich her.

Sie blickte über den Fluß und sah nur Dunkelheit bis auf ein schwaches Flackern weit weg zu ihrer Linken. »Ich habe kein Licht«, rief sie. Ihre Stimme, schwach und voller Angst, kam als Echo zurück, doch Fuchsmann war nicht mehr da.

28

DIENSTAG, 26. AUGUST. DÄMMERUNG.

Cornelis Dircksen ruderte Tonneman direkt zum Coenties Slip.

»Hallo, Tonneman, Dircksen.« Conraet ten Eyck arbeitete an einem der Pierpfähle, den er mit Kienteer bestrich. Tonneman winkte seinem Freund zu, als er aus dem Boot sprang.

Mit gesenktem Kopf murmelte ten Eyck: »Sobald ich fertig bin mit diesem verfaulten ...« Er blickte auf und sah Tonneman laufen. »Warum die Eile? Was ist passiert? Die Engländer?«

»Nein«, rief Tonneman, während er durch die Gasse rannte. »Keine Zeit zum Reden.« Er rannte zu seinem Stall, Cornelis Dircksen dicht auf den Fersen.

»Vier Stuiver, Tonneman«, drängte Dircksen schwer atmend.

»Ich habe es nicht«, sagte der Schout, während er Venus sattelte. Er war durstig von dem gesalzenen Fisch. Was gäbe er um einen großen Humpen Bier, bevor er dem Boß gegenübertreten mußte.

»Das bekomme ich immer zu hören«, beschwerte sich der Fährmann. »Ich will meine vier Stuiver. Eigentlich müßten es acht sein.«

»Geh in den *Birnbaum* und sag Joost, daß ich dich schicke. Er gibt es dir.« Tonneman saß auf und lenkte die Stute zum Fort.

»Und wenn er es nicht tut?« rief Cornelis Dircksen ihm nach. »Und was wird aus meinem anderen Boot? Das in Breukelen geblieben ist? Das macht mindestens vier Gulden.«

Tonnemans Gedanken waren bei Stuyvesant und der Neuigkeit, die er hatte. Waren die Engländer aufgetaucht? Aber wo? In der Bucht lagen keine fremden Schiffe. Konnten die Engländer dann am Wall sein?

Wie schade, daß er unterbrochen worden war. Seine Frage nach Benjamin Mendoza hatte wie nichts anderes während ihrer Begegnung eine Reaktion in Abner Simon ausgelöst.

Würde er sich so für den Aufenthalt Benjamin Mendozas interessieren, wenn er kein Interesse an der Frau hätte? Selbstverständlich, versicherte er sich. Mendoza war Bürger von Neu-Amsterdam. Venus wieherte, und er tätschelte ihre Flanke. Doch was war mit der Frau? Er wußte keine Antwort.

Außerhalb des Forts waren zwei Zehnertrupps in zwei Reihen aufgestellt, von denen die erste Reihe kniete. Sie machten Schießübungen mit ihren Radschloßgewehren auf Ziele, die in den Bäumen aufgehängt waren. Die vordere Reihe schoß, während die hintere Reihe lud und umgekehrt. Trotz der Hitze trugen alle lederne Koller, Brustharnische und Helme.

Einige Männer hatten alte Luntenschloßgewehre, deshalb mußten sie ihre Waffen erst auf Zielgabeln legen, die sie mitführten. Diese Soldaten hatten in der rechten Hand einen aufgerollten Hanfstrick, die Lunte, die zuerst zum Glimmen gebracht werden mußte. Mit dieser Lunte wurde das Schießpulver gezündet. In den neueren Radschloßflinten wurde der Funke, der das Schießpulver zündete, durch die Reibung eines Stahlrades gegen ein Stück Eisenpyrit erzeugt.

Um die Luntenschloßgewehre abzufeuern, wurde die Lunte an der gewundenen Vorrichtung angebracht, die sie an der richtigen Stelle hielt und die, wenn der Abzug gezogen wurde, die heiße Lunte mit dem Pulver zusammenbrachte, damit es zündete. Viele Stricke glommen nicht mehr und schleiften auf der Erde. Es war eine stümperhafte und ungeordnete Darbietung.

Von den Soldaten kam der Ruf: »Mach ein paar Lampen an, Feldwebel, damit wir die Ziele treffen können.«

Das Lachen des Feldwebels dröhnte wie ein Kanonenschuß. »Wir zünden Lampen an, in Ordnung, aber ihr trefft die Ziele trotzdem nicht.«

Gelächter von den Mannschaften war die Antwort.

Lampen wurden angezündet, und die Schießübung ging weiter.

»Der Reihe nach«, schrie der Feldwebel wütend. »Eins. Das richtige Maß Schießpulver aus dem Lader in den Lauf füllen. Zwei. Ladepfropf in Lauf legen. Drei. Pfropf mit Ladestock hineinstoßen. Vier. Kugel hineinfallen lassen und zweiten Pfropf hineinlegen. Fünf. Pfropf und Kugel hineinschieben. Wenn ihr mit dem zweiten Pfropf Schwierigkeiten habt, spuckt in den Lauf. Wenn ihr Spucke habt. Mitten im Gefecht geht einem oft die Spucke aus.«

»Wenn wir keine Spucke haben, können wir dann in den Lauf pissen, Feldwebel?« spottete ein Soldat; seine Worte kamen undeutlich wegen der vier Kugeln in seinem Mund, die jeder Musketier so trug, um schneller laden zu können.

»Mund halten in den Reihen«, brüllte der Feldwebel. »Aber ihr werdet merken, daß Pissen noch schwerer ist; bis dahin habt ihr alle die Hosen schon naß.« Er rückte seinen Helm zurecht und brüllte: »Sechs. Ladestock wieder ins Rohr stecken.«

»Ist Spucke nicht sechs?« rief ein anderer.

Der Feldwebel blickte finster. »Ich bin gespannt, ob ihr noch so lustig seid, wenn euch der Feind im Nacken sitzt. Denkt daran, Luntenschlösser, beim Zielen blast ihr auf die Lunte, damit sie heiß genug ist, um das Pulver in der Pfanne zu zünden, dann klemmt ihr die Lunte an den Bügel. Alle jetzt: bereit? Anlegen. Feuern. Und neu laden. So, und jetzt gilt es.«

Zu Tonnemans Überraschung machten es viele richtig, selbst einer oder zwei, die mit Luntenschloßgewehren ausgerüstet waren. Der Knall und die Rauchwolken, die aus den Schlössern der Waffen kamen, waren tröstlich. Weniger tröstlich waren die Ziele, die unbeschädigt an den Bäumen hingen.

»Noch mal von vorn. Der Reihe nach. Eins ...«

Stuyvesant, Hauptmann Stephanaus van Dillen, Führer der Bürgerwehr, und Oberst Caspar van de Steen, Kommandant der regulären Soldaten, beobachteten die Vorstellung. Diesmal waren alle drei Männer in Feldkleidung.

Bestürzt die Köpfe schüttelnd, begaben sich die drei in Stuyvesants Amtsstube im Fort.

Tonneman folgte ihnen.

Als er die Amtsstube betrat, zündeten die anderen gerade ihre Pfeifen an. Der Raum roch nach Stuyvesants Rosmarintabak.

Der Generaldirektor stampfte zu seinem Schreibtisch. »Gönnt Euch eine Pfeife, Tonneman.«

Obwohl er Stuyvesants widerlichen Tabak verabscheute, nahm der Schout dennoch die Tonpfeife, die der Generaldirektor ihm anbot. Es war ein richtiger kurzstieliger Nasenwärmer, weil der normalerweise lange Tonstiel zu häufig gestutzt worden war, nachdem die Gäste die Pfeife benutzt hatten. Vielleicht war es ein Wink von Stuyvesant, sein Anliegen schnell vorzubringen und zu gehen, was Tonneman nur recht wäre. Er mußte nach Hause kommen und ein wenig Schlaf finden.

Er setzte sich und griff zu der silbernen Tabakdose. In unregelmäßigen Abständen waren Musketenschüsse zu hören. »Ein guter Klang, das«, bemerkte er, während er die Pfeife stopfte.

Van Dillen und van de Steen lösten sich vom Fenster und setzten sich Stuyvesant gegenüber auf Stühle. »Wir können Abraham Mendoza dafür danken«, sagte Oberst van de Steen, während er seine Narbe streichelte.

Van Dillen zwirbelte seinen Schnurrbart. »Er war es, der die Kompanie veranlaßte, das Schwarzpulver zu liefern.«

»Sie verdienen gut daran«, knurrte Stuyvesant. »Wir sollten lieber Gott danken.«

»Aber deshalb habt Ihr nicht nach mir geschickt.« Tonneman hoffte, der verrückte Alte habe ihn nicht zu irgendeiner Art Betstunde kommen lassen.

»Nein«, erwiderte Stuyvesant und beließ es dabei.

Hauptmann van Dillen räusperte sich. »Die Engländer ...«

»Ich sage es ihm«, brüllte der Generaldirektor, indem er sich erhob. »Die gottlosen Engländer haben etwa sechs Meilen von hier in Gravesardt auf 't lange Eylandt vierhundertfünfzig Mann gelandet, und sie rücken in diesem Moment in Gewaltmärschen auf uns zu.«

»Dann sitzen sie uns bald auf der Pelle«, meinte der Oberst.

Tonneman seufzte. »Es mußte so kommen. Es wird nicht mehr lange dauern, und sie stehen uns auf der anderen Seite des Oost Rivier gegenüber, so nahe, daß ich nach ihnen spucken kann.«

»Ihr seht, was Nicolls tut, Gott lasse seine Seele verdorren.« Stuyvesant ballte die Fäuste und schritt stockend, klopfend und schlurfend durchs Zimmer. »Er befindet sich jetzt in der Gravesardt Bay. Er bringt seine Schiffe durch die Meerenge, und dann sitzen wir zwischen Skylla und Charybdis. Die Truppen in Breukelen rücken von der einen Seite über Land gegen uns vor, und er greift von der anderen vom Wasser her an. Der Teufel soll Nicolls holen. Er hat vor, uns vollständig einzukreisen. Ich ...«

Zaghafte Kratzgeräusche an der Tür unterbrachen seine Schmährede. Die Tür flog auf. Willem Avercamp, Stuyvesants rothaariger junger Schreiber, stand da, die vollen roten Lippen bebend.

»Ja? Was gibt es?«

»Eine Botschaft von Hauptmann van Vliet.«

»Mein Artillerieoffizier«, erklärte Oberst van de Steen.

»Rede, Mann«, sagte Stuyvesant trotzig.

Avercamp holte tief Luft und stieß hastig seine Botschaft hervor. »Er sagt, das neue Pulver ist nicht gut. Es zündet nicht.«

»Unsinn«, brüllte Stuyvesant. »Hör doch selbst, wie sie da

draußen schießen.« Wie um seine Worte zu unterstreichen, kam eine weitere etwas holperige Salve von Musketenfeuer.

Oberst van de Steen strich über seine Narbe und schüttelte den Kopf. »Gott helfe uns, das ist das alte Pulver.«

Van Dillen zwirbelte seinen Schnurrbart.

Stuyvesant ließ sich langsam auf den Stuhl sinken. Er blies die Backen auf, ließ die Luft entweichen, dann blies er sie wieder auf. »Diese verfluchten Israeliten. Im Sold der Engländer, das sind sie, jeder einzelne. Gottlose Verräter. Sie haben Christus verraten, warum sollen sie nicht auch uns verraten?«

»Beruhigt Euch«, sagte der Oberst. »Wir müssen unsere innersten Leidenschaften und Neigungen zügeln und uns auf unsere Ziele richten.«

Stuyvesants Gesicht lief rot an. »Ihr wagt mir zu predigen, Schürzenjäger und Trunkenbold?«

»Es schadet unserer Sache, wenn wir untereinander streiten«, bemerkte der Oberst leise, während eine weitere Musketensalve zu hören war. Er strich über seine Narbe. »Was schlagt Ihr vor?«

Van Dillen zwirbelte seinen Schnurrbart.

»Als erstes«, schrie der Generaldirektor, »befehlt diesen ahnungslosen Arschlöchern, das Schießen einzustellen. Sie vergeuden kostbares Pulver.«

29

DIENSTAG, 26. AUGUST. DÄMMERUNG.

Racqel setzte sich auf ein Stück Treibholz und ließ ihren heißen Tränen freien Lauf. Ihre Wangen brannten, wo die Dornen sie zerkratzt hatten. Sie hatte nur eine verschwommene Vorstellung, wo sie sich befand, aber es war beinahe dunkel, und sie hatte kein Licht. Der Strand war voller Findlinge, Felsen, Steine und Kiesel.

Sie wischte sich die Augen, stand auf und zuckte von dem Schmerz im Knöchel zusammen. Gleichsam als Antwort auf ihre Ängste kam der Mond hinter einer dunklen Wolke vor, um ihr den Weg zu weisen. Über sich, vom Wald her, hörte sie ein Summen wie von einem Bienenschwarm. Aufflackernde Lichter durchbrachen die Dunkelheit. Geschwind verbarg sie sich hinter einem großen Findling.

Männer und Pferde, Männer in scharlachroten Uniformen, strömten aus dem Wald auf die Lichtung. Es schienen

Hunderte zu sein. Sie begannen, Feuer zu machen und ein Lager zu errichten. In welcher Sprache redeten sie? Ihre Stimmen waren gedämpft. Es mußten Soldaten sein. Dann hörte sie die helle Tenorstimme eines Jungen, die von der Luft zu ihr herübergetragen wurde. „*It was a lover and a lass with a hey and a ho and a hey nonny nonny* ...« Der Wind sprang um, und sie hörte keinen Gesang mehr. So eine unschuldige Stimme, aber es stand fest, wer er war und warum er hier war.

Bald, dachte sie mit einem Schreck, würden sie hier unten am Flußufer sein. Ihr Ziel war schließlich Neu-Amsterdam. Sie würden es betrachten wollen.

Racqel begann zu zittern. Wenn sie sie fänden ... Sie würden sie als Spionin behandeln. Nein, als Hure. Sie mußte von diesem Ort fliehen. Sie stand mühsam auf und rannte hinkend am Flußufer entlang, rutschte manchmal auf den glitschigen Steinen aus, fiel hin, wurde naß, stand auf, rannte weiter.

Bald hörte sie hinter sich keine Stimmen mehr, doch die Feuer flackerten noch auf der Lichtung und neben dem Fluß, wo sie sich versteckt hatte.

Rauch wehte zu ihr herüber, vermischt mit dem Duft von bratendem Fleisch. Obwohl es beinahe sicher ungeeignetes Fleisch war, verlangte es sie danach. Die Sonne war untergegangen; ihre Fastenzeit war vorbei. Hunger und Erschöpfung machten Racqel zu schaffen. Sie fühlte sich in den nassen Sachen bis auf die Knochen durchgefroren.

Taumelnd trat sie auf einen gezackten Felsbrocken und stürzte schwer. Sie hatte nicht die Kraft, aufzustehen.

30

DIENSTAG, 26. AUGUST. MITTWOCH, 27. AUGUST. NACHT – NACH MITTERNACHT.

Die Gestalt trat aus der Dunkelheit und stieß das Boot in den Fluß. Der einzige Laut war das Plätschern des Wassers. Mit starken, gleichmäßigen Schlägen ruderte er hinüber. Sobald er auf der anderen Seite war, zog er das Boot ins Gestrüpp, um es zu verbergen, und stieg den kleinen Hang zur Hütte hinauf. Er hatte kein Licht. Er brauchte keines; er war schon einmal hier gewesen.

Tonneman war hungrig wie ein Bär, als er nach Hause kam, aber es war zu spät, um noch bei den ten Eycks vorbeizuschauen. Katrina Root hatte ihm jedoch das Abendessen hingestellt. Es war gesalzener Kabeljau.

Doch es war nicht alles verloren. Dinck hatte Wort gehalten. Gleich hinter Tonnemans Hintertür lag ein Rad Leidener Kümmelkäse. Er schnitt ein Stück ab, und mit den Bohnen, die zum Fisch gehörten, ergab das eine brauchbare Mahlzeit. Er leerte fast eine ganze Flasche Branntwein, der seinen Körper abstumpfte, jedoch dieses eine Mal nicht seinen Kopf.

Die Fenster standen offen. Anders als die meisten Leute, glaubte Tonneman nicht, die Nachtluft sei giftig und müsse ferngehalten werden; er hatte zu viele Nächte auf offenem Deck verbracht. Diese Nacht war kühl, zum erstenmal seit langem. Bald würde der Herbst dasein. Und die Engländer.

Es war noch dunkel, als er glaubte, ein Klopfen an der Tür zu hören. Die Nachtwache hatte Minuten zuvor die Stunde ausgerufen, doch Tonneman konnte sich nicht erinnern, wie spät es gewesen war. Er lag auf seiner Maisstrohmatratze, nur mit den Kniebundhosen bekleidet.

Seine Gedanken ließen ihn nicht einschlafen. Maria. Smitt. Die Leiche im Schuppen. Die Engländer. Anna und Johan und das ungeborene Kind. Würden sie sicher sein? Er wälzte sich auf der Matratze herum. Racqel Mendoza. Zum erstenmal dachte er unter ihrem Namen an sie, nicht an die Witwe oder die Jüdin. Die Erinnerung an ihren weichen schlanken Leib machte ihn noch unruhiger.

Diesmal hörte er das Klopfen deutlich und setzte sich auf. Seine Kerze war halb heruntergebrannt, und um die Flamme kreisten Nachtfalter. Er blickte durch das Fenster zum Himmel. Es waren noch gut drei Stunden bis zur Morgendämmerung. Er ging zur Haustür und machte auf. Der lange Matthew, der Afrikaner, stand auf der Veranda. Tonnemans Kerze spritzte und erlosch.

»Ich habe eine Nachricht für Euch, Heer Schout. Von Abner Simon.« Tonneman starrte in die Dunkelheit und versuchte, beim Mondschein im Gesicht des Mannes zu lesen, doch die Hautfarbe des langen Matthew machte das unmöglich. »Er sagt, Ihr müßt kommen.«

»Es kann bis morgen warten.« Tonneman wollte die Tür schon wieder schließen.

»Nein, es muß sofort sein. Er sagt, morgen ist zu spät.«

Tonneman kratzte sich am Kopf. Was war so wichtig, daß es nicht bis zum Tagesanbruch warten konnte? Der Verbleib von Stummelnase oder Benjamin Mendoza? Welcher auch immer, er war interessiert. »Steh nicht da herum. Komm herein.« Er fand den Feuerstein und Zunder und zündete die Kerze wieder an. »Das ist Wahnsinn. Weißt du, daß die Engländer jetzt in Breukelen sind?«

»Ja, Mijnheer, aber das hat wenig mit mir zu tun. Ich bin im Land des weißen Mannes. Kommt Ihr?«

»Abgemacht.« Tonneman machte sein Gesicht mit dem restlichen Wasser im Krug auf dem Tisch naß und trank ein wenig.

»Ich habe ein Ruderboot.«

»Gut. Dircksen wäre um diese Stunde ungehalten, und schwimmen möchte ich nicht so gern.« Er zog seine Stiefel an und nahm das Hemd von der Stuhllehne, wo er es hingelegt hatte. »Woher kennst du Abner?«

»Er war mein Herr. Vor einigen Jahren hat er mich freigelassen. Jetzt besuche ich ihn manchmal, um zu sehen, ob er etwas braucht.«

Tonneman gürtete sein Gehenk mit Messer und Degen. Während er die Laterne mit der Kerze anzündete, fiel sein Blick auf die Silberscheibe und das Vergrößerungsglas, die er auf den Tisch neben den Krug gelegt hatte, als er nach Hause gekommen war. Er steckte sie in die Jackentasche. »Du bist ein guter Mann.«

»Es geht bergauf und bergab.«

Tonneman zog die Jacke an, nahm seinen Knüppel und reichte dem langen Matthew die Laterne. »Gehen wir.«

Das Skiff, ein sauberes, schmuckes kleines Boot, lag am Coenties Slip, und Tonneman hatte nicht übel Lust, Antje ten Eycks Speisekammer zu überfallen, denn die Ereignisse schienen sich in diesen Tagen zu verschwören, um ihn von einem guten Essen abzuhalten. Aber es war noch viel zu früh, sogar für Antje.

Der lange Matthew ruderte einige Bootslängen in die Dunkelheit hinaus, an drei vor Anker liegenden Handelsschiffen vorbei, bis er im Wind lag, und dann trug das Segel sie geradewegs hinüber. Das Boot knirschte und kratzte bedenklich, als sie auf den steinigen Strand kamen. Tonneman nahm die Lampe und seinen Knüppel und stieg aus. Er wandte sich um und wollte dem langen Matthew das Boot halten, aber der Schwarze ruderte schon wieder in den Fluß zurück. Überrascht rief Tonneman ihm nach: »Kommst du nicht mit?«

»Nein, Mijnheer, ich bin sowieso zu spät. Ich muß für Heer Levy arbeiten.«

Verwirrt ging Tonneman den unebenen Pfad hinauf, den er einen Tag davor schon einmal hochgestiegen war. Hier gab es ganze Wolken von Stechmücken. Glühwürmchen flackerten wie kleine Fackeln auf. Eine Eule schrie, und irgendwo weiter weg ließ ein Seetaucher sein verrücktes trauriges Lachen hören.

Abner Simons Hütte war dunkel und still; die Tür war geschlossen. Tonneman hatte halb erwartet, den Mann noch mit seinem Hund davorsitzend und auf ihn wartend anzutreffen.

Das Licht, das Tonnemans Laterne warf, zeigte den Stuhl, an dem Abner gearbeitet hatte, umgekippt im Gras liegend.

Die Augen eines Tieres blitzten wie zwei Leuchtfeuer auf, als die Lampe darauffiel. Das Tier sprang erschrocken weg ins Gebüsch. War es der Hund? Nein, der Hund hätte gebellt oder geknurrt. Und er war viel größer. Wo war der Hund?

Ein schwacher Lavendelduft senkte sich wie Frühlingstau um Tonneman. Plötzlich war er hellwach. Er hielt die Lampe von sich weg und hielt den Knüppel bereit, während er weiterging.

Als er das Haus erreichte, stellte er die Lampe ab und öffnete mit der linken Hand die Tür. »Simon, seid Ihr da?« Seine Stimme klang ihm tonlos und leise in den Ohren. Er hob die Lampe auf. Ihr flackernder Schein erleuchtete die Stube nur dürftig.

Seit der Universität hatte er nicht mehr so viele Bücher gesehen. Leider lagen sie alle in Haufen auf dem schmutzigen Fußboden, und viele waren auseinandergerissen.

Abner Simon konnte nicht mehr antworten.

Er lag zusammengekrümmt auf dem blutverschmierten, mit Büchern übersäten Boden der Hütte, der Hinterkopf gespalten. Aus der Wunde ragte ein eiserner Tomahawk europäischer Herkunft mit einer Axt an einem Ende und einer Pfeife am anderen, genauso einer, wie Tonneman ihn an Fuchsmanns Gürtel gesehen hatte.

Als Tonneman sich über die Leiche beugte, hörte er einen flüsternden Laut, ein Schnappen nach Luft. Er wandte sich um, hob die Lampe und den Knüppel hoch. Wieder kam ihm der Lavendelduft in die Nase.

Ein kräftiger Schlag traf ihn seitlich am Kopf.

Blind und gegen die Betäubung ankämpfend fand er die Tür und taumelte ins Freie.

31

MITTWOCH, 27. AUGUST. MITTEN IN DER NACHT.

Als Racqel die Augen aufschlug, sah sie genau gegenüber auf der anderen Seite des Flusses die flackernden Lichter von Manhattan. Einige Schritte von ihr entfernt lag ein Boot, doch es war umgedreht.

Sie wollte zwar immer noch die Wahrheit über Benjamin erfahren, doch jetzt dachte sie zuallererst an die Notwendigkeit, die Menschen in Neu-Amsterdam zu warnen, daß die Engländer in der Nähe waren.

Sie war kalt und steif und hungrig, und ihr Kopf und Körper schmerzten stark. Wie lange hatte sie geschlafen? Sie stand auf zittrigen Beinen, humpelte zum Boot und versuchte es umzudrehen, doch sie konnte es nicht einmal ein wenig anheben. Sie suchte nach einem Stück Holz, um das Boot hochzuwuchten.

Vor ihr auf der Höhe war ein Licht. Das Licht fest im

Blick, ließ sie das Boot liegen und machte sich wieder auf den Weg.

Einen Augenblick war das Licht da, dann war es wieder weg.

Ängstlich kroch sie auf die Stelle zu, wo sie das Licht gesehen hatte. Dort fand sie unter einer Segeltuchbahn ein anderes Boot. Zu ihrer Rechten führte ein schmaler Pfad einen steilen Hügel hinauf.

Sie fühlte sich erleichtert. Das mußte Abners Boot sein und am Ende des Pfades würde sie Abners Haus finden.

Mit neuer Entschlossenheit kletterte sie den steinigen Pfad hinauf und sah im Mondschein den dunklen Umriß einer Hütte vor sich. Kein freundliches Licht schimmerte durch ein Fenster. Keine Lampe oder Fackel leuchtete draußen. Nur Stille und das Rascheln der Bäume.

Dann ertönte immer wieder das traurige Gelächter eines Seetauchers und verspottete sie. Sie stand oben auf dem Hügel und starrte auf Abners Hütte. Ein lautes Stöhnen zerriß die Stille.

32

MITTWOCH, 27. AUGUST. VOR TAGESANBRUCH.

Tonneman.« Die Stimme klang so eindringlich, daß sie den Nebel aus seinem Hirn vertrieb. Seinem erwachenden Kopf war, als sei sein Name schon mehr als einmal ausgesprochen worden.

Seine unmittelbare Empfindung war Schmerz. Er stöhnte. Eine zarte Hand berührte seine Schläfe, fand die Quelle des Schmerzes, und er stöhnte wieder.

Als er sich zwang, die Augen zu öffnen, sah er als erstes den silberweißen Vollmond, klar und scharf umrissen an einem von Sternen übersäten Himmel. Plötzlich war alles wieder da. Abner Simon war tot.

Tonneman lag da, zwischen zusammengerollten Streifen von Hickoryrinde, wütend auf sich selbst. Er war zu spät gekommen, um Abner zu retten, zu spät, um Auskunft von Abner zu erhalten und gerade rechtzeitig, um von Abners

Mörder niedergeschlagen zu werden. Aber warum hatte der Mörder nicht auch ihn getötet?

Eine Eule im Wald schrie. Er setzte sich auf. Aufleuchtende Glühwürmchen tanzten vor seinem Gesicht. Rote Glühwürmchen. Er fühlte sich, als hätte er eine volle Flasche schlechten Schnaps getrunken, ohne das Vergnügen, doch mit dem ganzen Elend. Sein Kopf pochte. Die Nacht erzeugte seltsame Schatten; der Wind fuhr mit ungleichmäßigem Rascheln durch die Büsche und Bäume.

Er suchte nach seinem Hut, dann erinnerte er sich an die Stimme. Erst als er sich umdrehte, sah er die kleine dunkle Gestalt, die hinter ihm kauerte. Er starrte sie verwundert an. Er kannte dieses Gesicht, dieses feine, zarte Gesicht.

Ihr dunkles Haar fiel seltsam ungebunden und verführerisch über ihre Schultern. Sie war zerzaust wie eine nasse Katze, diese Frau, die immer wieder seinen Namen gerufen hatte. Racqel Mendoza. »Alles in Ordnung?« fragte sie.

Warmes Blut rann aus der Wunde am Haaransatz auf die linke Seite seines Gesichts. Er hielt das Rinnsal mit der Hand auf. Vorsichtig tastete er höher zu der empfindlichen Stelle und fand eine aufgeplatzte Beule. Sie schmerzte teuflisch, aber sie schien nicht lebensgefährlich zu sein. Zum Glück hatte er so einen harten Schädel. »Wo ist der Hund?« fragte er, während er mühsam aufstand.

Sie erhob sich ebenfalls. »Ich habe keinen Hund gesehen. Alles in Ordnung?« fragte sie noch einmal, indem sie die Arme verschränkte.

»Ich glaube, ja.« In seinem Kopf hämmerte es. »Was macht Ihr hier um diese Nachtzeit?«

»Ich kam, um Abner Simon zu besuchen, doch das ist nicht mehr wichtig. Ich habe gerade englische Soldaten gesehen. Hunderte.«

»Wo?«

»Dort hinten. Weniger als eine Meile von hier.«

»Was für Soldaten? Infanteristen?«

»Sie hatten Pferde.«

»Auch Kanonen?«

»Das habe ich nicht gesehen. Das Lager ist nicht weit von hier. Wir müssen Abner holen und die Leute warnen.«

Ihre Nachricht überraschte ihn nicht. Seit Oberst Nicolls Männer in Gravesandt gelandet hatte, wartete er darauf.

»Habt Ihr sonst noch jemand gesehen?«

»Nein. Außer ...«

»Außer wem?«

»Fuchsmann. Er hat mich übergesetzt.«

»Ihr seid allein mit dem Indianer gekommen?« Er war so wütend auf sie, als wäre sie seine Frau. Aber das war sie nicht, und er hatte kein Recht, so zornig zu sein.

»Ja.« Sie sprach fast ohne Regung. »Ich habe mich von ihm zu Abner Simon bringen lassen. Er hat meine Geldbörse gestohlen.«

»Wo ist er?« Wieder loderte der Zorn auf. »Närrin. Keine weiße Frau begibt sich in die Hände eines Indianers, schon gar nicht eines so wilden wie Fuchsmann.«

Sie schien vor seinen Augen zu schrumpfen. Er spürte Gewissensbisse wegen seiner Worte; er wollte seine Arme für sie ausbreiten, wollte sie umarmen und festhalten, trösten, seine Worte zurücknehmen.

»Er ließ mich an der falschen Stelle zurück, als er die Soldaten sah.«

Tonneman betrachtete sie verwirrt und dachte darüber nach. Die Tatsachen paßten. Der Tomahawk in Abners Kopf, der verschwundene Hund. Alles deutete auf einen Indianer hin. Nur war es nicht die Antwort, die er erwartet hatte. Nicht Stummelnase. Fuchsmann. Nachdem er sie allein gelassen hatte, konnte Fuchsmann, wie sein Namensvetter der Fuchs, kehrtgemacht und Abner getötet haben. Aber warum? Und was war mit dem Mann im Schuppen? Ein Indianer konnte ihn durchaus erschlagen haben. Und was war so dringend, daß Abner mitten in der Nacht nach ihm geschickt hatte? Er wünschte, das Hämmern in seinem Kopf würde aufhören. Er brauchte einige Antworten. »Helft mir meine Lampe suchen, dann gehen wir.«

»Was ist mit Abner?«

Tonneman blickte zur Hütte zurück und dann auf sie. »Er kommt nicht.«

»Was wollt Ihr damit sagen?« Ihre großen dunklen Augen starrten ihn an.

»Er schickte den langen Matthew, den Afrikaner, mich zu holen, doch ich kam zu spät. Er ist tot.«

»Tot?« wiederholte sie verwirrt.

»Ermordet. Höchstwahrscheinlich von derselben Hand, von der die Beule auf meinem Kopf stammt. Nach dem, was Ihr erzählt habt, glaube ich, daß es Fuchsmann gewesen sein könnte und vermutlich war.«

»Aber er paddelte mit seinem Kanu fort, als ich ihn zuletzt sah.«

»Das hat nichts zu sagen. Ich habe noch keinen Indianer kennengelernt, der nicht einen Weg ging und dann kehrtmachte, um auf einem anderen zu gehen. Fuchsmann hat einen in Europa hergestellten Tomahawk bei sich.«

»Ja. Er trug ihn, als ich bei ihm war. Wie viele Indianer.«

»Abner wurde mit einer solchen Waffe getötet.«

Racqels Augen wurden groß; sie machte den Mund auf, brachte aber kein Wort heraus.

Er sah sie streng an. »Gibt es noch etwas, was Ihr mir sagen möchtet?«

»Ja. Ich bin durchnäßt, und ich friere.«

Sie hatte wieder etwas von ihrer Bissigkeit zurückgewonnen; er lächelte im Schutz der Dunkelheit, während er vor der Hütte nach seiner Lampe suchte. Er fand sie und seinen Hut fast unter Abners halbfertigem Stuhl versteckt. Tonneman griff in die Jackentaschen. Geldbörse in einer Tasche, Vergrößerungsglas, Silberstück in der anderen. Keine Zunderdose. »Mist«, stieß er hervor, während er den Hut an den Kniehosen ausklopfte. »Entschuldigung.« Er setzte den Hut auf. Er paßte nicht richtig und drückte. »Ich gehe ins Haus und suche einen Feuerstein und Zunder.«

»Wir dürfen uns nicht aufhalten«, drängte sie. »Sie werden uns bald entdecken, und wir müssen unsere Leute warnen.« Sie sprach atemlos, als wäre sie gerannt.

»Wir gehen. Aber da die Engländer jetzt hier sind, werde ich vielleicht nie mehr Gelegenheit haben, einen Blick in Abners Haus zu werfen.«

In der Hütte war es pechschwarz, und er stolperte in der Tür. Nie würde er an diesem verfluchten Ort etwas finden. Dann fing er einen Duft nach Tabak ein. Er folgte seiner Nase. Seine Hand berührte einen Krug, eine Pfeife, einige dünne Kerzen und eine Zunderdose.

Er zündete seine Lampe an und achtete darauf, daß kein Licht aus dem glaslosen Fenster drang. »So ist es besser«, sagte er leise, während er sich neben dem toten Mann auf ein Knie niederließ.

»Ich kann das Licht für Euch halten.« Racqel stand neben ihm. Tonneman blinzelte zu ihr hoch und reichte ihr die Lampe ohne ein Wort. Er hatte gelernt, mit Racqel Mendoza nicht zu streiten, und jetzt war er in Eile.

Abners Leiche war kühl, aber nicht kalt und noch nicht starr. Es mußte der Mörder gewesen sein, den er überrascht hatte, als er ins Haus gekommen war.

Ohne daß er darum gebeten hätte, bewegte Racqel die Lampe, um Abners gespaltenen Schädel zu beleuchten. Sie stieß einen leisen Schrei aus, als sie die blutige Axt aus Abners Kopf ragen sah, sagte jedoch nichts weiter, und das Licht flackerte nicht. Tonneman zog die blutbefleckte Waffe aus Abners Schädel und streifte die Schneide mehrmals über den schmutzigen Fußboden, um sie von Blut, Knochensplittern und Hirn zu säubern.

Als er die Waffe ins Licht hielt, um sie zu untersuchen, hörte er einen leisen entsetzten Laut über sich.

Tonneman war über ihre Reaktion überrascht. Sie, die Tochter eines Arztes, war bei der Leiche im Schuppen so gefaßt gewesen. Sie murmelte etwas und schüttelte den Kopf. Tonneman runzelte die Stirn. Dunkel erinnerte er sich an etwas. »Euer Schwiegervater und Schwager verkaufen solche, nicht wahr?«

»Ja«, antwortete sie freimütig. »An die Indianer. Das könnte sehr gut einer davon sein.« Die Lampe wackelte heftig, so zitterte sie. Tonneman stand auf, zog seinen Rock aus und legte ihn um ihre Schultern. Dann nahm er ihr die Lampe aus der Hand und hielt sie hoch, um das ganze Zimmer zu überblicken.

Die Bücher. Auf Latein und Griechisch, Hebräisch und Englisch, andere Sprachen konnte er nicht erkennen. Was auch immer der Mann gesucht hatte, war etwas, das man in einem Buch verstecken konnte. Und was immer Abner Simon gewesen war: Er hatte viel gelesen, jedoch keine holländische Literatur. So viele englische Bücher. War er ein englischer Spion gewesen?

Tonneman versprach sich keinen Gewinn davon, die Bücherhaufen zu durchsuchen. Er drehte die Leiche um. Abners Arm, der unter ihm gelegen hatte, stand in einem eigenartigen Winkel, wahrscheinlich bei seinem Kampf mit dem Mörder gebrochen. Die Finger seiner linken Hand schienen etwas fest zu umklammern.

Tonneman stellte die Lampe auf den Boden und zerrte an Abners Fingern. Sie wollten sich nicht öffnen lassen, wollten nicht preisgeben, was sie umklammerten. Mit einem lauten Knacken brach ein Finger. Racqel stieß wieder einen entsetzten Laut aus, sagte jedoch nichts. Die Hand war offen, ohne etwas zu enthüllen. Tonneman zog die Hand näher. Die abgebrochenen, schmutzverkrusteten Fingernägel waren klebrig vor Blut und Hautfetzen, wie es schien. Abner hatte also seinem Mörder Wunden beigebracht.

Eine plötzliche Neugier überkam Tonneman, und er langte nach unten und schnippte Abners Augenklappe weg. Ohne die Klappe war das Gesicht des Juden grotesk. Durch irgendeine alte Verletzung hatte er das Auge verloren. Jetzt befand sich an seiner Stelle ein kleines zusammengefaltetes Stück Papier. Tonneman nahm das Papier aus seinem Versteck in der Augenhöhle.

War es das, wovon Abner gestern gesprochen hatte, das *Pap*, das Brille gemeint hatte? Tonneman faltete das Papier auf. Es war auf Englisch und schien ein amtliches Dokument zu sein. Es war in einer kleinen gedrängten Handschrift geschrieben.

Er erwog, Racqel zu fragen, ob sie das Dokument lesen könne, dann entschied er sich dagegen. Es war sehr verwirrend, soviel wie er für die Frau zu empfinden und ihr dennoch so wenig zu trauen. Er faltete das Papier wieder zusammen. Antje konnte Englisch lesen. Er würde es ihr zeigen.

Ein leises Geräusch draußen. Instinktiv schirmte Tonneman die Lampe mit seinem Hut ab und bewegte sich rasch zum Fenster, doch er sah und hörte nichts mehr.

Die Jüdin reagierte nicht. Hatte sie es nicht gehört? Pah, bald würden die Schatten zu Gespenstern werden und ihn wie ein Kind voller Angst nach Hause rennen lassen.

Er fühlte sich wie ein Jongleur, der Bälle in die Luft wirft: das Dokument, die verbrannte Leiche im Schuppen, Abners Tod, der Tomahawk, das Verschwinden Benjamin Mendozas. Und was hatte es mit Smitt auf sich? Hing alles zusammen?

Und jetzt waren die Engländer in Breukelen.

Der angesengte Geruch seines Hutes, den die Kerze angebrannt hatte, riß ihn aus seinen Grübeleien. »Genug«, sagte er mehr zu sich als zu der Frau. Er nahm den Hut von der Laterne, schnupperte daran und setzte ihn auf den Kopf.

Er drehte sich nach Racqel um, die immer noch seine Jacke um die Schultern hatte, und steckte das Dokument in die Tasche, in der das Vergrößerungsglas und das Stück Silber waren.

War es klug, das zu tun? Pah, noch mehr Gespenster aus Schatten.

Er hielt die Lampe hoch. Der Tomahawk befand sich noch in seiner linken Hand. Er wies damit auf die Tür. »Wir müssen hier verschwinden.«

Immer noch an das Geräusch denkend, das er gehört hatte, ging Tonneman vorsichtig um die Nordseite des Hauses und suchte seinen Knüppel. Racqel folgte ihm.

In diesem Augenblick sahen sie den Körper des Hundes. Tonnemans Knüppel lag daneben. War das arme Tier mit seinem Stock getötet worden? Nein, die Kehle der Bulldogge war durchschnitten worden. Die toten Augen leuchteten im Kerzenschein kurz auf.

Hinter ihm stieß Racqel einen leisen Laut aus.

Tonneman versuchte, den Tomahawk in den Bund seiner Kniehosen zu stopfen, aber er fiel auf den Boden neben seinen Knüppel. Racqel hob beides auf und reichte ihm den Knüppel. »Ich trage die Axt.«

Er brummte zustimmend. Sie fanden den schmalen Pfad und eilten den steilen Hügel hinab, Tonneman voran. Unvermittelt hielt er inne.

»Was ist?« fragte Racqel.

»Sch.« Reglos löschte er die Kerze und lauschte. Das Geräusch war unmißverständlich. Jemand ließ Wasser. Es war so laut, daß er nicht sicher war, ob es ein Mann oder ein Pferd war.

Da es nur wenig Unterholz gab, ließ es sich recht bequem gehen; sie machten einen großen Bogen von dem Pfad weg und gingen den Abhang hinunter, fort von dem Geräusch. Als sie auf Abners Boot zuliefen, ließ das Knacken eines Zweiges sie innehalten. Tonneman zog Racqel mit sich in den Schatten hinunter.

Sie fürchtete sich vor dem, was hier draußen lauern mochte, und auch vor seiner Nähe. Sie erinnerte sich, daß seine nackte Brust mit krausem weißblondem Haar bedeckt war. Und sie wünschte, daß er sie hielt, wie ein Mann eine Frau hält. »Was ist?« Ihre Stimme bebte.

»Seid still.« Sein Puls ging schneller, machte ihn bereit, zu kämpfen oder zu laufen. Darunter mischte sich das Bewußtsein, daß ihr weicher Körper ihm so nahe war, ihr offenes Haar, ihre Berührung, ihr Duft mit einem Anflug von Rauch und Lavendel. Lavendel?

Sie warteten, atmeten im Takt. Zweige knackten, als ungeschickte Füße darauftraten. »Wartet hier«, flüsterte Tonneman. Geduckt bewegte er sich in die Richtung des Geräusches.

Einige Augenblicke später hörte Racqel das unmißverständliche Geräusch von Hieben und Stöhnen, gefolgt vom Knacken der Zweige und Äste. Dann verstummten plötzlich alle Laute der Nachttiere. Wieder Stöhnen und eine Stimme, die sie erkannte. Sie stürzte auf die zwei. »David Mendoza«, rief sie, den Tomahawk schwingend. Die Männer, die sich auf der Erde gewälzt hatten, ließen voneinander ab, setzten sich auf und sahen einander an. Tonneman stand auf und klopfte sich den Staub ab.

»Was zum Teufel macht Ihr hier, Mendoza?«

»Ihr hättet meinen Arm mit diesem Knüppel brechen können.« Mendoza kroch auf der Erde herum und suchte im Schmutz und zwischen den Zweigen. Er fand die schwarze Seidenmütze und den schwarzen Hut und setzte sie auf. Als er aufstand, bewegte er prüfend die rechte Hand.

»Ihr habt Glück, daß ich Euch nicht ordentlich getroffen habe und daß ich Euch nicht den Schädel eingeschlagen habe.«

Mendoza rieb sich den rechten Arm. »Aber nicht, weil Ihr es nicht versucht hättet.«

»Was zum Teufel macht Ihr hier?«

»Das geht Euch nichts an.«

»Da irrt Ihr Euch«, flüsterte Tonneman heiser. »Noch ein Mann wurde ermordet, und ich wünsche eine Erklärung.«

»Er ist …«

»Sprecht leise«, sagte Tonneman. Ihm war nicht der Blick entgangen, den Racqel und ihr Schwager tauschten, und er war plötzlich ungeheuer müde. »Wir sind nicht auf dem Marktplatz.«

»Er ist mir gefolgt«, sagte Racqel leise.

»Das ist nicht uninteressant, beantwortet aber meine Frage nicht. Was macht Ihr hier?« Der Schout spürte wieder Zorn in sich aufsteigen. »Treibt kein Spiel mit mir, Mendoza. Es reicht mir.«

»Ihr dürft ihm nicht die Schuld geben«, sagte Racqel. »Ich dachte, Abner Simon ...«

»Sei still!« Mendozas Flüstern war ein Befehl. »Das brauchen sie nicht zu wissen.«

»Wer sind *sie*?«

»Eine persönliche Sache, Tonneman.«

»Nichts ist persönlich, wenn es um Mord geht. Was hat Euer Bruder Benjamin mit Abner Simon zu schaffen?«

Die Juden schwiegen. Die Frau blickte auf ihre Füße, und David Mendoza starrte ihn mürrisch an.

»Hört Ihr mich?« sagte Tonneman leise, aber eindringlich. »Ich möchte Antworten. Sofort.«

»Ich auch«, sagte eine fremde Stimme laut aus dem Wald hinter ihnen.

Die drei warfen sich herum.

Der Mond erschien wieder in vollem Glanz, wie angezogen von den Helmen und metallenen Harnischen der Soldaten in roten Uniformen, die sie plötzlich auf allen Seiten umstanden.

Die Stimme sprach wieder. »Ihr alle, hebt die Hände hoch. Ihr seid meine Gefangenen.«

»Nach welchem Recht?« verlangte David Mendoza zu wissen. »In wessen Auftrag?«

»Nach dem Recht und Auftrag Karls des Zweiten, König von England, Irland, Schottland und Wales.«

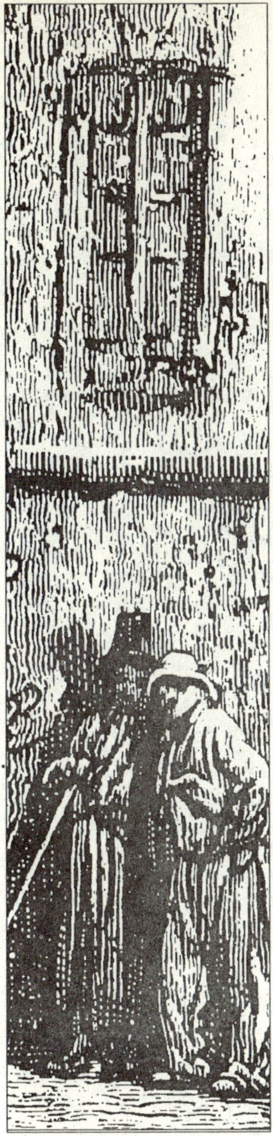

Buch II

Die Engländer

33

MITTWOCH, 27. AUGUST. UNMITTELBAR VOR DER MORGENDÄMMERUNG.

Fackeln flammten auf, und die leuchtend roten Uniformen, die sie umstanden, schienen wie Blut vor dem zart sich rötenden östlichen Himmel.

»Ich bin Leutnant John Brick-Hill von des Königs Musketieren. Gebt Euch zu erkennen.« Der junge Offizier war schlank und nicht so groß wie Tonneman. Aber er wirkte bedrohlicher.

»Ihr seid nicht befugt ...« begann David in der Hitze des Gefechts, dann ließ er seine Worte verklingen.

»Seid still, Mendoza«, stieß Tonneman leise hervor, während er über das geläufige Englisch des Juden staunte.

»Ja, seid still. Mendoza.« Brick-Hills Holländisch war genauso makellos wie Mendozas Englisch. »Nimm ihnen die Waffen ab und dann auf das höhere Gelände mit ihnen, Nesbitt.«

Ein Feldwebel schrie Befehle. Der Tomahawk, den Racqel locker hielt, wurde genommen, ebenso Tonnemans Waffen. Und während Racqel ihren Schwager stumm und zweifelnd anstarrte, wurde ein kleines Messer, das er hinten an seiner Hose zwischen den Fransen des Gebetsschals versteckt hatte, entdeckt und ebenfalls weggenommen. Dann wurden sie den Hang hinaufgetrieben, so daß sie noch einmal auf der Lichtung in der Nähe von Abners Haus standen.

Tonneman beobachtete die Soldaten argwöhnisch, als sie auf der Lichtung ausschwärmten. Zehn nach seiner Zählung, vermutlich eine Vorausabteilung als Spähtrupp für die größere Streitmacht, die noch kommen sollte. Bald würde einer der Soldaten die Hütte betreten und die Leiche finden.

»Leutnant Brick-Hill, ich bin Tonneman, Sheriff von Neu-Amsterdam«, sagte Tonneman auf Englisch. »Das sind David Mendoza, ein Kaufmann, und seine Schwägerin Racqel Mendoza.«

Racqel, deren Englischkenntnisse zu dem Vermächtnis ihres Vaters gehörten, staunte über Tonnemans steife Förmlichkeit.

»Was sucht Ihr hier?« Brick-Hills Blick fiel auf Racqel und ihre unordentliche Aufmachung.

Tonneman sah einen Musketier in die dunkle Hütte gehen. »Ich untersuche ein Verbrechen.«

»Um Gottes willen. Leck mich am Arsch, wenn der nicht für immer ausgefurzt hat.« Die Worte drangen aus der Hütte, und zwei andere Musketiere stürzten hinein.

»Nicht so unflätig«, mahnte Nesbitt. »Lady hört mit.«

Tonneman fuhr fort: »Dort in der Hütte liegt ein Toter. Er ließ mich holen, war aber tot, als ich ankam.«

Brick-Hills Blick ging wieder zu Racqel. Er runzelte die Stirn. Der Feldwebel trat zu ihm und räusperte sich.

»Unser Boot bekam gestern abend ein Leck«, erklärte Mendoza, indem er auf sich und Racqel zeigte. »Wir schafften es gerade noch zum Ufer, und dann lagen wir fest bis zum Morgen.«

Brick-Hill reagierte nicht, und einen Augenblick lang dachte Tonneman, er habe es nicht gehört. »Die Liste, Nesbitt?« sagte er zu dem Feldwebel neben sich.

Nesbitt zog ein Papier aus seinem Waffenrock und schnippte mit den Fingern nach einem Unteroffizier hinter sich. Der Mann, der eine Fackel hielt, trat schneidig vor. Er und der Feldwebel und die anderen Musketiere waren in schmutzige weiße Hemden mit breiten unverzierten Kragen gekleidet. Ihre Waffenröcke, Kniehosen und Strümpfe waren scharlachrot, die Knöpfe, die an den Seiten ihrer Hosen hinunterliefen, ebenso schwarz wie ihre Schuhe.

Jeder Mann war mit einer Muskete und einem kurzen Degen bewaffnet; alle trugen Helme und Harnische, ärmellose Jacken aus leichtem Metall, die bis zum Schenkel gingen. Über jede Schulter war ein Lederriemen geschlungen, der bis zur Hüfte reichte. Ein halbes Dutzend Ladestreifen und Metallflaschen mit Pulver hingen an jedem Riemen. Am Ende des einen Riemens befand sich eine Ledertasche; am Ende des anderen war der Degen. Was, dachte Tonneman trübselig, würde der ungeordnete Haufen im Fort gegen disziplinierte Soldaten wie diese hier ausrichten?

Der Feldwebel reichte Brick-Hill das Papier und flüsterte ihm etwas zu.

Brick-Hill war nicht in Rot gekleidet, sondern in leuchtend blauem Satin, den er und seine Geliebte an einem reizenden Nachmittag in London ausgewählt hatten. Er trug einen Brustharnisch, aber dieser und sein rotes Gehenk, das mit Trauben kleiner strahlender Diamanten verziert war, waren sein einziges Zugeständnis an das Militärische. Ansonsten war er modisch gekleidet wie der Tote mit der achteckigen Brille. Er hatte Spitzen an den Handgelenken und an seinem breiten weißen Leinenkragen und Schleifen an den Knien und Schuhen. Auf dem Kopf trug er einen breiten blauen Samthut mit einer prachtvollen weißen Feder.

»Ganz recht«, bemerkte Brick-Hill, während er mit dem Finger über das Papier fuhr.

Drei Soldaten stürzten aus der Hütte und eilten im Schnellschritt zu Feldwebel Nesbitt.

»Dort liegt ein toter Mann, Sir. In der Hütte.«

Brick-Hill sah von dem Papier auf. »Tonneman ... Mendoza ...« Er verneigte sich vor Racqel. »Ihr seid meine Gefangenen. Nesbitt. Zwei Mann.«

»Carlyle. Jones.« Die zwei Soldaten hinter Johnson traten mit exakten Bewegungen vor. »Diese drei sind in deiner Obhut.« Während die zwei Männer sich links und rechts von den Gefangenen aufstellten, sagte der Feldwebel: »Sir, die Hütte.«

»Bitte entschuldigt mich.« Brick-Hill entfernte sich und sprach leise mit dem Feldwebel, worauf beide in der Hütte des Toten verschwanden.

Mendoza vertrat sich die Füße und fuchtelte mit den Armen.

Carlyle pfiff scharf nach Jones und sah Mendoza mit schiefem Kopf an.

»Hier«, sagte Jones. »Lass' das.«

Mendoza wandte sich sofort an Racqel und begann, sie auf Portugiesisch auszuschimpfen, was Tonneman jedoch verstand, da es die Sprache der Meere war. »Siehst du, was für einen Schaden deine Halsstarrigkeit angerichtet hat?«

Er zog ein großes seidenes Taschentuch aus seinem Rock und warf es ihr zu. »Bedecke deine Schamlosigkeit.«

Racqel neigte den Kopf. Wortlos nahm sie das Tuch und band es um den Kopf, so daß ihr Haar bedeckt war. Tonneman starrte sie an, wie gebannt von dem kleinen sinnlichen Augenblick. Das Verlangen nach ihr machte ihn beinahe leichtsinnig. Ihre Augen blickten auf und begegneten seinen. Es war, als hätte sie seine Gedanken gelesen.

Brick-Hill kam auf sie zugeschritten, der Feldwebel an seiner Seite. »Holländer«, sagte der Leutnant, während er sich wieder in die Gruppe einreihte. »Ihr liegt verdammt richtig mit dem Mann in der Hütte. Was für ein Verbrechen untersucht Ihr?«

»Ein anderer Mann, ein Fremder, wurde erst gestern in Neu-Amsterdam ermordet. Skalpiert«, fügte Tonneman bitter hinzu. Die Musketiere rührten sich unbehaglich.

»Der Jude in der Hütte hatte ein Loch im Kopf«, sagte Brick-Hill. »Allem Anschein nach mit der Waffe getötet, die wir der Frau weggenommen haben.«

»Ein Tomahawk. Wir haben von Zeit zu Zeit Probleme mit den Indianern«, erklärte Tonneman. Schon seit geraumer Zeit herrschte Frieden mit den Indianern, aber alles war gut, wenn es den Feind nervös machte.

»*Sie* hat es nicht getan, oder?« fragte Brick-Hill mit einem affigen Zwinkern. »Liebesgeschichte oder so.«

»Wohl kaum«, antwortete Tonneman.

»Wie ist die Neigung Eurer Leute? Sind sie entschlossen, zu kämpfen? Erwartet Ihr Hilfe von den anderen Siedlungen?«

»Unsere Leute haben einen Hang zu gutem Essen und gutem Trinken. Sie lieben einen guten Kampf, sind aber einem guten Gespräch nicht abgeneigt. Und einige von uns glauben, falls wir Hilfe brauchen, wird der Herr sie uns senden.«

»Ihr nehmt mich auf den Arm, alter Junge, was? Na ja, geht in Ordnung, der Mensch braucht Sinn für Humor. Wie viele Soldaten sind im Fort Amsterdam stationiert?«

»Ihr erwartet doch nicht im Ernst eine Antwort?«

»Nein. Aber ich weiß es bereits. Ihr habt einhundertfünfzig Soldaten und seid knapp an Schwarzpulver.«

»Wie könnt Ihr das wissen?« platzte Mendoza erstaunt heraus.

»Ruhe, Mendoza«, schnauzte Tonneman ihn an.

Der Leutnant lächelte. »Ja, Ruhe, Mendoza. Bis Ihr angesprochen werdet.« Er betrachtete die blauen und weißen Fransen des Gebetsschals, die unter Mendozas Hemd heraushingen, und wandte sich dann wieder an Tonneman. »Also, Holländer, es sieht so aus, als hättet Ihr jetzt zwei Morde zu untersuchen.«

»Ja.«

»Und woher soll ich wissen, daß nicht *Ihr* den Kopf des Juden mit dem Tomahawk gespalten habt?«

»Ihr könnt es nicht wissen. Genausowenig kann ich wissen, ob Ihr es nicht getan habt.«

»Ganz recht. Wie köstlich. Na schön. Wir werden uns nicht in Eure Arbeit einmischen. Fort mit Euch. Alle drei. Nesbitt, ihre Waffen.«

»Was?« Tonneman wollte es nicht glauben.

»Wollt Ihr unser Glück aufs Spiel setzen?« Mendozas Stimme klang schrill vor Spannung. »Er sagte, fort mit uns. Gehen wir.«

»Jones«, brüllte Nesbitt. »Die Waffen der Gefangenen.«

Jones kam mit ihren Waffen zurück, darunter der Tomahawk, den er Racqel überreichte, wobei er sie unverwandt mit offenstehendem Mund anzüglich anstarrte.

»Es ist kein Trick, das versichere ich Euch«, sagte Brick-Hill gnädig. »Ich habe weiter nichts mit Euch zu schaffen. Ihr seid frei, zu gehen.« Er sah Racqel offen an, die den Tomahawk in der einen Hand hielt und mit der anderen Tonnemans Rock um sich zog. Er zog seinen Hut mit der großen weißen Feder und machte die vornehmste Höflingsverbeugung mit einem tiefen Knicks des rechten Knies und einem eleganten Schwung der rechten Hand. »Madame. Ich hoffe, ich habe Euch keine allzu großen Unannehmlichkeiten bereitet. Eine sichere Heimreise.«

Tonneman nickte dem Leutnant zu und bedeutete Racqel und Mendoza, vor ihm zu gehen.

»Bis zum nächsten Treffen, Holländer«, rief Brick-Hill ihnen nach.

34

MITTWOCH, 27. AUGUST. DÄMMERUNG.

Blasses Gelb färbte den tiefgrauen Himmel, und ein trockener kühler Wind im Rücken half Tonneman, während er Abners Boot über den Fluß nach Manhattan ruderte. Die Hitzewelle war endlich gebrochen, und bald würde der Sommer in den Herbst und schließlich in einen einsamen Winter übergehen. Einen englischen Herbst und Winter. »O nein«, sagte er laut, um die Melancholie abzustreifen, die ihn überkommen hatte, seit Brick-Hill den Namen Mendoza auf der Liste erkannt hatte.

Racqel, die im Bug des Bootes unter Tonnemans warmer Jacke kauerte, hob bei seiner plötzlichen Äußerung erwartungsvoll den Kopf, doch er beachtete sie nicht. Entmutigt kehrte sie zu den eigenen Gedanken zurück. Sie war erschöpft und empfand nur tiefes Elend nach den Ereignissen des vergangenen Tages und der Nacht. Ihre Zukunft sah genauso erbärmlich aus; sie saß bis zum Tod in der Falle, verurteilt zu einem unwürdigen Leben.

Es war sonnenklar, dachte Tonneman. Eben waren sie noch Gefangene der Engländer. Dann die Liste, und plötzlich waren sie keine Gefangenen mehr. Freigelassen, einfach so. Es ergab keinen Sinn, es sei denn, die Juden waren Verräter. Spione der Engländer.

Nein, vielleicht nicht alle. Nicht diese reizende Jüdin, nicht seine Racqel. Wie konnte sie eine Spionin sein? Was dachte er da? *Seine* Racqel? Noch nicht. Erst mußte er beweisen, daß ihr vermißter Mann tot war. Die Mendozas dagegen, Vater und Söhne, und auch Abner Simon mochten durchaus englische Spione sein. Das würde Benjamins Verschwinden erklären. Er konnte bei dem englischen Oberst sein und in Connecticut abwarten. Oder er konnte tot sein.

Racqel beobachtete, wie ihre Insel vor dem heller werdenden Himmel klar wie eine feine Zeichnung hervortrat. Was Abner Simon von Benjamins Verschwinden wußte, war mit ihm gestorben. Sie war verloren, wenn der Schout keinen Weg fand, ihr zu helfen.

Tonneman ließ das Boot nicht weit von Coenties Slip auf den Strand laufen, sprang hinaus und reichte Racqel die Hand, ohne sich dabei etwas zu denken. Mendoza stieß seine Hand grob weg, nahm Racqels Arm und zerrte sie mit solcher Kraft aus dem Boot, daß sie vor Schmerz aufschrie.

»Sachte, sachte«, sagte Tonneman leise, sich mühsam beherrschend.

Vier Soldaten schliefen zusammengerollt im taufeuchten Gras, und zwei lehnten schnarchend an einem Pulverfaß. Ihre Radschloßgewehre lagen unnütz neben ihnen auf der Erde.

»Strammgestanden!« brüllte Tonneman. Die sechs Männer sprangen taumelnd und benommen auf. Einer griff nach seiner Waffe, ließ es jedoch bleiben, als Tonneman ihn mit dem Degen an der Kehle kitzelte. »Wenn ich euch nun mitteilte, daß die Engländer dort drüben über dem Fluß sind, was dann? Der Himmel steh' uns bei, wenn sie kommen. Ihr Taugenichtse helft bestimmt nicht. An eure Plätze. Macht schnell.« Tonneman schüttelte verächtlich den Kopf. Er steckte seinen Degen in die Scheide, während die sechs Männer zu ihren Posten am Ufer krochen.

Eine Sache hatte er noch zu erledigen, und dann konnte er schlafen. Er mußte seine Erkenntnisse über die Engländer an den Generaldirektor weiterleiten. Danach würde es P. S.' Problem sein. Er wußte nicht, wie viele Mann noch zu Brick-Hill stoßen würden, aber es war klar, daß die klägliche Mannschaft in Fort Amsterdam ihnen nicht gewachsen sein würde.

»Es tut mir leid«, konnte Racqel noch murmeln, bevor Mendoza sie die Pearl Street hinunter wegzog.

Tonneman ging in Gedanken versunken langsamer hinter ihnen her. Er war gern Schout. Es war zu schade, doch nun würde er ein anderes Betätigungsfeld finden müssen. Er würde Neu-Amsterdam den Engländern überlassen und ein Stück Land in Neu-Haarlem kaufen. Ein neues Leben beginnen. Alles, was er brauchte, war das Land und eine Ehefrau. Bei Gott, das hatte er nicht denken wollen. Aber da war es. Eine *Ehefrau*.

Er holte die Mendozas vor Stuyvesants Haus ein, das die Bucht überblickte und eine klare Sicht auf Breukelen bot. Und früher, als ihnen lieb war, würde es eine klare Sicht auf die englische Flotte bieten.

»Möchtet Ihr, daß ich mit hineingehe und berichte, was ich gesehen habe?« fragte Racqel und schüttelte Mendozas Arm ab. Er starrte sie wütend an.

»Bist du verrückt?« fragte Mendoza. »Warum solltest du da hineingehen? Damit Holzbein auf dich spucken kann?«

»Ich bin eine Zeugin für ...«

»Nein«, fauchte Mendoza. »Ich bin Zeuge. Zeuge deiner Torheit. Glaubst du, der Mann drinnen wird dir danken? Nein, er wird dir und uns allen die Schuld daran geben, die Engländer hergebracht zu haben.«

Sie berührte Tonnemans Arm mit den Fingerspitzen, dann zog sie die Hand zurück. Er starrte auf die Stelle, die sie berührt hatte, als erwartete er, Brandzeichen zu sehen. »Ihr müßt dem Generaldirektor sagen, daß es mehr Soldaten sind als die wenigen, denen wir begegnet sind. Die große Gruppe mit Pferden, die ich vorher sah.« Sie holte Luft, wagte nicht, ihm in die Augen zu sehen. »Hunderte. Ich glaube ...«

»Racqel. Ich *bestehe* darauf, daß du jetzt mit nach Hause gehst.«

»In Ordnung«, sagte Tonneman. »Ich sage es ihm, Vrouw Mendoza. Guten Tag.«

Mendoza umklammerte ihren Arm und versuchte, sie wegzuschleppen. »Komm. Wir haben viel zu tun. Ich muß meine Morgengebete noch sprechen. Ich muß eine Mesusa in den Türpfosten des neuen Hauses legen, und im Lager wartet Arbeit auf mich.«

Traurig wandte sie sich um und ließ sich von ihrem Schwager wegführen.

Tonneman rieb sich die trüben Augen und stieg die weiße Treppe rechts von der Eingangstür des großen Hauses hinauf. Er klopfte einmal laut mit dem schmiedeeisernen Klopfer, der ein Herz und eine Krone darstellte, und betrachtete das P. S.-Monogramm auf der Platte unter dem Herzen. Endlich hörte er drinnen ein Geräusch.

Die Tür wurde von Eva Runkel geöffnet, der gebeugten alten Frau, die den Haushalt führte. »Er ist zum Fort gegangen.« Sie machte Tonneman die Tür vor der Nase zu.

»Guten Morgen, Tonneman«, murmelte er, während er die linke weiße Treppe hinunterging. »Und wie geht es Euch an diesem schönen Tag? Möchtet Ihr nicht ein Bier kosten, um Euren Durst zu stillen, oder ein Stück Wurst, um das Fasten zu brechen?« Vor sich konnte er Racqel und Mendoza auf dem Weg zum Jodensteeg sehen. Müde bis in die Knochen stapfte er auf das Fort zu.

35

MITTWOCH, 27. AUGUST. FRÜHER MORGEN.

Das Fort schien vor Energie zu knistern. Die Vorbereitung auf den Krieg war zumindest in diesen Mauern in ein Fieber ausgeartet. Feldwebel brüllten Befehle, und Soldaten beeilten sich, sie auszuführen, indem sie herumhetzten und nichts zustande brachten.

Tonneman übersah Dirk Baaldes nachdrückliches Winken und ging direkt in die Amtsstube des Generaldirektors. Der Schmied würde auf die Kriegsnachrichten warten müssen, bis alle andern sie hörten.

Avercamp teilte ihm mit, daß Stuyvesant beim Barbier sei. Aufs äußerste erschöpft, machte Tonneman kehrt und schleppte sich zu Ernestus Beels' Laden, wobei er wieder die aufgeregten Gesten und Zurufe des Schmiedes geflissentlich übersah. Der Pfahl vor dem Barbierladen war frisch geweißt worden. Noch zierten ihn keine frischen blutverschmierten Tücher, doch der Tag war noch jung.

In der kleinen Kammer, die nur von der Sonne, die durch ein einziges großes Fenster hereinkam, und der Flamme im Kamin erhellt wurde, fand Tonneman Stuyvesant vor, der gerade von Beels rasiert wurde. Der Barbier, ein untersetzter Mann mit buschigem Schnauzbart und langem blondem Haar, das mit einem Lederriemen zurückgebunden war, mußte sich auf Zehenspitzen recken und oft auf eine Bank stellen, um seine Arbeit zu tun. Ein großer schwarzer Wasserkessel brodelte über dem Feuer, und Beels schabte Stuyvesants Gesicht mit einem blitzenden scharfen Stahlrasiermesser.

Während der Generaldirektor rasiert wurde, standen sein ältester Sohn, der siebzehnjährige Balthazar, und Oberst van de Steen dabei. Stuyvesant war mitten in einem Vortrag über die Notwendigkeit, den Wall zu verstärken, um die Stadt nach der Landseite hin zu schützen.

»... weiß, was Nicolls denkt. Entlang dem Oost Rivier wäre die beste Stelle.«

Beels legte das Rasiermesser aus der Hand und nahm ein dampfendes Handtuch.

Stuyvesant unterbrach sich. »Tonneman, da seid Ihr ja. Neuigkeiten?«

»In Breukelen sind englische Soldaten. Zu Pferd.«

Der Barbier versuchte, das Handtuch auf das Gesicht des Generaldirektors zu legen. Stuyvesant riß es ihm aus der Hand und stemmte sich vom Stuhl hoch. »Kavallerie?«

»So sieht es aus.«

P. S. wischte sich das Gesicht mit dem heißen Tuch ab. »Da, die Einkreisung, die ich vorausgesagt habe. Skylla und Charybdis. Diese Schlange Nicolls rückt zur See vor, und seine Soldaten fallen aus Breukelen über uns her. Unglück über Unglück. Die Kompanie schickt keine Verstärkung, sondern befiehlt mir nur, ihren Besitz zu verteidigen. Und unsere Leute, der feige Haufen, würden lieber Engländer werden, als sich einen Dachziegel beschädigen zu lassen.«

Er hielt in seinem stampfenden Schritt vor dem Fenster inne und hob die Arme gen Himmel. »Alles hängt an mir. Es wäre besser, man bände mir einen Mühlstein um den Hals und versenkte mich im Meer.« Er ließ die Arme hängen und blickte die drei Männer finster an. »Glaubt mir, da hat Winthrop eine Hand im Spiel. Mögen er und Oberst Nicolls in der Hölle schmoren.« Granatrot angelaufen nahm P. S. seinen zornigen Marsch durch die Stube wieder auf. Mit seinen Wurstfingern betastete er seine Oberlippe, um den Zustand des spärlichen Schnurrbartes zu prüfen, dann die Wangen und das Kinn nach Spuren verirrter Barthaare. Er nickte dem Barbier anerkennend zu, der lächelte und sich schüchtern abwandte. Stuyvesant warf den Kopf wie ein Pferd, strich das schulterlange braune Haar glatt und tätschelte seine Platte. »Van de Steen, zieht die Männer zusammen und laßt sie zum Oost Rivier marschieren.«

»Genau das wünscht Nicolls.« Der Oberst streichelte seine Narbe und blickte von Tonneman zum Generaldirektor. »Er versucht gar nicht, Euch einzukreisen. Es ist ein Ablenkungsmanöver an Eurer Flanke, um Euch zu zwingen, Eure Truppen zu binden und die Front zu entblößen. Ihr geht ihm direkt in die Falle.«

P. S. hielt in seinem Schritt inne, um van de Steens Worte zu bedenken; er nickte. »Die Schlange ist gerissener als alle anderen Tiere des Feldes. Was schlagt Ihr vor?«

»Die Übergabe könnte zu diesem Zeitpunkt eine gute Taktik sein«, schlug Tonneman vor. Seine Augenlider waren schwer. Er lehnte sich an den Türpfosten.

»Niemals!« brüllte Pieter Stuyvesant.

Der junge Balthazar räusperte sich. Auch er hatte einen Zinken von Nase über vollen Lippen, ein Gegenstück zum strengen Gesicht des Vaters. »Warum nicht, Vater?«

Beels wischte mit einem Lappen ein wenig Schaum vom Boden auf, dann zog er das Rasiermesser an einem Lederriemen ab, wobei er aufmerksam dem Gespräch lauschte.

Der Generaldirektor starrte seinen Sohn an, als habe ihn ein Messer getroffen. »Auch du?« Er holte tief Luft. »Macht nichts. Mag jeder gegen mich sein, selbst die Frucht meiner Lenden. Die Antwort bleibt dennoch: niemals. *Niemals.*« Seine Hand ruhte auf dem Brustharnisch über seinem Herzen. »Die Seele von Neu-Amsterdam ist in meiner Obhut. Ich bin ein Diener des Volkes. Und als dieser Diener werde ich das Vertrauen, das das Volk zu mir hegt, nicht brechen. Seht Euch selbst an, Tonneman. Eure Kleidung ist Eures Amtes nicht würdig. Rasiert ihn, Beels. Reißt die Augen auf, Mann. Ihr schlaft im Stehen ein.«

Der Barbier rückte den Stuhl für Tonneman zurecht. Tonneman schüttelte den Kopf. »Ich bin die ganze Nacht unterwegs gewesen, Boß. Wegen dieser Sache mit dem Mann im …«

»Wie viele Soldaten habt Ihr gesehen?« fiel ihm van de Steen ins Wort.

»Zwölf. Zehn Musketiere, einen Feldwebel und einen Offizier.«

»Ha!« rief Stuyvesant.

»Es waren mehr. Hunderte.«

»Woher wißt Ihr das, wenn Ihr nur die zwölf gesehen habt?«

»Sie wurden von einem Ortsansässigen gesehen und beschrieben.« Tonneman war im Augenblick zu müde und nicht gewillt, auf die Mendozas einzugehen.

»Schlaft erst einmal.« P. S. kehrte ihm abrupt den Rükken. »Und seid um Mittag wieder hier.«

»Ja, Mijnheer.« Tonneman ging gern. Der alte Mann schien sich etwas abgeregt zu haben. Hinter sich konnte Tonneman immer noch Stuyvesant hören, der seinem Sohn eine Strafpredigt hielt.

Tonneman gähnte. »Zum Schlafen habe ich genügend Zeit, wenn ich tot bin.« Wieder wich er dem Schmied aus und verließ das Fort. Er wollte den langen Matthew am Ufer des North River suchen. Vom Mörder abgesehen, war der Afrikaner wahrscheinlich der letzte, der Abner Simon lebend gesehen hatte.

36

MITTWOCH,
27. AUGUST.
FRÜHER MORGEN.

Willst du bitte aufhören, mich anzuschreien?« Racqel war den Tränen nahe. Sie war erschöpft und traurig, aber sie wollte nicht weinen.

»Ich schreie nicht«, sagte David. Seine Stimme war leise und gedämpft, aber voller Zorn. »Nicht von mir sprechen wir. Von dir. Du, die du Schande über uns bringst. Du, die du ein halsstarriges Geschöpf bist, das seinen Platz nicht kennt.«

Abraham schüttelte traurig den Kopf. Daß er auf seine alten Tage von bitterer Zwietracht in seiner Familie umgeben sein sollte, verwirrte ihn. Er ging nach hinten in den Raum, der die gute Stube ihres teilweise fertigen Hauses werden sollte, berührte leicht die kahlen Pfosten, murmelte Gebete. Auf der anderen Seite des Hauses arbeiteten Frederick Philipse und seine Männer noch lärmend. Der alte Mann seufzte und schlurfte dann zum Eingang zurück, wo sein Sohn immer noch mit Racqel schimpfte.

»Und dein Benehmen gegenüber diesem betrunkenen Flegel von einem Schout ist auch nicht das einer guten jüdischen Frau.« David zupfte wütend an den Ärmeln von Tonnemans Jacke, die um ihre Schultern lag. »Sieh nur, wie du dich wie eine *Isebel* zur Schau stellst. Seine Kleider hängen an dir, als wärst du seine Sklavin. Das ist mehr als unziemlich. Es ist sündhaft und abscheulich. Und wirf diese heidnische Waffe weg. Sie ist nicht nur schändlich, sie ist unheilig, befleckt mit dem Blut eines toten Mannes. Eines toten Juden, Aschkenasi oder nicht.«

In ihrer tiefen Erschöpfung hatte Racqel vergessen, daß sie noch den Tomahawk umklammerte. Sie hob ihn jetzt ein wenig höher, um ihn besser betrachten zu können. »Du bist derjenige, der sie verkauft. Sind sie dann heilige Dinge, wenn du sie verkaufst und werden erst Waffen, wenn die Wilden sie benutzen?«

»Still, Racqel«, sagte der Alte. »Komm, mein Sohn, lass' sie in Frieden. Sie weiß, daß sie unrecht gehandelt hat.« Zu Racqel sagte er: »Es verdüstert mein Herz, alle diese Dinge zu hören, die David mir erzählt hat. Ich danke Gott, daß dein Vater, er ruhe in Frieden, nicht mehr lebt, um ...«

Racqel wollte etwas erwidern.

»Schweig', wenn mein Vater zu dir spricht«, befahl David.

»Genug der Bitterkeit«, sagte der alte Mann zu ihm. »Lassen wir sie allein, damit sie sich waschen kann. Sie ist verschmutzt. Es ist nicht schicklich, daß sie sich so zeigt.« Abraham ging mit gesenktem Kopf langsam hinaus.

»Zieh die Jacke dieses Goi aus«, befahl David, bevor er seinem Vater folgte.

Racqel riß Davids seidenes Taschentuch vom Kopf. Ihr

wirres Haar war immer noch feucht. Sie ging zur Hintertür. Caleb war an ihren Füßen.

Wer war nur der Mann im Schuppen? fragte sie sich, während sie den Holzeimer aus dem Brunnen zog. Der Eimer war geborsten, und kleine Rinnsale liefen heraus. Sie stellte ihn ab, beinahe zu müde, um darauf zu achten. Caleb leckte gierig das Wasser vom Boden auf.

Sie hörte die Stimmen der Afrikaner David und Goliath, während sie Holzabfall auflasen und auf den Wagen luden. Sie sprachen einen Dialekt miteinander, den sie nicht verstand. Die zwei grauen Pferde, die vor den Wagen gespannt waren, fraßen träge an den wenigen Grasbüscheln, die nicht vom Feuer vernichtet worden waren. Eines trug einen roten Samthut mit einer großen blauen Feder und sah so albern aus, daß sie laut lachen mußte. Das Lachen tat gut; es wärmte ihr kaltes schmerzendes Herz. Die Afrikaner hörten auf zu arbeiten und spitzten die Ohren. »Guten Morgen, Vrouw«, sagten sie zusammen.

»Guten Morgen.« Neben dem Haus stand ein neuer Eimer. Mit letzter Kraft schleppte sie sich zu der Stelle, wo sie ihn zuletzt gesehen hatte.

» ... meine ewige Schande«, hörte sie Abraham sagen.

O nein, sie nörgelten immer noch an ihr herum. Sie drückte sich an die Hauswand.

»Nein, Vater, nicht deine Schande. Benjamins.«

»Der Name Mendoza ist entehrt worden. Wie konnte er zulassen, daß diese Ausgeburt des Teufels, dieser Aschkenasi-Wurm Abner Simon uns in seine schreckliche Intrige hineinzieht.«

»Wenn er hier wäre, würde ich ihn erwürgen, weil er uns das angetan hat.«

»Sprich nicht so von deinem Bruder. Er tat, was er für die Sicherheit der Familie für richtig hielt.«

»Nein, Vater. Er tat, was er für einträglich hielt.«

»Genug«, rief Abraham. »Ich kann die Qual nicht ertragen.«

»Nimm es an, Vater. Benjamins Gier nach Gewinn ließ ihn Verrat üben.«

Sie hörte eine Hand mit lautem Knall auf Fleisch treffen. »Sprich nicht schlecht von den Toten.«

Die Toten? Racqel biß auf ihre Knöchel, um nicht aufzuschreien. Sie schaute sich nach den Afrikanern um. Sie lasen Holz auf und legten es auf den Wagen, ohne auf sie zu achten.

»Bist du so sicher, daß er tot ist?« fragte David.

»Man kann nicht erst einen Pakt mit dem Teufel schließen und ihn dann ungeschehen machen«, sagte der alte Mann. »Er brachte Schande über unser Haus. Besser für uns, wenn er tot ist. Ich habe in meinem Herzen das Kaddisch für ihn gesprochen, schon seit jenem schrecklichen Tag im Dezember.«

Racqel erlaubte sich, ein wenig aufzuatmen. Nicht tot, nicht mit Sicherheit. Nur eine religiöse Metapher.

»Du bist zu streng, Vater. Er sah ein, daß er unrecht handelte, und er hatte vor, es in Ordnung zu bringen. Und er ist nicht tot. Das Leben wäre soviel einfacher, wenn er es wäre. Wir könnten seine schändliche Tat vergessen, ich könnte Racqel heiraten, und wir könnten unser Leben weiterführen. Ich liebe sie. Sie braucht einen starken Mann, einen Mann, der Kinder mit ihr zeugt. Ihr Vater hat sie zu viele Dinge lernen lassen, die Männersache sind. Sie stellt zu viele Fragen. Sie wird uns vernichten, wenn sie Benjamins Intrige mit den Engländern aufdeckt.«

»Du bist ein frommer Mann, mein Sohn. In deinem Geist. Doch in deinem Herzen … Benjamin hätte Kinder gehabt, wenn die Frau empfangen könnte, aber leider konnte sie nicht. Sieh dich anderswo nach einer Frau um.«

Das Gespräch brach ab. Racqel schloß die Augen, um ihre Gedanken zu ordnen. Benjamin war nicht tot.

Caleb tänzelte verspielt um ihre Beine. Sie bückte sich und nahm das zappelnde Tier in die Arme.

Wovon hatten sie geredet? Was für ein Pakt mit dem Teufel? Benjamin war in irgendein fragwürdiges Geschäft mit den Engländern verwickelt gewesen. Benjamin war ein Verräter.

37

MITTWOCH, 27. AUGUST. MORGEN.

Der rauhe Saum an seinem Hut drückte schmerzhaft gegen Tonnemans Kopf und erinnerte ihn daran, daß er seit Dienstag nacht gestoßen, verdroschen, geprügelt und geschlagen worden war wie ein armes dummes Tier. Er lüftete den Hut und berührte vorsichtig die linke Seite seines Kopfes. Eine Beule von der Größe eines Gänseeis und ein wenig aufgeplatzte Haut. Es würde ziemlich schnell heilen. Was nicht heilen würde, war ein Kopf, den ein Tomahawk gespalten hatte. Behutsam setzte er den Hut wieder auf.

Allmählich kamen die ersten Leute auf den Marktplatz. Die Siedler und Händler der Gegend gingen zu Fuß oder fuhren auf Wagen herein, die Indianer kamen zu Fuß oder geritten und schleppten ihre Waren auf Häuten, die über zwei Stangen gespannt waren und von ihren Pferden oder ihren Frauen gezogen wurden.

Der Geruch von bratendem Schweinefleisch drang in seine Nase. Trotz seiner Müdigkeit folgte Tonneman dem Duft um das Fort herum, an der Windmühle vorbei. Die Frühaufsteher hatten sich schon eingerichtet. Und hier am Markttag mischten sich Angehörige aller Völker ohne Feindseligkeit. Der Deutsche Brafman hatte seine Hühner in Holzkäfigen ausgestellt, und sein Spankorb mit Eiern stand neben dem Franzosen de Blanche mit seiner Butter und seinem Käse. Es überraschte Tonneman, wie der Handel einfach weiter ging, Geschäft war Geschäft, obwohl eine Invasion drohte.

Die Wagen wurden zu Marktständen, und davor legte man Holzleisten über zwei Pfähle, um daran mit Lederriemen Wildbret und handwerkliche Produkte zu hängen. Die Indianer lehnten Pfähle an Bäume, die dem gleichen Zweck dienten.

Bei einem Pfahl saß ein Indianer, der einen Zweig kaute, während seine Frau, die ihr dunkelbraunes Haar in zwei langen Zöpfen trug, einen Korb aus Seegras flocht. Zwei kleine Jungen rangen hinter ihr, und ein Säugling schlief in einem farbenfrohen Bündel aus Tuch und Leder zu ihren Füßen.

Sie waren Irokesen. Mohawk dem Aussehen nach. Wie Fuchsmann.

»Wann wurden diese getötet?« Ein Städter deutete auf das Kaninchen und den Truthahn, die an dem Pfahl des Indianers ausgestellt waren.

»Heute morgen«, sagte die Indianerin, ohne aufzublicken.

Der Städter schnupperte an dem Fleisch. »Scheint mir eher gestern morgen gewesen zu sein.«

Auf dem ganzen Marktplatz wurde Tonneman von allen

Seiten gegrüßt. Aus dem Augenwinkel sah er die Schwiegereltern seiner Tochter, Margrieta und Willem Bikker, und ihre junge Tochter Clara mit Körben voller roter Äpfel, Pfirsiche und Birnen aus ihrem Obstgarten in Neu-Haarlem. Bienen summten träge um die reifen Früchte.

»Wie geht es meiner Tochter, Vrouw Bikker?«

»Es wird nicht mehr lange dauern, dann sind wir dicke alte Großeltern.« Margrieta Bikker lachte herzhaft; um die Augen hatte sie Lachfältchen in dem glatten runden Gesicht. Sie war immer noch eine gutaussehende Frau.

Willem Bikker schüttelte ihm die Hand. Er war ein Mann von wenigen Worten, der so klug war, seiner Frau das Reden zu überlassen.

»Ihr müßt zu Besuch kommen«, sagte sie. »Der Hof ist prächtig. So ein schönes Haus. Nicht so groß, aber genauso elegant wie das Haus des Großfürsten auf seiner großen Bouwerie.«

»Aber, Margrieta ...«

»Was hört man von den Engländern? Irgendwas von ihnen zu sehen in Neu-Haarlem?« unterbrach ihn Tonneman.

»Nun, man sieht heute hier keinen englischen Bauern«, bemerkte Willem Bikker.

Tonneman sah sich um. Bikker hatte recht. Kein einziger englischer Bauer war zu sehen. Komisch, daß es ihm bisher nicht aufgefallen war.

»Überall sind Flugschriften angeschlagen worden. Die englischen Bauern sind gewarnt worden, daß man ihre Höfe abbrennen wird, wenn sie uns mit Lebensmitteln versorgen oder uns helfen.« Margrieta wuchtete einen Korb mit Äpfeln auf den Karren eines Kunden, während Willem die Bezahlung entgegennahm. »Das ist nicht alles. Sie haben die Trommeln auf 't lange Eylandt gerührt, um Freiwillige für den Feldzug gegen Neu-Amsterdam zu werben.«

»Wir wären beinahe nicht gekommen«, sagte Willem. »Aber wir können es uns nicht leisten. Wir haben gehört, daß die Engländer Truppen in Breukelen gelandet haben. Ist das wahr?«

»Das habe ich auch gehört«, war alles, was Tonneman sagen wollte.

»Ah, es ist schlimm genug, daß sie uns zu Land und Wasser bedrohen, aber was wird der Hitzkopf tun, der im Fort sitzt? Wird er einen blutigen Kampf erzwingen?«

»Ich weiß es nicht.« Tonneman versuchte weiterzukommen. »Richtet meiner Tochter die herzlichsten Grüße aus.«

»Paßt auf Euch auf, Tonneman«, rief Margrieta ihm nach.

»Meine Wundersalbe heilt Warzen, Bienenstiche und Tierbisse und krätzige Wunden jeder Art! Und nur fünf Stuiver das Töpfchen!« Dieser Singsang kam von einem rundlichen Mann mit langem grauem Haar, der auf einem Wagen stand. Das geschnitzte und gemalte Schild des Wagens stellte ihn vor als Teunis de Vries, Médecin Extraordinaire.

»De Vries, alter Quacksalber, verkauft Ihr immer noch Eure Mixturen aus Scheiße und Fett?«

»Spottet nur, soviel Ihr wollt, Tonneman. Meine Salbe ist dafür berühmt, daß sie die Franzosenkrankheit und manchmal sogar die Pocken heilt.«

»In einem Schweinearsch.«

»Ist das eine kleine Beule, die da unter Eurem Hut hervorschaut? Ich gebe Euch etwas von meiner Wundersalbe, gratis.«

»Nein, danke.« Tonneman zog den Hut fester auf den Kopf und zuckte dabei zusammen.

»Sind die Engländer nahe?«

»Warum? Wollt Ihr ihnen Salbe verkaufen?«

»Nicht ich. Die Engländer bringen großes Übel mit. Sie sind alle Gotteslästerer und Hurer.«

»Redet nur weiter so, de Vries, und Ihr könnt Generaldirektor werden.«

»Ihr schmeichelt mir, Heer Schout.«

»Ich tu' noch mehr, falls ich herausbekomme, daß Ihr diesen Schwindel für mehr als zwei Stuiver den Topf verkauft.« Eine kleine Gruppe von Kunden hatte sich hinter ihm gebildet. Tonneman schüttelte den Kopf genauso über die Leute, die die Salbe kaufen wollten, wie über den Mann, der sie verkaufte.

Er hörte die Musik, bevor er die Musikanten sah; dann entdeckte er Korbonski und seine Geige. Bei ihm war ein bärtiger Zwerg mit dunkler Gesichtsfarbe wie ein Spanier. Ein pelziges gräulichbraunes Geschöpf, etwa drei Hände hoch, stand neben dem Zwerg, den Schwanz um das Bein des kleinen Mannes gerollt. Auf dem Kopf des Tieres saß ein roter Filzhut. Das Haar auf seinem Kopf sah wie eine Mönchskapuze aus; das Gesicht ein Totenschädel. Der Zwerg, selbst nur neun Handbreit groß, spielte ein Flageolett, ein kleines Blasinstrument. In Tonnemans müden Ohren klangen die Töne süß wie Honig. An einem Lederriemen um den Hals des Zwerges hing ein Tamburin. Korbonskis schmuddeliger schwarzer Hut lag mit der Krempe nach oben auf der Erde und wartete auf Spenden. Tonneman trat ein wenig näher, nicht um Geld in den Hut zu werfen oder wegen der Musik, sondern um den kleinen ungestalten Mann und seinen Gefährten besser sehen zu können.

»Einen guten Morgen Euch, ehrenwerter Schout.« Korbonski grinste schief, das Kinn an die Geige gedrückt. Er sah nicht sehr sauber aus, doch Tonneman wußte, daß er selbst im Augenblick auch nicht gerade gepflegt wirkte.

»Korbonski.«

»Gefällt Euch diese Melodie? Sie heißt ›Der Ostindische Rosenstrauch‹.« Er zeigte auf den Zwerg. »Dieser kleine Bursche ist Lizard. Hübsches kleines Kerlchen, nicht wahr?« Eine Gruppe neugieriger Kinder hatte sich um die drei versammelt.

Der Zwerg hatte aufgehört, die Flöte zu blasen, um mit der linken Hand einen schnellen Rhythmus auf dem Tamburin zu schlagen. Seine Stimme war tief und melodiös. »Guten Morgen, Euer Ehren. Gefällt Euch *mein* kleiner Freund? Ich liebe ihn, weil er soviel kleiner ist als ich. Er ist Kapuziner, mein kleiner Mönch. Sag guten Morgen, Kapuziner.« Das Tier hob die rote Kappe zum Gruß und schnatterte Tonneman an.

Es war ein seltsames Tier. Tonneman hatte seinesgleichen vor langer Zeit gesehen, als er zur See fuhr. Wichtiger war, daß es ihn an etwas erinnerte, das er vor kurzem gesehen hatte, etwas, das ihn beunruhigt hatte ..., aber er konnte sich nicht erinnern, was es war. Als Tonneman nicht antwortete, zuckte der Zwerg die Achseln und griff wieder zu seinem Flageolett.

Ein Mann, der ein gackerndes Huhn kopfüber an den Beinen hielt, kam auf Korbonski zugerannt. »Wo?«

Korbonski schüttelte den Kopf.

»Wo? Ich habe dieses Huhn, um für eine deiner Hennen zu zahlen. Der Saft steigt in mir. Ich bin steif wie ein Baum und stark wie ein Bulle.«

Das Huhn kreischte verzweifelt.

»Jetzt nicht«, sagte Korbonski durch zusammengebissene Zähne, nach Tonneman schielend.

Der Mann sah Tonneman an, murmelte etwas, als er ihn plötzlich erkannte, und stahl sich davon.

»Wo ist übrigens Zuckermund?« fragte Tonneman lächelnd. Er war schon wieder im Gehen. Er mußte noch den langen Matthew finden.

»So früh am Morgen?« rief Korbonski ihm nach. »Tief in den Federn.«

»Arbeitend oder schlafend?«

»Arbeitend oder schlafend? Sehr witzig. Den muß ich mir merken. Ein guter holländischer Witz. Für die Engländer. Haha.«

»Wartet mal kurz, Tonneman.« An Jonas Gutwassers Spieß drehte sich brutzelnd ein prächtiges Schwein. Gutwasser, ein umgänglicher beleibter Mann, dessen Bauernhof in der Nähe von Stuyvesants geliebter großer Bouwerie lag, stand mit einem Stück gebratenen Fleisches in der Hand in Tonnemans Weg. »Gebratenes Schwein. Besseres habt Ihr noch nirgendwo bekommen. Kostet es nur.«

Tonneman hatte nicht bemerkt, wie hungrig er war und machte sich über das Fleisch her.

»Appetitlich, wie?«

»Köstlich. Wenn ich jetzt noch ein Bier hätte, würde ich denken, ich sei gestorben und im Himmel.«

»Bier gibt es leider nicht. Kein Getreide, kein Bier. Aber ... was haltet Ihr von Apfelwein?«

»Nichts dagegen.« Der Bauer reichte Tonneman einen irdenen Krug. Tonneman hielt ihn schräg und trank gierig. »Gut. Schmackhaft.« Sofort mußte er nach Luft schnappen. »Herr im Himmel. Ich habe in meinem Leben schon allerhand giftiges Zeug getrunken, Jonas, aber das muß das Zeug sein, mit dem Jan Keyser Häute gerbt.«

»Stark, wie?«

»Kann man wohl sagen.«

»Sagt es Euren Freunden weiter. Sagt ihnen, daß Gutwasser gutes Wasser herstellt.« Er lachte. »Die richtige Art Wasser und nur fünfundzwanzig Stuiver der Krug.«

Musik erklang um ihn. Kinder tanzten. Stampfende, laute Tänze. Ein Jongleur führte seine Kunst mit hölzernen Kugeln vor. Ein Mann machte einen Handstand und lief hin und her.

Ein hagerer dunkler Mann mit einer brennenden Fackel in einer Gabel an der Seite seines Wagens versuchte, einen Degen zu schlucken. Nach zwei oder drei vergeblichen Versuchen und nachdem er sich mit der Schneide in die Finger geschnitten hatte, ließ der Mann die Waffe auf die Erde fallen, holte eine Flasche Branntwein vom Wagen und griff die Fackel.

Ein Mundvoll Branntwein.

Und ein gewaltiges Spucken.

Flammen loderten auf und verloschen. Der Branntwein tröpfelte aus dem Mund des Mannes, und er rieb seine versengten Lippen unter sichtlichen Schmerzen.

Tonneman wollte schon weitergehen, doch etwas hielt ihn fest. Die Waffe kam ihm bekannt vor. Es war ein kunstvolles Rapier, mit eingeätzten Schneckenverzierungen auf dem Stichblatt. Tonneman hob den Degen auf.

Die zweischneidige Waffe sah dem Degen, der dem Mann mit der Brille gehört hatte, sehr ähnlich.

»Ja?« fragte der Möchtegernschwertschlucker und -feuerfresser. Tonneman hatte ihn noch nie gesehen. Sein Tonfall klang italienisch.

»Wo habt Ihr den Degen bekommen?«

»In Palermo«, sagte der Mann, während er vorsichtig die verletzten Lippen abtupfte. »Mein Vater hat ihn mir hinterlassen. Warum?«

»Kein bestimmter Grund.« Tonneman sah einige Münzen

in dem schmutzigen orangen Hut vor den Füßen des Mannes.

Der Mann versuchte wieder, die Flamme seiner Fackel zu schlucken. Tonneman war sicher, daß er den Tag mit Schnitten und Verbrennungen und Töpfen von de Vries' Wundersalbe zum Bestreichen beenden würde.

Er ging weiter. Er hatte fünf Soldaten gezählt, die auf dem Markt patrouillierten. Gut, dachte er, besonders wenn der Schout nicht in der Nähe ist, um es zu tun. Und wo war Pos? Höchstwahrscheinlich schlief er. Schlauer Bursche.

Er wollte gerade den Marktplatz verlassen, als er einen Mann bemerkte, der ihn nervös beobachtete. Ein Wachposten seinem Benehmen nach. Als der Blick des Mannes auf einen Wagen mit einer kleinen Gruppe von Personen darauf fiel, ging Tonneman hinüber. Ein Mann stand hinter einem Tisch, auf dem sich drei Fingerhüte befanden; zwei Männer standen vor dem Tisch. »Findet die Kugel«, rief der Mann hinter dem Tisch, »und gewinnt zehn Stuiver. Es ist ganz einfach, kinderleicht.«

»Ich habe schon fast zwei Gulden gewonnen«, sagte der eine der zwei Spieler mit breitem Grinsen. Der zweite Mann schien unglücklich und bestürzt. Tonneman wußte, daß der erste Mann mit dem Mann hinter dem Tisch und dem Wachposten zusammenarbeitete. Wie der vorgebliche Schwertschlucker und Flammenfresser waren sie für Tonneman Fremde.

»Versucht, das Bleikügelchen zu finden«, drängte der Mann mit den drei Fingerhüten, während er sie geschwind hin und her schob. »Ihr braucht nur zehn Stuiver, um zehn Stuiver zu gewinnen.«

»Ich riskiere einen Gulden«, sagte Tonneman.

Der Mann hinter dem Tisch nahm Tonnemans Einsatz. »Laßt uns den Glanz Eures Geldes sehen.«

Tonneman starrte den Fingerhutmann mit strengem Blick an. »Ich stehe dafür. Traut Ihr mir nicht?«

»Selbstverständlich.« Der Mann wurde vorsichtig. »Ein Gulden, es gilt.«

Tonneman zog zwei Fingerhüte zu sich und drehte sie um, ohne etwas darunter zu finden. Er nickte nach dem einen, der noch übrig war. »Hoffen wir, daß es unter diesem ist.«

»Ihr habt gewonnen«, sagte der Fingerhutmann hastig, ohne den Fingerhut umzudrehen. »Hier ist Euer Gulden.«

»Danke«, sagte Tonneman. Er wandte sich an den unglücklichen Spieler. »Wieviel habt Ihr verloren?«

»Zwanzig Stuiver.« Der Mann sah aus, als kämen ihm gleich die Tränen.

»Hier ist ein Gulden. Nun habt Ihr acht Stuiver gutgemacht. Macht Euch fort.«

»Ja, Mijnheer, danke, Mijnheer«, sagte der Mann und rannte los.

Tonneman wandte sich an den Fingerhutmann: »Wie ist Euer Name?«

»Jan van Amsterdam.«

»Und Eurer?« fragte Tonneman den Gewinner.

»Johan van … Rotterdam.«

Tonneman warf einen Blick auf den Wachposten, der wegschaute. »Ich nehme an, sein Name ist Carl van Leiden. Ich bin hier Schout, Heer van Amsterdam. Ihr verschwindet aus der Stadt. Und nehmt Eure Freunde mit.«

»Aber ich habe Euch den Gulden …«

»Verschwindet, bevor ich Euch wegen Betruges anklage und daß Ihr versucht habt, einen städtischen Beamten zu bestechen und ein englischer Spion seid. Wir haben zwei reizende, von Ratten wimmelnde Gefängnisse, gleich dort drüben im Fort. Ihr habt die Wahl.«

»Ich gehe, Heer Schout.« Der Fingerhutmann winkte seinen Spießgesellen.

»Gut, ich wußte, daß Ihr meine Meinung teilt. Wartet. Hat einer von Euch einen Mann gesehen, der eine achteckige Brille und elegante Kleidung trägt und nach Lavendel duftet?«

»Nein«, sagte der Anführer, »aber für ein paar Gulden …«

»Verschwindet.«

Tonneman sah zu, wie sie einpackten und ihren Wagen wegführten. Nur Diebe? Oder englische Spione? Er wußte es nicht. Aber er wußte eines: Es waren zu viele Fremde hier. Selbst der Mann, der verloren hatte, war ein Fremder. Er wandte sich um und stieß mit Lubbertus van Dincklagen zusammen. »Guten Morgen, Dinck. Danke für den Käse von gestern abend.«

Van Dincklagen knackte und schluckte Austern. Der Saft lief über das schmutzige Kinn auf Brust und Bauch. In dem von Fliegen umsummten Weidenkorb, den er trug, lagen außer den Austern eine dicke Scheibe Wildbret und zwei lange Würste. »Einen Freund zu füttern ist ein Segen. Versuche eine von diesen Austern. Sie sind riesig. So groß, daß jede einzelne zwei satt machen könnte.«

»Aber nicht zwei wie dich, Dinck.« Tonneman tat seinem Freund den Gefallen, knackte eine Schale und ließ die Auster in den Mund gleiten. »Begleite mich ein Stück, ich bin in Eile.« Er sah seinen Freund scharf an. Das Gesicht des dicken Mannes war geschwollen und zerkratzt, seine Kleidung zerrissen und verschmutzt und seine Stiefel völlig aufgeweicht. »Warum bist du so früh auf den Beinen? Was ist dir zugestoßen? Du siehst aus, als hättest du mit einem Bären getanzt.«

»Als ich den Preis sah, den diese Heidin für die Austern

verlangte«, antwortete Dincklagen, »dachte ich, ich könnte sie selbst sammeln. Die beste Stelle ist hier beim Fort. Zu meinem Pech trat ich in ein Loch und fiel aufs Gesicht. Ich war sicher, daß mein letztes Stündchen gekommen war.« Er keuchte und flüsterte in Tonnemans Ohr. »Hatte solche Angst, daß ich in die Hosen pißte.« Sein Lachen lag irgendwo zwischen Keuchen und Husten, und sein zerkratztes und schmutziges Gesicht war hochrot. Er sah überhaupt nicht gut aus.

»Das sind schlimme Kratzer, Dinck.«

Van Dincklagen betastete sein Gesicht. »Austernschalen.«

»Wenn ich nicht Bescheid wüßte, würde ich schwören, du hättest dich bei einer von Zuckermunds Hennen vergnügt und sie hätte es zu toll getrieben.«

»Daß ich nicht lache, Tonneman. Dazu habe ich seit Jahren keine Lust mehr gehabt.« Er blieb stehen. »Warte. Ich kann nicht mehr so schnell gehen. Wie steht es mit den Engländern? Sind sie in der Nähe?«

»Du weißt soviel wie ich, Dinck.«

»Das bezweifle ich. Wann? Heute? Morgen?«

Tonneman gab van Dincklagen einen Klaps auf die Schulter. »Ich muß weiter. Einen guten Tag, Dinck.«

»Dir auch. Diese Indianerin hatte Krabben zu verkaufen. Vielleicht nehme ich ein paar.«

»Iß nicht zuviel.« Tonneman strebte dem Breede Wegh zu, doch trotz seiner Eile sorgte er sich noch um seinen Freund. Er drehte sich noch einmal nach dem Mann um. Wie bei ihrer letzten Begegnung hatte Dinck Ärger mit seinen Würsten. Diesmal versuchte eines von van Ettings Schweinen, eine zu stehlen.

»Hau ab ... du rosa Kannibale.«

Tonneman lächelte traurig. Sein Freund hatte sich in den

letzten Jahren sehr verändert. Krankheit und der Zank mit der Kompanie um seine Pension hatten ihren Tribut gefordert, körperlich und seelisch. Dinck würde niemals selbst Austern suchen, wenn er jemanden dafür bezahlen könnte, es für ihn zu tun. Seine Finanzen mußten völlig am Boden sein, und seinem Aussehen nach war er in eine Prügelei verwickelt gewesen.

38

MITTWOCH, 27. AUGUST. MORGEN.

De Sille saß mit van Brugge in der Ecke des Wirtshauses *Zum Holzpferd.* Van Brugge nickte zur Tür hin seinem Partner zu, der auf sie zukam.

»Hast du das Papier?« fragte van Brugge.

»Ich?« fragte der Neuankömmling. »Ich dachte, du hättest es.«

»Das ist keine Sache zum Spaßen«, bemerkte de Sille. »Ich bin sicher, daß Tonneman es hat.«

»Dann bin *ich* sicher, daß wir es *bald* haben werden«, sagte der Neuankömmling.

Van Brugge hielt eine brennende Kerze an seine Pfeife. »Und *bald* sind die Engländer hier.«

»Ja, was für ein herrlicher Morgen.« De Sille schaute aus dem Fenster auf den sonnigen Tag und lächelte.

Der Duft süßer reifer Pfirsiche, der aus dem Garten de Silles wehte, füllte Tonnemans Nase und löschte alle Gerüche des Marktplatzes aus. Geertruyd de Sille eilte mit dem kleinen Mops auf dem Arm aus ihrem Haus. »Guten Morgen, Tonneman.« Ihr goldenes Haar war unbedeckt und mit einem Band im gleichen gelben Ton gebunden. Es war schwer zu sagen, wo das eine endete und das andere begann. Ihr Gesicht, dessen Blässe von der schwarzen Mouche auf der rechten Wange unterstrichen wurde, war von langen losen Locken eingerahmt. Dicke goldene Ohrringe baumelten an ihren Ohren, und an einer Goldkette um ihren Hals hing ein Medaillon. Ihre Locken wippten, als sie stehenblieb, um Atem zu schöpfen.

Sie war wirklich eine schöne Frau, doch Tonneman hatte ihre kokette Art nie anziehend gefunden, und nun war er außerdem müde. »Guten Morgen, Geertruyd.« Er zog den Hut und setzte seinen Weg fort.

»Warum so barsch zu mir?« Sie holte ihn ein, lächelte, senkte die Augenlider halb und sah verführerisch zu ihm auf. »Es ist so ein herrlicher Tag. Setzt Euch zu mir in den Garten.«

»Ich habe wirklich keine Zeit, Geertruyd.«

»Ich habe Bier.«

Sie hatte genau die richtigen Worte gesagt. Er blieb stehen. Sie legte eine weiche blasse Hand auf seinen Arm. Der Mops jaulte und zeigte seine spitzen kleinen Zähne. Was hatte sie im Sinn? Etwas sagte ihm, er sollte es herausbekommen. Es war nur ein Gefühl, aber er hatte sich nie geirrt, wenn er seinen Gefühlen gefolgt war. »Also gut, ein einziges.« Er ließ sich von ihr in den planmäßig angelegten Kräutergarten hinter dem Haus führen.

»Ist er nicht wunderschön?« Sie lächelte ihn reizend an. »Ganz Neu-Amsterdam beneidet mich darum.«

Das eingezäunte Stück war kreuzförmig und geometrisch genau angelegt. Unmittelbar am Zaun standen aromatische Lorbeersträucher, die höher als der Zaun wuchsen und den Garten nach außen abschlossen. An die Sträucher schlossen sich Tomatenpflanzen an, schwer von Früchten. Nicht zum Essen natürlich; jedermann wußte, daß sie giftig waren.

Im Mittelpunkt des Gartens beschattete ein Apfelbaum eine weißgestrichene Lattenbank aus Kiefernholz und einen langen Eichentisch, auf dem ein blauer Majolikakrug und verschiedenes Geschirr verrieten, daß Geertruyd ihre morgendliche Erfrischung zu sich nahm. An der Seite, außerhalb des Schattens, den der Baum warf, gab es eine Sonnenuhr.

Geertruyd de Sille ließ sich mit dem plattnasigen Hund auf der Bank nieder und zupfte am Hund und am Kleid und Umhängetuch, bis sie zufrieden war. »Ah«, seufzte sie laut. Sie hatte das locker fallende Umhängetuch so umgelegt, daß sich ihre weißen Schultern und vollen weißen Brüste auffallend von dem Goldbesatz des silbergrauen Kleides abhoben. Der Fächer in ihrer linken Hand war auf der einen Seite golden, silbern auf der andern. Das Umhängetuch über ihrem rechten Arm und über ihrem Schoß war ebenfalls golden auf einer Seite und silbern auf der andern, und wegen der vielfachen Fältelung zeigte es viele Streifen aus Gold und Silber. Der Hund mit dem silbernen und rehbraunen Fell thronte hochnäsig darauf. Die Ärmel des Kleides waren weit ausgeschnitten. Darunter sahen Wolken weißer Gaze hervor.

»Annabella«, rief Geertruyd, während sie sich ungeduldig Luft zufächelte. Ihre helle Stimme trällerte in der Morgenluft.

Die griesgrämige alte Frau kam an die Hintertür. »Ja, Mevrouw.«

»Punsch für mich. Mit mehr Wein diesmal. Nicht soviel Milch.« Sie streichelte die Mouche auf der rechten Brust und wandte sich an Tonneman. »Habt Ihr Lust? Es ist sehr erfrischend.«

Tonneman schüttelte den Kopf. Er konnte den Blick nicht von ihrem Busen losreißen.

Sie lächelte boshaft. »Dann also ein Bier für den Schout.«

Ein Stück Stickerei in einem kleinen Reifen lag vor ihr auf dem Tisch. Sie legte den Fächer hin, nahm den Stickrahmen in die Hand und begann zu arbeiten, während er zuschaute. Er sah auf ihr blondes Haar, ihre vollen, teilweise entblößten Brüste und roch ihren Lavendelduft. Schon wieder Lavendel. Benutzte jeder in Manhattan Lavendel?

Er war entschlossen, erst zu reden, wenn er sein Bier hatte. Er schloß die Augen und döste. Als er die Augen wieder aufschlug, starrte sie ihn gespannt an. »Wo ist Nick?« fragte er.

»Nick? Oh, irgendwo. Tennis spielen, glaube ich.«

Tonneman zuckte die Achseln und kniff sich an der Nasenspitze, krampfhaft bemüht, sich wachzuhalten. Dann stand er auf und schlurfte in den eigentlichen Garten.

Die Pfade des Gartenkreuzes bestanden aus zerstoßenen Austernschalen wie Pavelstraat und waren mit Stiefmütterchen eingefaßt. Gelbe und schwarze Schmetterlinge und dicke gelbgefleckte Bienen schwebten und summten herum.

Das obere linke Viertel, das von dem Kreuz gebildet wurde, war mit weißen Chrysanthemen, Dill, Fenchel, wildem Süßholz, wildem Sassafras und Lavendel bepflanzt. In dem oberen rechten Viertel wuchsen gelbe Chrysanthemen, Petersilie, Salbei, Kamille, Minze und Lavendel. Unten links gelbe Chrysanthemen, Frauenblatt, Ysop, Flachs und Lavendel. Unten rechts weiße Chrysanthemen, Gartenraute, Schafgarbe, Fingerhut und noch mehr Lavendel.

Im trockenen warmen Sonnenschein machte alles einen so lieblichen und freundlichen Eindruck.

Als Annabella mit den Gläsern kam, setzte er sich schwer auf die Kiefernbank und trank sein Bier schnell aus. Trotz der herrlichen Vielfalt der Flora um sie herum schien nur ein einziger Geruch von Geertruyd und ihrem Garten auszugehen: Lavendel.

»Ihr seid anscheinend sehr, sehr müde«, lispelte sie.

»Ich bin die ganze Nacht aufgewesen. Meine Knochen schmerzen und meine Füße sind wund.«

»Ihr solltet die Stiefel ausziehen. Hier, laßt mich helfen.« Sie nahm ihm den Knüppel aus der Hand und legte ihn auf die Bank. Im Nu war sie an seinen Füßen und zerrte an den Stiefeln.

»Nein, nein, nein«, protestierte er träge.

»Ja, ja, ja«, lispelte sie und zerrte an dem einen Stiefel, dann an dem anderen.

Als sie einen ausgezogen hatte, nahm er ihn ihr weg. »Habt Ihr Stummelnase gesehen?«

»Pah, Tonneman, was sollte ich von einem Wilden wissen?«

»Wie steht es mit Abner Simon, dem Juden aus Breukelen? Kennt Ihr den?«

»Wie die Dinge liegen, ja. Aber keine dummen Fragen mehr.« Sie stand torkelnd auf und kicherte. »So, jetzt habt Ihr Euer Bier gehabt, jetzt müßt Ihr auch die Zeche bezahlen. Ihr müßt mit mir tanzen.«

Sie war so angeheitert, daß er vermutete, sie habe seit Morgengrauen getrunken. »Ich habe einen Stiefel ausgezogen und einen an, Geertie, und ich tanze nicht.«

»Es ist ganz einfach. Ich zeige es Euch.« Sie packte seine Hand und zog ihn auf die Beine. »Das ist ein englischer Tanz, er heißt Roger of Coverly. Wenn wir mehr wären, würden wir uns in zwei Reihen gegenüberstehen und jedes Paar käme an die Reihe. Kommt, Rücken an Rücken jetzt. Hakt die Arme ein. Und wir gehen auf und ab zwischen den Reihen.« Mit einem Stiefel an einem Fuß und einem verrutschten Strumpf am stiefellosen Fuß wurde er in einem lebhaften Schritt hin und her gezerrt. »Jetzt gegenüber«, sagte sie schwer atmend, mit bebendem Busen. Ihre Augen glänzten, Schweißtröpfchen schimmerten auf ihrer hellen Haut, und ihre Lippen teilten sich.

Geertruyds Kuß war feucht, und er konnte ihr Getränk auf ihrer Zunge schmecken. Es war kein Punsch gewesen. Nicht im entferntesten. Nicht Wein mit Milch. Branntwein. Doch was kümmerte es ihn, was sie trank? Er hatte lange keine Frau mehr gehabt. Er legte seine Hände auf ihre weißen weichen Schultern.

Sie riß sich los, oh, zu ihrem großen Bedauern, so schien es. »Ah, es ist kühl geworden. Wollen wir hineingehen?« Sie hob den Fächer und den Hund hoch, warf Tonneman einen durchtriebenen Blick über den Fächer zu und ging ins Haus. Er starrte auf die Tür, durch die sie hineingegangen war. »Du bist ein Narr«, sagte er laut, dann humpelte er mit einem Stiefel an und einem aus, den Knüppel unter dem Arm, fast unterwürfig hinter ihr er.

Er folgte ihr in die gute Stube, wo sie auf einem dunkelgrünen Plüschsofa saß und sich und den Mops wieder zu einem neuen verlockenden Bild drapierte.

Das Sofa stand gegenüber dem großen zweigeteilten Fenster, das auf den Breede Wegh blickte. Hatte sie hier wie eine Königin gesessen und abgewartet, bis er vorbeikam?

»Annabella«, rief sie.

Die Afrikanerin war im Nu da. »Ja, Mevrouw.«

»Noch ein Bier für den Schout und Punsch für mich. Und ertränkt ihn nicht in Milch.«

Ein Glöckchen erklang. Tonneman schaute sich um.

»Die Uhr.« Geertruyd zeigte auf die Laternenuhr aus Messing auf der Ahornanrichte. »Es ist acht Uhr. Besser als eine Sanduhr oder Sonnenuhr, meint Ihr nicht? Habt Ihr so eine schon einmal gesehen? Was für ein hübsches Ding, so eine Uhr.«

»Was glaubt Ihr, Mevrouw. Die einzige Uhr, die ich jemals gesehen habe, war die Kirchenuhr.«

»Bitte, nehmt es nicht übel.«

»Oh, doch. Ihr müßt mich für einen wahren Bauern halten.«

»Nein. Und ich freue mich aufrichtig, Euch zu sehen, lieber Mann. Es ist so langweilig, die Zeit allein in so einem großen Haus zu verbringen.« Sie kicherte, dann bekam sie Schluckauf.

Auf dem geschnitzten Tisch vor dem Sofa stand ein begonnenes Backgammonspiel. Ohne ihn aus den Augen zu lassen, hob sie die Steine auf und sagte: »Wollt Ihr mit mir spielen?« Sie breitete die Arme aus und gestattete ihm einen weiteren ungehinderten Blick auf ihren weißen Busen. Er rückte näher. Die rosa Zungenspitze des Mopses kam zwischen gefletschten Zähnen vor, während er knurrte.

Madame de Sille streichelte das glatte Fell des Tieres. Sie liebkoste es und murmelte in sein schwarzes Schlappohr. »Da, da, mein Liebling, nicht böse sein.« Sie lächelte zu Tonneman auf. »Und seid auch Ihr nicht böse, mein Liebling. Hier, setzt Euch neben mich.«

Er rückte nicht näher, sein Pflichtbewußtsein im Kampf mit seiner fleischlichen Begierde.

»Warum tragt Ihr immer diesen dummen Stock? Schlagt Ihr wirklich Leute damit?«

Er legte den Knüppel auf einen breiten Stuhl.

»Setzt Euch.« Sie klopfte auf einen Platz neben sich auf dem Sofa und stieß ihre winzigen silbernen Schuhe fort.

Wie gebannt gehorchte er, und im nächsten Augenblick hatte sie ihre Zunge in seinem Ohr, ihre Hand in seinem Hemd; ihr linker Fuß rieb an seiner rechten Wade. Er war verloren, er wußte es. Dann sagte sie: »So, was wolltet Ihr mich über den Juden Simon fragen? Was auch immer er Euch erzählt hat: Ich verspreche Euch, daß es nicht die Wahrheit war. Er war ein Lügner und ein Dieb.«

»*War?*« rief Tonneman, indem er ihre Hände mit seinen umschloß. »Warum sagt Ihr *war?*«

Vom Branntwein benebelt kicherte sie, aber dieses Mal lag etwas anderes in dem Kichern, mehr Furcht und weniger Freude. Sie holte Atem und warf sich gegen ihn, küßte seinen Hals und stieß helle entzückte Laute aus. Er gab ihre Hände frei und ließ sie wandern, wohin sie wollten. Sie zupfte an seinem Hemd und an den Hosen. Aber sie versuchte nicht, ihn zu entkleiden.

»Was sucht Ihr?«

»Eure Börse«, überraschte sie ihn mit der Wahrheit.

»Ich habe nicht einmal fünf Stuiver für ein Bier«, protestierte er, als ihm einfiel, daß Racqel Mendoza seine Jacke hatte. Plötzlich kam er sich tölpelhaft vor. Er wußte, daß er sich davonmachen sollte, bevor er sich vollends zum Narren machte.

Sie rutschte auf den Boden und zerrte an seinem anderen Stiefel. Dieser Blick auf ihre Brüste verwirrte ihn; es verlangte ihn, sein Gesicht auf die weiße Haut zu drücken. »Abner Simon hatte ein Dokument. Es gehörte mir«, sagte sie, während sie den einen Stiefel innen abtastete, dann den anderen. »Mir gestohlen.«

»Was für ein Dokument? Warum ist es wertvoll?«

»Oh, mein Liebling.« Sie sprang auf und warf sich wieder gegen ihn. Dieses Mal brachte sie ihn aus dem Gleichgewicht. »Das wäre vielsagend. Ihr seid ein Kerl von einem Mann. Das wißt Ihr selbst.«

Er war erregt, was ihn verlegen machte. Trotz seines Verdachts war Nick de Sille sein Freund. Es war unwürdig. »Was würdet Ihr für dieses Dokument geben?«

Sie drückte ihn auf das Sofa. »Alles. Alles, was Ihr begehrt.« Sie bedeckte sein Gesicht mit Küssen.

»Guten Morgen, Geertruyd, Tonneman.« Nick de Sille betrat die gute Stube. »Tonneman, von dir hätte ich das nie gedacht. Jeder andere Mann in Neu-Amsterdam, nein, Neu-Niederland, aber du? In flagrante delicto mit meiner Frau?« Er war in Hose und Jacke aus schwarzer Seide und ein hellgrünes feines Baumwollhemd gekleidet. Sein Haar glänzte vor Pomade. An einem geflochtenen Lederriemen, der von seiner Schulter hing, trug er eine feingearbeitete Elchledertasche.

Geertruyd riß sich schnell von Tonneman los, sank auf ihre Seite des Sofas, griff zum Fächer und schlug ihn vor ihrem Gesicht auf. Mit einem verkniffenen Lächeln zog Tonneman seine Stiefel an. Er schnupperte. »Das ist eine neue Sorte Bärenfett, mit der du dein Haar glättest, ja, Nick? Parfümiert obendrein? Lavendel, glaube ich.« Tonneman stand auf und ging im Kreis um seinen alten Freund, wobei er wieder schnupperte. »Das ist es, ganz recht. Lavendel. Nicht wie in den alten Zeiten, was? Als du auf den Befehl eines Bootsmanns sprangst und mit uns anderen Matrosen das Ankertau zogst.«

Wie fehl am Platz sein alter Freund jetzt war, dachte Tonneman, in einer rauhen Frontstadt wie Neu-Amsterdam in seiner feinen schwarzen Seide. Er würde genau an den Hof von Karl II. passen oder einen passenden Gefährten für den eleganten Gecken mit der achteckigen Brille abgeben. »Wo kommst du her, Nick?«

»Geschäfte.«

»Welche Art Geschäfte?«

»Meine eigenen.«

»Wo warst du letzte Nacht? Warst du im *Birnbaum*?«

»Ich entdecke dich bei meiner Frau, wie du versuchst, mir Hörner aufzusetzen, und du besitzt die Unverfrorenheit, Schout mit mir zu spielen. Du solltest dich schämen. Ich bin es, der hier Fragen stellen sollte.« De Sille nahm das Glas seiner Frau und leckte am Rand. »Und du solltest dich auch schämen, liebe Geertruyd. Hast du mir nicht gesagt, du würdest aufhören, Laudanum zu trinken, wenigstens bis Sonnenuntergang?« Er grinste Tonneman höhnisch an. »Dachtest, es wäre Leidenschaft? Nein, alter Freund, es war Opium und Branntwein mit ein wenig Milch zur Täuschung. Und ein wenig Geiz.«

Tonneman tat de Silles Worte mit einer Handbewegung ab. »Vielleicht«, fragte er beiläufig, »warst du letzte Nacht in Breukelen?«

»Ich war selbstverständlich die ganze Nacht zu Hause bei Geertruyd.« Nick hob Tonnemans Knüppel auf, machte es sich auf dem breiten Stuhl bequem und schob den Knüppel darunter. Er schlug die Beine über, eine Wade elegant über der anderen, und zündete eine bereits gestopfte Pfeife an, die auf dem Tischchen lag. »Nicht wahr, meine Liebe?« fragte er zwischen Zügen unparfümierten Tabakrauchs.

»Ja, Lieber«, sagte sie, indem sie geziert den Fächer senkte.

»Kennst du einen Mann, der eine achteckige Brille trägt?« wollte Tonneman wissen.

»Nein, kann ich nicht bejahen.«

»Was hat es mit dem Verschwinden von Benjamin Mendoza auf sich?«

»Von wem?« fragte Nick, während er seiner Frau zuzwinkerte.

»Ich glaube«, sagte Tonneman gedehnt, »daß ihr zwei darauf aus wart, mich zum Narren zu halten.«

»Pah.« Geertruyd lachte, indem sie es sich auf dem Sofa gemütlich machte, unerschüttert, eifrig fächelnd. »Nickie, Lieber, er hat das Dokument, ich weiß, daß er es hat. Wenn du nur noch ein wenig gewartet hättest, hätte ich es gefunden.« Sie kicherte. »Ich weiß, ich hätte es gefunden.«

»Wenn ich nur noch ein wenig gewartet hätte, wärt ihr das Tier mit den zwei Rücken gewesen und ich würde Hörner tragen.« De Sille lächelte Tonneman scheinheilig an. »Tonneman, warum gibst du uns nicht unser Dokument zurück, und ich sage dem Boß nichts über dein unchristliches Benehmen bei meiner lieben Geertruyd?«

»Dokument?« Mit schnellen Schritten stand Tonneman über Nick de Sille. De Sille, der Tonneman beobachtete, war plötzlich auf der Hut. Tonnemans Hand holte aus und ging nach unten. De Sille zuckte zurück. »Ich hole nur meinen Knüppel. Was für ein Dokument?« Mit dem Knüppel in der Hand ging Tonneman auf die Tür zu. Der Mops zeigte die Zähne und jaulte.

De Sille gab die Verstellung auf. »Das Dokument, das der Jude in Breukelen von mir gestohlen hat.«

»Und du glaubst, ich habe das Dokument?«

»Der Jude hatte es. Ich habe gehört, daß du nach Breukelen gefahren bist, um mit ihm zu sprechen.«

»Und woher weißt du das, Nick? Könnte es sein, daß du dort warst? Zufällig kurz vor mir? Abner erzählte mir, es gebe einen, der seinen Tod wünschte. Könnte es sein, daß du der Mistkerl bist, der mir diese Beule auf dem Kopf verpaßt hat? Könnte es sein, daß du Abner Simon getötet hast?«

»Ach, ist der Jude tot?«

»Genug der Spiele, Nick. Und wenn du wegen Abners Tod Überraschung spielst, sollte Geertruyd das gleiche tun. Sie wußte schon die ganze Zeit, daß Abner tot ist, nicht wahr, liebe Geertruyd?«

»Wirklich?« Nick warf einen Blick auf seine Frau. »Wie demütigend. Ich wollte, sie hätte es mir gesagt.« Zu Tonneman sagte er: »Nun, da er tot ist, Tonneman, sollten du und ich vielleicht verhandeln, alter Freund.«

»Verhandeln?« Tonneman hätte am liebsten ausgespuckt. Statt dessen ging er auf die Haustür zu. Er fühlte sich müde, schmutzig und mißbraucht. Sein Kopf schmerzte. Am meisten ärgerte er sich über de Silles Spielchen. Er war ein Narr gewesen. Hier, jetzt und früher. Er hatte das Dokument in seiner Jacke gelassen. Racqel Mendoza hatte es.

»Wohin geht Ihr?« rief Geertruyd, indem sie mit dem Fächer auf den Tisch schlug. »Halte ihn auf, Nickie.«

De Sille zog an seiner Pfeife und lächelte. »Er wird wiederkommen.«

»Du hast recht, Nickie«, sagte Tonneman laut. »Ich werde wiederkommen.«

39

MITTWOCH, 27. AUGUST. MORGEN.

Dicke Eichenplanken bildeten das Gerüst für das neue Haus der Mendozas, das über dem alten Keller errichtet worden war. Wenn alles fertig war, sollten die Planken rot gestrichen werden. Die Quadersteine der Kellermauern waren verrußt, mußten jedoch nicht ersetzt werden. Später sollten sie weiß getüncht werden.

Nach dem Pachtvertrag zwischen Asser Levy und den Mendozas waren letztere für alle Kosten infolge des Brandes verantwortlich. Das neue Haus würde jedoch gewisse Annehmlichkeiten haben, für deren Kosten der Hausbesitzer Asser Levy aufkommen wollte, vor allem für das Dach aus glasierten Ziegeln.

Racqels kleiner Kräutergarten mußte umgegraben und neu bepflanzt werden. Der Apfelbaum war ein wenig angesengt, hier und da ein Zweig ganz verbrannt, aber ansonsten war er noch sehr lebendig. Die Erde war mit Äpfeln übersät, die zu faulen begannen. Weil sie am weitesten vom Haus entfernt standen, waren die zwei Pfirsichbäume praktisch unversehrt und bogen sich unter den Früchten.

Racqel hatte das irdene Becken in eine Ecke ihrer neuen Waschküche getragen. Caleb war ihr gefolgt. Bathsheba war nirgendwo zu sehen.

Die Außenmauern waren zwar hochgezogen und die Innenwände fertig, aber sie waren noch nicht verputzt. Man konnte noch die Streben und Balken frei liegen sehen. Sobald der Verputz aufgetragen und fest geworden wäre, würde die Stube mit Sauermilch und Ziegelstaub angestrichen.

Es gab kein Feuer, so sehr Racqel es wünschte. Mit dem schlecht abziehenden Rauch hatte es sie zwar nie richtig gewärmt, aber wie sehr beklagte sie jetzt, daß sie kein Wasser heiß machen konnte. Die große gerade Ziegelwand hinter dem Kamin war noch nicht fertig, ebensowenig der Waschküchenanbau, wo der bienenkorbförmige Backofen seinen Platz bekommen sollte. Nur die große gußeiserne Platte, die die Rückwand des Kamins schützte und die Hitze speicherte und abstrahlte, war schon angebracht.

Wenn alles fertig war, würde es dort eine offene Feuerstelle geben, zwölf Fuß breit, mit Feuerschutz gegen die Wand, direkt unter einer eingefaßten Abzugshaube, die zum Schornstein führte.

Im Winter, wenn es bitterkalt war, würde sie die Tiere ans Feuer holen und so das Sprichwort Lügen strafen, nach dem zweigeteilte Türen dazu da waren, die Tiere draußen und die Kinder drinnen zu halten. Warum mußte sie ständig an Kinder denken?

Dennoch begann sie, vor sich hin zu summen. Sie würde einen neuen Backofen bekommen, in dem sie richtiges Brot backen konnte, vielleicht schon am kommenden Sabbat. Und die kleine Kammer neben dem Backofen würde im Winter angenehm warm sein. Hier wäre der geeignetste Platz zum Schlafen für ein neugeborenes Kind. Sie seufzte und wusch sich Gesicht und Hände mit kaltem Wasser. »Und wir werden viele Spiegel haben«, murmelte sie, während sie ihr dickes schwarzes Haar bürstete.

Über sich hörte sie die Sklaven klettern, klopfen und singen, während sie die Ziegel auf das Dach legten. Direkt unter ihnen zogen David und Goliath jetzt den Boden der Dachstube ein, nachdem sie die steile, enge Treppe fertig hatten.

Während sie ihr Haar unter einem sauberen Baumwolltuch zurückband, kam sie zu dem Schluß, daß sie noch ein Kleid von Rebecca da Costa würde borgen müssen. Normalerweise nähte Racqel wie die meisten Frauen ihre Kleider selbst, aber in der Beverstraat gab es zwei Französinnen, Mutter und Tochter, die als Näherinnen arbeiteten. Später würde sie im Lagerhaus Stoffe auswählen.

Sie legte das Handtuch auf den nackten Boden. Caleb kam und schnupperte daran. Racqel strich dem Tier über den seidigen Kopf und streckte ihren schmerzenden Körper auf dem Handtuch aus. Der Hund ging einmal im Kreis herum, dann legte er sich neben Racqels Kopf. Bathsheba erschien am Eingang zur Stube. Gleichgültigkeit vorspielend, strich die Katze um Racqels Füße, setzte sich und putzte sich die Pfoten. Von dem stetigen Klopfen der Hämmer und den melodischen Stimmen der Afrikaner beruhigt, schlief Racqel ein.

Mitten am Morgen wachte sie mit einem nagenden Hungergefühl auf. Die Sonne schien durch die zwei glaslosen Fenster herein und spielte auf dem neuen Backsteinherd und den Streben und Balken. Die Tiere schliefen beide, Bathsheba im Licht, Caleb im Schatten. Ohne sich zu regen, betrachtete Racqel die blassen sandfarbenen Vierecke aus Sonnenlicht auf dem Boden und dachte an den großen Holländer mit dem blassen sandfarbenen Haar und den Augen, die das gleiche Blau wie die Fransen eines Gebetsschals hatten.

So ein Mann sollte Söhne und Söhne und noch mehr Söhne haben. Er würde wieder heiraten, dachte sie, eine von den dicken holländischen Witwen. Oder eines von den schlanken blonden Mädchen. Mit einem Ruck setzte sie sich auf, eine bisher unbekannte brennende Eifersucht im Kopf und im Leib. Sie wollte sich ihn nicht mit einer anderen Frau vorstellen.

Seine Jacke lag zerknittert auf dem Boden. Sie hob sie auf und hielt sie ans Gesicht. Die Jacke roch nach ihm und nach Meer. Sie warf sie hin, als hätte sie sich die Finger daran verbrannt. Etwas löste sich von der Jacke, rollte und drehte sich wie eine Münze. Sie bückte sich danach und hielt sie in der Drehung an.

Es war ein Stück angelaufenes Silber, auf dem ein Löwe eingraviert war. Der Löwe von Juda. Zum letztenmal hatte sie dieses Silberstück mit anderen gleichartigen Stücken gesehen, die an dem Silbergürtel angebracht waren, den Benjamin in der Nacht, in der er fortgegangen war, getragen hatte. »Benjamin«, sagte sie leise, wie gelähmt, während sie das Silberstück in der Hand drehte.

Es mußte aus einer von Tonnemans Taschen gefallen sein, dachte sie, während ihre Hände fieberhaft nach anderen seltsamen Dingen suchten.

Was machte der Schout mit einem Teil von Benjamins Gürtel? Hatte er Benjamin gesehen? Wußte er, was ihm zugestoßen war?

In der linken Tasche fand sie eine Wildlederbörse mit einigen Münzen und ihr Taschentuch, ordentlich zusammengefaltet, das sie Tonneman für seine verletzte Hand gegeben hatte. Es war mit Blut befleckt. Mit seinem Blut. Sie hielt inne und dachte: Er hatte es behalten, um es ihr zurückzugeben. Aber nein. So dumm war sie nicht. Es gab etwas zwischen ihnen. Eine Beziehung, die sie beide empfanden. Ein Gefühl, das sie leugnen mußte. Sie steckte das Taschentuch und die Börse wieder in die Tasche und suchte weiter.

Die rechte Tasche enthielt das Vergrößerungsglas ihres Vaters und ein zusammengefaltetes Stück Papier. Sie zögerte einen Augenblick. Es war das Papier, das Tonneman aus Abner Simons Augenhöhle genommen hatte. Es könnte etwas über Benjamin verraten. Sie faltete es auseinander.

Es war ein amtliches Dokument auf englisch, eine Vereinbarung zwischen dem Überbringer und Gouverneur John Winthrop von Connecticut im Namen Seiner Königlichen Majestät Karl II.

Abner hatte dieses Dokument besessen, und Benjamin hatte vor seinem Verschwinden Geschäfte mit Abner gemacht. Gott sei ihnen gnädig, wenn dieser Brief etwas mit Benjamin zu tun hatte. Sie erinnerte sich an das Gespräch zwischen Abraham und David, das sie mitgehört hatte. Nein. Sie wollte nicht daran denken.

Sie blickte hinunter auf das schreckliche Dokument in ihrer zitternden Hand. Es erklärte: »Der Überbringer wird König Karl II. treu und ergeben sein und alles tun, was von ihm im Dienst König Karls II. verlangt wird. Des Überbringers Lohn werden Geld und Land sein, das jetzt der Holländischen Westindischen Kompanie gehört, in einer Höhe, die der Großzügigkeit eines dankbaren Souveräns überlassen bleiben wird.«

So vertieft war sie in den Inhalt des Briefes, daß sie David erst bemerkte, als er neben ihr stand und ihr das Dokument aus der Hand riß.

»Was tust du hier, müßige Frau?« fragte er streng, während sie nach dem Papier griff, das er hochhielt. »Warum suchst du keine sauberen Kleider? Sieh dich an, du bist ein Schandfleck.«

Sein verächtlicher Ton machte sie gefügig. Sie wich vor ihm zurück, die Augen immer noch auf dem Dokument. »Ich bin nicht deine Frau, David Mendoza, was du auch träumen magst«, erwiderte sie mit weniger Zorn, als sie fühlte. »Muß das sein, daß du hier hereinstürzt, ohne an die Wand zu klopfen oder um Erlaubnis zu bitten, als wäre ich eine schwarze Sklavin?«

»Ich habe keine Zeit für dein törichtes Geplapper. Vater ist ins Lagerhaus gegangen. Ich muß zu ihm. Dieses Land ist unsere Heimat, auf Gedeih und Verderb. Wir müssen uns darauf einstellen, den Engländern Seite an Seite mit den Holländern zu begegnen. Dieser Krieg gegen die Engländer ... Mach dir nichts draus. Das ist nichts für einen Frauenkopf.« Unvermutet trat er näher, packte sie am Handgelenk und zog sie zu sich. »Racqel, Benjamin ist tot. Spürst du es nicht?«

Der Hund winselte im Schlaf. Die Katze streckte sich, bemerkte, daß sie jetzt im Schatten lag und rückte ein Stückchen weiter, um in das warme Sonnenlicht zu kommen.

Er tat ihr weh. »Nein.« Sie versuchte sich loszureißen.

»Weiß du nicht, wie sehr ich dich liebe? Wie sehr ich dich begehre. Du bist noch jung, stark und gesund. Du kannst mir viele Söhne schenken.«

»Nein.« Sie riß sich los. »Du wünschst keine Ehefrau, du wünschst eine Zuchtkuh. Und ich will dich nicht. Nicht einmal, wenn Benjamin tot wäre. Ich will dich überhaupt nicht.«

»Du hast keine Wahl.« Das Papier flatterte aus seiner Hand auf den Boden. Plötzlich neugierig gemacht, hob er es auf. »Was ist das? ›Königliche Majestät Karl II. ... Geld und Land ... Holländische Westindische Kompanie ... dankbarer Souverän.‹ Bist du wahnsinnig? Wie Benjamin willst du uns zugrunde richten. Das muß vernichtet werden.«

Sie riß das Papier aus seiner Hand, bevor er den Worten Taten folgen lassen konnte. »Nein. Das gehört Tonneman. Er braucht es, um herauszubekommen, wer Abner ermordet hat. Wenn du es zu vernichten wagst, erzähle ich ihm, was darin steht und was du getan hast.«

Er wich vor der Wildheit in ihrem Blick und ihrer Stimme zurück. »Ich sage nichts mehr dazu. Aber schaffe es fort. Wenn es in unserem Besitz gefunden wird, verbrennt uns Stuyvesant auf dem Scheiterhaufen.« Er stolzierte davon, dann blieb er stehen und drehte sich mit wütendem Gesicht um. »Da kein Rabbi hier ist, der nein sagen kann, werde ich Benjamin für tot erklären, und dann, der Himmel sei mein Zeuge, wirst du mich heiraten.«

In wildem Zorn schrie Racqel: »Dein Vater wird es nicht zulassen!«

Sein Gesicht über dem schwarzen Bart war angespannt. »Mein Vater weiß in seinem Herzen, daß Benjamin tot ist. Er ist ein alter Mann, und dies ist eine Neue Welt. Er wird tun, was ich sage.«

David stürmte hinaus. Racqel fiel auf die Knie und beugte sich vor, den Kopf in den Armen. Sie fühlte sich wie damals, als Benjamin fortgegangen war. Eine furchtbare Vorahnung, eine schreckliche Angst.

40

MITTWOCH, 27. AUGUST. SPÄTER MORGEN.

Als Tonneman sich dem Haus der Mendozas von der Rückseite her näherte, sah er die angesengten Obstbäume, die gelben Ziegel des neuen Daches und die zwei afrikanischen Arbeiter. Was aber seine Aufmerksamkeit vor allem fesselte, war eines ihrer grauen Pferde. Es trug einen roten Samthut mit einer blauen Feder.

»Guten Morgen, Heer«, sagten die zwei Schwarzen zusammen, während sie ihren Wagen mit Holzabfällen beluden.

»Das ist ein hübscher Hut, den euer Pferd trägt«, sagte Tonneman.

»Wir bekommen bald auch für das andere einen Hut«, sagte der größere Afrikaner. Er war nicht ganz so groß wie der lange Matthew oder Zuckermund, aber beinahe.

»Das ist gut, hm ...«

»Ich bin Goliath, Heer.«

»Goliath.«

»Es tut uns leid, daß wir keine Kopfbedeckung für das andere haben.«

»Das macht nichts«, sagte Tonneman.

»Wir wissen, daß wir wegen der Sonne eine haben sollten«, sagte David. »Wir beschaffen sofort einen Hut für das andere.«

»Macht nichts«, wiederholte Tonneman. »Wo habt ihr diesen bekommen?«

»Gefunden«, sagte David.

»Wo?«

»Oh ...« Racqel Mendoza trat mit einem Wasserbecken in den Händen aus der Hintertür. Die drei Männer drehten sich um, als sie ihre Stimme hörten.

»Guten Morgen«, grüßte Tonneman. »Ich komme wegen meiner Jacke.«

»Ich hole sie«, antwortete sie und eilte ins Haus zurück, ohne das Becken auszuleeren.

»Wo habt ihr den Hut gefunden?« fragte er noch einmal.

»Hinter Heer Zoelans Wirtshaus«, antwortete David.

»Wann?«

»Gestern.«

»Ja, Heer. Gestern.«

»Sie ist sehr schmutzig.« Racqel tauchte wieder auf, diesmal ohne das Becken, und brachte die Jacke. »Es tut mir leid. Ich habe sie so gut es ging gereinigt.«

»Danke.« Tonneman setzte seinen Hut ab und drehte ihn in den Händen. Er fühlte sich unsicher wie ein Schuljunge.

Racqel trat näher und legte ihre Hand auf seinen Kopf. Es war wie der Kuß eines Engels. Er rührte sich nicht. »Oh, Euer Kopf. Laßt mich den Koffer meines Vaters holen und die Wunde reinigen.«

»Nein!« Das Wort kam wie ein Schrei heraus. Sie fuhr zusammen. Leiser sagte er: »Ich habe Arbeit vor mir.«

In diesem Augenblick kam Rebecca da Costa um die Hausecke. »Verzeiht mir.« Ihre Stimme war schroff und unfreundlich. »Ich wollte nicht stören.«

»Ich will gerade gehen«, sagte Tonneman. Er setzte vorsichtig den Hut auf, nahm seine Jacke von Racqel und zog sie an.

»Meinetwegen nicht«, sagte Rebecca da Costa. Sie machte auf dem Absatz kehrt und lief weg. Racqels dunkle Wangen erbleichten.

»Es tut mir leid«, sagte Tonneman. »Ich hoffe, das bereitet Euch keine Schwierigkeiten.«

Racqel biß sich auf die Lippe. »Ich verstehe nicht, was in sie gefahren ist. Ich dachte, sie wäre meine Freundin.« Sie seufzte. »Habt Ihr herausbekommen, was mit meinem Mann geschehen ist?«

»Nein.« Er berührte seinen Hut mit dem Zeigefinger und verabschiedete sich.

Racqel starrte auf seinen breiten Rücken, während er sich entfernte. Sie hätte gern mit ihm geredet. Ihm erzählt, daß sie das Dokument gelesen, das Stück Silber gesehen hatte. Sie wußte, daß er dann von Benjamin gesprochen hätte. War er am Leben oder tot? Sie mußte es wissen. »Der Tomahawk«, rief sie ihm nach.

Er drehte sich um.

»Ich hole ihn.« Sie rannte hinein und erschien gleich darauf mit dem Tomahawk, der Abner getötet hatte.

Sobald er vom Haus der Mendozas aus nicht mehr zu sehen war, steckte Tonneman den Griff des Tomahawks in seinen Hosenbund und zog das Papier, die Scheibe und das Glas aus der Jackentasche. Er machte einen vergeblichen

Versuch, das Dokument zu lesen. Er würde es von Antje übersetzen lassen, aber zunächst einmal war sein Durst seine erste Sorge.

Der *Birnbaum* war verräuchert und laut von brummigen und streitsüchtigen Stimmen. Der gelbe Hund trug mit seinem jaulenden Gebell zu dem Lärm bei. Dinck stand neben Jan Keyser an der Theke.

»Gibt's was Neues?« fragte Keyser.

Tonneman hörte ihn, wollte sich aber nicht vor der Theke aufhalten lassen. Er wollte mit keinem etwas zu tun haben, bevor er nicht dieses wilde Bedürfnis nach etwas zu trinken stillen konnte.

»Hast du deinen Toten mit der Brille gefunden?« fragte Joost, während er schwungvoll eine Flasche Branntwein hinstellte.

Tonneman machte eine Handbewegung, und Joost schenkte ihm ein großes Glas ein. Tonneman trank es schnell aus und hielt das blau facettierte Branntweinglas zum Nachschenken hin.

Der Wirt schenkte nach und zapfte ein Bier für den Schout. »Nun?« drängte Joost. »Hast du ihn gefunden?«

»Nein. Aber seinen Hut habe ich gefunden und immerhin vor deiner Hintertür. Was hältst du davon?«

»Nicht viel.« Er zapfte ein Bier für Dinck, der ihr Gespräch interessiert verfolgte.

»Ich habe ein neues Problem. Kanntest du den Juden Abner Simon aus Breukelen? Auch er ist tot.«

»Warum kümmert dich das? Du bist nicht Schout von Breukelen. Außerdem ist ein Jude weniger immer eine Freude. Und jener Jude hat es mit den Indianern gehalten und war keinen Schuß Pulver wert. Wie ist er gestorben?«

Tonneman zog den Tomahawk aus dem Hosenbund und

trieb ihn mit aller Kraft in die Theke. Der Tomahawk zitterte, die Gläser und Münzen auf der Theke tanzten, Dincks Hängebacken zuckten. »Hat seinen Schädel gespalten.«

Joost wich zurück, den Blick auf der vibrierenden Waffe. »Was habe ich dir gesagt? Seine Freunde, die Indianer, haben ihn um die Ecke gebracht. Lass' es auf sich beruhen und trink aus.«

Tonneman trank abwechselnd Branntwein und Bier. »Das scheint mir ein ausgezeichneter Rat zu sein.« Der Tomahawk kam zur Ruhe.

»Ich sage, die Engländer werden plündern und vergewaltigen«, rief Keyser.

»Du redest zuviel«, sagte jemand, und eine Faust landete auf dem Kopf des Gerbers und warf ihn zu Boden.

»Das kannst du doch nicht tun.«

»Ich habe es gerade getan.«

Andere Fäuste landeten auf anderen Köpfen. Der gelbe Hund jaulte und lief durch die Hintertür. Tonneman warf einen Blick auf den Tomahawk in der Theke. Nein, das war eine zu ernste Waffe. Er wog den Knüppel in der Hand. Er hatte ihn lange nicht mehr nützlich eingesetzt. Die unterdrückte Wut und Enttäuschung, die er in letzter Zeit empfunden hatte, brach mit einemmal aus. Er sprang mitten in die Rauferei, schwang seinen Knüppel links und rechts, packte die Streithähne, wie er sie erwischte und schleuderte sie zur nächsten Tür. Eine Weile herrschte Chaos.

Doch es war schnell vorbei. Nur vier blieben im Wirtshaus übrig. Tonneman, Joost, Dinck, der sich hinter einem umgekippten Tisch verschanzt hatte, und Keyser, der immer noch flach auf dem Boden lag. »Branntwein«, schrie Tonneman. »Für alle.«

»Darauf trinke ich«, sagte Keyser, indem er sich aufsetzte.

»Ich auch«, stimmte Dinck zu, der mühsam auf seine geschwollenen Füße kam.

»Ja, Mijnheer Schout«, verkündete Joost mit großer Geste, während er seinem Freund einen doppelten und einfache für sich, Keyser und Dinck einschenkte.

Sie tranken alle. Dinck leerte sein Glas und wischte sich mit dem Schnupftuch die Lippen. »Vielen Dank«, sagte er zu Tonneman, »für das Glas. Und für einen unterhaltsamen Mittag.« Er tippte an seinen Hut und ging.

»Hast du die Leiche begraben?« fragte Tonneman Keyser.

»Wie ich gesagt habe. War völlig verwest. Hat scheußlich gestunken.«

Zoelan lachte. »Das will etwas heißen bei dir.«

»Der Boden war zu hart«, klagte der Gerber.

Tonneman trank sein Glas aus und schenkte sich selbst nach. »Du hast noch nie ein Wort hinter ein anderes gesetzt, ohne zu klagen.«

»Wann bekomme ich mein Geld?«

»Gib mir eine Rechnung, dann hast du morgen dein Geld.«

»Morgen? Ich brauche es jetzt. Ihr schuldet mir wenigstens ein Glas.«

Tonneman nickte Joost zu, und der Wirt schenkte Keyser noch einen Branntwein ein. Der kleine Mann schlürfte geräuschvoll und sagte: »Dieser Mann, nach dem Ihr gefragt habt ...? Ich wußte es nicht mehr, weil mein Kopf voll Schnaps war, aber ich erinnere mich jetzt. Der Mann mit der Brille und der auffälligen Kleidung war Dienstag nacht hier. In der Nacht, als es brannte. Weißt du noch, Joost. Er saß dort hinten bei de Sille und van Brugge.«

Tonneman lehnte sich an die Theke. Sein Ellbogen rutschte weg, und er wäre beinahe hingefallen. Joost griff zu und stützte ihn. Tonneman stieß seine Hand weg. Er schüttelte den Kopf, um den Nebel zu vertreiben, der sich über ihn legen wollte. »Aber, Joost, du hast gesagt, du hättest ihn nicht gesehen.«

»Weil er nicht da war.«

»Doch, er war da«, sagte der Gerber wütend mit erhobener Stimme.

Keiner der drei Männer sah den andern an oder sprach weiter. Der gelbe Hund steckte die Schnauze zur Hintertür herein. Das Tier zögerte. Aber als es sah, daß alles still war, kam es schwanzwedelnd herein und trottete herüber, um sich vor Joosts Füße zu setzen.

Keyser schneuzte sich durch die Finger und schleuderte den Rotz in die Sandkiste. »Ich erinnere mich, Joost«, sagte er, während er die rotzige Hand an seiner schmutzigen Lederhose abwischte. »Ich habe dich mit ihm reden gesehen.«

Joost kratzte den gelben Hund am Kopf. »Wie willst du wissen, was du gesehen hast, wo du so besoffen warst.«

»Nicht so besoffen ...«

»Was war nun?« fragte Tonneman ungeduldig. Seine Stimme klang ihm in den eigenen Ohren undeutlich vom Alkohol. »War er hier oder nicht?«

»Ja«, sagte Keyser.

»Nein«, behauptete Joost.

»Ihr seid beide Lügner und könnt euch zum Teufel scheren«, schrie Tonneman. Er nahm seinen Knüppel und den Tomahawk und torkelte durch die Vordertür in die schmerzhaft helle Nachmittagssonne.

Joost Zoelan hielt ein Binsenlicht an die Kerze vor ihm auf der Theke und zündete seine Pfeife an.

Auf der Straße blieb Tonneman schwankend stehen, als er einen Hauch Lavendeltabak, der durch die Luft schwebte, unter die Nase bekam. Wann hatte Joost angefangen, diesen Lavendelmist zu rauchen? Von der einen Seite hörte er Lärm. »Wer da?« murmelte er, Knüppel und Tomahawk in Bereitschaft.

»Ich bloß«, sagte Dinck, der um eine Ecke kam, eine Pfeife locker in der Hand hängend. »Mache nur einen kleinen Spaziergang für die Gesundheit. Gott sei mit dir, Tonneman.«

»Gute Nacht, Dinck«, sagte Tonneman.

»Es ist erst Nachmittag.«

»Wie du meinst.« Betrunken, immer noch zornig und verwirrt, torkelte Tonneman die wenigen Schritte bis zu seinem Haus. Lubbertus van Dincklagen ging sein Lebtag nicht der Gesundheit zuliebe spazieren. So viele Dinge mußte er nachprüfen, aber das einzige, woran er denken konnte, waren seine Matratze und Schlafen.

41

MITTWOCH, 27. AUGUST. ABEND.

Der kurze Schlaf hatte nicht geholfen. Tonneman ging um das Haus in den Stall. Sein benebelter Kopf hämmerte. »Tut mir leid, Venus, altes Mädchen.« Die Stute ließ kurz vom Hafer ab, um die Nüstern an seinem Ohr zu reiben, dann fraß sie weiter. Tonneman spritzte sich Wasser ins Gesicht. Das Hemd, das an einem Nagel im Stall hing, war sauberer als das, welches er anhatte. Er zog sich um, strich sein Haar mit den Händen glatt und spazierte zu den ten Eycks hinüber.

»Ihr seht furchtbar aus«, sagte Antje. »Wir haben uns eben hingesetzt. Kommt und eßt mit uns.«

»Ich hoffte, daß Ihr das sagen würdet. Mein Magen ist leer wie ein Loch.«

Der große und der kleine Conraet spielten Handauflegen. »Ich gewinne wieder«, krähte der kleine Conraet vergnügt.

»Das schätze ich auch«, sagte sein Vater und küßte den Jungen geradewegs auf den Mund. Der Junge wich zurück und zog den Kopf zurück. Sein Vater kitzelte ihn unter den Armen. »Guten Abend, Tonneman. Du siehst furchtbar aus.«

»Das habe ich ihm schon gesagt«, bemerkte Antje.

»Guten Abend, Tonneman«, sagte der kleine Conraet, der sich wand und kicherte. »Du siehst furchtbar aus.« Sein Kichern ging in lautes glückliches Lachen über.

Alle lachten, Tonneman eingeschlossen. »Alte Geschichten, Kleiner. Sie haben es mir schon gesagt.«

Ten Eyck hob einen Zinnkrug hoch und schenkte Bier in einen großen irdenen Becher ein. »Kannst du das brauchen?«

»Braucht ein Fisch Wasser?« Tonneman griff zu dem Becher und stürzte die Hälfte davon mit einem einzigen langen Schluck hinunter. Er stellte den Becher hin, rülpste, wischte den Mund mit dem Handrücken ab und sagte: »Jetzt fühle ich mich schon wohler.«

»Dann erzähle mir von dem Wal«, sagte der kleine Conraet.

»Jetzt nicht«, meinte ten Eyck.

»Ja, Vater.«

»Gibt es etwas Neues?« fragte Tonneman.

»Ganz Neu-Amsterdam weiß jetzt, daß die Engländer in Breukelen sind«, berichtete ten Eyck. »Die Leute haben eine Zusammenkunft mit Stuyvesant gefordert. Er hat sich geweigert, sie zu empfangen.«

»Also nichts Neues.« Tonneman trank sein Bier aus und füllte den Becher nach. Er erzählte ten Eyck von Abner und dem Dokument, während sie den marinierten Fisch aßen. Ten Eyck schnitt einen kleinen Laib Brot in dicke Scheiben.

»Wahrhaftig Brot?« sagte Tonneman. »Wo habt Ihr das Mehl bekommen? Macht Ihr Geschäfte mit dem Feind?«

»Der einzige Feind im Haus seid Ihr«, sagte Antje, die Platten mit Hasenpfeffer, grünen Erbsen und Bohnen auftischte.

»Und wessen Feind bin ich?«

»Euer eigener, Dummkopf.«

»Klingt mir sehr weise«, sagte ten Eyck.

»Klingt mir auch sehr weise«, kam das Echo von seinem Sohn.

Antje trug die leeren Teller ab und kam mit einer roten irdenen Platte mit Marzipan zurück, die sie vor sie stellte. »Hier, Ihr habt es nicht verdient, aber bitte.«

Tonneman und ten Eyck aßen von dem süßen Mandelkonfekt, tranken weiter Bier, rauchten und redeten.

Ein etwas angeheiterter Tonneman berichtete Antje und ten Eyck von der verschwundenen Leiche, die dann im Schuppen der Mendozas gefunden worden war, zur Unkenntlichkeit verbrannt und mit Tonnemans eigenem Messer in der Brust.

»Dein Messer?« Der Ausruf kam von ten Eyck. Antje zog nur die Augenbrauen hoch.

Tonneman lachte rauh. »Ja, wenn ich den erwische, der das getan hat, wird er für seinen Humor zahlen müssen.« Kühl beschrieb er, wie er Abner Simon gefunden hatte, das plötzliche Auftauchen der Mendozas und die Ankunft der Engländer.

Ten Eyck sagte: »Und du glaubst, diese Todesfälle haben mit den Engländern zu tun?«

»Natürlich. Das ergibt am ehesten einen Sinn. Und dann ist da noch die Sache mit Hendrik Smitt.«

Ten Eycks Blick ging zu seiner Frau. Sie nickte Tonneman aufmunternd zu. »Ja ... ja.«

»Du wirst doch nicht wieder davon anfangen, Frau?« Der normalerweise fröhliche ten Eyck war zornig.

»Du stimmst also Antje nicht zu?«

»Zustimmen? Zustimmen zu was? Der Mann hat sich umgebracht. Was sonst?« Ten Eyck schlug ungeduldig auf den Tisch, daß die Teller auf dem Tisch tanzten.

»Kann ein Mann, der so stockbetrunken war wie Smitt, einen solchen Selbstmord bewerkstelligt haben? Ich glaube nicht. Ich war in jener Nacht genauso sinnlos betrunken. Ich konnte nicht pinkeln, ohne meine Stiefel naß zu machen. Gott helfe mir, daß ich nicht noch dümmer bin, als ich mich damals benommen habe. Meine Schuld ist es, daß ich den Mord nicht erkannt habe, als er mir ins Gesicht grinste.«

Antje lachte kurz auf und tätschelte seinen Arm.

»Lass' die Finger davon, Tonneman«, sagte ten Eyck. »Lass' tote Hunde ruhen. Das ist vorbei. Der Mann hat sich das Leben genommen. Nichts kann ihn wieder lebendig machen.«

»Nein, aber er kommt immer wieder als hängender Mann in meinen Träumen zurück. Er versucht, mir etwas mitzuteilen.«

»Was? Daß es in der Hölle heiß ist?«

»Und wenn sein Tod irgendwie mit jenem Mann in dem Schuppen und Abner Simon zusammenhängt?«

»Dann mußt du bloß noch einen Verräter finden, und du hast deinen Mörder gefunden.«

Tonneman lachte dumpf. »Danke. Warum habe ich nicht selbst daran gedacht? Dann sind da noch Nick und Geertie de Sille.«

»Was ist mit denen?« fragte Antje.

»Ich weiß nicht, aber Nick steckt irgendwie in der Sache. Bis über seinen lavendelöligen Kopf.«

»Die Engländer werden gewinnen«, bemerkte ten Eyck. Er schlug den Becher auf den Tisch.

»Erzähle das Stuyvesant«, sagte Tonneman.

»Was meinst du, wie alles unter den Engländern sein wird?«

»Um ehrlich zu sein, nicht viel anders, außer daß ich meine Stelle nicht mehr haben werde.«

»Wie nahe sind sie?«

Tonneman zuckte die Achseln. »Piss' nach Breukelen, und du triffst sie.«

»Komm, mein Kleiner. Ein Spaziergang zum Pier und eine Pfeife und ab mit dir ins Bett.« Ten Eyck versuchte, den Jungen zu kitzeln, doch der wich aus und lachte. »Kommst du mit, Tonneman?«

»Nein, ich unterhalte mich noch ein wenig mit Antje.«

Vater und Sohn gingen hinaus. Antje wischte den Tisch mit einem Tuch ab und setzte sich schwer hin, eine Hand auf dem angeschwollenen Bauch. »Er will sehen, ob die Engländer nahe sind.«

»Ich weiß.«

»Er ist nicht so ruhig, wie er vorgibt. Auch nicht so begriffsstutzig, wie er tut. Wegen Smitt, meine ich.«

»Ich weiß.« Wirklich? Ten Eyck schien wütend zu sein, weil Tonneman Smitts Selbstmord anzweifelte. Das bereitete Tonneman Kopfzerbrechen.

»Wie sieht es bei Euch aus?«

Tonneman blinzelte Antje an. Was wollte sie von ihm wissen? »Was?«

»Wie fühlt Ihr Euch? Seid Ihr ruhig?«

»Was die Engländer angeht? Ziemlich ruhig. Was die Morde angeht? Furchtbar wütend bin ich.«

»Und was die Jüdin angeht?«

Er füllte seinen Becher nach und trank, antwortete aber nicht.

»Als Ihr hereinkamt, dachte ich, ein wenig Essen würde Euch nüchtern machen. Aber jetzt seid Ihr betrunkener als vorher.«

»Das stimmt, aber ich bin ruhig.«

»Ist es, weil sie keine von uns ist?«

Er trank weiter und sagte nichts.

»Ich führe nicht weiter Selbstgespräche.«

»Ich empfinde etwas für sie.«

»Aha?«

»Deshalb bin ich verwirrt.«

»Daran habe ich keine Zweifel. Ihr seid kein Junge mit seiner ersten Liebe. Es ist klar, daß Ihr sie gern habt. Warum hört Ihr nicht auf, Euch Gedanken zu machen und folgt Eurem Herzen? Bittet sie, Euch zu heiraten.«

»Was? Ich dachte immer, Ihr wärt eine gescheite Frau. Warum sollte ich heiraten wollen? Das ist das Verrückteste, was ich je gehört habe. Außerdem lebt ihr Mann vielleicht noch irgendwo.« Er erhob sich mühsam und ging hinaus.

»Alle Probleme der Welt gelöst?« fragte ten Eyck.

»Ja, nur das eine nicht, wie man deine Frau am Reden hindert.« Tonneman ging Richtung Strand los.

Ten Eyck lachte. »Das versuche ich seit Jahren vergebens. Kommst du allein nach Hause?«

»Habe ich das nicht immer geschafft?« Auf die Straße stolpernd, um zu seinem Haus hinüberzugehen, erinnerte sich Tonneman an das Papier. »Mist.« Er hatte Antje bitten wollen, es für ihn zu übersetzen, aber er hatte zu viel Bier und zu wenig Schlaf gehabt. »Morgen. Ich frage sie morgen.«

Er blieb stehen, um über die zwei weißgetünchten Treppen vor Stuyvesants Haus zu pinkeln, dann wankte er durch die Twillerstraat und sang das Lied vor sich hin, das Korbonski und der Zwerg gespielt hatten. Er wäre zum Fort weitergegangen, doch er rutschte auf dem Kopfsteinpflaster der Bowerstraat aus und fiel schwerfällig hin. Er blieb einen Moment schwer atmend liegen, dann beschloß er, in die Wirtschaft *Zum Holzpferd* zu gehen und seinen Durst zu stillen. Da es nicht weit vom Fort und von einem der ihren aufgemacht worden war, traf man dort die meisten Soldaten an.

Als Tonneman sich aufrichtete, rempelte ihn ein Mann an. »Paß auf, wo du gehst!« rief Tonneman.

Doch der Mann war verschwunden, über die Straße und in die Nacht.

Das *Holzpferd* wurde von Philip Gerards Witwe, Marie de Vos, geführt, die klein und rundlich und kein bißchen wie Tonnemans Maria war. Sie war auch alt und grau, was Maria Tonneman nie werden sollte. Warum überhaupt heiraten, wenn nicht, um miteinander alt und grau zu werden? Tränen schossen ihm in die Augen. Wie er seine Maria vermißte. Racqel könnte sie nie ersetzen.

Gerard war Soldat der Kompanie gewesen, während er dieses Wirtshaus betrieb. Damals, im Jahre 1642, war er erwischt worden, als er sich von seinem Wachposten entfernt hatte. Die übliche Strafe war, das Holzpferd zu reiten, einen langbeinigen Zimmermannsbock. Der Übeltäter wurde gezwungen, sich mit Gewichten an den Beinen auf den Bock zu legen. Doch Gerard erhielt noch eine zusätzliche Strafe für sein Vergehen. Damit jeder begriff, worum es ging, mußte er auch einen Degen in der einen Hand und einen Bierkrug in der anderen halten.

Gerard tat das eine Woche lang zwei Stunden täglich. Es verstand sich von selbst, daß der tapfere Franzose nach seiner Bestrafung der Kompanie den Dienst aufkündigte und sein Wirtshaus zum Spaß und aus Trotz in *Zum Holzpferd* umbenannte. Er war vor neun Jahren gestorben.

Zum Holzpferd hatte wie der *Birnbaum* nur einen Raum, war allerdings noch etwas kleiner. Es war verräuchert, übelriechend, überfüllt und laut, was Tonneman gerade recht war.

Das erste Gesicht, das er im Halbdunkel sah, gehörte Pos. »Da bist du, alter Gauner.«

»Hier bin ich«. Pos strahlte übers ganze Gesicht. »Spendiere mir ein Glas.«

»Kann nicht«, sagte Tonneman. »Kein Geld.«

»Dann spendiere ich dir eines. Oho. Ich habe auch kein Geld. Zwei Gläschen Branntwein, Marie. Schreibt es auf mich an.«

»Zwei Humpen Bier, und ich schreibe es ins Wasser«, meinte die alte Frau gutmütig.

»So, Pos, hast du getan, worum ich gebeten habe?«

»Scheiße, ich habe mich mehr abgerackert als ein Einbeiniger beim Arschtreten.«

»Ein schöner Stellvertreter bist du mir. Hat jemand Stummelnase gesehen?«

»Nein. Aber es hat Spaß gemacht, mich durch die Schenken durchzufragen.«

»Das glaube ich. Was ist mit den Schiffen? Hat jemand etwas über den Mann mit der Brille gewußt? Hast du etwas erfahren?«

»Nein. Ich bin gar nicht soweit gekommen.«

»Was meinst du damit?«

»Um die Wahrheit zu sagen, nachdem ich ein paar Bier in den Wirtshäusern, wo ich nach Stummelnase fragte, getrunken hatte, vergaß ich es.«

»So ähnlich ist es mir in letzter Zeit auch gegangen.«

Pos stöhnte und schniefte. »Mein Kopf fühlt sich an, als würde die ganze englische Armee darin herumtollen.«

»Hast du etwas zu essen bekommen?«

»Bier.« Er zog ein großes grünes Schnupftuch aus dem Stiefel und schneuzte sich lautstark.

»Kein Essen?«

»Bier ist Nahrung.« Plötzlich fing der Hauptmann der Wache an zu weinen.

»Was ist los mit dir?« fragte Tonneman. Seine Augenlider waren schwer geworden, sein Kopf fiel ihm auf die Brust.

»Jemand hat mir meinen Degen weggenommen.«

»Wie das?« Tonneman hob ein wenig den Kopf.

»Ich inspizierte die Wache, und meine Kehle war ein wenig trocken. Du weißt, wie das ist? Ich schaute also in der *Blauen Taube* vorbei, um Fragen zu stellen und mir die Kehle anzufeuchten und geriet in eine heftige Rauferei. Ein Bursche gab mir eins über, als ich nicht hinsah. Dann hatte der Mistkerl die Frechheit, mir den Degen abzunehmen, als ich am Boden lag. Ich gehe jetzt zurück, um ihn zu holen. Kommst du mit?«

»Ich komme nach. Sobald ich meinen Knüppel gefunden habe.« So gingen die zwei Männer, der Schout und sein Stellvertreter, die Hüter des Gesetzes in Neu-Amsterdam, mit einem wichtigen Auftrag hinaus in die Nacht.

42

DONNERSTAG, 28. AUGUST. MORGEN.

De Sille sprach als erster. »Hat Tonneman das Papier?«

»Er hatte es«, sagte sein Partner. »Aber er hat es nicht mehr.«

»Hast du es?«

»Ja«, sagte der Mann.

»Dann ist es abgemacht. Wir zwei werden uns alle Unternehmungen teilen.«

»Was ist mit van Brugge? Oder sollte ich jetzt *Bridge* sagen?«

De Sille lachte leise. »Ich kümmere mich schon um Mister Bridge.«

»Einverstanden. Sollen wir es so besiegeln, wie mein Vater es im Norden mit den Wollhändlern gemacht hat?« De Silles Partner ließ einen Gulden in einen Literkrug fallen und füllte ihn mit Bier. »Trink.«

»Soll das heißen, wenn ich nicht am Ende die Münze zwischen den Zähnen habe, gilt das Abkommen nicht?«

»Genau das meine ich.«

»Aber das ist doch lächerlich. Nach allem, was wir hinter uns haben, es etwas entscheiden zu ...«

»Trink.«

Als de Sille den Ausdruck in den Augen seines Partners sah, setzte er ein Lächeln auf und trank, ohne abzusetzen, den ganzen Krug aus, um die Münze mit den Zähnen aufzufangen. »Da«, sagte er, indem er die Münze mit einer schwungvollen Gebärde herausnahm. »Und der Gulden gehört auch mir.«

»Selbstverständlich«, sagte sein Partner grinsend.

De Sille schauderte. Sein Partner bereitete ihm allmählich Unbehagen.

Tonneman wurde vom Lärm jaulender Katzen geweckt. Er wußte aus Erfahrung, daß es vor seinem Fenster keine Katzen gab. Die kreischenden Tiere befanden sich in seinem Kopf und waren die Strafe für die vergangene Nacht, an die er nicht die geringste Erinnerung hatte. Doch sie würde sich wieder einstellen. So ging es immer.

Unerwartet stellten die Katzen ihr Gejaule ein. Die Stille erinnerte ihn an die Stille auf einem Schiff während einer Flaute auf hoher See. Dann setzte das Gewimmer wieder ein. Nicht von Katzen, sondern von einer verlorenen Seele. Eine Hand griff nach seiner Kehle. Er konnte sie sehen. Die Hand eines Skeletts. Und das Gesicht hinter der Hand, Smitts Gesicht. »Nein«, schrie Tonneman, aufwachend und am eigenen Erbrochenen würgend. »Nicht mehr. Nicht mehr. Nie wieder«, schwor er, als er über den Boden kroch und versuchte, den Nachttopf zu finden. Er erbrach bittere Galle und wischte sich mit dem Handrücken über die tränenden Augen. Er mußte viel getrunken haben, selbst für seine Verhältnisse. Maria, dachte er, als ihr Gesicht vorwurfsvoll vor ihm erschien. Er legte sich wieder auf den Strohsack und döste, bis er Katrina Root geschäftig hin und her laufen hörte, um sein Frühstück anzurichten, das sie bereiten würde, ob er wollte oder nicht.

»Katrina. Du brauchst mir kein Frühstück zu machen«, rief er schwach und bezahlte für die Anstrengung mit einem neuen Schmerzanfall im Kopf und in den Backenknochen. Ihm war am ganzen Körper, als hätte ihn ein Pferd getreten.

»Macht mir nichts, Heer Schout.«

»Es gehört nicht zu unserer Absprache, nur Saubermachen und Abendessen.«

»Ich berechne nichts zusätzlich. Ein Mann muß essen. Sonst kann er nicht arbeiten.«

»Nicht mehr«, murmelte er, zu elend, um zu streiten. »Ich bin zu alt für solche Sachen. Es ist höchste Zeit, daß ich Marias Tod annehme und mein Leben weiterlebe.«

»Sprecht Ihr mit mir, Heer Schout?«

»Nein, Katrina.« Mit zittrigen Händen nahm er den Wasserkrug. Auf dem Wasser schwamm eine tote Fliege. Allein der Anblick, wie sie einen kleinen Kreis beschrieb, machte ihn schwindlig. Er fischte sie aus dem Wasser, warf sie aus dem offenen Fenster und trank.

Er hörte Katrina weggehen und nickte wieder ein. Im Halbschlaf rief er »Maria« und weckte sich selbst. Katrina hatte einen Zinnteller mit einem Berg Maisgrütze hingestellt. Er schob den kalten, klumpigen Maisbrei beiseite und biß statt dessen halbherzig in einen rohen Maiskolben und eine Zwiebel aus dem Holzeimer auf dem Boden. Feste Nahrung und kein Alkohol. Ein neuer Tonneman.

Allmählich fühlte er sich besser und stopfte sich eine Pfeife mit seinem einfachen groben Shag. Er bevorzugte den groben Tabak, schlichte Kost, nicht den mit Rosmarin und Lavendel parfümierten Mist. Widerlicher Lavendel. Racqel benutzte Lavendelduft, Geertruyd auch. Nick schmierte Lavendelpomade in sein Haar. Rauchte Dinck Lavendeltabak? Tonnemans Gedanken eilten wieder zu Racqel.

Wenn er beweisen könnte, daß ihr Mann tot war ... aber was dann? Sie war immer noch Jüdin und er Christ, Gott steh ihm bei, auch wenn er kein besonders guter war.

Auf einem Stuhl fand er saubere Kniehosen und Hemden, von Katrina Root ordentlich hingelegt. In seinem Kopf herrschte Nebel. Wo war er letzte Nacht gewesen?

Plötzlich fiel ihm zuviel auf einmal ein. Der Kampf im *Birnbaum*. Nein, das war in der *Blauen Taube* gewesen. Nein, es hatten zwei Kämpfe stattgefunden. In der *Blauen Taube* waren er und Pos hineingeraten und hatten fast gegen jeden dort gekämpft. Tonneman untersuchte Gesicht und Körper. Kein Wunder, daß alles schmerzte. Er war mit Beulen und Schrammen übersät. Er erinnerte sich an etwas in der *Blauen Taube*. Pos' Degen. Ein Handgemenge. Hände, die nach ihm griffen, nach etwas suchten. »O Gott, du Dummkopf. Das Papier.« Er drehte sich so schnell um, daß der Stuhl umfiel und die sauberen Sachen auf den Boden fielen. Wo war seine Jacke? Er entdeckte sie an einem Haken in der Küche, wo Katrina sie hingehängt hatte. Er kramte in den Taschen, fand aber nur die Silberscheibe und das Vergrößerungsglas. Das Papier war verschwunden. Er hatte das Papier verloren. Aber wo? Und wann?

Dann fiel es ihm wie ein Blitz ein, daß er am Vortag um Mittag zum Fort hätte gehen sollen. Er zog sich an. Er konnte seinen Knüppel nicht finden. »Mist, den habe ich auch verloren.«

Ein Ausritt würde beiden guttun, und so sattelte er Venus und galoppierte zum Fort. Er hatte große Mühe, fest im Sattel zu bleiben, weshalb er kaum die Leute wahrnahm, die teils herumstanden, teils langsam am Oost Rivier spazierten. Bis zur Spitze der Insel waren Menschen unterwegs. Manche hielten Ferngläser. Hätte Tonneman darauf geachtet, wäre ihm aufgefallen, daß sie alle auf die Bucht hinaussahen und mit den Fingern zeigten. Alle waren sonderbar still.

Unzählige Stadtbewohner und, so schien es, die gesamte Streitmacht von Neu-Amsterdam trieben sich ziellos außerhalb des Forts herum.

Im Fort herrschte eher das gewohnte stille Chaos. Die wenigen Soldaten im Dienst und die zivilen Arbeiter standen wartend herum.

Der Generaldirektor hielt sich nicht in seiner Amtsstube auf.

»Wo ist der Boß?« schrie Tonneman dem Schmied Dirk Baalde zu.

Der rothaarige Riese deutete zur Wasserseite des Forts. »Er ist dort drüben bei den anderen. Ich habe ja gesagt, es würde vorbei sein, ehe es begonnen hat.«

Tonneman zog an den Zügeln und führte Venus durch eine ängstliche Menge von Soldaten und Bürgern zu der Stelle, wo P. S., van der Werff, Johannes Megapolensis, van de Steen, van Dillen und die meisten Ratsmitglieder, darunter Nick de Sille, standen. Stuyvesant hielt ein Glas ans Auge. Die Männer, alle in der besonderen Feldkleidung, blickten auf die Bucht hinaus. Van de Steen strich über seine Narbe, van Dillen zwirbelte seinen Schnurrbart. Um sie herum standen noch mehr Bürger.

Venus verlagerte ihr Gewicht im selben Augenblick, als Tonneman sich bewegte, um abzusitzen, und anstatt abzusitzen, wie er es so viele Male in seinem Leben betrunken oder nüchtern getan hatte, fiel er vom Pferd und blieb ausgestreckt vor der Versammlung liegen. Sein Hut rollte auf die Seite und kam vor de Silles glänzenden schwarzen Stiefeln zur Ruhe. Ratsherr de Sille fischte den Hut auf und hielt ihn geziert zwischen zwei Fingern. »Ich glaube, du hast deinen Hut fallen lassen.«

Der Generaldirektor nahm das Glas vom Auge. »Habt Ihr getrunken?«

»Alle trinken sie hier«, bemerkte de Sille erhaben, als hätte er sich nie in seinem Leben ein Glas gegönnt. »Von dem Augenblick an, in dem sie an einem Löffel lecken können.«

»Die Schrift lehrt uns, daß Wein ein Spötter ist«, verkündete Stuyvesant.

»Sie lehrt uns auch: ›Trink nicht mehr nur Wasser, sondern nimm ein wenig Wein dazu wegen deines Magens‹«, erwiderte Tonneman, unfähig, seine alberne Zunge oder die wackligen Beine zu beherrschen, als er versuchte aufzustehen.

Stuyvesants Gesicht lief dunkelrot an. »Verspottet Ihr mich etwa, Schout? Der Teufel soll Euch holen. Es ist mir egal, ob wir uns mitten im Krieg befinden. Wenn Ihr Eure Pflichten nicht wahrnehmen könnt, finde ich einen, der es kann.«

»Es geht mir gut«, behauptete Tonneman, indem er sich aufrichtete und seinen Hut von einem höhnisch grinsenden de Sille entgegennahm und an seinen Hosen abklopfte.

»Und wenn Ihr Euch Flügel wachsen laßt und wie ein Engel umherfliegt, glaube ich Euch nicht.« Stuyvesant war außer sich.

De Sille trat vor. »Ich wäre gern zu Diensten, Generaldirektor. Ich weiß, was gefordert ist. Ich kenne die Arbeit.«

»Das würde dir gefallen, nicht wahr, Nickie?« Tonneman baute sich groß und mit der ganzen Würde auf, die er noch aufbieten konnte. »Ja, Mijnheer, ich komme etwas zu spät, aber jetzt bin ich hier. Was wünscht Ihr von mir?«

»Vergeßt am besten diese Torheit hier«, sagte der Oberst scharf. »Seht.«

Vier Fregatten, eben noch Punkte am Horizont, erschienen in der Bucht. Über allen flatterte der englische Union Jack. Nicolls' Flaggschiff *Guinea* mit seinen sechsunddreißig Kanonen fuhr voran, stolz das Wasser teilend, alle seine milchweißen Segel gebläht. Neu-Amsterdam war praktisch abgeriegelt.

43

DONNERSTAG, 28. AUGUST. MORGEN.

Stuyvesant knurrte wie ein in die Enge getriebenes Tier. »Oberst van de Steen. Von jetzt an sind Eure Männer vierundzwanzig Stunden in Alarmbereitschaft. Dasselbe gilt für die Bürgerwehr, van Dillen. De Sille, ich möchte Euch hier bei mir haben. Ich brauche jemanden, dem ich vertrauen kann, der mir hilft, das Fort zu verteidigen.«

Tonneman spürte den Stich der Rüge. »Und ich, Mijnheer?«

»Geht nach Hause und werdet nüchtern. Wir haben einen Krieg zu führen, und dazu taugt Ihr nicht, Schout.«

Gekränkt und ärgerlich bestieg Tonneman Venus und ritt auf den Breede Wegh zu. *Zur Blauen Taube* lag gegenüber von Lichtmans Bäckerei. Er trieb die Stute voran, im Zickzack um die Menschen herum, die alle Arbeit ruhen ließen und sich am Hafen versammelt hatten, um Ausschau zu halten.

Als Tonneman freie Bahn bekam, grub er die Hacken in die Flanken des Vierbeiners und galoppierte zu der Schenke.

Er hielt so abrupt vor der *Blauen Taube* an, daß er eine Staubwolke aufwirbelte, und sofort fielen ihm weitere Ereignisse der vergangenen Nacht ein. Er und Pos und etwas mit Pos' Degen. Die zwei waren stockbetrunken hingefallen. Als er sich in dieser Lage vorstellte, zog er unwillkürlich den Kopf ein. »Lieber Gott.« Nie wieder. Er zog an den Zügeln und ritt auf dem Breede Wegh weiter, weg von der Schenke und ihren Versuchungen.

Der lange Matthew hockte mit untergeschlagenen Beinen auf einem Pier unmittelbar innerhalb der Palisaden am Noordt Rivier. Die normalerweise ebenholzschwarz schimmernde Haut des Afrikaners war aschgrau. Er machte einen gequälten Eindruck.

»Du bist am falschen Ufer, langer Matthew. Unten beim Fort ist was los. Die Engländer sind da.«

Der lange Matthew antwortete nicht; er nahm Tonnemans Anwesenheit nicht einmal zur Kenntnis.

Langer Matthew nannten ihn die Weißen. Seinen richtigen Namen sagte er nie, versuchte ihn aus Furcht, die Weißen würden ihn erfahren, nicht einmal zu denken. Sie hatten sein Leben an sich gerissen. Wenn sie seinen richtigen Namen erführen, würden sie sein innerstes Wesen vereinnahmen, und das durfte er nicht riskieren.

Der Gott des Flusses war in Gestalt einer Schlange in der vergangenen Nacht zu ihm gekommen. Er war, über das kalte Wasser klagend, aus dem Noordt Rivier aufgetaucht. Er sagte, er sei so viele Meilen an diesen unwirtlichen Ort gekommen, um ihm zu sagen, was er zu tun hatte.

»Und danach?« hatte er die Schlange gefragt.

»Danach«, hatte die Schlange geantwortet, »werde ich dich nach Hause bringen.«

»Ich muß mit dir über Abner reden«, sagte Tonneman. »Was hat er dir in der Nacht gesagt, als du mich geholt hast?«

Der lange Matthew antwortete nicht; er saß da und starrte auf den Noordt Rivier. Tonneman drängte noch ein wenig, doch der Afrikaner wollte nicht antworten. Als Tonneman schließlich einsah, daß er nicht weiterkam, gab er auf und ritt zurück zum *Birnbaum,* um mit Joost Zoelan über das verschwundene Papier und den Mann mit der Brille zu reden. Aber als er dort ankam, fand er den *Birnbaum* fest verschlossen vor, und Joost war nirgendwo zu sehen.

44

DONNERSTAG, 28. AUGUST. NACHMITTAG.

Tonneman stellte Venus in ihre Box im Stall und rieb sie trocken. Hing das alles irgendwie zusammen? Nick de Sille und das Dokument? Der Mann unter der Weide? Das Feuer, Abner und wieder das Dokument? Und Smitt. Im Haus stand er mit verschwommenem Blick vor dem kleinen Spiegel, rasierte sich mit lauwarmem Wasser und machte sich vorzeigbarer. Einigermaßen erfrischt spazierte er über den Strand zu seiner Weide, um gründlich nachzudenken. Und er würde es ohne Flasche tun.

Doch als er zur Weide kam, erblickte Tonneman einen Indianer in einem Kanu, der sich dem Ufer näherte. Stummelnase? Tonneman lief auf den Mann zu. Als er näherkam, bemerkte er, daß es nicht Stummelnase, sondern Fuchsmann war. Sehr gut. Er wollte auch mit Fuchsmann sprechen. Er wollte mit allen sprechen, die ihm Antworten geben könnten. Tonneman war dort, als Fuchsmann das Kanu auf das Ufer zog. Er war außer Atem und bemühte sich, es vor dem Indianer zu verbergen.

Eine Weile sprach keiner. Dann begann Tonneman: »Die Engländer sind hier.«

Fuchsmann brummte. Er lud ein Bündel Felle aus dem Kanu. »Ich bin im Landesinnern gewesen.«

»Ist dir Stummelnase über den Weg gelaufen?«

»Stummelnase ist tot.«

Tonneman stöhnte. Er sah zu, wie Fuchsmann wildlederne Kniehosen über den Lendenschurz und ein leuchtend gelbes grobes Hemd anzog.

»Erstochen von seiner Frau.« Der Mohawk band sich das Bündel Felle mit Lederriemen auf den Rücken und ging zur Straße hoch.

Tonneman folgte ihm. »Wohin willst du?«

»Mendoza.«

»Dann hättest du den Noordt Rivier herunterpaddeln sollen. Dann wärst du direkt zum Lagerhaus gekommen.«

Warum redest du soviel, weißer Mann, und sagst mir Dinge, die ich nicht wissen will? Ich höre nicht zu. Ich wende dir soviel Aufmerksamkeit zu wie dem Wehen des Windes oder dem Zwitschern der Vögel. Ich höre nur zu, wenn ich zuhören will.

»Ich mag diesen Fluß.« Der Indianer dehnte seine schmalen Lippen über den Zähnen zu einer Grimasse, die er für eine Nachahmung des Lächelns eines weißen Mannes hielt. »Vielleicht wollte ich zu Euch kommen, um Euch von Stummelnase zu berichten.«

»Quatsch.«

Weiß du, wie leicht es für mich wäre, dich zu töten, weißer Mann? Ich könnte dir das Genick wie einen Zweig brechen, dann dein Fleisch essen und zusehen, wie deine Knochen in der Sonne bleichen.

»Was weißt du über den Tod von Abner Simon?«

»Ihr stellt viele Fragen«, sagte der Mohawk.

»Das ist meine Aufgabe.«

»Ich scheiß' darauf«, höhnte Fuchsmann. Er schritt schneller aus und ließ den Schout hinter sich. Die Daumen in den Hosenbund gehakt, sah Tonneman dem Indianer nach, der die Straße hinunterging.

»Scheiße.«

Er kam mit seiner Untersuchung nicht voran. Er bemerkte, daß er direkt vor dem *Birnbaum* stand. Er war geschlossen und verriegelt wie zuvor. Er klopfte laut an die Tür. »Joost?« Keine Antwort.

Er lehnte sich mit dem Rücken an die Tür und kratzte sich unter dem Hut, wo die Wunde an seinem Haaransatz einen Grind gebildet hatte. Merkwürdig. Fuchsmann schleppte nur ein Bündel Felle. Fünfundzwanzig bis dreißig höchstens. Keine schlechte Beute für einen gewöhnlichen Indianer. Doch Fuchsmann war kein gewöhnlicher Indianer. Er würde nicht den Fluß hinunterpaddeln, um fünfundzwanzig bis dreißig Felle zu verkaufen. Ein Kanu voll, ja, aber ein einziges Bündel? Niemals. Und gewiß nicht, wo die englischen Schiffe in der Bucht für alle sichtbar waren. Es sei denn, er hätte einen Grund. Und Fuchsmann war die Pavelstraat hinuntergegangen. Er ging gar nicht zu den Lagerhäusern in der Stapelstraat. Je länger Tonneman darüber nachdachte, desto sonderbarer schien es ihm. Er kam zu dem Schluß, daß er sich besser darum kümmern sollte, was Fuchsmann Böses im Schilde führte.

Den Degen so haltend, daß er ihm nicht an die Beine schlug, lief er so schnell und so leise er konnte am Graben entlang. Er sah Fuchsmann links von sich auf den Jodensteeg zugehen. Als Tonneman zur Molenstraat kam, stand Fuchsmann vor dem neuen Haus der Mendozas und unterhielt sich mit David Mendoza.

Da es keine richtige Deckung hier gab, konnte Tonneman nicht sehr nahe kommen. Durch den Lattenzaun sah er das Bündel Felle auf der Erde zwischen Fuchsmann und Mendoza.

Er hörte David Mendoza sagen: »Fünfunddreißig Felle, ich gebe dir einen Schuldschein über fünfhundert Gulden.«

»Ich will Euren Schuldschein nicht. Ich brauche kein Geld. Ich tausche sie für die Frau, die hier wohnt.«

»Was?« Mendoza war verblüfft und wütend. »Du wagst, so etwas zu fragen? Es ist schlimm genug, wenn die Gojim unsere Frauen heiraten wollen. Aber ein *Heide* …« Er reckte eine Faust zum Himmel. »O Gott im Himmel, was habe ich getan, daß du mich mit einem solchen Freier strafst?« Er sah Fuchsmann voller Abscheu an. »So wahr der Gott Jakobs meine Zuflucht ist, sie ist nicht zu verkaufen. Sechshundert Gulden. Kein Schuldschein. Wampum. Polierter Wampum erster Güte.«

»Kein Wampum. Ich will die Frau.«

»Siebenhundert.«

»Nein.«

»Siebenhundert. Kein Schuldschein. Kein Wampum. Gulden. Bares Geld. Mein letztes Angebot.«

»Nein. Die Frau. Und ich gebe Euch noch ein schönes Pferd dazu.«

»Sie ist weder zu tauschen noch zu verkaufen«, stieß Mendoza hervor. »Du hast den Verstand verloren. Sie würde niemals etwas mit einem Wilden wie dir zu schaffen haben wollen.«

»Ihr redet viel und sagt nichts. Ihr wißt nichts. Die Frau und ich begehren einander. Ich weiß es. Ich erfuhr es, als ich sie nach Breukelen brachte.«

»Was? Verschwinde von hier.« Mendozas Gesicht war hochrot, die Adern an seinem Hals schwollen an.

Fuchsmann drehte die Handflächen nach unten, als hielte er die Hände über ein Feuer, um sie zu wärmen. Seine Stimme war leise und drohend. »Ich gehe, aber ich komme wieder. Ich will die Frau. Wenn ich mit dem Pferd wiederkomme, nehme ich die Frau mit«, sagte Fuchsmann. Er machte abrupt kehrt und ging auf den Oost Rivier und sein Kanu zu.

»Nimm deine Felle. Lass' sie nicht hier. Wir haben kein Geschäft abgeschlossen.«

Aber Fuchsmann setzte voller Verachtung für den Juden seinen Weg fort. David Mendoza verschlug es schließlich die Sprache.

Tief geduckt lief Tonneman schnell in östlicher Richtung davon. Er wollte weit genug von Fuchsmann und Mendoza wegkommen. Es war der erste Grund, den er seit langem zum Lachen hatte, und er wollte es genießen.

45

DONNERSTAG, 28. AUGUST. NACHMITTAG.

In Racqels Augen sahen die vier Fregatten in der Bucht festlich aus, beinahe fröhlich. Farbenfrohe Wimpel flatterten an den hohen Masten, und darüber hatte jedes Schiff den hochmütigen Union Jack gehißt, eine stolze rote, weiße und blaue Vereinigung der Kreuze des heiligen Georg für England, des heiligen Andreas für Schottland und des heiligen Patrick für Irland. Weiße Segel blähten sich, und die vollgetakelten Schiffe wiegten sich anmutig.

Die vier Schiffe schienen so makellos, das Wasser so sauber. Es sah aus wie auf einem Gemälde, das sie einmal gesehen hatte. »Nicht sehr bedrohlich«, sagte Racqel laut, während sie ihre Last aus Baumwollstoff, die sie vom Lagerhaus schleppte, unter den anderen Arm nahm.

»Darauf würde ich mich nicht verlassen, Vrouw Mendoza.« Der Müller John Woods hatte sich der immer größer werdenden Versammlung der Schaulustigen zugesellt. »Ein paar Salven aus ihren Kanonen, und wir sind nicht mehr.« Er paffte an seiner Pfeife; eine aromatische Wolke hüllte ihn ein.

»Glaubt Ihr wirklich, daß es soweit kommt?«

»Vielleicht ... und dann vielleicht auch nicht. Wenn sie die Stadt zusammenschießen, haben sie keine Beute mehr.«

»Beute?« Bei diesem Wort und der Erkenntnis, was es bedeutete, bekam sie plötzlich Angst. Im einen Augenblick sah alles wie auf einem Gemälde aus, im nächsten stand die Wirklichkeit der Invasion ganz deutlich und ziemlich schrecklich vor ihr. Den Mendozas würde alles genommen werden, was sie in Neu-Amsterdam erreicht hatten.

Sie wünschte dem Müller einen guten Tag und ging am westlichen Ufer weiter und dann zur Beverstraat, wo die Näherin Mathilde Rougemont und ihre Tochter Zoë wohnten. Als sie näherkam, sah sie eine kleine mutlose Gruppe von Soldaten; einige luden Fässer auf einen Wagen, andere blickten aufs Meer hinaus zu den vier Schiffen. Sie hielten inne, um sie in Rebecca da Costas zu kurzem Kleid anzustarren, stießen sich dabei mit den Ellbogen an und grinsten. Sie senkte den Blick und schritt schneller aus.

Wer würde Beute machen? Die Engländer? Oder Männer wie diese standhaften Verteidiger der Kompanie? Der Ort würde bestimmt von denen drinnen und denen draußen geplündert werden.

Die Tür der Näherin war in einem lebhaften Blau gestrichen. Weiße Anemonen und leuchtende, fast goldene Butterblumen wuchsen üppig in einem Kasten unter dem vorderen Fenster. Die Tür stand offen, und auf einem niedrigen Hocker saß Zoë, die Tochter der Näherin, eine Frau in den Zwanzigern, die verkrüppelten Beine unter ihren Röcken versteckt. Sie nähte gerade einen Ärmel an ein Kattunkleid. Eine hölzerne Krücke lag neben ihr.

»Guten Tag, Zoë. Ist Eure Mutter ...?«

Als sie Racqels Stimme hörte, kam die Witwe Rougemont an die Tür. Sie war eine schmale energische Frau, ziemlich dunkel, mit dunklen verschatteten Augen. Kleine Büschel grauen Haares sahen unter der weißen Haube vor. Ein schwacher Schnurrbart zeichnete sich auf der Oberlippe ab, die sich nun zu einem Lächeln verzog. »Ah, Madame.« Die Näherin schätzte sie kritisch ab, indem sie das abgetragene, schlecht sitzende Kleid von oben bis unten betrachtete.

»Das Feuer. Es ist alles dahin.«

»Kommt herein, kommt herein.« Die Frau trug eine Schürze mit senkrechten Reihen gerader Stecknadeln, die das Kleidungsstück wie einen Kettenpanzer aussehen ließen. Sie bat Racqel in ein sonniges Zimmer mit einer breiten Feuerstelle. Auf der einen Seite ein großes Bett, auf der anderen zwei Schneiderpuppen und das Handwerkszeug der Näherinnen. Musterläppchen aus Stramin und Stoffballen lagen unordentlich übereinander. In der Stube verteilt gab es einen niedrigen Hocker für Anproben, Hutformen, Körbe mit Besatzspitzen und bunte Garnstränge.

Die Kleider, die Racqel durch den Brand verloren hatte, waren schwarz und braun wie der Stoff, den sie mitgebracht hatte. Dies waren die anerkannten Farbtöne der holländischen und jüdischen Gemeinde. Nur Indianerinnen und Dirnen und Geertruyd de Sille, die sich für die modischste Frau in Neu-Amsterdam hielt, trugen farbenfrohe Sachen.

Nachdem Vrouw Rougemont Racqels Maße genommen hatte, fand sie ein Rechnungsbuch auf ihrem unaufgeräumten Arbeitstisch und trug den Auftrag ein. »Drei Kleider für

Madame Mendoza.« Die Französin klappte das Buch zu und hob den Kopf, als Racqel sich verabschiedete. »Nein, nein, Madame, in diesem Kleid könnt Ihr nicht von hier weggehen.« Sie sprang zu einer großen Truhe, riß sie auf und schüttelte ein Kleid aus saphirblauem Kattun mit einem breiten weißen Besatz um den Hals und schmalen Fältchen am Mieder auf. Sie hielt es hoch. »Meine Tochter«, erklärte sie, »wurde nicht mit diesen schwachen Beinen geboren. Sie war groß und schlank und gerade wie Ihr, bis sie ein Fieber bekam, das gleiche, das meinen Mann dahinraffte.«

»Es ist wunderschön.«

»Nehmt es als mein Geschenk an«, sagte die Französin. So kam es, daß Racqel mit einem Kleid, das ihr auf den Leib geschnitten schien, wieder auf der Beverstraat erschien. Im Arm trug sie Rebecca da Costas Kleid. Der Schalkragen des Kleides, das sie trug, war ein wenig tiefer angesetzt als bei ihren eigenen Kleidern, aber es war so ein herrliches Gefühl, wieder ordentlich gekleidet zu sein. Also, was machte das schon?

Die Sonne hatte ihren Höhepunkt schon lange überschritten, als Racqel in den Jodensteeg kam. Von weitem sah sie David vor ihrem noch unfertigen Haus auf und ab schreiten. Sie konnte die Geräusche der drinnen arbeitenden Männer hören.

David Mendozas Mund öffnete sich. Er brachte keinen Ton heraus, doch bei ihrem Anblick fielen ihm fast die Augen aus dem Kopf, und sein Gesicht lief rot an. »Komm her«, schrie er.

Sie blieb stehen und wußte nicht, was sie tun sollte. Seine Wut war maßlos. Er führte sich auf, als wäre er der Herr Jehova selbst. Seine fortwährende Grobheit machte das Leben unerträglich. War schon wieder etwas Schreckliches geschehen? »Was ist los? Sind die Engländer gelandet? Wird gekämpft?«

Er reckte die geballte Faust und schüttelte sie nach ihr. Selbst von fern war sein Zorn so mächtig, daß sie zusammenzuckte. Noch immer rührte sie sich nicht.

Da kam er auf sie zu. Er packte sie am Arm, schleppte sie trotz ihrer Gegenwehr zum Haus. Wie zornige Kerzen funkelten sie seine wahnsinnigen Augen an, und Schweiß rann in seinen Bart. Sie versuchte, sich loszureißen. Er erwischte ihren freien Arm und zerrte sie an sich heran. Rebecca da Costas Kleid fiel auf die Erde. »Du Isebel, du Hure von Sodom. Ich weiß jetzt alles über dich von dem Wilden. Dein sündiges Benehmen ist ein Fluch auf unserer Familie. Es ist weiter gegangen, als ich dachte. Weiter, als ich mir jemals vorstellen konnte.«

Er schüttelte sie, als wäre sie eine Stoffpuppe. Die Welt begann sich um sie zu drehen. »Du gehörst zu mir«, verkündete er. »Die Engländer sind hier an unserer Küste. Wenn sie Neu-Amsterdam eingenommen haben, heiraten wir.«

»Eher würde ich Pieter Stuyvesant heiraten.« Sie mußte über die eigenen Worte lachen und konnte nicht aufhören.

Ihr Lachen machte ihn noch wütender. Er ließ ihre Arme los, und sie fiel auf die Knie. Benommen hörte sie auf zu lachen und hob den Kopf. Er schlug sie ins Gesicht, einmal, ganz leicht. Es war beinahe eine Liebkosung. Dann schlug er noch einmal zu, diesmal mit solcher Wucht, daß sie kopfüber in den Staub fiel.

»Kein anderer wird dich nehmen. Kein anständiger Mann. Kein Jude. Kein Weißer. Du hast nichts. Keine Aussteuer. Was du meinem Bruder aus deines Vaters Haus in die Ehe gebracht hast, gehört jetzt den Mendozas. Ohne unsere Barmherzigkeit bist du eine Bettlerin.«

Verblüfft über seine Gewalttätigkeit lag sie im Staub. Er hatte recht. Ohne die Mendozas war sie verloren. »Ich habe einen Mann«, sagte sie, während sie sich aufsetzte und die brennende Stelle im Gesicht befühlte, wo seine Hand ein Mal hinterlassen hatte. Ein Striemen hatte sich hier gebildet, und ihr rechtes Auge tat furchtbar weh. Sie konnte spüren, wie es anschwoll.

»Mein Bruder ist tot. Er starb kinderlos. Gemäß der Halacha muß der überlebende Bruder seine Schwägerin heiraten, damit die Familie fortbesteht.« Er starrte auf Racqel hinab, dann hob er sie sanft auf die Beine. »Du bringst mich soweit. Verstehst du denn nicht, ich liebe dich. Ich habe dich immer geliebt.« Er berührte ihr Gesicht, wo er sie verletzt hatte, und sie wich zurück. »Unsere Väter beschlossen, daß Benjamin dich bekommen sollte, und ich ließ es gelten, doch jetzt ist Benjamin tot, und nach dem Gesetz müssen wir heiraten. Und wir werden heiraten.«

»Niemals!« rief sie, während sie das beschmutzte Kleid aufhob.

»Du wirst keine andere Wahl haben.«

46

FREITAG, 29. AUGUST. NACHMITTAG.

Tonneman fand eine windgeschützte Stelle unweit von der Pavelstraat. Er lehnte sich mit dem Rücken an den knorrigen Stamm einer Kastanie und steckte seine Pfeife an. Der Genuß des Tabaks war ein beinahe sinnliches Gefühl.

Von seinem Standort hatte er klare Sicht auf die englischen Fregatten. Sie sahen aus wie bunte Kinderspielsachen, die auf dem Wasser tanzten. Er schnaubte verächtlich. Spielsachen mit großen Kanonen, die ganz Neu-Amsterdam zerstören konnten. Das allein genügte, um einen Säufer nüchtern zu machen.

Der Himmel über ihm sah bedrohlich aus; dunkel umrandete Wolken türmten sich, anscheinend bereit, sich zu öffnen. Wie die Fregatten, abwartend.

David Mendoza. Der Mann hatte ein ungestümes Temperament. Zuerst hatte Tonneman das, was sich gestern zwischen dem Juden und dem Indianer abgespielt hatte, für richtig komisch gehalten, doch was war mit der Frau? Befand sie sich in Gefahr? Der Gedanke genügte, daß ihm das Lachen in der Kehle steckenblieb. Und wenn Mendoza seine Wut an Racqel ausließe, was konnte er dagegen tun? Gewiß, er war Schout, doch sie war Jüdin und die Juden hatten ihr eigenes Recht.

Tonneman wischte sich mit der Hand über die Augen. Er wollte sie halten, sie beschützen, die Stelle an ihrem Hals küssen, wo er ihren Puls flattern gesehen hatte, ihr Leben mit Kindern füllen. Barmherziger Gott. Solche Gedanken und Sehnsüchte sollte man besser schlafen lassen. Sie wachzurufen würde ihn nur verraten.

Er fühlte sich geschunden und zerschlagen. Antje und der Boß hatten recht. Er war seit Marias Tod häufiger betrunken als nüchtern.

Feiner Regen begann zu fallen. Tonneman riß sich von seinen Gedanken los und ging auf das Fort zu. Bürger sahen ihn hoffnungsvoll an, als könnte er ihnen gute Nachrichten bringen, doch er hatte keine. Weder über die Engländer noch über die Morde. Und wie er ihr Gesetz verstand, würde Racqel mit einem Toten verheiratet bleiben, bis jemand seine Leiche fände.

Und wenn die Leiche gefunden würde? Durfte er sich Hoffnungen machen? Er war Christ, in Freud und Leid. Ein einfacher Schout, nicht mehr. Nicht einmal das, wenn die Engländer erst hier wären. Der Schwager wollte sie. Damit basta. Dieselbe Familie, dasselbe Volk.

Dennoch, dies war eine Neue Welt. Die Leute entschieden selbst, wen sie heirateten. Sogar Frauen.

Dichter Nebel stieg vom Wasser auf und machte die Fregatten beinahe unsichtbar.

Dieses Stück Papier und der Mann mit der Brille waren der Schlüssel für alles. Da das Papier verloren war, mußte er über den Mann Bescheid wissen. Gestern war er zu den in beiden Flüssen ankernden Schiffen gegangen, um nach Brille zu fragen, doch die Kapitäne und Mannschaften waren zu sehr mit den Engländern beschäftigt und wollten von nichts anderem reden. Der lange Matthew war nirgendwo zu finden. Und als er es noch einmal beim *Birnbaum* versuchte, war er noch immer verrammelt und verriegelt.

Wo zum Teufel war Joost? Er war ein Mann, der das Geld liebte; er hatte den *Birnbaum* bisher noch nie geschlossen, nicht einmal, als Smitt, sein eigener Partner, gestorben war.

Allerdings konnte Joost durch die Getreideverordnung auch das Bier ausgegangen sein, und er hatte sich aufgemacht, das eine oder andere Faß Schmuggelware aufzutreiben. Du lieber Gott, er machte sich mit diesen Gedanken an Bier nur durstig. »Arschloch.« Er lachte.

Sein Lachen brachte ihn wieder auf die seltsame Komik an Fuchsmanns Zusammentreffen mit David Mendoza. Auf irgendeine seltsame Weise hatte es Tonneman erfrischt. Seine Gedanken waren klarer, über die Morde, Racqel Mendoza, Neu-Amsterdam. Und den Boß. Dieser Krieg war verloren, doch seine Pflicht war, bis zum Ende an Stuyvesants Seite zu stehen. Am wichtigsten war, daß er stocknüchtern war.

Stuyvesant stand wieder beobachtend am Ufer. Einige Bürger waren in der Nähe, jedoch niemand vom Rat und auch nicht Oberst van de Steen oder Hauptmann van Dillen. Der Generaldirektor grüßte ihn herzlich. »Tonneman! Das sieht schon besser aus. Seid Ihr bereit für die Engländer?«

»Ich bin gespannt wie ein Flitzebogen und bereit, Essig zu pissen.«

»Großartig.« Stuyvesant schlug ihm auf die Schulter. »Zunächst, was die Stadt angeht. Es ist mir zu Ohren gekommen, daß sich hier eine Isebel herumtreibt. Ein Geschöpf, das nur als Zuckermund bekannt ist. Eine Engländerin obendrein, was es noch schlimmer macht. Sie ist nicht nur eine Hure, sondern wahrscheinlich eine englische Spionin. Genügt es nicht, daß ich von diesen schändlichen englischen Schiffen gequält werde? Muß ich auch noch ihre Dirnen ertragen? Ich möchte, daß diese Frau aus Neu-Amsterdam verbannt wird.«

»Ja, Mijnheer.

»Meines Wissens wird sie von einem Juden namens Korbonski verkuppelt. Fluch über diese hebräischen Gotteslästerer, sie sind wie eine Heuschreckenplage in meinem Haar, wohin ich mich auch wende.«

»Ich kümmere mich darum.«

»Das will ich hoffen.«

»Ja, Mijnheer.«

»›Ja, Mijnheer‹ genügt nicht«, schrie Stuyvesant. »Ich will es erledigt wissen.«

»Ja, Mijnheer.«

»Es ist Eure Pflicht. Jeder von uns muß seine Pflicht erfüllen. Sich vor der Pflicht zu drücken ist ein Anschlag des Teufels.« Ruhiger fuhr er fort: »Dann ist nichts weiter zu sagen.«

»Ja, Mijnheer.« Der Regen fiel dichter. Tonneman wischte ihn sich vom Gesicht. »Wo ist Eure neue rechte Hand, de Sille?«

»Neid schickt sich nicht für Euch, Tonneman. Ihr solltet ihn meiden. Er hat etwas Teuflisches an sich.«

»Ja, Mijnheer.«

»De Sille ist bei van Dillen im Fort. Uns steht ein harter

Kampf bevor. Ein furchtbarer Kampf. Aber im Vertrauen auf Gott werden wir standhaft bleiben. Wir wandeln nur kurze Zeit auf dieser Erde. Unsere Prüfung ist, wie gut wir dem Herrn dienen, solange wir hier sind.«

»Ja, Mijnheer. Wie ist unsere Lage?«

»Ich schätze, daß die Engländer siebzehnhundert bis zweitausend Mann haben. Kommt mit. Ich habe vor, diesem Halunken Nicolls einen Brief zu schicken.«

Stuyvesant marschierte, gefolgt von Tonneman, ins Fort. »Avercamp«, brüllte der Generaldirektor.

Sein Schreiber kam herausgestürzt. »Ja, Heer Generaldirektor.«

»Ein Brief. Gehen wir hinein.« Er stieß die Tür auf. Tonneman und Avercamp folgten.

»An diesen englischen Lumpen dort draußen. ›Sir. Wollt Ihr mir mitteilen, welche Absicht und Bedeutung die Ankunft der Kriegsschiffe ohne jede Benachrichtigung an uns hat.‹«

»Das ist alles?« fragte Avercamp, den Gänsekiel gezückt, um weiterzuschreiben.

»Genügt es nicht?« Der Generaldirektor griff zu seiner Pfeife und begann, sie mit seinem nach Rosmarin duftenden Tabak zu stopfen. »Auch möchte ich, daß Boten auf schnellen Pferden zu allen unseren Außenposten geschickt werden. Sie müssen uns zu Hilfe kommen.«

Avercamp eilte aus der Stube; Stuyvesant wandte seine Aufmerksamkeit Tonneman zu. »Ihr wißt, was Ihr zu tun habt, Schout?«

»Gewiß.« Tonneman ließ Stuyvesant allein, als dieser im Begriff war, die Pfeife anzuzünden.

Nichts hatte sich im Fort selbst verändert, wenn man von der zunehmenden Unruhe absah, die alles und jeden anzustecken schien, sogar die Tiere.

Nick de Sille und van Dillen kamen aus der Kirche und standen redend beieinander.

Tonneman ging schneller und erwischte de Sille gerade, als van Dillen sich verabschiedete. »Ich glaube, du hast mir etwas über Abner Simon zu berichten, Nick.«

»Wartet, van Dillen«, rief de Sille dem Gehenden nach und übersah Tonneman völlig.

Tonneman packte de Sille an den mit Spitzen bedeckten Handgelenken. »Nein, du wartest, Nick.«

Der Regen strömte auf die zwei hernieder.

»Lass' mich in Ruhe, Tonneman.« Er versuchte, Tonneman abzuschütteln, schaffte es jedoch nicht. Tonneman hielt ihn fest.

Da klopfte es heftig auf Glas. Beide hoben den Kopf und sahen Pieter Stuyvesant an seinem vom Regen verspritzten Fenster, wütend an seiner Pfeife paffend und de Sille zuwinkend.

De Sille warf einen Blick auf Tonnemans Hände um seine Arme und zog die linke Braue hoch. Tonneman ließ ihn los. De Sille winkte Stuyvesant mit der rechten Hand und ging auf die Amtsstube zu. Auf halbem Weg blieb er stehen und drehte sich nach Tonneman um. »Heute ist dein Glückstag, Schout. Beinahe hättest du noch einen Schlag auf deinen dicken Schädel bekommen.«

47

FREITAG, 29. AUGUST. NACHMITTAG.

Vom Vater hatte Racqel gelernt, Regen zu lieben. Als sie noch klein war, ging er bei Regen mit ihr spazieren. Während sie die Pavelstraat hochging und die feuchte Berührung auf dem Gesicht genoß, vergaß sie die Engländer, Benjamin und David und das geschwollene rechte Auge und dachte nur an ihren Vater und ihre Kindheit.

Racqel trat vor Tonnemans Tür, hob das Hufeisen, das als Klopfer diente, und ließ es fallen. Sie wartete, lauschte auf Schritte oder andere Lebenszeichen, dann klopfte sie noch einmal. Die Tür gab unter ihrer Hand nach, und so drückte sie sie weiter auf. Zögernd ging sie ein paar Schritte hinein und warf einen Blick in die große Stube. »Heer Tonneman.«

Drinnen sah sie eine hübsche, geschmackvolle Anordnung der Möbel, die gar nicht zu Tonneman paßten. Sie hatte nicht erwartet, daß er in einer Scheune wohnte, aber sie hatte auch nicht dieses ordentliche unbewohnte Zuhause erwartet. Warum überraschte sie das? Er war Witwer. Er hatte viele Jahre hier mit Frau und Tochter gelebt.

Auf dem Boden lag eine Maisstrohmatratze. War das der Platz, wo er und seine Frau geschlafen hatten? Verwirrt wich sie zurück, verließ das Haus und schloß die Tür fest.

Traurigkeit überfiel sie, und sie begann zu weinen. David hatte recht. Der Regen fiel stärker und mischte sich mit ihren Tränen. Was sie für den Holländer empfand, unterschied sich von allem, was sie jemals früher gefühlt hatte. Ein wildes Verlangen, das Benjamin nie in ihr geweckt hatte.

Racqel hob das Gesicht zum Himmel und ließ sich von dem sauberen Regen reinwaschen und vielleicht die beängstigenden Gedanken wegspülen. Tief atmend ging sie den kurzen Weg zum Rathaus hinüber. Dort hätte sie zuerst nach dem Schout suchen sollen, sagte sie sich.

Nicasius de Sille und drei andere Ratsmitglieder kamen aus dem Rathaus. Die drei Männer blieben stehen und nickten, murmelten Worte, die sie nicht verstehen konnte. Mit einer tiefen eleganten Verbeugung lächelte Nick de Sille und hielt die Tür auf. »Bitte, gnädige Frau.« Seine Verneigung war nicht so überschwenglich wie die des Leutnants John Brick-Hill von des Königs Musketieren; dennoch erinnerte sie sie an den Engländer.

»Danke«, sagte sie. Hatte er sich über sie lustig gemacht? fragte sie sich und berührte ihre geschundene Wange.

Ein junger Soldat mit Hasenscharte lehnte an einer Wand und kaute an den Fingernägeln. Racqel blieb vor ihm stehen und schützte ihre Augen mit einer Hand vor dem Regen.

»Wißt Ihr, wo der Schout ist?«

Er kratzte sich am Kopf und starrte sie ausdruckslos an. Der Regen lief über sein unscheinbares Gesicht. Licht und Lärm drangen aus dem Keller.

»Dort unten vielleicht?«

Der Soldat zuckte die Achseln und machte sich wieder über seine Finger her.

Es gab kein Geländer; Racqel ging die steile, enge Treppe vorsichtig hinunter. Die Stufen war glitschig vor Nässe und Schmutz. Solchen Schmutz hatte sie noch nie in einem Haus in Neu-Amsterdam gesehen. Sie hörte ein leises, scharfes, klickendes Geräusch und blieb stehen. Da war es wieder, der Klang von Krallen auf der Holztreppe. Ratten. Sie wollte diesen Ort unbedingt verlassen. Nein, sie mußte Tonneman finden. Sie atmete die feuchte Luft ganz flach ein, hob die Röcke ihres neuen blauen Kattunkleides an, damit sie nicht über den Schmutz streiften, und stieg weiter die Treppe hinunter. Die Vorstellung, in so einer stinkenden Umgebung hinzufallen, machte ihr eine Gänsehaut. Es war feuchter und kälter, als selbst ein Keller sein durfte.

»Wer ist da?«

Das bärtige Gesicht vor ihr, vom unwirklichen flackernden Licht einer Laterne beleuchtet, war von kleinen Wunden, Kratzern und Schrammen furchtbar entstellt. »Oh. Oh, Hauptmann Pos.« Sie bedeckte die verletzte Seite des eigenen Gesichts mit der Hand. Sie sahen alle aus, als hätten sie einen Krieg durchgemacht, und dabei waren die Engländer nicht einmal gelandet.

»Vrouw Mendoza, was macht Ihr hier?«

»Ist ...?« Sie blickte an Pos vorbei, sah aber nur Dunkelheit.

»Ich wollte Euch nicht erschrecken.« Tonnemans Vertreter hob die Lampe höher. Die Schatten hüpften verzerrt von seinem verletzten Gesicht auf die dunkle feuchte Wand. Da er die Lampe hochhielt, konnte sie hinter ihn sehen. In kleinen Zellen mit Holzgittertüren befand sich ein gräßlicher Haufen böse aussehender Männer. Die feuchtkalte Luft stank nach Erbrochenem, Urin und ungewaschenen Körpern. »Ich suche nach Heer Tonneman«, sagte sie bestimmt.

»Habt Ihr es in seinem Haus versucht?«

»Ja.«

Einer der eingekerkerten Männer rief mit schriller Stimme: »Küken, Küken, sei mein Vögelchen, und ich baue dir ein Nestchen.« Dann machte er Geräusche wie ein verrückter Hahn. Racqel verstand nicht, was er meinte, doch ihre Wangen wurden heiß vor Scham.

Pos schwenkte drohend die Hand nach dem Übeltäter, jedoch mit wenig Nachdruck. »Maul halten, Bestie, oder ich schneide dir die Eier ab.« Er lächelte Racqel entschuldigend an. »Er könnte im Fort sein oder im *Birnbaum* oder bei seiner Weide. Ihr wißt, wo das ist?«

»Ja«, sagte sie, »ich erinnere mich.« Sie drehte sich um und schickte sich an, die Treppe hinaufzusteigen. Wieder das scharfe, klickende Geräusch. Racqel sah sich nach den verräterischen kleinen glänzenden Augen der Ratte um.

Pos folgte ihr humpelnd. Schrille Pfiffe und andere obszöne Geräusche kamen aus den Zellen. »Oder er könnte bei den ten Eycks sein.«

»Ich weiß, wo das ist. Danke.«

»War mir ein Vergnügen, Vrouw Mendoza.«

Sie rannte die Treppe hinauf, an dem hasenschartigen Soldaten vorbei, und stürzte hinaus ins Freie. Der Regen hatte so plötzlich aufgehört, wie er begonnen hatte. Eine

Möwe stieß herab, beschrieb einen weiten Bogen und flog weg.

An diesem Morgen hatte sie das Sabbatbrot in ihrem neuen Ofen gebacken und Abendessen für alle bereitet, als wäre nichts geschehen. Es war Zeitverschwendung, sich wegen etwas zu grämen, das sie nicht ändern konnte. Seit zwei Tagen quälte es sie, daß sie nicht aufrichtig zu Tonneman gewesen war. Der Zwischenfall am Tag davor mit ihrem Schwager hatte sie endlich davon überzeugt, daß es das einzig richtige war, Tonneman zu sagen, daß sie Englisch lesen konnte, daß sie den Inhalt des Dokuments kannte und daß sie das Stück Silber mit dem Löwenzeichen als Besitz ihres Mannes wiedererkannt hatte. Sie mußte in Erfahrung bringen, warum Tonneman es bei sich trug.

Die englischen Schiffe lagen noch in der Bucht. Eine alte Frau mit einem stibitzten Neu-Amsterdamer Löscheimer sammelte Muscheln am Strand, ohne auf Schiffe und Soldaten zu achten.

Wie schon einmal, fand Racqel Antje ten Eyck und den kleinen Conraet hinter dem Haus. Antje war in ihrem Garten und pflückte ungeschickt grüne Bohnen in ihre Schürze über dem sich wölbenden Bauch. Der Junge spielte im Schlamm mit kleinen hölzernen Soldaten, den hellen Kopf über ein Scheingefecht gebeugt.

Antje blickte aus ihrer gebückten Haltung auf. »Ich habe ihn nicht gesehen«, antwortete sie auf Racqels Frage. »Er ist höchstwahrscheinlich im Fort. Ten Eyck ist auch hingegangen.« Sie richtete sich schwer atmend auf und hielt die Enden der vollen Schürze hoch. »Ich bin beim Einmachen. Kommt herein und trinkt ein Glas Bier oder eine Tasse Tee.« Sie starrte in Racqels Gesicht, sagte aber aus Höflichkeit nichts zu den Schrammen.

»Nein, danke. Der Sabbat ist beinahe angebrochen, und da muß ich zu Hause sein.«

»Dann ein anderes Mal.«

Der kleine Junge winkte ihr, dann lief er zu seiner Mutter, um ihr ein paar grüne Bohnen zu stehlen. Antje küßte sein schmutziges Gesicht. Racqel winkte traurig zurück und machte sich auf den Heimweg. Sie ging langsam und genoß ihren Spaziergang, obwohl er sie näher zu David brachte und zu den Qualen, die er für sie bereithalten mochte. Aber er würde es nicht wagen, den Sabbat zu stören.

Sie bedauerte, daß sie Tonneman nicht gefunden hatte. Sie hatte ihr Herz ausschütten wollen. Und sie hatte in seiner Nähe sein wollen.

Wenn sie nur die Wahrheit über Benjamin wüßte. Wenn sie nur wüßte, was mit ihr geschehen würde. Wenn sie nur mit Abner Simon hätte reden können. Wenn nur die Engländer nicht ihr Leben bedrohten. Wenn nur Tonneman ...

Sie blieb stehen und betrachtete die englischen Schiffe in der Bucht. Sehr bald würde sich aller Leben ändern. Sie eilte heimwärts. Gott würde es fügen.

48

SAMSTAG, 30. AUGUST. MORGEN.

Alle, Tonneman eingeschlossen, hatten die englischen Kriegsschiffe zwei Tage lang beobachtet und auf Nicolls' Antwort gewartet. Die Leute waren wegen der Unsicherheit ihrer Situation nervös; es sollte jetzt keine Geheimnisse mehr geben.

Tonneman holte Pos am Rathaus ab, und zusammen machten sie sich zum Fort auf. »Du siehst nicht besonders gut aus, Pos. Was hast du getrieben? Hast du vielleicht etwas getrunken, das dir nicht bekommen ist?«

»Sehr witzig.« Pos stöhnte trübsinnig, als er seinen Kopf mit unnatürlicher Steifheit neigte. Die Schrammen von ihrer Rauferei in der *Blauen Taube* hatten ein prächtiges Purpurrot angenommen. »Du bist auch nicht gerade der Schönste, oh, großer, edler Mijnheer Schout«, sagte er, während er seinen Freund mit dem gesunden rechten Auge betrachtete. Das andere war zugeschwollen.

Tonneman lächelte und zuckte zusammen, als ein Schmerz durch seinen Kopf zuckte. Er fühlte sich so geschwächt, als wäre er stockbetrunken gewesen. Vielleicht zahlte es sich doch nicht aus, nüchtern zu bleiben.

»Was für eine Neuigkeit es auch sein mag, Tonneman, sie wird schlecht sein. Sie wird nach einem Bier viel besser klingen. Heben wir ein paar, bevor wir ins Fort gehen.«

»Ich nicht.«

»Wirst weich und lendenlahm auf deine alten Tage.« Pos' gesundes Auge glitzerte boshaft.

»Benimm dich, Stellvertreter«, sagte Tonneman lächelnd. »Ich werde nie lahm, nicht einmal im Schlaf. Und auf dem Höhepunkt bin ich wundersamer anzuschauen als der Wal von Beverwijk.«

»Ich nehme dich beim Wort.«

Tonneman schlug Pos auf die Schulter, und sie gingen weiter.

»Die Jüdin kam gestern ins Gefängnis. Sie sah aus, als wäre sie mit uns in der *Blauen Taube* gewesen.«

»Was?«

»Vrouw Mendoza. Sie hatte ein Auge wie ich. Deshalb sage ich, sie sah aus, als wäre sie in der *Blauen* ...«

Tonneman packte ihn am Hemd. »Ich habe gesagt, benimm dich, Stellvertreter.« Diesmal lächelte er nicht.

»Ich habe nur Spaß gemacht, Tonneman, ein kleiner Scherz. Lass' es nicht an mir aus. *Ich* habe sie nicht geschlagen.«

Tonneman ließ Pos' Hemd los. »Nein, natürlich nicht«, sagte er leise. »Ich bringe ihn um«, sagte er genauso leise. Pos starrte Tonneman an, der wie ein Wahnsinniger im Kreis um Pos herumging. »Ich bringe ihn um«, wiederholte Tonneman. Schließlich besann er sich, wo er war und schlug den Weg zum Jodensteeg ein.

»Warte, Tonneman, warte.« Pos humpelte hinter ihm her. »Wen umbringen?«

»David Mendoza!«

»Warum?«

Tonneman blieb abrupt stehen. Ja, warum eigentlich? Wußte er überhaupt, daß Mendoza sie geschlagen hatte? Und wenn ja, was ging es ihn an? Es fiel nicht einmal in seine Verantwortung als Schout. Er hatte es nicht gesehen. Sie hatte keine Beschwerde geführt. Es war eine Familienangelegenheit. Er hatte kein Recht.

Pos holte ihn schwer atmend ein. »Was hast du bloß, Mann? Reiß dich zusammen.«

»Wann hast du sie gesehen?«

»Gestern. Sie hat dich gesucht. Es ist ein Glück für Mendoza und dich, daß sie dich nicht gefunden hat.«

Ihre Aufmerksamkeit wurde von einem Mann auf einem keuchenden Pferd abgelenkt, der vom Ufer zum Fort galoppierte.

»Was gibt's, ter Meer?« rief Pos, der den jungen Soldaten auf dem traurigen braunen Wallach erkannte. Der Reiter antwortete nicht. Pos und Tonneman eilten ihm nach.

Tonneman kam ein gutes Stück vor seinem Freund im Fort an. Ter Meer, jetzt ebenfalls keuchend, hatte sein Tier neben Bucephalus angebunden, dem feurigen kastanienbraunen Hengst des Bosses, der aufgeregt an seinen Zügeln zerrte. »Dirk, nicht wahr? Was gibt es Neues?«

Der junge Soldat nickte. Schweiß tropfte von dem spärlichen blonden Haar seines Schnurrbartes und rollte auf sein pickliges Kinn. »Drinnen«, keuchte er völlig verausgabt.

P. S. stand vor seinem Schreibtisch aufgebaut, die Beine gespreizt und mit den Armen fuchtelnd, als Tonneman hineinging. »Lies es noch einmal, Avercamp.«

»Mijnheer, eine Delegation im Rat ...«

»Lies den Brief.«

»Ja, Mijnheer.« Avervamp biß sich nervös auf die dicken roten Lippen. Er räusperte sich.

»Nun mach schon«, brüllte der Generaldirektor. »Der kommt von Oberst Nicolls«, sagte er zu Tonneman, indem er den Brief aus den zitternden Händen seines Schreibers riß. Zorn verfinsterte seine Stirn. »Er verlangt, daß wir uns ergeben, andernfalls überzieht er uns ›mit dem Elend des Krieges‹.«

»Ist das alles, was er schreibt?« Tonneman spürte, daß ihm alles zwischen den Fingern zerrann. »Keine Übergabebedingungen?«

»Was, seid Ihr willens, Euch zu ergeben? Seid auch Ihr gegen mich?«

»Mijnheer.« Avercamp machte einen neuen Anlauf, als Pos in die Amtsstube stolperte. »Da ist eine Delegation im Rat ...«

»Was gibt's?« wollte Pos wissen. »Wie sind die Übergabebedingungen?«

Stuyvesant tobte. »Noch einer? Ihr seid alle kleinmütige Schwächlinge. Verräter. Wir stehen am Rand von Armageddon, und Ihr redet von Übergabe.«

»Boß«, sagte Tonneman so ruhig er konnte, »wir müssen die Leute wissen lassen, was Nicolls schreibt.«

Stuyvesant warf Tonneman den Brief hin, als wäre er ein Schwert. Er war auf Englisch. Äußerlich sah er ganz wie das Dokument aus, das er aus Abners Augenhöhle genommen hatte.

Zu ungeduldig, um zu warten, riß der Generaldirektor den Brief aus Tonnemans Hand und gab ihn dem Schreiber zurück. »Sag es ihnen, Willem. Sag ihnen, was der Teufel wünscht.«

»Er sagt, er wird jedem Mann Leben und Freiheit, Haus und Eigentum lassen, wenn wir uns ergeben.«

»Wo liegt dann das Problem?« fragte Pos ungläubig.

»Mijnheer?« Avervamp trat unglücklich von einem Bein aufs andere.

Stuyvesant stürzte sich auf den Schreiber und ließ seinen Zorn auf Tonneman und Pos an dem erschrockenen jungen Mann aus. »Was ist denn?«

»Ein anderer Bote ...«

»Sprich. Herrgott im Himmel, sag es schon!«

»Ein anderer Bote kam gerade geritten, bevor Ihr eingetroffen seid. Wir haben von Flatbush und Rensselaerswyck Bescheid bekommen.«

»Ja? Ja?«

»Beide weigern sich, uns zu Hilfe zu kommen.«

»Genauso wie diese Memmen in Esopus ...«

»Rensselaerswyck behauptet, ihnen drohe unmittelbare Gefahr von Wilden.«

»Lügner!« brüllte Stuyvesant. »Ich bin von Feinden umzingelt!« Er sah Tonneman und Pos streng an. »Wir alle. Ich habe Kenntnis, daß zusätzlich zu den Freiwilligen aus Neuengland und 't lange Eylandt Wilde und Freibeuter ihre Dienste gegen uns angeboten haben. Sechshundert Indianer sind bereit, den englischen Schilling zu nehmen und einhundertfünfzig französische Freibeuter, die jetzt im englischen Dienst stehen.«

»Wenn sie unsere Schiffe kapern, können wir nicht mehr auf Nachschub an Munition hoffen«, sagte Tonneman.

»Oder Bier«, bemerkte Pos bekümmert.

»Du wirst noch am Jüngsten Tag über deinen Durst nachdenken«, sagte Tonneman.

Stuyvesant sah sie scharf an. »Schreib das auf, Avercamp.

Volk von Neu-Amsterdam. Es ist mein Befehl ... nein, streiche das. Es ist *Gottes* Befehl, daß wir diese Insel verteidigen ...«

»Was soll das nützen, Mijnheer? Sie werden nicht zuhören. Auch wenn Ihr ihnen nichts von Nicolls' Angebot sagt, die Engländer haben Flugblätter mit ihrer Übergabeforderung auf 't lange Eylandt anschlagen lassen, und Reisende haben sie nach Manhattan gebracht. Einige englische Bürger hier in der Stadt haben sogar öffentlich gesagt, sie würden keine Waffen gegen ihre Landsleute erheben.«

Stuyvesant brummte und setzte sich schwer auf den Stuhl. »Noch etwas?«

»Ja, Sir«, sagte Avercamp. »Sehr wichtig. Die Delegation im Rathaus ...«

»Delegationen, Delegationen, dieser Tage gibt es laufend Delegationen. Jeder will ein Stück von mir. Wer ist es dieses Mal?«

»Oberst van de Steen hat mitgeteilt, daß eine Delegation aus Neuengland unter einer Waffenstillstandsflagge eingetroffen ist.«

Stuyvesant sprang auf und stampfte mit seinem silberbeschlagenen Holzbein auf den Boden. »Warum hast du mir das nicht gleich gesagt?«

»Ich habe es versucht, Mijnheer.«

»Ausflüchte. Immerzu Ausflüchte. Warum bringt er sie nicht her? Ich habe mehr zu tun, als überall den Leuten nachzulaufen.«

»Gewiß möchte der Oberst nicht, daß sie unsere Verteidigungsanlagen hier im Fort sehen.«

»Oder deren Fehlen«, murmelte Pos.

»Macht Euch an die Arbeit, Hauptmann. Ihr riecht und seht wie ein Säufer aus. Habt Ihr keinen Stolz, Mann? Behaltet Eure gescheiten Worte für Euch und verschwindet. Ich habe genug Ärger mit Tonneman, wenn er vergißt, wer er ist. Tonneman, kommt mit. Wer weiß? Vielleicht haben diese nichtswürdigen englischen Halunken ihre Meinung geändert und die Johnnies geschickt, daß die sich ergeben.«

»Das glaube ich nicht, Mijnheer.« Tonneman lächelte. Er war immer überrascht, wenn Stuyvesant ab und an Humor zeigte.

»Einverstanden. Bringen wir das hinter uns. Du auch, Avercamp. Hol dein Pferd. Ich brauche dich zum Übersetzen. Wie jemand diese scheußliche Sprache ertragen kann, werde ich nie begreifen. Und, Avercamp ...«

»Ja, Mijnheer?«

»Montag ist der achte Tag des Verbots, Bier zu brauen. Es muß verlängert werden. Erinnere mich daran.«

»Ja, Mijnheer.«

»Und der Markttag wird bis auf weiteres gestrichen.«

»Ja, Mijnheer.«

Draußen nickte Pos Tonneman grinsend zu und machte sich auf den mühsamen Weg zum Rathaus. Der junge ter Meer und sein Pferd ruhten sich immer noch aus, keuchten aber nicht mehr.

»Ich habe kein Tier«, sagte Tonneman, als P. S. Bucephalus bestieg und Avercamp sein Pferd holen ging.

»Nehmt das dort.« Stuyvesant zeigte auf ter Meers bedauernswerten Wallach.

»Aber ...« begann Tonneman.

»Keine Zeit für Aber«, fiel ihm Stuyvesant ins Wort. »Wir müssen einen Krieg gewinnen.« Bucephalus bäumte sich auf und wieherte. Stuyvesant beruhigte ihn und rief: »Avercamp!«

»Komme, Mijnheer.« Avercamp erschien mit einer

prachtvollen schwarzen Stute. Zu Pferd war der kleine Schreiber ein anderer Mensch. Er saß wie ein Kavallerieoffizier auf dem Roß auf. Er beugte sich über den Hals der Stute, tätschelte sie und murmelte ihr zärtlich ins Ohr: »Ruhig, Violet.«

»Reiten wir«, befahl P.S. »Avercamp, die Arbeit an den Befestigungsanlagen muß verstärkt werden. Mehr Männer. Mehr Stunden.«

»Ja, Mijnheer.«

Ter Meers Wallach begann sofort zu keuchen. Pos, der vor ihnen humpelte, trat beiseite. Als sie an ihm vorbeiritten, hörte Tonneman deutlich ein höhnisches Schnauben seines Stellvertreters. Als er sich nach ihm umschaute, hielt Pos die rechte Hand hoch, den Mittelfinger zum Himmel gereckt.

»Tonneman, was ist mit der Hure?«

»Man kümmert sich darum.«

»Das will ich hoffen.« Der Generaldirektor verstummte. Avercamp verdrehte die Augen nach Tonneman, der mit den Schultern zuckte.

Es war ein kurzer Ritt. Stuyvesant schnaubte verächtlich, als er die Menge der Bürger sah, die sich vor dem Rathaus eingefunden hatten. »Tonneman, schafft sie mir sofort vom Halse.«

»Alle herhören«, schrie Tonneman. »Das ist keine Vorführung auf dem Markt. Geht auseinander. Laßt den Generaldirektor durch.«

»Was geht hier vor?«

»Ist das die Invasion?«

»Sind sie am Wall?«

»Wann bekommen wir wieder Bier?«

»Jagt sie zum Teufel, Silberbein.«

Die drei Männer banden ihre Pferde an. Stuyvesant machte eine finstere Miene.

»Habt Ihr uns nichts zu sagen?«

Stuyvesant und Tonneman betraten das zweistöckige Gebäude, ohne auf eine der Bemerkungen zu reagieren. Der unglückliche Avercamp sah sich von der Menge umzingelt.

»Avercamp!« brüllte der Generaldirektor von drinnen.

Die Menge griff es auf. »Avercamp. Avercamp. Avercamp. Sag du es uns.«

»Komm, es geht auch um deinen Arsch.«

Der Schreiber drängte sich zur Tür durch.

»Zeig, ob du Mumm hast, du jämmerlicher kleiner Wurm.«

Avercamp blieb stehen und stellte sich der Menge. Mit bebender Stimme rief er: »Ihr Undankbaren, der Boß tut sein Bestes!«

49

SAMSTAG, 30. AUGUST. SPÄTER VORMITTAG.

Im Rathaus drängten sich die Mitglieder des Rates und unterhielten sich leise. Nick de Sille befand sich nicht unter ihnen. Tonneman fragte sich, wo er war und was er im Sinn hatte.

Der ehemalige Bürgermeister Oloff Stevensen van Cortlandt, die zwei Bürgermeister van der Grist und Steenwyck sowie Willem Beekman und Oberst van de Steen warteten ungeduldig. Der Oberst streichelte geziert seine Wangennarbe und führte den Generaldirektor in einen Raum zur englischen Abordnung.

Die zwei englischen Vertreter trugen Samtröcke und Spitzen an Hals und Handgelenken, was Tonneman wieder an den toten Mann im Schuppen erinnerte.

»Dieser häßliche Johnny«, sagte jemand, indem er auf einen großgewachsenen, schlaksigen Burschen in weinrotem Rock mit einem spitzen englischen Gesicht deutete. »Der ist Bevollmächtigter der Kolonie Massachusetts.«

Den anderen, ein kleiner, nervöser Mann in blauem Samt, erkannte Tonneman. John Winthrop, der habgierige Gouverneur von Connecticut, der von Neu-Amsterdam, 't lange Eylandt und allem anderen, was die fleißigen Holländer geschaffen hatten, sehr angetan war.

Er hatte Winthrop damals im September 1661 in Neu-Amsterdam gesehen. Tonneman war zu der Zeit seit über einem Jahr Schout, und der Gouverneur machte mit einer anderen Abordnung auf dem Weg nach London zum König einen Besuch in der Stadt. Stuyvesant hatte den Engländern seine Gastfreundschaft angeboten. Jetzt, drei Jahre später, sprach niemand von Gastfreundschaft.

Ohne jede Vorrede forderten die Neuengländer Stuyvesant auf Englisch auf, sich friedlich zu ergeben, um Blutvergießen zu vermeiden. Avercamp dolmetschte. Gouverneur John Winthrop aus Connecticut nickte dem Generaldirektor und Tonneman zu und händigte Stuyvesant ein versiegeltes Schreiben aus.

»Avercamp.« Stuyvesant gab den Siegelbrief an seinen Schreiber weiter. »Was möchte er?«

Avercamps Hände zitterten. Er fuhr sich mit den Fingern aufgeregt durch das dünne Haar und brach das Siegel, dann las er laut und sehr schnell: »An seine Exzellenz, den Generaldirektor …«

»Lass' das Drumherum. Was will er?«

»›Dies ist das geheime Ersuchen des Gouverneurs an Euch, zu kapitulieren. Er gibt persönlich das Versprechen eines großzügigen Friedens.‹«

Finster blickend nickte Stuyvesant dem Gouverneur von Connecticut zu und stapfte aus der Stube. »Er denkt darüber nach«, erklärte Avercamp hastig und rannte dem Generaldirektor hinterher. Tonneman folgte beiden.

»Was geht hier vor, Petrus?« rief Willem Beekman aus.

»Wenn ich es weiß, lasse ich es Euch wissen«, rief Stuyvesant über die Schulter zurück, als er, Avercamp und Tonneman das Rathaus verließen.

»Ist es vorbei?«

»Berichtet, was geschehen ist!«

»Wir haben ein Recht, es zu erfahren!«

Stuyvesant schwang sich mühelos auf Bucephalus. Er war ziemlich beweglich für einen alten Mann mit einem Holzbein. »Geht alle nach Hause. Tonneman, schickt diese Leute nach Hause. Oder noch besser, schickt sie zur Arbeit an den Verteidigungsanlagen. Müßige Hände sind Werkzeuge des Teufels.«

»Ja, Mijnheer. Braucht Ihr mich im Fort?«

»Nein. Ihr habt andere Pflichten. Widmet Euch denen.«

Tonneman ging ins Rathaus zurück, als die englische Abordnung abmaschierte. Winthrop huschte an ihm vorbei, wandte sich um und sah den Schout einen Moment lang seltsam an, dann ging er seines Weges. »Was hat das zu bedeuten?« murmelte Tonneman vor sich hin.

Er ging auf die Treppe zum Gefängnis zu, wurde aber von van Cortlandt und anderen Ratsherren aufgehalten. »Was hat der alte Silberbein im Sinn, Schout?«

»Wenn ich das wüßte, Heer van Cortlandt, wäre ich ein reicher Mann. Aber ich weiß es leider nicht.« Er zog den Hut. »Mit Verlaub.« Er schritt die Treppe hinunter, an den Salzsäcken vorbei, in das feuchte Gefängnis. Das Rathaus war auch ein Lagerhaus für Salz. Warum das Salz allerdings dort unten aufbewahrt wurde, konnte Tonneman sich nicht erklären.

Die zwei Matrosen, die Tonneman wegen Raufens eingesperrt hatte, und die drei anderen Gefangenen bekamen gerade von Vrouw Root Essen gebracht. Die Türen zu den Zellen standen offen, und die freundliche Frau ging von Zelle zu Zelle und teilte große Portionen herzhafter Erbsensuppe in große Holzschalen aus.

»Etwas Suppe, Heer Tonneman?«

Er nickte, da er ihrem fröhlichen Lächeln nicht widerstehen konnte.

»Heute kein Bier, Vrouw Root?« beschwerte sich einer der Gefangenen.

»Man braut keines, ich habe keines. Nicht wie manche Leute in den Schenken.« Sie blickte den Schout vielsagend an.

Während Tonneman seine Suppe aß, ging ihm Nick de Sille wieder durch den Kopf. Er war sich immer sicherer, daß Nick Abner Simon und höchstwahrscheinlich den Mann mit der Brille getötet hatte. Und wenn er Brille getötet hatte, sähe es Nick mit seiner seltsamen Komik sehr ähnlich, Tonnemans Messer in die Leiche zu stoßen. Andererseits war er sicher, daß es nicht Nicks Stimme gewesen war, die er vor nur vier Nächten am Flußufer gehört hatte.

Aber warum sollte Nick Hendrik ermorden? Diese Frage galt für alle diese Morde. Warum? Was war das Motiv? Das Nächstliegende war das verschwundene Dokument, das die Verbindung zwischen Brille und Abner Simon darstellen mußte. Was aber hatte Hendrik damit zu tun?

»Hallo, Tonneman.« Pos hüpfte mit seinem gesunden Bein die Treppe hinunter.

»Was machen die zwei immer noch hier?« Tonneman zeigte mit dem Daumen auf die zwei deutschen Matrosen.

»Du hast kein Wort gesagt, daß ich sie gehen lassen soll.«

»Ich habe kein Wort gesagt, daß du heute morgen pissen sollst, aber ich wette, du hast es getan. Liegt ihr Schiff noch im Hafen?«

»Weiß ich nicht.«

»Gott steh mir bei. Lass' sie gehen. Lass' alle gehen. Wir haben keine Lebensmittel für sie. Sie essen mehr als manche Bürger hier.«

»In Ordnung, du brauchst mir nicht den Kopf abzureißen. Im Vertrauen gesagt, ginge es mir besser unter den Engländern als mit dem Boß. Ich glaube, der Mann kann mich nicht leiden.«

Die zwei deutschen Matrosen waren glücklich, daß sie herauskamen und unglücklich miteinander. Sie ließen sich sehr laut auf Deutsch darüber aus. »Das ist das letzte Mal, daß ich mit dir irgendwohin gehe«, sagte der große mit dem dicken schwarzen Schnauzbart zu seinem Kameraden.

»Halt dein Maul, sei einfach still«, erwiderte der mondgesichtige Matrose.

»Ihr beide seid jetzt still«, übertönte Tonneman sie. Das Gezänk hörte auf.

Die anderen drei Gefangenen, französische Fallensteller, die den Erlös für ihre Felle vertrunken hatten und unglücklich waren, auf die Straße gesetzt zu werden, beschwerten sich in schlechtem Holländisch. Sie hatten ein Zuhause gefunden. »Müssen wir jetzt gehen?« fragte einer wehmütig. »Vrouw Root kocht heute abend Wildeintopf.«

»Und Kirschsuppe«, sagte der zweite.

»Können wir bis morgen bleiben?« bettelte der dritte.

Tonneman deutete die dunkle Treppe hinauf. »Ab mit euch. Und ihr zwei, laßt euch hier nie wieder blicken. Das nächste Mal werfe ich euch in die Bucht.«

»Das nächste Mal«, sagte der größere Matrose leise in klarem Holländisch, »werdet Ihr keine Bucht mehr haben, um uns hineinzuwerfen.« Sein Freund kicherte nervös.

Tonneman gab Pos einen Wink, und sein Vertreter geleitete die fünf hinaus. Der Schout konnte die Matrosen lachen und die drei Fallensteller auf Französisch klagen hören, daß sie gehen mußten, während alle die Treppe hinaufpolterten. Als Pos zurückkam, hinkte er schlimm.

»Du gehst wie ein Bär mit einem gebrochenen Bein«, sagte Tonneman, der seinen letzten Löffel Suppe aß.

»Ich *bin* ein Bär mit einem gebrochenen Bein.«

»Was wollte die Mendoza gestern hier?«

»Ich habe es dir gesagt. Sie hat dich gesucht.«

Die Vorstellung, daß Racqel ihn suchen gekommen war, freute Tonneman.

»Sie trug so ein blaues Kleid. Nicht, was sie normalerweise trägt.« Pos ahmte mit hoher Stimme eine Frau nach. »Du bist ein Teufelskerl bei den Weibern, Heer Schout.«

»Wenn *du* nicht still bist, werfe ich *dich* in die Bucht.«

Pos schwieg, dann räusperte er sich. »Ohne Gefangene habe ich keine Veranlassung hierzubleiben.«

»Nein.«

»Ein Bier wäre nicht schlecht.«

»Ja. Ich meine, ein Bier wäre gut.«

»Eins? Das hört sich nicht gut an. Vielleicht zwei oder drei. In Ordnung?«

»Vielleicht.«

Sie stiegen langsam, wie alte Männer, die Treppe hinauf. Draußen entdeckten sie, daß der *Birnbaum* immer noch nicht geöffnet hatte.

»*Holzpferd* oder *Blaue Taube*?« fragte Pos.

»Ich hätte gedacht, du hast die Nase voll von der *Blauen Taube*.«

»Also dann ins *Holzpferd.*«

Im *Holzpferd* trank Tonneman sein Bier in zwei langen Zügen. Einen Augenblick genoß er den Geschmack, den er noch auf der Zunge hatte, und den Duft von Blumen, der noch an seinem Krug haftete.

»Noch zwei«, rief Pos Marie de Vos zu.

»Für mich nicht«, sagte Tonneman.

»Das glaube ich dir nicht«, rief Pos aus.

»Du brauchst mir nicht zu glauben«, sagte Tonneman. »Ich glaube mir, und das allein zählt. Noch ein Bier für dich, und dann möchte ich, daß du mit jedem in der Stadt sprichst. Fuchsmann sagt, Stummelnase sei tot. Wie dem auch sei, finde heraus, ob jemand nach Dienstag nacht Stummelnase gesehen hat oder etwas über unseren Mann mit der Brille weiß. Und mach es diesmal ordentlich.«

Pos sagte nichts darauf. Er hob nur seinen frischen Humpen Bier und trank.

Tonneman verließ die Schenke zufrieden mit sich und in dem Gefühl der Rechtschaffenheit. Als er auf die Straße trat, rumpelte ein von einem weißen und einem schwarzen Pferd gezogener Wagen vorbei, der ihn beinahe überfuhr. »He«, schrie er den zwei Männern im Wagen zu. »Ihr zwei, haltet an. Langsam. Ihr fahrt zu schnell. Wißt ihr nicht, daß ihr die Pferde in der Stadt an der Leine führen müßt?« Er rannte dem Wagen nach und glaubte, seine Knochen knarren zu hören. Der Wagen bog um eine Ecke und war nicht mehr zu sehen. Aber Tonneman hatte den Mann, der die Zügel hielt, erkannt. Nick de Sille.

Der Mann neben de Sille hatte sich geduckt und den Hut übers Gesicht gezogen, doch Tonneman hatte auch ihn gesehen. John Winthrop, Gouverneur von Connecticut.

50

SONNTAG, 31. AUGUST. MORGEN.

Die Kirchenglocken weckten ihn. Im ersten Augenblick dachte Tonneman, Küster Kruseman Wolters warne die Stadt, daß die Engländer gelandet seien. Nein, es war Sonntag.

Er und Maria waren sonntags immer früh aufgestanden. Sie, weil sie wollte, er, weil sie es von ihm erwartete. Sich und die kleine Anna sonntäglich zu kleiden und in die Kirche zu gehen war eine der großen Freuden in Marias Leben.

Sobald er aufgestanden war, fand er immer Entschuldigungen. Maria schimpfte ihn dann aus, und so zog er die sauberen Sachen an, die sie für ihn bereitgelegt hatte, wobei er sich unaufhörlich beschwerte. Dennoch folgte er seiner kleinen Familie zur Kirche. Doch er blieb nie bis zum Ende. Immer stahl er sich davon, und sie fand ihn dann angelnd und dösend unter seiner Weide. »Ich spreche genau hier mit Gott«, sagte er immer, wenn sie ihn fand.

Und dann sagte sie: »Gott wird dich nie hören, wenn deine Zunge schwer vom Branntwein ist.« Sie lachte aber dabei, weil sie wußte, daß er nur maßvoll trank. Das war damals. Sie würde nicht lachen, wenn sie sehen könnte, was in seiner Einsamkeit aus ihm geworden war.

Doch das war jetzt alles anders – wegen Racqel Mendoza. Er war davon überzeugt, daß ihr Mann tot war. Tonneman wünschte ihn tot. Überrascht vom Ungestüm seiner Gedanken, wußte Tonneman, daß er sie nicht David Mendoza überlassen würde.

Sie war keine unterwürfige Frau. Tonneman lachte laut auf. Er würde für sich sprechen, und mit Gottes Gnade würden sie einen Weg zwischen seinem Volk und ihrem finden. Er hatte schon viele Male gesehen, wie kurz dieses Leben sein konnte.

Sein Magen verkrampfte sich, wenn er vor seinem geistigen Auge Racqels zerschundenes Gesicht sah und an den Jähzorn ihres Schwagers und ihre Hilflosigkeit dachte. Dann lächelte er. Racqel war gar nicht so hilflos, und er wußte, daß sie etwas für ihn empfand. Dessen war er sich gewiß, nun, da sein Kopf frei von Alkohol war.

Er preßte seine Hände gegen die Schläfen. Schmerz nur dort, wo die Schrammen waren, kein schmerzender Kopf von zuviel Branntwein. Er streckte seinen langen Körper auf der Maisstrohmatratze und dachte wieder an Maria und daran, wie glücklich sie über die kleinen Dinge des Leben gewesen war.

Nach einer Weile stand er auf und zog die saubere Hose und das frische Hemd an, die Vrouw Root bereitgelegt hatte. Er würde zur Kirche gehen, nicht wegen Gott oder um seiner Seele willen, die wahrscheinlich ohnehin verloren war, sondern um Marias zu gedenken. Und um zu sehen, ob er mehr über den Tod des Fremden und Abner Simons erfahren könnte. Die Neu-Amsterdamer waren fröhliche Klatschmäuler.

Doch zuerst wollte er sich ein Päuschen unter seiner Weide gönnen, ein Pfeifchen rauchen und durchdenken, was er wußte oder zu wissen glaubte.

Nachdem ihm Nick de Sille und Gouverneur Winthrop am Vortag zusammen in diesem Wagen begegnet waren, hatte Tonneman den Rest des Tages damit verbracht, die zwei Männer wiederzufinden, doch ohne Glück. Es lag auf der Hand, daß de Sille sein Mann war. Auch war es ziemlich klar, daß er ein Spion war. Warum wäre er sonst mit Winthrop zusammen? Der Geruch von de Silles Lavendelpomade brachte ihn mit dem Schauplatz beider Morde, an Brille und an Abner, in Verbindung.

Tonneman fütterte Venus, ging dann den *Strand* hinunter und schaffte es, eifrigen Gesprächen aus dem Weg zu gehen. Alle – Männer, Frauen und Kinder – gingen an diesem Morgen in die Kirche. Tonneman wußte, daß sie nicht nur beten, sondern auch Neuigkeiten erfahren wollten.

Nur die Soldaten und die Bürgerwehr blieben auf ihren Posten. Die Soldaten erzählten anzügliche Witze, und die Männer der Bürgerwehr antworteten mit noch anzüglicheren.

Hinter dem Zaun der Peysers bellte der Spaniel ängstlich und warf sich gegen das verriegelte Tor. Tonneman langte über den Zaun und tätschelte den seidig braunen Kopf des Hundes, dann setzte er den Weg zum Wasser und seinem Baum fort.

Während er träge dem Rauch nachsah, der nach oben

stieg und sich mit den schmalen, speerförmigen Blättern und den dichten Kätzchenspitzen der Trauerweide vermischte, dachte Tonneman an Mittwoch nacht zurück, an den mit Lavendel parfümierten Pfeifentabak, den er unmittelbar vor dem *Birnbaum* gerochen hatte. Er war zu betrunken gewesen, um seine Schlüsse zu ziehen. Keyser oder Joost? Oder Dinck, wenn man wollte, und was hatte es mit den Kratzern in Dincks Gesicht auf sich? Wollte in ein Loch gefallen sein. Austernschalen. Dinck war in irgendeinen Kampf verwickelt gewesen. Es beunruhigte Tonneman, daß Dincks Gegner Abner Simon gewesen sein könnte. Er hatte es nicht denken wollen, doch nun drängte sich der Gedanke auf.

Die Kirchenglocken läuteten wieder, wie ein Aufruf.

»Christi blutige Hände«, sagte Tonneman und stand auf. Nichts ergab einen richtigen Sinn. Es war alles Ablenkung, die ihn von der Wahrheit wegführte. De Sille war sein Mann und damit basta.

Tonneman teilte den Blättervorhang und wanderte langsam auf das Fort zu, hinter anderen Nachzüglern her zur steinernen Kirche.

Kruseman Wolters läutete die Kirchenglocken noch einmal und sah die Zuspätkommenden wie Tonneman tadelnd an.

Dinck in seiner Rolle als Mitglied des Kirchenvorstands stand gleich am Eingang der Kirche. Er grüßte Tonneman mit etwas zuviel Herzlichkeit, wie es diesem schien. »Gut, dich am Tag des Herrn zu sehen, Tonneman.«

»Dich zu sehen ist immer gut, Dinck. Das ist eine stattliche Versammlung heute. Sind sie alle aus Liebe zu Jesus hier?«

Dincks zerkratzte Hängebacken bebten vor Heiterkeit.

»Wenn das nur wahr wäre. Ich glaube, sie sind alle hier wegen ihrer vereinten Ärsche, die sie schützen wollen.«

Tatsächlich waren an diesem Tag so viele Leute in der Kirche, daß die Plätze nicht ausreichten. Tonneman trat beiseite, um Jan Keyser, seine Frau, seine Kinder und die Lehrlinge des Gerbers vorbeizulassen.

Pfarrer Johannes Megapolensis wartete mit seinem Sohn, Pfarrer Samuel Megapolensis, geduldig am Altar, daß die Menge sich niederließ. Pieter Stuyvesant saß mit seiner Frau Judith, einer hübschen kleinen Person, und den Söhnen Balthazar Lazarus und Niklaas Willem in der ersten Reihe. Wie der ältere Bruder hatte der sechzehnjährige Niklaas die kräftige Nase und die vollen Lippen des Vaters.

Mit dem Hut in der Hand fand Tonneman eine Stelle an der Steinwand, an die er sich lehnen konnte. Er sah Stuyvesants Schwester Anna Varleth, ihren zweiten Mann, den Kaufmann Niklaas Varleth, und ihre Kinder neben Stuyvesant in der ersten Reihe sitzen. Alle Ratsherren und Bürgermeister waren in der Kirche, ebenso Avercamp und der Schmied, die Müller und alle Bäcker. Zum erstenmal, soweit er sich erinnern konnte, waren alle in der Kirche.

Wie er standen viele; manche, die damit nicht zufrieden waren, liefen noch durch die Kirche; fast alle schwatzten und kamen vom Hundertsten ins Tausendste. Es war ein Lärm wie in der Schenke. Der ältere Pfarrer Megapolensis räusperte sich. »Lasset uns Gott anbeten«, murmelte er, den strengen Blick auf die Gemeinde gerichtet.

Das Geplapper ging weiter.

»Lasset uns Gott anbeten«, brüllte der jüngere Megapolensis. Wenn sein Vater schon ein Riese war, so war der junge Samuel noch gewaltiger, mit breiteren Schultern, widerspenstigerem Haar, dickeren Augenbrauen und einem größeren Schnurrbart. Nur war das Haar des Vaters grau, während das des jungen Samuel Megapolensis gelb wie Mais war.

Die Gemeindemitglieder brachen ihre Gespräche ab und eilten zu ihren Plätzen.

»Im Namen des Vaters und des Sohnes und des Heiligen Geistes. Amen«, begann der ältere Megapolensis. Sein Sohn stand an der Seite, nickte und sagte amen.

»Amen«, sagte die Gemeinde.

»Lasset uns anbeten und verneigen«, fuhr der ältere Megapolensis fort. »Lasset uns niederknien vor dem Herrn, unserem Schöpfer. Denn Er ist unser Gott, und wir sind das Volk auf Seiner Weide und die Schafe in Seiner Hand. Gnade für euch und Frieden von Gott unserem Vater und dem Herrn Jesus Christus. Lasset uns nun einen Lobgesang anstimmen. Samuel.«

Tonneman blickte sich in der Kirche um und wog jeden einzelnen Bürger als möglichen Mörder ab. Denn obgleich er selbst heftig widersprochen hätte, war Tonneman ein religiöser Mensch, und er glaubte daran, daß Böses bestraft werden müsse. War das Böse schließlich nicht die Verleugnung des Guten? Und ohne das Gute war das Leben nicht lebenswert.

Die Gemeinde sang das Gloria patri. »Ehre sei dem Vater und dem Sohne und dem Heiligen Geiste, wie es war von Anfang, jetzt und immerdar, von Ewigkeit zu Ewigkeit. Amen.«

»Amen«, sagte Tonneman. Sein Blick wanderte wieder zu Nick de Sille, seinem Hauptverdächtigen. De Sille mußte alle Antworten zu diesem Rätsel kennen. Die Kunst war, ihn soweit zu bringen, daß er sie preisgab.

»Gelobt sei Gott, von dem aller Segen ausgeht«, sprach

Pfarrer Johannes Megapolensis. Er betrachtete seine Versammlung einen Augenblick. »Matthäus sagt uns: ›Selig sind, die Frieden stiften; denn sie werden Gottes Kinder heißen.‹«

»Amen«, sagte der junge Megapolensis.

»Amen«, murmelten einige Mitglieder der Gemeinde.

Tonneman fragte sich, ob seine Ohren ihn im Stich ließen. Hatte er richtig gehört? Er hatte angenommen, der Prediger würde gegen die Engländer bis zum Jüngsten Gericht kämpfen wollen.

»Und Jakobus ermahnt uns: ›Jeder Mensch sei schnell beim Hören, langsam beim Reden, langsam im Zorn.‹ Doch als Moses des Pharaos Wagen gegenüberstand, sang er: ›Der Herr ist meine Stärke. Der Herr ist ein rechter Kriegsmann.‹ Und des Pharaos Wagen und seine Streiter versanken im Roten Meer.«

»Amen«, sagte der junge Samuel.

»Amen«, sprach Pieter Stuyvesant für die ganze Insel Manhattan.

»Amen«, sagten andere Gemeindemitglieder.

Tonneman zupfte sich an der Nase. Keine Friedensstifter hier. Das war Kriegsgerede. Er ließ seinen Blick wieder wandern. Nick de Sille saß direkt hinter dem Generaldirektor, doch ohne Geertruyd. Sie und ihr Mops waren vermutlich zu Hause und süffelten Branntwein und Milchpunsch.

»Dennoch«, sagte der Pfarrer, während sein Sohn zu jedem Wort zustimmend nickte, »sagt Lukas: ›Ehre sei Gott in der Höhe und Friede auf Erden bei den Menschen seines Wohlgefallens.‹«

»Amen«, sagte der junge Samuel.

»Amen«, sagten einige Gemeindemitglieder.

»Wir sollten diese Worte Jesajas nicht vergessen: ›Da werden sie ihre Schwerter zu Pflugscharen und ihre Spieße zu Sicheln machen.‹ Und Matthäus: ›Denn wer das Schwert nimmt, der soll durchs Schwert umkommen.‹«

»Amen. Amen«, sagte der junge Samuel.

»Amen«, sagten einige Gemeindemitglieder.

Stuyvesants Stimme wurde nicht gehört.

Tonneman schüttelte den Kopf. Dieser verschlagene, listige alte Fuchs Megapolensis. Er saß rittlings auf dem Zaun. Zuerst sprach er so, wie es der Boß hören wollte, dann das Gegenteil. Allerdings schien es, als sei er am Ende auf der Friedensseite des Zauns heruntergefallen.

»Jedoch«, sprach der Pfarrer, die mächtige Stimme leidenschaftlich bewegt, die rechte Faust in die Luft gereckt, »vergessen wir nicht die tapfere Flagge, die über dem Turm dieser Kirche weht. Auf dieser Flagge ist ein mächtiger, starker himmlischer Arm, der ein furchtbares Schwert eines rachsüchtigen Gottes schwingt, erhoben, um die bösen Feinde unseres Vaterlandes und unserer Kirche niederzustrecken.«

»Amen!« sagte der junge Samuel.

»Amen. Amen. Amen.« Die Stimme des Generaldirektors übertönte alle anderen. Er drehte sich um und ließ einen wilden Blick über die Versammlung schweifen, um die kriegslustigeren Gemeindemitglieder zu ermutigen.

Tonneman nickte bedrückt. Der alte Megapolensis war zum Schluß doch auf der anderen Seite des Zauns abgestiegen, mit dem Boß an seiner Seite. Soviel zum Frieden.

Aber dann erwiesen sich Dincks Worte als richtig, denn der Gottesdienst wurde von Gläubigen unterbrochen, die aufstanden und von der befürchteten Invasion sprachen.

»Wann kommen sie?«

»Sie sind schon hier, nicht wahr?«

»Sie sind in Breukelen. Sie werden uns alle niedermetzeln.«

»Zwanzig Jahre habe ich in dieses Land gesteckt. Zwanzig Jahre Schweiß und Blut.«

»Warum sind wir so dumm? Wir sind keine Soldaten. Habt ihr nicht das Flugblatt von Oberst Nicolls gelesen?«

»Er sagte, wir würden in Ruhe gelassen. Die Engländer wünschen uns nichts Böses, sie möchten nur friedlich und harmonisch neben uns leben.«

»Genug«, brüllte Stuyvesant. »Setzt euch und seid still, alle. Das sind aufrührerische Reden. Das ist Hochverrat.«

»Wir leben hier, wir haben ein Recht. Das Volk soll seine Meinung sagen. Und Ihr solltet zuhören. Ihr ... Ihr ... Pfau.«

»Ja. Ihr seid in Wirklichkeit kein Großfürst. Ihr seid nur der Generaldirektor der Kompanie. Und wo ist die Kompanie jetzt? Sie hat uns im Stich gelassen.«

»Ja. Setzt Euch, Silberbein. Das Volk hat gesprochen.«

»Das Volk? Pah, das Volk«, erwiderte Stuyvesant. »Wir erhalten unsere Autorität von Gott und der Westindischen Kompanie, nicht vom Ermessen weniger unwissender Untertanen.« Mit diesen Worten stapfte Stuyvesant aus der Kirche, ohne daran zu denken, daß der Gottesdienst noch lange nicht zu Ende war. Seine Frau eilte ihm nach.

Johannes Megapolensis schüttelte den Kopf und sprach schnell den Segen: »Der Herr segne dich und behüte dich.«

Niemand hörte zu; alle beobachteten die Familie Stuyvesant. Die Söhne des Generaldirektors saßen reglos auf ihren Plätzen. Judith Stuyvesant blieb an der Tür stehen, drehte sich um und sah sie traurig an.

Der ältere Megapolensis fuhr unbeirrt fort. »Der Herr lasse sein Angesicht leuchten über dir und sei dir gnädig; der

Herr hebe sein Angesicht über dich und gebe dir Frieden. Amen.«

»Amen«, sagte Samuel Megapolensis.

»Amen«, sagten einige Gemeindemitglieder, die noch zuhörten.

Schließlich nickte Balthazar und ging zu seiner Mutter, sein jüngerer Bruder folgte ihm.

Tonneman ging langsam aus der Kirche und sah zu, wie die Familie in einen einfachen offenen Wagen stieg, der von einem dicken Afrikaner gelenkt und von einem zusammenpassenden Paar schwarzer Stuten gezogen wurde. Die Familie Varleth folgte im eigenen Wagen.

Im Lärm und Streit war Nick de Sille heimlich verschwunden.

51

SONNTAG, 31. AUGUST. VORMITTAG.

Am Sonntag waren alle Geschäfte geschlossen. Nur wenige Menschen, die die Kirche verließen, fuhren in Wagen weg oder ritten wie die Stuyvesants. Die meisten spazierten über die Pavelstraat oder den Breede Wegh und grüßten sich gegenseitig, ehe sie zum Essen nach Hause gingen.

Tonneman entdeckte Nick, der auf das Anwesen der de Silles zuging. Doch Nick ging daran vorbei und auf dem Breede Wegh weiter. Tonneman hielt Abstand zu ihm. Er wollte nicht, daß de Sille hörte, wie die Leute ihn in gewohnter Weise beim Namen grüßten.

Das Ufer des North River war normalerweise der geschäftigste Platz in Neu-Amsterdam. Schiffe kamen vom Atlantik her mit europäischen Waren, während andere mit Fellen und Bauholz aus Pavonia oder dem nördlichen Land zurückfuhren.

Waren für die Stadt wurden ausgeladen und mit Booten zu den Schlippen an der Stapelstraat transportiert und von dort zu den Lagerhäusern oder den Märkten. Die übliche Menge Schiffe aus aller Herren Länder belebte heute den Noordt Rivier, verankert, aber aufgetakelt, um jederzeit absegeln zu können. Als ob das helfen würde, wenn die ersten Schüsse fielen.

Tonneman folgte de Sille durch das Breedeweghpoort und verringerte den Abstand zwischen ihnen. Offenbar ging Nick auf die Warenhäuser an der Stapelstraat zu.

Auf der anderen Seite der Stapelstraat, hinter den Lagerhäusern, hatten Korbonski und Zuckermund ihr großes rotes Vergnügungszelt auf einem der Kais aufgeschlagen. Der ausgelassene Lärm von dort war schon von weitem zu hören. Tonneman seufzte. Er mußte etwas unternehmen wegen Zuckermund, mit oder ohne englische Invasion.

Im Augenblick machte er sich aber mehr Gedanken über Nick de Sille, der gerade in Zuckermunds rotem Luxuszelt verschwunden war. »Na, na und noch dazu am Sonntag«, sagte Tonneman leise. Er wartete einen Augenblick, dann ging er auf die rote Zeltbahn zu und hob die Klappe.

In dem roten Zelt, wo es dunkler und verrauchter als in jeder Neu-Amsterdamer Schenke war, gab es vier kleine Zeltbahnnischen, kaum groß genug, daß zwei darin liegen konnten. Jede war mit einer großen gemalten Zahl bezeichnet.

»Deine Fotze zieht Fliegen an und wer weiß, was noch«, keifte eine hagere Afrikanerin eine kleine blonde Frau mit riesigen Brüsten an, als beide, sich anrempelnd, aus dem Zelt Nummer eins kamen. »Ich mache nie mehr eine Doppelnummer mit dir, alte Hexe!« Die beiden Huren waren nur mit einem langen fließenden roten Gewand bekleidet, das vorn offen war und von einer Schärpe locker zusammengehalten wurde. Darunter waren sie nackt wie Neugeborene.

»Ich scheiße auf dich, Schwarze Suzie. Ich pisse auf dich. Und strecke dir meinen Arsch ins Gesicht«, sagte die blonde Frau, bei der es sich um die handeln mußte, von der Zuckermund ihm erzählt hatte.

Ein strahlender Matrose mit einer halbvollen Flasche Branntwein in der Hand kam aus dem Zelt Nummer eins, während er seine Hose zuknöpfte.

»Wohin gehst du, Schatz?« fragte die Blonde.

»Ein paar Austern essen. Dann komme ich wieder.«

»Vergiß nicht«, sagte sie und kitzelte ihn an Kinn, »Austern sind gewöhnlich geschlossen, meine aber nicht, meine ist immer geöffnet.«

Der Matrose lachte, verbeugte sich vor den zwei Huren und ging.

Als die Dirnen Tonneman entdeckten, vergaßen sie sofort ihren Zank und stürzten sich auf ihn. Die Blonde war zuerst bei ihm, aber nur knapp. Sie hatten ihre Hände überall an ihm. »Was immer du wünschst, Liebling, Frederika kann es dir geben.«

»Hör' nicht auf sie, mein kleiner Hurenbock«, murmelte die Schwarze Suzie leise und ließ den Goldzahn blitzen. »Sie stinkt von oben bis unten. Wenn du reiten willst, bin ich die richtige für dich. Ich habe Freuden für dich, von denen du noch nie geträumt hast.«

»Ich stinke?« schrie Frederika auf. Mit einem einzigen tückischen Tritt riß sie die Beine der Schwarzen Suzie weg. Die Afrikanerin schlug hart auf dem hölzernen Pier auf. »Wie rieche ich von dort unten?«

Tonneman sah sich in der verrauchten Dämmerung um.

Seltsamerweise roch das Zelt mehr nach Wasser als nach den Frauen oder dem Rauch. Trotz des Lärms waren nur ungefähr acht Matrosen zu sehen, doch es gab keine Spur von de Sille. Zwei Matrosen saßen stockbetrunken auf dem Boden und sangen einander lauthals etwas vor. Sie waren Norweger, doch es hörte sich nach einem englischen Lied an, etwas über Tabak. Warum auch nicht? Wahrscheinlich würden sie alle schon recht bald englische Lieder singen.

Tonneman drängte sich zum Zelt Nummer zwei durch und sah hinein. Eine halbe Portion von Mann strampelte auf einer nackten Indianerin, die dabei unaufhörlich Läuse von ihrem Kopf las und zerknackte. Sie blickte Tonneman über die Schulter des Mannes an. »Geh nicht fort, Schatz«, sagte sie winkend, »du bekommst als nächster deinen Spaß.« Damit packte sie den mageren Körper des Mannes mit beiden Händen und bewegte ihn auf und ab, bis er stöhnte und leise etwas in einer Sprache sagte, die Tonneman nicht kannte.

Tonneman lächelte und tippte an den Hut. »Heute nicht, Schatz.«

»Frag nach Spatz«, hörte er sie im Weggehen rufen.

Zwei neue Kunden hatten das Zelt betreten; die Schwarze Suzie und Frederika stürzten sich auf sie wie Tiere auf Beute. Die Neuankömmlinge sprachen Holländisch, waren aber Schweden.

»Treffen wir uns später«, sagte der jüngere der schwedischen Matrosen zu Frederika. Anscheinend war er verliebt.

»Gewiß, mein liebster Schatz«, sagte Frederika. »Aber gib mir erst Geld, und wir machen es hier.«

»Dann triffst du mich später? In der *Blauen Taube*. Sie liegt am Breede Wegh. Kennst du den Breede Wegh?«

»Ich kenne alles, was du nur willst, du süßer Dummkopf«,

antwortete die Hure, während sie seine Hose aufknöpfte. »Seht ihn an, steht wie eine Eiche. So, wenn er nur ein paar Gulden hat, sind wir im Geschäft.« Sie schleppte ihn in das Zelt Nummer eins.

Die Schwarze Suzie führte ihren Kunden in das Zelt drei.

Tonneman, der de Sille suchte, ging auf das Zelt Nummer vier zu, wurde aber von Zuckermund aufgehalten, die gerade herauskam. »Hier, um dein kleines Fröschchen naß zu machen, Herzblatt?«

Tonneman verschwendete keine Zeit mit einer Antwort. Er blickte in das Innere des vierten Zeltes. Durch die Zwischenräume der Planken fielen Streifen von Sonnenlicht. Die Beleuchtung genügte, um die Falltür unter der Segeltuchdecke auf dem Boden zu erkennen. Er drängte sich an Zuckermund vorbei und warf die Decke auf die Seite.

»Halt, halt, was gibt es?« hörte er Korbonski hinter sich schreien.

Schnell zog Tonneman die Falltür auf. Grelles Tageslicht fiel in das kleine Zelt und verriet eine Leiter. Ohne auf die Proteste des Zuhälters zu achten, stieg er hinunter. Unter dem Kai lagen zwei Ruderboote. Das Wasser war unruhig. Ein drittes Boot verschwand im Schatten des darüberliegenden Docks. „Halt«, rief Tonneman. »Im Namen des Gesetzes.«

Doch das Boot war fort. Nur seine Bugwellen klatschten noch gegen die anderen Boote und den Pier.

Als Tonneman die Leiter wieder hinaufkletterte, streifte seine Hand etwas auf dem Holzboden. Es glänzte im grellen Tageslicht.

Zorniger auf sich selbst als auf andere, raffte er es auf.

»Gefunden, was Ihr gesucht habt, Lieber?« fragte Zuckermund, die unter ihrem gefälligen Ausdruck besorgt wirkte.

»Nett von Euch, uns einen Besuch abzustatten, Heer Schout«, sagte Korbonski, aus dessen Stimme Tonneman sehr deutlich die Verschlagenheit heraushörte.

»Platz da«, schrie Tonneman und schob sich an ihnen vorbei.

»Geh nicht böse fort«, rief die Schwarze Suzie ihm nach.

»Komm jederzeit zurück«, rief Frederika.

Die zwei norwegischen Matrosen saßen immer noch auf dem Boden und sangen drauflos. »Sing praise to tobacco. For tobacco is like love ...«

Tonneman stürzte ins Freie und rannte ans Ende des Piers.

Um die Schiffe herum gab es viele kleine Boote. Aber er war zu weit weg, um sagen zu können, ob de Sille in einem davon saß.

Tonneman war sicher, daß de Sille sich in dem Ruderboot befunden hatte. Und wer noch? Er betrachtete den Gegenstand, den er im Zelt Nummer vier aufgehoben hatte. Noch ein Stück Silber.

52

SONNTAG, 31. AUGUST. MORGEN.

In der Waschküche auf einem Trockenregal vor ihr ausgebreitet lagen die heilkräftigen Kräuter, Rinden und Pflanzen, die Racqel gesammelt hatte, um ihren Vorrat wieder aufzufüllen.

Zuerst der haarige Borretsch gegen Fieber. Dann der rauhe weiße Beinwell, ein Vetter des Borretsches. Ihr Vater hatte Ableger von beiden über das Meer mitgebracht und in ihrem ersten Garten gepflanzt; sie waren trotz des Feuers noch gut. Er hatte sie gelehrt, daß die Beinwellwurzel gegen Durchfall half und die Blätter, als Tee aufgebrüht, Husten und Schnupfen oder, in einer Packung verwendet, eine Verstauchung linderten.

Nun die Weidenrinde gegen Schmerzen, Engelwurz gegen Zahnschmerzen und Rheumatismus, wohltuende rote Himbeerblätter gegen Beschwerden beim Monatsfluß oder

Übelkeit, rötliches frisches Basilikum gegen Bienenstiche, Steineiche gegen Frauenbeschwerden, Entzündungen oder Wunden, Blutwurz gegen Husten.

Vogelmierenaufguß eignete sich zum Baden von Verbrennungen. Holunder war für Salben. Sie hatte Vogelmiere und Holunder nach dem Brand benutzt, und sie hatten tatsächlich sehr gut gewirkt.

Die Blätter und Stiele des aromatischen Majorans konnten als Aufguß zum Gurgeln bei Halsschmerzen verwendet werden, und das Pulver aus den getrockneten Blättern war genau das richtige für Nerven und Kopfschmerzen. Die blassen, bläulich-roten Lavendelblüten waren für die Nerven, Taubnessel hemmte Blutungen.

Das ordentliche Trocknen der Kräuter machte ihr Freude und riß sie aus ihren trüben Gedanken, weil es sie in die Zeit mit ihrem Vater zurückversetzte. Die Indianer hatten ihm viel über die einheimischen Kräuter und Arzneien beigebracht. Ihre Gedanken wanderten zurück in eine bessere, friedliche Zeit mit Benjamin. Und dann von Benjamin zu Tonneman. So versunken war sie in das Sortieren und Zurechtschneiden und Träumen, daß sie das Klopfen an der Hintertür überhörte.

Erst als Rebecca da Costa ihren Namen rief, wachte Racqel aus ihrer Tagträumerei auf.

»Rebecca.« Sie hob die Hand, um ihr Auge und die Schramme auf der Wange zu verdecken.

Auf Rebeccas normalerweise sanftmütigem Gesicht zeigte sich eine zornige Stirnfalte, und ihre Stimme war voller Verachtung. »Versuche nicht, deine Sünde zu verbergen, Racqel.«

»Meine Sünde?«

»Ja. Ich weiß alles darüber. Es gibt keine Geheimnisse unter uns. Wir alle wissen, was du geworden bist.«

»Was habe ich Unrechtes getan? Und wem? Was, glaubst du, bin ich geworden?«

»Ich verlange, daß du David Mendoza aus deiner bösen Umgarnung erlöst. Gib ihn frei, damit er meine Mariana heiraten kann.«

Racqel lachte bitter. »Du vergißt, daß ich bereits verheiratet bin.«

»Und wenn sich erweist, daß Benjamin tot ist?«

»Du kannst David mit meinem Segen haben.«

Rebecca da Costa schnaubte vor Groll. Es war klar, daß sie gekommen war, um ihre Meinung loszuwerden; sie überhäufte Racqel mit Anschuldigungen. »Deine Rede ist tugendhaft, aber was du tust, ist unmoralisch. Du bist nicht die gute und treue Frau, die du vorspielst. Du machst allen Männern in Neu-Amsterdam schöne Augen, ob Juden oder Christen. Jeder hat dich mit dem Schout gesehen. Und in letzter Zeit hat man dich überall herumschlendern sehen. Du kennst keine Scham. Ist es ein Wunder, daß du deinen Mann vertrieben hast, so wie du dich aufführst?«

Der bittere Zorn dieses plötzlichen Angriffs kränkte Racqel tiefer als einer von Davids Schlägen. »Rebecca, ich dachte, wir wären Freundinnen.«

»Du bist nicht meine Freundin. Du bist ein gefallenes Mädchen, eine Dirne.«

»Warum denkst ausgerechnet du so schlecht von mir? Du weißt es besser. Ich sage dir hier und jetzt und wo du willst, damit ganz Neu-Amsterdam es hört, daß ich kein Interesse an David Mendoza habe. Deine Tochter – oder meinetwegen des Teufels Tochter – kann ihn haben. Und in den Abgrund der Hölle mit beiden.«

Aber, dachte sie schuldbewußt, ich möchte wirklich den Schout, Gott steh mir bei.

Die zwei Frauen starrten einander stumm und zornig an, dann brach Racqel in Tränen aus. Schluchzen schüttelte ihren schlanken Leib.

Erschrocken über die eigenen heftigen Worte, fing auch Rebecca da Costa an zu weinen. »Es tut mir leid, Racqel. Ich habe es nicht so gemeint. Aber ich bin eben eine Mutter. Ich sorge mich um mein Kind.«

»Bitte geh.«

»Nimmst du meine Entschuldigung an?«

»Selbstverständlich. Bitte geh.«

»Du mußt meine Entschuldigung annehmen.«

»Das tu' ich. Es ist eine beängstigende Zeit. Wir alle sagen Dinge, die wir nicht so meinen.«

»Wenn du möchtest, begleite ich dich morgen zum Meisjespad. Wir waschen zusammen.«

»Gut«, sagte Racqel.

Rebecca stand vor ihr und dachte nach, was sie noch sagen könnte. Endlich ging sie fort.

Racqel blickte auf ihre Arzneien, ohne sie zu sehen. Obwohl Rebecca sich entschuldigt hatte, wußte Racqel, daß es von nun an einen Riß zwischen ihnen gab und zwischen Racqel und allen jüdischen Frauen. Nie hatte sie sich so allein gefühlt.

Dann legte sie die Pflanzen zum Trocknen auf die Seite und ging in die Küche, um den Kessel mit Suppe hoch über das Feuer zu hängen, damit er nicht zu schnell kochen würde. Das Schuldgefühl wegen der kinderlosen Ehe mit Benjamin und ihr Verlangen nach dem Holländer schnürten ihr die Kehle zu.

Spielte er ein Spiel mit ihr? Wußte er, wo Benjamin war? Schwindelig vor Ungewißheit goß sie Wasser in eine Waschschüssel, wusch sich das Gesicht und tupfte die geschundene Haut trocken.

Tonneman mußte ihr verraten, wie er zu der Silberscheibe gekommen war. Und sie würde ihm von dem englischen Dokument erzählen. Sowie sie den Entschluß gefaßt hatte, leerte sie das Waschwasser auf das verkohlte Gras hinter dem neuen Haus, rührte die Suppe um und eilte zum Haus des Holländers.

Er war im Stall und striegelte sein Pferd. Leise räusperte sie sich.

Als er aufsah, starrten seine blauen Augen sie mit solch nacktem Verlangen an, daß sie sich abwenden mußte. Sie war erschüttert und wußte nicht, was sie tun sollte. Er faßte sich zuerst. »Guten Tag, Vrouw Mendoza.« Sie sah ihm wieder in die Augen, doch die süße Sehnsucht war verschwunden; er hatte sich auf seine amtliche Stellung als Schout zurückgezogen. Wie Hauptmann Pos' Gesicht war auch seines voller Schnitte und Schrammen.

»Heer Tonneman ...« Sie war unsicher, wie sie vorgehen sollte. Er kam ihr nicht zu Hilfe, sondern fuhr fort, die lange Flanke des Pferdes zu bürsten und zu streicheln.

Sie schloß die Augen. »Ich muß Euch etwas gestehen«, brachte sie stockend heraus.

»Ja?«

»Das Dokument, das Ihr aus Abners Haus ...«

»Braves Mädchen.«

Überrascht öffnete sie die Augen und merkte, daß er mit dem Pferd sprach.

»Ich habe es gelesen, Heer Tonneman.«

Er hörte auf, das Pferd zu striegeln. »Ich hätte wissen müssen, daß Ihr Englisch lesen könnt.«

»Ihr nicht?«

»Nein. Ich habe nicht einmal mehr das Papier. Es wurde gestohlen.«

»Oh. Wer ...?

»Ihr hättet mir sagen sollen, daß Ihr es gelesen habt. Das hätte mir eine Menge Ärger erspart.«

»Ich hatte Angst.«

»Was stand darin?«

»Es ist eine Übereinkunft zwischen dem Überbringer des Dokuments und Gouverneur Winthrop von Connecticut, den Überbringer zu begünstigen, wenn er den Engländern hilft, Neu-Amsterdam zu erobern.«

De Sille. Er mußte der Überbringer des Dokuments sein.

Abner Simon hatte behauptet, das Dokument gehöre ihm. Wenn es aber in Wirklichkeit de Sille gehörte? Wenn das zutraf und Abner es von de Sille gestohlen hatte, dann mochte de Sille morden, um es zurückzubekommen. Doch wer war Brille? War er Winthrops Mann?

Tonneman nahm einen Apfel aus einem Korb an der Wand und fütterte Venus damit.

Racqel wartete ungeduldig, daß er etwas sagte. Er schwieg, und das machte sie wütend. »Ich dachte, es wäre das beste, wenn ich es Euch sage.« Sie gab dem Heu auf dem gestampften Boden des Stalls einen Tritt.

»Und Ihr hattet recht«, antwortete er, während er verwirrt ihr zorniges Gesicht betrachtete. Warum war sie so wütend?

»Dann lebt wohl.«

Er nickte nachdenklich und rieb Venus' weiche Nüstern. De Sille und Winthrop. Wo hielten sie sich jetzt auf, und was machten sie? Und welche Rolle spielte die Familie Mendoza bei dem Ganzen? Und warum hatte Racqel Mendoza ihm von dem Dokument berichtet? War sie ehrlich? Oder war es eine List?

Obwohl sie sich verabschiedet hatte, schien Racqel noch darauf zu warten, daß er etwas sagte. Er ging auf sie zu. Ihre

Wange war rot und blau zerschrammt, und die empfindliche Haut um ihr rechtes Auge war geschwollen. Er hob die Hand und berührte zärtlich ihr Gesicht.

Sie erbebte.

Er spürte es durch seine Fingerspitzen, sah seine Hand zittern. Er wollte ihr versprechen, daß niemand ihr jemals weh tun werde, daß er den Mann, der ihr das angetan hatte, töten werde.

»Racqel.« Seine Stimme war leise.

»Lieber Gott«, sagte sie und trat einen Schritt zurück. Der Bann war gebrochen. »Wo habt Ihr das Stück Silber bekommen, das in Eurem Rock war?«

»Ich fand es unter meiner Weide. Warum fragt Ihr?«

»Es gehört zu dem Gürtel, den mein Mann trug, als ich ihn zum letztenmal sah.«

Seine blauen Augen wurden schmal. »Beschreibt ihn bitte.«

»Er bestand aus vielen silbernen Gliedern, jedes einzelne genauso wie das, das Ihr gefunden habt, zusammengehalten von kleineren silbernen Ringen.«

Tonneman war zwischen seinen Gefühlen hin und her gerissen. Er mochte diese Frau, aber gleichzeitig hegte er den Verdacht, daß sie und ihre Familie an einer englischen Verschwörung beteiligt waren. »Wollt Ihr mir noch mehr von diesem Dokument erzählen?«

»Ich weiß nur, was ich Euch gesagt habe. Meint Ihr, Benjamin sei etwas Schreckliches bei dem Weidenbaum zugestoßen?«

»Dort oder in der Nähe.« Tonneman hielt immer noch den Striegel. Er hängte ihn an die Wand der Box und nahm ihre Arme. »Was wißt Ihr von Abners Tod?« Seine Stimme klang ihm streng in den Ohren.

»Soviel wie Ihr. Vermutlich weniger.«

»Und von dem Mann in Eurem Schuppen?«

»Nichts.« Sie machte sich nicht los.

Er blickte auf seine großen Hände, die ihre schmalen Handgelenke umklammerten. »Entschuldigt.« Er ließ sie los. »Er war ein englischer Spion, nicht wahr?«

»Ich weiß es nicht.«

Er trat näher zu ihr. Sie konnte seinen Atem riechen. Und er roch angenehm, roch nicht nach Schnaps.

»Das war er doch.« Tonnemans Stimme war lauter als zuvor.

Er war so nahe; sie konnte nur sein Gesicht sehen. Seine zornigen blauen Augen fesselten und ängstigten sie. »Ich weiß nicht ...«

»Und Euer Mann und er arbeiteten zusammen«, sagte er streng.

»Ich ...« Ihre Stimme versagte. Sie wußte nicht, was sie darauf sagen sollte. Sie wollte diesen Mann nicht belügen, doch wie könnte sie die Familie Mendoza verraten? Dies mußte die Schande sein, von der Abraham gesprochen und was David Benjamins Intrige mit den Engländern genannt hatte. Wenn sie Tonneman berichtete, was sie wußte, würde es ihn nur in seinen Vermutungen bestärken, daß Benjamin ein Verräter war.

»Sprecht, Frau. Sagt mir die Wahrheit, um Himmels willen.« Tonneman war verwirrt. Er wollte sie packen und die Wahrheit aus ihr herausschütteln. Gleichzeitig wußte er, daß er sie nicht schütteln würde, wenn er sie noch einmal berührte; er würde sie an sich drücken und ihr armes geschwollenes Auge küssen. Er würde sie festhalten. Sie für immer besitzen. Danach verlangte es ihn aus ganzem Herzen. Statt dessen hörte er sich schreien: »Ich habe recht, ja?

Benjamin und der Mann im Schuppen steckten beide in der Sache. Wer ist sonst noch beteiligt?«

»Nein.« Sie hielt stand. »Ich weiß nicht.«

»Es liegt auf der Hand, daß Abner und vielleicht alle Juden einen separaten Frieden mit den Engländern geschlossen haben. Deshalb wurden wir von dem englischen Offizier Brick-Hill freigelassen.« Er verschränkte seine Hände hinter dem Rücken, damit er sie nicht noch einmal berührte.

»Das ist nicht wahr! Wenn Ihr einen Christen im Verdacht hättet, würdet Ihr dann allen Christen die Schuld geben? Ihr haltet einen Juden für schuldig, dann sind natürlich alle Juden schuldig.« Racqel wich zurück, das Gesicht verkniffen vor Zorn. »Ihr seid genauso schlimm wie Pieter Stuyvesant. Wenigstens bekennt er sich zu seiner Meinung.«

Sie funkelten sich an.

Dann drehte sie sich rasch um und lief davon, und er, der unbeholfene Narr, stand wie angewurzelt da und sah ihr nach.

53

MONTAG, 1. SEPTEMBER. MORGEN.

Tonneman hatte eine schlaflose Nacht hinter sich. Er war mehrmals aufgestanden, hatte Wasser gelassen und nach draußen geschaut. Abgesehen von der Nachtwache, die die Stunden rief, war es ungewöhnlich still gewesen. Aber er dachte nicht an die Engländer oder die Morde. Er konnte an nichts anderes als an Racqel denken und an alles, was er ihr gesagt hatte. Er wünschte, er könnte seine Worte zurücknehmen.

So vertieft war er in seine Gedanken an Racqel, daß er Vrouw Roots Maisgrütze aß und den Brei mit Wasser hinunterspülte, ohne darauf zu achten, was es war. Dann setzte er sich mit der ersten Pfeife des Tages auf die hintere Veranda und betrachtete das Stück Silber, das er am Vortag in Zuckermunds Freudenzelt gefunden hatte.

Dieses Stück Silber war nicht wie die anderen. Dieses

gehörte nicht zu Benjamin Mendozas Silbergürtel. Es war ein Löwe darauf, jedoch nicht der Löwe von Juda. Dieser Löwe, im oberen rechten Viertel, war viel kleiner, und es war ein englischer Löwe, den er schon oft gesehen hatte. Auf der anderen Seite war das Profil von König Karl II. Diesmal war das Stück Silber ein englischer Schilling.

Er saß immer noch da, rauchend, die Münze immer wieder in der Hand umdrehend, als Pos um die Hausecke schaute. »Da bist du.«

»Nun, Stellvertreter?« Tonneman steckte den Schilling in die Rocktasche.

»Wenn diese Juden nicht alles nehmen.«

»Was meinst du?«

»Ich war am Ende der Nachtrunde. Da waren sie alle in Asser Levys Haus versammelt. Der alte Abraham Mendoza, der kommt heraus zu mir und bittet mich, die Behörden zu unterrichten … das dürftest du sein, denke ich.«

»Denke ich auch.«

»Er bittet mich, die Behörden zu unterrichten, daß die Männer des hebräischen Volkes bewaffnet und bereit sind, für Neu-Amsterdam zu kämpfen, wenn sie darum gebeten werden. Beeindruckend, meinst du nicht?«

»Doch.«

»Über irgend etwas müssen sie sich aufgeregt haben.«

»Da könntest du recht haben.«

»Ich frage mich nur, über was?«

Tonneman fragte sich das gleiche. Konnte es sein Gespräch mit Racqel gewesen sein?

»Diese Juden scheinen so loyal wie jeder andere Bürger zu sein, wenn nicht sogar mehr. Ich hätte nichts dagegen, bei einem Kampf neben einem zu stehen, das kann ich dir sagen. Besser als manche von den kleinmütigen Christen, die man hier so sieht.«

»Lass' das lieber nicht dem Boß zu Ohren kommen, oder du wirst bis in alle Ewigkeit verflucht.«

Pos lachte und schüttelte den Kopf. »Herrgott, ich bin sowieso verflucht. Brauchst du mich für irgendwas?«

»Nein.«

»Dann gehe ich ins Gefängnis runter, um ein wenig zu schlafen.«

Tonneman nickte, doch er hörte nicht hin. Er dachte darüber nach, was Racqel ihm über den Inhalt des Dokuments erzählt hatte. So viele kleine Tatsachen und keine gültigen Antworten. Und ständig wechselnde, paradoxe Schlußfolgerungen. Der Schluß von heute stellte den von gestern in Frage, daß der in dem Dokument erwähnte Überbringer de Sille war.

Vielleicht waren es Abner und Nick zusammen. Oder die beiden und Benjamin Mendoza. Dann gab es natürlich auch noch den Mann im Schuppen.

Abner war tot, Benjamin verschwunden, und Nick hatte er in letzter Zeit auch nur noch von hinten gesehen. Oder Joost, was das betraf. Und wenn es Abner und Keyser waren? Oder Abner und Joost? Der letzte Gedanke ließ ihm keine Ruhe. Keyser konnte er zur Rede stellen. Und Joost, falls Joost den *Birnbaum* jemals wieder aufmachte. Aber solange er nicht mehr wußte, konnte er niemanden zur Rede stellen.

Er mußte noch einmal mit dem langen Matthew sprechen. »Und diesmal muß der Afrikaner mit mir sprechen«, murmelte er, während er die Pfeife an seinen Stiefel klopfte, um den Ascheklumpen herauszuschütteln. Die Tonpfeife zerbrach. »Scheiße«, sagte er und warf die Scherben ins Wasser.

Die vier englischen Schiffe trieben unheilverkündend in

der Meerenge. Er nahm sie inzwischen als Teil des Horizonts hin. Gegen die Schiffe konnte er ohnehin nichts tun. Vielleicht könnte er jedoch, wenn er seine Gedanken zusammennahm, etwas tun, um den Mörder zu finden.

Der Breede Wegh war mit Städtern, Seeleuten und patrouillierenden Soldaten bevölkert; Männer der Bürgerwehr hielten jede Kreuzung besetzt. Alle Gespräche, die er auf der Hauptstraße hörte, hatten den gleichen unzufriedenen Unterton. Am stärksten waren die Klagen über das Verlangen des Generaldirektors, Blut zu sehen. Die Soldaten waren entmutigt, weil die Bürger von Neu-Amsterdam keine Lust hatten, gegen die Engländer zu kämpfen. Deshalb waren die Soldaten gegen die Bürger und die Bürger gegen die Soldaten.

Vrouw Martha van Ruyven, eine kleine Frau mit zierlichen Füßen, einem fröhlichen Lächeln und einer leisen, sanften Stimme, die sonst so zurückhaltend war, fluchte auf dem Breede Wegh laut und zornig über die Soldaten: »Die lausigen Hunde möchten kämpfen, weil sie nichts zu verlieren haben, während wir unseren Besitz hier haben, den wir dann aufgeben müßten.«

Noch schlimmer waren die Äußerungen der Soldaten, die bereit schienen, sich gegen die Neu-Amsterdamer zu wenden. Ein griesgrämiger alter Soldat stand da und betrachtete die Menschentrauben. »Jetzt«, murmelte er, »werden wir es hoffentlich den teuflischen Händlern heimzahlen, die uns so lange beleidigt haben; wir wissen, wo Beute zu finden ist und wo die jungen Frauen wohnen, die Goldketten tragen.«

Tonneman packte den Soldaten beim Kragen. »Du redest zuviel, Alter.«

Der alte Mann wehrte sich, seine Hand bewegte sich zu

dem Messer an seinem Gürtel. Tonneman griff fester zu, und der Soldat rührte sich nicht, sondern wartete ab, was Tonneman als nächstes tun würde. Er sagte kein Wort.

»He«, sagte ein dicklicher junger Dummkopf, der zur Gruppe des alten Soldaten gehörte.

»Halte dich heraus«, befahl Tonneman, »oder ich mache dich fertig, bevor noch die Engländer Gelegenheit haben, anzufangen.«

Der junge Soldat wischte sich das schweißnasse Gesicht ab und zog sich zurück.

Tonneman war in Versuchung, den alten Hund auf der Stelle festzunehmen, doch es gab so viele wie diesen. Er konnte sie nicht alle einsperren. Fest stand nur, daß er es Stuyvesant melden und der entscheiden mußte, was dagegen zu tun war. Angewidert ließ Tonneman den Alten los und ging weiter. Er konnte den Blick des jungen Soldaten im Rücken spüren.

Er fand den langen Matthew, wo er ihn zuletzt gesehen hatte, nämlich an einem Pier am Noordt Rivier sitzend. Der Afrikaner bearbeitete mit dem Messer einen langen Ast, dessen eines Ende er zu einer scharfen Spitze schnitt. »Ganz hübscher Speer. Vorbereitung auf die Engländer?«

Matthew antwortete nicht.

»Du mußt mir helfen, langer Matthew. Du bist der einzige, der es kann. Warum ist Abner umgebracht worden?«

Stille, nur das Geräusch eines Messers, das Holz schnitzte.

»War er in eine Sache verwickelt, die jemand einen Grund gab, ihn töten zu wollen?«

Wieder Stille.

»Hatte er etwas, das ein anderer haben wollte? Etwa ein Stück Papier?«

Der Schwarze hörte auf zu schnitzen. »Abner war mein Freund. Wißt Ihr, was es für einen Afrikaner bedeutet, das von einem weißen Mann zu sagen? Worum er mich auch bat, ich tat es. Wenn er wollte, daß ich Euch mitten in der Nacht hole, ging ich und holte Euch. Wenn er wollte, daß ich eine Börse mit Goldmünzen zu einem Mann brachte, der am Coenties Slip auf mich wartete, tat ich es, ohne nach dem Warum zu fragen.«

»Erzähle mir von diesem Mann.«

»Ich würde ihn an seinem roten Hut mit einer blauen Feder und seiner Brille erkennen.«

»Hat der Mann mit der Brille dir dafür etwas anderes ausgehändigt?«

»Etwas in einer Elchledertasche.«

»Ein Dokument?«

»Ich habe nicht nachgesehen.« Er fuhr mit seiner schwieligen Hand zärtlich über den glatten Ast, fast als streichelte er den Arm einer nackten Frau.

»Woher hatte Brille die Tasche?«

»Das weiß ich nicht.«

»Hättest du getötet, wenn Abner dich darum gebeten hätte?«

Der lange Matthew sah Tonneman offen an. Seine schwarzen Augen zeigten keine Gefühlsregung. »Ich hätte es getan, aber er hat mich nie darum gebeten.«

»Kannst du mir sonst noch etwas erzählen?«

Der Afrikaner antwortete nicht. Er hob den Speer hoch und blickte über das Wasser, als suchte er ein Ziel.

»Und danach?« hatte er die Schlange gefragt.

»Danach«, hatte die Schlange geantwortet, »bringe ich dich nach Hause.«

54

DIENSTAG, 2. SEPTEMBER. MORGEN.

Menschen strömten ins Fort. Sie verlangten, den Generaldirektor zu sehen. Sie riefen Tonneman zu, als er auf die Tür zu Stuyvesants Amtsstube zuschritt, vor der ein fünfköpfiges Kommando Wache stand.

»Sechs Tage«, schrien die Leute. »Sechs beschissene Tage sitzen uns die Engländer im Nacken. Sagt ihm, wir wollen Antworten, Tonneman.« Eine plötzliche Brise erweckte die schlaff hängende niederländische Fahne in ihrer Halterung neben der Tür zum Leben, und sie flatterte kräftig.

Einer der Posten war Dirk ter Meer. »Guten Morgen, junger Mann«, grüßte Tonneman. »Hast du dein Pferd auch zurückbekommen?«

»Ja, Schout.«

»Wie geht es ihm?«

»Schnauft sich was ab, Mijnheer.«

Tonneman lachte in sich hinein und ging in das Gebäude.

»Endlich«, schrie Stuyvesant, als er ihn erblickte. Er stampfte in der Stube auf und ab. »Womit habe ich solche Martern verdient? Der Teufel werfe Winthrop und alle Engländer ins Höllenfeuer.«

»Die Leute haben keine Lust, gegen die Engländer zu kämpfen«, erklärte ihm Tonneman. »Aber sie sind bereit, gegen Euch zu kämpfen. Sie sind da draußen. Könnt Ihr sie nicht hören?«

Stuyvesant hielt inne und trat ans Fenster. Rufe und Pfiffe kamen von draußen. »Sie sind in Ordnung. Wenn die Zeit kommt, werden sie ihre Sache schon gut machen.«

»Sie haben Angst, alles aufgeben zu müssen, wofür sie so lange gearbeitet haben.«

Stuyvesant räusperte sich, sagte aber nichts.

»Sie befürchten ein Blutbad«, fuhr Tonneman fort.

»Es ist ein feiger Haufen«, sagte P. S. und verkehrte damit seine eben geäußerte Meinung ins Gegenteil. Er stampfte hin und her durch die Stube. »Kein einziger Mann unter ihnen. Wenigstens die Soldaten sind loyal.«

»Da bin ich mir nicht sicher. Ich habe sie reden gehört. Sie hören sich an, als wären sie bereit, uns alle zu überfallen und die Stadt zu plündern.«

»Sollen sie es versuchen. Solange ich Blut in den Adern habe und Kraft im rechten Arm und auf Holz und Fleisch stehen kann ...«

Tonneman war nicht aufgelegt für eine der Predigten des Generaldirektors. Zu seiner Überraschung hielt Stuyvesant inne. »Es gibt nicht nur schlechte Nachrichten. Die Juden sind bereit und willens zu kämpfen.«

»Pah. Lieber gehe ich allein in den Tod, als mit ihnen als Verbündeten zu leben. Judasse allesamt. Sie sind Juden, und sie sind Portugiesen, und alle Portugiesen wie alle Spanier sind der Antichrist. Deshalb sind sie zweifach verachtet.«

Tonneman bezwang ein Lächeln; nun hatte er doch noch seine Predigt bekommen.

Der Lärm der unzufriedenen Bevölkerung schwoll an.

»Wir werden diesem verräterischen Benehmen sofort ein Ende bereiten.« Stuyvesant stürmte nach draußen. Tonneman folgte. Die fünf Soldaten standen stramm, dann bezogen sie zu dreien und zu zweien Stellung auf beiden Seiten des Generaldirektors.

»Ist Keysers Gerberei schon in englischer Hand?« fragte eine Stimme aus der Menge.

»Das wäre gut«, antwortete eine andere Stimme der ersten. »Dann können wir sie riechen, wenn sie kommen.«

Ein Soldat ließ ein leeres Wasserfaß fallen; es machte ein gewaltiges donnerndes Geräusch wie eine Kanone, und alle fuhren zusammen; eine Frau schrie auf, kleine Kinder begannen zu weinen. »Ist das feindliche Artillerie?« wollte ein älterer Mann wissen.

»Hallo«, schrie jemand, »ich glaube, ich rieche sie jetzt.«

»Nein«, erwiderte ein anderer, »der Großfürst hat bloß einen Furz gelassen.«

»Ich habe es gehört«, brüllte Stuyvesant.

»Sagt uns, was vor sich geht.«

»Ist es wahr, daß sie ein Boot in der Bucht mit ein paar afrikanischen Sklaven von uns gekapert haben?«

»Was ist mit den zwei Holländern, die auf dem Weg nach Breukelen gefangengenommen wurden?«

»Ich habe gehört, daß es *vier* Holländer waren.«

»Ich habe gehört, zehn.«

»So können wir nicht leben.«

Die Menge schob sich vor. »Wir müssen wissen, was los ist.«

Die Soldaten drängten sie zurück.

»Nun gut!« schrie Stuyvesant. »Avercamp!« Der Schreiber erschien und schätzte vorsichtig die Stimmung der Menge ein. »Was ich jetzt sagen werde, ist für den englischen Schurken dort draußen bestimmt.«

»Ja, Mijnheer.«

»Ich lehne die Übergabe ab. Hast du das?«

»Ja, Mijnheer.«

»Auf Englisch?«

»Ja, Mijnheer.«

»Schick' es ab.«

»Ja, Mijnheer.«

»Ich nehme es«, sagte Tonneman.

P. S. sah ihn an und zuckte die Achseln. »Meinetwegen.«

»Ich brauche jemand zum Rudern. Dirk, würdest du dir die Engländer gern aus der Nähe ansehen?«

Das Gesicht des jungen Soldaten leuchtete auf. »Ja, Schout.«

»Dann komm mit.«

Wenig später befanden sich Tonneman und ter Meer in einem Boot auf der Bucht und ruderten zur *Guinea* hinaus. Die grelle Sonne spiegelte sich in den Wellenkämmen, wenn das Wasser träge an das englische Schiff schwappte. Die Fregatte mit ihren milchweißen Segeln bot einen friedlichen Anblick, der die Macht und Stärke der sechsunddreißig Kanonen des Schiffs und der Männer an Bord, die bereit waren, diese Stärke und mehr einzusetzen, Lügen strafte.

»Ahoi, ihr im Boot«, rief ein englischer Soldat. »Erklärt euer Anliegen.«

»Ich habe eine Botschaft von Generaldirektor Pieter Stuyvesant an Oberst Richard Nicolls«, antwortete Tonneman auf Englisch. Er hörte Bewegung und Stimmen an Bord des Schiffes.

Während derselbe Matrose, ein rattenähnlicher Zwerg, die Strickleiter, die an der Seite des Schiffes hing, hinunterstieg, erschien ein in leuchtendes Gelb gekleideter Mann mit schwarzem Schnurrbart an Deck. Seine breite fleischige Nase ragte aus einem schmalen Gesicht. Er spähte über die Reling, und seine schulterlange, lockige schwarze Perücke rutschte vor. Während er die Perücke geraderückte, musterte er Tonneman gründlich, als versuchte er, sich das Gesicht einzuprägen.

Ohne ein Wort beugte sich der Matrose von der Leiter vor und streckte eine Hand aus. Tonneman gab ihm Stuyvesants Antwort, und der Matrose kletterte damit wieder nach oben. Die gelbgekleidete Gestalt las den kurzen Brief in Sekunden. »Hört Ihr, Holländer«, rief er.

»Ja«, antwortete Tonneman.

»Ich bin Oberst Richard Nicolls, Vertreter Seiner souveränen Majestät, des Königs Karl II. von England, Verteidiger des Glaubens. Sagt dem Mann mit dem Holzbein, daß er achtundvierzig Stunden hat.«

55

MITTWOCH, 3. SEPTEMBER. MORGEN.

Racqel konnte nicht atmen. Rauch nebelte sie ein. Sie warf sich hin und her und schrie auf. Caleb leckte ängstlich ihre Hand. Sie wachte mit einem solchen Ruck auf, daß ihr der Nähkorb vom Schoß rutschte und das Stopfei klappernd auf den Boden fiel. Bathsheba stürzte sich triumphierend auf die Holzkugel. Racqel stand auf, um sich Wasser ins Gesicht zu spritzen.

Die Böden waren gefegt, zwei Laibe Maisbrot gebacken worden. Die Wäsche, die sie vorher im Bach am Meisjespad gewaschen hatte, hing jetzt über ihrem neuen Zaun und würde im Nu trocken sein.

Trotz ihres Versprechens war Rebecca am Montag oder Dienstag nicht gekommen. Sie würde auch heute nicht kommen. Racqel war enttäuscht, aber nicht überrascht. Sie fühlte sich jetzt sehr allein. Nun gut. Sie würde ihren Weg gehen.

Das Silberglied aus Benjamins Gürtel hatte ihren Schlaf gestört. Tonneman sagte, er habe es unter seiner Weide gefunden. Vielleicht würde sie, wenn sie selbst nachsähe, einen Hinweis darauf finden, was Benjamin geschehen war. Ein Hauch von Angst, einer geisterhaften Gestalt gleich, ließ sie am ganzen Leib zittern. Wenn nun Benjamin tot wäre, begraben unter Tonnemans Weidenbaum?

Rasch eilte sie nach draußen, um ihren Gedanken zu entkommen. Die strahlende Sonne wärmte sie nicht. Der Sommer war vorbei. Sie ging wieder hinein und holte ein Umhängetuch. Bathsheba, die immer noch mit dem Stopfei herumtollte, beachtete sie nicht, doch Caleb machte ein solches Spektakel, daß sie ihn zum Spielen in den Hof ließ.

Sie konnte die Menschenmengen auf der Twillerstraat sehen. Alle schienen zum Fort zu drängen. Vielleicht gab es Neuigkeiten von den Engländern. Trotz ihrer trüben Gedanken wurde sie von der aufgeregten Stimmung gepackt, und ihre Füße lenkten sie auf die Twillerstraat. Sie war unschlüssig, ob sie sich der Menge anschließen oder zu der Weide gehen sollte.

Eine bekannte Stimme grüßte sie. »Guten Morgen, Vrouw Mendoza.« Es war Lodowyck Pos.

»Guten Morgen, Hauptmann. Warum der ganze Wirbel?«

»Es ist wegen der Erhebung.«

»Was für eine Erhebung?«

»Unsere Bürgermeister und Ratsherren haben mit den zehn Bäckern der Stadt gesprochen. Es gibt nur noch siebenhundertfünfzig Scheffel Getreide in Neu-Amsterdam. Einige Bäcker haben gar nichts mehr. Ohne Brot oder, schlimmer noch, ohne Bier gehen wir so schnell wie eine sterbende Kuh in die Knie.«

Racqel mußte lachen. »Es gibt Schlimmeres auf der Welt, Hauptmann Pos, als kein Bier zu haben.«

»Ah, gnädige Frau, Ihr macht Euch über mich lustig. Ihr sprecht wie der Schout.« Pos grinste und sah, wie ihre dunkle Haut zu einem noch dunkleren Ton errötete.

So ging es nicht weiter. Die leiseste Erwähnung von Tonnemans Namen hatte sie aus der Fassung gebracht. »Warum laufen alle zum Fort?«

»Die Bürgermeister und Ratsherren sind vom Rathaus zum Fort marschiert, um die Sache mit Heer Stuyvesant auszufechten. Ich bin selbst auf dem Weg dorthin.«

»Wie bald, glaubt Ihr, wird die Invasion kommen?«

»Bald. Im Moment ist das, was sich im Fort abspielt, interessanter. Kommt, erlaubt, daß ich Euch begleite. Wir hören die letzten Neuigkeiten, wenn wir hinkommen.«

Sie zögerte, jedoch nur für einen Augenblick. »Danke.«

Als sie zum Fort kamen, drängte sich bereits eine große Menschenmenge um die Amtsstube des Generaldirektors. Die Tür ging auf, und die Leute strömten hinein. Soviel hineinpaßten und noch einige mehr. Die fünf Soldaten, die an der Tür Posten standen, sahen zu und machten keine Anstalten einzuschreiten.

Racqel sah Oloff van Cortlandt und den neuen jungen Pfarrer, Samuel Megapolensis, am Eingang zur Amtsstube und hörte ihre Stimmen, zornig erhoben, konnte aber nicht verstehen, was sie sagten. Dann wurde die Tür zugeschlagen.

Das Murren der unzufriedenen Gruppe draußen war wie Donnergrollen vor einem heftigen Gewitter. Jede Bemerkung löste eine andere aus, lauter und empörter als die vorige.

»Wir wissen, was Nicolls versprochen hat.«

»Was hat Winthrop geschrieben?«

»Laßt uns Winthrops Brief sehen.«

»Wir verlangen, Winthrops Brief zu sehen.«

»Winthrops Brief. Winthrops Brief.«

Dann begann die Menge, wie ein Mann immer wieder zu rufen. »Winthrops Brief. Winthrops Brief. Winthrops Brief.« Andere, die wie Racqel und Pos ihre Stimmen nicht erhoben, wurden von den Rufenden wütend angestarrt.

Ein widerhallendes Gebrüll drang aus Stuyvesants Stube. Die Tür flog krachend auf, so daß die Leute, die direkt davor gestanden hatten, zurückgetrieben wurden. Heraus stürmte ein wütender Generaldirektor, der krampfhaft ein Pergament in der Hand hielt. Ihm folgten die genauso wütenden Bürgermeister und Ratsherren und eine Gruppe von anderen, die irgendwie Einlaß in die Amtsstube gefunden hatten.

»Ihr wollt den Brief?« schrie Stuyvesant. »Hier.« Dann zerriß er das Dokument in Stücke und Schnipsel, streute die Fetzen in die Menge und stürmte zurück in die Amtsstube.

Die Bürgermeister und Ratsherren marschierten, in wildem Zorn vereint, aus dem Fort und aufs Rathaus zu. Die aufgebrachte Menge zog ihnen nach.

Was nun? fragte sich Racqel.

Sie hörte jemanden in der Menge fast die gleiche Frage stellen. »Was machen wir nun?«

»Wir verlangen, daß gehandelt wird!« schrie eine andere Stimme, und die Menge griff die ungeduldigen Worte auf.

Während sich das Fort von Neu-Amsterdamern leerte und ihr Geschimpfe leiser wurde, blieben nur die Soldaten, Racqel und Pos vor den Räumen des Generaldirektors. Avercamp kam heraus, als gerade eine Brise aufkam; ein kleiner Wirbelwind aus Staub und Papier folgte. Als der kleine Schreiber den ersten Papierschnipsel in die Luft fliegen sah, schnappte er ihn schnell, sammelte dann so viele andere Stücke ein, wie er finden konnte, und legte sie in seinen schwarzen Hut.

»Avercamp!«

»Ja, Mijnheer«, antwortete der Schreiber, drückte den Hut fest auf den Kopf und rannte hinein.

Der Wind trug Fetzen von dem verbitterten Gerede der aufgebrachten Bürger zu ihnen zurück.

»Kommt«, sagte Hauptmann Pos zu Racqel. »Hier gibt es für uns nichts mehr zu sehen. Das Spiel wird vor dem Rathaus fortgesetzt. Kommt Ihr mit?«

»Ja«, sagte Racqel eifrig. Als sie hinter der Menge hereilten, prickelte ihr Körper vor Aufregung. Im Innersten wußte Racqel, daß ihr künftiges Leben von den Ereignissen, die sie miterlebt hatte und die in den nächsten Tagen noch kommen würden, entschieden wurde. So sehr sie fürchtete, was ihnen in Neu-Amsterdam mit den Engländern im Nakken geschehen könnte, empfand sie auch eine neue Freude, die sie nicht erklären konnte. »Ja, o ja.«

Die Menge war vor dem Rathaus versammelt, erregt und abwartend. Sie sah Tonneman auf der einen Seite und nickte ihm kurz zu. Er nickte ihr genauso kurz zu und gesellte sich zu ihnen.

»Hast du es schon gehört?« fragte Pos. »Der Boß hat den Brief von Winthrop zerrissen.«

»Ich habe es gehört. Viele Male. Ich höre etwas anderes. Horch'.«

Nach einer Weile fragte Pos: »Was?«

»Horch'.«

»Ich höre nichts als die Leute, die sich beschweren.«

»Eben. Keine Geräusche von Schaufeln und Hacken. Die Arbeit am Wall ist eingestellt.«

Racqel fühlte sich nicht mehr als Teil des Geschehens. Sie hatten sie ausgeschlossen, wie Männer es immer taten. Wie die Mendozas es taten.

Tonnemans Gegenwart hatte ihre ganze Unsicherheit wiedergebracht.

Sie löste sich von den anderen und ging über die Pavelstraat. Der Wind raschelte in den Bäumen, ließ Blätter regnen, die sich drehten und auf den Boden schwebten. So friedlich. Und so täuschend. Denn wer konnte wissen, was der morgige Tag bringen würde? Krieg? Blutvergießen? Würde sie getötet werden? Oder Tonneman?

Sie bog zum Ufer ab und tat, was sie sich ursprünglich vorgenommen hatte. Bei Tonnemans Weide suchte sie den Boden ab, um weitere Hinweise auf ihren Mann zu finden. Wieder ging ihr die Möglichkeit durch den Kopf, daß Benjamin hier begraben war.

Der Gedanke quälte sie; sie setzte sich unter den Baum, hinter dem Weidenvorhang, an den ausgetretenen Fleck, wo Tonneman immer saß.

Sie war müde. Es war kühl und still hier im Schutz des Baumes. Sie schloß die Augen. Seit Benjamin sie verlassen hatte, war ihr Leben in Unordnung. Schon bevor er gegangen war, hatte sie nicht viel Glück gekannt, nur Pflichterfüllung. Sie hatte die Pflichterfüllung satt. Sie hatte David Mendoza satt. Sie hatte die Engländer satt. Herrgott im Himmel, wäre da nicht der Holländer, sie wäre des Lebens überdrüssig.

Sie lehnte sich an den glatten Stamm der Weide und weinte.

56

DONNERSTAG, 4. SEPTEMBER. MORGEN.

Gestern sah ich Pieter Stuyvesant einen Brief von Gouverneur Winthrop von Connecticut zerreißen«, sagte Racqel. Sie schöpfte für Abraham und David Grütze in orange-blaue Majolikaschalen. »Niemand weiß, was in dem Brief stand, aber ...«

»Ist doch klar«, fiel David ihr ins Wort. »Ein Friedensangebot. Stuyvesant ist ein Narr.«

»Unser Generaldirektor ist schlimmer als ein Narr«, meinte ihr Schwiegervater. »Der Mann ist ein Heißsporn. Er würde uns am liebsten gegen die Engländer kämpfen lassen, und wenn er das tut, wird Nicolls keine Gnade walten lassen. Komm, David, wir haben zu arbeiten.«

Sie ließen sie allein, um zum Lagerhaus zu gehen. »Und was habe ich zu tun?« fragte sie Caleb und Bathsheba. Sie überlegte, ob Abraham und David die Vorräte und die Felle versteckten. Und wo?

Sie streute eine große Portion der grünen Teeblätter in die Porzellankanne, dann übergoß sie die Blätter mit heißem Wasser und ließ das Gebräu kurz ziehen, während sie sich weiter mit dem Hund und der Katze unterhielt. »Und was wird aus mir? Und aus den anderen Frauen? Und den Kindern?« Der Winter stand vor der Tür. Was würde aus allen werden, wenn die Engländer ihre Vorräte vernichteten?

Die Arbeit am Haus hatte endlich aufgehört. Nicht, daß es fertig gewesen wäre; es gab keine Handwerker mehr. Sie waren alle in ihren fröhlichen Krieg gezogen, vermutlich, um ihre Pflicht zur Vereitelung der Invasion zu tun.

Am Vortag hatte sie auf dem Heimweg vom Weidenbaum David und Goliath gesehen, die einen Karren mit Fässern zum Noordt Rivier fuhren. Eine Verteidigungsaufgabe? Oder arbeiteten sie doch noch für die Mendozas, räumten das Lagerhaus an der Stapelstraat und brachten alles auf ein Schiff, das nach Amsterdam zurückkehrte?

Doch selbst wenn es Männer gäbe, die am Haus arbeiten könnten, warum weiterbauen, wenn die Engländer es mit einem Kanonenschuß in die Luft jagen würden?

Racqel öffnete die Haustür. Wieder ein wunderbar schöner Morgen. Sofort begann Caleb zu bellen. Dann hörte sie es auch, ein Summen wie von einem großen Bienenschwarm. Alle im Jodensteeg kamen auf ihre Vortreppen heraus. Racqel nahm ihr Umhängetuch und eilte auf das Geräusch zu, ihre Vierbeiner sich selbst überlassend. Hatte der Krieg begonnen?

Wieder reihte sie sich in die Menge ein, die sich durch die Twillerstraat auf das Fort zuschob. Alle waren da, Juden und Christen, sogar die Afrikaner. Sie wiederholten immer nur das eine. »Was stand in Winthrops Brief?«

Kinder spielten Fangen um die Erwachsenen herum, als

wäre es ein Fest. Die vielbegangene Straße war durch das viele Hin und Her hart und staubig geworden.

Als Racqel das Fort betrat, sah sie Tonneman und Pos direkt vor sich und rechts von sich Antje ten Eyck, ihren Mann und ihren Jungen. Sie zögerte einen Moment, dann ging sie auf die Familie ten Eyck zu.

Antje winkte Racqel zu sich. »Guten Tag, Vrouw Mendoza, was für ein herrlicher Tag für eine Invasion.«

Racqel lächelte unsicher. War das ein Scherz? Bei Antje ten Eyck konnte man nie wissen. »Ist es denn soweit?«

Conraet ten Eyck schüttelte den Kopf. Zu seiner Frau sagte er: »Ah, Frau, du hast keinen Respekt vor der Gefahr.«

Sie lachte, indem sie die Seiten ihres mächtigen Bauches hielt: »Du meine Güte«, keuchte sie. Sie deutete erst auf ten Eyck, dann auf ihren Bauch. »Das war er.«

Racqel lächelte, während sie puterrot wurde. Sie warf einen Blick auf Tonneman. Er schien sehr beschäftigt damit, die Tür zu Stuyvesants Amtsstube zu beobachten.

Das Bienengesumme der Menge, das etwas abgeebbt war, schwoll wieder an. Alle verlangten, den Inhalt des Briefs von Connecticuts Gouverneur zu erfahren.

In diesem Augenblick trat Stuyvesant aus der Amtsstube ins Sonnenlicht.

»Was stand in Winthrops Brief? Was stand in Winthrops Brief?« kam es lauter und schneller. Dies wurde von höhnischen Bemerkungen und höhnischem Gelächter übertönt.

»Vrouw Mendoza, Ihr kommt gerade rechtzeitig«, rief ten Eyck ihr durch den Lärm zu. »Der Generaldirektor hat sich herabgelassen, aus dem Allerheiligsten herauszukommen, um zum Volk zu sprechen. Er hat unsere Forderung, uns den Engländern zu ergeben, nicht zur Kenntnis genommen und im Gegenteil gefordert, daß die Arbeit an den Befestigungen wieder aufgenommen wird. Aber kein Mensch hört auf ihn.«

»Wir wollen erst Antworten!« schrie Pos. »Die achtundvierzig Stunden, die Nicolls uns gegeben hat, sind abgelaufen.« Er wandte sich an Racqel. »Wir haben eine Petition mit der Forderung vorbereitet, daß Stuyvesant vor den Engländern kapituliert.«

Die höhnischen Bemerkungen hörten auf; mit einemmal spürte man Angst in den Worten der Leute.

»Wir sind verloren«, rief ein Bürger.

»Was stand in Winthrops Brief?«

»Übergabe.«

»Wir können gegen die Engländer nicht durchhalten.«

»Winthrops Brief.«

»Lest unsere Petition.«

»Wir müssen uns ergeben, um unser Leben zu retten.«

»Und unseren Besitz.«

»Was stand in Winthrops Brief?«

»Wir haben fast kein Schwarzpulver mehr. In einer Woche haben wir kein Brot mehr.«

»Und kein Bier.«

»Es wird die Hölle sein, und wir haben nichts mehr als die eigene Pisse, um die Flammen zu löschen.«

»Und ohne Bier zu trinken, werden wir auch davon kaum noch haben!«

Gelächter brandete in der Menge auf. Nur Stuyvesant schien es nicht lustig zu finden. Er wurde immer wütender. Pos rief: »Hört! Hört! Männer nach meinem Herzen.«

»Bauch, meinst du.« Tonneman sprach zum erstenmal, seit Racqel gekommen war.

Die Menge wollte nicht aufhören. Jemand fing wieder mit dem Sprechchor an. »Winthrops Brief. Winthrops Brief.«

Eine andere Gruppe hatte eine andere Parole. »Übergabe. Übergabe. Übergabe.«

Stuyvesant bat um Ruhe. Die Sprechchöre hielten an. Er streckte den Arm aus und berührte die rot-weiß-blaue Fahne in dem Halter vor seiner Tür. »Was übergeben?« brüllte er. »Dies? Unsere Nation? Unsere Ehre?«

»Erspart uns die patriotische Rede, erhabener silberbeiniger Großfürst«, schrie jemand spöttisch. »Gebt uns nur Winthrops Brief.«

»Avercamp«, rief Stuyvesant mit zornigem Gesicht. Der Schreiber kam aus der Amtsstube. »Den Brief.«

Avercamp leckte sich nervös die Lippen. Aus seinem Hut holte er ein Stück Stoff, auf dem er Winthrops Brief wieder zusammengesetzt und angeklebt hatte. Blinzelnd hielt er es Stuyvesant hin und wartete auf weitere Anweisungen.

»Lies es, damit Schluß ist.«

Die Menge wurde still.

»›An Seine Exzellenz ... ‹«

»Zur Sache, Avercamp«, sagte Stuyvesant verdrossen. »Das Geschwafel von diesem Lumpen brauchen wir nicht. Nur den Inhalt.«

»Ja, Mijnheer. Äh ... äh ... äh ...«

»Und heute noch.«

»Ja, Mijnheer. Er schlägt vor, daß wir uns beeilen, König Karls gnädiges Angebot anzunehmen. Daß wir sofort als neue Untertanen unsere Loyalität erklären und Blutvergießen vermeiden.«

»Amen«, sagte Antje ten Eyck und suchte die Hand ihres Sohnes.

»Amen«, sagte Racqel Mendoza.

Die zwei Frauen sahen einander in traurigem Verstehen an.

57

DONNERSTAG, 4. SEPTEMBER. SPÄTERER VORMITTAG.

Pieter Stuyvesant blickte die Leute finster an und zog sich in seine Amtsstube zurück. Avercamp lächelte sorgenvoll und eilte seinem Herrn nach.

»Sprecht mit ihm, Tonneman«, rief eine Frauenstimme. »Ihr seid ein kluger Mann, ein anständiger Mann. Ihr habt Einfluß auf den alten Arsch.«

Tonneman suchte die Versammlung ab, um zu sehen, wer gesprochen hatte. Es war die Witwe Wilbruch, die Hebamme, die das Lazarett außerhalb des Forts führte.

Neben ihr stand Korbonski. »Gute Idee, Heer Schout.« Der Kuppler tippte unverschämt grinsend an seinen Hut.

»Nur zu.« Pos stieß Tonneman mit dem Ellbogen an. »Versuche es wenigstens.«

Tonneman nickte der Witwe Wilbruch zu und ging hinein; die Rufe und Sprechchöre setzten wieder ein. Tonneman fragte sich unwillkürlich, wessen Einfall es war, daß die Witwe ihn so ansprach. Ihr eigener oder Korbonskis? Das hieße, daß Korbonski vor den Engländern kapitulieren wollte, aber schließlich wollten das auch alle anderen mit ein wenig Verstand.

Avercamp stand vor Stuyvesants Schreibtisch, während der Generaldirektor eine Pfeife mit Rosmarintabak füllte. Stuyvesants Hand zitterte vor Zorn, als er den Feuerstein an Stahl rieb und versuchte, die Pfeife anzuzünden. Oberst van de Steen beugte sich vor und tat es für ihn, wobei er die eigene Hand verbrannte.

De Sille und van Dincklagen standen leise und heimlich redend in einer Ecke. Dinck flüsterte Nick etwas ins Ohr. Was hatte das wohl zu bedeuten? Ein schönes Paar, diese zwei. Was für ein Spiel spielte Nick? Oder Dinck, was das betraf?

Die zwei Männer hoben die Köpfe und sahen, daß Tonneman sie beobachtete.

Dinck grinste leutselig; die Kratzer in seinem Gesicht hatten Grind gebildet. »Guten Tag, Tonneman.«

»Ah, Heer Schout sind eingetroffen«, sagte de Sille. »Genau der richtige Mann für den Anlaß.«

Tonnemans Blut begann zu sieden. Was für ein Vergnügen würde das sein, wenn er endlich seine Faust ins Nicks Gesicht schlüge. Doch das würde noch warten müssen.

Die Stube hatte sich mit dem Rosmarinduft gefüllt. »Was habt Ihr beschlossen zu tun?« fragte van de Steen, während er auf seine verbrannten Finger pustete.

»Tun? Tun? Ich werde kämpfen. Welchen anderen Weg gibt es für einen Ehrenmann?«

Die Narbe auf der Wange des Obersten hob sich blaß von seiner sonnengebräunten Haut ab. »Wir können nicht gewinnen.«

»Ihr auch?« erklärte Stuyvesant.

Die Rufe von draußen wurden lauter.

»Hinaus, Avercamp. Sag' denen, daß ich davon Kopfschmerzen bekomme.«

»Ihr müßt zu ihnen sprechen«, riet der Oberst, als der Schreiber die Stube verließ.

»Das habe ich gerade«, sagte Stuyvesant. »Warum sprecht Ihr nicht mit ihnen, de Sille?«

Nick lächelte. »Ich halte es für das beste, wenn Ihr es tätet. Wenn nicht, wäre Tonneman besser geeignet.«

»Also gut, dann Tonneman. Irgendwer.«

»Was soll ich sagen?« fragte Tonneman.

Die Tür zur Amtsstube flog auf. Stuyvesant sprang auf; Oberst van de Steens Hand zuckte zum Degen.

»Was hat das zu ...« begann Stuyvesant.

»Bitte tausendmal um Entschuldigung, Generaldirektor«, sagte ein ängstlicher Soldat, während er von einer Gruppe von Afrikanern in die Stube gestoßen wurde. Drei weitere Soldaten drängten hinter ihnen herein.

»Was soll das?« fragte Stuyvesant streng.

Ein kleiner, aber kräftig gebauter Afrikaner trat vor, seinen schwarzen holländischen Hut in der Hand.

»Was gibt es?«

»Bei allem Respekt, Boß, wir bitten um unsere Freiheit.«

Die anderen sieben Schwarzen warteten zaghaft, ebenfalls mit den Hüten in den Händen.

Der Sprecher fuhr fort: »Wenn es Krieg gibt und wir kämpfen, wünschen wir, als freie Männer zu kämpfen. Wenn es nicht zum Krieg kommt und die Engländer ...«

»Genug!« fuhr Stuyvesant ihn an. »Erledigt. Die ... acht sind von diesem Tag an freie Männer. Avercamp, notiere es. Jetzt laßt mich in Ruhe, ihr freien Bürger von Neu-Amsterdam.«

Der Sprecher verneigte sich tief. »Unsere Dankbarkeit und unsere Loyalität gehören Euch, Mijnheer. Und wenn Ihr unser Leben braucht. Danke.«

»Danke, danke«, kam es wie ein Echo von den sieben anderen. Sie eilten aus der Stube, gefolgt von den Soldaten.

Der ängstliche Soldat sagte: »Ich hoffe, der Generaldirektor …«

»Raus!«

In diesem Augenblick entstand draußen ein regelrechter Aufruhr, schlimmer als zuvor, ein Lärm, in dem Angst und Panik mitschwangen.

»Was jetzt?« Stuyvesant ballte die Fäuste.

Avercamp drängte sich zwischen den hinausgehenden Afrikanern und den Soldaten durch in den Raum. Nach ihm kamen die Pfarrer, Vater und Sohn Megapolensis.

»Befiehl dem Pöbel, still zu sein. Ich sehe mir sofort diese lächerliche Petition an.«

»Mijnheer, es geht nicht um die Petition. Die vier englischen Schiffe haben sich auf die obere Bucht zu in Bewegung gesetzt.«

P. S. stampfte und schlurfte aus der Tür hinaus. Die anderen eilten ihm nach, alle Blicke auf die Bucht gerichtet. Tonneman hatte etwas Ähnliches erwartet. Dennoch war er sprachlos von dem Anblick.

Vier schwerbewaffnete Fregatten waren in Stellung gegangen, angriffsbereit, die hellen Segel und rot-weiß-blauen Union Jacks leuchtend und bedrohlich im Wind. Nicolls hatte die *Guinea* mit ihren sechsunddreißig Kanonen und die *Martin* mit achtzehn Kanonen in der Bucht vor Anker gehen lassen, wodurch er Manhattan und Breukelen gleichermaßen in Schach hielt. Er hatte die *Elias* mit ihren dreißig Kanonen und die mit zehn Kanonen bestückte *Wil-*

liam and Nicholas oberhalb von Neu-Amsterdam Stellung beziehen lassen.

Ein wütender Pieter Stuyvesant riß die Fahne der Niederlande aus ihrer Halterung am Eingang zu seiner Amtsstube und stapfte zu der nächsten Kanone, die auf die Bucht gerichtet war. Tonneman, Oberst van de Steen, Dinck, Nick sowie Johannes und Samuel Megapolensis folgten ihm auf den Fersen.

Zwei vollgetakelte Fregatten segelten vorbei, die Geschütze auf das Ufer gerichtet, wo die Bevölkerung von Neu-Amsterdam voller Angst zuschaute. Die Leute wurden still bis auf einige wenige, die zu beten begannen. Ein Säugling schrie. Über ihnen näherte sich die Sonne ihrem Scheitelpunkt am Himmel.

Stuyvesant schwenkte die Fahne nach den Fregatten. »Das ist das erste Mal in siebzehn Jahren, daß ein Schiff gewagt hat, ohne meine Erlaubnis in meinen Hafen einzulaufen.«

Ein Kanonier, der neben der Kanone stand, hielt einen brennenden Zünder. Der Generaldirektor hob die Fahne hoch über den Kopf. Er war der Standartenträger. Dann kam ein Laut aus ihm, aus den Tiefen seiner Seele, wie von einem waidwunden Tier. Er begann leise und kehlig und wuchs dann zu einem durchdringenden Schrei an. »Ich brauche nur den Befehl zu geben. Die Kanone wird feuern, und die Schlacht wird beginnen. Dann gäbe es kein Zurück mehr.« Er schwenkte kraftvoll die Fahne. Sie schlug und flatterte und ließ seine Worte beinahe untergehen. »Dann würde dieses feige Pack kämpfen müssen.«

Tonneman, Lubbertus van Dincklagen und die zwei Prediger wechselten schnelle Blicke und waren im Nu neben Stuyvesant. Pos löste sich aus der Menge und lief zu ihnen.

»Nein!« schrie Dinck. »Erinnert Ihr Euch nicht an die zerstörerische Wirkung einer Schlacht? Der furchtbare Anblick und der Blutgestank. Wir sind keine Soldaten. Wir sind Familien. Frauen und Kinder. Um die Liebe Gottes, denkt an die Menschen, die vernichtet, getötet oder, schlimmer noch, verstümmelt werden.«

Stuyvesant funkelte van Dincklagen voller Verachtung an. »Verstümmelt? Fetter Narr, wie in Gottes Namen glaubt Ihr, habe ich das verloren?« sagte er, indem er mit dem Holzbein auf ihn zeigte. »Vor zwanzig Jahren, und ich erinnere mich daran, als wäre es gestern gewesen.« Er stellte sich näher zu dem Soldaten mit dem brennenden Zünder. Der Soldat, ein Junge eigentlich noch, sah ihn an, und Entsetzen und Erregung vermischten sich auf dem Kindergesicht. »Vor dem Kampf übergossen sie die Decks mit Wasser für den Fall eines Feuers. Danach Sand, damit man nicht im Blut ausrutschte.« Er stand jetzt fast in Armeslänge von dem Kanonier mit dem Zünder.

Pos und Dinck bauten sich zwischen Stuyvesant und dem Kanonier auf. Stuyvesant lächelte, als hätte er es nicht bemerkt, und ging um den Soldaten herum auf die andere Seite. Tonneman beobachtete ihn aufmerksam.

»Ein Kanonenschuß ist eine merkwürdige Sache«, sagte Stuyvesant. »Ein einzelnes Stück Metall. Viele Stücke Metall. Sie werden immer größer, während sie näherkommen, und sie scheinen immer direkt auf dich zuzukommen, nur auf dich.« Er starrte auf die Bucht hinaus, auf die vier Moloche der Zerstörung; ihre knallenden Banner schienen ihn zu verhöhnen. »Predigt mir nicht über die Schrecken des Krieges, van Dincklagen, aufgeblasener Einfaltspinsel.« Er stürzte auf den Kanonier und den brennenden Zünder los.

Doch Tonneman versperrte ihm flink den Weg. »Gehen

wir, Boß«, sagte Tonneman bestimmt. »Ihr wollt das nicht tun.«

»Heer Stuyvesant, wenn Ihr unseren Herrn Jesus Christus liebt, laßt ab«, sagte Johannes Megapolensis. Mit großer Freundlichkeit packten der Pfarrer und sein Sohn Stuyvesant bei den Armen und führten ihn von den Kanonen fort. Tonneman und Dinck folgten.

Diese Runde hatten die Engländer gewonnen.

»Nein!« tobte der Generaldirektor. »Nein, das erlaube ich nicht!« Seine Fahne schleifte im Staub. Oberst van de Steen trat vor, um das Banner zu nehmen, doch Stuyvesant riß es weg.

»Bitte, Mijnheer«, sagte Dinck. »Nehmt Abstand davon. Könnt Ihr nicht die vielen gewaltigen Kanonen sehen, die auf uns gerichtet sind? Wenn man zuläßt, daß dieser furchtbare Kampf beginnt, werden sie eine volle Breitseite auf diesen offenen Ort abfeuern, ihn dann im Sturm nehmen und plündern und ein Blutbad anrichten.«

»Ihr heuchlerischen, rabulistischen Feiglinge«, stieß er wütend hervor.

Während er sprach, glitten die vier englischen Kriegsschiffe mit weißen Segeln am Fort Amsterdam und den schweigenden Menschen am Ufer vorbei.

Stuyvesant riß sich von seinen Wächtern los und fuchtelte mit der Fahnenstange wie mit einem Spieß nach ihnen. »Schande, Schande, Schande. Ihr habt mich daran gehindert, diese teuflischen Schiffe zu versenken, aber es gibt mehr als einen Weg, einer englischen Katze das Fell abzuziehen.« Er pflanzte beide Beine, das eine aus Fleisch und Blut, das andere aus Holz und Silber, fest auf den Boden. Die Flagge wieder hoch erhoben, schrie er: »De Sille, übernehmt das Kommando über die ersten fünf Gruppen und haltet das Fort! Schafft diese Frauen und Kinder hier fort! Oberst, alle anderen scharen sich um mich.«

Oberst Caspar van de Steen streichelte die Narbe auf seiner Wange, dann zog er schneidig den Degen und salutierte dem Generaldirektor damit. »Ihr führt, Mijnheer, und ich folge.«

»Ihr könnt Euch auf mich verlassen«, rief de Sille. »Ich halte durch bis zum Jüngsten Gericht!«

Die wehende rot-weiß-blaue Fahne der Niederlande hochgehalten, stürmte Stuyvesant aus dem Fort, vor seiner loyalen Truppe her. Das Holzbein klapperte über die Straßen, mit dem stolzen Schnabel von einer Nase wies er die Richtung zu der Stelle, wo er seine kleine Armee zum Angriff sammeln wollte. »Mir nach«, schrie er. »So sicher wie Christus wiederkommen wird, werden wir gewinnen. Sieg und Rettung!«

»Der alte Narr«, murmelte Tonneman, der versuchte, Stuyvesant aufzuhalten.

Dinck berührte ihn am Arm. »Lass' ihn. Die Lage ist hoffnungslos, aber lass' ihn.«

Willem Avercamp, unerschütterlich wie immer, eilte den Verteidigern Neu-Amsterdams nach.

Die Witwe Wilbruch löste sich aus der Menge, und auch sie folgte ihnen. Sie trug einen großen Zelttuchsack auf dem breiten Rücken und watschelte standhaft auf die Stadt zu. Bei ihr war zur Überraschung aller Luis da Silva, der jüdische Arzt.

Und langsam und widerwillig folgten auch die zwei Pfarrer Stuyvesants mitleiderregender kleiner Armee.

Die Bürger liefen wütend und verwirrt führerlos umher. Manche zogen kleinmütig hinter Stuyvesant her; andere blieben murrend in der Nähe des Forts.

Pos sah Tonneman zweifelnd an und lächelte trübselig.

Tonneman winkte Pos zu sich und sagte zu Dinck: »Bleiben wir hier, oder folgen wir dem alten Narren?«

Der dicke Rechtsgelehrte wischte sich über die Stirn. »Die Engländer kommen so oder so, und du kennst mich. Bei meiner Fülle liegt es in meiner Natur, immer zu bleiben, wenn ich die Wahl habe.«

»Ich kenne dich. Das ist der Haken. Du bist ein alter Freund, Dinck, aber ich muß meine Pflicht erfüllen. Sag' mir die Wahrheit, wie bist du zu diesen Kratzern im Gesicht gekommen?«

»Ich habe es dir gesagt. Ich bin in ein Loch gefallen.«

»Du warst vergangenen Mittwoch in Breukelen, stimmt's?«

»Ich bin seit mehr als einem Jahr nicht mehr in Breukelen gewesen. Was ist denn mit dir los, Tonneman?«

»Was hast du mit Abner Simon ausgeheckt?«

»Mein Freund, ich glaube, du brauchst etwas zu trinken. Was der Großfürst auch haben mag, es ist ansteckend, und du hast es bekommen. Ihr seid beide verrückt.« Er stolzierte davon.

Dincks erregte Antwort schloß ihn nicht völlig von Tonnemans Liste der Verdächtigen aus, genügte jedoch, Zweifel bei Tonneman zu wecken. Abner Simon hatte seinen Mörder gezeichnet. »Wenn nicht Dinck, wer dann?«

»Ich nicht«, sagte Pos.

Tonneman wandte sich wieder dem Problem des Augenblicks zu. »Die Zivilisten hier könnten zu Schaden kommen.«

Pos nickte. »Diejenigen von euch, die kämpfen möchten«, verkündete er laut, »schließen sich Heer de Sille an oder folgen dem Generaldirektor und dem Obersten. Die anderen gehen nach Hause.«

In der Menge entdeckte Tonneman die ten Eycks. »Geht nach Hause. Das ist der sicherste Ort.«

»Was machen wir mit Stuyvesant?« fragte ten Eyck.

»Ich muß noch darüber nachdenken«, antwortete Tonneman. »Ich weiß es nicht.«

»Aber ich«, meinte ten Eyck. »Wir müssen dem alten Dickkopf nachlaufen und ihm sagen, daß wir keinen sterben sehen wollen. Er wird im Rathaus sein. Ich treffe dich dort, nachdem ich Antje und Conraet nach Hause gebracht habe.«

»Ich finde den Heimweg allein«, sagte Antje.

»Ich weiß.« Ten Eyck blieb fest. »Dennoch bringe ich euch nach Hause.«

Racqel stand einige Schritte von ihnen entfernt und fühlte sich ausgeschlossen.

»Darf ich nicht beim Kämpfen zugucken?« fragte der kleine Conraet.

»Nach Hause mit dir, du kleiner blutdürstiger Kerl«, befahl seine Mutter.

»Würdest du dafür sorgen, daß Vrouw Mendoza nach Hause kommt?« fragte Tonneman ten Eyck leise.

Der Silberschmied grinste ihn an. »Warum nicht *du*?«

»Noch bin ich der Schout. Ich muß hierbleiben«, antwortete er.

»Das müßt Ihr selbstverständlich«, spottete Antje. »Mann, du weißt, was du zu tun hast. Tonneman weiß es nie.« Zu Racqel sagte sie: »Kommt, Vrouw Mendoza. Wir gehen zusammen nach Hause, wir alle.«

Ten Eyck blickte ängstlich in die Richtung, die Pieter Stuyvesant eingeschlagen hatte, dann zu Tonneman. »Kommst du mit?«

Tonneman dachte lange und angestrengt über ten Eycks

Frage nach. Warum für die Westindische Kompanie und ihren Besitz kämpfen? Nein, kein Besitz war das Blut eines Mannes wert, geschweige denn sein Leben. Es war klar. Zu kämpfen wäre dumm. Sogar böse. Er war nicht mehr Stuyvesant verpflichtet. Er war Neu-Amsterdam verpflichtet – und sich selbst. »Ich komme gleich nach.« Er sah Racqel an, doch er rührte sich nicht.

Ten Eyck schüttelte den Kopf. »Arschloch.«

Nur einige Nachzügler blieben im Fort bei de Silles kleiner Soldatenschar. Die englischen Schiffe lagen abwartend draußen.

»Geh nur, ten Eyck«, sagte Antje, als sie das besorgte Gesicht ihres Mannes sah. »Wir kommen ohne dich zurecht, nicht wahr, Vrouw Mendoza?« Ein Krampf schüttelte sie, doch sie ging mit einem verkniffenen Lächeln darüber hinweg.

»Conraet, pass' auf die Frauen auf«, sagte ten Eyck. Sein Blick schweifte suchend umher. »Antje, ich gehe zum Rathaus. Wir müssen Stuyvesant aufhalten, bevor er zu weit geht.« Er ließ sie stehen und beeilte sich.

Die Frauen gingen langsam, der kleine Conraet sprang vor ihnen her, hob Steine auf und warf sie nach den Bäumen, fröhlich, wenn sie Blätter und Eicheln abschlugen. »Für euch, ihr englischen Hunde.«

»Männer können solche Narren sein«, sagte Antje ten Eyck.

Sie waren fast an der Jodensteeg angekommen. Um sich zu bedanken, drehte sich Racqel nach Vrouw ten Eyck um und sah die Qual in den Augen der Frau. »Geht es Euch gut? Vielleicht solltet Ihr hereinkommen und Euch ausruhen.«

Antje preßte die Hände auf ihren schwangeren Bauch. »Bitte«, sagte sie, »bringt mich nach Hause.«

58

DONNERSTAG, 4. SEPTEMBER. SPÄTERER VORMITTAG.

Tonneman beobachtete das Treiben im Fort und hörte auf de Silles laute Befehle, doch er dachte mehr über Racqel Mendoza nach als über de Sille oder die Engländer. Welche Rolle hatte sie bei der ganzen Geschichte gespielt? Solange er das nicht wußte, konnte er nicht handeln.

So oder so würde dieser Krieg – wenn sie ihn denn so nennen konnten – gegen die Engländer bald vorüber sein und er würde keine Arbeit mehr haben. Dennoch war ihm klar, daß er, ob Schout oder nicht, für sich selbst herausfinden mußte, wer Abner Simons Spuren trug. Nick de Sille war der einleuchtendste Verdächtige, der Mann, vor dem Abner Angst hatte, der Mann, der ihn tötete. Aber es konnte jeder sein. Dinck mit diesen Kratzwunden. Sogar Keyser, der Hitzkopf. Dazu das seltsame Verschwinden von Joost ...

Der Mann im Schuppen wurde skalpiert, Abner mit einem Tomahawk erschlagen. Stummelnase könnte es getan haben, doch er besaß die falsche Art Tomahawk. Es könnte Fuchsmann gewesen sein. Oder irgendein verfluchter Indianer, den er nie gesehen hatte. Hol's der Teufel, zu viele Dinge waren zu bedenken. Sobald dieser dumme Krieg vorbei sein würde … Plötzlich stand Pos neben ihm.

»Wir müssen ten Eyck helfen, diesen Wahnsinnigen aufzuhalten.«

Pos schob den Hut nach hinten. »Ich habe nur darauf gewartet, daß du es sagst.«

Sie fanden ten Eyck bei den Pfarrern und ungefähr hundert anderen, darunter Stuyvesants Sohn Balthazar, van Cortlandt und Goovert Lookermans, die alle auf dem *Strand* marschierten.

»Wir haben eine Beschwerdeschrift für Silberbein«, teilte ihnen ten Eyck mit. »Macht ihr mit?«

»Liebt ein Holländer Bier?« fragte Pos. »Bringt mir Tinte und einen Gänsekiel«, rief er. »Ich unterschreibe. Oder soll ich mein eigenes Blut dazu nehmen?«

»Du kannst später unterschreiben, Tonneman auch«, erklärte ten Eyck, während die Bittsteller verbissen weitermarschierten. »Jetzt ist es wichtig, Stuyvesant zu finden, bevor er uns in die Ewigkeit befördert.«

»Warum vertun wir dann Zeit mit Reden?« sagte Tonneman, indem er Pos anstieß. Die zwei schlossen sich ten Eyck und den übrigen an.

»Wenn ich bloß ein Bier hätte«, stöhnte Pos.

P. S. befand sich vor dem Rathaus und brüllte Befehle. Willem Avercamp stand loyal hinter ihm. Die meisten Mitglieder seines Rates waren ebenfalls bei ihm. Sie standen auf oder nahe der Veranda des Rathauses.

Es gab Tonneman zu denken, daß er schon wieder den hinterlistigen Korbonski und Vrouw Wilbruch sah. Sie standen vor dem *Birnbaum* und redeten miteinander. Die Hebamme nickte und lächelte leutselig. Verdächtigungen überschlugen sich in Tonnemans Kopf. Warum taten die zwei so freundlich miteinander? Gewiß, es konnte sein, daß eine der Huren schwanger war. Es konnte freilich auch etwas anderes sein.

Was machte Korbonski überhaupt hier? Das war nicht sein Kampf. Oder doch? Der *Birnbaum* schien verlassen. Wo war Joost? Tonneman hatte seit Tagen keine Spur von dem Wirtshausbesitzer gesehen.

Soldaten liefen völlig ungeordnet hierhin und dorthin, behindert von ängstlichen und zornigen Männern und Frauen und den aufgeregten und verwirrten Kindern der Stadt, die alle versuchten, den Generaldirektor auf sich aufmerksam zu machen. Die Kinder waren ausgelassen, und Kleinkinder schrien wie am Spieß.

Pfarrer Johannes Megapolensis ging mit einer Papierrolle in der Hand auf Stuyvesant zu. Stuyvesant musterte ihn wütend und scharrte dabei mit dem Holzbein wie ein wildgewordener Hengst auf der Erde. »Was habt Ihr da?« fragte er.

Der Geistliche entrollte das Papier. Die Petition war in aller Eile verfaßt und schwer zu lesen.

»›Beschwerde an den Generaldirektor und Rat ...‹«

»Avercamp, meine Pfeife. Dies wird bestimmt langatmig.« Der Schreiber rannte ins Haus.

Tonneman schob sich zum *Birnbaum*, mit den Füßen schlurfend, als wäre er betrunken, und mit dem leeren Säuferblick, der dazugehörte.

Megapolensis, unverzagt trotz Stuyvesants beißendem

Spott, fuhr fort. »›Euer Ehren. Wir, Euer sorgenvolles Volk, Eure Untertanen, bitten in aller Demut, Euch vor Augen zu führen …‹«

Korbonskis Stimme wurde deutlicher, als Tonneman näherkam. » … die Umstände sind schwierig, gute Frau. Es liegt in der Natur des Menschen …«

»Habt keine Angst, Heer Korbonski. Wenn Hilletjie Wilbruch ihr Wort gibt, ist es unverrückbar wie ein Fels und so gut wie Gold.«

Pfarrer Megapolensis' Stimme klang heiser vor Ergriffenheit. »› … Elend, Not, Feuersbrunst, die Entehrung der Frauen, die Ermordung der Kinder in ihren Wiegen und, in einem Wort, den völligen Ruin und die Vernichtung von ungefähr fünfzehnhundert unschuldigen Seelen, von denen nur zweihundertfünfzig fähig sind, Waffen zu tragen.‹«

»Bitte, Heer Stuyvesant«, schrie eine Frau, »Ihr tötet uns.«

»Schafft diese Leute von hier fort«, befahl Stuyvesant.

»Zurück allesamt«, rief Avercamp, als er mit der Pfeife und einer brennenden Kerze aus dem Rathaus kam. »Wenn der Kampf beginnt, werdet ihr nur zu Schaden kommen.«

»Ha, und was wird aus uns, wenn man diesen Wahnsinnigen gewähren läßt?« rief ein Mann aus der Menge.

Avercamp steckte Stuyvesant die gestopfte Pfeife in den Mund und hielt ihm die Kerze zum Anzünden hin. Jetzt weinten viele Frauen und auch einige Männer. »Unterwerft Euch«, bettelte eine weinende Frau. »Um unser aller willen müßt Ihr Euch unterwerfen.«

»Unterwerfen?« schrie Stuyvesant zwischen hastigen Zügen an der Pfeife. »Lieber lasse ich mich als Leiche zum Grab tragen.« Der Duft nach Rosmarin schwebte über die Menge.

Tonneman strengte die Ohren an, um Korbonski und die

Witwe durch das Stimmengewirr zu verstehen. »Ihr seht also keine Probleme voraus?« fragte der Jude.

»Überhaupt keine«, antwortete die Witwe.

»Gut. Morgen ...«

Der Rest ging in dem Schrei einer jungen Frau aus der Menge unter. »Ergebt Euch. Bitte. Wir wollen nicht sterben.«

»Ich fürchte mich nicht«, sagte Pieter Stuyvesant.

»Aber wir«, rief ten Eyck.

Korbonski stand ganz dicht bei der Witwe, so daß seine Lippen fast an ihrem Ohr waren. Tonneman rückte so nahe heran, wie er wagte; er konnte kaum hören, was der Zuhälter sagte. » ... eine Sache von Leben und Tod ...«

Vrouw Wilbruch wedelte mit ihrer fleischigen Hand, als verscheuchte sie Gänse. »Ich versichere Euch, daß alles, was Ihr wünscht, getan wird und mit großer Vorsicht ...«

Ausgerechnet in diesem Augenblick erhob der Prediger seine Stimme, um zum springenden Punkt zu kommen. »› ... sollten wir uns hartnäckig und eigensinnig erweisen, müssen wir mit allen vorher genannten Nöten und Unglücken rechnen.‹«

»Wie großzügig«, sagte Stuyvesant trocken.

»Mehr als großzügig«, erwiderte der junge Samuel Megapolensis.

»Also dann«, sagte Korbonski. »Morgen bei Tagesanbruch.« Tonneman hörte Münzen klirren, doch der Jude hatte ihm den Rücken zugewandt, und er konnte die Hände des Mannes nicht sehen.

»›Auf allen Seiten‹«, fuhr der ältere Megapolensis fort, »›sind wir von unseren Feinden umzingelt und eingeschlossen.‹«

Die Hebamme lachte in sich hinein. »Ich habe gehört,

daß Ihr ein großzügiger Mann seid, aber ich wußte nicht, wie großzügig. Habt keine Angst, ich gebe Euch den Gegenwert. Ihr werdet an meinen Diensten nichts auszusetzen haben.«

»Dieses Fort konnte die Schweine und die Kühe nicht draußenhalten«, rief jemand. »Wie kann es dann die Engländer fernhalten?«

Korbonski wandte sich um. Er sah Tonneman direkt ins Gesicht. Tonneman wankte an ihnen vorbei auf den *Birnbaum* zu. Er ließ sich gegen die Tür fallen und rüttelte an der Klinke. »Joost, wo zum Teufel bist du? Ich brauche was zu trinken.«

»Ruhig Blut, Heer Schout«, rief Korbonski ihm zu. »Wir brauchen Euch im Kampf.« Er lachte, dann sprach er leise zu Vrouw Wilbruch. »Gibt es noch etwas?«

Johannes Megapolensis reckte seine Hand über die Menge. »› … wir flehen Euer Ehren demütig und mit Bitterkeit im Herzen an, die Bedingungen eines so großzügigen Feindes nicht abzulehnen, sondern Euch gnädigst auf die schnellste, beste und achtbarste Weise mit ihm zu treffen.‹«

»Joost? Joost, bist du drinnen?« Tonneman hob ein wenig den Kopf. Die Witwe und Korbonski waren auseinandergegangen.

Die Stimme des Pfarrers schwang sich jetzt empor. »›In Anbetracht der Tatsache, daß der vorerwähnte englische Oberst erklärt und gedroht hat, er werde nicht länger als bis zu diesem Tag warten … ‹«

»Geht das noch lange, Pfarrer?« wollte der Generaldirektor wissen. »Ich habe einen Krieg zu führen.«

»Nein. Keinen Krieg«, schrie eine alte Frau.

»Guten Morgen, Tonneman.«

Tonneman ließ seine Trinkerpose fallen. »Guten Morgen, Hilletjie. Ihr solltet vorsichtiger sein, mit wem Ihr sprecht.«

»Papperlapapp.« Die Hebamme lachte. »Ich rede doch mit Euch oder was.«

»Was habt Ihr mit Korbonski zu schaffen?«

»Unterwerft Euch«, schrie eine Frau.

»In Gottes Namen«, rief eine andere.

»Ja, in Gottes Namen«, sagte der Pfarrer.

»Ihr habt wirklich nichts damit zu schaffen, mit wem ich etwas zu schaffen habe, Schout, aber eines von seinen Pferdchen bekommt einen dicken Bauch. Und weil das schlecht für *sein* Geschäft wäre, bat er mich, *mein* Geschäft zu tun.«

Tonneman sah Hilletjie Wilbruch nach, als sie durch die Menge ging und am Graben rechts einbog. Er hörte nicht zu, als Pfarrer Megapolensis mit der Petition zum Schluß kam. Er dachte, daß er die Hebamme schon sehr lange kannte, und wenn er etwas über sie mit Sicherheit wußte, dann war es, daß sie eine geschickte Lügnerin war.

Der ältere Megapolensis erhob die Stimme in erhabene Höhen. »› ... und mit Gottes Hilfe eine ehrenhafte und vernünftige Kapitulation zu beschließen, die der Herr unser Gott in seiner großen Barmherzigkeit uns gewähren möge. Amen.‹«

»Unterwerft Euch. Unterwerft Euch. Unterwerft Euch.«

Am späten Nachmittag, als Oberst Richard Nicolls Neu-Amsterdam in Reichweite seiner Kanonen hatte, gestand Pieter Stuyvesant endlich ein, daß seine Sache verloren war. Er folgte dem Willen des Volkes und schickte dem Obersten eine Botschaft, in der er um eine Begegnung bat.

Die Schlacht um Neu-Amsterdam war vorbei.

59

FREITAG, 5. SEPTEMBER. MITTAG.

Mit dem unvermittelten Ende des Krieges legte sich allmählich die Unruhe im Ort. Bald würde es wieder Getreide für Brot und Bier geben. Es lag etwas wie Feierstimmung in der Luft. Die Herbstsonne war strahlend.

Auf der Pavelstraat wurde Tonneman von aller Welt gegrüßt. »Guten Tag, Heer Schout. Wunderbares Wetter, Heer Schout.« Ihre Stimmung war eindeutig: Sie beglückwünschten sich zu ihrer Tapferkeit und Beharrlichkeit.

Während die Ereignisse auf die Spitze trieben, hatte Tonneman sich an die Tatsache gewöhnt, daß er dann nicht mehr der Heer Schout sein würde. Dennoch mußte er zwei Aufgaben vor diesem Augenblick zu Ende bringen: einen Mörder und die Überreste von Benjamin Mendoza finden.

Der lange Matthew hatte die Verbindung zwischen Abner

Simon und Brille hergestellt. Tonneman war zu der Überzeugung gelangt, daß diese Todesfälle nicht zufällig waren, sondern in der Tat mit dem englischen Dokument zu tun hatten und von derselben Hand verursacht waren. Benjamin Mendoza hatte Geschäfte mit Abner gemacht. Eine weitere Verbindung. Was immer noch nicht hineinpaßte, war Smitt.

Vom Ufer aus betrachtete er die Handelsschiffe auf dem Oost Rivier. Alles würde unter den Engländern weitergehen wie bisher. Neu-Amsterdam würde wachsen und gedeihen.

Er dachte, wie schön es wäre, wieder zu heiraten, ein neues Leben zu beginnen, ein wenig Landwirtschaft zu treiben, gesunde lachende Kinder auf den Knien zu schaukeln und zufrieden alt zu werden.

Anna! Sie erwartete das Kind erst in einem Monat; doch man konnte nie wissen. Er würde sich bald hinauf nach Neu-Haarlem begeben müssen.

Er war so in Gedanken versunken, daß er sich die Zehe an der verschlossenen unteren Tür zum Haus der ten Eycks anstieß. Seine Freunde saßen in der guten Stube beim Mittagessen.

»Sieh nur, Antje, wer uns mit einem Besuch beehrt. Setz' dich, Tonneman. Du kommst gerade recht.«

Antje hatte den Tisch mit Brot, kaltem Schinken und einem Krug Bier gedeckt. »Ich habe das letzte bißchen Mehl für eine Feier aufgespart.« Sie war gewaltig, atmete schwer, schwitzte, rieb sich den schmerzenden Rücken. Am Tag davor war sie sicher gewesen, daß ihre Zeit gekommen war, doch es war falscher Alarm gewesen.

Der kleine Conraet saß auf dem Boden in der Nähe des Tisches und bastelte einen gelben Drachen. Der kräftige Junge war enttäuscht, daß ihm die Freude des vergangenen

Tages entgangen war, und er steckte voller Fragen. Er zog an Tonnemans Stiefel. »Erzählt mir von der Schlacht.«

»Es kam nicht zur Schlacht.«

»Das hat mein Vater auch behauptet.«

Ten Eyck lachte.

Der Junge rümpfte die Nase. »Heißt das, daß Heer Stuyvesant seine Ehre verloren hat?«

»Nein«, antwortete Tonneman. »Was Heer Stuyvesant getan hat, war gut für uns alle. Eine sehr rühmliche Entscheidung. Er schickte eine Botschaft an den englischen Obersten, in der er um eine Zusammenkunft bat, um einen Frieden auszuarbeiten.«

»Ist sonst noch was passiert?«

»Du kannst nie genug bekommen. Vier englische Schiffe haben unsere Küste bedroht. Was willst du mehr?«

»Aufregung. Nie passiert etwas, wenn ich dabei bin.« Mit dem Drachen in der Hand sprang der Junge auf. »Kommt mit nach draußen, Tonneman. Es weht ein guter Wind.«

Antje lächelte und stöhnte gleichzeitig, die Hand auf dem Rücken.

»Geh nur, Tonneman.« Ten Eyck hatte den Mund voll Brot.

Tonneman folgte dem Jungen auf den Hof. Am Himmel war kein Wölkchen zu sehen. »Kleiner, habe ich dir jemals von dem Wal erzählt?«

Die Augen des Jungen strahlten belustigt. Er wußte, was nun kam. »Nein.« Das stimmte nicht. Ihr Geplänkel gehörte zum Spiel. Tonneman hatte ihm die Geschichte schon erzählt, viele Male und mit vielen Variationen.

»Mein Großvater schwor, daß es wahr ist. Und wir wollen meinen Großvater doch nicht als Lügner bezeichnen, oder?« Sie verließen den Hof. Der Junge rannte und zog den

Drachen an der Schnur hinter sich her. Der Drache fing den Wind ein, erhob sich und stieg mit vollen Flügeln auf.

»Nein.« Der Junge kicherte leise, während er den Drachen von einer hohen Eiche weglenkte.

»Es geschah 1598, drüben im alten Land. Ein Wal wurde auf den Strand gespült. Er war hundert Fuß lang.«

»Nein, stimmt nicht«, rief der Junge fröhlich. »Es waren fünfzig Fuß.«

»Und er lag zwanzig Jahre lang auf dem Strand.«

Der Junge lachte, aber seine Aufmerksamkeit galt in Wirklichkeit dem Drachen. »Vier Tage«, rief er, während er mit dem Drachen rannte. Und als er wieder auf Tonneman zukam: »Vier Tage war er dort.«

»Egal. Mein Großvater sah ihn, berührte ihn. Dann starb er. Und wie er stank.« Tonneman mußte schreien, damit der Junge ihn hören konnte. »Er stank so stark, daß die Indianer ihn hier in dieser Neuen Welt riechen konnten.«

»Nein, konnten sie nicht«, rief der Junge zurück.

»Doch, sie konnten. Er hatte zweihundert große weiße Zähne.«

»Nein. Er hatte vierzig Zähne.«

»Stimmt. Du wirst zu gescheit für mich.« Der Drachen war ein schönes gelbes Geschöpf, und er schwang sich auf wie ein Vogel mit seinem hübschen bunten Schwanz. Ein silberner Gegenstand am Schwanzende wurde von der Sonne getroffen und blendete.

»Was ist das am Schwanz deines Drachens?«

Der Junge hörte ihn nicht; die Freude über das gelbe Wesen riß ihn mit, und er konnte an nichts anderes denken, als den Drachen im Wind zu halten.

»Conraet!«

Überrascht über Tonnemans strengen Ton, lief der Junge langsamer und sah sich nach ihm um.

»Würdest du mir zuliebe deinen Drachen einholen?«

Vergnügt holte der Junge den schwebenden Drachen ein. Am Schwanz angebunden war eine kleine silberne Scheibe.

»Hast du das von deinem Vater? Etwas, woran er gearbeitet hat?«

»Nein. Ich habe es am Wasser gefunden.« Conraet deutete auf den Oost Rivier.

Tonneman kramte in seinen Taschen. »Na bitte«, sagte er und zog das Vergrößerungsglas heraus. Er untersuchte das Stück Silber genauer. Dieses Mal kein englischer Schilling. Er hielt ein weiteres Stück von Benjamin Mendozas Silbergürtel in der Hand. »Nicht so deutlich wie auf dem anderen, aber er ist da. Was meinst du? Was siehst du?«

Der Junge betrachtete durch das Glas den verschwommenen Abdruck. »Es ist ein Löwe.« Er kniff vor Vergnügen die Augen zusammen. »Ein Zauberglas.«

»Woher weißt du, daß es ein Löwe ist?«

Der Junge schnitt ein Gesicht. »Wir haben zu Hause ein Bild von einem Löwen. Daniel in der Löwengrube.«

»Ach ja?« Tonneman hörte nicht mehr zu.

Der Junge warf sich auf den Boden und begann, mit dem Glas das Gras, Insekten, alles zu untersuchen.

Tonneman kratzte sich am Kopf. Irgend etwas ließ ihm keine Ruhe. Er schloß die Augen, und wie ein Blitz kam ihm die Totenkopfvision in den Sinn, die er gehabt hatte, als er ins Wasser geworfen wurde, in jener Nacht, in der er Brilles Leiche gefunden hatte.

»Seht«, schrie der Junge. »Seht, wie die Ameise durch das Glas größer wird.«

Doch Tonneman war nicht mehr da, um ihn zu hören. Er rannte auf den Fluß zu. Aufgeregt ließ der Junge seinen Drachen im Stich und lief Tonneman hinterher.

Am Wasser zog Tonneman die Stiefel und die Kleider bis auf die Hosen aus.

»Woher habt Ihr die Narben? Wart Ihr in einem Kampf? Waren es die Engländer? Waren es Indianer? Was habt Ihr vor? Wollt Ihr schwimmen gehen? Darf ich mitkommen?«

»Nein, du bleibst da.«

»Nie darf ich etwas tun.« Der Junge ließ sich schwer ins Gras fallen und entdeckte sofort einen getupften roten Käfer, den er durch das Vergrößerungsglas untersuchte.

Tonneman stieg in den Fluß, tauchte, kam zum Atemholen hoch, tauchte wieder ins kalte Wasser. Nichts. Er holte wieder Luft und schwamm gegen den Strom am grasbewachsenen Ufer entlang, auf seine Weide zu. Immer noch nichts. Er ließ sich von der Strömung zurück auf den Pier zutreiben, die ganze Zeit auf der Suche nach dem, was er mit Sicherheit hier wußte.

Und dann sah er es: ein Skelett in zerfetzten Kleidern am Grund des Piers, an einem Nagel hängengeblieben, der Totenschädel auf ihn starrend. Er verspürte ein plötzliches Triumphgefühl. Die Rückseite des Schädels war zertrümmert. Der linke Fuß und einige Finger an beiden Händen fehlten.

Nur der Schmerz erinnerte ihn daran, daß seine Lungen zu bersten drohten, so sehr war er damit beschäftigt, seinen Triumph auszukosten. Er brachte das Skelett an die Oberfläche, wobei auch der andere Fuß und einige kleine Knochen verlorengingen.

»Oh, oh, oh.« Der Junge kam begeistert schreiend auf ihn zugerannt.

»Reicht das als Aufregung?« fragte Tonneman. »Und du behauptest, daß nie etwas passiert, wenn du dabei bist.«

»Mutter, Vater«, rief Conraet. »Kommt schnell. Seht, was

Tonneman gefunden hat. Es ist besser als ein Wal.« Der Junge kniete neben den Knochen und betrachtete sie durch das Glas. »Seht doch, Tonneman. Ein kleiner Fisch.«

Antje kam heraus und schaute zu, während Tonneman dem Jungen das Glas aus der Hand nahm und das Skelett und die Fetzen der Kleidung untersuchte. Dann widmete Tonneman seine Aufmerksamkeit dem auffälligsten Gegenstand: Verhakt zwischen den Rippen war der Rest des Silbergürtels. Die Silberstücke hingen an einem zerbrechlichen Glied herunter. »Löwen«, sagte er. »Ein Trupp von Löwen.«

»Ein Rudel Löwen«, bemerkte Antje, die Tonneman über die Schulter sah.

»Was habt ihr da?« rief ten Eyck, als er auf sie zuging. »Oh, Scheiße, doch nicht noch ein Toter?«

»Darauf kannst du Gift nehmen, wenigstens das, was übrig ist. Conraet, geh los und suche Pos. Wahrscheinlich ist er im Gefängnis und schnarcht. Sag' ihm, er soll David Mendoza holen und herbringen und einen Wagen, sie werden einen Wagen brauchen. Kannst du das behalten?«

Der Junge freute sich, eine wichtige Aufgabe erledigen zu dürfen und rannte zum Rathaus.

Ten Eyck starrte auf den weißen Haufen, der einmal ein Mensch gewesen war. »Und? Haben die Knochen dir eine Antwort geliefert?«

»Nein, nur weitere Fragen.« Tonneman stand auf. »Falls dies Benjamin Mendoza ist, und ich glaube, er ist es.«

»Weißt du, wer ihn getötet hat?«

»Antje, wenn ich das wüßte, könnte ich den ganzen Tag unter meiner Weide sitzen und die Grashalme zählen. Benjamin Mendoza verschwand im Dezember ungefähr zur gleichen Zeit, als Hendrik so unruhig wurde. Wißt Ihr noch? Er trank zuviel, war immer in scheußlicher Laune. Aber Hendrik starb erst im Juli. Was geschah im Dezember? Tötete Smitt Benjamin Mendoza und warf ihn in den Oost Rivier?«

»Hendrik war kein Mörder«, sagte ten Eyck.

»Ganz meine Meinung.«

Es dauerte nicht lange, bis der kleine Conraet mit Pos zurückkehrte, gefolgt von Abraham und David Mendoza, die ein Pferd vor einem Wagen führten.

Der alte Mann blieb ein wenig abseits stehen, wiegte sich vor und zurück und ließ einen Singsang vernehmen.

David kniete nieder und befühlte den Silbergürtel. »Das war der Gürtel meines Bruders. Das war Benjamin Mendoza.« Er zerrte an seiner rechten Mantelseite, doch das Material wollte nicht nachgeben. Rasend, mit Tränen in den Augen, zerrte er noch einmal, bis endlich der erforderliche Riß gemacht war.

»Ich wußte es, ich wußte es«, schrie Abraham. »Benjamin, mein Sohn.« Auch er riß an seiner Kleidung. Jetzt sangen beide das Kaddisch, das Totengebet.

Der kleine Conraet starrte die seltsamen Hebräer unverhohlen an. Antje nahm den Jungen an der Hand, und die Familie ten Eyck zog sich zurück.

Tonneman trocknete sich mit seinem Hemd ab, während er mit Pos wartete, der dieses eine Mal still war. Sein Blick ging zum *Strand*. Eine Frau mit einem schwarzen Umhängetuch über dem Kopf sah von weitem zu. Sie wandte sich ab und ging schnell die Straße hinunter. Racqel Mendoza, dachte er. Sie war es bestimmt. Die Witwe Mendoza. Das Blut rauschte in seinen Adern. Er wollte es hinausschreien: *Witwe Mendoza.*

»Wie konnte er ins Wasser fallen?« fragte Abraham. Das Gesicht des alten Mannes war grau vor Schmerz.

»Er ist nicht hineingefallen«, sagte David. »Er bekam einen Schlag auf den Kopf, siehst du nicht?«

»Ich fürchte, Ihr Sohn hat recht, Heer Mendoza.«

»Aber wer hat das getan? Wer hat Benjamin getötet?«

Tonneman zog die Schultern hoch.

David Mendoza betastete vorsichtig die Lumpen, die am Skelett hingen.

Abraham schluchzte. »Mein Sohn, mein Sohn.«

Davids dunkle Augen waren stumpf vor Trauer. »Wir nehmen meinen Bruder jetzt mit, Heer Schout.«

Tränen strömten Abraham über das verrunzelte Gesicht in den grauen Bart. »Wenn Benjamin ermordet wurde, können wir ihn nicht einmal mit dem Totenhemd bekleiden.«

»Er muß in diesen verdorbenen Kleidern begraben werden«, erklärte David Mendoza Tonneman und Pos. »Das Blut des Erschlagenen schreit zu Gott um Rache und darf nicht verborgen werden, wenn der Tote vor Ihn tritt.«

»Wir müssen uns beeilen«, drängte der alte Mann, der sich ein wenig gefaßt hatte. »Die Beisetzung muß sofort stattfinden. Bevor der Sabbat beginnt.«

»Ich helfe Euch, ihn zum Wagen zu tragen«, sagte Tonneman.

»Ich mache das«, erwiderte David. »Vielen Dank für Eure Freundlichkeit.« Als David niederkniete, um Benjamins Überreste in ein weißes Leinentuch zu hüllen, machte Abraham Anstalten zu helfen. »Nein, Vater, ich mache das. Es gibt keinen Grund, daß Ihr ihn berührt. Laßt mich nur machen.«

Der alte Mann trat zurück, während David die Gebeine zum Wagen trug.

Tonneman zog sein Hemd an und stieg in die Stiefel. Antje und ten Eyck kamen zu ihm heraus. »Wie traurig für sie«, meinte Antje. »Na ja, Ihr könnt Euch jetzt wenigstens sicher sein, daß Benjamin Mendoza tot ist.«

»Das war der leichte Teil.« Tonneman biß sich auf die Lippe.

»Kommt«, sagte Antje, »Ihr habt für Eure Arbeit heute ein Glas Bier verdient.«

Tonneman hing seinen eigenen Gedanken nach. »Was wäre«, bemerkte er nachdenklich, »wenn Hendrik gesehen hätte, wie jemand Benjamin Mendoza ermordete?«

»Ja«, sagte Antje. »Ja. Und wenn der Mörder, um ihn am Reden zu hindern, Hendrik getötet und einen Selbstmord vorgetäuscht hätte?«

»Das ergibt einen Sinn, einen furchtbaren Sinn«, äußerte ten Eyck.

»Aber warum im Juli?« fragte Tonneman. »Warum nicht im Januar? Zuviel Zeit ist vergangen ... es sei denn, der Mörder war jemand, den Hendrik gut kannte, ein Freund. Und der Freund glaubte, er könne sich darauf verlassen, daß Hendrik schwieg.«

Antje schüttelte den Kopf. »Aber Hendrik war ein guter Mann. Er hätte so ein schlimmes Geheimnis nicht für sich behalten können.«

»Weshalb er anfing, so maßlos zu trinken«, sagte ten Eyck.

Tonneman nickte. »Und im Juli kam der Freund zu dem Schluß, Hendrik nicht mehr trauen zu können.

60

FREITAG, 5. SEPTEMBER. SPÄTERER NACHMITTAG.

Racqel spürte, daß ihr schrecklicher Alptraum sich dem Ende näherte. Sie folgte Benjamins Sarg, wie es für eine Witwe vorgeschrieben war, mit einem schwarzen Umhängetuch, das den Kopf bedeckte.

Abraham hatte erklärt, daß heute, an dem Tag, an dem die Gebeine gefunden worden waren, Benjamins Todestag sei. Und obwohl von Benjamin nichts als Knochen übrig war, bestand Abraham darauf, alle Riten einzuhalten. Sie hatte gehört, wie er David anwies, die Gebeine in warmem Wasser waschen und mit duftenden Kräutern behandeln zu lassen.

Dann wurde Benjamin wieder mit den Lumpen bekleidet, in denen man ihn gefunden hatte. Ein Gebetsschal wurde um seinen Hals gelegt, und er wurde in den Sarg gebettet. Dann waren sie siebenmal um den Sarg geschritten und hatten den Gesang gegen die Plagen gesungen. Sie hatte die leeren Augenhöhlen des Totenschädels betrachtet und irgendein Zeichen des Mannes gesucht, den sie gekannt hatte. Nichts, dennoch wußte sie in ihrem Herzen, daß er es war.

Während die Trauernden auf Umwegen durch die Straßen zogen, damit sich möglichst viele Menschen dem Leichenzug anschließen konnten, stöhnte und schluchzte Sara Cardoza, das Klageweib, und verkündete, was für ein guter Mensch Benjamin gewesen war.

Weil es keine anderen gab, hatte Asser Levy als Vorsteher der jüdischen Gemeinde Isadore Korbonski und den kleinen Afrikaner engagiert, Flöte zu spielen und mit dem Klageweib zu gehen, wie es der Brauch war.

David war mit den beiden Spitzbuben nicht einverstanden. In seinen Augen war Korbonski kein Jude, und über den kleinen schwarzen Barbaren brauchte man gar kein Wort zu verlieren, doch er wehrte sich nicht gegen Asser Levys Entscheidung. Abraham hatte die Einhaltung aller Vorschriften verlangt, es mußte aber in Eile geschehen, bevor die Sonne unterging und der Sabbat vor der Tür stand. Nach jüdischem Gesetz durfte an diesem heiligen Tag kein Begräbnis stattfinden.

Racqel hielt den Kopf gesenkt, nahm aber dennoch gewisse Leute wahr: Lubbertus van Dincklagen, Joost Zoelan, Jan Keyser, Nicasius und Geertruyd de Sille. Nur Heer van Dincklagen zog respektvoll den Hut.

Schließlich zogen sie durch die Waterpoort und gelangten zu dem kleinen jüdischen Friedhof, der nach langem Streit zu Beginn des Jahres 1656 eingerichtet worden war, etwa ein Jahr nach der Ankunft der dreiundzwanzig.

Wasser wurde gebracht, Hände wurden gewaschen, und sie gingen hinein.

Abraham schrie seinen Schmerz heraus und riß zum Zeichen der Trauer einen handbreiten Schlitz in die rechte Seite seiner Kleidung, und David tat es ihm nach.

Das Klageweib jammerte.

Tränen strömten über Racqels Wangen, und auch sie riß über der rechten Brust einen Schlitz in ihre Kleider.

»Möge er in Frieden an seinen Ort gelangen«, sagte Abraham, während der Sarg hinabgelassen wurde.

»Möge er in Frieden an seinen Ort gelangen«, wiederholten Racqel und die anderen. Der Reihe nach streuten Abraham, David und Racqel drei Hände voll Erde auf den Sarg. Danach taten die anderen das gleiche.

Abraham und David sprachen das besondere Kaddisch.

Wieder wurde Wasser gebracht, wurden Hände gewaschen. »Unsere Hände haben dieses Blut nicht verschüttet, noch haben unsere Augen es gesehen«, sagte jeder der Trauernden.

Abraham und David legten ihre Hände über die Augen. »Er wird den Tod für immer vernichten«, sagte Abraham mit brechender Stimme.

»Ja«, sagte David. »Der Herrgott wird die Tränen von jedem Gesicht wischen.«

Nicht von meinem Gesicht, dachte Racqel. Worin besteht mein Leben jetzt? Solange ich das nicht weiß, werde ich noch viele Tränen weinen. Als sie den Friedhof verließen, warf sie ein wenig Erde über die Schulter. »Er weiß, daß wir Staub sind.«

61

SAMSTAG, 6. SEPTEMBER. FRÜHER MORGEN.

Die Dämmerung an diesem Tag, an dem die Katastrophe hätte geschehen können, kündigte sich mit einer dunstigen, rosa Färbung an, lieblich und mit einer Ahnung von Kälte.

Ein Hahn krähte und dann ein anderer.

Tonneman saß auf seiner Veranda, rauchte und lauschte auf die morgendlichen Geräusche, die Hähne, Venus, die leise in ihrer Box wieherte, einen bellenden Hund, schwatzende Möwen, die wiederbelebten Stimmen der Menschen und die Mühlen, die wieder mahlten. Ja, das waren Geräusche, für die es sich lohnte, früh aufzustehen. Was er nicht hörte, war ebenfalls wichtig. Keine Klänge von Kriegsvorbereitungen. Nicht das Gefühl, zur Schlacht antreten zu müssen.

Es war eine wiedergeborene Stadt.

Und er war ein wiedergeborener Mensch mit einer Hoffnung im Leben; er war sich darüber klar geworden, daß Racqel Mendoza ungeachtet aller Hindernisse seine Frau werde müsse. Seine Pfeife war ausgegangen. Er stand auf, legte sie hinter die Tür und machte sich auf den Weg zum Noordt Rivier.

Die liebliche Musik des Mahlens, die er von der Alten Mühle hörte, verriet ihm, daß wieder Weizen aus dem Norden eintraf. Bald würde alles wieder seinen gewohnten Gang gehen. Nun, nicht ganz. Es würde keinen Heer Generaldirektor Stuyvesant und keinen Heer Schout Tonneman mehr geben.

Sein Ziel an diesem Morgen war die Spitze der Insel unterhalb vom Fort, aber da er noch kein Frühstück zu sich genommen hatte, ging er zunächst auf den Breede Wegh zu. Zum erstenmal war er aus dem Haus, bevor Vrouw Root ankam. Die arme Frau, sie würde außer sich sein.

Auf dem Breede Wegh waren schon viele unterwegs. Viele Geschäfte hatten für die Kundschaft geöffnet, auch die *Blaue Taube* und Lichtmans Bäckerei. Er ging in die Bäckerei. »Guten Morgen, Lichtman.«

»Guten Morgen, Heer Schout. Nehmt ein Stuiverbrötchen.«

»Danke.« Er kramte in seiner Jackentasche nach der Geldbörse. »Teufel auch, wo habe ich nur meine … Ich muß morgen bezahlen. Ich habe …«

»Macht nichts. Geht auf mich. Gute Größe, hm? Frischer Weizen. Habt Ihr jemals so was gekostet?«

»Sehr gut.« Tonneman ließ sich das Weizenbrötchen schmecken. »Es ist ein guter Tag, nicht wahr?«

»Nicht schlecht«, sagte Lichtman.

»Wißt Ihr, wie man Sauerteigfladen macht?«

»Raus«, rief der Bäcker lachend und bediente einen anderen Kunden.

Tonneman tauschte Morgengrüße mit seinen Neu-Amsterdamer Mitbürgern, denen er auf dem Breede Wegh begegnete. Alle waren aufgeregt, neugierig und ein klein wenig besorgt.

»Was meint Ihr, wie es weitergeht, Tonneman?«

»Ich kann auch nur raten.«

»Glaubt Ihr, sie schaffen uns nach England und sperren uns ein?«

»Glaube ich nicht. Warum lassen wir nicht einfach die Sorgen und warten ab, was als nächstes geschieht?«

»Das hört sich gut an. Es wird schon alles in Ordnung gehen.«

»So unser Herrgott will«, antwortete Tonneman. Hör dich reden, dachte er lächelnd. Wie Maria sich gefreut hätte, ihn das sagen zu hören.

Am Ufer gesellten sich Tonneman und die andern zu einer Gruppe am *Strand*, die auf die Bucht hinausschauten. Zwei kleine Boote von der *Guinea* hielten genau auf sie zu.

»Wäre es nicht besser gewesen, vor der Stapelstraat vor Anker zu gehen?« fragte einer.

»Hast du Stroh im Kopf?« griff ihn ein anderer an. »Die Engländer gehen keine Risiken ein. So läßt Nicolls seine Kanonen auf das Fort und seinen Blick auf beide Flüsse gerichtet.«

»Aber es ist doch vorbei? Es kann doch nicht mehr zum Krieg kommen.«

»Es ist erst vorbei, wenn der Mann mit dem Holzbein sagt, daß es vorbei ist«, sagte wieder ein anderer.

»Frage der Taktik. Man merkt, daß du nie in der Armee gewesen bist.«

»Und ich habe es auch nicht vor, danke.«

»Ist gar nicht so schlimm. Der Grund, warum die *Guinea* nicht zur Stapelstraat fährt, ist, daß wir ja unsere Meinung ändern könnten und streitlustig werden. Nicolls will nicht von den vielen Handelsschiffen eingeschlossen werden.«

Im einen Boot zählte Tonneman sechs Engländer außer den zwei Matrosen, die ruderten. Als sie näherkamen, sah er, daß einer der sechs John Winthrop war.

Im zweiten Boot, das von einem Matrosen gerudert wurde, saß ein Mann allein wie ein Fürst. Nicolls persönlich. Inzwischen waren die Engländer aus dem ersten kleinen Boot ausgestiegen. In Nicolls Armen kuschelte sich ein kleiner schwarz-brauner Spaniel, ungefähr zweieinhalb Handbreit hoch.

»Wer ist der Mann?« fragte jemand aus der Menge.

»Das ist Oberst Richard Nicolls, der neue Gouverneur dieses Ortes«, sagte John Winthrop in ziemlich gutem Holländisch.

Tonneman rückte seinen Hut zurecht. Dieser Hund Winthrop konnte also Holländisch sprechen.

Nicolls war gekleidet, wie Tonneman ihn zuvor gesehen hatte, in Gelb. Er trug schwarze Schuhe mit Silberschnallen über weißen Strümpfen. Schweigend musterte die Menge den Obersten, während er den Hund absetzte, zuschaute, wie er sein Bein hob und dann mit den sechs Männern im Gefolge am *Strand* auf und ab ging. Einmal griff er in die linke Tasche seines gelben Rocks, holte ein wenig Schnupftabak heraus, zog ihn in die fleischige Nase ein und nieste zweimal. Wie zur Antwort nieste auch der Hund zweimal. Die Menge kicherte unbehaglich. Nicolls hob das Tier mit den Schlappohren auf, stieg in sein Boot und wurde zurück zum Schiff gerudert.

Enttäuschtes Gemurmel war aus der Menge zu hören, doch dann kündigten das Geräusch von Hufschlägen und eine Staubwolke die Ankunft der sechs holländischen Bevollmächtigten an, gefolgt von Avercamp auf seiner schwarzen Stute. Der kleine Schreiber führte eine Koppel von sechs frischen Pferden für die englischen Gäste.

Die Menschen machten leise bissige Bemerkungen, während die holländischen Bevollmächtigten, die den Engländern den Weg nach der Bouwerie zur Konferenz um acht Uhr zeigen sollten, absaßen.

Unter Gehüstel und Schütteln von Schnupftüchern tauschte man Namen aus. Die sechs Engländer – Robert Carr, George Carteret, John Winthrop, Samuel Willys, John Pinchon und Thomas Clark – lernten die sechs Holländer kennen: John de Decker, Nicholas Varleth, Samuel Megapolensis, Cornelis Steenwyck, Jacques Cousseau und Oloff Stevensen van Cortlandt.

Weder Nicolls noch Stuyvesant sollten an der vorbereitenden Sitzung teilnehmen.

Die Engländer verneigten sich huldvoll vor den Städtern.

Van Cortlandt, der einzige holländische Bevollmächtigte, der Englisch konnte, sprach. »Sollen wir aufsitzen oder wünscht Ihr eine Gelegenheit, Euch die Beine zu vertreten? Es wäre ein Vergnügen für die Leute, wenn wir ein Stück zu Fuß gingen und sie Euch betrachten könnten.«

»Unbedingt«, sagte Winthrop. »Gehen wir zu Fuß, wenigstens bis zum Wall.«

Tonneman kniff die Augen zusammen. Bis zum Wall, hört, hört. Dieser Johnnie kannte diese Stadt recht gut. Der listige englische Hund mußte seine Zeit hier im Jahre 1661 gut genutzt haben.

Mit van Cortlandt an der Spitze führten die englischen

und holländischen Vertreter ihre Pferde über den Breede Wegh. Die Menge schloß hinter ihnen auf und rief den holländischen Bevollmächtigten Ratschläge und Anregungen zu.

»Schlagt etwas für uns heraus, de Decker. Wir rechnen mit Euch.«

»Wir bauen auf den Herrn, Prediger, und auf Euch.«

»Und, van Cortlandt, wenn die Engländer nicht mit guten Bedingungen kommen, findet sie ab.«

Sogar Zuckermund und ihre Mädchen hatten am Breede Wegh Stellung bezogen. Desgleichen Korbonski mit seiner Fiedel und der bärtige Zwerg Lizard mit seinem Kapuzineräffchen. Es hatte den Schwanz um das Bein des Zwergs gerollt, und es tippte immer wieder an seine rote Mütze, während die Leute vorbeigingen.

Der große Mann und sein kleiner Gefährte spielten, was das Zeug hielt, heute jedoch spielte der Zwerg Querflöte statt des Flageoletts und schlug das Tamburin. Zuckermund und ihre Mädchen schwenkten Fächer. Korbonskis alter schwarzer Hut lag auf dem Boden und wartete auf Gaben.

»Guten Morgen, Euer Ehren«, rief Korbonski den vorbeigehenden Honoratioren zu, während der Affe plapperte. »Wir haben gerade ein Lieblingslied der Holländer gespielt, ›Bredaer Dünnbier‹. Jetzt wollen wir für unsere vornehmen Gäste, die englischen Bevollmächtigten, ein englisches Lieblingslied spielen, ›Greensleeves‹.«

»Wenn Ihr das nächste Mal hier seid, fragt einfach nach dem roten Zelt«, rief Zuckermund. »Jeder weiß, wo man es findet.«

Als Tonneman an ihr vorbeiging, drohte er der Kupplerin mit dem Finger, blieb aber nicht stehen, um sie streng zu tadeln.

»Was bist du denn schon so früh aus den Federn, Zuckermund?« rief jemand.

»Bin noch gar nicht im Bett gewesen«, antwortete sie.

»Wer's glaubt, wird selig«, sagte ein anderer und wurde mit Gejohle und Geschrei ermuntert.

Die zwölf saßen an der Breedeweghpoort auf und ritten davon, während die meisten Leute in einer Staubwolke zurückblieben.

Einige Bürger folgten der Gruppe über den Wall hinaus, auf Stuyvesants Bouwerie zu, wo die sechs Holländer und ihre englischen Gegenstücke die Übergabebedingungen erörtern wollten. Dieser Vertrag betraf ihr Leben und würde etwas sein, von dem man den Enkelkindern erzählen könnte. Auch Tonneman wollte das Ereignis nicht versäumen, doch er würde nicht zu Fuß hinterhergehen und den Staub der Reiter schlucken. Er würde ein wenig abwarten und dann hinausreiten.

Endlich ist es vorbei, dachte er, als er zurück zur Pavelstraat ging, um Venus zu holen. Von jetzt an würde Frieden herrschen. Die Pavelstraat war verlassen. Alle befanden sich auf dem Breede Wegh oder bei der Bouwerie, um zu warten, was die Engländer als nächstes tun würden.

Alle bis auf Joost Zoelan. Der *Birnbaum* war verrammelt und verriegelt. Etwas an der tiefen Stille, die über dem Wirtshaus lag, brachte Tonneman auf den Gedanken, daß Joost vielleicht nicht mehr unter den Lebenden war.

62

SAMSTAG, 6. SEPTEMBER. MORGEN.

Der kleine Conraet lief auf die Straße hinaus. Seine Mutter hatte ihn gebeten, seinen Vater oder Tonneman im Rathaus zu suchen, damit sie sofort die Witwe Wilbruch kommen ließen.

Aber im Rathaus war niemand, nur zwei betrunkene Soldaten, die schlafend auf der Veranda lagen. Genaugenommen war nirgendwo jemand zu sehen, obwohl er von Norden her Geschrei hören konnte.

Er mußte etwas erledigen; seine Mutter hatte wahnsinnige Schmerzen, und er konnte nicht mehr tun, als ihr helfen, ins Bett zu kommen. Was sollte er machen? Er mußte Hilfe finden.

Der Junge rannte die Pavelstraat hoch, auf ein bekanntes Gesicht hoffend. Niemand. Vor dem Haus der Peysers blieb er stehen und rief: »Jemand da?« Der einzige Lohn für seine

Mühe war, daß ihn ihr Hund ankläffte. Unsicher und inzwischen voller Angst, machte er kehrt und rannte in die entgegengesetzte Richtung.

Als Conraet zur Twillerstraat kam, stürzte sich ein schwarzweißer Vierbeiner auf ihn, sprang an ihm hoch, jaulte und leckte die Hand des Jungen wie ein alter Freund. Caleb, Vrouw Mendozas Hund. Conraet drückte das Tier an sich, und der Hund schleckte ihm das ganze Gesicht ab. Vrouw Mendoza würde ihm helfen. Er hob das Schlappohr des schmutzigen Köters. »Wo ist dein Frauchen?«

Als hätte er ihn gehört und verstanden, rannte Caleb bellend weg, blieb stehen, sah nach, ob Conraet ihm folgte, was der Junge tat, und lief so den ganzen Weg bis zum Jodensteeg.

Racqel stand auf der Haustürschwelle des frisch gestrichenen roten Hauses und blickte hinaus. Die junge Witwe trug das Umhängetuch über dem Haar und dasselbe dunkelbraune Kleid, das sie am Tag davor zur Beerdigung ihres Mannes getragen hatte. Der Morgen war kalt und klar. Der leichte Tau roch lieblich. Sie hörte das Mahlen und Quietschen von der Alten Mühle her, wo John Woods' Pferde sich unermüdlich im Kreis schleppten. Durch dieses Geräusch drang Calebs schrilles Kläffen. Ganz in der Nähe. Sie lächelte. »Caleb.«

»Geh von der Tür weg«, rief David von drinnen. »So benimmt man sich nicht während der Schibah. Du vergißt deine Pflicht.«

Ihr lag schon eine scharfe Antwort auf der Zunge, doch sie blieb davor bewahrt, sie auszusprechen, als sie Caleb entdeckte, der hin und her lief, und hinter ihm den kleinen ten Eyck, stolpernd und weinend.

Ohne zu überlegen, ging Racqel ihm entgegen.

»Bitte«, rief Conraet, als er Racqel sah. Er lief auf sie zu, Caleb ihm immer noch bellend auf den Fersen. Der Junge klammerte sich an Racqels Röcke. »Bitte, meine Mutter ...« Sein Gesicht war von Schmutz und Tränen verschmiert.

Sie kniete neben ihm nieder. »Das Kleine?«

Er nickte eifrig und versuchte, die Tränen hinunterzuschlucken. »Ich kann meinen Vater oder Tonneman nicht finden. Meine Mutter braucht die Witwe Wilbruch. Die finde ich auch nicht. Meine Mutter ist sehr krank. Sie hat starke Schmerzen.«

Racqel stand auf. »Warte hier einen Augenblick.« Sie strich dem Jungen über den Kopf.

»Was hast du vor?« fragte David, als sie an der guten Stube vorbeiging, wo die Schibah gehalten wurde.

Da sie sich nicht darum kümmerte, was er sagte oder tat, antwortete sie nicht. In der Waschküche bog sich ein großer Tisch unter den Früchten und süßen Kuchen, die die Nachbarn gebracht hatten.

Als sie gestern nach den sieben rituellen Unterbrechungen auf dem Weg nach Hause gekommen waren, hatte Vrouw Levy ein Mahl aus hartgekochten Eiern, Linsen und Brot für sie bereitet. Und das war's. Benjamin war tot und begraben, und jetzt hatte die Schibah begonnen. Und ihr Leben? War dies das Ende oder der Anfang?

Jetzt war nicht die rechte Zeit für selbstsüchtige Gedanken. Unter dem Tisch war der Besteckkasten ihres Vaters. Sie bückte sich danach.

»Was machst du da?« David war ihr gefolgt.

»Vrouw ten Eyck bekommt ihr Kind.«

»Was hat das mit dir zu tun?«

»Sonst ist niemand da.«

»Du gehst nicht aus dem Haus. Es ist Sabbat. Wir sind in Trauer. Hast du keine Gefühle? Der Herrgott hat uns schon einmal bestraft. Willst du Ihm Grund geben, uns noch einmal zu strafen?«

»Hast *du* keine Gefühle, Bruder? Gott wird uns nicht strafen, weil wir jemandem in Not helfen. Das ist meine Entscheidung, nicht deine.« Sie hatte den Kasten; sie hielt ihn mit zwei Händen vor sich und machte Anstalten zu gehen.

»Du wagst es, Urteile für Gott zu treffen? Ich verlange, daß du bleibst. In Gottes Namen, zur Ehre meines Bruders.«

»Lass' mich gehen, David. Ich muß gehen. Der Junge sagt, sie hat starke Schmerzen.«

»Dann lass' ihn zu Witwe Wilbruchs Lazarett gehen«, schrie er.

»Was ist das?« Der alte Abraham kam in die Waschküche. »Wie könnt ihr es wagen, zu dieser Zeit die Stimmen gegeneinander zu erheben?«

»Vater, sie geht weg, um den Gojim zu helfen.«

»Racqel?« Der alte Mann wirkte eingefallen und verwelkt. Der Verlust seines Sohnes hatte ihn um Jahre älter gemacht. »Darf das sein?«

»Vrouw ten Eyck bekommt ihr Kind.«

»Sollen ihre eigenen Leute ihr helfen«, meinte Abraham. »Du gehörst hierher.«

»Es ist sonst niemand da.« Sie schob sich entschlossen an David vorbei.

»Wenn du gehst«, stieß David hervor, indem er ihr mit der Faust drohte, »wirst du in diesem Haus nicht mehr willkommen sein!«

Racqel blieb in der Tür zur Waschküche stehen.

Abraham sah Conraet an, der gegen die Tränen ankämpfte. Nach einer Weile sprach der alte Mann. »Geh, meine

Tochter! In meiner Trauer vergaß ich Gottes Gebot, Gutes zu tun. Ich habe mich geirrt.« Er lächelte gütig. »Wenn du einen einzigen Menschen rettest, so rettest du die ganze Welt. Geh! Was du tust, ist eine gute Tat.«

David verdrehte die Augen. »Wie kannst du sagen …«

»Schweig' still, David. In diesem Haus wird es keinen Zorn mehr geben. Das ist mein letztes Wort.«

63

SAMSTAG, 6. SEPTEMBER. MORGEN.

Mit dem kleinen Conraet an der Seite und Caleb dicht hinter sich eilte Racqel über die verlassene Pavelstraat zum Coentiessteeg. Der Junge und der Hund liefen jetzt vor ihr her. »Schnell«, rief Conraet. Caleb tanzte aufgeregt und bellte.

Die Haustür stand offen, und drinnen war zunächst alles still. Zu still. Dann das Stöhnen. Der Hund blieb bei dem Geräusch stehen und legte sich auf die Veranda.

Conraet eilte ins Schlafzimmer. »Mutter, ich habe Hilfe gebracht.«

Antje lag auf dem Rücken im Bett, sich windend vor Schmerzen, in Schweiß gebadet. »Es ist fast da. Die Fruchtblase ist geplatzt. Wasser steht auf dem Feuer, in dem großen Topf ...«

Racqel verwandelte sich sofort in die, die sie immer gewesen war, die Arzttochter. Sie schob die schöne Silberschale und die silbernen Leuchter beiseite und stellte den Kasten auf das Tischchen. »Conraet, sieh' nach, ob das Wasser fertig ist. Es muß kochend heiß sein.«

Der Junge sah einen Moment seine Mutter an, dann ging er ohne ein Wort hinaus, um zu tun, worum Racqel ihn bat.

»Legt Euch bequem hin«, sagte Racqel leise. Sie beugte sich über Antje und zog ihr das weite Kleid aus. »Antje, ich brauche Tücher.«

»In dem ...« Antje schrie. »Oh, die Schmerzen.« Sie biß sich auf die Lippen. »Der große Schrank in der guten Stube. Ich wollte gerade ein ...« Sie schrie wieder. Auf ihrem Gesicht standen Schweißperlen.

Racqel riß schnell den Saum ihres eigenen Unterrocks ab, tauchte den Stoffetzen in einen Wasserkrug auf dem Tisch neben dem Bett und wischte Antjes Stirn ab. Die Frau glühte. In der Schlafkammer war es stickig; es kam keine Luft herein. »Ich bin gleich wieder da.« Sie ging in die gute Stube. Im Schrank fand sie weißen Musselin und daneben auf einem Hocker ein Nähkästchen. Sie brauchte Zwirn und Schere. Als sie mit dem Stoff und dem Nähkästchen zu Antje zurückkam, fand sie Conraet vor, der Fliegen von seiner Mutter wegfächelte.

Antjes Zähne bissen fest auf die Lippen. Racqel konnte sehen, wie groß ihre Schmerzen waren und daß sie versuchte, sich vor dem Jungen nichts anmerken zu lassen. Ein Blick auf Conraet verriet ihr jedoch, daß er es ganz genau wußte. Er lächelte sie tapfer an. »Dauert es jetzt noch lange?«

»Nein«, sagte Racqel und betete, sie möge recht haben. Sie rollte die Ärmel ihres Kleides über die Ellbogen auf und öffnete den Kasten ihres Vaters, um ein Mittel zu finden, das Antjes Qual lindern würde.

Plötzlich drehte Antje den Kopf auf die Seite und übergab sich. »Oh, oh«, sagte sie verzweifelt. »Dieses wird sich Zeit lassen. Ich weiß es. Genau wie Conraet.« Sie wandte sich an ihren Sohn. »Ich liebe dich, mein kleiner Mann, aber du hast mir wirklich solche Schmerzen bereitet.« Sie fiel in eine leichte Ohnmacht.

Racqel wischte Antjes Gesicht ab, dann vertiefte sie sich in den Ärztekasten. Sie zog zwei seidene Päckchen heraus. Weidenrinde gegen den Schmerz und rote Himbeerblätter gegen den Brechreiz. »Conraet, kannst du einen Tee kochen?« Sie reichte ihm die Himbeerblätter.

Der Junge strahlte. »Ja, das kann ich.« Er lief aus der Kammer.

»Mach' ihn stark«, rief sie ihm nach.

Sie breitete den Musselin am Fußende des Bettes aus und wusch Antjes Gesicht wieder ab. Antje schlug die Augen auf. Ihre Fäuste waren geballt. »Ihr seid eine gute Frau, Racqel. Eine gute Freundin.« Ihr Körper krümmte sich vor Schmerz.

Bald brachte der Junge ein Tablett mit einer Zinnkanne, zwei Tassen und zwei Löffeln. Racqel gab die Weidenrinde in die eine Tasse und goß ein wenig von dem starken Tee darüber, dann blies sie darauf, um es abzukühlen. »Trinkt das aus. Es ist gegen den Schmerz.«

Mit Mühe hob Antje den Kopf und tat, was Racqel sie hieß. »Oh, das ist scheußlich.«

»Alles. So ist es richtig.« Racqel goß Tee nach und hielt die Tasse, damit Antje trinken konnte.

Antje stieß stöhnend die Tasse weg. »Zu heiß.«

»Trinkt. Es ist gut für Euch. Es beschleunigt die Wehen und hemmt den Brechreiz.«

Antje trank, dann fiel sie auf die Kissen zurück, während der Schmerz nachließ.

»Wo sind eigentlich alle?« fragte Racqel.

»Bei den Engländern«, belehrte sie Conraet.

Antje schwieg. Racqel berührte ihre Stirn. Sie war kühler. Sie schlief.

»Tonneman ist ein guter Mann«, flüsterte Antje heiser.

»Ich dachte, Ihr schliefet«, sagte Racqel, während sie Antjes Gesicht mit dem nassen Tuch abwischte.

»Ihr wißt es, nicht wahr?«

»Ich weiß es.«

Antje tastete nach Racqels Hand und drückte sie. »Er liebt Euch, er möchte Euch heiraten.«

»Ich bin Jüdin.«

»Das macht ihm nichts aus. Zwei Menschen, die allein sind, die einander mögen, sollten gemeinsam ein Leben aufbauen können. Dies ist die Neue Welt.«

»Ach, Antje, ich wollte, es könnte so einfach sein.«

Antje lächelte und drückte die Hand fester, als der Schmerz wiederkam. »Leben ist für die Lebenden«, keuchte sie. »Ein Geschenk Gottes.«

»Ihr habt das Geschenk von Gott«, sagte Racqel. »Ich beneide Euch.«

»Nein, das tut Ihr nicht«, sagte Antje mit einem verzerrten Lächeln. Dann stöhnte und schrie sie. »Oh, mein Gott, der Schmerz, mein Kind.«

Racqel wischte ununterbrochen Antjes Stirn und redete leise auf sie ein. Bald würde es soweit sein. »Kannst du den Wassertopf tragen?« fragte sie Conraet.

»Ja.«

»Dann hol' ihn bitte.« Sie fuhr fort, Antjes Gesicht zu wischen und versuchte angestrengt, sich zu erinnern, wie sie ihrem Vater bei anderen Geburten geholfen hatte. Allein hatte sie es noch nie gemacht.

Conraet schleppte mühsam den großen schwarzen Kessel voll dampfenden Wassers in die Kammer. Der Kessel, der beinahe halb so hoch wie der Junge war, verdeckte seine Beine und berührte fast den Boden. Der Kessel wackelte, als er ihn hereintrug, und ein wenig Wasser schwappte über. »Pass' auf. Verbrenne dich nicht.«

»Ich passe auf. Ist das genug?«

»Mehr als genug. Stell' ihn auf den Boden neben das Bett. Danke. Nimm jetzt Caleb und warte im Hof.«

»Muß ich?«

»Ja. Geh bitte!« Als er fort war, wusch sie Antje gründlich.

Es ging los. »Antje, wenn das Kind drückt, müßt Ihr pressen und drücken.«

»Ich weiß, ich weiß.«

Racqel drückte leicht auf Antjes Bauch. Die Wehen kamen in kürzeren Abständen. Endlich kam ein Stoß, und das Kind zeigte sich, doch es war falsch. Ganz falsch.

Das Kleine meldete sich falsch. Die Füße zeigten sich, nicht der Kopf. Sie würde es drehen müssen. Racqel wusch sich die Hände im heißen Wasser, wie ihr Vater es sie gelehrt hatte. Dann, während ihre linke Hand von außen auf den Bauch drückte und lenkte, führte sie die rechte Hand ein, um das Kind zu drehen.

Das Kind rutschte aus ihrem Griff. Schweiß strömte unter Racqels Haube hervor und über ihr Gesicht. Sie trocknete die rechte Hand an einem Stück Musselin ab und versuchte es erneut. Behutsam hielt sie den winzigen Körper fest, um ihn nicht wieder zu verlieren, jedoch nicht so kräftig, daß sie ihn verletzen könnte.

Sehr vorsichtig drehte sie den Körper herum.

Jetzt kam der Kopf richtig. Antje stöhnte einmal und wurde ohnmächtig. »Laßt mich jetzt nicht allein, Antje. Ich brauche Eure Hilfe. Antje?«

Stöhnend kam Antje wieder zu sich und preßte. Racqel konnte beinahe fünf Zoll des Kopfes sehen. Sie legte die linke Hand über den Kopf des Kindes und die gekrümmten Finger der rechten Hand zwischen Antjes Beine, um das Kinn des Kindes zu fühlen, das noch in Antjes Körper war; so konnte sie den Fortgang kontrollieren.

»Kräftig pressen«, gab Racqel an. »Jetzt aufhören. Kräftig pressen ...«

Antje keuchte. »Er kommt.«

»Jetzt ist es gut«, sagte Racqel. Als der Kopf da war, übte sie einen sanften Druck darauf aus. Dann kamen die Schultern. Sie hob den Kopf langsam, und der Rest des Körpers glitt ohne Schwierigkeit heraus, gefolgt von der Nachgeburt. »Gelobt sei Gott«, flüsterte Antje und fiel in die Kissen zurück.

»Gelobt sei Gott«, sagte Racqel. Sie weinte, als sie die Nabelschnur mit Zwirn an zwei Stellen abband, wie ihr Vater es ihr gezeigt hatte, so nahe wie möglich am Bauch des Kindes.

Als sie mit zitternden Händen die eiserne Schere fallenließ und diese zerbrach, war Conraet schnell wie der Wind mit einem Messer da. Racqel hatte nicht gemerkt, daß er wieder in die Kammer gekommen war. Sie nahm das Messer, lächelte den Jungen an und schnitt, wieder wie ihr Vater es ihr gezeigt hatte, die Nabelschnur zwischen den Zwirnknoten ab.

»Wie hat Gott mich gesegnet?« fragte Antje leise.

»Ein gesunder Junge.« Racqel legte das Kind auf den Musselin und säuberte vorsichtig Nase, Mund und Hals von Schleim. Sie gab ihm einen kleinen Klaps auf den Po. Der Säugling gab einen ärgerlichen Schrei von sich, und die zwei Frauen strahlten einander an.

Dann wusch Racqel dem Kleinen Blut und Nachgeburt ab und wickelte ihn fest in Windeln, damit er sich nicht zu frei bewegen und verletzen konnte. Sie legte das jammernde Bündel in Antjes ausgebreitete Arme. Sein winziger Mund fand Antjes milchgefüllte Brust und verstummte.

Nachdem Racqel Antjes Gesicht gewaschen hatte, säuberte sie sich selbst und rollte die Ärmel ihres Kleides hinunter. Als sie beginnen wollte, den Boden zu putzen, nahm Conraet ihr den Lappen aus der Hand. »Ich mache das.«

Dankbar für seine Hilfe, ließ sich Racqel erschöpft auf einen Stuhl sinken.

Antje starrte in das rote runzlige Gesicht ihres neuen Sohnes. »Nicht so schlecht, was?«

»Er ist wunderschön. Ich muß bald gehen.«

»Vielen Dank. Für alles.« Antje seufzte. »Verzeiht einer Freundin die Einmischung, aber Tonneman braucht Euch. Und ich glaube, Ihr braucht ihn.«

Der Säugling gab Antjes Brust frei, gluckste und schlief sofort ein.

»Armes Kind«, sagte Antje, während sie das feine blonde Haar auf seinem Kopf streichelte. »Er ist wahrscheinlich der erste Holländer an dieser Küste, der als englischer Untertan geboren wurde.«

64

SAMSTAG, 6. SEPTEMBER. MORGEN.

Die Waterpoortstraat ging in die Bouweriestraat über. Das Land erholte sich langsam von der langen Sommerhitze, und das trockene Rascheln der Blätter von den majestätischen Eichen auf beiden Seiten verhieß einen frühen Herbst. Nach einer Viertelstunde in verhaltenem Galopp erreichte Tonneman die Farm Stuyvesants.

Er lenkte Venus durch die breiten, weit geöffneten Tore zu dem Bretterzaun, der die Bouwerie umgab, und ritt auf den großzügigen Hof mitten zwischen die gackernden Hühner.

Die meisten Bürger waren vor ihm angekommen und hatten sich vor dem aus Stein gebauten Bauernhaus des Generaldirektors versammelt. Nur die Juden fehlten, da es ihr Sabbat war.

Das Haus war groß und hatte viele Flügelfenster, ein steiles verpechtes Eichenschindeldach und drei Schornsteine. Links gab es einen Brunnen, rechts eine Birkengruppe.

Nicht weit entfernt stand ein kleineres Haus, ebenfalls aus Stein. Dies war Pieter Stuyvesants Kapelle. Drei Scheunen aus Holz in unterschiedlicher Größe befanden sich auf der anderen Seite der Kapelle.

Stuyvesants Land reichte vom Oost Rivier bis zum Breede Wegh und dehnte sich etwas über eine halbe Meile aus. Er hatte der Kompanie 1651 sechstausendvierhundert Gulden für das Land, ein Haus, eine Scheune, ein Paar Pferde, sechs Kühe und ein junges afrikanisches Paar bezahlt.

Zwei kräftige kurzhaarige Bulldoggen, jede fast acht Handbreit hoch, rannten um die Menschenansammlung herum und bellten diese seltenen Besucher an.

Tonneman saß ab, band Venus an einen niedrigen Ast an einer von Stuyvesants schattenspendenden Ulmen, eilte zur Haustür und klopfte.

»Fort«, rief eine schrille Männerstimme. »Vrouw sagt, daß alle fortgehen sollen.«

»Bitte«, vernahm er die aufgebrachte Stimme von Judith Stuyvesant. »Ihr müßt draußen warten. Befehl des Generaldirektors.«

»Welchen Generaldirektors?« rief jemand in der Menge hinter Tonneman.

»Nicht mehr lange«, sagte ein anderer.

»Generaldirektor a. D.«, bemerkte wieder ein anderer.

Darauf kamen einige Pfiffe, und einer heulte wie eine Eule.

»Frau Stuyvesant, ich bin's, Pieter Tonneman.«

Die Tür wurde von Tobias geöffnet, dem dicken Afrikaner, der immer die Kutsche der Stuyvesants lenkte. Er war in braune Baumwolle gekleidet, die fast die gleiche Farbe wie sein mürrisches braunes Gesicht über dem breiten weißen Kragen hatte. Hinter ihm, ebenfalls in Braun, stand die winzige und normalerweise liebenswürdige Judith Stuyvesant. »Schnell, Tonneman. Die Bevollmächtigten reden in der guten Stube.«

»Und wo ist er?«

»In seiner Kapelle, wartend und betend.«

Die Einrichtung war schlicht: ein guter schwerer Schrank, ein Messingkronleuchter, ein wunderbarer Eichentisch mit einem gewebten Läufer neben dem weißgetünchten Kamin. Mehrere Spiegel an den Wänden reflektierten das Sonnenlicht, das durch die vielen Fenster fiel.

Vorsichtig und leise öffnete Vrouw Stuyvesant die Tür zur Stube. Nick de Sille stand gleich dahinter. Er legte seine Finger auf die Lippen, als er Tonneman sah, und machte ihm die Tür vor der Nase zu.

Kochend vor Wut stemmte sich Tonneman dagegen und drückte die Tür auf.

Nick rieb sich die Hand, die den Türgriff gehalten hatte. »Wie schade, daß du mit solcher Stärke und Entschlossenheit am Ende des Kampfes nicht bei uns warst.«

»Was für ein Kampf?« fragte Tonneman spöttisch. »Es waren alles erwachsene Männer, die die Spiele kleiner Jungen spielten. Was machst du hier?«

»Dasselbe könnte ich dich fragen«, sagte Nick. »Pst.« Er hielt wieder den Zeigefinger an die Lippen. »Gouverneur Winthrop spricht.«

Deshalb war Nick hier. Winthrop.

» ... vorerst bleiben Eure Gesetze und Bräuche bestehen.« Fäuste klopften leicht auf den Tisch, während die Bevollmächtigen Platz nahmen. »Mister Stuyvesant wird zurücktreten, desgleichen sein Rat. Und Oberst Nicolls wird stellvertretender Gouverneur für Seine Königliche Hoheit, Jakob, Herzog von York, Bruder Seiner Majestät, König Karls.«

»Gut gemacht«, äußerte die englische Abordnung wiederholt und klopfte auf den Tisch, wann immer Winthrop etwas Neues sagte.

Die meisten Holländer klopften höflich und kurz auf den Tisch oder klatschten knapp. De Silles Beifall war laut und lang.

»Unsere Bürgermeister und Ratsherren werden bleiben, ebenso der Schout – oder Sheriff, wie er jetzt heißen wird.«

Nick blickte verächtlich zu Tonneman. Winthrops Worte überraschten beide völlig. Tonneman hatte nie und nimmer erwogen, daß er Schout bleiben könnte. Nun, ihm würde es recht sein.

»Alle Eure Soldaten werden die Waffen abliefern«, fuhr Winthrop fort. »Jeder, der als Bauer bleiben möchte, wird fünfzig Morgen Land als Geschenk erhalten. Was meint Ihr? Habt Ihr ein paar Krauter in Eurer kleinen Armee?« Er lachte, als wäre das der tollste Scherz. Als kein Gelächter antwortete, räusperte er sich und fuhr fort. »Diejenigen, die dieses Geschenk lieber nicht annehmen wollen, dürfen in Würde mit ihren Waffen und Fahnen aus dem Fort marschieren.«

»Das alles ist sehr großzügig«, sagte van Cortlandt auf Englisch. »Wir haben allerdings eine Bitte, wenn ich sie vortragen darf.«

»Ja?«

»Die Rotröcke von Neuengland und ’t lange Eylandt. Wenn sie aus der Stadt herausgehalten werden könnten …

unsere Menschen fürchten am meisten, geplündert zu werden.«

»Abgemacht. Wir möchten von Euch nicht für niederträchtig gehalten werden. Sie werden in Breukelen bleiben. Ich verpfände mein Wort, daß es keine Plünderungen und keinen Schaden am Besitz auch nur eines Bürgers geben wird.«

Die Holländer klopften herzhaft auf den Tisch.

»In Ordnung«, sagte Winthrop. »Dann an die Arbeit. Wir fangen von vorne an. Die Artikel der Kapitulation. Artikel eins ...«

Bevor der Nachmittag vorbei war, hatten sie es erledigt.

»Sind wir alle einverstanden?«

»Einverstanden.«

»Kommt nun bitte, wie ich Euch namentlich aufrufe, vor und unterschreibt.«

Alle schienen zufrieden, Engländer wie Holländer, daß sich diese Unannehmlichkeit dem Ende näherte.

Als die sechs Holländer unterschrieben hatten, streute Winthrop Sand auf das Pergament und schwenkte es. »Jetzt unterschreibe ich. John ... Winthrop. Jetzt die Engländer bitte.« Die eifrigen Engländer erledigten schnell ihre Aufgabe.

Nachdem Winthrop wieder Sand gestreut und geschwenkt hatte, lächelte er triumphierend. »Ich werde dieses Dokument Oberst Nicolls zur Unterschrift vorlegen.«

Die Übergabe war amtlich.

Nicasius de Sille sah unter den Engländern aus, als gehörte er zu ihnen in seinen blauen Seidenhosen und dem blauen Seidenrock. Wenn man es nicht besser wüßte, könnte man ihn für den Gastgeber halten, dachte Tonneman. Er beobachtete, wie de Sille sich vordrängte, die Engländer begrüßte und dann sie, ihre Offiziere und unbedingt Oberst Nicolls zu einem Empfang zu ihren Ehren in sein Haus einlud. Seine holländischen Freunde waren selbstverständlich auch eingeladen. »Du auch, Tonneman. Ich bin sicher, du und Oberst Nicolls habt über vieles zu reden. Etwa über einen gewissen vermißten Abgesandten, der von deinem Messer getötet wurde.«

65

SONNTAG, 7. SEPTEMBER. MORGEN.

Es war kalt geworden. Dichter Nebel hing über der Insel, und es nieselte.

Pfarrer Johannes Megapolensis hielt in der steinernen Kirche Gottesdienst. Danach begab sich Pfarrer Samuel Megapolensis zum Rathaus, stellte sich auf die Veranda und verlas die Übergabebedingungen für die Bevölkerung. Pieter Stuyvesants Söhne waren da, doch weder ihr Vater noch ihre Mutter waren anwesend.

Tonneman lehnte sich gegen den Baum vor dem *Birnbaum*. Smitts Todesbaum. Er kratzte den gelben Hund hinter den Ohren, während das Tier in der Erde wühlte. Das Wirtshaus war zum Bersten voll. Man glaubte fast zu sehen, wie sich die Wände nach außen wölbten. Tonneman war mehr als neugierig zu erfahren, wo Joost die ganze Zeit gewesen war, und wenn der junge Samuel erst zu Ende geredet hatte, würde er es herauskriegen, so wahr er Tonneman hieß.

Der gelbe Hund grub etwas aus und schob das schmierige Ding zu Tonneman. Tonneman scheuchte den Vierbeiner weg und konzentrierte sich auf den Prediger, der jetzt bei Artikel zwei angekommen war.

»›Alle Gastwirtschaften sollen weiterhin ihrem bisherigen Zweck dienen.‹«

Ein lauter Freudenschrei kam von den Männern. »Gut gemacht, gut gemacht.«

»›Artikel drei. Alle Personen sollen freie Bürger bleiben und sollen im Genuß ihrer Ländereien, Häuser, Güter bleiben, wo immer sie sich in diesem Land befinden, und frei darüber verfügen.‹«

Der gelbe Hund knurrte leise und sprang davon.

»›Artikel vier. Wenn ein Einwohner wegziehen möchte, soll er ein Jahr und sechs Wochen vom heutigen Tag an haben, um mit Frau, Kindern, Dienern, Besitz wegzuziehen und seine Ländereien hier zu veräußern.‹«

»Na bitte, Keyser!« rief Pos. »Du hast doch immer gejammert, daß die Engländer kommen. Du hast gedroht, ins Vaterland zurückzukehren. Jetzt hast du die Gelegenheit!«

Keyser und Pos hatten jeder einen Humpen Bier in der Hand und schwankten ein wenig in dem leichten Regen. Hinter ihnen schauten Dinck, Feuerwehrhauptmann Claes van der Werff und Wouter Groenveld, der Schulmeister, zu und lauschten schmunzelnd. »Was ist mit dir?« schrie Keyser Pos zu, obwohl sie Nase an Nase standen.

»Ich nicht. Mir gefällt es hier.«

»Bei den Engländern?«

»Wo ist der Unterschied?«

Draußen in der Bucht war der Nebel so dick, daß keine

Schiffe zu sehen waren, außer wenn eine Lampe aufleuchtete.

»›Artikel sechs. Es ist bewilligt worden, daß Personen uneingeschränkt aus den Niederlanden kommen und sich in dieser Kolonie niederlassen dürfen und daß holländische Schiffe ungehindert hierher kommen dürfen und jeder von den Holländern ungehindert nach Hause zurückkehren oder jegliche Art von Waren auf Schiffen seines eigenen Landes nach Hause senden darf.‹«

Die Leute schrien in der nassen Luft. Die Männer schwenkten die Hüte; einige schwenkten ihre Humpen und spritzten Bier auf die Straße. Die Frauen lachten und winkten mit kleinen Schnupftüchern. Der gelbe Hund wühlte ein neues Loch und vergrub seinen Schatz wieder.

»›Artikel sieben. Alle Schiffe aus den Niederlanden und von jedem anderen Ort und die Güter darin sollen hier empfangen und von hier ausgesandt werden, in den folgenden sechs Monaten in der gleichen Weise wie vor unserer Ankunft.‹«

»Was geschieht nach den sechs Monaten?« rief Keyser.

»Du gehst nach Hause und beklagst dich bei den Generalstaaten.«

»›Artikel acht. Die Holländer sollen die Freiheit des Gewissens im Gottesdienst und in der Kirchendisziplin genießen.‹« Der junge Prediger lächelte. »Amen darauf.«

Aus allen Richtungen riefen ihm die Leute inbrünstig Amen zu.

»›Artikel neun. Kein Holländer hier oder holländisches Schiff hier soll bei irgendeinem Anlaß zum Kriegsdienst gegen gleich welche Nation gezwungen werden.‹«

»Auch darauf Amen«, sagte Pos.

Seine Freunde antworteten mit einem ausgelassenen Freudenschrei.

»›Artikel zehn. Daß die Stadtbevölkerung von Manhattan keine Soldaten einquartiert bekommen soll ... ‹«

»Wo hast du gesteckt?«

»Oh, ten Eyck.«

»Ich habe eine Neuigkeit.«

»Was?« fragte Tonneman. Es war so laut, daß er weder ten Eyck noch den Prediger verstehen konnte.

»Ich werde es dir nicht hier draußen erzählen«, sagte ten Eyck. »Du würdest mich sowieso nicht verstehen.« Der Silberschmied packte Tonneman am Arm und führte ihn in den *Birnbaum.* »Zwei Branntwein«, brüllte er.

»Nicht für mich. Ich bleibe bei Bier.«

»Nach heute. Zwei Branntwein.« Joost stellte die Gläser vor sie.

»Hallo, Joost«, rief Tonneman. »Altes Stinktier. Wo bist du gewesen?«

»Auf See.« Über die eigenen Worte belustigt, lachte Joost lauthals.

»Was ist daran so lustig?« fragte Tonneman.

»Das merkst du schon noch«, erwiderte der Wirt. »Zwei Gulden für den Branntwein.«

»Ganz schön gepfeffert, oder?« fragte ten Eyck.

»Englische Preise.«

»Ich wollte dir gerade einen ausgeben, aber so? Scher dich zum Teufel.«

»Ich schenke mir trotzdem einen ein. Wird nicht berechnet.«

»Was ist der Anlaß?« fragte Tonneman.

»Du lebst völlig hinter dem Mond«, sagte Eyck. »Trink aus und gratuliere dir.«

»Warum? Weil der Krieg vorbei ist? Ach so, ich weiß. Weil ich meine Stelle behalte.«

»Weil du einen Patensohn hast, du Dummkopf. Wenn Antje sich nicht so schwach gefühlt hätte, wären wir heute morgen mit ihm in der Kirche gewesen. Er ist ein kräftiger kleiner Bursche. Pieter Barent ten Eyck.«

»›Pieter‹ nach unserem vortrefflichen Führer, nehme ich an.« Tonneman grinste breit.

»Nein, Schwachkopf, nach dir, obwohl mir langsam Zweifel kommen, ob das klug ist.«

»Getränke für alle«, rief Joost. »Auf das Haus. Ten Eyck hat einen Sohn.«

Die durstigen Männer drängten zur Theke.

»Wie geht es Antje?« fragte Tonneman durch den fröhlichen Lärm.

»Ganz gut, aber es war schwierig. Gott sei Dank war Vrouw Mendoza bei ihr. Conraet konnte die Witwe Wilbruch nicht finden. Ich habe gehört, sie war im roten Zelt an der Stapelstraat beschäftigt. Diese Jüdin ist eine Heilige. Mein Leben lang werde ich Gott dafür danken.« Er goß seinen Branntwein hinter. »Ich muß gehen. Komm vorbei und sieh den Kleinen an, Pate.«

»Ich komme«, sagte Tonneman, während er ten Eyck hinausbegleitete, »aber nicht sofort.«

»Lass' es nicht zu spät werden. Antje und der kleine Pieter brauchen beide ihren Schlaf.«

Der jüngere Megapolensis legte sich immer noch mächtig ins Zeug. »›Artikel sechzehn. Alle unteren Staatsbediensteten und alle Beamten sollen, wenn sie möchten, in ihren Ämtern bleiben bis zum üblichen Termin für Neuwahlen, und dann sollen neue Beamte aus den eigenen Reihen gewählt werden, vorausgesetzt, die neuen Beamten legen den Treueeid auf seine Majestät von England ab, bevor sie ihr Amt antreten.‹«

»Sagt, Tonneman«, rief Keyser. »Was gebt Ihr mir, damit ich für Euch stimme?«

»Ich werde dich nicht wegen Bestechungsversuchs an einem Beamten verhaften.«

Pfiffe und Gejohle.

»Sheriff Tonneman ...«

Tonneman drehte sich um und sah Asser Levy vor sich, einen großen freundlichen Mann mit plumpen Gesichtszügen, schwarzem, mit Grau durchsetztem Haar und Bart. Er trug eine kleine schwarze Samtkappe.

»Heer Levy.«

»Gute Neuigkeiten bekommen wir zu hören.«

»Ja.«

»Entschuldigt mich bitte. Ich bin auf dem Weg zu den Mendozas, um mit ihnen die Schibah zu begehen.«

»Schibah?«

»Die Familie muß im Kreis ihrer Freunde die sieben Tage der Schibah trauern.«

Tonneman hatte die ganze Zeit vorgehabt, bei den Mendozas vorbeizugehen. Er mußte noch das Geheimnis um Benjamin Mendozas Tod enthüllen. Asser Levy zu treffen war ein glücklicher Zufall, und jetzt machte er ihn sich zunutze. »Wenn es Euch nichts ausmacht zu warten, bis der Prediger fertig ist, begleite ich Euch, um meine Aufwartung zu machen.«

»Ich warte mit Vergnügen.«

»›Artikel achtzehn. Sollte es so scheinen, daß die Westindische Kompanie von Amsterdam irgendeiner Person hier wirklich eine Summe Geld schuldet, wird vereinbart, daß die Anerkennung und andere Zölle, fällig von Schiffen, die in die Niederlande segeln, sechs Monate länger gelten.‹«

»Das ist eine gute Nachricht«, sagte Tonneman, dessen letztes Monatsgehalt von sechzig Gulden noch ausstand.

»›Artikel neunzehn. Die Offiziere und Soldaten sollen ausrücken mit ihren Waffen; und wenn einer von ihnen Landwirtschaft treiben will, so soll er fünfzig Morgen Land zugewiesen bekommen ...‹«

Wie Keyser und viele andere trank Pos sein Bier draußen auf der Straße. Heute wollte Tonneman nicht dagegen einschreiten. Morgen ... Das war eine andere Sache. »Wie viele Artikel noch, Prediger?«

»Drei.«

»Dann beeilt Euch«, rief Keyser.

Der Pfarrer räusperte sich und redete schneller, um zum Ende zu kommen. »› ... von Oberst Richard Nicolls, dem stellvertretenden Gouverneur unter Seiner Königlichen Hoheit ...‹«

»Und was für eine stinkige Königliche Hoheit ist das?« grölte Keyser.

»Der Herzog von York«, sagte Tonneman. »König Karls Bruder, Jakob. Kommt zum Schluß, Prediger.«

»›Daß die Abschriften der Übereignung dem ehrenwerten Mr. Stuyvesant, dem derzeitigen Gouverneur, am nächsten Montag um acht Uhr in der Alten Mühle ausgehändigt werden sollen.‹«

»Werde ich dafür bezahlt, Tonneman?« wollte John Woods wissen.

»Das wißt Ihr selbst am besten, Engländer«, sagte Keyser gehässig. »Es geht schon los. Die eigenen Leute bevorzugen.«

Tonneman zeigte Keyser die Faust. »Halt den Mund, Keyser.«

»›Diese Artikel sollen von Oberst Richard Nicolls, dem stellvertretenden Gouverneur Seiner Königlichen Hoheit, bestätigt und unterzeichnet werden, und innerhalb von zwei Stunden danach werden das Fort und die Stadt mit dem Namen Neu-Amsterdam in die Hände des Obersten Richard Nicolls ausgehändigt.‹« Pfarrer Megapolensis legte das Dokument aus der Hand. »Das war's. Unterzeichnet von den zwölf Bevollmächtigten. Jetzt fehlt nur noch Oberst Nicolls' Zustimmung und Unterschrift, damit es rechtskräftig wird. Ich bin sicher, daß er zustimmen wird.«

Die Leute jubelten. Pos und Keyser und ihre Freunde begaben sich in den *Birnbaum*, um weiter zu feiern. Andere gingen mit dem Prediger zurück zur Kirche, um Dankgebete zu sprechen.

Asser Levy räusperte sich.

»Warum vertust du deine Zeit da draußen, Tonneman?« Joost stand in der Tür und sah Asser Levy höhnisch an. »Sieh nach, ob du deinen Geldbeutel noch hast.«

Keyser sah kichernd und sabbernd zwischen Joosts Beinen vor. »Was ist das draußen für ein Gestank? Riecht nach Jude.«

Joost lachte grob. »Von dir, Gerber, ist das wirklich eine Beleidigung.«

Keyser zog sich wie ein Hund bellend auf allen vieren zurück. Der gelbe Hund antwortete ihm und rannte um Joost herum auf die Straße.

Joost rieb sich energisch den Nacken. »Ein Mann ist glücklicher bei der eigenen Art, Tonneman.«

Tonneman runzelte die Stirn. »Was?«

»Diese Juden kommen dank unserer Gutherzigkeit hierher und verdienen Geld mit Geschäften, die rechtmäßig Christen haben sollten.«

Keyser schaute wieder zwischen Joosts Beinen vor. »Kommt herein, wo es schön und trocken ist.«

»Du meinst naß«, sagte Pos über Joosts Schulter. »Biernaß. Kommst du nicht, Schout?«

»Ein bißchen später. Bewahre einen klaren Kopf.«

Als Antwort bekam er nur ein lautes, hemmungsloses Gelächter, während Joost und die Zecher in das Wirtshaus taumelten.

»Das wäre erledigt«, sagte Tonneman.

»Ja«, stimmte Asser Levy mit unbewegtem Gesicht zu. »Gehen wir jetzt?«

»Ich bitte um Entschuldigung für die Worte meines Freundes. Er meint es nicht so.«

»Ah, gewiß meint er es. Quält Euch deswegen nicht. Ich bin Jude. Ich bin es gewohnt. Wir brauchen nicht mehr davon zu sprechen. Es ist der Gang der Welt.«

Sie gingen schweigend durch den leichten Regen, bis Asser Levy sagte: »Wißt Ihr, was der Bund ist, Heer Tonneman?«

»Nein.«

»Der Bund ist die feierliche Übereinkunft, welche die Juden mit Gott wahren müssen. Es ist unser Auftrag im Leben, den Bund und die Thora lebendig zu halten. Wißt Ihr, was die Thora ist?«

Tonneman nickte.

»Gott versprach den alten Israeliten, sie immer zu schützen, wenn sie sein Gesetz achteten und ihm treu blieben. Wir waren treu, wir sind treu, und einmal mehr hat er uns geschützt.«

»Amen«, sagte Tonneman.

»Amen«, sagte Asser Levy. Er zupfte an seinem Bart, dann fuhr er fort: »Wir Juden haben auch einen Bund miteinander. Versteht Ihr, was ich sage, Heer Schout?«

»Nein.«

»Ich glaube, Ihr wollt nicht verstehen.«

»Vielleicht.«

Weiter fiel kein Wort mehr zu diesem Thema, bis sie zu dem roten Haus kamen.

»Bitte vergeßt nicht, was ich gesagt habe, Heer Tonneman. Sprecht auch bitte nicht die Trauernden an, bevor sie Euch ansprechen. Das ist unser Gesetz.«

Die Tür stand offen. Jüdische Nachbarn hatten Speisen für die Trauernden und die Nachricht vom Frieden gebracht. Tonneman holte tief Luft, als er Racqel erblickte, die auf einem niedrigen Hocker beim Kamin saß, mit gesenktem Kopf, das Haar vom Umhängetuch bedeckt. Er sah Asser Levy an. Der alte Jude beobachtete ihn. Es war nicht der rechte Augenblick für Tonneman, die Worte an Racqel zu richten, die gesagt werden mußten. Aber sie würden gesagt werden, ganz gleich, was Asser Levy oder sonst jemand davon hielt.

Über dem leisen Murmeln von Stimmen hörte er einen einzelnen Mann psalmodieren, ein anrührender Klang tiefer Trauer.

Racqel errötete beim Anblick des großen Holländers. »Wir sind in Gottes Hand.«

»Amen.« Levy nickte. »Die Übergabe ist geschehen. Es ist vorbei.«

»Wir haben es gehört«, sagte sie. »Endlich Friede.«

Levy lächelte traurig. »Was für ein Jammer, daß Benjamin das nicht erlebt hat. Lass' mich zu deinem Vater gehen.« Er nickte Tonneman zu. »Der Sheriff ist hier, um seine Aufwartung zu machen.«

»Das und mehr.« Tonneman fühlte sich nicht wohl in seiner Haut. Er sah Levy nach, wie er durchs Zimmer zu Abraham Mendoza ging. Es fiel ihm schwer, Racqel anzusehen. »Ich muß mit der Familie über Benjamin sprechen.«

»Das wird warten müssen.« Sie stand auf. »Dieses Haus ist

in Trauer. Aber bitte.« Sie gab Tonneman ein Zeichen, und er trat mit dem Hut in der Hand ein. »Mein Schwiegervater und David sind dort drüben.« Racqel zeigte durch die gute Stube. »Ihr dürft hereinkommen.«

Unbeholfen suchte er nach Worten. »Der Tod Eures Mannes tut mir leid.«

Sie nickte und neigte den Kopf, während sie zu dem niedrigen Hocker zurückkehrte.

Mitten in der Stube sah Tonneman einen Tisch mit einer golden bestickten blauen Samtdecke, auf der eine einzelne Kerze stand. Leute saßen auf Holzstühlen; einige hockten auf dem Boden. Abraham saß in einer Ecke auf einem niedrigen Hocker, sein Kopf ging auf und ab, und seine trauervolle Stimme erhob und senkte sich, als wollte ihm das Herz brechen. David saß neben ihm auf einem anderen Hocker. Er sang nicht, aber sein Kopf ging im Takt mit dem seines Vaters auf und ab. Sein Blick fiel auf Tonneman. Wut verdunkelte seine Augen.

Tonneman blickte beiseite. Der alte Mann litt zu sehr. Es war schon schlimm genug, ihn zu hören; er wollte es nicht auch noch sehen. Er betrachtete statt dessen die Tücher, die über mehrere Stellen an der Wand hingen. Asser Levy tauchte neben ihm auf. »Die Spiegel sind verhüllt«, erklärte er leise.

Tonneman nickte. David kam auf ihn zu. Tonneman streckte die Hand aus. »Der Tod Eures Bruders tut mir leid, Mendoza. Ich bin gekommen, um Euch mitzuteilen, daß ich Eurer Schlußfolgerung zustimme. Benjamins Hinterkopf war zertrümmert. Ich glaube, er wurde ermordet.« Zu spät bemerkte Tonneman, daß er zuerst gesprochen hatte.

David übersah Tonnemans Hand. »Aha? Warum belästigt Ihr uns? Ihr seid noch immer Schout. Findet seinen Mörder.

Das ist Eure Aufgabe. Laßt uns in Frieden um meinen Bruder trauern.«

»Dann helft mir.«

»Laßt uns in Ruhe.«

»›Das Blut des Erschlagenen schreit nach Rache.‹ Ihr habt das gesagt.«

»Armer unbedarfter Narr«, sagte David leise, indem er seine rechte Hand auf den Kopf legte und die schwarze Seidenkappe erst zurückschob, dann vor, bis sie wieder am richtigen Platz saß. »Was soll man auch sonst von einem Goi erwarten? Rache muß von Gott kommen, nicht von den Menschen.« Er blickte Tonneman streng an, dann entfernte er sich.

Es gab hier nichts zu tun für Tonneman. Er war ein Eindringling. Im Gehen hörte er zwei Trauergäste miteinander sprechen. »Jetzt kann David Racqel heiraten«, sagte der eine.

»Es wird auch Zeit«, sagte der andere. »Für beide.«

Tonneman setzte den Hut auf und eilte fort, direkt auf den *Birnbaum* zu.

Im Wirtshaus bestellte er ein Bier und starrte ins Glas.

»Willst du das Bier trinken oder lesen?« fragte Joost im Vorbeigehen.

Tonnemans Gedanken waren durcheinander. Ten Eycks Neuigkeit von dem Neugeborenen war wunderbar, aber er konnte an nichts anderes als an Racqel denken. Verwirrt versuchte er, sie aus seinem Kopf zu verbannen. »Joost, eine Minute für mich.«

»Genau die habe ich nicht«, rief Zoelan, während er weitere Biergläser über die Theke schob.

»Wo bist du in den letzten Tagen gewesen?«

Joost griff in seine Tasche, holte etwas Schnupftabak heraus und schnupfte geräuschvoll. Der gelbe Hund unter der Theke winselte im Schlaf. »Kann nicht reden, Tonneman. Keine Zeit. Zuviel zu tun. Schlimm genug, daß du aufgehört hast zu trinken. Wenn ich dich da stehen sehe mit dem einen Humpen abgestandenen Bier in der Hand ... Ich verdiene nichts an dir. Und wenn ich bei dir stehenbleibe und mit dir rede, kann ich kein Bier ausschenken, und wenn ich kein Bier ausschenke, verdiene ich kein Geld.«

Tonneman sah sich bald von den durstigen Trinkern von der Theke abgedrängt. Sogar Heer van Cortlandt war darunter.

»Und kein städtischer Beamter soll ersetzt werden, Ihr eingeschlossen, Heer Schout«, teilte van Cortlandt ihm mit, als wäre er der erste, der die Neuigkeit überbrächte. »Was haltet Ihr davon?«

Heer Schout, der Pate, sagte überhaupt nichts. Einmal mehr waren seine Gedanken bei Racqel Mendoza.

66

MONTAG, 8. SEPTEMBER. VOR TAGESANBRUCH.

Racqel saß auf der Veranda, gegen die nächtliche Kühle in ein Umhängetuch gehüllt. Sie hatte nicht schlafen können. Immer, wenn sie den Kopf niederlegte, meinte sie zu ertrinken. Abraham und David waren noch im Bett, und sie war froh, allein zu sein.

Eine kühle, feuchte Brise wehte vom Oost Rivier her und strich Tau auf ihre Wangen und das Tuch. Sie wußte, daß Benjamin ermordet worden war und fragte sich, ob es einer von den Judenhassern in der Gemeinde gewesen war. Oder hatte sein Tod mit dem zu tun, was sie von dem Gespräch zwischen Abraham und David zufällig mitbekommen hatte? Irgendein Komplott, in das Benjamin verwickelt war?

Der große Holländer würde herausbekommen, was geschehen war.

Racqel barg ihr Gesicht in den Händen.

Minuten vergingen. Ein Hahn begrüßte den Tag, und eine Kuh muhte leise. Kleine Geräusche aus dem Haus verrieten ihr, daß Schwiegervater und Schwager aufgestanden waren und ihre Gebete verrichteten. Sie hob den Kopf und sah die ersten blaßrosa Streifen der Dämmerung. Dann erschien wie durch Zauberkraft eine schimmernde Gestalt zu Pferd, die langsam auf sie zuritt. Sie trug den blauen Mantel, in den Benjamin an jenem verhängnisvollen Dezembertag, als sie ihn zum letztenmal gesehen hatte, gekleidet gewesen war. Träumte sie?

Racqel stand auf und ließ dabei das Tuch auf Bathsheba fallen, die damit herumzutollen begann. Caleb öffnete die Augen und setzte sich knurrend auf.

»Benjamin!« schrie Racqel. Er war nicht tot.

Caleb legte die kleinen Ohren an und begann zu bellen.

Der Lärm des Vierbeiners brach den Bann. Wie könnte es Benjamin sein? Benjamin war tot.

Der Atem dampfte aus den Nüstern des Pferdes. Racqel legte die Hand über die Augen und blinzelte in das zunehmende Licht. Es war Fuchsmann auf dem tänzelnden weißen Tier, mit drei schwer beladenen Pferden hinter sich.

Er trug Benjamins blauen Mantel.

Als der Indianer sie entdeckte, trieb er sein Roß an und näherte sich im Trab.

»Woher hast du den Mantel?« Sie hätte sich fürchten sollen, doch sie hatte keine Angst.

»Ich bin Euch holen gekommen«, überging er ihre Frage. »Und seht, ich habe nicht ein Pferd gebracht, sondern drei.« Racqel hörte die Tür hinter sich aufgehen, doch sie konnte den Blick nicht von dem Indianer in Benjamins Mantel abwenden. Hatte Fuchsmann ihren Mann ermordet?

»Euer Mann ist tot.«

»Indianer, verschwinde von meinem Grundstück«, schrie David. »Racqel, bist du verrückt?«

»Dieser blaue Mantel.« Racqel ließ nicht locker. »Woher hast du ihn?«

»Mendoza«, sagte Fuchsmann und sah an ihr vorbei. »Ich biete diese drei wunderbaren Stuten und die erlesenen Biberfelle, die sie tragen.« Er ließ die Zügel der Tiere fallen, und sie trotteten auf die Seite, um von Grasbüscheln zu fressen. Zu Racqel sagte er: »Ihr seid jetzt meine Frau.« Er neigte sich zu ihr.

»Der Mantel. Antworte.«

Fuchsmann winkte.

Sie stand so nahe bei dem tänzelnden Pferd, wie sie sich heranwagte. »Antworte.«

»*Mein* Mantel«, sagte er stolz. »Ein Geschäft mit Joost. Im letzten der kalten Monde. Ein Pferd und viele Felle. Ein guter Tausch.« Plötzlich warf er das Pferd herum, langte nach unten, packte Racqel um die Taille und hob sie hoch.

Racqel schrie.

Der Arm, der sie gegen die bebende Flanke des Tieres hielt, war blaugekleidet. Es war, als hielte Benjamin sie. Aber Benjamin war tot. Verzweifelt riß Racqel an dem Stoff von Benjamins Mantel.

Sie hörte Davids Ruf, Abrahams Schrei. Ihr offenes Haar flog wild. David jagte Fuchsmanns Hengst nach. »Fuchsmann, wahnsinniger Heide. Lass' sie runter.« Aber eine Staubwolke machte ihn blind.

Dann waren andere Schreie zu hören. Alle waren jetzt auf der Straße. Doch der Indianer trug Racqel triumphierend davon wie ein Bündel Felle.

Fuchsmann machte abrupt kehrt und überrannte David. Er rief: »Ein guter Tausch für dich, Jude, drei Pferde und viele Felle. Ein sehr guter Tausch.« Er warf die um sich schlagende Racqel über scin Pferd und ritt, ohne auf das schreiende Volk zu achten, auf die Waterpoort zu.

67

MONTAG, 8. SEPTEMBER. MORGEN.

Der Himmel wurde schon hell, als Tonneman aus der Tür trat. Kühler als gestern. An diesem Tag würden die holländischen Soldaten hinausmarschieren und die englischen Soldaten einziehen.

Er hatte schlecht geschlafen, weil seine Gedanken immer wieder zu seinen zwei guten Freunden Hendrik Smitt und Joost Zoelan zurückgekehrt waren. Wenn Hendrik sich nicht selbst erhängt hatte, und davon war Tonneman überzeugt, dann war er ermordet worden. Der beste Grund für den Mord war, daß er Benjamin Mendozas Tod beobachtet hatte.

In all diesen Jahren keine Morde in Neu-Amsterdam und dann einer, zwei, drei. Es leuchtete ein, daß derjenige, der Mendoza und Hendrik getötet hatte, auch Brille und Abner umgebracht hatte. Es war mit Sicherheit das Werk eines

Mannes, der den Verstand verloren hatte, eines Wahnsinnigen, der unerkannt unter ihnen lebte.

Der Lavendelduft verknüpfte die zwei letzten Todesfälle. Wichtiger noch war, daß Abner Blut unter den Nägeln gehabt hatte; sein Mörder mußte Kratzspuren von Abner an sich haben.

Hendriks Tod hatte Joost in den alleinigen Besitz des *Birnbaums* gebracht.

Tonneman rieb seine Finger an der Nase. Er hatte das Offenkundige vor Augen, und er wußte es schon eine Weile.

Schreie störten ihn bei seinen Überlegungen. Tonneman trat auf die Pavelstraat hinaus und blickte zum Großen Haus hinüber.

Ein Pferd und ein Reiter kamen im Galopp auf ihn zu. David Mendoza rannte mit wirrem Haar und Bart hinterher und fiel mit jedem Schritt weiter zurück. »Haltet ihn!« schrie David Mendoza.

Das Pferd kam genau auf Tonneman zu.

Fuchsmann.

Der Indianer würde ihn über den Haufen rennen.

Tonneman wich nicht von der Stelle. Er packte die Kandare des Pferdes und sprang beiseite. Die Wucht riß ihm beinahe den Arm ab, aber das Tier blieb auf der Stelle stehen, wieherte zornig und ging in die Knie. Fuchsmann brachte es flink wieder auf die Beine. »Was habt Ihr, Tonneman? Das ist mein bestes Pferd.«

Erbittert versuchte Racqel, sich aufzurichten. Fuchsmann hielt sie fest.

»Wohin willst du, Indianer?«

»Geht mir aus dem Weg, Tonneman. Ich habe keinen Streit mit Euch.«

»Aber ich mit dir. Gib die Frau frei.«

»Sie möchte mit mir gehen.«

»Nein«, schrie Racqel, während sie mit den Fäusten auf den Arm des Indianers schlug.

Tonneman streckte den Arm nach ihr aus.

Fuchsmann legte die Hand auf sein Messer. »Sie gehört mir. Ich habe sie ehrlich gekauft.«

David Mendoza rannte humpelnd und nach Luft schnappend zu ihnen. »Gott sei Dank, Heer Schout. Gott sei Dank, daß Ihr da seid.«

Tonneman behielt ständig die Hand im Blick. »Tu's nicht, Fuchsmann.«

Fuchsmann zog das Messer.

Tonneman zog seines. »Töte mich, und du bist auch tot. Wir haben eben einen Krieg vermieden. Suchst du einen neuen?«

Der Indianer grinste ihn höhnisch an. Er hatte keine Angst. »Was kümmert mich das? Krieg ist eine gute Sache. Diese Frau gehört mir.«

»Nein. Sie ist mir versprochen. Rutscht einfach vom Pferd, Racqel.«

»Nein!« schrie Fuchsmann. Racqels Ohren klangen davon, und ihr Herz hämmerte vor Angst. Fuchsmann setzte die Messerspitze an ihre Kehle. »Dann stirbt sie zuerst.«

»Warum?« fragte Tonneman.

Der Indianer nannte keinen Grund. Sein weißes Pferd scharrte auf der Austernschalenstraße, daß es knisterte, während die Leute herumstanden und zuschauten. Niemand gab einen Laut von sich.

Tonneman lächelte. »Lassen wir die Frau entscheiden.«

»Frauen entscheiden nicht, Männer entscheiden. Frauen folgen.«

Tonneman atmete tief durch. »Ich will dir was sagen, wir werden sie teilen. Schneide sie entzwei.«

Racqel stockte der Atem.

David stockte der Atem.

Der Menge stockte der Atem.

Tonneman stellte sich unmittelbar neben das weiße Pferd. »Welche Hälfte willst du? Oben oder unten?«

Fuchsmann zeigte die Zähne und hob mit einer Hand Racqel in eine sitzende Haltung hoch. Das Messer blieb dabei an ihrer Kehle, und sein Blick ruhte auf Tonneman.

»Ich habe Euch satt, weißer Mann. Letzte Gelegenheit, Frau, dieser betrunkene alte Mann oder ich.«

»Ich wähle Tonneman.«

David stöhnte auf. Man sah ihm die Qual an.

»Frauen sind alle verrückt.« Der Indianer stieß Racqel auf Tonneman. Tonneman fing sie auf, verlor das Gleichgewicht und fiel mit ihr zu Boden.

Fuchsmann preßte seine Knie an die Flanken des Hengstes und sprengte die Pavelstraat hoch, während David Racqel auf die Beine half. Dann reichte David Tonneman die Hand. Mit der Andeutung eines Lächelns sagte er: »Danke, Salomon.«

68

MONTAG, 8. SEPTEMBER. MORGEN.

Tonneman machte sich auf den Weg zur Alten Mühle, während seine Gedanken weit von Pieter Stuyvesants letzter Stunde als Generaldirektor abschweiften.

Fuchsmann hatte Benjamin Mendozas blauen Mantel getragen, den er in den kalten Monden von Joost für ein Pferd und Felle bekommen hatte. Das hatte ihm Racqel gesagt, während David Mendoza dabeistand. Sie hatte ihm dann würdevoll gedankt und war mit ihrem Schwager weggegangen. Als hätte zwischen ihnen nichts stattgefunden.

Tonneman stieß einen Seufzer aus. Fuchsmann hatte recht. Frauen waren verrückt. Doch wichtiger im Moment war ein Spion und Verräter. Und Mörder.

Plötzlich öffnete der Himmel seine Schleusen, und ein stetiger Regen fiel, der alles und alle durchnäßte. Eigentlich passend. Das Einmarschieren und Ausmarschieren würde eine ausgesprochen trübe Angelegenheit werden.

Bei der Mühle wartete er im Regen mit Stuyvesant und dem Rat, daß die Artikel einträfen. Als sie von einer Abordnung aus drei englischen Soldaten übergeben wurde, begab sich die ganze Gesellschaft zum Fort.

»Tonneman!«

Der Boß war wieder ganz der alte. Tonneman löste sich von den Ratsmitgliedern und holte Stuyvesant und die drei Soldaten ein, als sie das Fort betraten. »Sir?«

»Nicht gerade mein bester Augenblick, was?« Stuyvesant stand stolz im Kampfanzug neben ihm.

Tonneman empfand Mitleid mit dem Mann und eine süße Melancholie. »Ich bin anderer Meinung, Mijnheer. Ihr habt die ganze Sache ehrenhaft gehandhabt. Und niemand verlor sein Leben.«

»Gut von Euch, daß Ihr das sagt.« Er drückte Tonneman herzlich die Hand. »Dies könnte unsere letzte Gelegenheit sein, miteinander zu sprechen. Gott sei mit Euch, Kamerad.«

Sie waren nie Kameraden gewesen, aber sie hatten aus einer Siedlung der Kompanie eine richtige Stadt werden sehen. »Und Gott sei mit Euch«, sagte Tonneman.

Schnell und mit einem Minimum an Feierlichkeit übergab Stuyvesant das Fort förmlich den drei englischen Soldaten. Die holländischen Flaggen wurden eingeholt und der Union Jack gehißt. Dann führte Stuyvesant, gefolgt von Oberst van de Steen, die holländischen Soldaten mit den versprochenen militärischen Ehren aus dem Fort: mit wehenden Fahnen, zu Trommelklang, die Kugeln im Mund. Alles ging mit soviel Würde wie möglich im strömenden Regen vor sich. Tonneman ging respektvoll neben ihnen; es war ein trauriger Tag.

Auf der anderen Seite der Straße begleiteten auch Korbonskis kleiner Freund Lizard und sein Kapuzineräffchen die holländischen Truppen. Während der Affe hin und her lief und vor jedem an seine rote Kappe tippte, spielte der Zwerg auf der Querflöte zum Schlag der Marschtrommeln.

Die Soldaten in ihren blauen Uniformen marschierten durch die Beverstraat zur wartenden *Gideon* und gingen an Bord, um in die Niederlande zu fahren. Alte Feindschaften waren vergessen, und die Bürger säumten im Regen den Weg, ließen sie hochleben und riefen ihnen ein Lebewohl nach. Es war ein Tag der Abschlüsse, aber auch neuer Anfänge.

Tonneman sah zu, wie Oberst Nicolls' Soldaten, einhundertachtundsechzig Mann stark, die Planken der *Guinea* und der *Martin* herunterkamen, auf die schlammigen Straßen eines regennassen Neu-Amsterdam. Je sechs in einer Reihe marschierten durch die Straßen und streiften im Vorbeigehen die Gebäude. In ihren nassen scharlachroten Uniformen paradierten sie durch die Stadt, während Sir George Cartwright und seine Männer die Stadttore und das Rathaus besetzten. Vergessen waren alte Ängste, und die Menschen jubelten den Ankommenden zu und hießen sie willkommen.

Die Engländer hatten ebenfalls ihre Trommler, und auch sie hatten Lizard und sein Äffchen als Begleitung. Wie er die Holländer mit der Querflöte hinausgeleitet hatte, so geleitete er nun die Engländer hinein. Es war ein historischer Tag, ein Tag seltsam gemischter Loyalitäten.

Die Bürgermeister – oder Mayor, wie sie jetzt heißen sollten – van der Grist und Steenwyck proklamierten Nicolls zum Gouverneur. Der Oberst, der heute helles Grün trug, vertraute seinen Hund einem Soldaten an, nahm etwas

Schnupftabak aus einem Döschen in seiner Rocktasche und nieste einmal, worauf der kleine Spaniel mit einem einzelnen Nieser antwortete. Unter dem Gelächter der Menge dankte der Oberst den Bürgermeistern für ihre Freundlichkeit und betrachtete gütig die Gruppe der Bürger, die um ihn herum standen.

»Lang lebe Gouverneur Richard Nicolls!«

»Nein, lang lebe Seine Majestät König Karl und Seine Königliche Hoheit der Herzog von York. Ich bin nicht geübt im Holländischen; ich kann nur hoffen, daß es sich in der Zeit, die wir gemeinsam verbringen werden, ebenso verbessern wird wie euer Englisch. Meine Entschuldigungen für das Wetter. Verdammtes englisches Wetter, na ja.«

Die Bürgermeister lachten. Auch einige in der Menge.

»Wo ist unser Sheriff?«

Überrascht zog Tonneman den Hut und hielt ihn über den Kopf. Der kühle Regen nieselte auf sein Gesicht.

»Tonneman, nicht wahr? Gut. Ich sehe Euch in einer halben Stunde im Rathaus.« Er wandte sich wieder dem Volk zu. »Gulden und Stuiver werden noch angenommen, aber die amtliche Währung ist von jetzt an Pfund und Schilling. Außerdem werden zu Ehren Seiner Königlichen Hoheit James, Herzog von York, Fort Amsterdam fortan als Fort James und diese Stadt als New York bekannt sein.«

Der neue Gouverneur und die Bürgermeister begaben sich ins Rathaus, während die Leute gehörig applaudierten; was bedeutete ein Name, wenn ihr Leben und Eigentum verschont wurde?

Tonneman drückte den Hut wieder auf den Kopf und blies heißen bitteren Atem aus. Eine halbe Stunde. Das sollte ihm genügend Zeit lassen.

69

MONTAG,
8. SEPTEMBER.
MORGEN.

Joost stand oben auf einer Leiter vor dem *Birnbaum* und arbeitete ungeschickt an dem Schild, während der Regen fiel. Am Fuß der Leiter stand Nicasius de Sille mit einem anderen Schild in der Hand. Der gelbe Hund, dem irgend etwas aus dem Maul hing, sprang im Kreis um die Leiter, daß der Schlamm aufspritzte.

»Was machst du da?« rief Tonneman, als er näherkam.

»Den Namen des Lokals ändern. Hier.« Joost langte nach unten und tauschte mit de Sille die Schilder aus. Er hielt das neue hoch, damit Tonneman es lesen konnte. »*King Charles*. Was hältst du davon?«

»Das erfährst du besser nicht. Worüber habt ihr zwei euch unterhalten?«

Der gelbe Hund stieß de Sille mit seinem aufgeweichten Spielzeug an. »Nichts Besonderes.« Nick scheuchte den

Hund mit dem alten Schild fort und wischte Schlammspritzer von seinen hellen ledernen Kniehosen.

»Habt ihr dem Gouverneur wegen meines Messers die Ohren vollgeschwatzt?«

»Alle haben sich bei unserem Empfang bestens amüsiert«, murmelte de Sille. »Geertie war der Mittelpunkt. Zu schade, daß du es versäumt hast.«

»Ich war anderweitig beschäftigt.«

De Sille schürzte geringschätzig die Lippen. »Ich habe im Fort James zu tun.« Er ließ das alte Schild in den Schlamm fallen. Einen guten Tag euch beiden.«

Der Hund stieß Tonneman mit seiner Trophäe an. Tonneman jagte ihn fort.

»Gibst du mir mein Bier?« Joost deutete auf den Humpen auf der Erde. Tonneman reichte ihm den Humpen hinauf, und Joost trank mit großen Schlucken, dann gab er Tonneman den Humpen zurück. »Es war sowieso Zeit für einen Wechsel. Möchtest du das alte Schild? Behalte es, es gehört dir.« Joost machte eine Pause, um seine Pfeife anzuzünden, und Tonneman bekam eine Wolke von Joosts Lavendeltabak unter die Nase.

Tonneman dachte daran, wie Maria für ihre Freunde Hendrik und Joost das Schild gemalt hatte und hob es aus dem Schlamm. Lang angestauter Zorn brannte ihm wie glühende Kohle in der Brust. »Komm runter!«

»Was?« Zoelan stand auf der Leiter und bewunderte das neue Schild.

»Keine Spielchen, Joost. Komm runter!« Tonneman ließ das Schild und den Humpen in den Matsch fallen und schüttelte die Leiter.

Joost kletterte hinunter. »Was ist denn in dich gefahren?«

Tonneman mußte sich zusammenreißen, damit er ihn

nicht mit bloßen Hände würgte. »Wie lange rauchst du schon diesen Lavendeldreck?«

»Noch nicht lange. Schon mal probiert? Sehr beruhigend.«

»Zieh' dein Hemd aus, Joost.«

»In diesem Regen? Warum?«

»Ich sagte, zieh' dein Hemd aus!« Tonneman ballte die Fäuste. Das Gewicht des Regens drückte die Hutkrempe nach unten.

Als Zoelan sah, daß es Tonneman ernst war, schlüpfte er aus seinem Hemd. Der Regen fiel auf den sehnigen Mann, verfilzte das unbedeckte rötlichblonde Haar, konnte aber nicht die tiefroten verkrusteten Kratzspuren auf seinem rechten Arm abwaschen. »Wie lange soll ich hier noch stehen und mich für dich naßregnen lassen?«

»Was ist das?« fragte Tonneman, auf den Arm zeigend.

»Was ist was?«

»Diese Kratzer auf deinem Arm.«

»Ein wenig Ärger letzte Nacht mit ... Stummelnase. Ich mußte ihn wieder hinauswerfen. Das ist alles.«

»Ach wirklich? Ein schönes Kunststück, wenn du es getan hättest.«

»Was ist in dich gefahren, Tonneman?« Joost zog wütend das Hemd wieder an.

»Als Hendrik starb, wurdest du alleiniger Eigentümer des *Birnbaums* ...«

»Ja.« Joost wich zurück, als wäre Tonneman wahnsinnig.

»Er hat sich nicht selbst umgebracht, nicht wahr?«

»Wovon redest du?« Der gelbe Hund versuchte, Joost seinen Schatz zu geben. Joost gab ihm einen brutalen Tritt.

»Mord. Du warst nicht zufrieden, ehe du nicht das größte Schwein am Trog warst. War es so wichtig, den *Birnbaum* für dich allein zu haben, daß du deinen besten Freund getötet hast? *Unseren* besten Freund?«

Joost schüttelte heftig den Kopf. »Ich bin nicht so eine Bestie.«

»Ach ja? Was für eine Bestie bist du dann? Gib es zu, du Mistkerl, du hast ihn getötet!«

»Nein, ich habe ihn nicht getötet. Ich dachte, du wärst mein Freund. Wie kannst du das von mir denken?«

»Weil Fuchsmann einen blauen Mantel hat und mir endlich ein Licht aufgegangen ist.« Tonneman machte einen schnellen Schritt, packte Joost am Kragen und schlug ihm ins Gesicht. Joost lief durch den Schlag rot an, dann wurde er weiß vor Wut, und als er versuchte, sich aus Tonnemans Griff zu befreien, zerriß das Hemd.

»Was hast du deinen englischen Freunden gesagt?« Tonneman hob den Mann vom Boden hoch und schüttelte ihn. »Warum? Warum hast du ihn getötet? Und die andern? War es wegen des Briefes vom König? Damit du den Engländern den Arsch küssen und reich werden könntest?«

Joosts Augen wurden weich und schlossen sich, seine Knie knickten ein; er machte sich schwer. Tonneman lockerte für eine winzige Sekunde seinen Griff. Joost riß sich los, packte die Leiter und schlug Tonneman damit auf den matschigen Boden nieder.

Tonnemans Hut flog weg, und der gelbe Hund stupste mit seiner Beute daran. Joost warf die Leiter auf Tonneman und wollte in die Wirtschaft rennen, wobei er den Schlamm aufwühlte. Tonneman wich der Leiter aus, hechtete nach Joosts Beinen und brachte ihn zu Fall, so daß noch mehr Schlamm aufspritzte.

Der Hund pirschte sich an, schleppte seine Trophäe, winselte, rannte in verrückten Kreisen um die zwei Männer.

Leute, die nur zu gern ein weiteres Schauspiel sehen wollten, versammelten sich, um zuzusehen, wie Tonneman und Joost miteinander rangen und sich im Schlamm wälzten. Unter den Leuten war der lange Matthew mit seinem Speer. Joost drückte Tonneman mit dem Rücken auf die Erde; jeder hatte die Hände um die Kehle des andern. »Mörder«, knurrte Tonneman.

Joost riß die Hände auf die Seite und brach Tonnemans Griff auf. Er zog ein Messer aus dem Stiefel und stach nach Tonnemans Gesicht. Tonneman warf den Kopf auf die Seite und spürte, daß das Messer in sein linkes Ohrläppchen schnitt. Er rollte auf die Seite und sprang auf. Joost hatte das Messer im Schlamm verloren. Tonneman trat nach ihm. Joost konnte das Messer nicht finden, griff nach Tonnemans Bein, und sie fielen beide wieder auf die matschige Muschelstraße.

Tonneman bekam Joosts rechten Arm zu fassen und zog ihn hinter seinen Rücken. »Du hast es getan, du Schwein. Gib es zu, oder ich breche dir den Arm.«

»Was getan?« fragte Joost. »Lass' mich los. Ich habe nichts getan.« Er wandte sich an die neugierige Menge. »Er ist wieder völlig betrunken.«

Während Tonneman Joosts Arm immer noch festhielt, zog er ihn hoch. Sie waren von der Stelle, wo es angefangen hatte, ein ganzes Stück die Pavelstraat hinuntergerollt. Beide bluteten, waren mit Schlamm bedeckt und naß bis auf die Haut. Tonneman führte seinen Gefangenen schnellen Schritts aufs Rathaus zu. Der Hund folgte ihnen, ebenso die Bürger.

»Tonneman, was hat das zu bedeuten?« fragte Jan Keyser, der auf sie zukam. »Was hat Joost getan, daß er solche Behandlung verdient?«

»Aus dem Weg, Gerber.«

»Ich rechnete damit, daß du betrunken bleibst«, klagte Joost widerstandslos und unterwürfig. »Es war Hendriks Pech, da zu sein, wo er nicht sein sollte.«

»Mit der Ankunft der Engländer hast du gehofft, reich zu werden. Und dabei durfte dir niemand im Weg stehen. Nicht einmal ein Freund.«

Keyser lief ihnen nach. »Was ist los?« fragte er.

»Halte dich heraus, Keyser. Das ist Sache des Sheriffs.«

Der kleine Mann verzog das Gesicht und mischte sich achselzuckend wieder unter die Menge. Der gelbe Hund folgte Keyser und bot seine Beute an; Keyser nahm sie ihm staunend ab.

Tonneman zerrte Joost an noch mehr neugierigen Leuten vorbei ins Rathaus und zur Treppe, die ins Gefängnis hinunterführte. Vorsichtig folgte ihnen der gelbe Hund.

»Was hat Nick mit der ganzen Geschichte zu tun?«

»Damit kommst du nie im Leben durch. Ich habe einflußreiche Freunde!«

»Hast du den Mann mit der Brille umgebracht? Oder hat Nick das erledigt?«

»Nick hat keinen Mumm. Noch nie hat dieser Feigling seinen großen Worten Taten folgen lassen.«

»Und Benjamin Mendoza?«

»Der Jude hat sich nicht an unsere Abmachung gehalten. Er wollte es Stuyvesant sagen. Was macht schon ein Jude mehr oder weniger? Hendrik war dumm. Wir hätten die Handelskompanie Mendoza für uns haben können. Aber nein, er konnte es nicht auf meine Weise sehen.«

»Was ist mit Stummelnase? Hast du ihn auch getötet?«

»Ach, ist er tot?«

»Schon ein paar Tage.«

»Also deshalb hast du es gewußt. Dann hat es eben ein anderer getan. Seinetwegen kannst du mich nicht hängen.«

»Wie haben genügend, um dich einmal zu hängen, und das reicht.« Tonneman lachte rauh. »Ich dachte, wir würden die Galgen im Fort nie benutzen. Da sieht man, wie sich ein Mensch irren kann.«

Jetzt war Joost an der Reihe zu lachen. »Einhundert Gulden sprechen dafür, daß du mich niemals hängen wirst, Tonneman. Ich habe dir gesagt, daß ich die richtigen Leute kenne.«

»Nicht einmal König Charlie persönlich kann dir helfen.«

»Es könnte durchaus soweit kommen.« Der Schankwirt senkte die Stimme. »Wir könnten doch teilen, es ist genug da, mehr als genug.«

Es war alles nur aus Habgier geschehen, dachte Tonneman. Wegen des Reichtums, wegen des Besitzes. »Fahr zur Hölle, Joost. Und Gott segne abwesende Freunde.«

»Gott segne abwesende Freunde«, wiederholte Joost grinsend. Er roch wie eines von van Ettings Schweinen, und seine Stimme war leise, als spräche er mit einer Frau. »Was sagst du dazu? Partner, du und ich.« Mit einem abstoßend jovialen Ton fuhr er fort: »Niemand wird erfahren, was wirklich passiert ist.«

»Die Leute werden es erfahren.«

»Die Leute. Ha. Sie wissen überhaupt nichts, solange du nichts sagst. Erzähle ihnen, du hast mich erwischt, wie ich illegal Getreide beigeschafft habe. Wir haben nicht viel Zeit. Sobald du es einem Menschen gesagt hast, gibt es kein Zurück mehr. Lass' mich jetzt gehen, und keiner wird es je erfahren.«

»Ich weiß es«, erwiderte Tonneman. »Die anderen sind mir gleichgültig, aber warum mußtest du Hendrik töten?«

Der verblüffte gelbe Hund begann leise zu bellen. »Bist ein guter Hund«, sagte Joost, indem er sich vorbeugte, als wolle er den Vierbeiner streicheln. Es war die gleiche Taktik, die er schon einmal angewendet hatte, und Tonneman hätte darauf vorbereitet sein sollen. Als Tonneman seinen Griff lockerte, stieß Joost ihn mit einem Ellenbogen in den Magen, riß sich los und traf Tonneman noch einmal, diesmal an der Kehle.

Während Tonneman nach Luft rang, rannte Joost durch die Vordertür hinaus.

70

MONTAG,
8. SEPTEMBER.
MORGEN.

Was ist dort oben los?« Pos rief mit verschlafener Stimme. »Darf ein Mann nicht einmal ausruhen?«

Tonneman taumelte an die Rathaustür. Er sah Joost rutschend und stolpernd auf der Pavelstraat in Richtung Waterpoort laufen. Tonneman rannte ihm nach, der Hund hinterher. Das Tier, das jetzt alles für ein Spiel hielt, bellte fröhlich.

Gouverneur Nicolls und Nick de Sille traten auf die Veranda des Rathauses. Als der Gouverneur sah, was sich da abspielte, hob er die Hand und winkte Leutnant Brick-Hill, der in der Nähe stand. Nick hielt ihn auf: »Warum laßt Ihr es nicht seinen Lauf nehmen? Dann sehen wir, ob Sheriff Tonneman seiner Aufgabe gewachsen ist.«

Viele verwirrte Bürger nahmen die Verfolgung auf, nicht

um dem Sheriff zu helfen, sondern um zuzuschauen und ihren Spaß zu haben. Einige riefen Tonneman aufmunternd zu, andere hielten zu Joost.

Tonneman holte Joost ein und schleuderte ihn kopfüber gegen einen Baum. Joost schrie auf; seine Nase war gebrochen und blutete stark. Er brach zusammen wie ein gefällter Ochse.

»Gehen wir, du Hund«, sagte Tonneman. »Ich liefere dich jetzt den Engländern aus, bevor ich dich umbringe.«

Als Tonneman die Hand ausstreckte, um Joost auf die Beine zu helfen, verschränkte Joost die Hände und riß sie hart zwischen Tonnemans Beinen nach oben. Tonneman taumelte zurück und krümmte sich vor Schmerz. Die Leute schrien durcheinander und riefen ihm zu.

Jetzt rannte Joost auf dem gleichen Weg zurück. Trotz der Schmerzen verfolgte ihn Tonneman aufs neue.

Es hatte aufgehört zu regnen. Unweit westlich vom Rathaus auf dem *Strand* stand Leutnant Brick-Hill mit seinem Feldwebel. Pikeniere hatten hinter ihm Stellung bezogen. Eine Herde freilaufender Schweine versperrte Joost schnaufend und grunzend den Weg, so daß er die Richtung wechseln mußte.

Hinter Joost kam Tonneman langsam näher. Die Schweine hatten eine Vertiefung in der Straße entdeckt und suhlten sich im Schlamm. Als Tonneman an der neuen Wirtschaft *King Charles* vorbeikam, hob er das *Birnbaum*-Schild von der Erde auf und warf es nach Joosts Beinen.

Joost stolperte und fiel hin, dann kam er langsam auf die Beine. Wie bei allen Kämpfen würde der gewinnen, der am Ende stehen würde.

Erschöpft und mit Schlamm bespritzt sahen sie sich wütend an. Tonneman holte tief Luft und versetzte Joost mit aller Kraft einen Faustschlag, diesmal mitten auf die bereits gebrochene Nase. Wieder ging Joost zu Boden.

Tonneman blickte mit trüben Augen in die Runde, um zu sehen, wo er war. Der gelbe Hund bellte. Die Leute schlossen einen Kreis um sie. In der vordersten Reihe stand der lange Matthew mit seinem Speer.

Matthew trat ein paar Schritte zurück; es war beinahe ein Tanz. Als beteiligten sie sich an dem Tanz, machten die Menschen Platz für den Afrikaner. Doch Tonneman hatte keine Zeit für Matthew. Joost trat nach seinen Füßen.

Tonneman stürzte schwer zu Boden, und Joost sprang auf ihn. Das alte *Birnbaum*-Schild lag neben ihm im Dreck. Joost fand es und schlug Tonneman auf die Stirn. Er streifte sie nur, doch der Schlag war so hart, daß das Schild zerbrach und daß es weh tat. Joost warf den kleineren Teil des Schildes weg und hob den Rest hoch, um Tonneman noch einmal zu schlagen.

Der lange Matthew holte mit seinem kräftigen Arm aus und ließ den Speer los. Er fuhr mitten in Joosts Brust. Erstaunt stieß Joost einen einzigen schnellen keuchenden Laut aus und stürzte zu einer makabren Umarmung auf Tonneman. Das Schild fiel auf Tonnemans Kopf, ohne weh zu tun. Er stieß Joosts blutüberströmten Körper beiseite und richtete sich mühsam auf.

Ein englischer Soldat, den Spieß erhoben, wie sein Feldwebel es ihn gelehrt hatte, schrie und stürzte sich auf den langen Matthew. Er wollte den Afrikaner in die Brust treffen, doch die Spitze der Hellebarde traf den Bauch. Der lange Matthew stieß einen einzigen kurzen Schrei aus, dann gab er unter ungeheurer Willenskraft keinen Laut mehr von sich.

»Diese verdammten Nigger«, sagte Brick-Hill wütend.

»Ich weiß nicht, wer schlimmer ist, sie oder die verfluchten heidnischen Indianer.«

Blut und Leben sprudelten aus dem Mund des langen Matthew, während er auf den schlammigen Boden sank. Er starb nur ein paar Handbreit von dem Mann entfernt, der seinen Freund Abner Simon ermordet hatte.

»Und jetzt?« fragte der lange Matthew die Schlange.

»Jetzt«, antwortete die Schlange, »jetzt bringe ich dich nach Hause.«

Tonneman starrte traurig erst auf den langen Matthew, dann auf Joost Zoelan im Schlamm. Die zwei lagen eingekreist von grunzenden Schweinen, die an den Leichen schnupperten und wühlten. Der gelbe Hund lief mit hängendem Schwanz zu seinem gefallenen Herrn und leckte sein Gesicht.

Die Schweine grunzten und schnaubten lauter, und der Hund begann zu heulen. Das Heulen hielt unvermindert an, und es klang so mitleiderregend und unheimlich, daß Leute vom Rathaus und aus den Häusern strömten, um den Grund zu erfahren. Pos erschien, sich den Schlaf aus dem Kopf schüttelnd; sein Mund stand offen vor Fassungslosigkeit.

»Das größte Schwein am Trog«, murmelte Tonneman heiser. »Das *toteste* Schwein am Trog.« Dann las Tonneman langsam die zerbrochenen Stücke des Wirtshausschildes auf und starrte lange auf das zersprungene Bild des *Birnbaums*.

»Tonneman? Zum Teufel, Sheriff. Was ist das für eine blutige Stümperei?«

Tonneman sah auf. Es war Gouverneur Nicolls.

Tonneman klemmte die Bretter unter den Arm und schritt schnell auf das Rathaus zu. »Ich komme, Boß.«

71

DIENSTAG, 9. SEPTEMBER. VORMITTAG.

Es war ein übel zugerichteter und angeschlagener Tonneman, der mit Pos am Tisch der ten Eycks saß und Bier trank. Ten Eyck selbst und Antje tranken grünen Tee.

Nahe an der Feuerstelle schlief das Neugeborene in einer mit Engelsköpfchen und Tulpen bemalten Wiege aus Kiefernholz, die Antje mit einem Fuß zum Schaukeln brachte, wenn sie vorbeiging.

»Wo sind meine Sauerteigfladen?« rief Tonneman und klopfte mit einem Zinnlöffel an sein Bierglas.

»Seid leise«, antwortete Antje lächelnd, »und trinkt Euer Bier.«

»Er muß es nicht trinken«, meinte Pos. »Dann bleibt mehr für mich.«

Tonneman machte eine Handbewegung über den mit

Speise und Trank gedeckten Tisch. Voller Ironie sagte er: »Die Engländer sind erst seit kurzem unsere Herren, und schaut auf diesen wunderbaren Überfluß.«

»Sie sind nicht *meine* Herren.« Pos biß verärgert in sein Brot.

»Diese Speisen sind nicht den Engländern zu verdanken«, erklärte ten Eyck, »sondern Antjes sparsamem Haushalten.«

»Du meinst, sie hat es gehortet«, sagte Tonneman.

Antje klopfte ihm mit den Fingerknöcheln auf den Kopf. »Werdet Ihr mich anzeigen, Sheriff?«

»Nein, ich bin nicht im Dienst. Aber morgen ...«

Sie klopfte ihn noch einmal.

»Au.« Dann lachte er. »Habt Mitleid, Frau. Ich bin ein Verwundeter.«

Ten Eyck sah Tonneman und dann Pos prüfend an. »Ihr seht beide aus, als hättet ihr den Krieg, der nicht stattfand, hinter euch. Wenn mein anderer Sohn hier wäre anstatt in der Schule, wißt ihr, was er sagen würde?«

Tonneman und Antje antworteten zusammen: »Du siehst furchtbar aus.«

Pos, der den Spaß nicht mitbekam, aß weiter. Er kaute kräftig und murmelte: »Joost ein Verräter.«

»Ich weiß nicht, was schlimmer ist, Verräter oder Mörder«, sagte Antje. »Ich hätte nie gedacht, daß er so ein blutdurstiger Kerl ist.«

»Habgierig, meinst du«, korrigierte ten Eyck. Er setzte den metallenen Meißel an den weißlichen Zuckerkegel auf dem Tisch und schnitt drei große Stücke Zucker für seinen Tee ab. »Es ging nur um Geld. Jeder der Beteiligten hatte ein Vermögen zu gewinnen, falls die Engländer Neu-Amsterdam übernähmen.«

Antje stellte eine Platte mit Pfannkuchen, Kaninchenbraten und Eiern auf den Tisch. Tonneman, dessen übel zugerichtetes rechtes Auge halb geschlossen war, aß heißhungrig. Er konnte sich nicht erinnern, wann er zum letztenmal gegessen hatte. »Das Ganze war wie ein Schneeball, der einen Berg hinabrollt«, sagte er mit vollem Mund. »Er wurde größer und größer. Joost brachte Abner ins Spiel, nur um an Benjamin Mendoza heranzukommen.« Er kaute nachdenklich. »Es brauchte einen Juden, um einen Juden zu kriegen und dergleichen.«

»Und dergleichen«, wiederholte Pos.

Die ten Eycks nickten. Tonneman leerte sein Bierglas und hielt es Antje hin, damit sie es wieder füllte. »Sein Plan war, die Engländer zu bewegen, ihm das Handelsgeschäft der Mendozas zu geben, wenn sie siegten, aber Benjamin verdarb alles, als er seine Meinung änderte und sagte, er wolle es Stuyvesant mitteilen. Das konnte Joost nicht zulassen, deshalb tötete er ihn.«

»Soweit ist es klar«, warf Antje ein. »Aber andere Dinge sind es nicht.«

»Der Hase ist gut«, sagte Pos, während er ein Stück Kaninchenfleisch auf sein Messer spießte.

»Wer war der Mann mit der Brille?« fragte ten Eyck.

»Thomas Atkins«, antwortete Pos voller Stolz. »Er war Winthrops Mann in New York, ein Agent der englischen Krone in Neu-Amsterdam und Zoelans Mittelsmann.« Pos schlug wütend auf den Tisch, so daß das Bier überschwappte. »Was für ein Mistkerl Joost war.« Er wandte sich an Tonneman. »Richtig?«

Tonneman blickte aus dem Fenster auf die *William and Nicholas*, das kleinste englische Schiff. Die Zehn-Kanonen-Fregatte war jetzt im Oost Rivier stationiert. Doch er dachte nicht an Schiffe, er dachte an Maria ... und Racqel. Sie hätten einander gemocht.

»Wo bist du, Tonneman?« rief Pos.

»Das ist eine gute Frage«, meinte Antje.

»Ich bin genau hier«, sagte Tonneman. »Ich habe alles gehört, was ihr gesprochen habt. Atkins war also Abners Dieb. Er stahl Joost das Dokument und verkaufte es Abner.«

»Warum mußte Joost Hendrik töten?« fragte Antje, während sie das von Pos verschüttete Bier mit einem Lappen aufwischte. Sie beugte sich über die Wiege. »Was für ein hübsches Kind. Was meinst du, kleiner Pieter? Doch, das bist du.«

»Weil Hendrik beobachtete, wie er Benjamin Mendoza ermordete«, antwortete Tonneman. »Da kam der Schneeball ins Rollen. Abner verdächtigte Joost, Benjamin ermordet zu haben, und teils aus Habgier, teils um sich selbst zu schützen, bestach er Atkins, damit dieser Joost den Brief stahl.«

Pos rülpste laut. »Der Brief von Winthrop war für jeden, der ihn besaß, Gold wert. Es bedeutete, daß der Besitzer ihn den Engländern vorlegen konnte. Wer auch immer es war, ob von Nutzen für die Krone oder nicht, er würde reich sein.«

»Gebt dem Mann noch ein Bier«, sagte Tonneman. »Atkins stahl Joost das Dokument, gab es dem langen Matthew, der Atkins eine Börse mit Goldstücken gab und das Dokument bei Abner in Breukelen ablieferte. Ich wußte es damals nicht, aber ich hörte, wie Joost Atkins zur Rede stellte und die Rückgabe des Briefes verlangte.« Er grinste Antje an. »Ich glaubte, Hendriks Stimme zu hören, nicht Joosts. Ich war halb eingeschlafen.«

»Ha«, rief sie. »Eher halb betrunken.«

»Joost fand das Gold bei ihm. Das habe ich gehört. Ich vermute, daß Atkins da zugab, den Brief einem Schwarzen gegeben zu haben. Gehört habe ich es nicht.«

»Der lange Matthew«, sagte Pos.

»Ja. Joost tötete Atkins, nahm die Börse mit dem Gold und warf mich in den Fluß. Von da an wurde es leicht.«

»Hat er versucht, dich umzubringen?« fragte ten Eyck.

Pos schnaubte wütend. »Was glaubst du wohl?«

Antje machte ein grimmiges Gesicht. »Übung macht den Meister, sagt man.«

»Und das Feuer?« fragte ten Eyck.

»Joost«, antwortete Pos.

Tonneman nickte. »Um zu vertuschen, wie und wo Atkins starb und um den Juden die Schuld zuzuschieben.«

»Und dir.« Pos zitterte beinahe vor Empörung. »Joost erstach ihn mit Tonnemans Messer.«

»Ja«, sagte Tonneman. »Nick wußte über den Trick mit dem Messer Bescheid. Zog mich damit auf. Deshalb hielt ich ihn für den Mörder.«

»Welche Rolle spielen Nick und Geertie de Sille in der ganzen üblen Geschichte?« fragte Antje.

»Das ist einfach«, sagte Pos. »Wenn ich jetzt darüber nachdenke, fällt mir ein, daß Nick jedesmal, wenn ich ihn in den letzten Wochen im *Birnbaum* gesehen habe, mit van Brugge zusammensteckte. Heer Carel van Brugge, auch als Mister Charles Bridge bekannt, ist Engländer, falls Ihr das vergessen habt. Ich wage zu sagen, daß sie mit Joost unter einer Decke steckten.«

»Und Geertie würde alles tun für Nick ... oder für Geld«, sagte Tonneman. »Fragt mich nicht, was zuerst kommt, aber was du über Nick und van Brugge sagst, hört sich richtig an. Ich weiß nicht, ob van Brugge etwas mit Spionage zu tun hatte. Nick ist eine andere Geschichte. Er hat es geschafft, sich mit den Siegern zu verbünden ... vorerst. Eines ist sicher, sie waren alle darauf aus, einen unehrlichen Gulden zu verdienen.«

Ten Eyck kniete hin und kitzelte den kleinen Pieter unter dem Kinn. Der Säugling gluckste entzückt.

Antje strahlte ihren Mann und das Kind an, dann wandte sie sich kopfschüttelnd an Tonneman. »Aber jetzt ist Nick de Sille ein teurer Freund der Engländer, und er wird aus dieser Freundschaft viel Geld herausschlagen. Vielleicht hat er keinen Mord begangen, aber ich bin sicher, daß er alles andere getan hat. Und er wird ungestraft davonkommen. Das ist nicht richtig.«

»Aber so geht es eben, Liebste.« Ten Eyck schaukelte die Wiege, dann stand er auf und küßte seine Frau auf die Wange.

Antje berührte die Lippen ihres Mannes mit den Fingerspitzen. Sie zwinkerte ihm und Pos zu. »Wie steht es um die Mendozas? Sind sie auch gute Freunde der Engländer?«

Es herrschte Stille. Tonneman blickte wieder aus dem Fenster. Als er wieder zu sich kam, lächelten ihn seine Freunde an. »Hm ... nein. Als die Engländer uns in Breukelen überraschten, dachte ich das. Ich sah, daß Brick-Hill unsere Namen mit einer Liste verglich, auf der ich die Namen von Freunden der Engländer vermutete. Ich nahm an, wir würden freigelassen, weil die Mendozas auf der Liste standen. Gestern erfuhr ich, daß es eine Liste der holländischen Beamten in Neu-Amsterdam war – Stuyvesant, ich usw. Brick-Hill hatte den Befehl, daß keine Veränderung in der Stadtverwaltung vorgenommen und kein städtischer Beamter festgehalten werden sollte. Ich Dummkopf merkte nicht, daß wir meinetwegen freigelassen wurden. Es war nicht der Name der Mendozas, den er auf der Liste fand, sondern meiner.«

Antje hatte den Kleinen aus der Wiege genommen und schaukelte ihn auf den Armen. »Ich verstehe immer noch nicht, warum David Mendoza in Breukelen war.«

Tonneman zog die Schultern hoch. »Um seiner Schwägerin zu folgen? Um Abner zu sagen, ihr nichts von Benjamin zu erzählen? Ich weiß es nicht. Es spielt keine Rolle mehr.«

Pos kratzte sich am Kopf. »Ich bin nicht so sicher, daß de Sille nicht doch einen Mord begehen kann. Hat jemand in letzter Zeit van Brugge gesehen?«

»Ach«, sagte Antje leise, die Nase auf den Hals des Kleinen gedrückt. »Du bist so blutdürstig wie Joost ... aber du nicht, mein kleiner Schatz.«

»In Betracht ziehen muß man es«, meinte Tonneman. »Ich war durchaus bereit zu glauben, daß Nick Abner ermordete. Bei passender Gelegenheit hätte er es vielleicht getan. Er wollte dieses Stück Papier. Als ich gestern mit ihm sprach, sagte er, Joost habe ihm erzählt, Abner hätte das Papier und Joost wolle sich am nächsten Morgen selbst mit Abner auseinandersetzen. Dann ging Joost entgegen der Abmachung mit Nick in derselben Nacht noch nach Breukelen und tötete Abner, konnte aber das Papier nicht finden.«

»Nick ist mit einemmal sehr hilfsbereit«, bemerkte Pos. »Hat er zufällig erwähnt, wo van Brugge ist?«

»Nein«, sagte Tonneman. »Selbstverständlich ist Nick ein Lump, ein Verräter und ein intriganter Ausbeuter, aber ich halte ihn nicht für einen Mörder. Hier stimme ich Joost zu – er hat nicht den Mumm dazu. Dennoch, selbst wenn Nick Joost tatsächlich bei irgendeinem von den Morden half, kann ich es nicht beweisen, und deshalb wird Nick hier in der englischen Stadt New York sehr erfolgreich sein. Und wie ten Eyck sagt, das ist der Lauf der Welt. Er ist vieler Dinge schuldig, aber da seine Freunde an der Macht sind, kann ich nichts dagegen unternehmen, und das weiß er sehr wohl. Der Schweinehund ging soweit, zuzugeben, daß er in Breukelen war. Er sagt, er habe nicht gewußt, daß Joost vor ihm da war und dann habe er Abners Leiche gefunden und nach dem Dokument gesucht, als ich dazukam. Er war der Mann, der mir eins über den Schädel gab.«

Pos mußte lachen. »Das hat er zugegeben?«

»Voller Stolz«, sagte Tonneman. »Er genießt es, mich in jeder Hinsicht übers Ohr gehauen zu haben.«

»Vermutlich bist du so dumm, seit du den Schlag auf den Kopf bekamst«, sagte Antje, die immer noch ihren Sohn liebkoste.

»Was willst du damit sagen?«

»Es ist so einfach wie die Nase in deinem Gesicht, du Dummer«, mischte sich ten Eyck ein. »Warum sitzt du hier bei uns, stopfst dich voll und trinkst, wo du wichtigere Dinge zu tun hast?«

Antje blickte von dem Säugling auf und sagte: »Die Frau, dummer Holländer. Geht und sucht die Frau.«

72

DIENSTAG, 9. SEPTEMBER. MORGEN.

Auf der Pavelstraat war alles wie vor dem drohenden Krieg, lebendig und geschäftig. Das Wetter war kühl, der Himmel grau und feucht.

Als Tonneman das Haus der ten Eycks verließ, blieb er eine Weile stehen, um den Anblick zu genießen. Auch er empfand den Frieden. Seine Freunde hatten recht. Es war an der Zeit, vor Racqel zu treten und sich zu erklären.

»Tonneman.« Keyser rannte atemlos auf ihn zu. »Ich habe etwas, das Ihr vielleicht kaufen möchtet.« Der Gerber hielt ihm eine Schlinge aus schmutzigem nassem Seil hin.

Tonneman nahm das Seil und zog an der Schlinge. Sie gab nicht nach. »Woher hast du das?«

»Joosts Hund schob es mir gestern in die Hand.«

Pos kam aus dem Coentiessteeg und sah sie. »Tonneman, immer noch hier? Diese Frau wartet nicht ewig auf dich.«

Tonneman lächelte. »Keyser möchte mir dieses Seil verkaufen. Weißt du, warum?«

»Um mein Leben nicht.«

»Sieh her.« Tonneman zeigte Pos den dicken Knoten und die nicht nachgebende Schlinge. »Es ist der Strick, durch den Hendrik Smitt starb. Nur drei Leute kenne ich, die diesen Knoten gemacht haben können. Ich. Nick. Und Joost.«

»Geh' lieber«, sagte Pos. »Das ist ein Palstek. Jeder Seemann kann diesen Knoten geknüpft haben, und es gibt auf dieser Insel mehr Seeleute, als du zählen kannst.«

Tonneman nickte. »Aber er ist anders geknotet als die meisten Palsteks. Wir drei haben es von demselben Bootsmann so gelernt, als wir zusammen auf der *Princess of India* fuhren.«

»Das habt Ihr doch gesucht, oder?« winselte Keyser.

»Ja.«

»Also was bekomme ich dann dafür?«

»Verschwinde, Keyser.«

Der kleine Gerber wollte noch etwas sagen, doch Pos drehte ihn herum und schob ihn weg. Keyser machte sich murrend in Richtung Breede Wegh davon.

Tonneman lächelte schief. »Hmm. Hätte ich auf den gelben Hund geachtet, hätte ich diese Verbrechen wohl früher gelöst.«

»Was du sagst, heißt, daß Nick Hendrik getötet haben könnte.«

»Da hast du wohl recht«, sagte Tonneman. Als er sich umdrehte, erblickte er Racqel, die über die Pavelstraat eilte. Es war ein Zeichen, ein Omen, daß sie jetzt hier war.

Er warf Pos das schmutzige Seilstück zu. Der Strick konnte warten. Alles konnte warten. »Nick könnte es gewesen sein«, rief er dem grinsenden Pos zu, »aber ich bezweifle es.«

Tonneman lief Racqel nach, daß die nassen Muscheln auf der Straße knirschten. Als er sie einholte, war sie beinahe an der Waterpoort.

»Vrouw Mendoza … Vrouw Mendoza … bitte.«

Sie zog das Kopftuch fester um das Kinn. »Es schickt sich nicht für mich, mit Euch zu sprechen.«

Er ging neben ihr her, während sie das Tor passierten. »Schicklich oder nicht«, sagte Tonneman, »ich muß mit Euch reden. Seid Ihr David Mendoza versprochen?«

Sie blieb stehen, ließ das Tuch los; ihre Finger berührten den Trauerriß an der rechten Brust. Sie blickte ihn mit ihren dunklen ernsten Augen an. Sein Herz schlug Purzelbäume.

»Ich bin niemandem versprochen«, sagte sie, »aber ohne die Mendozas bin ich mittellos.« Ihre Hand auf der Brust zitterte.

»Ich möchte Euch heiraten.« Er griff nach ihrer Hand.

Sie wich einen Schritt zurück. »Ich habe keine Mitgift.« Ihre Stimme war so leise, daß er sie kaum hören konnte.

»Das stört mich nicht. Ihr seid Eure eigene Mitgift.«

Sie wandte sich von ihm ab und ging weiter. Er folgte. Sie blieb stehen. »Ich bin unfruchtbar.«

»Ich habe Kinder gehabt. Und das muß man erst noch sehen.«

»Ich bin Jüdin. Und Ihr seid Christ.«

»Der Himmel wird uns beide nehmen«, sagte er. Sie waren am Tor zum jüdischen Friedhof angelangt. Er stand dicht neben ihr. »Und Gott wird uns beide lieben.«

Ihre Hand bewegte sich zuerst zu der schrecklich großen Beule auf seiner Stirn, dann über sein verletztes linkes Ohr und dann auf sein verfärbtes und geschwollenes rechtes Auge zu, ohne ihn zu berühren. »Euer armes Gesicht. Immer wenn ich Euch sehe, habt Ihr eine neue Verletzung.«

Jetzt hob er seine Hand an ihr Gesicht, an ihre rechte Wange. Aber auch er berührte sie nicht. »Ihr auch.«

Es war, als wankte sie. Seine Hand machte keine Bewegung, doch ihr Gesicht bewegte sich, und seine Hand berührte ihre Wange. Sie wichen voreinander zurück.

»Unter Eurem Auge färbt es sich blau«, sagte sie.

»Unter Eurem auch«, antwortete er mit einem kleinen Lächeln auf den Lippen. »Es wird vorbeigehen. Wie alles.«

»Wir haben von Heer Zoelan gehört. Im Haus Mendoza herrschen Zorn und Bitterkeit.«

Er sagte nichts.

Sie breitete ein großes Taschentuch auf der schlammigen Erde am Zaun nahe dem Friedhofseingang aus und kniete vorsichtig nieder, damit ihre Röcke nicht mit dem Schmutz in Berührung kamen.

»Warum geht Ihr nicht hinein?« fragte Tonneman.

»Ich bin hier, um meinen Vater zu besuchen, nicht meinen Mann. Das Gesetz schreibt vor, daß ich nicht in die Nähe von Benjamins Grab kommen darf, und der Friedhof ist zu klein, um das zu vermeiden, wenn ich hineingehe.«

Tonneman zog den Hut und trat beiseite, um sie nicht zu stören.

Racqel zupfte einen Grashalm aus. »Mögen alle, die hier liegen, sich am Tag der Auferstehung erheben, wie das Gras aus der Erde wächst.« Sie neigte den Kopf, dann lehnte sie ihre Stirn an die Holzlatte des Zaunes. »Vater, ich vermisse Eure Anwesenheit hier mehr, als ich jemals ausdrücken kann.«

Dann betete sie.

Nach einer Weile stand sie auf und ging zu Tonneman. »Ich bin wie Moses, eine Fremde in einem fremden Land.«

Er erlaubte sich ein Lächeln. »Hier, in diesem Land, sind wir alle Fremde in einem fremden Land.«

»Wie ist Euer Name?«

»Mein Taufname?«

Sie lächelten beide.

»Pieter«, sagte er.

»Pieter«, sagte Racqel. »Derselbe wie ...«

»Ja.«

»Ich werde Euch weiter Tonneman nennen.«

»Gut. Wenn Ihr an meiner Seite seid, um meinen Namen zu nennen, bin ich zufrieden.«

»Es ist nicht mehr lange bis zum ersten Tag des Tischri«, sagte sie. »Das heilige Widderhorn wird zum Rosch-ha-Schana erklingen. Wir werden unserem Gott für ein Jahr der Güte, des Reichtums und des Friedens danken, für Vergebung und Gnade. Zu Jom Kippur werden wir zurückschauen, unsere Sünden bereuen und uns dann auf das gerade beginnende neue Jahr freuen.«

»Das gefällt mir. Es ist etwas, worauf man ein Leben bauen kann. Sich freuen.« Er berührte wieder ihre verletzte Wange mit der Hand. Diesmal wich sie nicht zurück. »Ihr und ich, gemeinsam.«

Sie blickte zu ihm auf und fühlte sich unbeschwert, als wäre sie wieder ein junges Mädchen.

Er nahm ihre Hand in seine.

»Ich habe um ein Zeichen gebetet«, sagte sie.

»Wie betet ein Jude?«

»Wie ein Christ. An Gott. Ich sagte: ›Herr, ich liebe diesen Mann, aber er ist ein Goi. Ohne ihn habe ich kein Leben, aber mit ihm habe ich vielleicht auch kein Leben. Sag mir, was ich tun soll. Gib mir ein Zeichen.‹«

»Und was war die Antwort?«

»Leider gab es keine. Es wird für keinen von uns leicht sein, aber wenn Ihr warten wollt, bis die Trauerzeit vorbei ist, werde ich Euch heiraten.«

Zum erstenmal, seit sie sich getroffen hatten, sahen sie einander offen an. Es war sehr still; von ferne stieg das helle ungezwungene Lachen spielender Kinder über der Stadt auf und brach die Stille. Dann blinzelte eine dunstige Sonne durch graue Wolken und wärmte die Luft.

»Seht, Tonneman, die Sonne.« Sie hob ihr Gesicht strahlend zum Himmel.

»Es ist nicht der brennende Dornbusch«, sagte er.

»Ich weiß. Aber es wird genügen müssen.«

EINE FUSSNOTE

Wir haben uns um historische Genauigkeit bemüht. Schweine tummelten sich wirklich auf den Straßen; die Pavelstraat, Pearl Street war mit Austernschalen gepflastert; die meisten Bürger Neu-Amsterdams wollten nicht gegen die Engländer kämpfen.

Pieter Stuyvesant ließ tatsächlich afrikanische Sklaven auf ihre Bitte hin frei. Pavonia bezeichnete das Land jenseits des Noordt Rivier (Hudson), wo heute New Jersey liegt.

Asser Levy war der erste koschere Fleischer, und Pieter Tonneman war in der betreffenden Zeit Schout von Neu-Amsterdam. Van Dincklagen lebte wirklich, und der Jurist lag in ständigem Streit mit der Niederländischen Westindischen Kompanie um seine Pension und sein Wohlergehen.

Doch der Leser sollte stets daran denken, daß es sich hier um einen Roman handelt. Unserer Geschichte zuliebe haben wir uns einige Freiheiten erlaubt.

Der Stadtplan ist ebenfalls eine auf Tatsachen beruhende Erfindung. Es gab nie eine Twiller's Road. Das Rathaus lag in Wirklichkeit gegenüber von Coenties Slip, aber wir haben es ein wenig weggerückt, um Platz für Tonnemans Haus und den *Birnbaum* zu schaffen.

Unsere Absicht war von Anfang an, nur Begriffe zu benutzen, die 1664 oder früher in Gebrauch waren. Die einzige absichtliche Ausnahme ist die Anspielung auf aschkenasische und sephardische Juden. Die Unterscheidung ist notwendig, die Begriffe kamen jedoch erst im 19. Jahrhundert in Gebrauch. Aber schließlich sprachen unsere Hauptpersonen ohnehin Holländisch.

Das Erstaunlichste, das wir festgestellt haben, war, daß

die Bewohner von Neu-Amsterdam damals und New York City heute einander verblüffend ähnlich sind.

Annette und Martin Meyers